Poesía impresa completa

Letras Hispánicas

Juan de Tassis, Conde de Villamediana

Poesía impresa completa

Edición de José Francisco Ruiz Casanova

CÁTEDRA

LETRAS HISPÁNICAS

© Ediciones Cátedra, S. A., 1990
Josefa Valcárcel, 27. 28027-Madrid
Depósito legal: M. 34.648-1990
ISBN: 84-376-0931-3
Printed in Spain
Impreso en Lavel
Los Llanos, nave 6. Humanes (Madrid)

Introducción

Para Rosa Navarro Durán

SEPULTURA DE ÍCARO

Todos los gestos cercenados, piedras
graves del ceño, consideraciones
sobre la ilegitimidad de alzar el vuelo
han tomado la forma que tuvieran las alas.

Y así aquel que cifraba en su delicadeza
la afición a volar y el don de hacerlo
encadenado yace bajo polvo de azogue
en la tierra que poco a poco le suplanta.

ANÍBAL NÚÑEZ, *Cuarzo*

Muerte del Conde de Villamediana, por Manuel Castellano

Toda «Introducción» a cualquier texto anotado debería ser simplemente un pórtico para el mismo. En ocasiones esto no es así, y el lector desfallece tras muchas páginas, o abandona.

Siempre he tenido como prólogo ejemplar el que José Manuel Blecua escribió para la edición de la obra poética de Quevedo[1]. Con una encomiable precisión, el citado profesor trazaba las líneas maestras de tan enjundiosa obra, y tales páginas resultaban ser, en suma, una invitación a la lectura y al estudio.

Desde mi modesta condición de recopilador y editor de la obra de Juan de Tassis y Peralta, segundo Conde de Villamediana, diera por cumplida mi labor si esta «Introducción» contribuyera de algún modo a la expectativa que la obra poética del Conde despierta.

1. VIDA ARTÍSTICA Y VIDA VIVIDA

El gran drama de Óscar Wilde era «haber puesto todo mi genio en mi vida, y en mis obras sólo mi talento». En el caso de Villamediana, el genio se reparte por igual entre muestras de una vida adornada por factores externos a la misma y el rigor de una obra poética de gran intensidad y magnitud. Nos recordaba Amado Alonso[2] que

---

[1] Me refiero a la «Introducción» a *Poesía original completa,* Barcelona, Planeta, 1981, págs. IX-XLVII.

[2] A. Alonso, *Materia y forma en poesía,* Madrid, Gredos, 1955, pág. 109.

11

> Las relaciones entre experiencia vivida y experiencia poética, entre el flujo subjetivo e irreversible del vivir y la objetivación modeladora del poetizar, no son nada simples; y tan ruinoso nos resulta prescindir de la vida del poeta como tomarla ingenuamente por el contenido poético de la obra.

Evidentemente, no es éste el tipo de análisis de la poesía del Conde que aquí se plantea, pero aun así deben tenerse muy en cuenta estas consideraciones, puesto que Villamediana elevó a categoría artística —a obra de arte— el mismo transitar por su tiempo. De ahí el continuo biografismo y pseudobiografismo en que incurre la gran mayoría de los trabajos que se le han dedicado.

Por tanto, el objetivo debe ser éste: la consideración de su vida como una dicotomía entre vida artística y vida vivida, y cómo ambas se entrecruzan en los poemas hasta hacer de ellos el resultado de una consciente transgresión de los límites.

Aseguraba J. Burckhardt[3], refiriéndose al desarrollo de la individualidad que se registra a partir del Renacimiento, que

> debe considerarse que el destierro, o aniquila al hombre, o contribuye en grado máximo a su formación.

Y esto conduciría el estudio, de manera obvia, a esa parcela del biografismo que habrá que situar, continuamente, a cierta distancia. La experiencia del destierro en el Conde de Villamediana, la experiencia de sus sucesivos destierros, inclusive el último y definitivo —la muerte—, constituye un eje fundamental para explicar parte de su poesía. Nadie puede negar cómo el destierro delimita y prefigura una actitud y unas obras, quizá las más graves; pero ha de subrayarse el hecho de que la vida del Conde, al margen de sus avatares documentados o fabulados, es ya de por sí,

---

[3] J. Burckhardt, *La cultura del Renacimiento en Italia,* Barcelona, Ed. Iberia, 1979, pág. 102.

como toda obra de arte, un reclamo de la individualdad, un destierro personal.

Elevarse personalmente, como Ícaro, a categoría artística es un paraíso cerrado para muchos. No obstante, Villamediana sabe emprender el vuelo a partir de su poesía. Resulta, por tanto, paradójico el que el tiempo haya relegado ésta a un segundo plano (o tercero, puesto que se trata de poesía culta por excelencia) ante la leyenda del «novio de la Reina». Cabe efectuar en su obra un rastreo biográfico sistemático, pero de éste no obtendremos ni un solo dato más de los que ya son conocidos. Y es que la grandeza de la poesía del Conde está en consonancia con esta idea:

> Si la materia se presenta ofrecida por la vida, los distintos elementos no valdrían ciertamente por vividos, sino por el inesperado sentido que cobran, y que denuncia en ellos una realidad de rango superior, más universal y necesariamente valedera que la contingencia y normal realidad de la vida[4].

Toda escritura posee tras de sí una referencialidad obligada, más o menos inmediata, más o menos «real», de mayor o menor importancia. La poesía de Juan de Tassis la tiene, pero no es la circunstancia el elemento que asegura el «sentido» de la composición, sino la inmanencia de una actitud artística. Sus poemas pueden ser glosados a tenor de datos biográficos, su vida puede intuirse en algunas composiciones; pero hay más: los poemas se explican a sí mismos como teselas de un gran zócalo, como componentes de un entramado en el que la referencialidad se hace interna a los mismos textos. Pensemos en las *Soledades* de Góngora, o en *La fragua de Vulcano* de Velázquez.

Villamediana, autor celebrado en su tiempo y rescatado por la crítica decimonónica, ha sufrido en este siglo que acaba un último destierro: ciertas formas de olvido. Al igual que ocurrió con Góngora antes, la obra del Conde, amplia y compleja, no ha sido valorada en su justa medida. Ya en 1945, José Manuel Blecua hacía notar la necesidad

---

[4] A. Alonso, *op. cit.*, pág. 121.

de «un estudio detenido y una edición cuidada»[5]. Los elogios, desde los ya lejanos de su coetáneo y amigo personal don Luis hasta los poetas del 27, Gil de Biedma, Leopoldo María Panero o, recientemente, Bernardo Atxaga, han sido muchos; los análisis y estudios de su poesía, por otra parte, lamentablemente, escasísimos.

No quisiera que se entendiese con esta última afirmación lo que en momento alguno quiero decir. Existen causas, de gran peso, para que esto haya sido así: por un lado, la carencia de un texto que edite el corpus poético del Conde al completo y, por otro, la falta de rigor de algunas ediciones[6]. Ésta que ahora ofrecemos, próxima ya a lo que pueden ser en breve unas *Obras completas,* pretende cubrir ese vacío que de forma tan obligada había que salvar. Y así, espero que sirva como punto de partida para futuros investigadores de la poesía de Villamediana; puesto que, como confesaba Boscán a la Duquesa de Soma,

si la cosa no sucediere tan bien como se desea,
piense que en todas las artes los primeros hacen
harto en empezar, y los otros, que después vienen,
quedan obligados a mejorarlo[7].

2. JUAN DE TASSIS Y PERALTA

Desconocemos con exactitud la fecha de nacimiento de don Juan de Tassis y Peralta Muñatones, pero debió de ser hacia la segunda mitad de 1582[8]. Don Juan de Tassis, su

---

[5] En *Cancionero de 1628,* Madrid, CSIC, 1945, pág. 47.

[6] La última aportación la ha hecho Felipe B. Pedraza al publicar el facsímil de la primera edición (Zaragoza, 1629), en Aranjuez, Ara Iovis, 1986. Para las antologías, puede consultarse J. M. Rozas, *El Conde de Villamediana. Bibliografía...,* así como las que se reseñan en la «Noticia bibliográfica».

[7] En *Obras de Boscán y Garcilaso,* Barcelona, Carles Amorós ed., 1543, fol. XXI.

[8] N. Alonso Cortés, en *La muerte del Conde de Villamediana,* Valladolid, Imprenta del Colegio de Santiago, 1928, reproduce en las págs. 43-44 la partida de bautismo, en la que se lee: «Aos vinte e seis dias do mes de agosto de mil e quinhetos e octeta dous, baptizuo o señor dom Luis Manrique [...] a hu meni-

La reina Isabel de Borbón, esposa de Felipe IV, por Velázquez

padre, y doña María de Peralta, su madre, habían viajado junto a la corte de Felipe II a Lisboa, ciudad en la que nació el poeta. Los padres de Villamediana regresaron a España al año siguiente.

La infancia y adolescencia del futuro Conde transcurrieron en la Corte, donde al parecer contribuyeron a su instrucción, entre otros, los humanistas Bartolomé Jiménez Patón y Luis Tribaldos de Toledo. Según Cotarelo, «el primero le dio la enseñanza de las lenguas sabias, retórica y dialéctica», mientras que «el licenciado Tribaldos de Toledo, primer editor de las obras del "divino" Francisco de Figueroa [...] impuso a Don Juan en el conocimiento de nuestros antiguos autores castellanos, inspirándole al mismo tiempo afición y gusto por la bella poesía»[9]. De sus estudios posteriores no quedan documentos que nos los confirmen, a pesar de que el Conde aluda a Alcalá en uno de sus sonetos (núm. 359).

Las primeras noticias de don Juan como poeta son de 1599, un año después de la muerte de Felipe II, año en el que da a conocer dos sonetos: uno, en los preliminares del libro de Vargas Machuca *Milicia y descripción de las Indias* y, el otro, también en los preliminares de otra obra de tema afín: *El peregrino indiano,* de Antonio Saavedra Guzmán (editados aquí con los núms. 290 y 289, respectivamente)[10].

Don Juan de Tassis, segundo Conde de Villamediana, muere abatido «con arma terrible de cuchilla»[11] la noche del domingo 21 de agosto de 1622, apenas cumplidos los cuarenta años. De no encontrarse textos anteriores a 1599,

---

no Joham, fliho primogenito do señor Dom Joam de Tassis, correo mor de sua Mag^de, e da sua molher doña María de Peralta.»

[9] E. Cotarelo, *El Conde de Villamediana. Estudio biográfico-crítico,* Madrid, Sucesores de Rivadeneyra, 1886, págs. 19-20.

[10] *Vid.* J. M. Rozas, «Los textos dispersos de Villamediana», *R.F.E.,* XLVII (1964), págs. 341-367.

[11] *Vid.* el magnífico texto de la carta de Góngora a Cristóbal de Heredia fechada el 23 de agosto de 1622, carta en la que da en el cordobés, por partes iguales, la inquietud y la indignación (en *Obras completas* [ed. de J. Millé e I. Millé], Madrid, Aguilar, 1961, págs. 1095-1096).

cosa que parece harto improbable, en tan sólo algo más de dos décadas levantó el Conde una obra poética de gran calidad y extensión. Pensemos que, aunque la longevidad no tenga por qué ir en consonancia con la extensión de la obra, por ejemplo, Góngora vivió sesenta y seis años; Quevedo, sesenta y cinco; Lope, setenta y tres, por citar a los tres grandes. Y pensemos, también, que estamos tratando con un poeta que en veintidós años de escritura nos dejó unos setecientos cincuenta textos[12], que van desde improvisaciones en pareado hasta poemas largos como la *Fábula de Faetón* (1824 vv.), una invención» o comedia (*La Gloria de Niquea*) e incluso traducciones de Camoens, Martín Puz y Marino[13].

Su biografía, exhaustivamente exhumada en diversas ocasiones[14], no carece de datos de interés; mas para evitar repeticiones o glosas de lo ya dicho hasta ahora, creo de mayor eficacia el incluir aquí una sucinta cronología:

1599. Acompaña a Felipe III a Valencia, ciudad en la que el rey reciba a doña Margarita de Austria. Es nombrado gentilhombre de la Corte.

1601. La Corte se traslada a Valladolid. El futuro Conde se traslada a esta ciudad y firma esponsales con doña Ana de Mendoza y de la Cerda el 4 de agosto en Guadalajara. La que poco después será su mujer era hija de don Enrique de Mendoza y Aragón, quinto nieto del marqués de Santillana.

---

[12] Aquí editamos las cuatro quintas partes, que son las que corresponden, como indica el título de la edición, a su obra impresa desde 1599 a 1969.

[13] No incluidas en esta edición. Para las traducciones de autores portugueses, *vid.* L. Rosales, *El sentimiento del desengaño en la poesía barroca,* Madrid, Inst. de Cultura Hispánica, 1966.

[14] A este efecto pueden consultarse las obras de Alonso Cortés, Cotarelo, Deleyto y Piñuela, Hartzenbusch, Marañón y Rosales [1969], así como la «Introducción» a la antología preparada por Rozas para la Ed. Castalia, páginas 7-15 y los artículos de Díaz Plaja [1945], Fucilla, Green [1933] [1947], Muñoz de San Pedro y Scudieri Ruggeri todos citados en la «Noticia bibliográfica». También es de utilidad el *Nobiliario de los Reyes y títulos de España* de Alonso López de Haro, Madrid, 1622, fols. 18-31.

1605. Destaca como caballero por su elegancia y destreza en las fiestas que se dan en Valladolid con motivo del bautizo de Felipe IV. Por estas fechas comienzan sus amores con la Marquesa del Valle (*vid.* núm. 188). Viajará, tras el escándalo provocado por dicha relación, a Francia y a Flandes.

1607. El 12 de septiembre muere su padre, y hereda el título que éste había ostentado desde el 12 de octubre de 1603.

1608. Es desterrado, en enero, por haber ganado en una partida de naipes más de 30.000 ducados. Parece ser que se detuvo en Alcalá de Henares, prosiguió hacia Valladolid —la Corte había regresado a Madrid en 1606— y, a partir de aquí, desconocemos si, como cree Cotarelo, regresó pronto, «pues su delito no era grande»[15], o si salió hacia el extranjero por segunda vez como insinúa Rozas[16].

1611. Don Pedro Fernández de Castro, Conde de Lemos, viaja a Nápoles con el cargo de virrey. Lupercio Leonardo de Argensola, su secretario, es el encargado de seleccionar una larga lista de humanistas y poetas con la finalidad de constituir una corte literaria en el virreinato. Junto a Argensola y a su hermano Bartolomé, marchan Antonio Laredo y Coronel, Mira de Amescua, Guillén de Castro, Gabriel de Barrionuevo, Diego Saavedra Fajardo, Francisco Ortigosa, Diego de Mendoza y Juan de Tassis, ya Correo Mayor[17]. Lemos ofrece su protección a la «Academia de los Ociosos», fundada por Juan Bautista Manso, Marqués de la Vila, en la que participará Villamediana y donde hará fructíferos contactos y amistades con poetas y señores italianos[18], sobre todo en Giambattista Marino.

---

[15] *Op. cit.*, pág. 34.

[16] En la «Introducción» a ed. cit, pág. 12.

[17] Para la estancia en Italia pueden consultarse, además de Cotarelo, *op. cit.*, págs. 35-36, y Alonso Cortés, *op. cit.*, págs. 59-63, Otis H. Green [1933] [1947] y José Sánchez, *Academias literarias del siglo de oro español,* Madrid, Gredos, 1961, págs. 304-312.

[18] Para el reglamento de dicha Academia, *vid.* Carlos Padiglione, *Le leggi*

1613. Acuciado por la costumbre de adquirir prestigio no sólo por las letras, sino también por las armas, es nombrado maestre de campo en las guerras de Nápoles y Lombardía, que terminan con la paz de Asti (1615).

1615. Parece ser que conoce la corte de Cosme II de Médicis en la Toscana. Pasa por Roma (*vid*. núm. 489) y regresa a España (Cotarelo cree que volvió a Madrid «hacia últimos de 1617»[19]).

1617. Quizá el año anterior residió algún tiempo en Toledo, pero a comienzos de 1617 tenemos documentada su estancia en Madrid[20]. La venta de unos títulos de correos, así como sus sátiras poéticas —muestras éstas de la indignación que le produce el caos al que se llega con Felipe III— le provocarán un segundo destierro.

1618. En noviembre es prendido y condenado a que «no entrase veinte leguas alrededor de Madrid, y otras tantas donde hubiese audiencia del Rey, Salamanca ni Córdoba»[21].

1621. Después de un breve paso por Sigüenza, reside en Alcalá. Tras los procesos y destierros contra los nobles, privados y señores a los que Villamediana había satirizado, y tras la muerte de Felipe III el 31 de marzo de 1621, el Conde regresa a la Corte. Ya el año anterior había concurrido a un certamen poético —en las fiestas celebradas con motivo de la beatificación de San Isidro— con un soneto (núm. 332) que obtiene el primer premio, por delante de Vicente Espinel y Francisco López de Zárate.

1622. En la primavera de este año comienzan los preparativos para la celebración del natalicio de Felipe IV, primera fiesta que se celebra tras un año de luto por

---

dell'accademia degli oziosi in Napoli ritovate nella Biblioteca Brancacciana, Nápoles, 1878.

[19] *Op. cit.*, pág. 57.
[20] Alonso Cortés, *op. cit.*, págs. 63-64.
[21] Cotarelo, *op. cit.*, págs. 78-79.

la muerte de Felipe III. La reina Isabel de Borbón encarga al Conde una comedia de gran artificio y lujo, *La Gloria de Niquea,* que se representa en el real sitio de Aranjuez el día 15 de mayo. Villamediana participa en las fiestas por la canonización de santos de junio de 1622.

El domingo 21 de agosto de 1622, Villamediana cae muerto, cerca de su lugar de residencia de la calle Mayor de Madrid, a manos de Ignacio Méndez, guarda mayor de los Reales Bosques y Alonso Mateo, ballestero del Rey[22].

1623. Proceso instruido por Fernando Fariñas contra el «pecado nefando» o sodomía, proceso en el que se ven implicados varios nobles y sus sirvientes. Aparece como cierto «lo que está probado contra el conde de Villamediana»[23].

1629. El licenciado Dionisio Hipólito de los Valles publica, con aprobación y licencia de 1628, en Zaragoza (1629), *Obras de Don Juan de Tassis, Conde de Villamediana,* primera edición de los poemas del Conde.

3. POÉTICA DE LA SÍNTESIS

Villamediana pertenece a una generación y a un tiempo poéticos de gran fecundidad en España. Otros poetas importantes, estudiados algunos y con menor fortuna otros, habían nacido en fechas cercanas a la del Conde: Luis Martín de la Plaza y Francisco de Borja y Aragón —el príncipe de Esquilache—, en 1577; Pedro de Espinosa, en 1578; fray Hortensio Félix de Paravicino, Francisco López de Zárate y el mismo Francisco de Quevedo, en 1580; Juan de Jáuregui y Francisco de Rioja, en 1583; Luis de Ulloa y Pereira y Pedro Soto de Rojas, en 1584; Luis Carri-

---

[22] Para la muerte, *vid.* Cotarelo, *op. cit.,* págs. 135-206; Alonso Cortés, *op. cit.,* págs. 73-79; y L. Rosales, *Pasión y muerte del Conde de Villamediana,* Madrid, Gredos, 1969, págs. 78-144 y págs. 175-232.

[23] En Alonso Cortés, *op. cit.,* pág. 80. *Vid.* también, para todo el proceso, *ibíd.,* págs. 78-95, y L. Rosales, *op. cit.* [1969], págs. 233-247.

Al Excelentisimo Señor Don Francisco Fernandez de Castro Conde de Lemos, de Andrade, Castro, y Villalva: Marques de Sarria: Duque de Eume: Cavallero del habito de Santiago: y Comendador de Hornachos.

BIEN merecido tienen el aplauso universal, Ex.mo Señor, estos mal logrados estudios de aquel ilustre Poeta, conocido en España por tal; quando para su defensa, contra el tropel de los criticos, he tomado por asilo la erudicion de V. Ex. con cuyo favor salen a que las goze el mundo: si bien con el achaque de borradores, en que aun no los dexò su Autor, despreciando alabanças con que pudo ganar aclamaciones de grande entre todos. Ni se devia a menor Principe su patrocinio, ni a menos letras su inteligencia: que el metro dulce, sutileza de conceptos, gravedad de sentencias, con elegancia, sin afectacion, en el lenguage (condiciones del verdadero Poema) solo pueden ponderarlas los cõtinuos desvelos de V. Ex. en todas ciencias, luzido esmalte de su nobleza; prodigio de quien se admiran estos siglos, viendo que en tan pocos años se anticipen los cabales de su ingenio a la velozidad del tiempo. Realces son estos, que dando nuevo ser en V. Ex. a los blasones de sus antecesores, de cuyas memorias oi se guardan escritos mas volumenes, que de otras esclarecidas familias se contaron hazañas, estan vinculando a su generosa descendencia las mayores dichas, asi lo sintio Platon in Euthy. hablando de la sabiduria: Sapientia ipsa fœlicitas est, y poco despues: Sapientia omnibus humanis in rebus fœlices nos efficit. Anpare pues V. Ex. estos versos, que digno fue su Autor de que los favorezca, por la amistad que siempre profesò con su Casa, cuyos acrecentamientos sustente el Cielo, y a V. Ex. guarde muchos años. De Çaragoça a 20. de Octubre de 1629.

Criado de V. Excelencia.

El Licenciado Dionisio Hipolito de los Valles

A L

llo y Sotomayor, probablemente en 1585; Antonio Hurtado de Mendoza, quizá en 1586; y Esteban Manuel de Villegas, en 1589. Estos son sólo algunos de los nombres que nos han llegado; mas son suficientes para comprobar, a través de la lectura de sus obras, su gran valía lírica.

El licenciado Dionisio Hipólito de los Valles[24], en su dedicatoria a don Francisco Fernández de Castro, Conde de Lemos, manifiesta:

> Bien merecido tienen el aplauso, Excelentísimo Señor, estos mal logrados estudios de aquel ilustre poeta —conocido en España por tal— cuando para su defensa, contra el tropel de los críticos, he tomado por asilo la erudición de Vuestra Excelencia, con cuyo favor salen a que los goce el mundo [...] Ni se debía a menor príncipe su patrocinio ni menos letras su inteligencia, que el metro dulce, sutileza de conceptos, gravedad de sentencias con elegancia [y] sin afectación en el lenguaje (condiciones del verdadero poema) sólo pueden ponderarlas los continuos desvelos de Vuestra Excelencia[25].

y, en la página siguiente, al dirigirse al lector:

> Si doy cabal cumplimiento a los deseos que has tenido de ver este libro fuera de la estampa, no será osadía que te pida albricias, en agradecimiento de que ha salido para que le goces sin que le censures por culto, común falta que imputan muchos a los versos que no alcanzan. Respétale como a póstumo de aquel singular ingenio que, si mereció cuando vivía las alabanzas que habrás oído de sus obras, hoy resucita en ellas para que, admirándolas por altas, guardes vivas las memorias de cuyas fueron.

No estaría de más recordar que Baltasar Gracián se pronunció en términos semejantes, y en varias ocasiones, en su *Agudeza y arte de ingenio*[26]; y que Pedro Coello, al ampliar

---

[24] Rozas sostiene que «probablemente es un pseudónimo», en *Cancionero de Mendes Britto: Poesías inéditas del Conde de Villamediana*, Revista de Literatura, XXIV (núms. 47-48, julio-diciembre de 1963), pág. 44.

[25] Esta dedicatoria aparece encabezando la edición de 1629, tras las aprobaciones, licencia y privilegio.

[26] *Vid.* nota inicial al núm. 226.

la edición de 1629 para la primera publicada en Madrid (1635)[27], en la dedicatoria a don Enrique de Zúñiga, Conde de Brantevilla[28], dice:

> De los opulentos tesoros de la rica vena del Conde de Villamediana hago feliz auspicio a tanto desempeño. Moneda es de oro, y tan corriente como toda España conoce y las naciones extranjeras publican, con el aplauso tan general y aclamación tan plausible que sin envidia de ningún poeta podía con justísimo título aspirar ambicioso al lírico laurel de Apolo, glorioso émulo de Horacio, si la voz universal —tan dilatada por el mundo— es poderosa a establecer la palma, que en lo escondido litiga la calumnia.

Por último, don Luis de Góngora, amigo y protegido del Conde[29], le dedicó a éste cuatro poemas, una octava y, probablemente, tres décimas[30]. Uno de los sonetos («Al Conde de Villamediana, de su *Faetón*») termina con el siguiente elogio:

> ¿Quién, pues, verdes cortezas, blanca pluma
> les dio? ¿Quién de Faetón el ardimiento,
> a cuantos dòra el Sol, a cuantos baña
>
> términos del Océano la espuma,
> dulce fía? Tu métrico instrumento,
> on Mercurio del Júpiter de España[31].

y en la décima atribuida, escrita como celebración de *La Gloria de Niquea:*

---

[27] Para el resto de ediciones, *vid.* Rozas, *El Conde de Villamediana. Bibliografía...*, págs. 29-37.

[28] Al frente de *1635*.

[29] M. Artigas, en *Don Luis de Góngora y Argote. Biografía y estudio crítico,* Madrid, R.A.E., 1925, pág. 137, refiere la anécdota de que al enterarse el Conde del viaje del cordobés a Madrid en 1617, le envió su litera para que el autor de las *Soledades,* hiciese más cómodo el viaje.

[30] En la ed. de Millé, núms. 344, 362, 369, 370 (págs. 509, 519 y 523, respectivamente), núm. 411 (pág. 603), y núms. 177 y XXXI —ésta atribuida— en págs. 382 y 423. La tercera de las décimas es la famosa «Mentidero de Madrid», que también se le atribuye, aunque Millé no la edita.

[31] Vv. 9-14 del núm. 344 —*vid.* nota anterior.

> ¿Quién pudo a tanto tormento
> dar gloria en tan breve suma?
> Otra no fue que tu pluma,
> otro no fue que tu aliento[32].

Como vemos, pues, los elogios de su poesía fueron muchos e importantes, aunque también —como poeta culto que era— las críticas, a tenor de lo que afirman en sus dedicatorias Dionisio Hipólito de los Valles y Pedro Coello. Los elogios fueron recíprocos para el caso de Góngora[33]; pero quizá, al margen de amistades o alabanzas obligadas de los editores, tenga mayor valor la defensa que del léxico culterano, y del *Faetón* en concreto, hace el preceptista Manuel de Ponce en una epístola, único documento que sobre la «pequeña polvareda de jáureguis»[34] debió de levantar la obra de Villamediana cuatro años después de las *Soledades* y del *Polifemo*:

> Si los juicios de los hombres se guiaran por el nivel de la verdad y ella reinase sobre las pasiones, siendo como es una, serían unánimes las sentencias y no estarían pendientes de la defensa del crédito y opinión de las cosas que, siendo dignas de admiración, aun no alcanzan por premio ser defendidas. De no seguirse esta ley nace desconfianza en los ingenios superiores, que temen el riesgo de ser desestimados justamente, y osadía en los más inferiores que, sin conocer su peligro, alientan a merecer el lugar primero, hallando que se niega a los que privan de él no sus deméritos, sino la emulación y la calumnia de los que, viéndose excedidos, solicitan quedar iguales a los mayores, si no en la verdad de la suficiencia, en la aparienc[i]a de la opinión.
>
> Los que han incurrido en este género de error malicioso, viendo el *Faetón* escrito por V. S.ª con pluma a cuyas líneas no ha igualado alguna de España, aunque en ella haya habido tantas que exceden a lo estimable de la Antigüedad, dicen

---

[32] Vv. 1-4 del núm. XXXI —*vid*. nota 30.

[33] *Vid*. el poema latino del Conde que editamos con el núm. 599.

[34] Cito por J. M. Rozas y A. Quilis, «Epístola de Manuel Ponçe al Conde de Villamediana en defensa del léxico culterano», *R.F.E.,* XLVI (1964), págs. 411-423. La cita pertenece a la pág. 417.

que es defecto en la locución el ornato de las voces extranjeras, latinas o toscanas que van insertas en algunas instancias
deste escrito, porque siendo en nuestro idioma desdicen
de su dulzura, opugnan su inteligencia y oscurecen su claridad.

El fragmento es largo, pero bien valía la pena. Según el
testimonio de Ponce, las críticas a la obra del lisboeta van
en la misma dirección que las cruzadas en «la batalla en
torno a Góngora»[35]. Hubo críticas, por tanto, y defensas
para la obra de Villamediana. Sin embargo, resulta sumamente extraño, intrigante diría, que, antes de la muerte del
Conde, dos poetas como Quevedo y Lope, tan implicados
por otra parte en la polémica sobre la poesía culta, no ata-
casen a nuestro poeta; y que sólo tras la muerte de éste hi-
cieran públicas algunas composiciones a modo de epitafios. Y, lo que es más, en estos poemas, Lope dirá del Conde que le «sobró tan buen entendimiento»[36]; aunque, en
cambio, Quevedo aprovechó la ocasión para acusar, en sus
Grandes anales de quince días, a Villamediana de que había solicitado «el castigo con todo su cuerpo»[37]. De todos modos,
tanto el primero como el segundo dirigieron sus versos
y/o sus reflexiones hacia la propia vida —dilatada, según
todos los testimonios— del Correo Mayor, y no hacia su
labor poética. Quede esto sentado como dato susceptible
de diversas interpretaciones en torno a los motivos, desde
políticos o de interés hasta de «respeto» o reserva ante la
capacidad, de todos conocida, que como poeta satírico es-
grimía el Conde[38].

Fue Villamediana uno de los poetas del Siglo de Oro
más leído y con más ediciones de su obra[39]. Hasta un total

---

35 Con este título publicó Ana Martínez Arancón su utilísima monografía
en Barcelona, Antoni Bosch ed., 1978.

36 Cito por Rosales, *op. cit.* [1969], pág. 100.

37 B.A.E., t. XXIII, pág. 214 (citado por Rosales, *ibíd.,* pág. 80).

38 Es más, el mismo Lope de Vega firma la aprobación de la edición de
1635 el 12 de mayo del año anterior; aunque, no obstante, también debe decirse que toda la parte satírica de Villamediana nunca fue impresa en las ediciones del siglo XVII.

39 Otro de los hitos poéticos, en cuanto a lectores y ediciones, fue el *Can-*

de seis (1629, 1634, 1635, 1643, y 1648)[40] en el corto espacio de dos décadas; seis ediciones a las que quizá deban añadirse algunas traducciones, de ser cierto lo que asegura Pedro Coello. Cabría preguntarse, en consecuencia: ¿cuáles fueron las razones de tal éxito?

Pensemos que Villamediana comienza a escribir en un momento en el que la consolidación de las formas italianas es ya un hecho. Por ellas han pasado, ya, desde Garcilaso y Boscán, fray Luis o San Juan, Herrera, Aldana o Figueroa hasta Góngora, cuyos primeros sonetos son de 1582[41], fecha en la que Herrera edita sus *Anotaciones*. Aquella «dificultad, por ser muy artificioso» este género de versos y formas que advertía Boscán en sus primeras tentativas ya no existe; se han llegado a elaborar y perfeccionar de tal modo formas y temas que los poetas —dentro siempre de la preceptiva *imitatio*— comienzan ya a hacer distinguir sus voces mediante mínimas aportaciones que, en casos concretos y no siempre, sirven para diferenciar su trabajo y centón poéticos. Y así, a finales del siglo XVI o comienzos del XVII, aquellas palabras con las que el poeta barcelonés cerrara su carta a la Duquesa de Soma resuenan como el eco de lo que ya no puede entenderse como una simple o atrevida profecía:

> Porque ya los buenos ingenios de Castilla, que van fuera de la vulgar cuenta, le aman y le siguen, y se ejercitan en él tanto que si los tiempos con sus desasosiegos no lo estorban, podrá ser que antes de mucho se duelan los italianos de ver lo bueno de su poesía transferido en España[42].

Por tanto, el Conde, por medios económicos y de posición social, por acceso a la cultura clásica, por lecturas e, incluso, por sus viajes, tuvo en sus manos todo un manojo

---

cionero General, con nueve ediciones: 1511, 1514, 1517, 1520, 1527, 1535, 1540, 1557 y 1573.

[40] Las dos primeras en Zaragoza, las tres siguientes en Madrid, y la última en Barcelona.

[41] *Vid.* ed. cit., págs. 411 y ss.

[42] *Op. cit.,* fol. XXI.

de posibilidades —amén de su inclinación temprana por la poesía— sobre el que fundar una obra poética consistente y de gran envergadura.

Es un hecho sabido y comprobado que la perfección formal a la que llega el uso de la métrica italiana en España a fines del siglo XVI permite a los poetas la elaboración de obras a partir de unos códigos ya establecidos. Garcilaso ha pasado a formar parte del coro de clásicos y se codea con la Antigüedad. Y esto a tan sólo cincuenta o sesenta años de la muerte del toledano.

El camino poético del Conde representa la síntesis de diversas corrientes poéticas que confluyen en el Siglo de Oro. Si repasamos rápidamente su producción, observaremos que éste escribe tanto sonetos, octavas, liras, silvas y tercetos, como redondillas, décimas, romances y otras composiciones de métrica tradicional. Se da, pues, en él como en otros (Góngora, Quevedo o Lope), una primera síntesis: la síntesis formal.

Mas si atendemos a los asuntos tratados, notaremos que la obra de Villamediana recoge también gran parte de las posibilidades temáticas que tienen cabida en la poesía de su tiempo: amorosos, líricos, sacros, fúnebres, burlescos, pastoriles, mitológicos, así como una importante obra satírica (siempre dentro del tono de la sátira personal), que ha sido la que por caminos más tortuosos y difíciles ha llegado hasta la actualidad[43]. Será ésta, pues, la segunda síntesis de la poesía del conde.

Aun más, Villamediana, hábil versificador y gran estudioso de los clásicos, conjuga en su obra dos códigos poéticos. Si echamos una mirada sobre los poemas del *Cancionero de Mendes Britto*[44], puede que lo primero que nos sorprenda

---

[43] Dionisio Hipólito de los Valles, en la dedicatoria «Al lector» de *1629* dice: «No busques en él las sátiras ni murmuraciones, que faltan algunos papeles, que lo primero no se ha permitido y para lo segundo ha sido poca la mayor diligencia.»

[44] Editado por J. M. Rozas en la *Revista de Literatura*, XXIV (núms. 47-48, julio-diciembre de 1963), págs. 23-100, y reimpreso con una adición, al final del capítulo III, «Poemas autobiográficos: el primer destierro») por el C.S.I.C., Publicaciones de la Revista de Literatura, núm. 2, 1965 (incluye, además, índice de primeros versos).

sea la lengua poética del Conde en estos versos: términos como «vencedor», «vencido», «la vida que no es vida», «el galardón», el trato de «vos» para la dama, la «ley de amor», el «vivir ausente» o enajenado, el «tormento», y una larga lista que le ahorro al lector, junto a procedimientos como la derivación y el poliptoton, aproximan su poesía (también en algunas composiciones del manuscrito de la Biblioteca Brancacciana)[45] al código cortés del amor[46] y a los procedimientos de la poesía cancioneril, donde la mínima variación léxica y el juego de tensión lingüística resultan ser preceptivos. Pero estos temas, léxico y procedimientos son solamente una de las dos caras de la moneda; en la otra, encontramos también al Villamediana culto[47] que glosa temas mitológicos (Faetón, Ícaro, Narciso, Apolo y Dafne, Filomena, Ulises y las Sirenas, Adonis, por citar los más relevantes) y autores clásicos (desde Homero a Horacio, Virgilio y Ovidio), al poeta deslumbrado por la revolución poética de 1613 —aparición en la Corte del *Polifemo* y las *Soledades* de Góngora— que optará por seguir el camino del cordobés, a contracorriente, y probará su musa en composiciones largas, dos de ellas (el *Faetón* y *Apolo y Dafne*) mucho más elaboradas y con mayor sentido técnico que la otra (la *Fábula de la Fénix*), en la que el cambio de estrofa —de la octava de las dos primeras a la silva de ésta— parece ocasionarle más problemas de los suponibles en un principio[48]: tercera síntesis.

J. M. Rozas quiso ver la obra poética del Conde compuesta por varios «Cancioneros», a los que él daba el nom-

---

[45] Editado por E. Mele y A. Bonilla y San Martín en la *Revista de Archivos, Bibliotecas y Museos*, año XXIX, núms. 4, 5, 6 (abril-junio de 1925), págs. 180-216 y núms. 7, 8, 9 (julio-septiembre de 1925), págs. 241-260.

[46] Queda para mejor ocasión el estudio de esta temática y esta poética que en casos como el de Quevedo realizó Otis H. Green en *Courtly love in Quevedo*, Boulder, Colorado, University of Colorado Press, 1952 (traducción de F. Ynduráin, *El amor cortés en Quevedo*, Zaragoza, 1955).

[47] No comparto en absoluto el título «Culto por su antojo» que da Felipe B. Pedraza al apartado en el que trata este tema dentro de su «Prólogo» a la edición facsímil de *1629*, págs. XXXI-XXXII.

[48] Estas tres fábulas se editan aquí con los núms. 391, 392 y 393, respectivamente.

bre de «Cancionero blanco», «Signo de Góngora y signo de Marino» y «Cancionero del desengaño»[49]. Este planteamiento dejaba fuera, a todas luces, la idea de que la obra de Villamediana se constituye desde esa evolución que la poesía toma, en los grandes poetas, la forma de la dualidad complementaria y fundante de tradición e innovación. En palabras de Pedro Salinas[50],

> La grandeza de un artista se mide por su grado de capacidad para asimilar la mayor parte posible de esa totalidad de la tradición, por su vitalidad combinatoria.

Y esto es algo que ni siquiera el más denostado de los poetas cultos —Góngora— olvidó para su obra. La idea de la multiplicidad y la de la síntesis poética debe ser el punto de partida para el análisis de la poesía del Conde, tal y como señalaba, hace ya dos décadas, F. Rico[51]:

> Cadalso, obviamente, fundaba su implícito anatema estético en la imagen de un Villamediana unidimensional, la del ciego secuaz de Góngora que había inventado Luis Joseph Velázquez. Pero don Juan de Tassis no es poeta de tecla única, sino de múltiples registros ... La grandeza de esos versos, sin embargo, está más bien en el absoluto dominio con que Villamediana ha conseguido integrar todos los lenguajes poéticos «posibles» (cabría decir) en la época; está en la capacidad de concentración y variación.

Tal vez estas síntesis sean, en definitiva, algunas de las claves que explican el éxito de la poesía del Conde en su si-

---

[49] Planteamiento que mantuvo tanto en su antología para Castalia, como en la que con el título *Obra completa* —200 sonetos en realidad—, publicó en Ed. Marte, col. «Pliegos de cordel», Barcelona, 1967.

[50] En *Jorge Manrique, o tradición y originalidad,* Barcelona, Seix Barral, Serie Mayor, 19, 1981 (2.ª ed.), pág. 115.

[51] F. Rico, «Villamediana, octava de gloria», *Ínsula,* núm. 282 (mayo de 1970), pág. 13 col.ᵃˢ. 1.ª y 4.ª. Para este tema en el siglo XVI, *vid.* la reciente aportación de A. Prieto en *La poesía española del siglo XVI,* vol. I, Madrid, Cátedra, 1984, en especial el cap. II, «El ayuntamiento de dos prácticas poéticas», págs. 37-58.

glo, éxito de unas ediciones en sí mismas; puesto que, como se ha dicho, su obra satírica no fue incluida en éstas, con lo cual cabe desterrar cualquier tipo de sospecha hacia otros posibles «intereses de lector».

4. Poesías en metros italianos

La obra poética del Conde, impresa hasta esta edición y en metros italianos, consta de 368 sonetos, 13 composiciones en octavas (más las 228 del *Faetón* y las 118 de *Apolo y Dafne*), 2 en liras, 7 en tercetos (una de ellas, diálogo)[52], 1 silva (más la *Fénix*, también en silvas), a las que cabría añadir un poema en latín y algunas de las partes de *La Gloria de Niquea*[53]. Por tanto, casi dos terceras partes de las composiciones y casi un 52 por 100 de los versos (10438) de los editados aquí son endecasílabos y heptasílabos.

Ante una obra de tal magnitud —recordemos, por ejemplo, que la de Quevedo cuenta con 876 poemas, tal y como la presenta J. M. Blecua; y la de Góngora con 421 —más 100 «atribuibles», según Millé, algunos de los cuales que, sin duda, no proceden de la pluma del cordobés, como es el caso del «Prólogo» alegórico a *La Gloria de Niquea*[54]— cabe actuar con suma cautela. De nada servirían las generalizaciones ni las explicaciones globales. Por este motivo, creo conveniente una revisión sistemática por metros y temas, revisión siempre insuficiente dado el carácter introductorio de estas páginas, que se verá completada de forma más exhaustiva y concreta en las notas, tanto iniciales como a versos en particular, que incluyo en la edición de cada uno de los poemas.

---

[52] El núm. 592.

[53] El poema en latín editado con el núm. 599. Para *La Gloria de Niquea*, *vid.* apartado 7 de esta «Introducción».

[54] *Vid.* D. Alonso, «Crédito atribuible al gongorista don Martín de Angulo y Pulgar», *R.F.E.*, XIV (1927), págs. 369-404 (recogido en *Estudios y ensayos gongorinos*, Madrid, Gredos, 1955, págs. 413-453).

4.1. *Sonetos amorosos*

Constituyen la parte más importante (193)[55], es decir, más del 50 por 100 de los sonetos y más ejemplificativa de la integración o síntesis poéticas que practica el Conde en sus composiciones. El hecho de que dispongamos de algunos datos en cuanto a cronología de los poemas (sobre todo, de los que aparecen en *Brancacciana* y en *Mendes Britto*) refuerza la tesis de que, para el caso de la poesía en metros italianos, Villamediana presenta dos momentos bien diferenciados: uno, quizá hasta 1611 —fecha de su viaje a Italia—, en el que el autor trata el tema amoroso desde los presupuestos corteses y cancioneriles, tanto en el nivel retórico (derivaciones, poliptotos, paronomasias, paradojas, antítesis) como en cuanto al nivel léxico (la expresión paradójica del estado del amante, la metáfora de la «cárcel de amor», el amante como esclavo o reo, el «servicio», «galardón», «vasallaje», el tratamiento de «vos», el tema de la «ley de amor», las «cadenas» que supone el amor, las dualidades razón/pasión, etc.); y un segundo en el que da entrada a los tópicos petrarquistas y neoplatónicos (los ojos de la dama, las flechas o rayos que lanza, la guerra trabada, la imagen del laberinto, la metáfora náutica, la ejemplificación mitológica, o el tema del silencio), junto a elementos clásicos, tanto horacianos como virgilianos, como son la visión beatífica, la metáfora del destierro, el marco bucólico, la «inscripción de amor» y otros, que dan noticia de algunos de los componentes de su síntesis poética.

El tema amoroso es uno de los pilares en los que se fundamenta la obra del Conde, tanto en los sonetos como en el resto de su poesía. La expresión siempre doliente del amor se articula mediante las vías establecidas por la tradición (tradiciones para su caso): tradición clásica y tradición cancioneril. La primera hasta Garcilaso y Herre-

---

[55] Núms. 1 a 193 de esta edición.

ra; la segunda, que toma argumentos de la mejor poesía del siglo XV.

Sería muy difícil resumir esa expresión doliente del Conde a un sucinto catálogo de temas o técnicas, estudio que debe efectuarse con exhaustividad en mejor momento; pero sí que debe verificarse una idea general para la poesía del Conde: la pluralidad de registros o lenguajes poéticos, de temas o tradiciones, de técnicas y modos, confluyen en una sola dirección. Pluralidad de lenguajes sí, mas una sola voz en el recuento.

La sonetística amorosa del Conde incluye, además, todas las técnicas propias de la poesía de su tiempo, y algunas anteriores, como son los sonetos-prólogo o los sonetos-definición[56]. Corroboramos, en este sentido, las palabras de Luis Rosales que, al referirse a Villamediana como poeta amoroso, concluye:

> En su lírica amorosa, continúa la expresión delicada, profunda, traslúcida de Garcilaso: la tradición de su espiritualidad. Su verso no parece escrito: está dicho en voz baja [...] Su estilo, muy conciso y con un cierto desgaire y desaliño, se apoya, casi continuamente, en la definición[57].

Un análisis en profundidad de sus sonetos amorosos nos debe conducir a la conclusión de que Villamediana establece un puente no sólo entre la poesía cancioneril y la petrarquista y neoplatónica, sino también entre los tonos de un Garcilaso, Herrera y otros poetas de la segunda mitad del XVI y las formas metafóricas y de trasposición a que se someten temas, tópicos y estructuras a partir de Góngora. Por sus primeros sonetos amorosos el Conde parece, aun habiendo nacido en 1582, anterior al cordobés; pero vista su obra desde el punto de referencia objetivo que constituye la fecha de 1617 (fecha de producción del *Faetón*), la evolución que desde la síntesis de materiales diversos ha

---

[56] *Vid.* núm. 1 y núms. 26, 29, 45, 46, 48, 84, 85, 86, 98, 105, 106, 112 y 167.
[57] En [1969], págs. 158 y 161.

experimentado su obra, y sus sonetos amorosos en particular, otorga a la poesía del Conde toda una trayectoria que va de la poética cancioneril y cortés hasta los refinamientos últimos de la poética cultista.

4.2. *Sonetos líricos*

Los noventa y ocho sonetos agrupados bajo SONETOS LÍRICOS constituyen la parte más heterogénea, en cuanto a temas y tópicos se refiere, de la producción sonetística del Conde. Comprenden los SONETOS LÍRICOS desde temas mitológicos como Ícaro, el rapto de Europa o Adonis[58] hasta reflexiones políticas y personales, de tono desengañado, o alabanzas a algunas circunstancias de la época de los Austrias, en especial el nacimiento de Felipe IV, tema para el que Villamediana utiliza el tópico virgiliano de la profecía que se halla en la Égloga IV del mantuano. Estos dos últimos temas (las reflexiones motivadas por el desengaño y por el destierro, y las alabanzas políticas a reyes, príncipes e infantes —incluso a Enrique IV de Francia[59]— suman casi la mitad de los sonetos de este grupo. El Conde, que había sufrido dos destierros forzosos y quizá alguno «voluntario»[60], consciente de la progresiva situación de deterioro de las finanzas en tiempos de Felipe III y de la corrupción de nobles y señores, pondrá todas sus esperanzas en el futuro rey, Felipe IV. Las reflexiones en torno a la fortuna y el *fatum,* el hecho de concebir el «mundo como representación»:

> Aquí, negados al rigor del hado,
> seremos en la escena espectadores,
> en el del mundo trágico tablado[61].

junto a otros tópicos como el del *aurea mediocritas* o el *homo*

---

58 *Vid.* los núms. 194 y 242; 225 y 270, respectivamente.
59 *Vid.* núm. 196.
60 *Vid.* la cronología incluida en el apartado 2 de esta «Introducción».
61 Vv. 9-11 del núm. 236.

viator[62], tienen por contrapartida las alabanzas personales, tanto a laicos como a religiosos[63], y los sonetos dedicados a tópicos como el tema del retrato petrarquista o el del silencio, sonetos puramente de circunstancias, dedicatorias para libros, un soneto-definición de la mujer, o tópicos virgilianos como la «inscripción» y otros como el *superbi colli;* así como composiciones dedicadas a monumentos o a hazañas marítimas.

Quizá una de las composiciones más bellas sea la que lleva por epígrafe «A la muerte de Adonis»[64]. En ella, la dulzura de las rimas y los ritmos, la serenidad que el Conde imprime a sus versos, hace aflorar a su vez y con más fuerza la vena erótica del mito, tratamiento insólito en la poesía de Villamediana al igual que en sus antecesores y contemporáneos, excepción hecha de Aldana[65]. El primer cuarteto, con la presentación del tema y su carga emocional —proporcionada, en este caso, por la idea de que el amor se escapa con la muerte— es un ejercicio de estilo impecable que sitúa al lector en un margen de la poesía del Barroco poco conocida:

> Boca con boca Venus porfïaba
> a detener el alma que salía
> del desdichado Adonis que moría
> más herido del bien que acá dejaba.

La imagen del beso antes del instante final funciona en estos cuatro versos como punto de enlace con la historia ovidiana y las referencias clásicas, pero, a un mismo tiempo, actúa como punto de partida de la amplificación temporal que el Conde practica para la escena. Cuando Venus llega ante Adonis, según el relato de Ovidio, tan sólo tiene tiempo la diosa de abrazarse al moribundo y prometerle

---

62 *Vid.* núms. 251 y 244, respectivamente.

63 *Vid.* núms. 200, 203, 216, 220, 255, 256 y 283. Para las de religiosos, *vid.* núms. 202, 204, 206, 213, 221, 229, 231 y 238.

64 *Vid.* núm. 270.

65 Cuyo soneto «Cuál es la causa, mi Damón, que estando» es todo un prodigio en cuanto a este tema.

que de su sangre derramada nacerá una flor. En cambio, en el soneto de Villamediana, la escena parece dilatarse en el tiempo, demorarse en la descripción particularizada de las acciones y los pensamientos de Venus.

El motivo de elegir este soneto para ejemplificar esta parte tan heterogénea de la producción del Conde pudiera parecer arriesgado a simple vista, pero un análisis más detenido de sus reflexiones —de su circunstancia doble de desengañado y desterrado—nos conducirá a la conclusión siguiente: el tono, sin grandes apasionamientos, que Villamediana utiliza en esta parte para abordar lo personal y lo exterior es el elemento uniformador del conjunto.

En los sonetos de esta parte, el lisboeta opera del mismo modo que en el texto comentado más arriba; es decir, desde una situación como de remanso que reivindica para su poesía uno de los elementos más apreciados en el arte renacentista y barroco: la perspectiva.

Rozas distinguía de esta forma los temas:

> No podemos separar estos tres núcleos, sino colocarlos en la misma moneda: en la cara del imperio, lo cortesano-elogioso; en la cruz, mezclado, lo horaciano y satírico-plebeyo[66].

Sí, tres núcleos (los dos primeros en los SONETOS LÍRICOS y en la «Silva que hizo el autor estando fuera de la Corte»[67], y el tercero en su poesía satírica); pero no dos caras de una misma moneda. Lo «horaciano» adquiere una parcela intermedia, propia, entre uno y otro. Estos tres temas son como tres grados de una escala que se explica desde la circunstancia del poeta esperanzado en la posibilidad de una recuperación política, el indignado ante la miopía de Felipe III y el noble que se rebela contra su propia clase mediante su arma más amada: la poesía.

Este esfuerzo de perspectiva y concentración reflexiva

---

[66] En su «Introducción» a la antología preparada para Castalia, páginas 40-41.
[67] *Vid.* núm. 390.

se perderá, por las razones que veremos, en el análisis de su producción satírica, cuando Villamediana trueque la reflexión sobre su situación interior, siempre en «off», por la denuncia —en voz alta y públicamente— de circunstancias político-sociales concretas. Esto es, cuando la poesía adquiera una finalidad externa a sí misma.

4.3. *Sonetos sacros*

Constituyen una pequeña parte de su producción (25 sonetos), y casi la mitad está dedicada a la canonización de San Javier (1622), para la que se organizaron diferentes fiestas y una justa poética. Al margen de los once sonetos dedicados al santo, dos a San Ignacio de Loyola y uno a San Isidro, las composiciones sacras del Conde responden, casi en su totalidad, a temas ya tratados por otro poetas, y no aportan grandes cosas a su obra. Poesía en la que demuestra su oficio de poeta y poco más. Tal vez el único soneto que se distingue del resto sea el que abre la serie, dedicado «A los presagios del día del Juicio»[68], y en el que el tema tópico al que da título el epígrafe aparece glosado en unos endecasílabos que nos recuerdan a los de algunos de sus sonetos de reflexión personal[69]. Fuera de éste, y del alarde de fecundidad que Villamediana pone de manifiesto en los once que le dedica a San Francisco Javier, sus SONETOS SACROS son, como ya hemos dicho, una parte menor —y no sólo por el número—de su poesía.

4.4. *Sonetos fúnebres*

Los veintinueve sonetos que se recogen bajo SONETOS FÚNEBRES (uno de ellos glosa el tópico del *superbi colli,* de carácter lírico)[70] comparten con los sacros el hecho de ser

---

[68] Es el núm. 292.
[69] *Vid.* nota al soneto.
[70] El núm. 338.

composiciones motivadas por circunstancias concretas, que a menudo obligaban a los poetas a escribir tales versos. Villamediana dedicará sonetos fúnebres a reyes como Fernando el Católico, Carlos V, Felipe II, Margarita de Austria —esposa de Felipe III—, e incluso a Enrique IV de Francia[71], aunque ninguno, por otra parte, a Felipe III, rey durante cuyo mandato sufrió el Conde sus destierros. Otros personajes de la nobleza son también alabados en su muerte por los endecasílabos del poeta; pero quizá el hecho que más llame la atención sea el de que, al contrario de lo que se creía, Villamediana dedicó hasta un total de doce composiciones a una dama con nombre poético «Lise», y que en ningún momento debe identificarse con la reina Isabel de Borbón[72]. Y, lo que es más, el Conde —como también ocurre en otros poetas— cambia en ocasiones el epígrafe y da ligeros retoques a un soneto para aplicarlo a otra circunstancia y a otra persona[73].

Este tema fúnebre posee una serie de elementos fijos que aparecen invariablemente en sus composiciones: procedimientos estilísticos como la deixis («ésta», «éste», «aquélla», «aquí»...), elementos de carácter clásico como la introducción de las Parcas y de la Fortuna, tópicos temáticos como el de la flor que es segada tempranamente, el contraste entre la luz de la vida y la oscuridad de la muerte, la creencia en la vida eterna y en el sostén de la vida de la fama, e incluso la glosa de dos temas mitológicos (Siringa y Adonis)[74].

4.5. *Otras composiciones*

El resto de la producción en endecasílabos y heptasílabos del Conde posee menos importancia, no sólo en cuan-

---

[71] Son los núms. 327; 334; 324 y 325; 321, 323, 331 y 343; y 317, 340 y 341, respectivamente.

[72] *Vid.* notas al soneto núm. 268. Por el epígrafe de *Mendes Britto* al núm. 333 (*vid.* nota), se entiende que la tal Lise quedó viuda.

[73] *Vid.*, por ejemplo, nota inicial al núm. 331.

[74] *Vid.* núms. 332 y 337, respectivamente.

to a número sino también en cuanto a aportaciones a su poética. Cabría hacer dos excepciones: una, las «Fábulas», que comentaré aparte; y otra, la «Silva que hizo el autor estando fuera de la Corte».

Villamediana desplegó una gran habilidad como sonetista, mas a ella debe añadírsele el tratamiento de los mismos temas en otras estrofas como son las octavas, liras de seis versos y tercetos.

Los trece poemas en octavas[75], excepción hecha del *Faetón* y *Apolo y Dafne,* dan cabida a tópicos y temas que ya hemos visto aparecer en sus sonetos. Elementos estilísticos como la derivación y el poliptoton, el uso de la glosa de un verso, propio o ajeno, así como temas como la paradoja amorosa, o el retrato, junto a la utilización del léxico cortés, ofrecen a esta parte un carácter vario. La mayoría de las octavas están recogidas en el *Cancionero de Mendes Britto,* y se distinguen de las del *Faetón* o las del *Apolo y Dafne* tanto por el léxico como por su concepción[76]. Parece, pues, que el Conde ensaya con pocas de las formas italianas —básicamente el soneto— hasta que viaja a Italia y Góngora da a conocer sus dos poemas largos.

En cuanto a las liras, de seis versos en Villamediana, tan sólo conocemos dos poemas (núms. 382 y 383), y ambos se ocupan de un mismo tópico: la *descriptio puellae* preceptiva, aunque con alguna ligera variación. Del uso que el Conde hace de la estrofa quizá pueda deducirse que le resultaba más cómoda ésta —con alternancia regular de heptasílabos y endecasílabos— que la lira tradicional que había introducido Garcilaso.

Más interesantes por su variedad, que no por sus aporta-

---

[75] Núms. 369 a 381.

[76] Por poner un ejemplo: la bimembración en el último verso de cada octava (característica que D. Alonso registra para más del 50 por 100 de las del *Polifemo* en *Góngora y el Polifemo,* vol. I, Madrid, Gredos, 1985 [9.ª ed.], páginas 179-184) se da muy poco en éstas, y sí en cambio en las fábulas, al igual que en las «Estancias al príncipe nuestro señor» (núm. 381), casi con toda seguridad de 1618.

ciones, resultan los poemas en tercetos encadenados[77], en los que de nuevo combina Villamediana —dentro siempre del tema amoroso— los procedimientos y léxico corteses con los tópicos de la poesía petrarquista y neoplatónica. Únicamente el «Diálogo entre Plutón y Aqueronte» deja a un lado la temática amorosa para satirizar, como también hará en sus décimas, redondillas y otras composiciones de arte menor, a los nobles y señores de los últimos años del reinado de Felipe III. Sólo uno de los poemas en tercetos, y de tema amoroso, se editó en el siglo XVII, mientras que la mayor parte del resto apareció en *Brancacciana.*

Lugar destacado merece ocupar, entre las composiciones en metros italianos, la «Silva que hizo el autor estando fuera de la Corte» (núm. 390), en la que Villamediana logra un tono personal, entre el desengaño y la serenidad, horaciano diríamos, que hace de ésta una composición singular. Parece clara, en este caso, la influencia del Góngora de sus *Soledades,* poema que el Conde debió de leer con mucha atención. En la «Silva», el lenguaje y sintaxis gongorinos están reforzados por la abundancia de temas mitológicos (Ulises, Filomena, Cigno, Faetón), todos ellos muy familiares a la poesía del Conde. La visión del forzado y la metáfora náutica son dos de los pilares sobre los que se asienta esta larga reflexión personal (lo satírico no tiene cabida ahora) del que mira el «mar embravecido» desde la arena siempre en calma:

> y, sin dejar incógnito ninguno,
> en antípoda clima, cumplió el voto,
> náutico ya prodigio sin segundo,
> que nuevos puso límites al mundo,
> tal yo el amigo puerto
> si tomado, no digo descubierto,
> a mis pasos, si errantes, no perdidos,
> acoge la piedad desta ribera.
>
> (vv. 57-64)

---

[77] Núms. 384 a 389, y el diálogo editado con el núm. 592.

5. LAS FÁBULAS

Las ediciones de la poesía del Conde presentan, desde *1629,* un corpus de cinco fábulas dedicadas a cuatro historias mitológicas distintas: Faetón, Apolo y Dafne (dos), Europa y el Fénix. De estas cinco fábulas editamos aquí las tres que con toda seguridad pertenecen a Villamediana. La *Fábula de Europa*[78] y la de *Dafne y Apolo* (en romance ésta) no pueden ser consideradas como del Conde: la primera, por ser una versión traducida, aunque bastante libre, de la *Europa* de Marino[79]; y la segunda por los argumentos que tan diáfanamente expuso J. M. Rozas[80].

Podríamos considerar las tres restantes (*Faetón, Apolo y Dafne y Fénix*) como la «producción mayor» de Villamediana. Las dos primeras están escritas en octavas, la última en silvas irregulares. Las tres deben de pertenecer al último periodo poético del Conde, y cabría fecharlas a partir de 1617[81].

Esto es, en plena polémica en torno a la poesía culta —polémica que había propiciado la aparición de las *Soledades*—, cuando el abad de Rute lanza su *Examen del Antídoto*[82] en contestación a Jáuregui, el Conde de Villamediana

---

[78] En págs. 288-316 de *1629.*

[79] Para este tema, *vid.* J. M. Rozas, «Marino frente a Góngora en la *Europa* de Villamediana», en *Homenaje al Instituto de Filología y Literatura Hispánicas «Dr. Amado Alonso»,* Buenos Aires, 1975, págs. 372-385 (recogido en *Sobre Marino y España,* Madrid, Editora Nacional, 1978, págs. 69-88).

[80] *Vid.* su artículo «Localización, autoría y fecha de una fábula mitológica atribuida a Collado del Hierro», *Boletín de la R.A.E.,* XLVIII (1968), páginas 87-99.

[81] Así lo hace Rozas en la «Introducción» a la ed. cit., aunque su gestación debió de ser en 1615 ó 1616 para el caso del *Faetón. Vid.* también la epístola citada en la nota 34.

[82] Según E. Orozco, «a fines de 1616 o comienzos de 1617», en «Los comienzos de la polémica de las *Soledades* de Góngora», en *Manierismo y barroco,* Madrid, Cátedra, 1981 (3.ª ed.), págs. 135-154. El dato aparece en la página 152. En cambio, A. Martínez Arancón, *op. cit.,* pág. 155, dice que Jáuregui escribió el *Antídoto* en 1624, lo cual entra en contradicción con la tesis de Orozco. De todos modos, lo cierto es que ambos documentan en sus trabajos la existencia de la polémica desde antes de la aparición del *Faetón.*

40

decide dar a conocer un poema tan extenso como la citada obra gongorina y casi cuatro veces el *Polifemo* del cordobés, y, al igual que esta fábula, en octavas. Lo que ahora podría parecer una provocación —y entonces seguro que también se entendió así— fue uno de los síntomas objetivos de que la poesía de Villamediana, en cuanto a léxico y procedimientos, se había acercado definitivamente a la de don Luis.

5.1. *Fábula de Faetón*

De las tres fábulas que ahora editamos es la más completa y estructurada. Coincidimos con Felipe B. Pedraza en que «dada su extensión, es poema desigual»[83], aunque no con un planteamiento extremo como el de Cotarelo, quien advierte en ella «una fatigosa erudición mitológica que confunde y marea al lector más flemático, haciendo pesado el poema»[84]. La fábula consta de 228 octavas (y no 232, como asegura Cotarelo), en las que Villamediana actúa por amplificación sobre la historia mitológica recogida en los libros I y II de las *Metamorfosis* de Ovidio[85]. Según José M.ª Cossío:

> La empresa que el Conde de Villamediana se propone en su *Fábula de Faetón* tenía exigencias difíciles de superar para conseguir un resultado airoso. Necesitaba, en primer término, que el lenguaje poético hubiera llegado a un grado de madurez total. Sólo tras las deslumbrantes realizaciones de Góngora podía planearse un poema en el que había de incluirse la totalidad del mundo mítico, con sus dioses, sus ninfas, sus fábulas, su clima, su universo[86].

El esfuerzo poético del Conde no sólo es plausible por el

---

83 «Prólogo» a la ed. cit., pág. XXXIII.
84 *Op. cit.*, pág. 211.
85 *Vid.* Rozas, «Introducción» a la ed. cit., pág. 31.
86 En *Fábulas mitológicas en España*, Madrid, Espasa-Calpe, 1952, página 430.

resultado obtenido sino también por lo que éste supuso: aquilatar su poética y concentrar todo su aprendizaje gongorino en casi dos mil versos. Si, como parece desprenderse de las investigaciones hasta ahora realizadas, el *Faetón* fue escrito sobre 1617 y fue el primer poema verdaderamente largo y de tema clásico de Villamediana, el fruto no pudo ser más ambicioso ni más logrado, muy acorde al que debía de ser el rigor poético del Conde. Para Gallego Morell,

> Villamediana es quien nos lega la fábula de Faetón que más alto vuela en la poesía española [...] La fábula de Villamediana, rica en descripciones marginales a la narración del mito, es la que centra el simbolismo que Faetón entraña[87].

Dada la longitud de la misma, Rozas optó por fragmentarla en diversas partes para facilitar así la distinción de los diferentes bloques o momentos temáticos del mito. En lo fundamental, coincidimos aquí con tal fragmentación aunque con una variante[88]; mas no intentaré demostrar la simetría que el citado crítico ve entre las diversas partes[89].

Dejando a un lado las cuestiones de contenido, el *Faetón* de Villamediana entronca perfectamente con la evolución que su obra poética experimentará en el corto espacio de tiempo de que dispuso. Y ello por dos razones:

1) La ya mencionada asunción de modos, técnicas y léxico gongorinos.
2) El hecho de que la fábula represente la consolidación poética de la «dialéctica vertical» que el Conde plantea en diversos poemas, desde amorosos a líricos.

---

[87] En *El mito de Faetón en la literatura española,* Madrid, CSIC, 1961, pág. 43. El mismo Gallego Morell nos dice, en la siguiente página, que la fábula fue trasladada a hexámetros latinos por el humanista Vicente Mariner.

[88] En la parte II de mi edición, que Rozas extiende hasta la octava 28 inclusive.

[89] Ed. cit., págs. 35 y ss.

La fábula es en sí misma todo un manual de la moral y de los avisos. Resulta sumamente sencillo extrapolar la historia del hijo de Climene hasta el plano ético, y ver en ella una especie de moraleja política dedicada a aquellos que buscan ascender denodadamente. Pero no creo que sea ésta la forma más correcta de leerla.

La función del mito consiste en anular el sentido de la temporalidad en sí mismo y presentarse, en su relato, como el ejemplo de una historia que puede tener validez como «verdad»; pero ese camino entre la narración y el sentido «ejemplar» o moral es un trayecto que ha de realizar el lector. El punto de partida es un material ajeno y, por tanto, conocido; con lo cual la preocupación de Villamediana no estriba tanto en la solución al conflicto de Faetón que, al fin y al cabo, le viene dado por el texto ovidiano, como en el hecho de que el poema sea capaz de plasmar y/o sugerir todo un mundo recreado, con todo lujo de detalles. En este sentido, en la descripción del Palacio del Sol, por ejemplo, Villamediana introduce incluso objetos complementarios a la mera descripción arquitectónica[90]:

> Forman nuevo esplendor, si no elemento,
> de rayos que en su círculo se giran
> carbunclos en cristal por ornamento
> que a ser el fuego elemental aspiran;
> y, sustentando el áureo firmamento,
> animan las estatuas y respiran,
> erigiendo con círculos rotantes
> relojes, figuras y cuadrantes.
>
> (vv. 353-360)

Si retomamos el argumento anticipado más arriba, notará quien lea la fábula que la presencia del léxico gongorino, así como el uso de versos del cordobés o la imitación de los mismos, es patente a lo largo del poema. Pero, del mismo modo, Villamediana asume algunas de las técnicas

---

[90] *Vid.,* a este respecto, las palabras de Gallego Morell recogidas en la nota inicial a la parte IV (vv. 313-816).

43

gongorinas (hipérbatos, encabalgamientos, perífrasis alusivas) que, en algún caso —como es el de bimembración en el último verso de la octava[91]— no se daban en la obra anterior a la fábula o lo hacían con menor profusión.

Es decir, Villamediana no se plantea solamente un tema clásico y un léxico culto, sino que intenta integrar en ellos los ritmos que parecen más adecuados para la estrofa en la que escribe; ya que bueno será recordar que las octavas escritas por el Conde, a excepción de las del *Faetón* y las de *Apolo y Dafne,* constituyen una parte mínima de su obra. Como botón de muestra, adviértase cómo en un solo endecasílabo («muerte de fuego halló, sepulcro de agua», v. 1640), Villamediana resume perfectamente, y por alusión, toda la historia que narra su fábula. El interés por el relato en sí deja su lugar a un ejercicio de tensión poética que aspira, como decíamos, a sugerir y presentar un microcosmos con todas sus partes y todas sus relaciones. Como concluye Cossío en su análisis:

> Aquí están todos los temas barrocos exaltadamente representados. El mundo de las creaciones clásicas se interpone entre los objetos y la vista del poeta, y los árboles son leyendas antes que vegetales, y los ríos mitos primero que aguas corrientes, y los hombres han sido sustituidos por símbolos o por dioses[92].

5.2. *Fábula de Apolo y Dafne*

La *Fábula de Apolo y Dafne,* de menor extensión que la del *Faetón,* fue escrita al igual que ésta en octavas. En la dedicatoria a don Fernando de Toledo, Duque de Alba, el Conde alude a una fábula más extensa como ya escrita,

---

[91] Este rasgo estilístico, tan abundante y bien estudiado por D. Alonso para el *Polifemo,* aparece en más de cincuenta octavas del *Faetón* (*vid.* nota 76).

[92] *Op. cit.,* pág. 438. Rozas, en «Dos notas sobre el mito de Faetón en el Siglo de Oro», *Boletín Cultural de la Embajada Argentina,* núm. 2, Madrid (1963), págs. 81-92, sitúa la fábula del Conde dentro de un quinto grupo —«El Faetón trágico»— (*vid.* págs. 88 y ss.).

cosa que hace pensar que ésta de la que ahora nos ocupamos es posterior al *Faetón*. Felipe B. Pedraza matiza las acusaciones y críticas que Cossío hace contra la fábula, y considera que

> *Apolo y Dafne* tiene una estructura más prieta que *Faetón*. La unidad del poema no se ve comprometida con excursos que dilaten innecesariamente su desarrollo [...] Podríamos decir que es un ejercicio gongorino realizado con soltura[93].

Parece acertada tal matización y coincidimos con ella, al igual que, en general, con la estructura que para la fábula presenta el mencionado crítico[94].

Aun cuando la fábula no posee la cosmovisión que el Conde presentaba en la historia de Faetón, Villamediana conserva en *Apolo y Dafne* una de las virtudes que también exhibía en la primera de sus fábulas: los párrafos en los que los personajes hablan (Apolo, en vv. 137-175, vv. 618-648, vv. 741-808 y vv. 833-872; Cupido, en vv. 178-199; Dafne, en vv. 657-672; y Diana, en vv. 889-936) son todo un prodigio en cuanto a la distinción de voces (y tonos dentro de una misma voz, caso este que puede verificarse comparando el primer parlamento de Apolo con el planto tras la metamorfosis de Dafne).

El tema amoroso de la fábula permite a Villamediana la introducción de todos aquellos tópicos que él mismo baraja tanto en sus sonetos como en el resto de sus composiciones: los amores de Marte y Venus, la «red de amor», el *locus amoenus,* la *descriptio puellae,* las paradojas amorosas como la del fuego y el hielo, la mariposa petrarquista, la mirada de la dama y sus rayos, el «nudo de amor», la «inscripción de amor» virgiliana y la alegoría de la «cárcel de amor» son algunos de los que aquí aparecen.

Las diferencias existentes entre los mejores fragmentos

---

[93] *Op. cit.,* pág. XXXVI.

[94] La única diferencia se da en la parte VI, en la que Pedraza une la transformación de Dafne en laurel al llanto de Apolo (octavas 85-118), y que aquí aparecen distinguidos: la transformación (octavas 85-88) y el llanto (89-118).

del *Faetón* y los del *Apolo y Dafne* no deben servir para establecer una comparación en términos de «calidad poética». La única distinción que con rigor puede hacerse es que mientras que el *Faetón* mostraba un microcosmos con toda su complejidad de relaciones y significados, la *Fábula de Apolo y Dafne* incide únicamente sobre una parcela de ese microcosmos mayor; presenta un minúsculo orbe amoroso cuyo significado —al igual que en la anterior fábula— es susceptible de ser extrapolado por el lector. Arte, pues, del detalle, de la anécdota mínima. Por ejemplo, cuando la ninfa emprende su huida, el poeta dedica una estrofa a la descripción de los riesgos que corre aquélla:

> El curso suspendió la luz divina,
> y tierno afecto en interior cuidado
> teme que pueda intempestiva espina
> de su sangre el jazmín ver esmaltado,
> purpurando el alba clavellina,
> abrojo alguno en su venganza armado,
> expuesta viendo a la montaña ruda
> la nieve de su pie correr desnuda.

(vv. 593-600)

En conclusión, las pretensiones de Villamediana son ahora más concretas; la historia, a su vez, menos extensa y con menos matices; y, además, se ha de tener en cuenta un hecho objetivo como es el que el Conde trabaja ahora sobre dos bases elaboradas con anterioridad en su propia obra: el afrontar la composición de una historia mitológica en forma de fábula (cosa que ya había hecho en el *Faetón*) y la posibilidad que el tema de las relaciones entre Apolo y Dafne le ofrece para integrar diversos lenguajes de su propia poesía amorosa.

5.3. *Fábula de la Fénix*

Gran razón tiene Felipe B. Pedraza cuando, al referirse a la fábula, pronostica: «no le arrendamos la ganancia al erudito que trate de fijar y explicar el poema al lector moderno»[95].

La *Fábula de la Fénix,* única escrita en silvas de entre las que se editan como del Conde en el siglo XVII, tuvo muy poca fortuna en cuanto a sus impresores ya desde la primera edición de 1629. La fábula, tal y como aparece desde esta fecha, está plagada de errores y omisiones de diversos géneros que imposibilitan casi la totalidad de su lectura. Dichos errores, salvo contadas excepciones, se repiten en las siguientes ediciones de la poesía del Conde, y tan sólo disponemos de una versión más depurada que nos dio José Pellicer de Salas y Tovar en su libro *El Fénix y su historia natural*[96].

Ésta debe de ser la causa por la que, a excepción de Cossío y de Pedraza[97], que le dedican entre ambos unas cuatro páginas, nadie hasta ahora se haya ocupado del texto. Del cotejo de las ediciones de Pellicer y la de *1635* con la de *1629* he extraído un total de 78 variantes, pertenecientes a diversas categorías:

1) Cambio de orden en los componentes del sintagma (por ejemplo: en *1629*, v. 43, «el sacro Tempe fertiliza y riega»; en *Pellicer:* «sacro el Tempe fertiliza y riega» —con lo cual, dicho sea de paso, las relaciones sintácticas cambian—).
2) Cambios en el orden de los versos dentro de la estrofa *(vid.* vv. 97-100 y vv. 101-102).
3) Cambios que afectan a la sintaxis y al significado de

---

[95] *Op. cit.,* pág. XXXVIII.
[96] *Vid.* nota inicial a la fábula.
[97] J. M. Cossío, *op. cit.,* págs. 441-442, y Felipe B. Pedraza, *op. cit.,* páginas XXXVIII-XXXIX.

la oración (por ejemplo: en *1629,* v. 72: «rayo que manda saludar a Febo»; en *Pellicer:* «rayo que a saludarla manda Febo»).

4) Cambios de palabras: por ejemplo, en *1629,* v. 7, «vado»; en *Pellicer,* «vasto»; en *1629,* v. 566, «por siempre renacida; en *Pellicer,* «para siempre renacida».

5) Errores de impresor y/o de copista que afectan a palabras: por ejemplo, en *1629,* v. 34: «infama»; en *Pellicer,* «inflama»; en *1629,* v. 177: «Abeja escrupulosa»; en *Pellicer,* «Ave ya escrupulosa»; en *1629,* v. 103, «el igual en dulzura»; en *Pellicer,* «es igual en dulzura».

6) Errores de impresión y/o de copista que afectan a versos enteros: en *1629,* los vv. 243-244 se editan como uno sólo. Probablemente o bien el copista o bien un lector que dictaba en voz alta a los impresores se pasó de un verso al siguiente, eliminando así la parte final del v. 243 («dulce llama, blando fuego») y la parte incial del v. 244 («donde»).

7) Omisiones de palabras: en *1629,* v. 498: «y en el fuego mirra»; en *Pellicer:* «y en el fuego mirra que tranquila».

8) Omisiones de versos enteros (vv. 137, 202, 313, 457, 468, 514, 549 y 559).

Comprenderá, pues, el lector que con toda esta larga lista de incorrecciones y de problemas textuales, la *Fábula de la Fénix* quedase arrinconada ante la mayor soltura y claridad de *Faetón* e, incluso, de *Apolo y Dafne.* Partimos, por tanto, de cero a la hora de trabajar sobre la tercera de las fábulas del Conde.

Villamediana toma el argumento del libro XV de las *Metamorfosis* ovidianas y relata en 570 versos la vida —y muerte para dar vida— del ave fénix, a la vez que nos invita a reflexionar sobre la idea de la inmortalidad. Cossío distinguía tres partes en la historia tal y como la presenta el Conde:

1) Descripción de Arabia, lugar donde reside el ave (vv. 1-52).
2) Descripción del ave fénix (vv. 53-291).
3) El viaje al templo de Egipto (vv. 292-569).

He respetado para mi edición esta estructura tripartita por parecerme adecuada.

La falta de un texto que aporte las variantes y ofrezca una lectura que no extenúe «la atención y la paciencia del lector»[98] han sido, como decíamos, la causa de las pocas páginas que a la fábula se le han dedicado. Los breves comentarios, de Cossío primero y de Pedraza después, subrayan únicamente dos hechos:

1) La prodigiosa descripción de las aves que siguen al fénix, y
2) el final de la fábula.

Lo cierto es que la irregularidad estrófica no beneficia en nada al poema, puesto que el Conde alarga las descripciones hasta límites insospechados; pero también ha de tenerse en cuenta que la fábula es un poema eminentemente descriptivo en el que la acción que se relata está reducida a su mínima expresión. No hay diálogos, no se ofrecen —como es obvio— variaciones psicológicas de las figuras principales, ni existe un final hacia el cual encaminar los versos. Villamediana trata aquí el tema de la inmortalidad, ejemplificado en la figura del ave que provoca su incendio para renacer de sus propias cenizas: se trata, pues, de un tema cíclico, sí; pero puntual, puesto que la acción del relato recae única y exclusivamente en el incendio y en el viaje.

Cabría, pues, llegar a la conclusión de que parece que el Conde «escribiera a la fuerza y obligado por amistad o compromiso»[99]; sin embargo, al igual que ocurre con el *Faetón,* la fábula se imprime sin dedicatoria (recordemos

---

[98] Felipe B. Pedraza, *op. cit.,* págs. XXXVIII.
[99] J. M. Cossío, *op. cit.,* pág. 441.

que *Apolo y Dafne* iba dedicada al Duque de Alba). Habrá que buscar, en consecuencia, otras razones. Aventuro aquí algunas de las que creo que deben considerarse:

1) La dificultad que Villamediana debió de encontrar para conjugar la forma estrófica y el lenguaje culto o gongorino.
2) El hecho de que el poema deba ser una descripción meramente física, sin perfiles psicológicos ni aparición de figuras humanas o divinas.
3) Y, lo que me parece más importante, la utilización de una historia breve y sin grandes variaciones, en la que lo único que posee interés es el destacar la condición inmortal del ave. En este sentido, cabría decir que Villamediana actúa por reducción en cuanto al contenido de sus fábulas: en el *Faetón,* la historia posee un núcleo central y diversos subtemas adyacentes a éste; en *Apolo y Dafne,* el núcleo central es mucho más concreto y, ahora, en la *Fábula de la Fénix* sólo interesa lo meramente descriptivo, puesto que la acción casi desaparece.

Para abundar, aún más, en esta última idea y en cómo el Conde repite los procedimientos ya reseñados para sus dos anteriores fábulas, basta leer los siguientes versos:

> renovando sustancia a cobrar venga
> forma, donde su fuerza ya perdida
> el inmortal vigor que tuvo tenga.
>
> (vv. 236-238)

versos en los que con solamente un poliptoton sintetiza Villamediana toda la fábula. O estos otros:

> mutación es constante
> —no hálito espirante—
> esta muerte feliz que, en llama pura,
> renovación de vida se asegura.
>
> (vv. 246-249)

En conclusión, la *Fábula de la Fénix* debe valorarse en su justa medida, esto es, como un poema descriptivo en el que todos sus componentes (léxicos, retóricos, mitológicos, etc.) contribuyen en este caso a conformar no un microcosmos completo como en el *Faetón,* o acotado como en *Apolo y Dafne,* sino la expresión de la singularidad que el ave representa.

6. Poesía en metros tradicionales

Si poco se ha dicho hasta ahora respecto de la poesía en metros italianos del Conde, menos —por no decir nada— se ha dedicado la crítica al estudio de la poesía tradicional del lisboeta. Algunas referencias aquí y allá en textos ya muy antiguos como los de Hartzenbusch, Cotarelo y Alonso Cortés[100], y otras sueltas y siempre traídas de la mano por la «atractiva» vida del Conde constituyen el parco bagaje bibliográfico que esta parte de la obra de Villamediana ha merecido.

En proporción de versos muy similar[101] a sus endecasílabos y heptasílabos, cierto es que la variedad estrófica (redondillas, décimas, cuartetas, quintillas, romances) no se corresponde en absoluto con su variedad temática. Solamente tres núcleos temáticos pueden distinguirse en toda esta poesía, a saber:

1) Poemas de tema amoroso.
2) Poemas que glosan circunstancias personales asociadas al destierro o al desengaño.
3) Poemas de tema satírico.

Mas aunque la aportación de los dos primeros sea mínima —puesto que son temas y tópicos que aparecen también en sus sonetos y otros poemas de arte mayor—, resul-

---

[100] *Vid.* «Bibliografía».
[101] 9642 versos (incluyendo los octosílabos de *La Gloria de Niquea*), que representan un 48 por 100 del total de los versos de nuestra edición.

ta de sumo interés comentar en el corto espacio de que disponemos algunas de las características de su poesía satírica, la mayor parte escrita en octosílabos[102]. Porque no debe olvidarse que el Conde fue tan conocido en la Corte por su vida como por su fama de poeta satírico.

6.1. *Tema amoroso*

Hace ya más de veinte años, se quejaba Luis Rosales de la poca atención que se había prestado a la obra lírica del Conde con estas palabras:

> Su mundo anímico es inigualable; su tono medio también. No tuvo suerte, sin embargo. Si su vida y andanzas encontraron fervientes, continuos y mal avenidos comentadores, nadie ha estudiado aún su obra poética [...] Es, sin embargo, nuestro primer poeta de amor[103].

Sin atrevernos a sostener la última afirmación de Rosales, sí que es cierto que existe un más que aceptable «tono medio» en la poesía del Conde. No cabe duda de que sus composiciones en heptasílabos y endecasílabos tienen ahora para el lector, quizá, mayor atractivo que su poesía en octosílabos; pero si ahondamos en ésta, observaremos que ya están aquí las bases del lenguaje y de la poética del Conde. El octosílabo le permite asumir una tradición y unos temas que le son propios, aunque —como ya vimos— dichos elementos aparecen entremezclados con otros de origen clásico en sus sonetos, por ejemplo.

El tema amoroso en metro tradicional ocupa 6 romances, 51 composiciones en redondillas, 2 endechas, 2 quintillas, 17 glosas, un diálogo y una letrilla: casi el 40 por 100 del total de las composiciones en dicha métricxa.

En esta poesía amorosa demuestra Villamediana su «oficio» tanto de poeta como de conocedor de la lírica de

---

[102] También algunos sonetos editados aquí (núms. 346 a 368).
[103] En [1969], pág. 158.

cancionero y, como ya dijimos anteriormente, integra en los metros octosílabos tanto los tópicos y tema de la cortesía amorosa como elementos de carácter marcadamente neoplatónico y/o petrarquista. Elementos técnicos como la derivación y el poliptoton, el paralelismo, las plurimembraciones enumerativas y juegos de palabras al modo conceptista, así como el uso de la paronomasia, son algunos de los recursos que articulan toda la larga serie de temas y tópicos mencionados. De entre todos ellos cabría, quizá, destacar el tono burlesco que, dentro del marco de la bucólica, se da en el núm. 546.

Con la intención de no repetir el contenido de las notas de estos poemas, remito al lector a las mismas, donde encontrará, a buen seguro, un comentario singularizado de lo que aquí y ahora tan sólo presento.

6.2. *El desengaño y el destierro*

El tema del desengaño moral que causan en el Conde las circunstancias del destierro —sobre todo el último, de 1618 a 1621— aparece configurado en una corta serie de composiciones en metro tradicional. Recordemos que, al decir de la crítica, la «Silva que hizo el autor estando fuera de la Corte»[104] es con toda probabilidad el poema más compacto que Villamediana dedicó al tema. En él recogía procedimientos y tópicos propios del mismo, algunos de los cuales aparecen de nuevo en las trece composiciones en redondillas[105] que ahora comentamos. Rozas, determinado a explicar la obra del Conde como la suma de varios «cancioneros», insistió en la presencia de un «Cancionero del Desengaño» dentro de la lírica de Villamediana:

Hay en estas poesías un enorme esfuerzo por acallar la ira y por contenerse, manteniendo una posición cercana al *beatus*

---

[104] *Vid.* apartado 4.5 de esta «Introducción».
[105] Editadas con los núms. 407, 409, 410, 413, 415, 416, 421, 422, 436, 449, 455, 462 y 466.

ille y un senequismo a ultranza. Esta lucha entre la ira y la pasión, por un lado, y el desengaño y la sabiduría por otro, le lleva a una crisis interior que formalmente le hace abandonar el gongorismo y engancharse al horacianismo[106].

Cierto es que Villamediana regresa (en realidad nunca se había alejado) a la poesía en octosílabos y a los recursos formales de cancionero, puesto que en aquélla y con la utilización dosificada de éstos encuentra un marco poemático mucho más preciso y que le permite desarrollar todas «las formas de ingenio» que, evidentemente, resultaban menos caras a las composiciones largas en metro italiano. Pero también es cierto que, en algunos de sus sonetos líricos, el autor ensaya —en la estrofa que permite menos digresiones y menos variaciones en cuanto a su intensidad— con éxito el tratamiento de este tema.

En este caso, como en el tema amoroso, los procedimientos retóricos —como la derivación, el poliptoton o el paralelismo, a los que cabría sumar, por ejemplo, el uso de la anadiplosis como solución al problema de la «continuidad narrativa», y algunos casos de retruécano— inciden sobre elementos temáticos que aparecen en otras partes de la obra del Conde (el «hondo viator», el «Ubi sunt?», o el «beatus ille», por citar algunos).

No quisiera concluir este breve apunte del tema sin subrayar algo que comento también en algunas notas: en muchas ocasiones, la síntesis de Villamediana alcanza, para el tema del desengaño, al nivel léxico. Esto es, notamos en algunos poemas cómo la argumentación y descripción del «estado» en el que se halla el yo poético viene dada por términos muy similares —si no los mismos— a los utilizados para el desengaño amoroso (*vid.* por ejemplo el núm. 415).

Y, por último, cabe señalar, por su importancia, el uso de la simetría que el Conde exhibe en el núm. 407, donde el proceso reflexivo que propicia su estado se vertebra a

---

[106] En la «Introducción» a la ed. cit., pág. 45.

partir de dos movimientos esenciales de la razón (lo afirmativo y lo negativo) mediante el contrapunto adversativo, cadencial, con el que está salpicada toda la composición.

Villamediana, pues, llega en estas composiciones a ofrecer el universo o microcosmos más minúsculo y cercano al propio yo del autor —el desdoblamiento existe en el Conde, y ésta es una de las ideas que más debemos afianzar en pos de no incurrir de nuevo en el biografismo glosado a través de sus versos—; y esa circunstancia concreta («el hombre como microcosmos»)[107] amplía de nuevo sus horizontes significativos al llegar a las manos del lector: la circunstancia concreta —real o verosímil— sirve como «ejemplo» para ideas de mayor profundidad y amplitud[108].

6.3. *Poesía satírica*

Constituye la parte más importante, en cuanto a número de composiciones, de la poesía en metro tradicional del Conde, y se extiende también a otros poemas en metros italianos[109]. De los comentarios del cronista de Felipe IV, Gonzalo de Céspedes y Meneses, parte la mayoría de las interpretaciones e hipótesis que del asesinato del Conde ha hecho la crítica. Céspedes, al referir el hecho, comenta:

> Unos han dicho se produjo [la muerte] de tiernos yerros amorosos que le trujeron recatado toda la resta de su vida [...] y otros de partos de su ingenio que abrieron puertas a su ruina[110].

---

[107] Para una revisión de este tema y sus reflejos en la literatura española, *vid.* el magnífico trabajo de F. Rico, *El pequeño mundo del hombre. Varia fortuna de una idea en las letras españolas,* Madrid, Castalia, 1970 [reimprimido en la col. Alianza Universidad, núm. 463].

[108] Pueden espigarse, con suma cautela, algunas de las ideas que Rosales expone en su «Prólogo» a *Poesía Heroica del Imperio* (ed. de L. Rosales y L. F. Vivanco), t. II, Madrid, Ed. Jerarquía, 1943, págs. LX-LXXVI (recogidas y ampliadas en [1966]).

[109] *Vid.,* por ejemplo, los sonetos que van del núm. 346 al 368, o el «Diálogo entre Plutón y Aqueronte» (núm. 592), en tercetos.

[110] En *Primera Parte de la Historia de D. Felipe el IV, Rey de las Españas,* Lisboa, 1631, pág. 240.

Emilio Cotarelo concluye su obra sobre Villamediana con un apéndice dedicado a hacer un recorrido por la poesía satírica española, y afirma sin ambages que «puede considerarse [a Villamediana] en realidad como el creador de la sátira política en España»[111].

La sátira, en la poesía del Conde, presenta en sí misma un mundo que prueba, aún más, la síntesis de lenguajes poéticos que venimos defendiendo. La primera idea que cabe reseñar es que tal sátira, política o hacia personas sin intereses de Estado (Justa Sánchez o Jusepa Vaca, por ejemplo), parte siempre de circunstancias personales que inciden sobre la sensibilidad de Villamediana. En su poesía no existe ni una sola sátira gratuita. Y, por tanto, hay que tener en cuenta, como base fundante de esta lírica, el hecho de que en estas composiciones la circunstancia externa, aunque no ajena, es punto de partida para la creación.

Las sátiras del Conde ofrecen, en su conjunto, todo un friso de los vicios y corrupciones políticas de la Corte en tiempos de Felipe III. Su tono es el de la denuncia inmediata, directa, sin circunloquios ni alusiones veladas, sino introduciendo en sus poemas nombres, hechos y circunstancias concretas que determinan el origen del poema. A pesar de los problemas personales que esta poesía le acarrearía, quedan sus versos como testimonio del aviso que, no sé si el preocupado o el patriota, pero sí el indignado personalmente, lanza, convirtiéndose de este modo en cruzado de una causa de la que la Historia le dio, posteriormente, la razón.

Uceda, Osuna, Lerma, Rodrigo Calderón, los Tovar y señores y religiosos de la Corte pasan por el fino tamiz de la denuncia de Villamediana. La variedad de destinatarios, así como la perfecta precisión en cuanto a los hechos que les imputa, convierten esta parte de la poesía del Conde en un minúsculo diccionario histórico de la «intrahistoria»[112]

---

[111] *Op. cit.,* apéndice IX, «Sobre la poesía satírico-política en España», págs. 307-343. La cita pertenece a la pág. 322.

[112] Éste es el término que utiliza Rosales en [1966], pág. 66.

política de los años finales de Felipe III. Su poesía satírica, como ya anticipábamos, es el tercer grado de esa escala que va desde los poemas líricos pasando por el tono horaciano hasta el ataque directo.

Convendría, quizá, ahora, recuperar algunas de las ideas de las que Rosales expuso en torno al tema:

1) «La sátira no es un modo de historia recreada, sino resentida.»
2) «Su existencia misma es su función, y casi su única tarea.»
3) «Son tres las corrientes principales del tema [...]: poesía político-teórica, poesía político-moral y poesía político-satírica.»
4) «En la sátira de Villamediana la censura se inclinaba cada vez más hacia el dominio de lo personal, lo fáctico, lo concreto.»
5) «La sátira se apoya únicamente sobre el ingenio, adquiriendo ese carácter provisional, inasible, fluido, en el cual la movilidad es el dibujo de su contorno»[113].
6) «Cuando escribe estas sátiras, Villamediana no quiere convencer, sino combatir; y aun más, no quiere, precisamente, combatir, sino infamar. Todo le vale y lo utiliza todo: el insulto mondo y lirondo, la denuncia verídica o mendaz, la lívida amenaza»[114].

Además del tema personal, el resto de su producción satírica recoge algunos de los tópicos temáticos de esta poesía: lo sexual (núms. 480 y 516); lo escatológico (números 481, 484 y 515); y composiciones dedicadas contra mercaderes (núm. 482), judíos (núm. 483) o jueces (núms. 512 y 514).

Las formas utilizadas van desde la glosa al soneto, aun-

---

113 En *Revista de Estudios políticos,* VIII (1944), págs. 41-83 (reproducido en [1966], págs. 95-126 —cito páginas por esta edición). Las citas pertenecen a las págs. 97 (1) y 2)], 107, 121 y 122, respectivamente.
114 En [1969], págs. 163-164.

que la preferida por el Conde es la décima. En esta estrofa están escritos los que podíamos denominar poemas-resumen o poemas-abecedario de sus sátiras personales. Para hacerse una idea de las acusaciones vertidas, basta revisar poemas largos como «Procesión» (núm. 485), los núms. 521, 522, 523, 524, 525 o la famosa «Chacona» (núm. 597) que, según Cotarelo, es toda «una revista de actualidad»[115].

Por tanto, dejando de lado la consideración de los «efectos» que tal poesía tuvo sobre la vida de Villamediana, es obligado destacar una serie de factores objetivos que hacen de su poesía satírica obra singular:

1) Se trata de una poesía escrita en formas estróficas diversas y datada, en su mayoría, sobre los últimos cuatro o cinco años del reinado de Felipe III (1617-1621).
2) Conviene no olvidar que esta poesía surge de la pluma de un escritor de la clase noble, cargo del Rey; y que, por tanto, conoce los entresijos más íntimos de la vida política de su momento.
3) Es, casi siempre, sátira de tipo político y personal, escrita desde la indignación y con un marcado tono de denuncia.
4) Los motivos personales, que obligan al autor a escribir contra algo o alguien en beneficio propio, si existen, aparecen velados en la obra.
5) Fuera de odios y enemistades personales, esta poesía no recoge —en lo que hasta ahora conocemos— temas como la sátira literaria o el insulto gratuito, tan frecuentes en las primeras décadas del siglo XVII.

7. «La Gloria de Niquea»

El 15 de mayo de 1622, día de San Isidro, se representó en los jardines de Aranjuez una «invención» o comedia del

---

[115] *Vid.* nota inicial a la misma.

Conde: *La Gloria de Niquea*. Esta obra, que no se ha vuelto a imprimir desde 1648[116], fue muy celebrada en sus días, y de ella poseemos dos relaciones en prosa y una en verso[117], además de múltiples referencias dispersas en textos de la época[118].

La crítica ha puesto más atención en esta obra que en gran parte de la poesía, aunque, básicamente, los temas que se han abordado cabría sintetizarlos en tres grandes bloques: por un lado, la descripción misma de la fiesta y los detalles de representación; por otro, la circunstancia del incendio que se produjo mientras se representaba la segunda comedia (*El Vellocino de Oro*, de Lope de Vega) y, por último, cuestiones derivadas de la atribución del «Prólogo» a Góngora[119].

La obra es producto de la conjunción de dos acciones fastuosas: la voluntad de la Reina, Isabel de Borbón, de ce-

---

116 Rozas, en ed. cit., págs. 359-374, edita sólo el «Prólogo, acotación general y Loa».

117 Una de las prosas y la relación en verso —un largo romance de 496 versos— se deben a la pluma de don Antonio Hurtado de Mendoza, y fueron escritas a petición de doña Isabel de Velasco, Condesa de Olivares, en 1623. (*vid.* A. Hurtado de Mendoza, *Obras poéticas,* t. I [ed. de R. Benítez Claros], Madrid, R.A.E., 1947, págs. 1-41). La otra prosa está editada, de forma intercalada, en la obra, a partir de *1629*.

118 Para una muestra de ellos, *vid.* los testimonios de Céspedes, Bertaut y Madame D'Aulnoy vertidos tanto por Alonso Cortés, págs. 8 y ss. como por Cotarelo, págs. 127 y ss.

119 Pueden consultarse, en este sentido: Hartzenbusch, *op. cit.*, págs. 52-57; Cotarelo, *op. cit.*, págs. 111-132; A. Reyes, «Góngora y *La Gloria de Niquea*», *R.F.E.*, t. II (1915), págs. 274-282; Alonso Cortés, *op. cit.*, págs. 8, 11-16, 21-22 y 70; M. Menéndez y Pelayo, *Estudios sobre el teatro de Lope de Vega*, t. II, Madrid, C.S.I.C., 1949, págs. 213-226; J. Deleyto y Piñuela, *El Rey se divierte*, Espasa-Calpe, 1955, págs. 165-169 [existe reimpresión en la colección de bolsillo de Alianza Ed., núm. 1437, Madrid, 1988]; D. Alonso, «Crédito atribuible al gongorista D. Martín de Angulo y Pulgar», en *Estudios y ensayos gongorinos,* Madrid, Gredos, 1955 [manejo la ed. de 1982], págs. 421-461; Ch. V. Aubrun, «Les débuts du drame lyrique en Espagne», en *Le lieu théâtral à la Renaissance,* París, CNRS, 1964, págs. 423-444, y del mismo *La comedia española, 1600-1680,* Madrid, Taurus, 1968, págs. 27-28 y págs. 57-63; N. D. Shergold, *A History of the Spanish stage from medieval times until the end of the seventeenth century,* Oxford, 1967, págs. 268-270; J. M. Rozas, «Introducción» a la ed. cit., págs. 48-50; L. Rosales [1969], págs. 69-77 y Felipe B. Pedraza, «Prólogo» a su ed. facsímil, págs. XV-XX.

lebrar la fiesta del decimoséptimo cumpleaños de su consorte, y el vuelo de la imaginación, sin cortapisa material alguna, del Conde a la hora de concebir la escena. En este sentido resulta sumamente ilustrativa la lectura de la relación que Antonio Hurtado de Mendoza nos presenta, y en la que se describen con todo lujo de detalles escenario, maquinaria teatral, luces de antorchas, vestuarios, joyas y cientos de minúsculos detalles que convirtieron la «invención» en un gran espectáculo como no se conocía hasta el momento.

La obra, inspirada en el *Amadís de Grecia* de Feliciano de Silva, como apunta Rozas,

> Se divide en dos escenas o partes, y nos cuenta, tras una máscara y una loa al rey, la liberación del encantamiento de Niquea por el favor del esforzado Amadís de Grecia y la liberación de Anaxtarax del infierno[120].

Entre las características singulares de la obra podríamos destacar el hecho de que la representaran e interviniesen en los bailes la Reina, la Infanta, y más de treinta damas principales de la Corte, además de una negra, que representó a la Noche, y un enano (Miguel Soplillo), único hombre en escena[121]. La mera circunstancia de que casi todos los papeles fuesen representados por dichas damas nos da la medida de la envergadura de la obra, producto cortesano que revierte en la misma clase social que la concibe y pone en escena. Una gran máquina teatral, con artificios móviles, fue creada para tal ocasión por el ingeniero italiano de las fortificaciones de Nápoles Julio César Fontana; la música corrió a cargo de los maestros de la Capilla Real, y el tablado se situó sobre el Jardín de la Isla. Según afirma Felipe B. Pedraza,

> La complicidad entre el público cortesano y las improvisadas actrices sería una de las salsas que harían más gustoso el es-

---

[120] *Op. cit.*, pág. 49.

[121] Una relación más completa que la de la tabla que figura al frente de la comedia puede extraerse de la relación en prosa de Hurtado de Mendoza.

pectáculo. Es muy probable que en los versos se oculten muchas alusiones que sólo podía captar el público palatino del estreno[122].

Diremos, para terminar, que todas las formas estróficas en las que había escrito Villamediana están representadas, en mayor o menor medida, en *La Gloria de Niquea,* lo cual la convierte en otro ejemplo, quizá uno de los últimos de la vida del Conde, de la síntesis poética que nuestro poeta nos ofrece dentro del magno panorama de la lírica española del siglo XVII.

7.1. *Tabla de estrofas utilizadas para* La Gloria de Niquea

PRÓLOGO

Versos	Estrofa	Núm. de versos
1-192	octavas	192

LOA

193-245	silvas	53
246-265	décimas	20

PRIMERA ESCENA

266-361	redondillas	96
362-477	romance (i...o)	116
478-493	redondillas	16
494-547	liras de 6 versos	54

---

[122] *Op. cit.,* pág. XIX. *Vid.* también Rosales [1969], págs. 73-77 y, como curioso esfuerzo de imaginación, el que hace Hartzenbusch, *op. cit.,* pág. 56, al creer que se trata de una «alegoría política».

SEGUNDA ESCENA

1447-1462	redondillas	16
1463-1496	romance (a...a)	37
1497-1526	décimas	30
1527-1646	redondillas	120

Estrofas	Núm de versos	%
redondillas	816	49,48
romances	252	15,28
octavas	232	14,06
liras	191	11,58
décimas	70	4,24
silvas	53	3,21
tercetos	16	0,97
sonetos	14	0,84
quintillas	5	0,30
	1649	99,98
— Versos octosílabos	1143	69,31%
— Versos heptasílabos y endecasílabos	506	30,68%

Esta edición

La presente edición, *Poesía impresa completa* del Conde de Villamediana, es el fruto de una labor de investigación que me ha ocupado —intermitentemente muy al principio, de forma exclusiva poco después— los últimos cuatro años. La poesía de Villamediana se encontraba, hasta la fecha, dispersa en gran cantidad de textos[123] y presentaba en bastantes casos variantes, errores u omisiones que o bien habían sido reproducidos, o bien habían corrido la misma suerte que los propios poemas.

Mi propósito, tal y como se desprende de las palabras de mi «Introducción» es ofrecer una edición, cercana ya a unas futuras *Obras completas,* que sea, además, un punto de partida para eruditos, profesores y estudiantes interesados en la gran voz lírica que Villamediana representa dentro del panorama de las letras españolas del Siglo de Oro. A su vez, este texto pretende no cargar más las tintas sobre esa tendencia de la crítica decimonónica que se preocupó, creo que hasta la saciedad y en detrimento de los textos, de la búsqueda de todos los entresijos vitales y/o espirituales de don Juan de Tassis, y que cayó —como era obvio— no sólo en la repetición machacona de anécdotas y datos biográficos, sino que tuvo en muchos casos el menor pudor exigible al filólogo al aceptar como de igual credibilidad los testimonios históricos que las leyendas, fabulaciones o conjeturas.

Los textos que me han servido de base han sido la pri-

---

[123] *Vid.* el apartado «Textos» que sigue a esta «Introducción».

OBRAS
DE DON IVAN DE
TARSIS CONDE DE
VILLAMEDIANA,
Y
CORREO MAYOR DE SV
MAGESTAD.

RECOGIDAS POR EL LICENCIADO
Dionisio Hipolito de los Valles.

AL EXCELENTISSIMO SEÑOR
Conde de Lemos, &c.

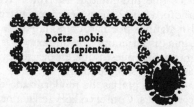

Poëtæ nobis
duces sapientiæ.

CON LICENCIA, Y PRIVILLOSO.

En Çaragoça, por Iuan de Lanaja y Quartanet Inpresor del Reln
de Aragon, y de la Vniuersidad, Año 1629.

A costa de Iuan de Bonilla Mercader de Libros.

mera edición (Zaragoza, 1629) y la tercera —primera ampliada—, que vio la luz en Madrid en 1635. A los textos allí editados he añadido todos los que en libros, revistas especializadas y monografías fueron apareciendo hasta 1969[124], tomando como índice el que J. M. Rozas dejó en *El Conde de Villamediana. Bibliografía y contribución al estudio de sus textos*, CSIC, «Cuadernos bibliográficos», XI, Madrid, 1964. Sobre este índice he añadido algunos poemas que por olvido del citado autor o por haber sido descubiertos más tarde no figuraban. También he eliminado aquellos que se consideran «atribuidos», así como los que no son del autor (algunos de Góngora, Quevedo, Pacheco, Baltasar de Alcázar y Collado del Hierro) y se imprimieron como del Conde. Por último, tampoco incluyo las traducciones, literales o libres, que Villamediana realizó de Marino, Camoens y Martín Puz, ni los textos que se editaron en su momento fragmentariamente. Para la ordenación de los poemas he seguido la de las diferentes ediciones utilizadas.

He cotejado todos los textos, tanto en los casos en los que se reproducía fidedignamente una edición anterior como en los que presentaban variantes. En este último caso, las anoto, a la vez que procuro reconstruir lo mínimo posible. En algunos poemas, como la *Fábula de la Fénix,* el hecho de que dispusiéramos de un texto más fidedigno ha sido de gran valía, puesto que en ocasiones eran estrofas enteras las que no se entendían.

En cuanto a las grafías, he modernizado el uso de b/v, j/g, x/j, i/y, ss > s. Conservo las vacilaciones en cuanto a vocales átonas («invidia»/«envidia», por ejemplo) y las alternativas en cuanto a los grupos cultos —ct— y —pt—. En este caso, sólo corrijo por razones de rima algunos de ellos.

En las notas doy noticia de la primera edición del texto, así como de las variantes, procurando señalar también los recursos estilísticos utilizados por el Conde, dar una posible interpretación a algunos pasajes que presentan dificul-

---

[124] *Vid.* «Textos».

OBRAS
DE DON IVAN
DE TARSIS CONDE
DE VILLAMEDIANA, Y
CORREO MAYOR DE SV
MAGESTAD.

Recogidas por el Licenciado Dionisio
Hipolito de los Valles.

*A D. HENRIQVE DE ZVÑIGA
y Avila, Conde de Brantevilla, Mayordomo de su
Magestad, de la Orden y Cavalleria de Calatrava,
hijo primogenito del Excelentissimo señor
Marques de Mirabel.*

Añadido en esta segunda Impression.

58.

CON PRIVILEGIO

En Madrid, *Por Maria de Quiñones.*

Año M. DC. XXXV

A costa de Pedro Coello Mercader de Libros.

Portada de la tercera edición de Madrid, 1635

tades y recoger —con ayuda de *Autoridades,* Corominas y Covarrubias— aquellos términos cuyo significado resulta ya alejado o difícil. Por último, he anotado asimismo las referencias clásicas, alusiones —directas e indirectas— a historias mitológicas, y los nombres propios que he podido documentar[125]. Espero que todo ello sirva para que la poesía del Conde pueda ser estudiada con la profundidad que merece.

Quisiera, finalmente, agradecer su colaboración y amistad a todas aquellas personas que han facilitado que esta edición fuese posible: a mis padres y a mi hermano, a la doctora Rosa Navarro Durán, y a Mercedes, testigos todos ellos de la elaboración de este libro y merecedores de mi más sincero afecto, *«al viento dado ya, en la arena escrito».*

---

[125] En «Índice onomástico», al final de la edición.

Bibliografía

Doy noticia aquí de todos los textos utilizados para mi edición. Un catálogo completo, imposible de reproducir en estas líneas, de manuscritos, ediciones, documentos, estudios, elogios y obras de creación hasta 1964 puede consultarse en J. M. Rozas, *El Conde de Villamediana. Bibliografía y contribución al estudio de sus textos,* Madrid, CSIC, 1964. Pongo entre paréntesis la abreviatura que utilizo en las notas.

Obras de D. Juan de Tarsis, Conde de Villamediana [recogidas por el licenciado Dionisio Hipólito de los Valles]; Juan de Lanaja impresor, Zaragoza, 1629 [manejo el facsímil preparado por Felipe B. Pedraza para Ara Iovis, Aranjuez, 1986]. (Abrevio *1629.*)

PELLICER DE SALAS Y TOVAR, Joseph, *El Fénix y su historia natural,* Madrid, 1630, fols. 187r.-198v.

Obras de D. Juan de Tarsis, Conde de Villamediana [recogidas por el licenciado Dionisio Hipólito de los Valles]; Pedro Coello, Madrid, 1635. [Es la primera edición ampliada sobre la de 1629. Manejo el ejemplar de la Biblioteca de la Universidad de Barcelona, con signatura B-51/4/32] *(1635).*

SEBASTIÁN CASTELLANO, Basilio, «El Conde de Villamediana», en *El Observatorio Pintoresco,* 1837, 7.º (1.ª época), págs. 50-52 *(1837).*

CASTRO, Adolfo de, *El Conde-Duque de Olivares y el rey Felipe IV,* Madrid, 1846.

NEIRA DE MOSQUERA, Antonio, «Poesías políticas inéditas del Conde de Villamediana», *El Semanario Pintoresco español,* 39, páginas 307-309 *(1850).*

HARTZENBUSCH, Juan Eugenio, *Discurso leído ante la R. A. E., en la recepción pública de D. Francisco de Cutanda,* Madrid, Rivadeneyra, 1861, págs. 41-90 *(1861).*

KNUST, Hermann, «Beitrag zur Kenntniss der Escorial-Bibliothek (Fortsetzung)», en *Jahrbuch für Romanische und Englische Literatur,* X (1869), págs. 57-69 *(1869).*

Fernández-Guerra y Orbe, Luis, *Don Juan Ruiz de Alarcón y Mendoza,* Madrid, Rivadeneyra, 1871 *(1871).*

Castro, Adolfo de [ed.], «Poetas líricos de los siglos xvi y xvii», t. II, *B.A.E.,* núm. XLII, Madrid, Rivadeneyra, 1875 [2.ª ed.], págs. 155-163 *(1875).*

Monreal, Julio, *Cuadros viejos,* Madrid, Ed. de la Ilustración española y americana, Madrid, 1878, págs. 389-437 *(1878).*

Gayangos, Pascual de, «La Corte de Felipe III y Aventuras del Conde de Villamediana», *Revista de España,* t. CV, Madrid (julio-agosto de 1885), págs. 5-29.

Cotarelo Mori, Emilio, *El Conde de Villamediana. Estudio biográfico-crítico,* Madrid, Sucesores de Rivadeneyra, 1886 *(Cotarelo).*

Gallardo, Bartolomé José, *Ensayo de una Biblioteca Española de libros raros y curiosos,* t. IV, Madrid, Imprenta de Manuel Tello, 1889, cols. 683-704 *(1889).*

García Peres, Domingo, *Catálogo razonado biográfico y bibliográfico de los autores portugueses que escribieron en castellano,* Madrid, Imprenta del Colegio Nacional de sordomudos y ciegos, 1890, págs. 572-583 *(1890).*

Pérez de Guzmán, Juan, *Los príncipes de la poesía española,* Madrid, Manuel Ginés Hernández ed., 1892 [también por *Cancionero de Príncipes y Señores] (1892).*

Foulché-Delbosc, Raymond, «237 sonnets», en *Revue Hispanique,* XVIII (1908), págs. 488-618 *(Foulché).*

Artigas, Miguel, *Luis de Góngora. Biografía y estudio crítico,* Madrid, R.A.E., 1925, pág. 148 *(Artigas.)*

Astrana Marín, Luis, «La muerte del Conde de Villamediana. Una glosa inédita, dedicada a Francelisa», en *El Imparcial,* 4 de mayo de 1925 [trabajo que se reimprime en *El Cortejo de Minerva,* Madrid, Espasa-Calpe, 1930], págs. 172-206 *(Astrana).*

Mele, Eugenio, y Bonilla San Martín, Adolfo [eds.], «Un cancionero del siglo xvii», *Revista de Archivos, Bibliotecas y Museos,* XLVI, Madrid (1925), págs. 180-216 y págs. 241-261 *(Brancacciana —MyB—).*

Alonso Cortés, Narciso, *La muerte del Conde de Villamediana,* Valladolid, Imprenta del Colegio de Santiago, 1928 *(Alonso Cortés).*

Fucilla, Joseph G., «Poesia Espanhola», *Publications of the Modern Language Association,* LVII (1942), págs. 370-403 *(1942).*

Rosales Camacho, Luis [ed.], «Cartas por el Conde de Villamediana», *Escorial,* t. XI, Madrid (abril de 1943), págs. 79-95 *(Cartas).*

Rosales Camacho, Luis [ed.], *Poesías de Juan de Tassis, Conde de Villamediana,* Madrid, Editora Nacional, 1944. *(LRC).*

Blecua Perdices, José Manuel [ed.], *Cancionero de 1628,* Madrid,. CSIC, 1945, págs. 360-365 *(1945).*

Pérez Gómez, Antonio, *Romancero de D. Rodrigo Calderón (1621-1800)*, «... La fonte que mana y corre...», Valencia, 1955 *(1955)*.

Rozas, Juan Manuel [ed.], «Cancionero de Mendes Britto. Poesías inéditas de Villamediana», en *Revista de Literatura*, XXIV, Madrid (núms. 47-48, julio-diciembre de 1963), págs. 23-100 [se reprodujo independientemente y con el mismo título, una adición en la pág. 40 e índice alfabético de primeros versos en Publicaciones de la *Revista de Literatura*, núm. 2, Madrid, CSIC, 1965] *(Mendes-1963)*.

Rozas, Juan Manuel [ed.], «Los textos dispersos de Villamediana», *R.F.E.*, XLVII (1964), págs. 341-367 *(Tx.D.)*

Rosales Camacho, Luis, *El sentimiento del desengaño en la poesía barroca*, Madrid, Instituto de Cultura Hispánica, 1966 *(1966)*.

— *Pasión y muerte del Conde de Villamediana*, Madrid, Gredos, 1969 *(Pasión y muerte...)*.

Nota de agradecimiento. A los bibliotecarios y personal de la Biblioteca Nacional de Madrid, Biblioteca del C.S.I.C., Biblioteca de Cataluña, Biblioteca de la Universidad de Barcelona, Biblioteca Nacional de París, British Library, Biblioteca de la Universidad de Coimbra y Biblioteca de la Universidad de Tübingen, por las facilidades concedidas para la localización de los textos.

ANTOLOGÍAS

Neruda, Pablo [ed.], «En manos del silencio» (Poesías de Villamediana), *Cruz y Raya*, núm. 28 (julio de 1935), págs. 99-144.

Rosales Camacho, Luis [ed.], *vid. supra* «Textos», 24.

Rozxas, Juan Manuel [ed.], *Obras*, Madrid, Clásicos Castalia, núm. 8, 1969 [2.ª ed. de 1980].

— *Obra completa*, Barcelona, Ed. Marte, 1967.

Martínez de Merlo, Luis [ed.], *El grupo poético de 1610. Villamediana y otros autores*, Madrid, S.A. de Promoción y Ediciones/Club Internacional del Libro, 1986.

NOTICIA BIBLIOGRÁFICA SOBRE LA VIDA Y LA OBRA DEL CONDE DE VILLAMEDIANA

Para cualquier consulta bibliográfica anterior a 1964, remitimos a J. M. Rozas, *El Conde de Villamediana. Bibliografía y contribución al estudio de sus textos*, Madrid, CSIC, 1964.

ALONSO, Dámaso, «Crédito atribuible al gongorista don Martín Angulo y Pulgar», en *Estudios y ensayos gongorinos,* Madrid, Gredos, 1955, págs. 421-461.

— «Villamediana», en *Góngora y el Polifemo,* vol. I, Madrid, Gredos, 1961, págs. 60-62.

ALONSO CORTÉS, Narciso, *La muerte del Conde de Villamediana,* Valladolid, Imprenta del Colegio de Santiago, 1928.

— «El Conde de Villamediana», *Bulletin of Spanish Studies,* XXXV (1948), págs. 147-159.

ARTIGAS, Miguel, *D. Luis de Góngora. Biografía y estudio crítico,* Madrid, 1925, págs. 147-150.

ASTRANA MARÍN, Luis, «El Conde de Villamediana», en *El Cortejo de Minerva,* Madrid, Espasa-Calpe, págs. 172-206.

AUBRUN, Charles V., «Les débuts du drama lyrique en Espagne», en *Le lieu théâtral à la Rennaisance,* París, CNRS, 1964, págs. 423-444.

— *La comedia española. 1600-1680,* Madrid, Taurus, 1968, págs. 27-28 y págs. 57-63.

COSSÍO, José M.ª, «Villamediana y los toros», en *Los toros en la poesía castellana,* t. I, Madrid, Iberoamericana de Publicaciones, 1931, págs. 134-135.

— «El Conde de Villamediana», en *Fábulas mitológicas en España,* Madrid, Espasa-Calpe, 1952, págs. 429-446.

COTARELO, Emilio, *El Conde de Villamediana. Estudio biográfico-crítico,* Madrid, Sucesores de Rivadeneyra, 1886.

DE ARMAS, Frederick A., «The four elements: key to an interpretation of Villamediana's sonnets», *Hispanic Journal,* vol. 4, núm. 1 (1982), págs. 61-79.

DELEYTO Y PIÑUELA, José, «Villamediana», en *El Rey se divierte,* Madrid, Espasa-Calpe, 1955, págs. 165-181 [reimpreso en Alianza ed. Libro de bolsillo, núm. 1437, Madrid, 1988].

DÍAZ PLAJA, Guillermo, «Los últimos apuros de Villamediana», *B.R.A.E.,* XXIV (1945), págs. 113-120.

ENTRAMBASAGUAS, Joaquín, «Villamediana y Góngora», en *Góngora en Madrid,* Madrid, Instituto de Estudios madrileños, 1961, páginas 39-40.

FUCILLA, Joseph G., «G. B. Marino and the Conde de Villamediana», *The Romanic Review,* XXXII (1941), págs. 141-146, también en *Relaciones hispanoitalianas,* Anejo LIX de la *R.F.E.,* Madrid, CSIC, 1953, págs. 154-162.

GALLEGO MORELL, Antonio, «Villamediana», en *Historia general de las Literaturas Hispánicas,* t. III, Barcelona, Vergara, 1953, páginas 370-372.

— *El mito de Faetón en la literatura española,* Madrid, CSIC, 1961.

GAYANGOS, Pascual, «La Corte de Felipe III y Aventuras del Conde de Villamediana», *Revista de España*, CIV (mayo-junio de 1885), págs. 482-526 y CV (julio-agosto de 1885), páginas 5-29.

GREEN, Ottis H., «Literary court of Conde de Lemos», *Hispanic Review*, I (1933), págs. 290-308.

— «Villamediana as "Correo Mayor" in the Kingdon of Naples», *Hispanic Review*, XV (1947), págs. 302-306.

HARTZENBUSCH, Juan Eugenio, *Discurso leído ante la R.A.E., en la recepción pública de D. Francisco de Cutanda el 17/3/1861*, Madrid, Rivadeneyra, 1861, págs. 39-90.

MARAÑÓN, Gregorio, «Gloria y miseria del Conde de Villamediana», en *Don Juan*, Espasa-Calpe, col. Austral, núm. 129, 1940 [manejo la 18.ª ed., 1976], págs. 67-116.

MELE, Eugenio, «Un sonetto del Conde di Villamediana al Marino», *Bulletin Hispanique*, XXXI (1929), págs. 256-267.

MENÉNDEZ Y PELAYO, Marcelino, «La fiesta de Aranjuez», en *Estudios sobre el teatro de Lope*, t. II, Madrid, CSIC, 1949, págs. 213-226.

MUÑOZ DE SAN PEDRO, Miguel, «Un extremeño en la Corte de los Austrias. (Documentos inéditos sobre Rodrigo Calderón, Olivares y Villamediana)», *Revista del Centro de Estudios extremeños*, II (1946), págs. 379-396.

NAVARRO DURÁN, Rosa, «El laberinto poético del Conde de Villamediana», *Syntaxis*, núm. 15, Tenerife (otoño de 1987), páginas 30-36.

PEDRAZA, Felipe B., «Prólogo» a la edición facsímil de *1629*, Ara Iovis, Aranjuez, 1986, págs. VII-XLIV.

PRIETO, Antonio [ed.], «Villamediana y G. B. Manso», en *Maestros italianos*, Barcelona, Planeta, 1962, págs. 405-407.

REYES, Alfonso, «Góngora y *La Gloria de Niquea*», *R.F.E.*, II (1915), págs. 274-282.

RICO, Francisco, «Villamediana, octava de gloria», *Ínsula*, núm. 282 (mayo de 1970), pág. 13.

ROSALES, Luis, *El sentimiento del desengaño en la poesía barroca*, Madrid, Instituto de Cultura Hispánica, 1966.

— *Pasión y muerte del Conde de Villamediana*, Madrid, Gredos, 1969.

ROZAS, Juan Manuel, «Notas a Villamediana al margen de Góngora», *Cuadernos de Arte y Pensamiento*, núm. 1 (mayo de 1959), páginas 31-34.

ROZAS, J. M., y QUILIS, Antonio, «Epístola de Manuel Ponce al Conde de Villamediana en defensa del léxico culterano», *R.F.E.*, XLV (1961), págs. 411-423.

ROZAS, J. M., «Dos notas sobre el mito de Faetón en el Siglo de

Oro», *Boletín Cultural de la Embajada Argentina,* año I, núm. 2, Madrid (1963), págs. 81-92.

— «Para la fama de un verso de Camoens en España: dos octavas inéditas de Villamediana y un soneto anónimo», *Revista de Literatura,* XXIII (1963), págs. 105-107.

— «Cancionero de Mendes Britto. Poesías inéditas del Conde de Villamediana», *Revista de Literatura,* XXIV (1963), págs. 23-53.

— «Petrarca y Ausias March en los sonetos-prólogo amorosos del Siglo de Oro», en *Homenajes. Estudios de Filología Española,* I (1964), págs. 57-75.

— «Los textos dispersos de Villamediana», *R.F.E.,* XLVII (1964), págs. 341-367.

— *La poesía del Conde de Villamediana,* Madrid, 1965 (es el resumen de su tesis doctoral y el mismo texto, con ligeras variantes, que utilizó como «Introducción» a su ed. para Clásicos Castalia).

— «Localización, autoría y fecha de una fábula mitológica atribuida a Collado del Hierro», *B.R.A.E.,* XLVIII (1968), págs. 87-99.

— «Introducción» a su ed. *Obra completa,* Barcelona, Ed. Marte, 1967, págs. IX-XXVII.

— «Introducción» a su ed. *Obras,* Madrid, Ed. Castalia, 1969, páginas 7-72 (manejo la 2.ª edición, de 1980).

— «Marino frente a Góngora en la *Europa* de Villamediana», en *Homenaje al Instituto de Filología y Literatura Hispánicas «Dr. Amado Alonso»,* Buenos Aires, 1975, págs. 372-385 (reproducido en *Sobre Marino y España,* Madrid, Editora Nacional, 1978, páginas 69-88).

SCUDIERI RUGGERI, Jole, «Vita segreta e poesia del Conte di Villamediana», en *Studi in onore di Angelo Monteverdi,* Módena, 1959, págs. 716-755.

SHERGOLD, N. D., *A History of the Spanish stage from medieval times until the end of the seventeenth century,* Oxford, Univ. Press, 1967, páginas 268-270 (aunque interesante todo el cap. 10, «The court theatre of Philip IV», 1622-1640).

VOSSLER, Karl, «Los malhumorados y desengañados. Villamediana», en *La poesía de la soledad en España,* Madrid, Ed. de la Revista de Occidente, 1941, págs. 290-291.

Sonetos amorosos

1*

Nadie escuche mi voz y triste acento,
de suspiros y lágrimas mezclado,
si no es que tenga el pecho lastimado
de dolor semejante al que yo siento.

Que no pretendo ejemplo ni escarmiento   5
que rescate a los otros de mi estado,
sino mostrar creído, y no aliviado,
de un firme amor el justo sentimiento.

Juntóse con el cielo a perseguirme
la que tuvo mi vida en opiniones,   10
y de mí mismo a mí como en destierro.

Quisieron persuadirme las razones,
hasta que en el propósito más firme
fue disculpa del yerro el mismo yerro.

---

* *1629,* pág. 104. Con este soneto comienzan todas las ediciones de los
SONETOS AMOROSOS. Se trata de un soneto-prólogo (para un estudio
del mismo y su relación con composiciones de Petrarca, Ausias y otros poetas, *vid.* J. M. Rozas, «Petrarca y A. March en los sonetos-prólogo amorosos
del Siglo de Oro», en *Homenajes. Estudios de Filología española,* I (1964, páginas 57-75).
1-4 Busca el poeta la sintonía de sentimiento entre su yo poético y el lector, pero como afirma en el v. 5 «no pretendo ejemplo ni escarmiento» (*vid.*
nota al núm. 5).
14 YERRO: 1) «Falta o defecto». 2) «Equivocación» (*Auts.*).

Tan peligroso y nuevo es el camino
por donde lleva amor mi pensamiento
que en sólo los discursos de mi intento
aprueba la razón su desatino.

Efecto nunca visto y peregrino,   5
enloquecer de puro entendimiento
un sujeto incapaz de escarmiento,
ciego por voluntad y por destino.

Amor no guarda ley, que la hermosura
es lícita violencia y tiranía   10
que obliga con lo mismo que maltrata.

Su fin es fuerza, y esperar locura,
pues es tal por su causa el ansia mía
que de mí que la tengo se recata.

---

* *1629*, pág. 104-105. Pertenece al conjunto de SONETOS AMORO-SOS. En *Brancacciana;* fol. 10v. (*MyB*, pág. 199), aparece este soneto con los tercetos distintos: Póneme Amor el premio en el castigo, / y salvando el rigor que me condena, / incierta gloria busco, incierto abismo. / Huyo del propio mal que está conmigo, / y así vengo a tener por mayor pena / el no poder librarme de mí mismo.

7 *Vid.* v. 5 y nota del núm. 4.

8 Este verso sirvió como título para la primera parte de *La casa encendida* (1949) de Luis Rosales.

12 *Vid.* v. 14 del núm. 66 y v. 7 del núm. 160.

Sólo este alivio tiene un desdichado
que jamás alcanzó de amor victoria,
que en el discurso amargo de su historia
llora presente bien, no mal pasado.

Y en dichoso morir, desobligado   5
de soledad, de no alcanzada gloria,
los sentidos en paz con la memoria
no echan menos la luz que no han gozado.

¡Oh ceguedad segura infelizmente,
y bien que sólo cabe en desventura   10
éste que a mi fortuna se permite!

Que descanse el rigor del accidente,
viendo que Amor del tiempo me asegura
con que nunca he tenido que me quite.

---

* *1629,* pág. 105. Pertenece a los SONETOS AMOROSOS. Fue atribuido a Maluenda, aunque es del Conde.

12 ACCIDENTE. Aquí, «caso no prevenido ni pensado» (*Auts.*).

De engañosas quimeras alimento
la atrevida esperanza y el deseo
que me obliga a seguir lo que no creo
y me hace creer lo que más siento.

No es capaz mi locura de escarmiento,   5
antes de la ilusión con que peleo
suspensamente absorto ya no veo
sino la ceguedad del vano intento.

Cerrados, pues, los ojos, y el discurso
incapaz de la luz del desengaño,   10
en los peligros hallo compañía.

Por costumbre los yerros hacen curso,
y la constancia inútil en el daño
por honra tiene ya lo que es porfía.

---

* *1629*, págs. 105-106. Pertenece a los SONETOS AMOROSOS del
Conde. J. Fucilla, en «Relaciones hispanoitalianas», Anejo LXIX de la *RFE*,
1953, págs. 161-162, dice lo siguiente: «Durante su estancia en Nápoles, Villamediana debe de haber tomado parte en las actividades de la famosa Accademia degli Oziosi, encabezada por Giovan Battista Manso (...) [Villamedia-
na] había dedicado uno de sus sonetos al marqués napolitano (...) Dicha
composición no se encuentra en las ediciones españolas de las obras de Villamediana, sino en el *Nomiche*, de Manso, Venetia, 1636, pág. 291: DI GIO-
VANNI TASSIS, CONDE DE VILLAMEDIANA; SCUSSA DI PASSIO-
NE OSTINATA: «De enganniosas quimeras alimento / la pretensión d'un
fin de van deseo, / que me obliga seguir lo que no creo / y me aze creer lo
que más siento. / No es capaz mi locura de escarmiento, / antes en el estado
en que me veo, / vencida la raçón del devaneo, / cobra mi desatino nuevo
aliento. / Cerrados ya los oxos del discurso, / incapaz de la luz del desengan-
no / sólo la voluntad llevo por guía. / Ya la desdicha mesma que su curso, /
MANSO, izo en la costumbre deste danno / por honra tiene ya lo que es
porfía.» Esta es la versión que edita *MyB* en pág. 255.

    5 En el v. 7 del núm. 2 dirá el Conde: «un sujeto incapaz de escar-
miento».

5*

De cera son las alas, cuyo vuelo
gobierna incautamente el albedrío,
y llevadas del propio desvarío,
con vana presunción suben al cielo.

No tiene ya el castigo ni el recelo   5
fuerza eficaz, ni sé de qué me fío;
si prometido tiene el hado mío
hombre a la mar, como escarmiento al suelo.

Mas si a la pena, Amor, el gusto igualas
con aquel nunca visto atrevimiento   10
que basta acreditar lo más perdido,

derrita el sol las atrevidas alas,
que no podrá quitar al pensamiento
la gloria, con caer, de haber subido.

---

* *1629,* pág. 106. Incluido dentro de los SONETOS AMOROSOS, Rozas cree ver en éste y otros *(vid.* núms. 53, 78, 80, 194) lo que él denomina el «primer mundo» poético de Villamediana: Ícaro. El Conde utiliza las historias míticas (Faetón, Ícaro, Ulises y las Sirenas) bien como «ilustración» culta del tema, bien como punto de partida para una decisión del yo poético, y no como ejemplo o simple aviso.

[4] En *1635* se lee «con una p. s. a. c.». Lo corrijo según las ediciones modernas.

[9] El movimiento adversativo de su argumentación conduce el tema hacia las instancias afirmativas de su final.

[10] «Atrevimiento» será la insignia poética más utilizada por el Conde para poner de manifiesto la voluntad del yo. *Vid.* v. 5 del núm. 12.

[11-14] El destino se acepta como tal, pero la razón se reserva una parcela de autonomía al recordar que gozó de libertad para llevar a cabo su «intento». Felipe B. Pedraza, ed. cit., págs. XXVIII, afirma que «un deseo suicida se transparenta en este terceto». No creo que sea ésta la intención del Conde. A menudo nos encontramos con lecturas de su obra poética que exceden el texto y buscan referencias en la vida del autor.

Véome en dos extremos diferentes
y sigue cada cual contrario afeto,
dos violencias de amor y de respeto
mantienen en un ser mil accidentes.

Los fines de estos fines evidentes   5
van por vario camino a ser perfeto,
y es un incomprehensible por sujeto
la causa de estas causas eficientes.

Luchan estos contrarios noche y día,
el respeto al amor vencer espera,   10
y amor, que solo basta, en sí se funda.

Departir sólo puede la porfía
de estas dos, cada cual causa segunda,
quien de tan nuevas causas es primera.

---

* *1629*, págs. 106-107. Pertenece a los SONETOS AMOROSOS. En él
Villamediana utiliza, para la descripción del estado del amante, el tópico de
los contrarios. Aun así, el Conde incluye no una novedad, pero sí un pequeño giro al soneto: la alusión a la dama del último verso.

5-8 Nótese el paralelismo sintáctico y la repetición de recurso que utiliza
aquí el conde para iniciar y cerrar el cuarteto.

Ando tan altamente que no alcanza
al sujeto la vista, sólo verse
puede por fe, y por fe comprehenderse,
aquella excelsa luz sin semejanza.

Ni un átomo de sombra de esperanza   5
a mi suerte jamás puede atreverse,
antes llegó mi amor a prometerse
en vivo fuego bienaventuranza.

Que sólo lo inmortal respeta y ama,
nunca por lo posible se enajena,   10
como no aspira a causa transitoria;

antes si en la pureza de la llama
es la gloria lo acerbo de la pena,
no ha de poder faltarme en pena gloria.

---

* *1629,* pág. 107. Pertenece a los SONETOS AMOROSOS. En él se insiste en los tópicos amorosos de la fe, la luz, el enajenamiento y el dolor. El
paso de lo físico a lo espiritual se da, según el neoplatonismo, por los «ojos de
la fe» amorosa. Castiglione dirá: «Debe en este caso el Cortesano, sintiéndose
preso, determinarse totalmente a huir de toda vileza de amor vulgar y bajo y a
entrar con la guía de la razón en el camino ALTO y maravilloso de amar»
(El Cortesano, Libro IV, cap. VI —cito por la edición de Austral, página 218).

Felipe B. Pedraza, en el prólogo a su edición facsímil, afirma que esta actitud amorosa (y poética) del Conde «contrasta con sus aficiones prostibularias
y donjuanescas» (pág. XXIV). Villamediana está ejercitándose, con sus sonetos amorosos, en los tópicos neoplatónicos; y creo que su vida ha de dejarse al
margen, puesto que de no ser así, dicho «contraste» se produciría también en
muchos otros poetas, desde Garcilaso *(vid.,* por ejemplo, su testamento en A.
Gallego Morell, *Garcilaso: documentos completos,* Planeta, 1976) a Góngora o
Quevedo.

³ Mantengo «comprehenderse» por motivos de medida del endecasílabo.

⁵ ÁTOMO. «Cosa tan pequeña que no es divisible. Comúnmente llamamos átomos aquellas noticias que andan por el aire y sólo se perciben por el
rayo de sol que pasa por el resquicio de la ventana» *(Covarr.).*

¹² Sigo la segunda de las acepciones de *Auts.* para ANTES («Preposición
adversativa, que vale primero, mas») en contra de las ediciones modernas del
Conde.

8*

Vuelvo, y no como esclavo fugitivo
que teme de su sueño el rostro airado,
mas como buen vasallo despechado
que tiene fe segura en pecho altivo.

Y aunque descubro el sentimiento vivo   5
de un dolor no creído o no aliviado,
confieso que, a mis daños obligado,
en sujección gloriosa estoy cautivo.

Mas no consiente Amor que mi tormento
tenga fin, ni principio mi esperanza,   10
que aun del mal que padezco está invidioso.

Tal es la causa y tal el pensamiento
que, puestos gloria y pena en su balanza,
está el peso del bien y el mal dudoso.

---

* *1629*, pág. 108. Pertenece a los SONETOS AMOROSOS. El tema del
«esclavo de amor», que recorre toda la literatura medieval y que aparece en
multitud de ocasiones en la poesía de cancionero, es una definición más del
estado del amante, obligado a rendirse ante la dama, y condenado a no lograr
su bien. Este soneto fue atribuido a Maluenda, pero Rozas lo incluye en su
índice en *El Conde de Villamediana. Bibliografía...*, pág. 65.

³ En *1635* se lee «despachado». Debe de tratarse de una errata. Sigo la lectura de la primera edición.

Cuando me trato más, menos me entiendo,
hallo razones que perder conmigo,
lo que procuro más, más contradigo
con porfïar y no ofender sirviendo.

La fe jamás con la esperanza ofendo,   5
desconfïando más, menos me obligo;
el padecer no puede ser castigo,
pues sólo es padecer lo que pretendo.

De un agravio, señora, merecido,
siempre será remedio aquel tormento   10
que cuanto mayor es, más se procura;

porque para morir agradecido,
basta de vos aquel conocimiento
con que nunca eche menos la ventura.

* *1629*, págs. 108-109. Pertenece al conjunto de los SONETOS AMO-
ROSOS. Está todo él estructurado en torno a la paradoja «más»/«menos».

10*

Cuando por ciegos pasos ha llegado
a costosa experiencia el sufrimiento,
y de perdidas quejas tengo el viento
no menos condolido que cansado;

cuando apenas los yerros he colgado   5
en el sagrario del conocimiento,
con mayor fe y con menos escarmiento
vuelvo a servir contento y mal pagado.

Nuevo efecto de Amor: no hay desatino
que no siga la parte del objeto   10
donde especie de bien cause su engaño.

Sólo el poder violento del destino
mi voluntad entrega a tal sujeto,
que, conociendo el yerro, sigo el daño.

---

* *1629,* pág. 109. Pertenece a los SONETOS AMOROSOS. También
está en *Brancacciana,* fol. 53v. *(MyB,* pág. 257). Recuerda, en cierto modo, al v.
1 del soneto I de Garcilaso, verso que también utilizó Lope para el soneto
que abre sus *Rimas sacras* (ed. de J. M. Blecua, Planeta, 1983, pág. 316).
11 ESPECIE. *Vid.* nota al v. 13 del núm. 45.
14 Sigo la lectura de *1635.* En *1629* se lee «cegó».

11*

¡Oh cuánto dice en su favor quien calla,
porque, de amor, sufrir es cierto indicio,
y el silencio, el más puro sacrificio
y adonde siempre Amor mérito halla!

Morir en su pasión, sin declaralla,   5
es de quien ama el verdadero oficio,
que un callado llorar por ejercicio
da más razón por sí no osando dalla.

Quien calla amando, sólo amando muere,
que el que acierta a decirse no es cuidado;   10
menos dice y más ama quien más quiere.

Porque si mi silencio no ha hablado,
no sé deciros más que, si muriere,
otro os ha dicho lo que yo he callado.

---

* *1629*, págs. 109-110. Soneto incluido dentro del grupo de AMORO-
SOS. Villamediana utilizará en varias ocasiones el tópico petrarquista del silencio (*vid.*, por ejemplo, los núms. 63, 96, 237). Para una utilización irónica
del tópico, *vid.* la letrilla «Manda Amor en su fatiga» de Góngora (ed. de Millé, Aguilar, 1961, págs. 292-293).

8 Nótese la situación del poliptoton en el verso.

9 Debe señalarse la repetición del pronombre «quien», que articula los
cuartetos y el primer terceto, y deja paso al indefinido «otro» en el segundo
terceto.

Esta imaginación que, presumida,
de su ofensa mayor no se recela,
por fantásticos bienes se desvela,
más engañada y menos advertida.

Sólo la voluntad es atrevida;   5
mas la que con engaños me consuela
no es esperanza ya, sino cautela,
contra lo que presumo de mi vida.

Nueva invención de mal, nuevo castigo,
hacer de los engaños alimento;   10
más persuadido a lo que menos creo.

Guerra que amor me hace a mí conmigo,
pues desmintiendo siempre lo que siento,
por un fingido bien mil males veo.

---

* *1629*, pág. 110. Incluido dentro de SONETOS AMOROSOS, el Conde toma aquí el tópico petrarquista de la guerra que el amor hace al amante, que combina con la dualidad de lo real frente a lo fingido, tan propia de la estética barroca. Este soneto aparece también en *Brancacciana*, fol. 51v. (*MyB*, pág. 255).

[2] RECELARSE. «Extrañarse y detenerse con timidez» (*Auts.*).

[4] Este mismo verso en el v. 11 del núm. 205 (*vid*. nota).

[7] Añado «es», que ya aparece en *1635*.

13*

Esta guerra trabada, que conmigo
tras mi sentido en accidentes varios,
supone en un sujeto dos contrarios,
pues siempre estoy temiendo lo que digo.

Así que por costumbre o por castigo,   5
casos no vistos son en mí ordinarios,
y en los propios intentos temerarios
se acobarda la fe con que los sigo.

Miro en varios objetos un objeto,
que aun la imaginación no se derrama   10
a sentir de mi suerte la miseria;

predomina la causa en el efeto,
y como es interior, de interior llama,
en lo inmortal se esconde su materia.

* *1629*, págs. 110-111. Pertenece a los SONETOS AMOROSOS. Al igual que el núm. 12, Villamediana utiliza el tópico de los contrarios como definición del estado amoroso.

2 ACCIDENTE. «Se toma por toda calidad que se quita y se pone en el sujeto» (*Auts.*).

10 En *1629* se lee: «que aunque». Lo corrijo.

12 En *1629*, «los efectos».

14*

A una señora que cantaba

La peregrina voz y el claro acento
por la dulce garganta despedido,
con el süave afecto del oído
bien puede suspender cualquier tormento.

Mas el nuevo accidente que yo siento   5
otro misterio tiene no entendido,
pues en la mayor gloria del sentido
halla causa de pena el sentimiento.

Efectos varios, porque el mismo canto
deja en la suspensión con que enajena   10
cuerdo el enloquecer, la razón loca.

Y por nuevo milagro o nuevo encanto,
cuando la voz más dulcemente suena.
con ecos de dolor el alma toca.

---

* *1629*, pág. 111. Incluido dentro de los SONETOS AMOROSOS. El epígrafe es de *1629*. El Conde ya había dedicado otro soneto a este motivo (*vid*. núm. 72). La voz de la dama «suspende» toda acción y todo sentimiento, al igual que ocurría con el canto de las Sirenas (*Odisea*, canto XII).

15*

Esta causa a su efecto tan ingrata
produce un nuevo modo de tormento,
de cuya queja nace el sentimiento
que ni vivo me deja ni me mata.

Y la prisión que mis sentidos ata   5
no admite ley, ni teme el escarmiento,
dejándose llevar de un pensamiento
que de mí que le tengo se recata.

El discurso previene inadvertido
la muerte a que yo mismo me sentencio,   10
hallándome quejoso y obligado.

Y destos dos extremos perseguido,
ni el mérito me vale del silencio,
ni a descubrir me atrevo mi cuidado.

* *1629,* págs. 111-112. Pertenece a los SONETOS AMOROSOS. Como
el núm. 13, trata el tópico de los contrarios y el del silencio petrarquista.
Las rimas en -ento son propias de estos temas *(vid.* nota al v. 10 del número 29).

16*

A una dama que se peinaba

En ondas de los mares no surcados
navecilla de plata dividía,
una cándida mano la regía
con viento de suspiros y cuidados.

Los hilos que de frutos separados   5
el abundancia pródiga esparcía,
dellos avaro Amor los recogía,
dulce prisión forzando a sus forzados.

Por este mismo proceloso Egeo,
con naufragio feliz va navegando   10
mi corazón cuyo peligro adoro.

Y las velas al viento desplegando,
rico en la tempestad halla deseo
escollo de diamante en golfos de oro.

---

* *1629,* págs. 112-113. Incluido dentro de los SONETOS AMOROSOS,
es «una versión literal» de un soneto de Marino (*vid.* J. Fucilla, art. cit., páginas 155-156) que, a su vez, traduce uno de Lope (*vid.* nota al núm. 61). Este
soneto fue incluido por G. Diego en *Antología en honor de Góngora,* Madrid,
Alianza Ed., 1979, pág. 78.

2 La «navecilla», al igual que el «bajel» del núm. 61 son transposición metafórica del peine de la dama.

8 También aquí, como en el núm. 61, aparece el tópico de la «red de
amor» que forman los cabellos de la dama.

9 PROCELOSO. «Que frecuentemente padece tempestades y tormentas»
(*Auts.*).

EGEO. Por antonomasia, «el mar».

14 La dificultad que el amante encuentra en su «navegación» es fruto de la
dureza («escollo de diamante») que la dama ostenta frente a él.

17*

Después, Amor, que mis cansados años
dieron materia a lástima y a risa,
cuando debiera ser cosa precisa
el costoso escarmiento en tus engaños;

y de los verdaderos desengaños   5
el padre volador también me avisa,
que aunque todo lo muda tan aprisa,
su costumbre común niega a mis daños;

cuando ya las razones y el instinto
pudieran de mí mismo defenderme,   10
y con causa fundada en escarmiento;

en otro peligroso laberinto
me pone Amor, y ayudan a perderme
memoria, voluntad y entendimiento.

* *1629,* pág. 113. Pertenece a los SONETOS AMOROSOS. El tema del escarmiento y el desengaño llevan al yo poético al «peligroso laberinto» *(vid.* R. Navarro, art. cit., pág. 34 —en «Noticia bibliográfica).

⁶ La presencia del tiempo, que muda todo menos el dolor producido por la pasión amorosa.

⁹ En *1629* y *1635* se lee «distinto». Lo corrijo.

¹³ En *1629* y *1635,* «ayudará». Lo corrijo.

18*

Esas ruedas de amor que no suspenden
varios tormentos que causando ignoras,
si tiempo indican con la mano y horas,
horas fatales de tu mano penden.

De cuya voluntad no se defienden   5
las penas que renuevas y mejoras,
atenta sólo al tiempo que empeoras
a los que más rendidos más te ofenden.

Tú, inexorable Parca de las vidas,
con vulnífico fin los hilos corta   10
que están en lo profundo de tus ruedas,

y con piadosas manos homicidas
las vidas y tormento junto acorta,
si con último mal vengada quedas.

---

* *1629*, págs. 113-114. Incluido dentro de los SONETOS AMOROSOS,
en él el Conde confunde, hasta llevar a un punto común —la muerte— dos
temas: el paso del tiempo, simbolizado por los giros de las agujas del reloj, y el
amor que conduce inexorablemente (como el mismo correr del tiempo) a la
muerte. Es de destacar el sentido de continuidad (metáfora del tiempo) que
Villamediana sabe dar a sus endecasílabos.

3 Un ejemplo de la continuidad mencionada es esta anadiplosis.

10 VULNÍFICO. Cultismo que no recoge *Auts.* ni tampoco *Covarr.* ni *Cor.*
Viene de «vulnificus», y es sinónimo de «homicida», «que hiere» o «que
mata».

12 Otro procedimiento utilizado para esa fluidez o continuidad comenta-
da es el uso de la similicadencia.

Obediencia me lleva y no osadía,
tan igual al amor que la ha causado,
muriendo por volver donde he dejado
la parte que es más propia y menos mía.

No es de la voluntad la cobardía,   5
que peligrosamente el pecho osado
corta el inquieto mar de mi cuidado
con la luz de aspereza que la guía.

Y aunque en la noche de la ausencia escura,
con osada esperanza busca puerto   10
este nunca vencido pensamiento,

mi desdichada suerte me asegura
en peligroso escollo el golpe cierto,
pues olvido es el mar, mudanza el viento.

---

* *1629*, pág. 114. Pertenece al conjunto de los SONETOS AMOROSOS. Utiliza el Conde aquí la metáfora náutica del mar peligroso por el que navega el amante, un mar que —además— está cubierto por la «noche de la ausencia oscura», metáfora ésta de origen místico.

[11] En todas las ediciones aparece «venido», pero este mismo verso se repite en el núm. 387 con «vencido». Lo corrijo, pues, por parecerme mejor lectura.

[14] Esta es una de las técnicas que, por ejemplo, utilizará en más del 50 por 100 de las estrofas del *Polifemo* Góngora: el último verso bimembre *(vid.* D. Alonso, *Estudios y ensayos gongorinos,* Gredos, 1982, págs. 136-173).

[9-14] Nótese la asonancia existente entre los vv. 10, 11, 13 y 14.

20*

Después que puse al pie dura cadena,
después que puse al cuello indigno yugo,
besé el cuchillo y adoré el verdugo
que a muerte y a paciencia me condena.

En esta oscuridad, en esta pena,   5
ciego así porque a ciega deidad plugo,
ni descanso yo más, ni el llanto enjugo,
ni llego a percibir aura serena.

Antes parece que el rigor violento
de astros se declaró, si no ofendidos,   10
de sus efectos mismos indignados;

que les parezca venenoso aliento,
para martirizar a mis sentidos,
el disponer precioso de los hados.

---

* *1629*, págs. 114-115. Incluido dentro de los SONETOS AMOROSOS,
es de destacar en él su simetría en la concepción de los cuartetos, basada en el
paralelismo y la bimembración.

1-2 El Conde ofrece aquí la imagen del «esclavo de amor», tan propiamente cancioneril.

6 PLUGO. «Gustó», a partir del siglo XVI *(Corominas)*. La «ciega deidad»
puede ser aquí el Amor o la Fortuna.

21*

Cuando impidan los hados o limiten
el gusto que tuviera de quejarme,
siempre queda en mi mano el contestarme,
teniendo por merced que no me quiten.

Y aunque los tiros a vengar me inciten,   5
nunca será razón desesperarme,
sino advertir, para desengañarme,
si pesados engaños lo permiten.

Esta advertencia hará convalecido
en la queja mayor el sufrimiento,   10
quedando para avisos los engaños.

Premio de un yerro tarde conocido
la sensible noticia y escarmiento
del ingrato suceso de mis daños.

---

* *1629*, pág. 115. Incluido dentro de los SONETOS AMOROSOS, no se
imprime desde *1648*.
5 TIRO. «Daño físico o moral» *(Auts.)*. Aunque también puede referirse
a los «tiros de Amor».
14 SUCESO. Está tomado en su sentido etimológico, por «sucesión».

Este divino objeto en forma humana,
que menosprecia altar y estrellas pisa,
mata en un punto y nos parece aprisa,
con el que muere a tales manos gana.

Poderosa razón de ley tirana,   5
que primero da muerte y luego avisa,
teniendo en el enojo y en la risa
aire supremo y fuerza soberana.

¿Cuándo, alma exenta, a rayos de sus ojos,
no percibió del poderoso ciego   10
a luz más pura efectos alumbrados?

Nueva ambición de apetecido fuego,
a donde por sí causa los enojos
como si no matasen presurados.

---

* *1629*, págs. 115-116. Pertenece al conjunto de SONETOS AMORO-
SOS del Conde. En esta composición, el tratamiento del tema es claramente
neoplatónico. La divinización de la dama y la «ley tirana» de su mirada así lo
confirman. Parece inspirado en el soneto CLII de Petrarca, donde éste también caracteriza a la dama «con rostro humano y forma de ángel». Esa dualidad de la dama, y de su comportamiento, queda perfectamente reflejada con
el uso continuado —en los cuartetos— de la bimembración.
  2 Recoge aquí el Conde el tópico virgiliano, «sub pedibusque videt nubes
et sidera Daphnis» de la *Égloga V*.
  13 Corrijo el «su» que aparece en *1629* y *1635*, ya que deja sin sentido el final del soneto.

¿Qué mar es éste, Amor?, ¿qué confianza
pondrá en tus ondas el osado pecho,
si disfrazas el daño en el provecho
y tienes más peligro en la bonanza?

Cuando el aliento vence a la tardanza,   5
vengo a quedar en lágrimas deshecho,
porque el vivir de engaños satisfecho
dudas cultiva en sustos de mudanza.

¡Oh dura ley de Amor, que el no guardalla
naturaleza y no costumbre sea   10
de quien no da placer sin desengaños!

Dudoso muere el que ofendido calla,
y su agravio averigua el que granjea
con la solicitud los propios daños.

---

* *1629,* pág. 116. SONETOS AMOROSOS que en *1629* aparece bajo el epígrafe de «Definición de Amor», erróneo a todas luces, y que no se incluye a partir de *1635.* Villamediana utiliza, de nuevo, la metáfora del «mar tormentoso» para hablar de los efectos del amor. Cabe destacar también cómo consigue el poeta una variación tonal alterna mediante la interrogación en el primer cuarteto y la exclamación en el primer terceto.

24*

Ésta no es culpa, aunque su inmensa pena
a mortales asuntos me destina,
si amar hombre mortal beldad divina,
en tus leyes, Amor, no se condena.

Estrella, pues, de luz siempre serena,   5
a venturosa muerte se encamina,
fénix eterna, pompa peregrina,
de los bosques deidad, del mar sirena.

Los montes la veneran cazadora,
las selvas ninfa y diosa las riberas;   10
próvido amor le rinde sus despojos.

La suya venturosa edad honora
la que, en orbes de luz formando esferas,
rayos vibra, que rayos son sus ojos.

---

* *1629,* págs. 116-117. Está incluido dentro de los SONETOS AMORO-SOS. En esta composición se presenta a la dama de forma divinizada y, a la vez, se entremezclan elementos mitológicos: no sólo es Diana cazadora, sino también sirena del mar.

7 ETÉREA. «Es usado frecuentemente en la poesía por alusión a cosa celestial» *(Auts.).*

11 PRÓVIDO. «Prevenido, cuidadoso y diligente». El Conde utilizará este adjetivo en el v. 14 del núm. 237.

14 De nuevo aparece, en la poesía de Villamediana, el planteamiento neo-platónico del amor, amor que reside en los ojos de la dama y se transmite en forma de rayos o flechas.

Llegar, ver y entregarme ha sido junto,
la deuda general pagada os tengo,
y a ser de vos injustamente vengo,
condenado sin culpa en sólo un punto.

Padezco el mal, la causa no barrunto,   5
que yo sin esperanza me entretengo,
y sólo de adoraros me mantengo
vivo al servir y al mercer difunto.

Quien sabe tanto y claramente entiende
que esperar algo es yerro sin disculpa,   10
con la intención no puede haber errado.

Miro y no hallo en mí de qué me enmiende;
mas, si desdichas las tenéis por culpa,
¿cómo estará sin ella un desdichado?

---

* *1629*, pág. 117. Incluido dentro de los SONETOS AMOROSOS. El tema del condenado de amor adquiere aquí, como en otros casos, una formulación poética cortés.

¹ Recuerda en «Vini, vidi, vinci» de César.

⁸ He aquí una muestra de lo dicho más arriba —el lenguaje cortés— ejemplificado mediante el «servicio amoroso».

⁹⁻¹⁴ Las derivaciones son continuas a lo largo de los tercetos.

26*

Definición de Amor

Amor es un misterio que se cría
en las dulces especies de su objeto;
de causas advertidas luz y efeto,
y de ciegos efetos ciega guía.

Fraude que apeteció la fantasía,   5
imán del daño, acíbar del secreto;
de tirana deidad ley sin preceto,
de preceptos sin ley leal porfía.

En cielo oscuro tempestad serena,
apacible pasión, dulce fatiga,   10
lisonja esquiva, lisonjera pena;

premio que mata, alivio que castiga,
causa que, propiamente siendo ajena,
con lo que más ofende más obliga.

---

* *1629,* pág. 118. Pertenece al grupo de SONETOS AMOROSOS en los que trata el tópico de la definición. El epígrafe es de *1635.* Para una selección de estas composiciones, *vid.* Rosa Navarro Durán, «Definición en soneto», *El Ciervo,* núm. 8 (enero de 1985), págs. 25-28. En su «Introducción», la profesora Navarro cita como características de los sonetos-definición la esticomitia, la enumeración, la bimembración, la suma de opósitos, paradojas y antítesis.

2 ESPECIE. «Imagen o representación de sí que envía el objeto, y concurre y coadyuva a la Potencia para su conocimiento o percepción» *(Auts.).*

7-8 Nótese cómo los contrarios no sólo son términos con semas opuestos, sino que en este caso se utiliza el retruécano.

9 Corrijo según *1635,* puesto que en *1629* se lee «El c. o. t. s.».

11 Aquí la derivación contribuye al sentido antitético del verso entero.

Tú, que en polo de honor deidad luciente
das vida y luz a nuestro tiempo oscuro,
y con el rayo de tu lumbre puro
matas y vivificas juntamente;

tu mal ya no de Laura, si rïente,   5
nunca feliz, no con helado Arturo,
rígidamente esparces hielo duro,
si no de amor süave llama ardiente;

con afecto interior tu vida enciende
la vital parte donde amor anima   10
de tus dos soles la violencia bella.

Tu fuego, y no tu luz, se comprehende;
rayo que alienta y rayo que lastima,
del cielo flor y de la tierra estrella.

---

* *1629,* págs. 118-119. Pertenece a los SONETOS AMOROSOS.

4 En *1629* y *1635* se lee «justamente». Lo corrijo.

6 ARTURO. Estrella de primera magnitud en la constelación del Boyero.
El que el Conde la califique de «helado Arturo» se debe a que esta estrella es
el Guardián de la Osa Mayor, y de ahí su proximidad al círculo polar ártico
(Ovidio, *Metamorfosis,* libro II).

En el albergue caro donde anida
como en roca de honor beldad guardada,
toca a la puerta presunción osada
de soberano asunto conducida.

Y aunque sorda deidad, como ofendida,   5
a compasivo fin cierra la entrada,
insistirá mi voz desengañada,
nunca desobligada ni admitida.

Puerto fuera esta puerta de süave
ansia de amor, si Amor, peligro eterno,   10
no la cerrara con esquiva llave.

¡Oh dura potestad!, ¡oh ruego tierno!,
donde con experiencia el alma sabe
«che per porta del ciel se va al inferno».

---

* *1629*, pág. 119. Incluido dentro de los SONETOS AMOROSOS. Destaca en él el sistema metafórico utilizado: la dama se halla encerrada al otro lado de la «puerta», en su honor; y las ansias del yo poético luchan por traspasar el umbral del desdén.

[9] Nótese aquí cómo el Conde utiliza métodos propios de la poesía de cancionero; en este caso, la paronomasia.

Amor no es voluntad, sino destino
de violenta pasión y fe con ella;
elección nos parece y es estrella
que sólo alumbra el propio desatino.

Milagro humano en símbolos divino,   5
ley que sus mismas leyes atropella;
ciega deidad, idólatra querella,
que da fin y no medio a su camino.

Sin esperanza, y casi sin deseo,
recatado del propio pensamiento,   10
en ansias vivas acabar me veo.

Persuasión eficaz de mi tormento,
que parezca locura y devaneo
lo que es amor, lo que es conocimiento.

---

* *1629,* págs. 119-120. Incluido dentro de los SONETOS AMOROSOS. Pertenece a las «definiciones de amor», tema que repite en los núms. 26, 45, 46. Se da en él una imitación, para los vv. 1-4, del primer terceto del soneto CCXLVII de Petrarca. La lucha de contrarios y, por ende, la «definición de amor» apoyada en el conocimiento de la poesía cancioneril que Villamediana pone de manifiesto, da lugar a un soneto bimembre; y esto no sólo verso a verso, sino también debido a la aparición del yo poético en los tercetos.

[10] Para esta rima, tan utilizada por el Conde, *vid.* J. M. Rozas, «Petrarquismo y rima en -ento». *Filología y crítica hispánica. Homenaje a F. Sánchez Escribano,* Madrid, Ed. Alcalá, 1969.

RECATADO. «Prudente, advertido y mirado» (*Auts.*).

[9-14] Esta combinación de rimas en los tercetos fue «predominante en Lope, Quevedo, Villamediana y Calderón» (T. Navarro Tomás, *Métrica española,* Madrid, Ed. Labor, 1983, —6.ª ed.—, pág. 253).

30*

Cuando apenas las lágrimas enjugo,
que lloró razón, bebió la afrenta,
vuelvo con más aviso y menos cuenta
a entregarle mi cuello al propio yugo.

Sacar de un pedernal pretende jugo   5
quien sigue voluntad de amor exenta,
con aviso costoso del que intenta
hallar piedad en manos del verdugo.

No puedo ser herido de otro brazo,
ni en otro pecho cabe la herida,   10
que no contiene término su plazo.

Circunstancia de ofensa presumida,
la cuerda aflojo aunque conozco el lazo
que a ciegos ñudos vinculó la vida.

---

* *1629*, pág. 120. Pertenece a los SONETOS AMOROSOS. El tema es,
una vez más el «llanto de amor» y los efectos del sentimiento amoroso.

3 Para esta estructura, *vid.* nota al v. 11 del núm. 205.

13 Corrijo según *1635*, donde en *1629* se lee «la cuerda baso».
AFLOJAR (AL ARCO) LA CUERDA. «Frase metafórica usada por cesar
o ceder en el empeño o fatiga con que se ha tomado una cosa» (*Auts.*).

14 NUDO CIEGO. «Llaman al difícil de desatar, o por muy apretado o
por el modo especial de enredarle» (*Auts.*).

Ríndome al tiempo, cedo a la violencia
de fortuna crüel, de injusto hado,
y no voy mal, pues voy desengañado
de mi esperanza, y no de mi paciencia.

De hoy más viva celante la advertencia,   5
tal que penda de incrédulo avisado,
librando el tribunal de mi cuidado
en la fe culpa, en el temor prudencia.

Mis repetidas quejas den al viento
el que nunca recato desmentido,   10
ni el miedo culpa, ni el peligro engaña.

Mudará clima y, firme en el intento,
ánimo contrastado y no rendido
treguas hará, y no paces con hazaña.

---

* *1629,* págs. 120-121. Pertenece a los SONETOS AMOROSOS. El tema aquí, como en los núms. 37, 77, es el «estado» del amante que hace pública su pena al «tribunal del viento».

5 CELANTE. «El que tiene celo y cuidado de la observancia de la ley o cumplimiento de la obligación» *(Auts.).*

10 RECATO. «Cautela o reserva. Se toma también por secreto» *(Auts.).*

32*

Voces mal admitidas de sirenas,
letargo envejecido de mil años,
torcer el rostro a vivos desengaños
y sólo apetecer injustas penas;

ya no más: la razón abrió mis venas   5
donde, convaleciente de sus daños,
fuerza de agravios, sinrazón de engaños,
muros pudo romper, abrir cadenas.

Costoso sí, mas advertido ejemplo,
mi yerro ofrece a los atentos ojos,   10
cuando a la luz de aviso me consagro;

la pared ilustrando al mejor templo,
escarmentadas quejas por despojos,
cuya tabla será el mismo milagro.

---

* *1629*, pág. 121. Pertenece a los SONETOS AMOROSOS. El ejemplo de Ulises y las Sirenas (*vid*. núms. 90, 224, 261) sirve al amante para tomar una resolución ante la cárcel y el naufragio que es para él el amor.

⁹ Corrijo según *1635*, puesto que en *1629* se lee «Costosísimas, mas advertido ejemplo».

¹² ILUSTRAR. «Engrandecer o ennoblecer alguna coa» (*Auts.*). Está en Góngora, *Soledad I*, v. 934: «ilustran obeliscos las ciudades» (ed. cit., página 658).

Rocas que a la verdura deste llano
le servís de corona o de muralla,
cuyo hielo es hoy rígida malla,
fuerza solar pretende abrir en vano.

De la misma esperanza el horror cano,   5
que al Olimpo le intima otra batalla,
cristal la nieve hiciera, y al soltalla
diera al monte sus hojas el verano.

De los tiempos alternan los efetos,
y, los efectos alternando casos,   10
orden guarda aun lo mismo que varía.

Sólo más poderosos o imperfetos
astros de luz y de piedad escasos
niegan intermisión al ansia mía.

---

* *1629,* págs. 121-122. En este SONETO AMOROSO sigue Villamediana el soneto IX de Petrarca. La mudanza de los tiempos, con el sucederse de
las estaciones, crea un ciclo que, aunque siempre igual, tiene apariencia de
un «orden» que varía. El sentimiento amoroso, y el dolor por tanto, del
amante no tiene paralelo en ese ciclo de mudanza, puesto que es constante.

3 En *1629* se lee «cuya yelos». Corrijo según *1635.*

4 Hay en este verso un eco del v. 2 del soneto «Mientras por competir con
tu cabello» de Góngora (núm. 228, ed. cit., pág. 447).

5 CANO. «Metafóricamente lo usan los poetas para pintar la blancura de
muchas cosas, como la nieve del monte» *(Auts.).*

6 Se refiere al combate de los Gigantes contra los dioses. Los primeros in-
tentaron llegar hasta éstos colocando montañas sobre montañas (Ovidio,
Metamorfosis, libro I).

9-10 Nótese el sentido adicional de «sucesión» que la anadiplosis aporta
al tema.

14 INTERMISIÓN. *Vid.* nota al v. 8 del núm. 243.

Articuladas lágrimas desata
desterrado pastor de su cabaña;
y del líquido fuego en que se baña
forma el cielo dos márgenes de plata.

«Buscad ondas» —les dice— «de una ingrata 5
el cristal fugitivo en la campaña,
que si el vuestro amor su plata engaña,
veréis que aun del que llora se recata.

«Si no que disfrazada el ansia mía,
la piedad invocando del desierto, 10
fuego introduzca en la región más fría.

«En mar podrá de olvido tomar puerto
de feliz acogida la porfía,
si llevare por nueva que estoy muerto».

---

* *1629,* pág. 122. Incluido dentro de los SONETOS AMOROSOS. Ha sido editado modernamente por Rosales y por Rozas (eds. cits.) con lecturas distintas, aunque ni uno ni otro hacen notar que el lamento del «desterrado pastor» ocupa el segundo cuarteto y los dos tercetos. El soneto trata los tópicos de la ingratitud de la dama, la muerte en vida y la metáfora náutica del puerto asociada al tema del olvido.

1 ARTICULAR. «Formar voces claras e inteligibles» (*Auts.*). Para este término, *vid.* v. 116 de la *Soledad II* de Góngora (ed. cit., pág. 666).

8 RECATARSE. «Andar con aviso y cuidado de alguna cosa que le puede suceder» (*Covarr.*). Quevedo dirá: «Lo que me quita en fuego, me da en nieve / la mano que tus ojos me recata» (vv. 1-2 del núm. 306, *Obra poética,* vol. I, ed. de J. M. Blecua, Castalia, 1969, pág. 495).

De nuestras selvas el mejor Narciso,
o por lo bello o por lo enamorado,
de suerte no, de cristal sí animado,
quejoso he visto yo de un verde aliso:

«Norte serás de hoy más, árbol de aviso,   5
en piélagos de llanto, en cielo airado,
de un firma corazón que, desamado,
dio experiencias de amor de cuanto quiso.

«Huyan pastores, caminantes dejen
la estrecha senda, el infeliz camino,   10
que niega un ciego dios sin fe ninguna.

«Y si no la huyeren, no se quejen,
pues les da luz y les conduce a tino
el peligroso error de mi fortuna».

---

* *1629*, págs. 122-123. Pertenece a los SONETOS AMOROSOS. En este
caso, el mito de Narciso (Ovidio, *Metamorfosis*, libro III) —el enamorado de sí
mismo— sirve como ejemplo de la fortuna del amante.
3 Para esta construcción, vid. nota al v. 4 del *Faetón*.
13 TINO. «Hábito o facilidad de acertar a tiento con las cosas de que antes
se tenía noticia y del orden en que estaban» *(Auts.)*.

36*

Las no cuajadas perlas deste río,
que en urna breve su cristal desata,
undoso plectro son, cuerdas de plata
que alternan voz y llanto con el mío.

Fortuna, pues, común, común desvío   5
a bien conforme vínculo nos ata;
grillos de hielo en margen pone ingrata
cuando a yerros vincula mi albedrío.

Articulado, pues, el sentimiento
en líquida tïorba, en triste canto,   10
quejas damos recíprocas al viento.

Dulce de Orfeo emulsión, en cuanto
animadas sus aguas con mi acento,
su caudal enriquecen con mi llanto.

---

* *1629,* pág. 123. Pertenece a los SONETOS AMOROSOS. El tema aquí,
como en el núm. 34, es el «llanto de amor». La armonía entre el ser humano
y la naturaleza viene dada, en este caso, por el líquido elemento (agua/
lágrimas) y por la música que el llanto y el correr del agua interpretan con-
juntamente. Este tópico está ya en Petrarca (CXLVIII) y también en Herrera, en su soneto «Oye tú solo, eterno y sacro río».

[1] En *1643* se lee «quejadas». Puede ser un error de imprenta.

[8] La lectura de este verso puede tener dos sentidos: «yerros» como «equi-
vocaciones»; o «yerros» como «cadenas».

[9] ARTICULADO. *Vid.* nota al v. 1 del núm. 34.

[10] TIORBA. «Instrumento músico, especie de laúd, algo mayor y con más
cuerdas» *(Auts.).*

Deste antiguo ciprés, que en Menfis pudo,
verde obelisco, aguja ser frondosa,
ni fortuna elección hace forzosa,
no menos por funesto que por mudo.

El tronco animará metal agudo   5
que, informando corteza misteriosa,
oráculo será de voz quejosa,
vaticinante en mi carácter rudo.

Quejas, seguras ya por no escuchadas,
aunque por no escuchadas, no perdidas,   10
endechará de hoy más su mudo acento;

donde, si a la piedad encomendadas,
de su dueño no fueren admitidas,
apelarán al tribunal del viento.

---

* *1629,* pág. 124. Pertenece a los SONETOS AMOROSOS. Villamediana trata aquí el tópico de la «inscripción de amor» (Virgilio, *Égloga V*) en el
tronco de un ciprés, árbol relacionado con la tristeza (para éste, *vid.* la historia de Cipariso transformado en ciprés, en Ovidio, *Metamorfosis,* libro X). La
comunicación del dolor terminará teniendo por interlocutor y canal de comunicación al mismo viento (*vid.* notas al núm. 89).

2 En *1635* se lee «forzosa». Debe de tratarse de un error. Sigo la lectura
de *1629.*

6 INFORMAR. «Dar la forma a la materia o unirse con ella» (*Auts.*).

11 ENDECHAR. «Cantar sobre los difuntos y celebrar sus alabanzas en
los funerales» (*Auts.*).

14 *Vid.* vv. 12-13 del núm. 77.

38*

Dos veces de Favonio el blando aliento
dejó estas plantas en su honor logradas,
y aquí otras dos veces despojadas,
a la tierra entregaron su ornamento,

después que idolatrando mi tormento   5
sigo, Amor, esperanzas engañadas,
primero desmentidas que formadas
en la ilusión de un ciego pensamiento.

¿Qué espera la razón, cómo no advierte,
sentidos sordos ya con voces mudas,   10
de oráculo que avisa desengaños?

Al que contra sí mismo sólo fuere,
escrúpulos absuelve, vence dudas
en la fe porfïado de sus daños.

---

* *1629*, págs. 124-125. Pertenece a los SONETOS AMOROSOS. El primer verso recuerda el verso inicial del soneto núm. 245 de Góngora (ed. cit., pág. 455»), «Tres veces de Aquilón el soplo airado»; y el segundo, el v. 4 del núm. 223 del cordobés *(ibíd.,* pág. 444).

1 FAVONIO. «El viento que viene del verdadero Poniente, que por lo más común se llama céfiro» *(Auts.).* El céfiro es el viento de la primavera. Enamorado de Flora, la raptó y se casó con ella. Posteriormente le concedió a éste el don de reinar sobre las flores.

Podré ya, voluntario desterrado
en esta felicísima ribera,
si no aplausos de Amor, lograr siquiera
ocio sin culpa, sueño sin cuidado.

Quizá será desdén solicitado   5
el conortado olvido que me espera,
y con alas de aviso y no de cera,
seguro volaré, si no envidiado.

Mares contrarios ni contrarios vientos
poco afligen la antena que, varada,   10
se niega ya a las ondas inconstantes.

De[n] luz a quejas ciegos escarmientos;
deje la razón muda de avisada
este golfo a mejores navegantes.

---

* *1629*, pág. 125. En este SONETO AMOROSO utiliza el Conde dos elementos caros a su poesía: la metáfora náutica y el «ejemplo» de Ícaro.

3 En *1629* y *1635* se lee: «s. n. a. d. A. l. si quisiera». Debe de tratarse de un error.

6 CONORTADO. «Lo mismo que confortado.» *Auts.* lo ejemplifica precisamente con este cuarteto.

8 Utiliza aquí la fórmula gongorina A si no B *(vid.* D. Alonso, *Góngora y el Polifemo,* vol. I, págs. 156-157).

10 ANTENA. «Verga o pértiga de madera pendiente de una garrucha o mutón que cruza en ángulos rectos al mástil de la nave» *(Auts.).*

40*

En el mes más claro, a junio antecedente,
cuando pródigamente le da al Toro
los rubios rayos de su carro de oro
el gran planeta en tronos del Oriente,

a las márgenes frías de una fuente,   5
en suspiros dolor, perlas en lloro,
aquélla en cuyo líquido tesoro
mata celoso Amor la sed ardiente,

matizando en jazmines las orillas
que quiso florecer su pie sagrado,   10
tiernas, quejosas voces prestó al viento.

Por él salieron luego a recibillas,
no salamandria ya de su elemento,
envidia en ansia, en voces mi cuidado.

---

* *1629,* págs. 125-126. Incluido dentro de los SONETOS AMOROSOS,
Villamediana sigue el soneto IX de Petrarca. Destaca en esta composición el
uso de las formas verbales del pasado, que se acumulan en los tercetos, con lo
que lo descriptivo hace mantener la tensión verbal hasta el verso 11.

1-4 Villamediana, mediante una perífrasis en la que se incluye la alusión
mitológica al rapto de Europa (Ovidio, *Metamorfosis,* libro II), sitúa la acción
en el mes de mayo. Recuerdan estos versos los iniciales de la *Soledad Primera*
de Góngora.

13 SALAMANDRA. «Metafóricamente significa lo que se mantiene en el
fuego del amor o afecto» (*Auts.*). Según el *Fisiólogo,* la salamandra extingue el
fuego, y según otras fuentes el fuego es incapaz de dañarla (*vid. Bestiario medieval* [ed. de Ignacio Malaxecheverría], Siruela, «Lecturas medievales, 18», Madrid, 1986, págs. 127-131). Quevedo utilizará este tópico también en el núm.
302, ed. cit., vol. I, pág. 493.

41*

Si facilita amor de mi osadía
el alto fin, si mi esperanza veo
cumplida del más lícito deseo
que atenta voluntad lograr porfía,

novillos dos de la vacada mía   5
de tus aras, Amor, serán trofeo,
y el humo suave del licor sabeo
del ópimo holocausto ofrenda pía.

Plazo felíz será, cuando cumplido
del que con sólo una promesa incierta   10
desmiente la presente desventura.

Llegue, pues, ya, del término ofrecido
a voluntad constante, gloria cierta,
logre ya tante fe, tanta ventura.

---

* *1629,* pág. 126. Incluido dentro de los SONETOS AMOROSOS, tiene la particularidad —que también se da en el núm. 43— de ilustrar el tema amoroso con el motivo pagano del sacrificio. Este motivo aparece también en Góngora (*vid.* vv. 12-14 del núm. 246, ed. cit., pág. 456).

7 Corrijo, siguiendo a Rozas, «sabio», que aparece en todas las ediciones, por «suave».

SABEO. *Vid.* nota al v. 5 del núm. 262.

8 ÓPIMO. «Rico, fértil o abundante» (*Auts.*).

11 Nótese la similicadencia y la aliteración de este verso.

12 TÉRMINO. «Estado o constitución de alguna cosa» (*Auts.*).

42*

Tarde es, Amor, ya tarde y peligroso
para emprender ahora que mis quejas
hallen justa piedad en las orejas
que concluyó el desdén más riguroso.

Porque a tantos avisos no es forzoso   5
idolatrar los hierros de unas rejas,
ni juntar así nueva a penas viejas
permite el tiempo a un ánimo dudoso.

Tus cadenas, Amor, tus hierros duros,
mejor ya en mí parecen forcejados   10
que peligrosamente obedecidos;

bienes dudosos, males son seguros,
y los desdenes más solicitados
avisos con escrúpulo admitidos.

* *1629*, págs. 126-127. Pertenece a los SONETOS AMOROSOS. La diferencia entre éste y la mayoría de los sonetos amorosos del Conde reside en esa visión del amor, pasada la experiencia, como voz que avisa y aconseja.
7 En *1629* y *1635* se lee «ajuntar». Lo corrijo.

Víctima ya de su holocausto sea
a la del niño deidad gigante
el corazón del más feliz amante
que envidia con su lástimas granjea.

No rico incienso y llama no sabea   5
gloria ópima te dé, gloria abundante,
mas entre afectos mil arda constante
nuevo Adonis por nueva Citerea.

Tiña de envidia y no de sangre ahora
celoso Marte el espumoso diente,   10
que arco es de paz el arco de Cupido;

rosas prestando el tálamo de Flora
al sujeto que más gloriosamente
en la dulce de amor red está asido.

---

* *1629*, pág. 127. Pertenece a los SONETOS AMOROSOS. De nuevo aquí, como ocurre en el núm. 41, con el cual existen coincidencias de carácter léxico, Villamediana introduce elementos del sacrificio pagano.

2 Corrijo según *1635*, puesto que en *1629* se lee «ala».

5 SABEA. *Vid.* nota al v. 5 del núm. 262.

6 ÓPIMO. *Vid.* nota al v. 8 del núm. 41.

8 CITEREA es Venus.

10 Alude a la muerte de Adonis, alcanzado por un jabalí que era, en realidad, Marte transformado (Ovidio, *Metamorfosis*, libro X).

44*

Estas de amor, si negras siempre claras,
con alma estrellas, luces siempre ardientes,
son para vida y muerte de las gentes,
de su mayor riqueza más avaras.

Tú, de afectos gran dios, si ahora amparas   5
suspiros justos, ansias mil dolientes,
pródigas, oficiosas, reverentes,
en sangre y flores correrán tus aras.

Arda en las flores, arda alimentando
amor de Amor, y el admitido ruego   10
sacrificio se logre ya aceptado.

Gloria la pena y apacible el fuego,
su llama aliente el ventillar alado
del gigante dios niño y lince ciego.

* *1629,* págs. 127-128. Pertenece a los SONETOS AMOROSOS. En él,
como en tantos otros, los contrarios y la paradoja son los elementos que el
Conde utiliza para describir los efectos del amor.
10-11 Un caso de violento hipérbaton.
14 Alusión a Cupido, el niño-dios alado.

Como amor es unión alimentada
con parto de recíproca asistencia
en la mayor distancia está en presencia
por milagros de fe calificada.

Bien que el sentido, parte ya agraviada   5
de los prolijos vínculos de ausencia,
ciego se pierde, y cede a la violencia
de rayo prometido en luz negada.

La porción superior, que unida vive
por misterio de amor a su sujeto,   10
con tenaces afectos está en gloria;

mas la vista ni logra, ni concibe
si no especies de presente objeto
negadas a la fe, no a la memoria.

---

* *1629*, pág. 128. Incluido dentro de los SONETOS AMOROSOS, es un ejemplo más del neoplatonismo de la poesía del Conde. Dualidades antitéticas como razón/amor, ausencia/presencia; así como la distinción entre un amor puramente humano y otro espiritual (que pertenece a lo que él llama «porción superior») confirman la filosofía neoplatónica del amor. *Vid.* nota inicial al núm. 48.

9 «La parte superior del pensamiento» dirá en el soneto núm. 50, v. 12.

13 ESPECIE. *Vid.* nota al v. 2 del núm. 26.

46*

Definición de amor

Amor es un alterno beneficio
que recíprocos lazos multiplica,
unión de voluntades que se aplica
a felizmente acepto sacrificio;

gloriosa diversión, atento oficio   5
de un alma ya de afectos nobles rica,
dulcísima abusión que califica
en sublime concordia alto ejercicio;

violenta opresión que se dispone
a lograr en sí misma interiormente,   10
fe que en gémina luz de rayos enciende;

pasto que la ambición del gusto pone,
dulce dolor que aplaude lo que siente,
arte que ignora más quien más entiende.

---

* *1629*, págs. 128-129. Es otra «definición de amor» incluida dentro de los SONETOS AMOROSOS. El epígrafe es de *1635*. Nótese cómo de los diez términos de la enumeración, ocho van complementados mediante proposiciones de relativo (cinco en los cuartetos y cinco en los tercetos).

4 ACEPTO. «Ser uno acepto es ser agradable y bien recibido» *(Covarr.)*.

7 ABUSIÓN. «Uso malo y con impropiedad de las cosas» *(Auts.)*.

11 GÉMINA. «Duplicado, doblado, repetido» *(Auts.)*.

Cual suele amanecer por occidente
nocturna luz en no lograda estrella,
cuando el nuevo fulgor se arroja della
la admiración y aplauso de la gente,

tal vi de negros rayos blanca frente   5
el clima superior ceñir aquella
si no madre de Amor, émula bella
del mejor astro y del planeta ardiente.

Animadas prisiones en sus ojos
formando estaba el advertido ciego   10
que venía a la luz de sus antojos,

donde, en viva inquietud muerto el sosiego,
al más solo debidos son despojos
del rayo dulce de tan alto fuego.

---

   * *1629*, pág. 129. Pertenece a los SONETOS AMOROSOS. No ha vuelto
a imprimirse desde *1648*. Villamediana glosa aquí el tema neoplatónico de
los ojos de la dama.

   6 CLIMA. *Vid.* nota al v. 10 del núm. 305.

   7-8 Para esta estructura, *vid.* nota al v. 4 del *Faetón*.

   8 Se refiere al Sol. Los ojos de la dama compiten con la luz del «mejor
astro».

48*

Amor rige su imperio sin espada,
con arte de admirable providencia,
tal que aparente suele una violencia
ser razón con misterios palïada,

Sus armas son belleza declarada,   5
y su alimento la correspondencia;
cultiva con el trato su existencia
en dulces lazos, dulce unión atada.

Ufano de las almas cautiverio,
que en recíprocos medios y cadenas   10
de voluntades dos sabe hacer una;

luz, remedio, milagro es, y misterio
de aprehensión que glorifica penas,
exenta de las leyes de fortuna.

---

* *1629,* pág. 130. Está dentro de los SONETOS AMOROSOS. Cabría
distinguir entre los sonetos de «definición de amor», y éste, o el núm. 45, en
los que, además de la definición, se da una enumeración descriptiva a través
de los verbos. El primer verso es traducción de «Amor regge suo imperio
senza spada» de Petrarca, CV, v. 11.

5 L. Rosales cita una variante de este verso en el descuidado texto *La Selva
de Cupido y delicioso jardín de Venus* (Ms. 4136 de la B.N.): «Sus armas son belleza rechazada» (en *Pasión y muerte del Conde de Villamediana,* Madrid, Gredos,
1969, pág. 25).

Beldad omnipotente lagrimosa
si humana, en esta parte más divina,
a la en cristal promiscua clavellina:
más fío de una lágrima piadosa.

Igual deja argentada virgen rosa   5
en verde campo lluvia matutina,
tal con perlas de llanto luz divina
esmaltó su purpúrea nieve hermosa.

En su cristal amargamente claro,
lícita sed, y lícita aunque ardiente,   10
mató el amor de su pureza avaro.

¡Oh más que misteriosa alta corriente,
cuando de inmenso ardor feliz reparo,
fue en perlas liquidarse perla y fuente!

---

* *1629*, págs. 130-131. Pertenece a los SONETOS AMOROSOS. Corresponde a una sintaxis y a un léxico gongorinos. La descripción del llanto de la dama, de las lágrimas que recorren su rostro, es el motivo principal del soneto.

3 PROMISCUA. «Mezclada confusa o indiferentemente. Se toma también por lo que tiene dos sentidos, o se puede usar igualmente de un modo o de otro por ser equivalentes» *(Auts.)*.

14 LIQUIDARSE. «Desleír y hacer líquido y corriente lo que tenía consistencia» *(Auts.)*.

50*

Ausencia de dos almas en distancia,
y debe ser distancia, mas no ausencia,
cuando amor, en ideas de presencia,
de inseparable unión forma constancia.

De afectos puros lícita jactancia   5
mental, opuesta a material violencia,
para que con su aliento la paciencia
sea corona la fe de tolerancia.

Los ojos, que del ínfimo elemento
originaron su común defeto,   10
lloren ciegos y ríndanse mortales.

La parte superior del pensamiento,
en complicados ñudos con su objeto,
logre prendas de fines inmortales.

---

* *1629*, pág. 131. Incluido dentro de los SONETOS AMOROSOS. Para este tema de la ausencia y la distancia, *vid.* también el soneto núm. 121. Es evidente que el planteamiento de Villamediana es neoplatónico. Debe subrayarse la mínima variación que, en cuanto a la rima, establece el Conde en los tercetos.

⁹ *Vid.* v. 6 del soneto núm. 336.

¹³ Rosales (en *Pasión y muerte...*, pág. 24) recoge una variante: «en más cumplidos n. c. s. o.».

¹⁴ La dualidad entre el amor físico y el amor espiritual refuerza la antítesis de «mortales» frente a «inmortales», destacada además mediante la rima.

51*

Desengaños del amor

¿Cuándo al templo daré del peligroso
naufragio, en tabla amiga dibujadas,
borrascas con paciencia superadas,
suspendido el rigor del mar furioso?

¿Cuándo veré del tiempo proceloso   5
negras nubes de ofensas concitadas,
por benéficos vientos separadas,
y sin escuro velo al sol hermoso?

¿Cuándo de tanto escollo y del incierto
mar de falsas sirenas adulado   10
me dará la razón seguro puerto?

¿Cuándo verá mi agravio por porfïado
de estos grillos al yerro, si no abierto,
con lícito contraste forcejado?

---

* *1629*, págs. 131-132. Pertenece a los SONETOS AMOROSOS. El epígrafe es de *1629*. Podría decirse que es una alegoría, dada la continuidad que a la metáfora náutica da el Conde en esta composición («peligroso naufragio»-«mar proceloso»-«falsas sirenas»-«reo de amor»).

10 *Vid.* nota al núm. 90.

13-14 *Vid.* nota a los vv. 7-8 del núm. 47.

Al amor

Éste cuyo cabello, aunque mintiera
a las demás verídicas señales,
con sólo distinción de ojos leales
sombras ya de otros siglos ver pudiera;

que no puede temer, pues aún espera,   5
y designios urdiendo quimerales
bienes desprecia y solicita males
con fin mentido y culpa verdadera.

Contra sí concitando la justicia
de la razón, pues cierra los oídos   10
a los avisos y a las voces della;

y de ambición pendiendo y de codicia,
niega la mejor luz a los sentidos,
ciego idólatra ya de su querella.

---

* *1629,* pág. 132. Pertenece a los SONETOS AMOROSOS. El epígrafe
es de *1629.* En este soneto puede apreciarse el aprendizaje gongorino del
Conde, tanto por el uso del hipérbaton, como, sobre todo, por las bimembraciones presentes en algunos endecasílabos.

6 QUIMERALES. Un ejemplo de derivación sobre un cultismo que no
figura en *Covarr.* ni en *Auts.*

14 IDÓLATRA. «Por traslación vale el que ama mucho y con desordenado afecto; como que éste adora a quien ama» *(Auts.).*

QUERELLA. «Sentimiento, queja, expresión de dolor» *(Auts.).*

Como la simple mariposa vuela,
que tornos y peligros multiplica
hasta que alas y vida sacrifica
en lo piramidal de la candela,

así del tiempo advierte la cautela   5
una pasión de desengaños rica,
y su inadvertimiento califica
las injurias que busca y no recela.

De semejante impulso que el alado,
cándido, aunque lascivo pensamiento,   10
a morir me conduce mi cuidado;

y me voy por mis pasos al tormento
sin que se deba al mal solicitado
los umbrales pisar del escarmiento.

---

* *1629,* págs. 132-133. Pertenece a los SONETOS AMOROSOS. En la tabla de *1635* no figura, aunque sí se imprime. Es una composición claramente petrarquista. El Conde retoma el tópico de la mariposa (CXLI) que asociará al mito de Ícaro. Para un estudio del tópico, *vid.* J. Fucilla, *Estudios sobre el petrarquismo en España,* Madrid, CSIC, 1960.

2 TORNO. «Vuelta alrededor, movimiento o rodeo» *(Auts.).*

4 PIRAMIDAL.. «Lo que está hecho en forma o figura de pirámide.» Este término es utilizado por Quevedo en el núm. 345 (ed. cit., vol. I, pág. 518).

9-14 De nuevo vuelve el Conde a utilizar la rima en -ento *(vid.* nota al v. 10 del núm. 29.

54*

Entre estas sacras plantas veneradas
del soberbio Aquilón, de Bóreas fiero,
émulo del abril nos da el enero
primavera de flores animadas;

rosas vivas del Tajo, originadas   5
de luz no funeral, que el verdadero
candor de su crepúsculo primero
conceden hoy al Duero trasplantadas.

No ya Pomona se venere culta,
ni Flora dando gloria más florida   10
cuanto a sus plantas se concede indulta.

Toda humanal injuria suspendida,
con rayos de ojos ciego dios insulta
cuanta vi libertad y cuanta vida.

---

* *1629*, pág. 133. Incluido dentro de los SONETOS AMOROSOS, trata,
según J. M. Rozas *(Obras,* Clás. Castalia, 1969), pág. 165, de «un viaje de unas
damas del Tajo —de Aranjuez, seguramente— al Duero (...) en el frío enero
de Castilla la Vieja, que parece abril». L. Rosales, en *Pasión y muerte...,* pág. 69,
cree que está dedicado a Francisca y Margarita de Tabara y a María de Cotiño. Lo fecha en enero de 1622.

1 Recuerda el v. 4 del núm. 223 de Góngora (ed. cit., págs. 444-445). Las
«sacras plantas veneradas» por los vientos del norte son los cipreses.

2 AQUILÓN. «Uno de los cuatro vientos principales, el que viene de la
parte septentrional, que comúnmente se llama norte o cierzo» *(Auts.).*

BÓREAS. «Viento frío y seco que viene de la parte septentrional . Llámase también Aquilón» *(Auts.).*

9 POMONA. Ninfa romana que velaba sobre los frutos. Tenía un bosque
sagrado, el Pomonal, en el camino de Roma a Ostia *(vid.* Ovidio, *Metamorfosis,*
libro XIV).

12 HUMANAL. «Humano» *(Auts.).*

Aquí, donde fortuna me destierra,
con vos estoy, señora, aunque sin veros,
por milagro este bien me hizo quereros,
que en lo demás ningún pesar me yerra.

Sin que pueda morir me falta tierra;   5
moriré en la memoria de perderos,
seguro con saber que ha de teneros
en sí misma alma donde Amor os cierra.

A la vista inmortal del pensamiento
no se verá jamás que ausencia impida   10
lo que impide a mis ojos hoy mi suerte.

Ni yo, desde tan largo apartamiento,
tengo más que ofreceros que una vida,
que, de no veros, es eterna muerte.

---

* *1629*, págs. 133-134. Está dentro de los SONETOS AMOROSOS. Rozas, en su edición, insinúa que pudiera haber sido escrito en uno de los dos
destierros del Conde (ed. cit., pág. 99). Me inclino a pensar que, por el tratamiento cortés de «señora» a la dama, así como por el «vos» y el «yerro» del
primer cuarteto, debe de tratarse de una composición juvenil. *Vid.* también
las semejanzas que existen entre el primer terceto de este soneto y los dos tercetos del núm. 50.
8 CERRAR. «Por extensión vale conservar, guardar alguna cosa dentro
de otra» *Auts.* pone como ejemplo, precisamente, a Villamediana.
10-11 Nótese el uso del poliptoton en estos versos.

56*

Del ufano bajel, que lino al viento
dio si envidia la suya a mil antenas,
son los pedazos hoy en las arenas
de estas playas aviso y escarmiento.

Tal yo, logrado tarde advertimiento   5
de falaces halagos de Sirenas,
al costoso naufragio debo apenas
aún de los daños arrepentimiento.

¡Oh tú, que en largos siglos no terminas
tu poder, tiempo, olvido no defraude   10
de memoria ejemplar reliquias dinas;

si en los milagros que fortuna aplaude
quedaron insepultas mis ruïnas,
por aviso a sus piélagos defraude!

---

* *1629,* pág. 134. Pertenece a los SONETOS AMOROSOS, y no ha vuelto a imprimirse desde *1648.* Al final del tomo II del Ms. Chacón aparece
como apócrifo «Del que ufano bajel dio el lino al viento» (*vid.* Góngora, ed.
cit., apéndice VI, pág. 1232).

El Conde retoma aquí dos tópicos de su poesía amorosa: la metáfora náutica del «bajel» en el mar tormentoso del amor, y el consiguiente «naufragio»
tras «los falaces halagos de las Sirenas» (*vid. Odisea,* canto XII).

2 ANTENA. «En la nave se dice de un palo que está atravesado en el
mástil, del cual cuelga la vela» (*Auts.*).

10 DEFRAUDAR. «Usurpar a alguna persona lo que le toca y pertenece
de derecho» (*Auts.*).

14 PIÉLAGO. «Lo profundo del mar, por traslación llamamos piélago a
un negocio dificultoso de concluir, que no le halla pie el que entra en él»
(*Covarr.*).

La lira cuya dulce fantasía
hizo en Delfos honor al rayo puro
del que, hurtándole al tiempo lo futuro,
eternizó su métrica armonía,

debiera, ninfa bella, ser la mía;   5
porque contra el rigor del tiempo duro
de vuestro nombre el esplendor seguro
sin ocaso lograse feliz día.

Pero de ronca voz quejoso acento,
¿cómo podrá cantar si a viva llama   10
no ayudare de Amor fuerza ni aliento?

Tal que mi pecho ascienda donde inflama
más sublime región, noble ardimiento,
el clarín usurpado de la fama.

---

* *1629*, pág. 135. Está incluido dentro de los SONETOS AMOROSOS.
El yo poético solicita la lira de Apolo, que anunció el oráculo de Delfos, para
cantar a la dama. Ésta, por su parte, debería corresponderle.

4 El sintagma «métrica armonía» aparece en otros sonetos del Conde
(*vid.* núms. 58, 337).

8 Corrijo «lograrse» que aparece en *1629*. Sigo la lectura de *1635*.

13 La «sublime región» es la región suprema, la del cielo.

58*

Esta verde eminencia, esta montaña,
madre de tanto argento fugitivo,
de venusta deidad quizá festivo
teatro, honor fue ya de la campaña.

Ésta, pues, con amargo llanto baña   5
Tirso, al remedio muerto, al dolor vivo,
cuando las ansias de un dolor esquivo
con dulcísimos números engaña.

Las aguas a su acento detenidas,
hermosas mayas en conforme coro   10
de corona le sirven animada;

suspensas unas, otras condolidas,
tanto en métrica pueden lira de oro
bien sentida pasión, bien escuchada.

---

* *1629,* págs. 135-136. Está incluido dentro de los SONETOS AMORO-
SOS. Villamediana parte aquí de la bucólica para describir el canto del dolor
de un pastor que, como el de Orfeo, detiene las aguas, mientras un coro de
niñas repite su acento.

2 ARGENTO. «Lo mismo que plata» *(Auts.).* Este cultismo está ya en
Garcilaso, Égloga II, v. 1499.

3 VENUSTA. «Hermosa y agraciada» *(Auts.).*

8 De nuevo, en este soneto, el Conde recurre a la correspondencia entre el
ritmo y el tema, esto es, a la utilización de los esdrújulos y a un planteamiento
pitagórico de la armonía *(vid.* núms. 57, 72, 337).

10 MAYA. «Una niña que, en los días de fiesta del mes de mayo, por juego
y divertimiento visten bizarramente como novia» *(Auts.).*

59*

Bellísima sirena deste llano,
estrella superior de esfera ardiente,
animado cometa floreciente,
con rayos negros serafín humano;

sol que a la lumbre de tu luz en vano   5
resistir puede el lince más valiente,
fénix que, peregrina, únicamente
logra región de clima soberano.

Aunque la envidia exhale los alientos
de tu veneno, el mérito seguro   10
luce en símbolo claro de constancia.

Revuélvanse ambiciosos elementos,
que el cielo es siempre cielo, siempre puro,
y accidentes no alteran su sustancia.

---

* *1629,* pág. 136. Aparece incluido dentro de los SONETOS AMORO-
SOS. Existen notables semejanzas entre los tercetos de este soneto y los del
núm. 258.

4 Este verso, con ligeras variantes, es de Góngora (*vid.* núm. 282, v. 8, en
ed. cit., pág. 475).

SERAFIN. «Metafóricamente se llama por ponderación al sujeto de especial hermosura u otras prendas» *(Auts.).*

8 REGIÓN. «El espacio que ocupa cualquier elemento; y la del aire se divide en tres, que son suprema, media e ínfima» *(Auts.).*

9-14 La belleza de la dama («sirena», «estrella», «cometa», «serafín», «sol» y
«fénix») es una sustancia eterna, como el cielo.

60*

Sean de amor lisonjas o sean penas,
prevenir lo peor nunca es engaño,
siendo oráculo un año y otro año
de dolor propio y lástima ajenas.

Quejas sin voz, de mudas ansias llenas,   5
el pronóstico fueron de mi daño,
y en su costoso aviso el desengaño
prestó blanca pared a mis cadenas.

Representar allí con vivo ejemplo
de fortuna y de amor pesados yerros,   10
bien que por línea estén de ofensas rotos,

deban más que al perdón a los destierros
este milagro, y sea el mismo templo
prenda del cumplimiento de mis votos.

---

* *1629,* págs. 136-137. Pertenece a los SONETOS AMOROSOS. Resultan interesantes las lecturas que, a partir del primer terceto, podemos hacer.

10 Nótese el juego disémico que ofrece «yerros» —calificados, además de «pesados»— en relación con las «cadenas» del v. 8.

11 LÍNEA. «Renglón escrito.» Obsérvese, en relación con este término, la «blanca pared» del v. 8.

61*
A una dama que se peinaba

Al sol Nise surcaba golfos bellos
con dorado bajel de metal cano,
afrenta de la plata era su mano
y afrenta de los rayos sus cabellos.

Cuerda el arco de Amor formaba en ellos   5
del pródigo despojo soberano,
y el ciego dios, como heredero ufano,
lince era volador para cogellos.

Bello pincel, no menos bello el mapa
en piélago de rayos cielo undoso   10
era, y su menor hebra mil anzuelos,

que en red que prende más al que se escapa
cadenas son, y de oro proceloso,
trémulas ondas, navegados cielos.

---

* *1629*, pág. 137. Incluido dentro de los SONETOS AMOROSOS, es, en realidad, un soneto de circunstancia. El epígrafe es de *1629*. El Conde ya había traducido el soneto de G. B. Marino «En ondas de los mares no surcados», en el que se trata el mismo tópico y que, a su vez, era traducción de «Por ondas del mar de unos cabellos» de Lope de Vega, soneto incluido en el *Libro III* de *La Arcadia* (para una utilización burlesca del tópico, *vid.* Lope de Vega, *Rimas del licenciado Tomé de Burguillos*, en *Obras poéticas*, ed. de J. M. Blecua, Planeta, 1983, «Sulca del mar de Amor las rubias ondas», pág. 1345). También Camoens y Góngora ensayarán este tema (para el segundo, *vid.* el núm. 292, en la ed. cit., págs. 480-481). Para un estudio del tópico, *vid.* D. Alonso, «Lope despojado por Marino», *RFE,* XXXIII (1949), págs. 110-143; L. Rosales, *El sentimiento del desengaño en la poesía barroca,* Madrid, 1966, págs. 176-185; J. Fucilla, «G. B. Marino y el Conde de Villamediana», en *Relaciones hispanoitalianas,* Anejo LIX de la *RFE,* 1953, págs. 155-157; y M. Molho, *Semántica y poética,* Ed. Crítica, 1977, págs. 168-216. Fucilla, art. cit., pág. 156, pondrá este soneto como ejemplo de «la habilidad desplegada por Villamediana trabajando con materiales ajenos». Esta composición fue incluida por Gerardo Diego en *op. cit.,* pág. 78. En Mendes Britto, fol. 37r. se edita bajo el epígrafe «A Nise, peinándose».

2 Se refiere al peine; aquí «bajel», al igual que el cabello es el mar.

12 Villamediana utiliza aquí, como en el núm. 16, el tópico de que el cabello de la dama es como una red que aprisiona al amante.

62*

Huyendo voy las armas y la ira
de la voz, eco ya de mi tormento,
cuyo tierno rigor, cuyo contento
suspende admiración, alivio admira.

Las flechas süavísimas que tira   5
peligro son de articulado aliento,
que en la región estableció del viento
corona llama, numerosa lira.

Pero mejor podrá prender el fuego,
dispuesta la materia en un rendido   10
corazón que os entrega sus despojos.

Sordo de veros ya, de oíros ciego,
varïando peligros el sentido,
siendo rayos la voz, voces los ojos.

---

* *1629*, págs. 137-138. Pertenece a los SONETOS AMOROSOS. El
planteamiento neoplatónico del amor (las flechas o rayos que los ojos de la
dama lanzan) adquiere aquí una formulación que combina elementos de la
poesía de la primera época del Conde (derivaciones, sobre todo) con elementos más puramente gongorinos (bimembraciones y sinestesias).

⁶ ARTICULAR. *Vid.* nota al v. 1 del núm. 34.
⁷ REGIÓN. *Vid.* nota al v. 8 del núm. 59.
¹² La sinestesia con la que comienza este terceto encadena perfectamente
el contenido final del soneto.

Callar quiero y sufrir, pues la osadía
de haber puesto tan alto el pensamiento
basta por galardón del sufrimiento
sin descubrir más loca fantasía.

Sufrir quiero y callar, mas si algún día   5
los ojos descubrieren lo que siento,
no castiguéis en mí su atrevimiento,
que lo que mueve Amor no es culpa mía.

Ni aun ellos por mirar el propio objeto
de su felicidad merecen pena,   10
que basta la que sufren con su ausencia.

Mas, ¿cómo podrá Amor estar secreto
dentro de un alma de esperanza ajena
si la piedad no esfuerza su paciencia?

---

* *1629*, pág. 138. Incluido dentro de los SONETOS AMOROSOS, tiene
por tema el silencio petrarquista (*vid.* notas a los sonetos núm. 11, 237). Es
de destacar cómo la afirmación inicial que abre cada uno de los cuartetos va
seguida, en ambos casos, de una justificación, bien causal (primer cuarteto),
bien condicional (segundo cuarteto). Este mismo procedimiento de argumentación correlativa causal-condicional se repite, respectivamente, en los
tercetos.

E. Cotarelo, *op. cit.*, págs. 189-206, relaciona ésta y otras composiciones
con los supuestos amores del Conde y la reina Isabel. Nada más lejos de la
realidad del soneto, en el que Villamediana ensaya, como ha quedado dicho,
un tópico petrarquista. Debe subrayarse el léxico tan propio del Conde en
este tipo de composiciones; sobre todo, dos términos: «osadía» y «atrevimiento».

2 En el núm. 66 comenzará diciendo: «Es tan glorioso y alto el pensamiento.» Se trata de una muestra más de esa dialéctica vertical tan propia del
neoplatonismo, y que el Conde ejemplifica con Ícaro o Faetón.

4 La inversión, en este caso, no implica un sentido nuevo.

Pulse en dulce quietud canoro leño,
si no escuchado plectro, plectro blando,
hoy que rústicos himnos emulando
de fatigas de amor me desempeño.

Ya que de mis acciones sólo dueño,   5
de avisos estos sauces coronando,
en clima aunque infeliz viva logrando
sin culpa el ocio y sin cuidado el sueño.

Recoja no ya lágrimas Henares,
voces sí, de una voz que al tiempo pudo   10
violar su ley con bien sentido canto.

Fiaré a la corteza mis pesares,
de la que ninfa un tiempo, hoy tronco duro,
tanto dio que sentir y calló tanto.

---

* *1629*, págs. 138-139. En este SONETO AMOROSO, el marco es la bucólica y el canto del desconsolado amante. Puede ser de 1608, fecha en la
que, con motivo de su primer destierro, estuvo el Conde en Alcalá *(vid.* Cotarelo, *op. cit.,* pág. 33).

2 *Vid.* nota al v. 8 del núm. 39.

7 CLIMA. *Vid.* nota al v. 10 del núm. 305.

8 *Vid.* v. 4 del núm. 39.

11 Se refiere al hecho de romper el silencio.

12 Vuelve a retomar Villamediana el tópico virgiliano de la «inscripción
de amor» *(vid.* notas al núm. 37).

Si mi llanto perdonas, claro río,
hoy que con sacro pie dora tu arena
la deidad de tus ondas, la sirena,
gloria tuya y prisión de mi albedrío;

que no debe enturbiar el llanto mío   5
los líquidos cristales de tu vena,
ni el exhalado fuego de mi pena
será a tu fresca margen seco estío.

Hermana de Faetón, verde el cabello,
si en secreto guardares misterioso,   10
con dulce cifra, amargas ansias mías,

ceñirá flores tu frondoso cuello,
sin que ofenda mi fuego lastimoso
tan dulces hierbas ni tus aguas frías.

---

* *1629,* pág. 139. Pertecene a los SONETOS AMOROSOS. En *1635,* se
edita dos veces: una, como en *1629;* y, otra, con múltiples variantes —y que
ahora copio— en págs. 429-430: A mi llanto perdona, ¡oh claro río!, / hoy
que con sacro pie dora tu arena / la deidad de tus ondas, la sirena, / gloria
tuya y prisión de mi albedrío; / que no deje enturbiar el llanto mío / los líquidos cristales de tu vena, / que el inflamado fuego de mi pena / será a tu
fresca margen seco estío. / Hermana de Faetón, verde el cabello, / si en secreto aguardares misterioso, / conduce cifra amargas ansias mías, / ceñirán
flores tu frondoso suelo, / sin que ofenda mi fuego lastimoso / tus dulces
hierbas ni tus aguas frías. En *Mendes Britto,* fol. 38v., aparece esta segunda
versión bajo el epígrafe «A Lise en la ribera del Manzanares» (*vid.* nota al
núm. 268).

9 Se refiere a la transformación de Faetusa en álamo (*vid. Fábula de Faetón,*
vv. 1761-1792). Este verso es el v. 263 de la *Soledad II* de Góngora (ed. cit.,
pág. 670).

Es tan glorioso y alto el pensamiento
que me mantiene en vida y causa muerte,
que no sé estilo o medio con que acierte
a declarar el bien y el mal que siento.

Dilo tú, Amor, que sabes mi tormento,   5
y traza un nuevo modo que concierte
estos varios extremos de mi suerte
que alivian con su causa el sentimiento.

En cuya pena, si glorioso efeto,
el sacrificio de la fe más pura,   10
que está ardiendo en las aras del respeto,

ose el amor, si teme la ventura;
que entre misterios de un dolor secreto
amar es fuerza y esperar locura.

---

* *1629,* págs. 139-140. Pertenece a los SONETOS AMOROSOS. Aquí, Villamediana establece una dialéctica entre lo vertical (la aspiración amorosa) y lo horizontal (el desdén) propia del Barroco. Para Cotarelo, *op. cit.,* págs. 189-190, este soneto estaba dedicado a la reina Isabel. En *Mendes Britto,* fol. 39r. aparece bajo el epígrafe «A Lise». *Vid.* nota al núm. 268.

¹ *Vid.* v. 2 del núm. 63.

⁹ Tanto aquí, como en el v. 12, el Conde utiliza la fórmula sintáctica gongorina A, si B *(vid.* nota al v. 4 del *Faetón).*

En cristal argentado se aconseja
convaleciente el sol o enfermo el cielo,
y es consultado de su luz consuelo
que la ambición como el recato deja.

Ufano el ciego dios, lince, apareja   5
tiro a sus flechas, alas a su vuelo,
y en el vidrio animado, ardiente el hielo
ser otra vez pensó florida queja.

Que si amante, no flor, Narciso estrella
en reflejo de rayo transparente   10
se conoció deidad, se admiró bello.

Y oposición recíproca, luciente,
causa en peligro alterno, dio más bello
espejo a Lisio que a Narciso fuente.

---

* *1629,* pág. 140. Pertenece a los SONETOS AMOROSOS. En él toma el
Conde el mito de Narciso (Ovidio, *Metamorfosis,* libro III) como ejemplo de la
«oposición recíproca» que significa el amor. En *Mendes Britto,* fol. 41r. aparece bajo el epígrafe «A Lise, convaleciente, mirándose a un espejo». *Vid.* nota
al núm. 268.
4 RECATO. «Secreto» *(Auts.).*
5 Nueva alusión a Cupido.
11 Bimembración al modo de las utilizadas por Góngora *(vid.* también v. 2).

Esta que sacra tórtola vïuda
en seco tronco llora el muerto esposo,
y con rigor no menos poderoso
de sus natales plumas se desnuda,

cuya dulce garganta en llanto muda,   5
huérfano el cuello de su honor undoso,
¡oh sordo cielo!, ¡oh golpe riguroso
de accidente mortal de Parca cruda!

Dolor justo de agravio tempestivo
tiene en desdenes de inmutable hado   10
en sombra al sol, mas no de luz ajeno,

cuando el nuevo planeta vengativo
corta al que felizmente derribado
del reposo común se ve en el seno.

---

* *1629,* pág. 141. Pertenece a los SONETOS AMOROSOS. Villamediana parte aquí del tópico de la «tórtola viuda» que canta la muerte de su esposo. En *Mendes Britto,* fol. 43v., aparece bajo el epígrafe «A Lise, cortándose los cabellos». *Vid.* nota al núm. 268.

6 UNDOSO. «Lo que tiene ondas o se mueve haciéndolas» *(Auts.).*

14 SENO. «Metafóricamente vale lo mismo que seguridad, amparo y defensa» *(Auts.).*

Sobre este sordo mármol, a tus quejas
pira ya de aromáticos enojos,
corren líquidos rayos de tus ojos,
perlas que en llanto desatadas dejas.

Donde son sacras ondas las madejas   5
quedan, muerta su luz, vivos despojos;
florido fruto logran ya de abrojos
o ya del mejor tronco las abejas.

Pues el poder al cielo no limites
en el común consuelo tuyo, Lise, en cuanto   10
las incesables lágrimas no omites,

suspende ya el dolor, enfrena el llanto,
lagrimosa beldad, con que permites
que a tanto sol se atreva eclipse tanto.

---

* *1629*, págs. 141-142. Pertenece a los SONETOS AMOROSOS. El tema
es el llanto de una dama. Las lágrimas «eclipsan» la luz de sus dos soles. En
Mendes Britto, fol. 43r., aparece bajo el epígrafe «Al mismo», esto es, a la muerte del esposo de Lise *(vid.* núm. 333 y, para Lise, núm. 268).
[10] Corrijo «Nise» por «Lise», a tenor del epígrafe arriba citado.

No pisé los umbrales vez alguna
del ciego laberinto de esta curia
que no me escarmentase nueva injuria
del tiempo o de quien rige la fortuna.

Despidiendo esperanzas una a una,   5
rica de avisos logra mi penuria,
en ausente sagrado de esta furia,
vida desengañada y no importuna.

Suelto de la ambición y desatado
de la prolija cárcel del deseo,   10
por mejor luz del desengaño anhelo.

Y logrando en el ocioso mi cuidado,
sin nubes de ilusión más claro veo
que cuanto ofrece Amor miente el desvelo.

* *1629*, pág. 142. Pertenece a los SONETOS AMOROSOS. Inexplicable-
mente, no ha vuelto a imprimirse desde *1648*. En este soneto, Villamediana
ofrece una reflexión de los efectos del amor que le lleva a «determinarse»,
«desatado de la prolija cárcel del deseo».

2 Para la imagen del «laberinto amoroso», *vid*. R. Navarro Durán, art. cit.
en «Noticia bibliográfica».

Ya en sublime región las alas queme
y el suelo las acoja por de cera,
un firme corazón aun no se altera
viendo la misma ruina que le preme.

Y cuando el tiempo en su desdén se extreme,   5
valor es el que trépido tolera,
y el ardimiento del que nada espera,
la desesperación del que no teme.

Yo, pues, entre costosos desengaños,
más que quiero ahogar que el falso aliento   10
que tuve de mentidas confïanzas;

si a luz nueva, logrando nuevos daños,
a mi noticia restituye el viento
torres que en él fundaron esperanzas.

---

* *1629*, págs. 142-143. Pertenece a los SONETOS AMOROSOS. El ejemplo vuelve a ser el mito de Ícaro que, en este caso, contrasta con el tono más personal de los tercetos.

[1] La «sublime región» es la zona suprema del aire.

[3-4] Glosa aquí el Conde el tópico horaciano del «varón fuerte».

[6] TRÉPIDO. «Trémulo» (*Auts.*).

A una dama que tañía y cantaba

A regulados números su acento
reduce esta sirena dulce, cuando
con las pulsadas cuerdas está dando
al arpa voz, al alma sentimiento.

Arco hace el Amor de su instrumento,   5
y soberbio arpón de un mirar blando,
sol que, rayos en fuego articulando,
desvelo da al cuidado, sueño al viento.

Recuerde, pues, Amor, en la dormida
aura, y sus plumas incesables bata   10
al son desta dulcísima armonía.

Numerosas exequias de mi vida
serán, si la piedad no lo dilata,
flechas con yerba de su melodía.

---

* *1629,* pág. 143. Incluido dentro de los SONETOS AMOROSOS, en él
el efecto de la música sobre el yo poético es el punto de partida para el enamoramiento. G. Diego lo recoge en *op. cit.,* pág. 79. Para este tema, *vid.* el
núm. 14.

1-2 El Conde alude a la teoría pitagórica de la armonía. Fray Luis de
León, en su «Oda a Salinas», dirá «Y, como está compuesta / de números
concordes».

2 Compara el canto de la dama con el de las Sirenas (*vid.* Odisea,
canto XII).

9 RECORDAR. «Metafóricamente vale despertar al que está dormido.»
(*Auts.*) Manrique iniciará las *Coplas...* con el célebre verso «Recuerde el alma
dormida».

11 Este mismo sintagma, «dulcísima armonía» aparece en la «Oda a Salinas». Y el propio Conde presenta la variante «métrica armonía» en los números 57, 58, 337.

14 *Covarr.* recoge, entre las acepciones de IERVA, «yerba de ballestero»:
«Es cierto ungüento que se hace para untar los casquillos de las flechas y las
saetas.»

Niega el desdén a mi razón la llave
que los ministros de mi queja sella;
que el alma, como espíritu sin ella,
por la puerta de Amor entrarse sabe.

Por los resquicios de sus nudos cabe   5
un pensamiento en forma de querella,
pues si Amor es abogado della,
ni fijo muro fue ni metal grave.

Las plumas de las alas del dios ciego,
el violento rigor de sus arpones   10
penetra muros, introduce fuego.

Rayos oculta, no en paladiones,
sino en el mundo, que introdujo ruego
de casos ministrados y ocasiones.

---

* *1629*, págs. 143-144. Pertenece a los SONETOS AMOROSOS. No ha vuelto a imprimirse desde *1648*.
12 El Conde compara los rayos de amor que Cupido lanza, y que penetran en los hombres, con el episodio del Caballo de Troya, en cuyo interior se esconden los soldados griegos para entrar en la ciudad.

Para mí los overos ni los bayos
nunca fueron ardientes resplandores,
sólo me libre Dios de los fulgores
de un blanco serafín con negros rayos.

Esta, pues, luz, anime los desmayos   5
que dan los, al mirar, ojos traidores,
flor que en afrenta viva de las flores,
su boca es perlas y su aliento mayos.

Amor, abeja de esta prim[av]era,
en dos labios libados mil claveles,   10
queriendo fabricar rubios panales,

de que me da el amor alas de cera,
y ellas el nombre a un piélago de males,
que tiene amarga miel y dulces yeles.

---

* *1629*, pág. 144. Pertenece al grupo de los SONETOS AMOROSOS. En él, Villamediana aglutina referencias de muy diverso origen: 1) Personales: su afición a los caballos; 2) Literarias: el tópico del «peligro» que encierra el amor, el soneto CLXXVI de Petrarca y la Oda XXVI de Anacreonte; y 3) Mitológicas: Ícaro y su caída. Rozas, en «Notas a Villamediana al margen de Góngora», *Cuadernos de Arte y Pensamiento*, núm. 1, Madrid, Facultad de Filosofía y Letras, Madrid, núm. 1 (mayo de 1959), pág. 34, dice refiriéndose a este soneto: «Para el doliente Conde, el ardor de un caballo a galope era semejante, pero menos doloroso, que la mirada de una mujer bella.»
¹ Recuerda los vv. 678 y 732 de la *Soledad II* de Góngora (ed. cit., págs. 681 y 683, respectivamente). Bayos y overos eran los caballos que tiraban del carro del Sol.
¹⁰ En *1629* y *1635* se lee «librados».

Arbitro amor entre esperanza y miedo,
sigue natural fe de una porfía;
yo entre razón y voluntad debía
decidir sólo, y más ambiguo quedo.

Piso ya el laberinto en cuyo enredo,　　　　5
si luz me ciega, ceguedad me guía;
puedo conmigo, y no lo que querría,
quiero de mí y de vos lo que no puedo.

Sí debiera poder, mas no asegura
razón amor, que agora ingratamente　　　　10
agravios da a beber a fe tan pura.

Sospechoso rigor cuyo accidente
ha hecho desdichada la ventura,
la fe culpa y la queja conveniente.

---

* *1629*, págs. 144-145. Incluido dentro de los SONETOS AMOROSOS.
Debe de pertenecer a la primera época (es decir, anterior a 1611) tanto por el
léxico («fe», «razón», «voluntad», «rigor») cercano a la poesía de cancionero,
como por la utilización de paradojas, poliptotos, el uso del «vos» —que no
aparece en sus sonetos de madurez— y la rima CDCDCD de los tercetos. J.
G. Fucilla, *op. cit.*, pág. 161, anota la semejanza del primer cuarteto con una
cuarteta de Ariosto («Per un'alma gentil Speme e Timore / fan guerra insie-
me e il campo in me preso hanno, / e combattendo il cor guidice fanno, /
del pianto lor c'han per cagion d'amore»). Para el tema del «laberinto de
amor», vid. R. Navarro Durán, art. cit.

4 AMBIGÜEDAD. «Duda, confusión e incertidumbre» (*Auts.*).

7-8 Obsérvese la paradoja que crea el poeta a través de la afirmación y ne-
gación de los dos verbos.

76*

No es tiempo ya, tirano Amor, que vea
de tus violencias crédito en mi ejemplo;
colgadas las cadenas en tu templo,
justo será que desengaños crea.

Un mentido esperar cuando lo sea   5
entre envidia y desprecio me contemplo
cuando pasiones en avisos templo,
con peligros amor me lisonjea.

Vuelvan los negros ojos a su aljaba
los vivos rayos que el arpón ardiente   10
debe mejores blancos a sus tiros.

Miraré cual está, no cual estaba:
de osar cobarde, y de temer valiente,
lágrimas me concede y no suspiros.

* *1629*, pág. 145. Incluido dentro de los SONETOS AMOROSOS. El
tono exhortativo del primer verso da paso a una recapitulación por parte del
Conde. En los tercetos, el tono firme que aportan el subjuntivo y el futuro establece una antítesis entre el pasado y el futuro próximo.

3 Para este tópico, *vid.* nota al núm. 186.

9 Los ojos son «negros» porque están ciegos —o deslumbrados— por el
amor.

Cesen mis ansias ya desengañadas
del prolijo anhelar de mis porfías,
cesen aquí las esperanzas mías
desmentidas primero que formadas.

No encanecidas ya, sino avisadas,   5
mil voces lograrán orejas pías,
un sol verán mis ojos y unos días
que consten de horas nunca adulteradas.

Destas ondas el claro movimiento
espejo es que muestra en el más puro   10
cristal de sus orillas mi escarmiento;

quedándole ya sólo por seguro
a mi querella el tribunal del viento,
a mi fortuna un esperar oscuro.

---

* *1629,* págs. 145-146. Pertenece a la sección de SONETOS AMORO-
SOS. El yo poético, tras el desengaño amoroso, reconoce a la poesía como el
único territorio para manifestar su pena.

⁵ *Vid.* v. 6 del núm. 237. Se da en este verso un recuerdo del episodio de
Ulises y las Sirenas *(Odisea,* canto XII).

¹³ *Vid.* v. 14 del núm. 37. Para Felipe B. Pedraza, ed. cit., pág. XXXI: «La
sinestesia del último verso ("esperar oscuro") es una de las expresiones que
mejor retratan el talante íntimo del Conde.»

¿Qué no puede sufrir quien no confía
un castigado y no rendido intento,
donde luz de mejor conocimiento
mueve la voluntad, sus fines guía?

Es de la fe lisonja la osadía,   5
y la esperanza de la fe un aliento,
cuando constante en el mayor tormento
tiene amor por enmienda la porfía.

Vuelve, pues, de sus ansias no vencido
el afecto de un lícito deseo   10
que sufre osado, si cobarde espera.

Gloriosamente admiración caído
a piélagos de amor, en que me veo
volar, inaccesible, alas de cera.

---

* *1629,* pág. 146. Pertenece a los SONETOS AMOROSOS. La dualidad
«atrevimiento» u «osadía» frente al desengaño tiene en éste, como en otros
casos, un ejemplo: Ícaro.

[12] Aparece en todas las ediciones con esta construcción sintáctica. De no
ser un error común a todas ellas, cabría pensar en la existencia de un acusati-
vo griego.

[13] PIÉLAGO. «Lo profundo del mar; por traslación, un negocio dificultoso de concluir» *(Covarr.).*

[14] La alusión a Ícaro está, en este caso, al final del poema.

Éste que viste nieve en vaga pluma,
de las frondosas ninfas dulce hermano,
surca el imperio de las ondas cano,
cometa de los orbes de la espuma.

Sátiro de los bosques hoy presuma   5
no fiar lino al aquilón insano,
albor sí desplegar, que imita en vano
sabio monte africano en pompa suma.

Corte, pues, altamente obedecido,
el blanco seno al húmido elemento,   10
hoy que a más pura nieve debe tanto.

Borrará destas aguas el olvido
sacra piedad, florido apartamiento,
y no menos mi envidia que su canto.

---

* *1629,* pág. 147. Incluido dentro de los SONETOS AMOROSOS, el
Conde utiliza aquí la imagen del cisne, «que viste nieve en vaga pluma», para
ejemplificar metafóricamente el tránsito del yo poético por «las aguas del olvido».

6 LINO. «Vela o velas del navío» (*Auts.*).

7 ALBOR. «Se llama el accidente de blancura cuando se halla en algún
sujeto en grado excelente» (*Auts.*).

11 En el v. 1795 del *Faetón,* Villamediana describirá al cisne como «plumas
batiendo de animada nieve».

80*

Tal vez la más sublime esfera toco
de los orbes de Amor, do pruebo y siento
un infeliz, cobarde encogimiento
con que a imperfecta lástima provoco.

A mucho se dispone y vuela poco   5
mi osado y rendido pensamiento,
muy temeroso para atrevimiento,
y para no atrevido ya muy loco.

¡Oh laberinto, oh confusión, oh engaño!
en que estoy, la que sufro y el que sigo;   10
sin fe el remedio y sin aviso el daño;

donde el hado, infelizmente enemigo,
es oráculo ya de un desengaño
que quiso ser remedio y fue castigo.

---

* *1629*, págs. 147-148. Pertenece a los SONETOS AMOROSOS.

¹ TAL VEZ. *Vid.* nota al v. 5 del núm. 102. Aunque ahora, sin uso distributivo.

ESFERA. «Llamamos esfera a todos los orbes celestes y los elementales,
como la esfera del fuego, etc.» *(Auts.)*

⁹⁻¹¹ Un terceto totalmente gongorino: una correlación *(vid.* D. Alonso,
Góngora y El Polifemo, vol. I, ed. cit., págs. 180-185 y *Estudios y ensayos gongorinos,*
Gredos, 1982, págs. 222-247), y un verso bimembre.

Después que me llevó el abril su día,
mis ojos verdaderos son corriente,
dígalo Amor que os rinde francamente
la parte que es más propia y menos mía.

Dulce error, felicísima porfía,   5
del que menos distante, más ausente,
vive con soledad entre la gente
y a solas en sabrosa compañía.

Aguas del Tajo, en vuestras repetidas
ondas, no ya de olvido mar se vea: 10
comunicad conmigo vuestra gloria,

acordando mis lágrimas perdidas
al abril más florido, porque sea
sufragio de mi muerte su memoria.

---

* *1635*, págs. 417-418. Es el primero de los sonetos añadidos a partir de *1635*. Se trata de un SONETO AMOROSO de la última época (posterior a mayo de 1622, fecha de la representación de *La Gloria de Niquea*) dedicado, probablemente, a Francelisa, esto es, a doña Francisca de Tabara (*vid*. L. Rosales, *Pasión y muerte...*, págs. 53 y ss.), que hizo el papel de «mes de Abril» en la citada representación (para más datos, *vid*. Cotarelo, *op. cit.*, páginas 175-178).

[7-8] El recuerdo de las *Soledades* de Góngora es inevitable en este cuarteto.

[9] Las aguas del Tajo son el interlocutor, como espejo que son, de la pena del amante.

[12] ACORDAR. «Arreglar y ajustar una cosa con otra, disponiendo que en todo sean conformes y correspondan y concuerden» (*Auts.*).

Este gran dios de amor, este enemigo,
sobre cualquier deidad temido y fuerte,
me asegura en un punto y me da muerte,
mostrando en mí su efeto y su castigo.

Mas tú, crüel, a quien adoro y sigo,   5
vencedora del tiempo y de la suerte,
das fuerza a su rigor para vencerte
por sólo usar de tu poder contigo.

Confiésote milagro de hermosura,
pero conozco en ti el exento efeto   10
que es el desdén de que el amor se ofende.

La pasión encubierta en arte pura
es el misterio libre de un sujeto
que en medio de las llamas no se enciende.

---

* *1635*, pág. 422. Incluido a partir de *1635*. Es un soneto amoroso en el que el yo poético reflexiona en torno a los efectos del amor: desdén y castigo.

[9] CONFESAR. «Reconocer y tener por cierta alguna cosa, obligado por la fuerza de la razón» *(Auts.)*.

[10] EXENTO. «Libre, desahogado y desembarazado» *(Auts.)*.

12-14 En este terceto, Villamediana reúne tres elementos tópicos en su tratamiento del tema del amor que ya están en su primera época: la «pasión encubierta», lo incognoscible o impensable que resulta el amor, y el estado del amante —expresado mediante la paradoja.

83*

Tengo que decir tanto de mi estrella,
que de la de los otros no sé nada,
si vos no la dejáis acreditada,
siendo la esfera el fijo norte della.

Nueva y alta noticia; aunque tenella   5
no deja la memoria perturbada,
sino a nuevos peligros entregada
de seguir luz y morir sin ella.

Al ciego dios de amor, recién nacido,
pagando parias el tributo ofrezco   10
de mis ocasos últimos traído.

Feliz yo si a la causa compadezco,
y cuando no pagado conocido,
estrella y luz de aceptación merezco.

_____
* *1635*, pág. 422. Es uno de los sonetos añadidos a partir de *1635*.
4 ESFERA. *Vid*. nota al v. 1 del núm. 80.
9 Alusión a Cupido.
10 (Pagar) PARIAS. *Vid*. nota al v. 13 del núm. 339.

84*

A la esperanza, difiriéndola

Es la esperanza un término infinito
en plazo que ni llega ni prescribe,
y alentada pasión que sólo vive
del carácter que al cielo deja escrito.

Es este triste error, común delito,   5
lícito, porque el gusto le concibe,
y es pena que por gloria se recibe,
lisonjera infusión del apetito.

Dale a beber Amor su devaneo,
y causándole sed que nunca mata   10
para ser tolerancia halla este medio.

No puede ser cumplido, y es deseo,
facilita lo mismo que dilata,
y es ofensa con nombre de remedio.

---

* *1635*, pág. 423. Incluido dentro de las composiciones que se imprimen por primera vez en *1635*. Como dice R. Navarro, en su «Introducción» a «Definición en soneto», *El Ciervo*, núm. 8 (enero de 1985), estos sonetos «muestran una enumeración que suele desembocar en el elemento definido» (pág. 25). La definición mediante contrarios es la técnica que el Conde utiliza en este soneto. Los núms. 85, 86 tratan este mismo tema.

4 CARÁCTER. «Señal, figura o marca que se imprime, graba o esculpe para representar o demostrar alguna cosa con toda claridad y distinción» (*Auts.*).

9-11 Se refiere al mal de la «hidropesía»: «El hidrópico, mientras más bebe, tiene más sed» (*Auts.*).

Esta nueva deidad aprisionada,
y entre grillos y rejas no segura,
mueve el orden fatal de la ventura
con misteriosa mano arrebatada.

Cisne, fénix de amor, ave dotada   5
del atributo de la luz más pura,
cuya fraude en letargos de dulzura
nos entrega a la muerte idolatrada.

Los eternos sufragios escarnece,
y en tribunal de apetecida pena,   10
la causa esconde que el milagro hace.

Pasa el peligro al que el aviso ofrece,
y con la misma muerte que condena,
a los que deja muertos satisface.

---

* *1635,* págs. 423-424. *LRC,* págs. 36-37, añade un epígrafe que no está
en *1635:* «A la esperanza». En cambio Rozas, ed. cit., pág. 185, cree que se
trata de «un soneto circunstancial: a una dama tras una reja, tal vez». Por
nuestra parte, pensamos que nos hallamos ante un soneto-definición *(vid.*
nota a núms. 84, 86) cuyo tema es la esperanza. Característica de esta composición es la variedad narrativa que introduce el Conde mediante los verbos,
lo que ofrece al texto un mayor dinamismo.

1-4 El Conde alude a Pandora, la primera mujer, que, estando en casa de
Epimeteo, abrió una jarra que contenía según unos todos los males —que se
esparcieron por la Tierra— y, según otros, todos los bienes, que regresaron
con los dioses. Tanto en un caso como en otro, la esperanza quedó encerrada
en el recipiente.

9 SUFRAGIO. «Cualquier obra buena, que se aplica por las almas de los
difuntos que están en el Purgatorio» *(Auts.).*

Qué es la esperanza

Es un lícito engaño la esperanza
y tregua con que el bien miente al cuidado,
sombra de amor, deliquio que, adulado,
vive de cultivar lo que no alcanza.

De fe tiene el aliento y la tardanza,   5
mal que anticipa el plazo dilatado,
susto y desdén contra su efeto armado,
alivio quiso ser y fue venganza.

Rayo de luz que cuando alumbra ciega,
y contraria ilusión al ser perfeto,   10
firma que niega amor y en blanco escribe.

Su término es presente y nunca llega,
y es causa que, muriendo de su efeto,
de no cumplir lo que promete vive.

---

* *1635*, pág. 424. Apareció por primera vez en *1635*. *Vid*. nota al número 84.

3 DELIQUIO. «Desmayo, desfallecimiento del cuerpo con suspensión de los sentidos» *(Auts.)*.

La llama recatada, que encubierta
la tuvo justo miedo de advertida,
vuelva ahora, de afectos impelida,
al sol que la fomenta descubierta.

Amor es quien la sopla y quien despierta   5
mi antigua pena al parecer dormida,
Amor que alarga a mi deseo la vida
y no da vida a mi esperanza muerta.

Yo estoy muriendo en medio deste fuego,
en esperar, y no en sufrir, cobarde,   10
penas de olvido, olvido de mi muerte.

Mas no dejo de ver, estando ciego,
que no hay remedio o bien que ya no tarde,
ni mal que contra mí no se concierte.

---

* *1635*, págs. 426-427. Es un SONETO AMOROSO que apareció por primera vez impreso en *1635*. El tema es neoplatónico: la llama amorosa tiene un origen: los ojos —o «soles»— de la dama. El amante, que creía haber mitigado ese incendio, ve cómo, cual fénix, renace de nuevo. Fue atribuido a Maluenda, pero es del Conde (aparece también en *Mendes Britto*, fol. 46v.).

1 RECATADA. «Oculta» (*Auts.*).

14 Corrijo «convierte», que se lee en *1635*.

88*

De fortuna a las eras hoy se niega
fortuna de los tiempos perseguida,
que a inútil fe que a veces desmentida,
no es tarde el desengaño si al fin llega.

Alumbra a veces menos y más ciega,   5
pero ya mi noticia, de advertida,
luz de escarmientos en pasión vendida,
ni teme el esperar ni en temor ruega.

Cerviz de lazos de ambición exenta
se redime al peligro y al cuidado   10
de adquirir odio y cultivar afrenta;

amainará el desdén solicitado,
veré ya de fortuna la tormenta,
en puerto más seguro que envidiado.

* *1635*, pág. 428. Apareció editado por primera vez en *1635*. Se trata de una nueva reflexión en torno a la fortuna y el desengaño, en la que el tema del desdén amoroso y la metáfora náutica (en los tercetos) precisan el sentido del soneto. Cabría destacar, además, la utilización del futuro en el último terceto, con lo que el soneto adquiere una dimensión proyectiva que no suelen poseer las composiciones que tratan este tema.

3 *LRC*, pág. 129: «q. a. i. f. y a v. d.».

6 Corrijo «aya» por «ya».

8 Un caso de derivación subrayado por la estructura bimembre del endecasílabo.

A las undosas márgenes de un río,
que en floridos cristales nace fuente,
solté quejosa voz tan dulcemente,
que alternó Filomena el canto mío;

donde, si a tronco (si animado, pío)   5
místico ya papel de simple gente,
impresas ansias de pasión ardiente
con hierro duro en verde margen fío.

Ajena, pues, noticia, en mi escarmiento,
del rigor de fortuna ejemplo lea,   10
si es aviso del tiempo el desengaño;

y en este descansado apartamiento,
feliz agrado a mis agravios sea
un temor advertido de su daño.

* *1635*, págs. 428-429. Trata de un tópico que lo es incluso dentro de la misma poesía del Conde: el yo poético, pastor enamorado, escribe (rodeado del marco de la bucólica) sus quejas amorosas en un tronco para que sirvan de aviso a futuros enamorados. Este tema es de tradición virgiliana, concretamente aparece en la *Égloga V. LRC,* pág. 87, incluye este soneto bajo los LÍRICOS.

4 Filomena o Filomela está asociada a su metamorfosis en ruiseñor; su nombre evoca, por tanto, la idea de la música *(vid.* Ovidio, *Metamorfosis,* libro VI).

5 PÍO. «Benigno, compasivo» *(Auts.).* Este uso aparecerá también en el v. 98 de la *Fábula de Faetón.*

6 MÍSTICO. «Vale tanto como figurativo; como sentido místico» *(Covarr.).*

Pasé los golfos de un sufrir perdido
y piélagos de ofensas he surcado,
de enemigos impulsos agitado,
de poderosas olas impedido.

Hoy, pues, menos quejoso que advertido,   5
de esperanza las velas he animado,
y debo a mi noticia haber tomado
en mar de sinrazón puerto de olvido,

donde ya en dar benéficos alientos,
a la violenta fuerza me libraron   10
del tiempo airado y de contrarios vientos.

Ya engañosas sirenas me dejaron,
porque la falsa voz de sus acentos
mis diamantes oídos no escucharon.

---

* 1635, pág. 429. Es uno de los sonetos añadidos a partir de 1635. El tema del soneto es el desengaño, ejemplificado mediante la metáfora náutica y la historia de Ulises y las sirenas (Odisea, canto XII), pero Villamediana no deja claro que se trate de un desengaño amoroso, aunque sea lo más probable. Para estos tópicos, vid. los núms. 32, 224, 261.

5 Vid. nota al v. 11 del núm. 205.

14 DIAMANTE. «Metafóricamente significa dureza, constancia y resistencia» (Auts.).

Aquí, donde de uno en otro llego
y la razón me da conocimiento,
que sólo me ha enseñado el escarmiento
no lo puedo negar, ni ya lo niego.

Hice costumbre del desasosiego   5
y desesperación del sufrimiento,
fineza hallé en continuo movimiento
y sólo huyendo dél tuve sosiego.

No ha menester descansos una vida
donde los sentimientos ya me dejan,   10
ni que sentir, señora, mi sentido.

No veré cosa que deseo cumplida,
los remedios por horas se me alejan,
y el mayor he tomado por partido.

---

* *1635,* pág. 430. Soneto amoroso en el que se describe el estado de desdén y la lucha entre la razón y el dolor, tan propios del petrarquismo. Por el tema y el uso de recursos como el poliptoton y la derivación, estaría más cercano a los sonetos de la primera época, puesto que no ha de engañarnos esa visión de la vida del yo, como desde una atalaya, común al sosiego petrarquista que se produce tras lo irreversible (muerte o desdén de la dama). Lo publicó, con múltiples variantes, Juan Pérez de Guzmán en *Cancionero de Príncipes y Señores,* Madrid, 1892, pág. 193.

[7] FINEZA. «Acción o dicho con que uno da a entender el amor y benevolencia que tiene a otro.» *(Auts.)*

[10-11] Un caso de poliptoton y derivación. Aprovecha aquí el Conde la polisemia.

[11] Nótese la aliteración en este verso, con la repetición del fonema siempre en la sílaba anterior a los acentos del sáfico.

Aunque el tiempo cruel mi primavera
con un rayo abrasó súbitamente,
aunque más su rigor haga inclemente
del verano lo que él della hiciera;

aunque me quite ya cuanto me diera,   5
dejándome de mí tan diferente;
conservo en la ceniza fuego ardiente
tan vivo y natural como su esfera.

Que como en su ceniza se renueva
la fénix que crió naturaleza   10
a pasar de las fuerzas de la muerte,

así de mi dolor una fe nueva
renace, en nuevo amor nueva firmeza,
menos süave si no menos fuerte.

---

* *1635,* págs. 430-431. Es uno de los sonetos añadidos al final de *1635.* No ha vuelto a imprimirse desde 1648.

Esta composición amorosa está en la línea estructural de las dualidades, tan del agrado del Conde. El movimiento adversativo de los cuartetos (subrayado por la anáfora) se ve contrarrestado, mediante este mismo planteamiento sintáctico, en el segundo terceto gracias a la introducción del mito del ave fénix. La estructura rítmica de los tercetos lo acerca más a los sonetos de Góngora (*vid.* T. Navarro Tomás, *op. cit.,* págs. 252-253).

1-2 *Vid.* el soneto núm. 487 de Quevedo, ed. cit., vol. I, páginas 667-668.

6 El tópico del enajenamiento, propio de la poesía amorosa neoplatónica, y que tanta presencia tiene en la cancioneril, será una constante en la producción poética del Conde (*vid.* J. M. Rozas, «Introducción» a su ed., pág. 22).

10 El Conde, en *La Fénix,* vv. 57-59, denominará al ave «Alada eternidad, Fénix divina, / vencedora del tiempo y de la suerte, / que se cría y renace de su muerte». El dolor amoroso, como el ave mítica, es un estado y, a la vez, una «energeia» de las nuevas esperanzas de vida.

¡Ay, loco Amor, verdugo de la vida,
confuso laberinto del cuidado,
hoz del sosiego, siempre desdichado
de caer en tus manos de homicida!

¿Tú te atreves a mí, tú que perdida   5
tuviste la victoria que has ganado,
hallándote de mí tan despreciado
que no temí tu flecha endurecida?

Ya te vengas crüel, que ejecutaste
tus efetos en mí de tus furores;   10
mira que estoy, si no rendido, muerto.

Y aunque así de vencerme te gloriaste,
dirás que me mataron tus rigores;
que me rendiste, no lo dirás cierto.

---

* *1635,* pág. 432. Se trata de un apóstrofe al amor con una estructura en tres partes: 1) Exclamación exhortativa; 2) Interrogación retórica; y 3) Descripción del «estado». Habría que distinguir entre éste y los sonetos de «definición de amor», puesto que aquí la aparición del yo y el tema del «confuso laberinto», junto, por supuesto, al tono exhortativo, son elementos que lo alejan —tras el primer cuarteto— de la simple enumeración.

² *Vid.* v. 9 del núm. 80.

¹² *Auts.* recoge un uso reflexivo de «gloriarse» como «complacerse, agradarse y satisfacerse de alguna cosa».

Volved a ver, señora, este cautivo
al remo eternamente condenado,
por albedrío y voluntad forzado,
a pesar vuestro, y aun suyo, vivo.

Siendo agravios los más, ¿para qué sigo?   5
Amor sólo en fe no me ha tentado,
que, como a costa vuestra, ha reservado
de esta parte en tormento tan esquivo.

Con ella viviré seguramente
sin buscar a mis males otra cura,   10
porque ninguno de ellos la consiente.

Y visto que es mi mal desdicha pura,
la fe remediará todo accidente
en que no tenga parte la ventura.

---

* *1635,* pág. 432. Pertenece al grupo de sonetos añadidos a partir de *1635.*
Por distintos elementos del mismo (como son el vocativo «señora», la imagen metafórica del «reo de amor» y algunos términos utilizados), este soneto
parece cercano a los de la primera época del Conde.

⁴ En *1635* se lee «sueño» en lugar de «sólo». Sigo aquí la corrección de
Rozas, ed. cit., pág. 108.

Bien podrá parecer si ahora canto
en triste voz al son de mi partida,
cisne que se despide de la vida,
o vida que jamás despide el llanto.

Deshizo amor la fuerza de su encanto,   5
cobré la vista que tenía perdida;
de sinrazones mi razón vencida
puede más que un amor que pudo tanto.

Poblaré de suspiros los desiertos,
no de quejas, señora, aunque más tenga,   10
yendo a buscar la muerte que no hallo.

Si al daño vivo, los remedios muertos
la tienen, que el amor me la detenga
yo la llevo segura en lo que callo.

---

* *1635*, pág. 433. Pertenece a los sonetos añadidos a partir de *1635*. Es un soneto amoroso cuya lectura resulta difícil en el último terceto, puesto que el referente del pronombre «la» se encuentra en el segundo cuarteto («razón»).

³ El cisne simboliza, en la poesía, el último canto antes de la muerte. Villamediana utilizará este tópico en el núm 79 y en las octavas 225 y 226 de la *Fábula de Faetón*.

¹⁴ La razón del amante se acoge, tras el último canto, al silencio como metáfora de la muerte.

96*

Destas lágrimas vivas derramadas,
en mi paciencia un tiempo detenidas,
hoy mis quejas se ven interrumpidas,
mas no con su razón acreditadas.

Aunque de más ofensas agraviadas,   5
no dirán que se dan por ofendidas;
porque ganan el nombre de sufridas,
no pierden el que tienen de calladas.

En manos del silencio me encomiendo,
por no perder lo que sufriendo callo,   10
por lo que con mis lágrimas os digo.

Y tan lejos de vos quedo muriendo,
que aunque engaños que hacemos ya no hallo,
y probar más remedios es castigo.

---

* *1635,* pág. 433. Es un SONETO AMOROSO en el que la descripción
del estado del amante pasa por dos fases: 1) En los cuartetos, donde lo narrativo se une al «efecto» de la pasión (el dolor); y 2) en los tercetos, en los que
lo narrativo es la base de un tópico (el silencio petrarquista).

¹ También Diego de Silva y Mendoza, Conde de Salinas (1564-1630) utilizará este sintagma, «lágrimas vivas» en el soneto «Estas lágrimas vivas que
corriendo» (*vid. Poesía española del Siglo de Oro* [ed. de L. Rosales], Salvat, 1982,
pág. 124).

¹⁻⁸ Característica de estos cuartetos es la mínima variación en cuanto a la
rima, variación debida al uso continuado de los participios como remanso
narrativo de la historia contada.

⁹ Pablo Neruda utilizó este verso como título para una antología de poemas de Villamediana publicada en la revista *Cruz y Raya,* núm. 28 (julio de
1935), págs. 99-144.

Después de haber pasado mil contrastes
del tiempo, del amor, de la fortuna,
despedido esperanzas una a una,
roto los lazos que en secreto armastes;

después que vos y el mundo me avisastes   5
de cuánta vanidad cubre la luna,
cuando ya la ambición no me importuna,
ni aquel nudo me aprieta, que aflojastes;

después de haber gozado largos años
de un reposo imperfeto, porque el miedo   10
deste peligro siempre me ha seguido;

la libertad rendí a muchos engaños:
crucé los brazos a aquel gran denuedo
tan desacostumbrado a ser vencido.

---

* *1635*, pág. 434. Es una reflexión en torno al amor, el destino y el tiempo desde la atalaya que para el yo poético supone la experiencia. Pero aun así, no es posible datarlo como perteneciente a la producción final del Conde; al tratamiento de «vos» y la rima tan garcilasiana en —*astes* pueden hacernos pensar en cualquier otra etapa. Se presenta bajo la estructura clásica en la que el eje principal es la anáfora que encabeza cada estrofa y que conduce al poeta a la preterición del tema: el estado del yo poético.

[1] CONTRASTE. «Contienda, oposición, encuentro y combate entre unas y otras personas o cosas» *(Auts.)*.

[2] Estos tres elementos aparecen también en el v. 9 del núm. 180 formando, como aquí, una trimembración.

[13] Corrijo *1635*, donde se lee: «c. l. b. aquel g. d.».

98*

Determinarse y luego arrepentirse,
empezarse a atrever y acobardarse,
arder el pecho y la palabra helarse,
desengañarse y luego persuadirse;

comenzar una cosa y advertirse,   5
querer decir su pena y no aclararse,
en medio del aliento desmayarse,
y entre temor y miedo consumirse;

en las resoluciones, detenerse,
hallada la ocasión, no aprovecharse,   10
y, perdida, de cólera encenderse,

y sin saber por qué desvanecerse:
efectos son de Amor, no hay que espantarse,
que todo del Amor puede creerse.

---

* *1635,* pág. 434. SONETO AMOROSO construido mediante la técnica de los contrarios. Lope cuenta con dos sonetos de esta misma factura (*vid.* los núms. 61 y 126 de *Rimas,* ed. cit., págs. 59 y 98, respectivamente). Del mismo modo, Quevedo, en los núms. 367 y 371 de la ed. cit., vol. I, págs. 529 y 531. Para una historia de esta técnica de composición, *vid.* J. Fucilla, *op. cit.,* págs. 157-158 y D. Alonso, «Lope despojado por Marino», *RFE,* XXXIII (1949), págs. 110-143.

Más que el movimiento de los contrarios, habría que destacar la oposición entre lo incoativo y lo puntual, sobre todo, en este caso, para los cuartetos del Conde.

11 En *1635,* se lee «y perdido». Lo corrijo.

Del incendio que abrasa mis sentidos
suben al cielo el humo y las centellas;
al lamentable son de mis querellas,
las fieras suelen dar tiernos oídos.

Quise ver sus afectos conmovidos,   5
temo también quien es la causa dellas,
con esto, dando más con que tenellas,
crüel silencio acuesto en mis gemidos.

Mas conviene sufrir estos agravios,
tristes suspiros míos, y el despecho   10
que hasta el aire también quiso quitaros.

Y pues que ya el rigor cerró las labios
retorciendo, volved al hondo pecho,
que en él aras tenéis donde inmolaros.

---

* *1635,* pág. 435. El Conde retoma aquí el tópico del silencio petrarquista, pero en este caso como etapa intermedia en un proceso que va desde «el incendio amoroso» a la «queja», para terminar el yo poético de nuevo en el «hondo pecho» de su tortura, esto es, en la «impresión» de dolor que deja el amor en él.

5 AFECTO. «Pasión del alma, en fuerza de la cual se excita un interior movimiento con que nos inclinamos a amar o aborrecer» *(Auts.).*

14 Los «despojos» del amante, como los de un naufragio, son ofrecidos al templo *(vid.* nota al núm. 186).

Dejadme descansar, cuidados tristes,
que esta vida es más vuestra que mía;
sed, pues sois compañeros, compañía,
haced bien a quien tanto mal hicistes.

Pero si es que a matar sólo vinistes,   5
acabad con mi muerte la porfía,
ayudadme a llorar una alegría
que en años de pesar convertistes.

Dejadme suspirar, desconfianza,
que cuanto me está mal todo lo creo;   10
basta ya mi memoria por venganza.

Huyendo voy de lo que más deseo,
y como el un cuidado al otro alcanza,
cuanto tema de mal, tanto mal veo.

---

* *1635*, pág. 435. Es un SONETO AMOROSO en tono exhortativo, en el que el ritmo depende única y exclusivamente de la utilización de los imperativos (hasta un total de seis en los nueve primeros versos, con anáfora incluida).

3 El uso de la derivación, muy presente en la poesía del Conde, supone en este caso una ralentización del asunto tratado.

4 Obsérvese cómo, a partir de este verso, utilizará el singular para los verbos por razones de rima.

9 La anáfora marca, de forma totalmente obvia, la división del soneto en dos partes.

Esta imaginación, que sólo estriba
en cerrar a mi bien siempre la puerta,
un forzoso imposible en mí concierta,
hallando gusto en pena tan esquiva.

Como no deja causa tan altiva   5
vislumbre de descanso, ni aun incierta,
quedó tan lejos la esperanza muerta
que aun no me acuerdo que llegase viva.

Mi esperanza murió sin haber sido,
por no ofender la fe que, desterrada,   10
la dejó por razón y por ventura.

Murió en idea sin haber nacido,
y las razones a que fue entregada
vive la fe, señora, más segura.

---

* *1635*, pág. 436. Apareció por primera vez en *1635*. Es un SONETO
AMOROSO en el que el tema del desdén y, sobre todo, el de la esperanza se
enfrentan como dos fuerzas (realidad y deseo) de signo contrario. La marmó-
rea realidad del «ser», la entidad del desdén, no permite ni siquiera que la esperanza nazca. En este sentido, se ha de subrayar la fuerza que, como ruptura, suponen los vv. 9 y 12.

Es muerta la esperanza a quien, ausente,
vive de su dolor atormentado,
pues vive con extremo enajenado,
y el alma martiriza juntamente.

Tal vez le enseña a amar su bien presente   5
para pena mayor de su cuidado,
tal vez de fantasías rodeado,
morir se mira y abrazar se siente.

Luego del bien le ciñen sus dolores,
para llegar a amar merecimientos   10
a quien el alma suya está rendida;

pues vive sólo en fe de sus amores,
y si vive es muriendo en pensamientos,
puesto que sin morir no tenga vida.

---

* *1635,* pág. 437. Éste es el soneto que cierra la edición de *1635.* Se trata
de un SONETO AMOROSO en el que el Conde utiliza los elementos temáticos que caracterizan su petrarquismo: dolor, enajenación, búsqueda del
bien, esperanza, fe y la paradoja de la «muerte en vida». Este soneto aparece
como anónimo en los Mss. 18405 y 17719, fols. 24v. en ambos casos. En
Mendes Britto, fol. 24v, se edita bajo el epígrafe «A un aus[en]te».

5-7 TAL VEZ. «Una vez, en una ocasión.» Su uso es distributivo.

14 *LRC,* pág. 58 y Rozas, ed. cit., pág. 113, corrigen «tenga» por «venga», a
pesar de que la primer lectura es la que aparece en *1635.* No veo la necesidad
de tal corrección.

103*

Estos mis imposibles adorados,
con ser por imposibles conocidos,
tienen tan encantados mis sentidos,
que están de mis desdichas olvidados.

No porque ya no están asegurados   5
y en la fe que mantienen presumidos,
mas porque bienes nunca merecidos
quedan en presunción como gozados;

y así la fe, que en tu razón espera
sufrir y padecer cuanto viniere   10
del peligroso estado de mi suerte,

hará que viva amor aunque yo muera,
y vos iréis adonde el alma fuere,
que esto no me podrá quitar la muerte.

---

* *Brancacciana,* fol. 1v. *(MyB,* págs. 192-193). Este SONETO AMORO-
SO, como también ocurre en el 2.º cuarteto del núm. 266, trata el tema de los
«imposibles»; eso es, la descripción que se apoya en la paradoja, en los contrarios aparentes.

3 ENCANTAR. «Suspender, embelesar, dejar como pasmado y absorto a
uno» *(Auts.).*

12-14 Recuerda al soneto «Amor constante más allá de la muerte» de Quevedo (ed. cit., vol. I, núm. 472, pág. 657).

104*

Mil veces afrentado en la vida,
quisiera ya romper sus duros lazos;
pero pónenme estorbos y embarazos
la ley que guardo, sólo a vos debida.

Hubiera mi paciencia inadvertida   5
las cadenas de amor hecho pedazos,
mas la culpa y el dolor, que andan a brazos,
a sola mi razón deja[n] vencida.

Así queda la duda declarada,
y el corazón, señora, condenado   10
a que espere de vos lo que más sienta.

Ríndese la razón desconfïada,
porque sufrir la vida en tal estado
no solamente es daño, sino afrenta.

* *Brancacciana*, fol. 2r. *(MyB,* pág. 193). Villamediana repite aquí elementos de claro origen trovadoresco y cancioneril como la «ley de amor» y las «cadenas» que apresan al enamorado.

4 Recuerda parte del v. 12 de la Égloga III de Garcilaso: «la voz a ti debida», que aprovechó P. Salinas como título para su libro de poemas en 1933.

Estos hijos del amor mal conocidos,
en acechar su mal sólo ocupados,
son una quintaesencia de cuidados,
más desvelados cuanto más dormidos.

Mueven guerra a la fe y a los sentidos,   5
abrasan, y temiendo, están helados,
y son ajenos bienes que, soñados,
quedan en propios males convertidos.

No tienen ser, y danle a su tormento
peligrosa füerza violentada,   10
y sólo de los daños son testigos.

Tienen por ley la de mudar intento,
y, con una sospecha idolatrada,
son aconsejadores enemigos.

---

* *Brancacciana,* fol. 2v. *(MyB,* pág. 193). Se trata de un soneto definición; en este caso en torno al tópico de los celos. Este tema también aparece en G. B. Marino, tal y como prueba D. Alonso en «Lope despojado por Marino», *RFE,* XXXIII (1949), pág. 124. El italiano tradujo el soneto de Lope «Así en las olas de la mar feroces» (ed. cit., pág. 30), que incluyó en la «Parte Terza» de *La Lira.* Villamediana dedicará a este mismo tópico los núms. 106, 112, 167. *LRC,* pág. 44, incluye el epígrafe «A los celos», que no está en *Brancacciana.*

12 En *Brancacciana* se lee: «t. p. l. el d. m. i.». Sigo la corrección de E. Mele y A. Bonilla.

14 En el v. 3 del núm. 106 dirá: «amigo peligroso que aconseja».

Son celos un temor apasionado
que a la razón ninguna fuerza deja,
y amigo peligroso que aconseja
y no consiente ser aconsejado;

sueño a los más despiertos más pesado,   5
sobresalto que culpas apareja;
que una locura, en presumida queja,
tiene el entendimiento siempre atado.

Manda y gobierna cuanto no aprovecha,
y así, la presunción acreditada,   10
teme, condena y da dolor con ira;

y tiene en sobresalto a la sospecha,
sin fuerza a la verdad como asombrada,
y por ley absoluta a la mentira.

---

* *Brancacciana,* fol. 3r. *(MyB,* pág. 194). Se trata de un soneto-definición en torno al tema de los celos, al igual que los núms. 105, 112, 167. *LRC,* pág. 44, añade el epígrafe «Al mismo asunto» (A los celos), que no está en *Brancacciana.*

3 *Vid.* v. 14 del núm. 105.

12 En *Brancacciana* se lee «el». Lo corrijo por «en».

Hado cruel, señora, me ha traído
al miserable estado en que me veo,
tan lejos de esperar lo que deseo
cuan cerca de sufrir lo que he temido.

Castíganme los bienes que no pido   5
y oblíganme los males que poseo,
pues si me va a alentar lo que no creo,
hasta morir por vos me es defendido.

Bien pudiera quejarse el alma mía,
del olvido no, que nunca hubo memoria,   10
mas de la ofensa del rigor injusto,

si Amor, que es dueño desta tiranía,
no sacase otros méritos de gloria
de las penas que a vos os hacen justo.

---

* *Brancacciana*, fol. 3v. (*MyB*, pág. 194). Es un SONETO AMOROSO del
que cabrían destacar dos elementos: uno de carácter sintáctico, que se utiliza
para no definir el concepto del que el poeta no quiere hablar (siempre mediante la estructura «lo que»); y, otro, la suspensión a modo de ruptura que se
produce en los tercetos —de hecho, *MyB*, editaron el v. 9 con puntos suspen-
sivos al final.

3-4 Nótese el paralelismo sintáctico entre estos dos versos, y que es otra de
las fórmulas estilísticas utilizadas (*vid.* los vv. 5-6).

Al alma sólo que lo siente toca
dar materia interior al sentimiento;
que donde no ha pecado el pensamiento,
no ha menester satisfacción la boca.

Si hay culpa, cualquier pena será poca;   5
mas no la hallo al alma mal intento,
antes no enloqueció de aquel contento,
porque de este pesar quedase loca.

¡Oh peligroso error, oh hechizo fuerte!
¡Sola esta ofensa y culpa presumida   10
faltaba a la desdicha de mi suerte,

quedando más vengada que ofendida
y satisfecha ya con esta muerte
quien hizo culpas falsas de esta vida!

---

* *Brancacciana*, fol. 4r. (*MyB*, págs. 194-195). Rosales lo reprodujo en *LRC*, págs. 45-46.

2 Dirá Castiglione en *El Cortesano*, libro III, cap. VII (ed. cit., págs. 217-218): «Sus ojos arrebatan aquella figura, y no paran hasta metella en las entrañas, y que el alma comienza a holgar de contemplalla, y a sentir en sí aquel no sé qué, que la mueve, y poco a poco la enciende.»

Memorias de mi bien, si por venganzas
estáis tan vivas en el alma mía,
¿qué queréis más, si cuanto bien tenía
está en poder de agravios y mudanzas?

¡Ay ciego amor! ¡Ay falsas confïanzas   5
de que en otro tiempo yo me mantenía!
Juntos acabarán en un solo día
con la vida sus falsas esperanzas.

Con ella acabarán, pues la ventura
que me quitó en un momento aquella gloria   10
que muestra un grande bien, ¡cuán poco dura!

¡Oh si el bien le llevara su memoria,
pudiera el alma ya vivir segura
de ganarse con ello una vitoria!

---

* *Brancacciana*, fol. 4v. *(MyB,* pág. 195). Este SONETO AMOROSO recuerda el magisterio que, en una primera etapa de la poesía del Conde, pudo
ejercer la poesía de Garcilaso; en concreto, para este caso, el soneto X del toledano.

Valle en quien otro tiempo mi deseo
pudo esperar el verse consumido,
aire de mis suspiros encendido,
fuente encantada de quien nada creo,

troncos donde mi agravio escrito veo,   5
río de tristes lágrimas crecido,
ya vuestro desear será cumplido,
pues nunca en mí veréis lo que deseo.

Cárcel de los suspiros son los labios,
porque de mi razón jamás espere   10
con quejas aliviar mi desventura.

No es la vida el menor de los agravios,
porque junte a esta queja, si viviere,
tantas de vos y tantas de ventura.

---

* *Brancacciana,* fol. 5v. *(MyB,* págs. 195-196). Es un SONETO AMORO-
SO en el que los elementos del paisaje de la bucólica aparecen como interlo-
cutores no válidos ante el dolor. Por el primer verso, puede parecer que está
dirigido a la Marquesa del Valle *(vid.* notas al núm. 188), aunque es imposible asegurarlo al carecer de epígrafe o de datos objetivos el soneto.
   5 Para el tópico de la «inscripción», *vid.* notas al núm. 37.

111*

Con tal fuerza en mi daño concertados
están tiempo y fortuna, que fallece
la fuerza a la razón, y no obedece
sino a vanos antojos y cuidados.

Los agravios de amor nunca cansados,   5
la esperanza que mengua, el mal que crece;
y, en fin, por cuanto veo me parece
que a mis cosas se oponen ya los hados.

No basta prevención, porque la traza
no apercibe el peligro; antes el daño   10
viene de donde no se presumía.

Ya la fe combatida se embaraza,
si no con el dolor del desengaño,
con la dificultad que no tenía.

---

* *Brancacciana,* fol. 6r. (*MyB,* pág. 196). Villamediana parte, en este soneto,
del verso primero del núm. XX de Garcilaso: «Con tal fuerza y vigor son
concertados»; aunque no continúa el tema mediante la metáfora náutica
—como hace el toledano—, sino que el poema del Conde toma un sentido
más intimista y un léxico cercano a la poesía cancioneril.

6 Bella bimembración que recoge los dos movimientos, paralelos y contrarios, definidores del estado del amante.

13-14 Para esta estructura, *vid.* nota al v. 4 del *Faetón.*

112*

Estas ansias de amor tan oficiosas
en estar sus peligros previniendo
ofenden sin temor y están temiendo
mil cobardes quimeras sospechosas.

Víboras y serpientes venenosas,   5
que en lo inmortal ponzoña están vertiendo,
interiormente muerden, y en mordiendo,
dejan rabiando y quedan rabïosas.

Peligrosa asistencia de un cuidado,
que lo que no quisiera significa   10
y todo lo desea hallar culpable.

Mal que tiene de bien el ser buscado,
remedio que la muerte pronostica,
y agrava el mal, dejándole incurable.

---

* *Brancacciana,* fol. 6v. *(MyB,* págs. 196-197). Soneto definición en torno
al tema de los celos *(vid.* nota al núm. 105). En este caso, el Conde recurre a
la derivación como método expresivo para demostrar la proximidad de los
contrarios, y el poliptoton, además, claro está, de la paradoja.

1 OFICIOSA. «Solícita en ejecutar lo que está a su cuidado» *(Auts.).*

9 ASISTENCIA. «Influjo, ayuda y auxilio para poder obrar y conseguir lo
que se desea» *(Auts.).*

113*

Buscando siempre lo que nunca hallo,
no me puedo sufrir a mí conmigo,
y encubierta la culpa y no el castigo,
me tiene amor, de quien nací vasallo.

Yo sufro y no me atrevo a declarallo,   5
con ver tan imposible el bien que sigo,
que cuando me condena lo que digo,
no me puedo valer con lo que callo.

Sigo como a dichoso, no lo siendo;
quisiera dar razones y estoy mudo,   10
y de puro rendido me defiendo.

Del tiempo fío lo que en todo dudo,
y en fin he de mostrar claro muriendo
que en mí el amor más que el agravio pudo.

---

* *Brancacciana,* fol. 7r. *(MyB,* pág. 197). Se trata de un soneto amoroso en el que, una vez más, el Conde recurre al tópico del silencio petrarquista para expresar el estado del yo poético.

4 La utilización de términos relacionados con la «cortesía amorosa», propios de la lírica de cancionero, será continua en la primera etapa de la poesía del Conde (hasta 1611). *Vid.,* por ejemplo, el núm. 8.

5 *Vid.* v. 5 del núm. 11.

9 Obsérvese cómo la posición del pronombre tiene una finalidad melódica en el endecasílabo.

114*

Estas lágrimas, tristes compañeras,
por dudas vuestras sin razón vertidas,
tienen el ser de vos nunca creídas
de lágrimas, señora, verdaderas.

Porque las ilusiones y quimeras   5
de culpas que me echáis no cometidas,
si son pruebas de burlas presumidas,
sabed que yo las siento como veras.

Mas, ¡ay!, qué no será sino que ordena
amor verter ponzoña en la bebida   10
que había de preservar de sus engaños,

porque en medio de gloria halle pena,
sombras de muerte en venturosa vida,
y un bien sobresaltado de los daños.

* *Brancacciana*, fol. 7v. (*MyB*, pág. 197). Se trata de un SONETO AMO-
ROSO en el que Villamediana describe el «llanto de amor» del yo poético.
Para este mismo tema, *vid.* los núms. 96, 443.

10 El tópico del «veneno de amor» está también en los vv. 5-8 del
núm. 112.

Si vos queréis que sólo satisfaga
con tormentos, señora, mi tormento,
buena paga es morir por mi intento,
en que no haber ninguna es harta paga.

Ni el tiempo ya podrá, por más que haga,　　5
arrancarme del alma el fundamento
de amor sin galardón, sólo contento
con que amor es mi cura y mi llaga.

Estimo en tanto el no deberos nada
que, en el mayor extremo de miseria,　　10
lo que más siento más os agradezco.

Nunca fue voluntad tan bien pagada,
pues el no conocerla da materia
al mal no merecido que merezco.

---

* *Brancacciana*, fol. 8r. *(MyB*, págs. 197-198). Tanto por el léxico («tormentos», «galardón») como por los recursos utilizados (repetición de palabras en un mismo verso, poliptoton) este SONETO AMOROSO tiene que ver con los de la primera época del Conde.

4 En *Brancacciana*, se lee «pena». Lo corrijo por «paga», tal y como hizo *LRC*, pág. 48.

9 Obsérvese la asonancia que este verso y el v. 12 tienen respecto a los vv. 1, 4, 5 y 8.

Amor, Amor, tu ley seguí inconstante,
perdida la razón, perdido el tino,
y el efecto crüel de mi destino
no quiere que me queje ni me espante.

Y así, para pasar más adelante,   5
faltan a mí tus fuerzas y camino,
y el porfïar siguiendo un desatino
será ser loco, pero no constante.

No me vendas tan caros tus trofeos,
que ya, de escarmentado, mi fortuna   10
esta parte reserva de tu mano,

no dejando los íntimos deseos
rendidos a la cólera importuna
que su fuerza y poder resiste en vano.

---

* *Brancacciana*, fol. 9r. *(MyB,* pág. 198). Es una meditación más en torno a los efectos del Amor. La razón, perdida en un principio, recobra el tino una vez que el desengaño se convierte en estado en el amante.

⁴ Ni q. q. m. q. n. m. e. Lo corrijo.

117*

Milagros en quien sólo están de asiento
alta deidad y ser esclarecido;
resplandeciente norte que ha seguido
imaginaria luz del pensamiento,

a cuyo libre y vario movimiento   5
del vivir y morir se tiene olvido;
éxtasis puro del mejor sentido,
misteriosa razón del sentimiento;

ejecutiva luz que al punto ciega,
noble crédito al alma más perdida,   10
donde son premios muertes y despojos;

orïente a quien nunca noche llega,
cierta muerte hallara en vos mi vida;
a ser morir, morir por esos ojos.

---

* *Brancacciana,* fol. 10r. *(MyB,* pág. 200). Este SONETO AMOROSO fue
glosado por Gerardo Diego en su libro *Glosa a Villamediana,* I, ed. Taurus, col.
Palabra y Tiempo, IV, 1961. El conde utiliza aquí el tópico neoplatónico de
la luz que desprenden los ojos de la amada como motivo; y, a partir de él,
hace una enumeración que intenta definir la «impresión amorosa».
9 AL PUNTO. *Vid.* nota al v. 6 del núm. 279.

118*

Inexpugnable roca, cuya altura
contrastan mi desdicha y mi tormento;
deidad donde el amor, cobrando aliento,
alimenta mi propia desventura.

De mi estrella fatal violencia pura   5
en parte puso el libre pensamiento
donde la gloria que penando siento
ni la da ni la quita la ventura.

Y como es bien que sólo en mal consiste,
seguro viene a ser independiente   10
y otra causa eficaz de mis sentidos;

sólo la voluntad, que no resiste,
consagra a la razón del mal que siente
suspiros por su causa bien perdidos.

---

* *Brancacciana,* fol. 32r. (*MyB,* pág. 215). Se trata de un SONETO AMO-
ROSO. En el primer cuarteto, la imagen de la desdicha se presenta en forma
vertical, forma grata a la estética del Barroco.

2 CONTRASTAR. «Hacer oposición y frente, combatir, lidiar» (*Auts.*).

9 La paradoja, en este verso, aúna a los dos contrarios que definen la aspiración y el estado del amante.

De aquella pura imagen prometida,
que en la mente inmortal se fue formando,
van especies confusas consagrando
en comprensión a luz tan excesiva.

Mas la pasión de amor fuerza es querida,   5
su deleitable idea alimentando
con imposible bien, acreditando
ansias forzosas en que muerto viva.

En la forma, la acción, halla razones
la voluntad, que a la razón sujeta,   10
porque nace invencible, apasionada.

Y, entre la confusión de estas acciones,
sigue la fe la parte más perfeta
y menos de los fines aprobada.

---

* *Brancacciana*, fol. 43v. (*MyB*, págs. 248-249). Este SONETO AMORO-SO es todo él un tratado platónico del amor: La Idea se concreta en «especies», y la pasión, desde su propia idea, alimenta la paradoja de la «muerte en vida» del amante. La voluntad sobrepasa a la razón y conduce al amante hacia el fin menos indicado. Destaca en la composición el léxico utilizado por el Conde («especies», «comprensión», «idea», «bien», «forma», «acción», «fines»), términos propios del lenguaje filosófico platónico.

3 ESPECIE. *Vid.* nota al v. 13 del núm. 45.

8 En el v. 11 del núm. 29 dirá Villamediana: «en ansias vivas acabar me veo».

120*

¿Quién me podrá valer en tanto aprieto,
que todos los peligros son conmigo
y de aquel sol la sombra en vano sigo,
donde el fuego de amor es más [p]e[r]feto?

Antes de indiferencias soy sujeto,   5
no distinguiendo el premio del castigo;
y procurando más, más contradigo
que apruebe amor lo que es de amor efeto.

Así, en dudosa luz, con fuego esquivo
de lo más superior de su elemento,   10
su materia y su forma comprehende

donde mil muertes alimento vivo;
y pues sólo de sombras me sustento,
quizá el sol que me abrasa me defiende.

---

* *Brancacciana,* fol. 44r. (*MyB,* pág. 249). Es un SONETO AMOROSO.
En él, el contraste luz/sombra sirve para establecer un paralelo metafórico
entre el amor y el dolor o el desdén.

4 Lo corrijo, puesto que en *MyB* se lee «efeto».

9 En la *Soledad I* de Góngora, v. 1071 (ed. cit., pág. 662), Góngora hablará
de «los dudosos términos del día»; y en el Polifemo, v. 72 (ed. cit., pág. 621),
«pisando la dudosa luz del día».

121*

Divina ausente en forma fugitiva
para desigualdad de nuestra suerte,
pues tú en el sumo sol vas a ponerte,
yo quedo en soledad de luz altiva;

por declarar que, en esa sombra esquiva,   5
quien en polvo y ceniza se convierte
contra las mismas fuerzas de la muerte
queda por fama eternamente viva.

Así llega este truque a ser ganancia
de trabajosa y miserable vida,   10
por dos siempre seguras, inmortales.

Sólo quejoso amor de la distancia,
ya de aquel sol es sombra perseguida
con noche eterna y con eternos males.

* *Brancacciana,* fol. 44v. *(MyB,* pág. 249). Es un SONETO AMOROSO en el que, como en el núm. 119, la reflexión —en este caso no en términos filosóficos— en torno al sentimiento adquiere una nueva perspectiva temporal. La idea de la «ausencia» aparece también en el núm. 50.

5 DECLARAR. «Exponer, comentar, interpretar lo que está oscuro o dificultoso de comprehender» *(Auts.).*

6 Quevedo, en el núm. 308, ed. cit., vol. I, pág. 496, dirá en su v. 6: «y aunque amor en ceniza me convierte».

9 Las ediciones modernas corrigen «truque» por «trueque». Mantengo la lectura original a tenor de lo que se lee en *Auts.:*

TRUQUE. «Juego de naipes, entre dos, cuatro, o más personas, en que se reparten a tres cartas cada uno, las que se van jugando una a una para hacer las bazas, que gana el que echa la carta mayor por su orden, que es el tres, el dos, as, y después el Rey, caballo, etc., excepto los cincos y cuatros que se separan.»

13 Bellísima aliteración la de este verso.

122*

Esta flecha de amor con que atraviesa
de parte a parte el corazón rendido,
de tan gloriosa causa ha procedido,
que me siento morir y no me pesa.

Ya el alma en su tormento no confiesa   5
sino su cautiverio apetecido,
pues con aprobación de mi sentido
funda su libertad en estar presa.

Ver, adorar, morir, fue todo junto,
dando con sólo veros mi tormento   10
forzosa causa a mortal estado.

Porque a tan gran peligro basta un punto,
y a la luz de sus ojos un momento,
para dejar sin vida a un desdichado.

* *Brancacciana*, fol. 50r. (*MyB*, págs. 254-255). En este SONETO AMO-
ROSO, el Conde trata el tema de la «muerte gozosa» y la «cárcel de amor».
Los rayos o flechas que lanzan los ojos de la dama —según la teoría neoplatónica del amor— necesitan tan sólo un instante para producir en el caballero una pasión sentida y duradera que se describe con un estado: la «muerte en
vida».

123*

Este fuego de amor que nunca ha muerto,
sino a lugar eterno reducido,
ardiendo interiormente en mi sentido,
como más eficaz, está más cierto.

No menos puro ahora, aunque encubierto   5
y en la oculta materia sostenido,
está para las gentes escondido,
y para vos, señora, descubierto;

y así, más animado este elemento
contra los accidentes de la suerte,   10
ya, en parte, eterna, eternidad presume;

quedando tan glorioso mi tormento,
que no puede temer tiempo ni muerte
lo que tiempo ni muerte no consume.

* *Brancacciana*, fol. 51v. *(MyB*, pág. 256). En este SONETO AMOROSO, Villamediana aborda el tema de la llama siempre viva —de resonancias mitológicas— que simboliza a la pasión amorosa. Por otra parte, el tópico del «secreto de amor», secreto de dos, que aparece en el segundo cuarteto, divide la composición en dos partes: 1) Cuartetos: «llama de amor»/secreto amoroso; 2) Tercetos: estado del amante.

[1] Rozas, en *El Conde de Villamediana. Bibliografía...*, pág. 54, lo incluye con la variante «muere», que no está en *Brancacciana*.

[9] ANIMAR. «Dar alma a un cuerpo para que tenga sentidos y movimiento, vivificarle e infundirle espíritu» *(Auts.)*.

[14] De nuevo aparece el tema del amor «más allá de la muerte» en la poesía del Conde *(vid.* nota a vv. 12-14 del núm. 103).

124*

Contradicen razón y entendimiento
las trazas y remedios que imagino,
y si amor busca en vano algún camino,
sólo llego por él al escarmiento.

Es cuchillo del alma el pensamiento,   5
siendo del cierto mal cierto adivino,
y siento tanto aqueste desatino,
que desatino más cuanto más siento.

Si a mí quiere volverme en tal estado,
el errar por costumbre no me deja   10
percibir cual me tienen mis engaños.

Siendo yo el ofensor y el agraviado,
el autor de la causa y de la queja,
y el que causa y padece tantos daños.

---

* *Brancacciana*, fol. 52r. (*MyB*, pág. 256). Es un soneto de los de la primera
época, tanto por el uso de las rimas en -*ento* (*vid.* nota al núm. 29), como por
el léxico utilizado («razón», «entendimiento», «remedios», «camino», «pensamiento», «desatino», «estado», «causa», «queja», «daño»...) y las paradojas descriptivas del «estado» del amante.
2 TRAZA. «Se toma por el modo, apariencia o figura de una cosa»
(*Auts.*).
6-8 Nótese el uso encadenado de paronomasia-anadiplosis-retruécano.

Como supe de mí solo perderme,
ya no me busco en mí para hallarme;
en vos estoy, en vos podéis buscarme,
que en mí, fuera de mí, mal podéis verme.

Vos allá me tenéis, aunque el tenerme   5
es sólo por tener cómo dejarme;
si alguna vez me visteis sin mirarme,
muchas vi yo que podíades verme.

Sólo en huir de mí me soy amigo;
temo el hallarme, y a buscarme vengo,   10
ganando más si más de mí me aparto.

En vos hallé lo que perdí conmigo,
que el no tenerme a mí, por vos lo tengo,
y en no saber de mí, de mí sé harto.

---

* *Brancacciana*, fol. 54r. (*MyB*, pág. 258). Es un soneto de la primera época.
Sobresale en él, especialmente, el uso de las rimas *-arme/-erme* en los cuartetos
y la repetición —en los tercetos— de los términos que se relacionan con el
movimiento incierto de la enajenación del yo: «hallarme»-«buscarme»-
«tenerme». Como en otras tantas composiciones de esta época, el cambio léxico mínimo aportado por el poliptoton es el ejemplo perfecto de la dialéctica «yo/vos» tan del gusto de la poesía cortés.
[14] HARTO. «Usado como adverbio, vale bastantemente, sobradamente.»
(*Auts.*)

Estas quejas de amor que, si a decillas
me atrevo, en parte ofendo en lo que os quiero,
no las puedo callar, pues dellas muero,
ni vos podréis con vos jamás oíllas.

Presumo la paciencia de encubrillas,   5
en fe de aquel respeto verdadero;
mas reventaron en el mal postrero
donde ya no las siento de sentillas.

Los agravios que un tiempo la paciencia
tuvo en el alma donde se sentían   10
dejan mi mal del todo descubierto,

sólo en muerte tornando esta licencia
las interiores quejas, que morían
por dar vivas razones por un muerto.

---

* *Brancacciana,* fol. 54v. (*MyB,* pág. 258). En este SONETO AMOROSO,
Villamediana utiliza el tópico del silencio petrarquista (*vid.* los números 11 y 237).
    8 La paradoja se apoya, en este caso, en el poliptoton.

A la señora D.ª Jerónima de Jaén

Milagro sois del mundo y aun del cielo,
donde os espera más triunfante silla,
por octava y primera maravilla,
de inmortal fama y de inmortal consuelo.

Mi pluma no emprendió tan alto vuelo,   5
porque es conocimiento quien la humilla;
por vos está Aragón y está Castilla,
ésta ufana y aquélla en desconsuelo.

De vos, señora, por la fe se alcanza,
que no os puede alabar, sino ofenderos,   10
quien callando no ofrezca su alabanza.

Quereros entender es no entenderos,
pensar en vos parece confïanza,
atreverse a miraros es perderos.

* *Mendes Britto*, fol. 113v. *(1963*, pág. 60). Es un SONETO AMOROSO cuyo epígrafe figura en el original. No hemos encontrado referencia alguna de quién pueda ser esta doña Jerónima.

Estos suspiros que del alma salen,
como en su mismo fuego van ardiendo,
primero me acabaran que saliendo,
si se quedaran donde ya no valen.

Para que mis lágrimas se igualen,   5
con ellas crece el mal que va naciendo,
o porque, con vivir así muriendo,
nunca postrer agravio me señalen.

Amor, en medio de cien mil tormentos,
sin esperanza aún para engañarme.   10
procura sustentar mis pensamientos.

Lágrimas y suspiros, que ayudarme
no pueden con tan flacos fundamentos,
me mantienen quejoso sin quejarme.

---

* *Mendes Britto*, fol. 164v. (*1963,* pág. 54). Es un SONETO AMOROSO en el que Villamediana utiliza el tema del dolor y la paradoja de la «muerte en vida» del amante. El núm. 131 comenzará del siguiente modo: «Estos tristes suspiros que en ausencia.»

8 Este mismo sintagma, «postrer agravio», aparecerá en el v. 4 del núm. 232.

14 Uno de los procedimientos de esta poesía, la derivación, es utilizado por el Conde en este último verso para reforzar la paradoja.

129*

Siendo creer, amor, sólo el pecado
que jamás contra Amor he cometido,
estoy a tal estado reducido
que no se puede ver tan triste estado.

Áspero fue el engaño, fue pesado,   5
y más pesado el desengaño ha sido,
viviera imaginando un bien fingido,
mas hasta un bien fingido me ha faltado.

Amor cerró las puertas al deseo
dejando más abierta la herida;   10
perdí con mi fortuna el miedo della,

y tan sin pesar vivo, que veo
que, cuando está para acabar mi vida,
el gusto de morir me torna a ella.

Mendes Britto, fol. 165v. *(1963,* pág. 54). Es un SONETO AMOROSO en el que se describe, como en tantos otros, el «estado» del amante. Rozas mismo, en *El Conde de Villamediana. Bibliografía...,* pág. 74, lo cataloga como «Viendo cre[c]er, Amor, sólo el pecado».

3 REDUCIR. «Vencer, sujetar o rendir, volviendo a la obediencia o dominio» *(Auts.).*

5-6 Procedimientos propios de este tipo de composiciones: anadiplosis, poliptoton.

9 Nótese la diferencia entre este verso y el v. 9 del núm. 168: «He cerrado las puertas al deseo.»

130*

Esta pequeña parte que me queda
de vida trabajosa, importuna,
no siendo vida ya, sólo es alguna,
porque el postrer agravio ver no pueda.

¿Qué caso nuevo habrá que me suceda   5
en que no dé de mi razón ninguna?
Mudable suele ser, mas la Fortuna
yo sé que contra mí que estará queda.

Quitóme Amor un bien que no tenía,
dejóme un mal que tengo tan asido   10
que con el alma irá a donde ella fuere;

será venganza contra mi porfía
el ver mi triste corazón rendido,
y probaré a quejarme si pudiere.

---

* *Mendes Britto,* fol. 166r. *(1963,* págs. 54-55). En este SONETO AMO-
ROSO, el Conde introduce una pequeña variante temática respecto al núm.
128: la aparición de la Fortuna en el segundo cuarteto que, en este caso, sirve
para plasmar una nueva paradoja: la Fortuna es mudable en todo menos en la
desdicha del amante.

4 *Vid.* nota al v. 8 del núm. 128.

10 El «mal» es la «impresión» amorosa que queda en el alma del
amante.

Estos tristes suspiros que, en ausencia,
sólo a martirizar van reducidos,
no pueden pretender ser admitidos
ni hallar más que en mi fe correspondencia.

No hacer ninguna es harta diligencia,   5
y, pues han de valer por desvalidos,
yo lloraré que vayan tan perdidos,
que ellos dirán callando mi paciencia.

Si pudieran vencerse suspirando
a sí mismos, señora, estos suspiros,   10
yo fuera el vencedor, vencido dellos.

Mas déjolos perder, desconfïado
de poder ya tener con qué serviros,
si no morir a manos de perdellos.

---

* *Mendes Britto,* fol. 166v. (*1963,* pág. 55). Este SONETO AMOROSO comienza con el mismo endecasílabo —tan sólo varía la posición del adjetivo— que el núm. 138. El tema y su tratamiento son los mismos que en el núm. 128.
12 En *1963,* se lee «Desconfia[n]do».

132*

Un pastor solo y de su bien ausente,
de tristes pensamientos ayudado,
echándose a morir desesperado,
en medio deste río en su corriente;

en él vio ser pequeña la creciente, 5
para serle su fuego mitigado,
y, al son de su zampoña, el desdichado
así soltó la voz süavemente:

«Si os mueve a compasión algún mal mío,
y ver que por los ojos se desagua 10
mi espíritu vital, ya casi frío,

«ved que hace en mi pecho toda el agua
de las corrientes de este vuestro río
lo que una gota de ella hace en la fragua».

* *Mendes Britto,* fol. 167v. (*1963,* pág. 55). Villamediana reproduce aquí el
marco de la bucólica: Un pastor lanza sus quejas a la corriente de un río. La
disposición estrófica del soneto permite distinguir una parte narrativa (los
cuartetos) de la voz del pastor en los tercetos.
12-14 Recuerda este terceto a los vv. 49-51 de la *Elegía II* de Garcilaso.

Salid ardiendo al corazón helado,
lágrimas, y romped su hielo duro;
voces, abrid con quejas aquel muro
que de diamante Amor tiene cercado;

de lágrimas verted un mar airado,   5
ojos, que ya no veis sino aire oscuro,
por la luz clara en que bebí, seguro,
sereno tiempo. ¡Ay gloria!, ¡ay bien pasado!

Dichoso aquél que así el dolor refrena,
que antes que en lucha tal esté vencido,   10
cuelga Amor en su templo su cadena,

y no aguarda el cuchillo con que herido
el miserable cuerpo en la arena
quede por escarmiento así tendido.

---

* *Mendes Britto,* fol. 167v. *(1963,* pág. 56). En este SONETO AMORO-
SO, el Conde adopta un tono exhortativo en los cuartetos que se contrapone
a la visión beatífica —horacian— del «Dichoso aquél» de los tercetos.

1-2 Recuerda aquí Villamediana aquel «Salid sin duelo, lágrimas, corriendo» de la *Égloga I* de Garcilaso, verso que cierra cada una de las estancias desde la núm. 5 hasta la núm. 15.

4 DIAMANTE. *Vid.* nota al v. 14 del núm. 90.

134*

Todo remedio es mal porque le arguye,
mas, cuando ya el remedio no aprovecha,
la vida es una cárcel tan estrecha
que, como bien, la muerte de ella huye;

y como con la vida me destruye,   5
me entrega al sufrimiento una sospecha
que no podrá, señora, ser deshecha,
si ausencia la razón no restituye.

En tanta pena, en tal desasosiego,
la costumbre pudiera aprovecharme   10
a no afligirme más un mal que niego;

porque ha juntado Amor, para matarme,
agua en mis ojos y en mi pecho fuego,
contrarios tan conformes en acabarme.

---

* *Mendes Britto,* fol. 168r. *(1963,* pág. 56). Elementos tópicos de la poesía
de la primera etapa del Conde aparecen en este SONETO AMOROSO:
«mal»/«remedio»; la vida como cárcel (y la «cárcel de amor» cancioneril, por
tanto), el dolor, la ausencia y el estado del amante —caracterizado por los
eternos contrarios, en este caso el «agua» de sus ojos y el «fuego».

[1] ARGÜIR. «Inferir, probar, dar indicio o venir en conocimiento de alguna cosa» *(Auts.).*

A una partida

No es hazaña, señora, de la muerte
acabar una vida que no es vida,
y, así, no lo será de una partida
más que el morir ni que esta vida fuerte.

Amor ordena que mi alma acierte   5
a ser, en esta triste despedida,
a desiguales partes dividida,
por riguroso efecto de mi suerte.

Fuera menos rigor llevarla entera,
mas quiere Amor que vea que do parta   10
la una, parta el dolor de la que queda.

Y, pues mi alma está desta manera,
vos no os podéis quejar de que se parta,
pues es vuestra también la que me queda.

---

* *Mendes Britto,* fol. 170r. *(1963,* pág. 57). Es un SONETO AMOROSO
que tiene como circunstancia la del epígrafe. El Conde utiliza en el poema la
lexía PART-(«partes», «partir», «partirse») para jugar, finalmente, con dos
acepciones de «partirse»: 1) «marcharse» y 2) «dividirse»; ambas, evidentemente, relacionadas.

Si levantar procuro tanto el vuelo,
haré más temeraria mi porfía
que la de aquél que dio con su caída
a la mar nombre y escarmiento al suelo.

Mayor intento, con menor consuelo,   5
sigo, sin esperarle, aunque podría,
porque mejor suceso merecía
quien pone su esperanza en vuestro cielo.

Mas como es alabaros el intento,
queda en esto frustrada la esperanza,   10
y llegaré por fe a conocimiento.

Basta emprender lo que ninguno alcanza,
quede de sí vencido el pensamiento,
soberbio de tan alta confïanza.

---

* *Mendes Britto,* fol. 172r. (*1963,* pág. 59). Se trata de un SONETO AMO-
ROSO clásico en el Conde: el «atrevimiento» del amante se compara con el
de Ícaro.

³ Ícaro.

⁴ Se refiere al mar de Icaria, el que rodea la isla de Samos. Obsérvese una
variante de este verso en el v. 8 del núm. 5.

⁷ SUCESO. Aquí, por «éxito».

Ojos, si de llorar estáis cansados,
para que descanséis no veo camino;
razón hace que el llanto sea contino,
por fuera de ocasión y de cuidados.

Llorad ausentes y sentí agraviados,   5
que, como ley, ordena mi destino,
que, atinados, lloréis mi desatino
o que estéis de llorar desatinados.

¡Oh pena, que sólo vista en daño mío,
que no apague la llama en que me quemo,   10
y que de amargo llanto quede un río,

porque no pueda en medio deste extremo
vencerme la razón con quien porfío,
ni cuanto siento ya, ni cuanto temo!

---

* *Mendes Britto,* fol. 172v. *(1963,* págs. 59-60). Es un SONETO AMORO-
SO dedicado al motivo del «llanto de amor» *(vid.* soneto LXXXIV de Petrarca).

⁵ La forma de este imperativo viene forzada por razones métricas.
⁷⁻⁸ Obsérvese la utilización del poliptoton y la derivación.

Estos suspiros tristes que, en ausencia,
son efectos de agravios y de olvidos,
no os cansen tanto, pues que van perdidos
y salen de mi pecho sin licencia.

Volved, señora, a ver en mi paciencia   5
los crüeles tormentos nunca oídos,
los arroyos de lágrimas vertidos
de la viva pasión sin resistencia.

En el efecto de mi triste suerte,
conoceréis el riguroso estado   10
a que Amor me ha traído estando ausente:

en todo muerto, y de la misma muerte
tan desfavorecido y olvidado,
que nunca llega y téngola presente.

---

* *Mendes Britto*, fol. 174r. *(1963,* págs. 60-61). Para este SONETO AMO-
ROSO, *vid.* notas a los núms. 128, 131.

Aquí, manso Pisuerga, en esta parte
donde, no por razón, por tiranía,
el Duero de tu agua, clara y fría,
ni aun del nombre también deja lograrte,

aquella soledad que en toda parte   5
hará a mi alma eterna compañía,
de tu muerte envidioso, tras la mía,
me trae con tantas lágrimas que darte.

No llora sin razón quien siempre llora,
ya yo me vi envidioso de tu suerte,   10
y, aquí, que mueres, más te la envidiara;

envidié ya tu vida, mas agora,
tal estoy que envidiara más tu muerte;
mas ¿quién si ambos muriéramos llorara?

---

* *Mendes Britto,* fol. 174v. *(1963,* pág. 61). Se trata de un soneto de circunstancia en el que el Conde expresa, ante la visión del Pisuerga —que alcanza, cerca de Pesqueruela, la ribera derecha del Duero—, su insatisfacción
amorosa. Elementos como la «tiranía» de la dama, la soledad, las lágrimas y,
sobre todo, la pregunta retórica con la que cierra la composición, así lo confirman. Es un soneto de difícil datación, puesto que el Conde estuvo resi-
diendo en Valladolid en dos ocasiones y por motivos diferentes: la primera, a
partir de 1601, a causa del traslado de la Corte; la segunda, como consecuencia de su primer destierro, en 1608 *(vid.* E. Cotarelo, *El Conde de Villamediana,*
Madrid, 1886, págs. 24-34). Probablemente pertenece a esta segunda estancia.
7-13 El poliptoton y la derivación son continuos, sobre todo en los tercetos.

Quien os perdió, señora, y quedó vivo,
acabará a lo menos de afrentado,
si no es que las memorias de olvidado
le hagan de la vida ser cautivo.

Sólo sentir este tormento esquivo,   5
juzgaré que de vivo me he quedado,
siendo lo menos ya de mi cuidado,
señora, lo que de él más os escribo.

Esto es darme la muerte cada día
y no acabar dolor tan inhumano,   10
sin aquella esperanza que tenía

sólo puesta en morir en vuestra mano,
que, ahora, vos queréis que sea la mía,
mis ansias escribiendo siempre en vano.

---

* *Mendes Britto,* fol. 177r. (*1963,* pág. 62). En este SONETO AMOROSO,
Villamediana ensaya con otra posibilidad para interpretar la voluntad de la
dama: no es ella quien provoca la muerte del amante, sino la propia mano de
éste al escribir sobre el amor no alcanzado.
13 Para este verso, es necesaria la sinéresis.

Tan recatado estoy de cuanto veo,
y tengo tan cobarde el pensamiento,
que el bien de no esperar jamás contento
tengo por imposible y le poseo.

Contradice razón cuanto deseo,   5
vence pasión, mas no el conocimiento,
mis esperanzas restituyo al viento
con quien sólo fundé mi devaneo.

Engañado, y después desengañado,
para llorar aquesta diferencia,   10
ninguno de estos tiempos es pasado;

antes, a una, contrastan mi paciencia,
lo que fue, lo que es, lo no llegado,
si aún hay qué llegue a quien está en ausencia.

---

* *Mendes Britto,* fol. 177v. *(1963,* pág. 62). En este SONETO AMOROSO
describe el Conde, como en tantos otros de *Mendes,* el estado de paradoja continua que sufre el amante.

¹ RECATADO. «Advertido» *(Auts.).*

¹³ Una de las pocas trimembraciones que aparecen en la poesía del Conde,
motivada, claro está, por la organización del tiempo en tres partes y un punto
de vista (recuérdese el famoso v. 11 del soneto núm. 2 de Quevedo, ed. cit.,
vol. I, págs. 149-150).

142*

Hoy parte quien, de vos desengañado,
va de todo remedio despedido;
hoy está de la muerte desvalido
quien de la vida está desesperado;

hoy parte quien, rendido a su cuidado,   5
a vuestro cuidar está rendido;
hoy es, señora, cuando vuestro olvido
jamás podrá de mí ser olvidado;

hoy llego, con partir, al postrer punto,
ofreciendo los últimos despojos   10
de que podéis por último serviros;

hoy es cuando me falta todo junto:
y lágrimas de tristes a mis ojos,
y aun aire en que le pierdan mis suspiros.

---

* *Mendes Britto*, fol. 181v. (*1963*, pág. 65). Es un SONETO AMOROSO con una estructura clásica basada en dos elementos: la anáfora (tanto en los cuartetos como en los tercetos), y la aparición del yo poético en la transición entre cuartetos y tercetos.

[10] DESPOJOS. Este término define el estado del amante. Villamediana lo utiliza también en el v. 11 del núm. 259, aunque con otro sentido.

143*

Aquella hora, en que la vida mía
me causó tanto mal con no acabarse,
está presente y siempre sin mudarse,
dolorosa en mi triste fantasía.

¿Cuándo, señora, llegará aquel día   5
en que Fortuna acabe de vengarse
deste remedio que jamás quejarse
supo, sino morir en su porfía?

Volver atrás, señora, ya no puedo;
satisfecha quedad de mi tormento,   10
pues, muerto, de ofenderos tengo miedo.

Y si no lo quedáis del mal que siento,
es porque veis el gusto con que quedo
de daros, con morir, este contento.

---

* *Mendes Britto*, fol. 184r. *(1963,* pág. 67). Es un soneto en el que el Conde
describe el paradójico estado de «muerte en vida» del amante. Tres son los
conceptos que baraja el autor: vida, muerte, amor; todos ellos dependientes
de la voluntad de la dama. La «muerte en vida» del yo poético, como efecto
del amor, es ofensa y logro para la dama.
13-14 Si el efecto de la «muerte en vida» no causa la satisfacción de la dama
es porque el amante lo acepta con «gusto».

144*

Grandes satisfacciones os debiera
de haber, sin vos, vivido sola una hora,
si mayor mal que muerte, acá, señora,
apartado de vos no padeciera;

y así consintió Amor que me partiera   5
con un mal que por puntos empeora,
con vida, porque entonces sólo una hora
también de no morir, señora, hubiera.

Efectos son de ausencia que, a despecho
de la muerte, ha vencido sus extremos,   10
pues estoy vivo con tormento eterno.

La vida es ofensa y no provecho,
como, a efecto de ausencia, bien podemos
llamarla ausencia, y con ausencia, infierno.

---

* *Mendes Britto,* fol. 184v. (*1963,* págs. 67-68). Se trata de un SONETO
AMOROSO en el que se repiten todos los elementos que caracterizan este
tema en *Mendes Britto:* tratamiento de la dama; el vocativo; las dualidades
bien/mal, muerte/vida; y el tema de la ausencia.

En lágrimas nací, a ellas fui dado
desde el primero hasta el postrero día,
costumbre y razón es, que no porfía,
cuanto lloro, señora, y he llorado.

No permite descanso ni cuidado,   5
ni en lágrimas fin se sufriría,
pues por aquel dolor que las envía
queda el llanto, con llanto, acreditado.

No me puede ser nuevo este tormento,
si a la entrada del mundo me esperaron   10
lágrimas que no tuve por castigo;

que jamás cesarán, pues son sin cuento
las tristes causas por que se lloraron,
y ellas y el llanto siempre están conmigo.

---

* *Mendes Britto,* fol. 185r. *(1963,* pág. 68). Este es, quizá, de todos los SO-
NETOS AMOROSOS del Conde dedicados al tópico del «llanto de amor»,
el más reflexivo. El curso del relato y la perspectiva temporal, como hallaz-
go, en el primer verso, así nos lo hacen creer.
   12 SIN CUENTO. «Frase adverbial que vale lo mismo que sin número ni
fin» *(Auts.).*
   13 En *1963,* se lee «porque».

146*

Tan lejos de cobrarme voy perdido
tras la mayor ventura sin ninguna,
sin poder decir de mí razón alguna,
que el tiempo y la ocasión no lo han querido.

Quejarme siempre y nunca ser oído   5
sólo es hacer mi voz más importuna,
y tiéneme en estado la fortuna
que sin remedio muero y no le pido.

Así, yo callaré lo que no puedo
ni decir ni callar; pues es ofensa   10
el decir vuestra, y el callar, tan mía.

A ofenderos veréis que tengo miedo,
pues siempre callo sin buscar defensa
con lo que si probase lo sería.

* *Mendes Britto*, fol. 188v. *(1963*, pág. 69-70). En este SONETO AMO-ROSO trata Villamediana el tópico del silencio petrarquista. Cabría destacar el uso de los pronombres para el final de cada una de las estrofas. Para este tema, *vid*. notas a los núms. 11, 237.

Gloria es contrario Este de tormento,
y vivir entre agravios olvidado
sólo puede quien deba a su cuidado
hallar hasta en morir contentamiento.

Voy desdichado, y por mi pensamiento   5
no me puedo tener por desdichado,
vivo en el mal que siento, tan hallado
que, de hallado en él, ya no lo siento.

Porque así no merezca en mis pasiones,
quiere Amor que no sienta, aunque pudiera,   10
esta pena que crece cada día.

Si fundo el no sentirla en sus razones
y con menos, sintiendo, mereciera,
no es ya el no merecer por culpa mía.

---

* *Mendes Britto,* fol. 189r. *(1963,* pág. 70). Es un SONETO AMOROSO representativo de la poesía del Conde en esta época.

1 Es uno de los cuatro vientos cardinales.

4 *Vid.* el verso glosado en las octavas núms. 377 y 378.

13-14 De nuevo el uso del poliptoton, tan característico de las poesías incluidas en este cancionero.

148*

Quien por hacer agravio pone duda
en fe donde jamás cupo ninguna,
enseñará mudanzas a la luna,
probando en ellas al que no se muda.

Quien está armado de razón desnuda,   5
ofendiera la suya dando alguna,
hable, por un rendido a la Fortuna,
el preso corazón, la lengua muda.

Estoy de conocerme tan cobarde
que aun del aire no fío mis razones,   10
y así sólo el callar habla por ellas.

¿Qué medio esperaré, si llega tarde
la ocasión en las mismas ocasiones,
si las que hallo son para perdellas?

---

* *Mendes Britto,* fol. 190r. *(1963,* pág. 70). Aquí el tema AMOROSO toma
un tono reflexivo que lleva al Conde a introducir el tópico del silencio en el
primer terceto; pero, como siempre ocurre con los temas de este cancionero,
en forma de ejemplo de la paradoja sentimental del amante.

1-8 Obsérvese que los versos de los cuartetos son, además, asonantes.

Pasando va por uno y otro extremo
a extremo más sin medio el mal que siento,
donde la libertad fuera tormento
y sola libertad estar al remo.

En fuego que arde siempre no me quemo,   5
la fe se apura en su conocimiento,
y así quedo a deber al pensamiento,
que no esperando bien ni mal, no temo.

El mal quiero tener de vos seguro,
pues es el mayor bien que en la ventura   10
cabe: a quien más congoja, más alegra.

Así que en mí veáis, sólo procuro,
tan blanca la intención, la fe más pura,
leonado el corazón, la dicha negra.

---

* *Mendes Britto,* fol. 192r. *(1963,* pág. 71). Es un SONETO AMOROSO de definición mediante los contrarios y la paradoja que supone para el amante su estado.

4 Utiliza Villamediana la imagen del «reo» o «forzado» de amor.

14 LEONADO. «Lo que es de color rubio oscuro» *(Auts.).* Recuérdese que el amarillo era el color que representaba la desesperación.

150*

Estoy de tanto extremo puesto en medio,
tan lejos de esperar contentamiento,
señora, que en el mal que por vos siento,
cuando el daño nació, murió el remedio.

Fuera ofensa tratar de ningún medio,   5
estando combatido el sufrimiento
de todo lo que es conocimiento,
con quien, en tanto mal, tanto remedio.

Muerto estaré y jamás arrepentido,
pues si por veros fue mi desventura,   10
dichosamente he sido desdichado.

Estuviera con vos menos perdido,
no teniendo que darme la ventura
más bien que esta desdicha me ha causado.

---

* *Mendes Britto,* fol. 192v. *(1963,* pág. 71). Se trata de un SONETO AMO-
ROSO en el que describe el «estado» del amante, en medio de todos los males, y sin poder encontrar solución a su desdicha. En los tercetos, vuelve el
Conde con los procedimientos de la poesía cancioneril; en este caso, con la
derivación.

1 En *Mendes Britto* se lee «tantos extremos».

10 La desdicha del amante tiene su origen en los rayos o dardos de amor
que le lanzan los ojos de la dama.

[D]este dolor que sólo no sentille
fuera mayor que padecelle,
no digo nada de él por no ofendelle;
ni le puedo callar, ni oso decille.

Puso contentamiento en el sufrille   5
causa que dejó tantas de temelle;
de que quedó por medio, sin habelle,
morir entre causalle y el no oílle.

Por causa que el dolor mismo no duele,
el mal sólo del mal remedio alcanza;   10
así de la queja obliga Amor quejarme.

Y es milagro de Amor que me consuele
tanto una ofensa vuestra, y no es venganza,
que sólo en mí, de vos, quiero vengarme.

---

* *Mendes Britto,* fol. 195v. (*1963,* págs. 73-74). Es un ejemplo más de la confluencia de tradiciones distintas en la poesía del Conde: por un lado, la cancioneril (procedimientos derivativos, paradojas...) y, por otro, temas petrarquistas como el tópico del silencio.

152*

Yo callaré, señora, si pudiere,
y callaré por fuerza aunque no pueda,
pues ya razón que daros no me queda,
si mi morir, callando, no la diere.

Hágame el tiempo cuanto mal quisiere,   5
Fortuna en el mayor pare la rueda,
que a quien nunca hay peor que le suceda,
ya morirá seguro, si muriere.

Para ser condenado soy oído
de quien, oyendo más, entiende menos   10
de la razón que abona la disculpa.

Así que por la ofensa, si lo ha sido,
ya no podrán volver males más llenos
de desdicha, señora, que de culpa.

---

* *Mendes Britto,* fol. 195v. (*1963,* pág. 74). El tema del silencio petrarquista aparece de nuevo en este soneto ligado a la «declaración de su mal», por la que el amante es Condenado.

Lo mucho que quisiera haber servido
puede en alguna parte disculparme,
pues ya no hay más serviros que apartarme
desta ofensa, señora, si lo ha sido.

Muerto en lo más oscuro del olvido,   5
acertaré a morir y no a quejarme,
. . . .
ver por vos, contra mí, cuanto he podido.

Quien servir sólo y no ofender pretende,
no dé más causa a aquel rigor extraño   10
que da a sentir el mal que aun no consiente.

Pero si el conoceros os ofende
y se juzga la causa por el daño,
no baste que le calle quien le siente.

---

* *Mendes Britto,* fol. 199v. *(1963,* pág. 74). Es un SONETO AMOROSO de los de la primera época del Conde. Tanto el procedimiento como el léxico así lo confirman. La idea del «servicio de amor» venía ya de la poesía trovadoresca.

[7] Falta en el original.

[12] CONOCER. «Tratar, comunicar alguna persona con respeto» (*Auts.*).

154*

En medio de un dolor que no le tiene,
con un ansia luchando porfïada,
una alma, a sus agravios condenada,
sin esperar remedio se sostiene.

Perder ya más razones no conviene   5
a mi razón, de vos siempre culpada,
sino callar, señora, pues callada
esta pena de pena se mantiene.

A donde sufrir es más ventura,
razón halla a su culpa el pensamiento   10
en tan pura verdad, con fe más pura.

Mas siendo amor de Amor siempre argumento,
nada que fuere amor será locura:
disculpa de este intento es este intento.

---

* *Mendes Britto,* fol. 200r. *(1963,* págs. 75-76). En este SONETO AMO-
ROSO, Villamediana utiliza, para la descripción del «estado», algunos términos repetidos («pena», «pura», «intento») siempre en el verso final de cada estrofa. Se trata, también, de un procedimiento de la poesía de cancionero. La
introducción (primer cuarteto), puramente narrativa, da paso a la reflexión,
dirigida a la dama. La paradoja y la derivación vuelven a utilizarse como procedimientos descriptivos.
12 En *1963,* se lee «Más».

155*

Llegué de fuego en fuego a la fineza
que en amores Amor purificaba;
la fe en varios tormentos se apuraba
para llegar a vos con más pureza.

Centro fue de la vida su aspereza,   5
vuestra sombra la luz tras que yo andaba,
donde en el gusto y su razón hallaba
nuevas razones mi naturaleza.

En esto la elección no tuvo parte,
que la razón, señora, y mi destino   10
fueron primera causa deste efeto;

donde la voluntad pura, sin arte,
halló, aunque defendido, aquel camino
que sólo le publica su secreto.

---

* *Mendes Britto,* fol. 200v. *(1963,* pág. 75). Es un SONETO AMOROSO
en el que «existen coincidencias con ciertos tópicos de Petrarca» (Rozas, *Mendes Britto,* pág. 51). Se refiere el citado profesor a los núms. XLVIII, LV y CXXIX de Petrarca.

1 FINEZA. «Perfección, pureza y bondad» *(Auts.).* En Rozas, *El Conde de Villamediana. Bibliografía...,* pág. 71 se lee «firmeza».

3-4 Obsérvese el juego de palabras («apuraba»/«pureza») que incluye aquí el Conde.

Rematemos ya cuentas, fantasía,
pues no puede engañarme lo que creo
(cierto siempre en mi daño), y lo que veo
no me deja dudar desdicha mía.

Locura y no constancia es la porfía, 5
fundada solamente en devaneo,
conservar la ventura en el deseo,
quien no la tuvo, en más yerro sería.

Aquel denuedo tan desacostumbrado
a ser de la razón jamás vencido, 10
lo que quiso juntó con lo que pudo;

porque se viese aquí que a un desdichado
fuese, como remedio defendido,
un morir pretendido, un sufrir mudo.

---

* *Mendes Britto*, fol. 200v. (*1963*, pág. 76). En este SONETO AMOROSO
pueden diferenciarse dos partes y dos tonos totalmente distintos: en los cuartetos, el Conde adopta un tono resolutivo; mientras que en los tercetos se explica el momento anterior a la resolución.
14 Nótese la similicadencia y la bimembración de este último verso.

157*

Cuanto más la razón me desengaña
del tiempo y de Fortuna, más ayuda
a esta ciega pasión que nunca duda
de seguir siempre más lo que más daña.

Sólo socorre Amor con lo que engaña;   5
ya es tarde aunque el remedio luego acuda,
no es lo que doy disculpa, sino es muda,
diciendo el ansia que me acompaña.

Nunca bastan perdidas ocasiones
para aliviar un corazón vencido   10
del efecto crüel de su cuidado.

Conmigo no se cansen las razones,
que ya ninguna admite el que perdido
muere, entre desengaños, engañado.

---

* *Mendes Britto,* fol. 200v. (*1963,* pág. 76). Se trata de un SONETO AMO-
ROSO de la primera época del Conde. En él, las antítesis y las paradojas es-
tructuran la argumentación del amante (razón/pasión, engaño/desengaño).

4-7 Resulta usual, en este tipo de composiciones, que la indefinición que
caracteriza el estado del amante, venga dada por proposiciones de relativo
sustantivadas.

7 MUDA. Por «cambio».

158*

Del mal que moriré, si no muriere,
sanaré por milagro, si sanare,
y cuando mi razón más os cansare,
más sentiré mi mal, si ya sintiere.

Antes me veré sano que lo espere,   5
sólo sabré de mí lo que callare;
de lo que mi secreto declarare,
nunca tendré disculpa, si la diere.

Pues con razones mudas ya no puedo,
vos podéis con vos misma persuadiros,   10
pues nadie como vos sabe entenderos.

Entre el agravio y el sentille quedo,
viviendo de sufrir, porque es sufriros,
más muerto que de ofensas de ofenderos.

---

* *Mendes Britto,* fol. 201r. *(1963,* págs. 76-77). Es un SONETO AMORO-
SO en el más puro estilo de la poesía cancioneril. En él Villamediana hace
un alarde de virtuosismo técnico en dos sentidos: en primer lugar, plantea
los cuartetos en un sólo marco temporal (el futuro), oponiendo formas de in-
dicativo a formas de subjuntivo; en segundo, las variaciones de los consonan-
tes son mínimas, tanto en los cuartetos como en los tercetos.

1-4 El poliptoton es continuo a lo largo de este cuarteto, y se repetirá de
nuevo en los tercetos.

10-11 La anáfora de «vos» subraya el núcleo temático del poema.

14 Además, el Conde utiliza aquí la derivación, con la que da un tono de
sentencia al final del soneto.

Más cierto está [en] perderse el que procura
seguir, volando, vuestro pensamiento
que quien al bravo mar, el bravo viento,
la vida entrega en barca malsegura.

Cuando más qüe ésa de constancia pura,   5
gobernada por vuestro entendimiento,
muestra que ir a quien es, a salvamento,
señora, de la vela y de ventura.

Si vos regís las velas, ¿qué aprovecha
que entre Escila y Caribdis peligrosos   10
bramen las olas alterándose ellas?

Aunque sea la fortuna más deshecha,
impedir no podrán vientos furiosos
que pongáis vuestra barca en las estrellas.

---

* *Mendes Britto,* fol. 201v. *(1963,* pág. 77). Es un SONETO AMOROSO que en Rozas, ed. cit., pág. 125, aparece bajo el epígrafe «A la señora D.ª Jerónima de Jaén». Éste y el núm. 127 son, según el mencionado profesor *(vid. El Conde de Villamediana. Bibliografía...,* pág. 52), «ejemplos más neoplatónicos que petrarquistas».

1 En *Mendes* se lee «de». Lo corrijo por «en».

10 ESCILA Y CARIBDIS. Estrechos peligrosos de Mesina por los que atravesó la nave Argo de Jasón. *Vid. Odisea,* canto XII.

160*

Este amor que de Amor sólo pretende
la vida de la muerte más segura,
no la podrá alcanzar si la procura
de quien este remedio me suspende.

La causa de mi mal nadie la entiende,   5
pues me ha traído a estado mi ventura
que, donde esperar bien fuera locura,
aun el desesperar se me defiende.

En medio de este mal no hallo remedio,
y, si apartarme del peligro intento,   10
es mayor mal que el mal este remedio.

El tormento mayor de mi tormento,
mirando la razón, es ver en medio
lo que hay de razón al pensamiento.

---

* *Mendes Britto,* fol. 203. *(1963,* pág. 78). En este SONETO AMOROSO,
el Conde emplea un tipo de intensificación léxica basado en la anáfora, la
rima y los acentos del endecasílabo. De este modo, las demás lexías básicas
que describen el estado del amante («mal», «remedio») aparecen siempre en
lugares capitales del soneto, tanto en los cuartetos como en los tercetos.
   7 En el v. 12 del núm. 2 dirá: «Su fin es fuerza, y esperar locura», y en el v.
14 del núm. 66: «amar es fuerza y esperar locura».
   7-8 Nótese el voluntario juego de palabras entre «esperar» y «desesperar».
   14 Con esta distinción final, Villamediana pone, de un lado, a la «razón»
(reflexiva) y, de otro, al «pensamiento» (sensitivo).

Pretendiendo morir cuanto ha que vivo
de vos ausente, estoy en tal estado
que en el menor mal me hubiera ya acabado,
a no venir de vos lo que recibo.

Y a un dolor de ausencia, tan esquivo,   5
parece que el Amor me ha preservado
más para hacer eterno mi cuidado,
muriendo en cuantas letras os escribo.

Quien todo lo que pudo perdió junto
muriera de sentir, si allí entregara   10
la vida a la razón del sentimiento.

Mas estorbólo Amor en aquel punto,
porque la muerte en él se acreditara,
como en ella, y también mi entendimiento.

---

* *Mendes Britto*, fol. 203v. (*1963*, págs. 78-79). Es un SONETO AMORO-
SO en el que se describe el estado del amante, caracterizado por dos ideas:
dolor y ausencia.

Mudar podrá fortuna que es mudable
en un estado triste la tristeza,
pero si el uso es ya naturaleza,
por la del mal, el mal será incurable.

Vida siempre culpable y no culpable,   5
entregada de vos a su aspereza;
si se rindiera, no será flaqueza,
pues que en remedio no se hable.

Aquí está quien de vos no se defiende,
ni menos os ofende con disculpa,   10
muriendo sin razón de vos culpado.

Y aun no queréis que de mi errar me enmiende,
pues la pura desdicha dais por culpa
a quien hicisteis vos tan desdichado.

---

* *Mendes Britto*, fol. 203v. (*1963*, pág. 79). Es un SONETO AMOROSO
en el que Villamediana describe el estado —del que el amante no puede salir— recordando a la dama cómo lo que para él es «mal», para ella es «desdicha». Los procedimientos retóricos y el léxico son los característicos de la
poesía de cancionero.
    [1] Corrijo el original, donde se lee «podré».
    [8] Es un verso cojo. Quizá pudiera faltar «della» entre «remedio»
y «no».
    [10] Nótese el sentido de continuidad rítmica que aporta la similicadencia.

163*

Partisteis, y mi alma juntamente
en desiguales partes, mas aquélla
que en mi poder quedó, quede sin ella;
la otra va con vos siempre presente.

Y aunque esta división no la consiente   5
naturaleza ni las leyes della,
hízola Amor que al fin pudo más que ella,
por fuerza de ocasión o de accidente.

Ya sin vos y sin mí no sé qué espero,
ni de qué maravilla me sustento   10
a la memoria de mi bien pasado.

Sé que cuanto más lejos, más os quiero,
y aquí, más que al mayor apartamiento,
ha de poder, señora, mi cuidado.

---

* *Mendes Britto,* fol. 204r. *(1963,* págs. 79-80). En este SONETO AMO-
ROSO, el juego lingüístico de los dos primeros versos (la polisemia) estruc-
tura toda la composición: «partir» (ausencia)/«partir» (separar en partes).
Esta misma polisemia ya estaba en el núm. 135.

Cansado de mí mismo, y más cansado
de llevarme conmigo, tal me siento;
que junta a mis cuidados mi tormento
el estar hoy de vos tan apartado.

Y aunque pudiera estar asegurado,   5
como de Amor, de sí mi pensamiento,
con saber que el mayor apartamiento
no podrá lo que pudo mi cuidado.

En esta soledad, señora mía,
esperará mi corazón ausente   10
el fin que es ya mil años deste día.

Si el bien pasado es siempre mal presente,
en la prolijidad desta agonía,
lo que puede escribirse no se siente.

---

* *Mendes Britto,* fol. 204r. *(1963,* pág. 80). Pertenece a los SONETOS AMOROSOS de la primera época del Conde. El tratamiento cortés hacia la dama («vos», «señora mía»), así lo denota, además de otros elementos temáticos como la soledad y la perspectiva temporal que enfrenta el pasado al presente. De nuevo utiliza Villamediana la rima en *-ento* para los cuartetos *(vid.* nota al núm. 29).

[1] El estado del amante aparece ya subrayado en este verso mediante la epanadiplosis.

[8] Un caso más de poliptoton, tan usual en este tipo de composiciones.

[13] PROLIJIDAD. «Excesivo cuidado y esmero en la ejecución de alguna cosa» *(Auts.).*

[14] Insinúa el Conde, en este verso, el tópico del silencio amoroso.

165*

En esta pobre casa, solamente
rica de los contentos que guardados
tiene Amor a la fe de mis cuidados,
arde mi corazón y no lo siente.

Efectos son de Amor que no consiente   5
ver tales pensamientos mal pagados,
y así, en bienes tan altos no esperados,
mal se acierta a escribir lo que se siente.

Milagro fue de sola vuestra mano
poder hacer dichoso a un desdichado   10
con un bien que es mayor que la ventura.

Volvisteisme, de muerto, en más que humano,
de casos de Fortuna preservado,
con la mayor de Amor y más segura.

---

* *Mendes Britto,* fol. 204v. *(1963,* pág. 80). Es quizá éste uno de los SONE-
TOS AMOROSOS más bellos de los incluidos en *Mendes Britto.* La descripción del estado del amante se introduce mediante la metáfora de la «casa». A
esto se le añade en el v. 8 la declaración explícita del yo poético como autor
del soneto.
[10] Ésta es una de las derivaciones más utilizadas en este tipo de composiciones.

166*

Con ansia extrema en la mayor estaba,
lágrimas y suspiros derramando,
porque moría en un bien, agonizando,
en brazos un pastor de quien amaba.

Ella de ver la vida que acababa,   5
excesos de piedad acreditando,
sus congojas estuvo trasladando
a un blanco paño con que las quitaba.

No menos blanco que él, la blanca mano,
prenda más que purísima del alma,   10
a quien tantas ofrecen sus despojos,

al corazón halló camino llano,
dejando los sentidos en tal calma
que sola su razón dicen los ojos.

---

* *Mendes Britto*, fol. 204v. *(1963,* págs. 80-81). Soneto amoroso a la muerte
del amante, aquí un pastor que acaba su vida en brazos de la dama. Es un soneto atípico de la primera época del Conde, pues el uso de los gerundios en
las rimas de los cuartetos y el «dejando» del v. 13 ofrecen a la composición un
tono narrativo poco común. Por el tema y su desarrollo, es un soneto cercano al dedicado «A la muerte de Adonis» (núm. 270).

4 *Vid.* v. 9 del soneto citado anteriormente.

10 PRENDA. «Se llaman las buenas partes, cualidades o perfecciones, así
del cuerpo como del alma, con que la naturaleza adorna algún sujeto»
(Auts.).

A los celos

Este hijo de Amor, cuyo veneno
es cierta envidia más que conocida,
y, nublado, que parando en avenida,
del cielo siempre azul, mas no sereno.

¡Temor celoso de temores lleno,   5
ley donde la verdad no es admitida,
pues hoy en tu poder está mi vida,
mátame del propio mal, no del bien ajeno!

¡Oh monstruo en quien temiendo al fin concibe
el hijo mismo al padre de quien nace,   10
y, en naciendo, los dos quedáis gigantes;

lo que sois y el callar nunca se escribe,
siéntese el efecto que Amor hace,
que ni sois sólo Amor ni sólo amantes!

---

* *Mendes Britto*, fol. 205r. (*1963*, pág. 81). Como los núms. 105, 106 y 112,
esta composición trata el tema de los celos, aunque aquí Villamediana utiliza
un tono imprecatorio que no aparece en aquéllos, totalmente descriptivos
(*vid*. nota al núm. 105). Resulta curioso que, a pesar del epígrafe, se tome
a los celos como un único ser —en singular— a lo largo de todo el
soneto.

[1] *Vid*. v. 1. del núm. 105.

[3] AVENIDA. «Concurso grande de muchas cosas que se juntan»
(*Auts.*).

[4] El color azul se identificaba normalmente con los celos.

[9-11] Recuerda el primer terceto del soneto XXXI de Garcilaso.

[11] Los Gigantes son hijos de la Tierra. Emprendieron batalla contra los
dioses y amenazaron, apenas nacidos, al cielo.

168*

Perdidos tantos días en la esperanza
de un día en que os tuviese por ganados,
busqué descanso en vano a mis cuidados,
queriendo hallar firmeza en mi mudanza.

Llegando al fin a tal desconfïanza,   5
bienes me cansan más, imaginados,
que otros males del alma apoderados,
por quien la vida está puesta en balanza.

He cerrado las puertas al deseo,
el cual contra el pasado y el presente   10
mejorar quiere el tiempo en que me veo.

Decir más el dolor no me conviene,
que en tan fiero tormento yo no creo
que sienta bien quien dice c[uan]do siente.

---

* *Mendes Britto,* fol. 206v. *(1963,* pág. 82). En este SONETO AMORO-
SO, Villamediana utiliza la imagen de la balanza en cuyos platos el amante
coloca su desengaño y su esperanza. En los tercetos, la decisión del amante es
la de alejarse de ese sentimiento amoroso y volver al silencio. Rozas, en *El
Conde de Villamediana. Bibliografía...,* pág. 51, cree ver en este soneto resonancias de la poesía de Herrera.
⁹ *Vid.* v. 9 del núm. 129.
¹² Este endecasílabo rima en asonante.

Entre fatigas ya no me fatigo,
porque hice trïaca del veneno;
muero de amor y por amor no temo,
que amor es voluntad, yo razón sigo.

Si vos quedando yo tan mal conmigo,   5
a mí de mí dejarme tan ajeno,
estando bien sin mí y en vos tan bueno,
volverme a mí de vos será castigo.

Todo cobrarme ya será perderme,
conmigo a mí, sin vos, yo no quiero,   10
quien me volviere a mí no restituye;

conmigo no podré de mí valerme,
no tiene fin el fin tras que yo muero,
pues no puede parar quien de sí huye.

---

* *Mendes Britto,* fol. 207r. *(1963,* pág. 83). La lectura de este soneto, descriptivo también del estado del amante, es difícil a causa de la sintaxis forzada que utiliza Villamediana. Parece más bien como un ensayo sobre la estructura de esta composición y, por tanto, pertenecería a la primera
época.

2 TRIACA. «Composición de varios simples medicamentos calientes, en
que entran por principal los trociscos de la víbora. Su uso es contra las mor-
deduras de animales e insectos venenosos y para restaurar la debilitación por
falta del calor natural» *(Auts.).*

4 En este caso, como en el v. 9, el hipérbaton es forzadísimo. En el v. 1
del núm. 29 dirá: «Amor no es voluntad, sino destino.»

5 Desde aquí hasta el final, el juego de alternancia pronominal mí/vos,
junto con el tópico de la «enajenación» amorosa articulan el soneto.

170*

Mis ojos os darán de sí venganza
de ver cosas sin vos, con las que vieron,
pues por lo que ganaron, no perdieron
la vista de llorar vuestra mudanza.

Mal en que no es remedio la esperanza;   5
esperanzas, señora, si lo fueron,
presto en lo natural se convirtieron,
que es morir entre fe desconfïanza.

Si aun fingido mostrara sentimiento
quien pudiera tenerle verdadero,   10
deste morir en este apartamiento

no fuera tanto el mal, pero ya muero,
satisfecho de ver en mi tormento
que ningún mal es grande, si es postrero.

    * *Mendes Britto,* fol. 209r. *(1963,* pág. 84). En este SONETO AMOROSO,
Villamediana describe el estado del amante a partir de la dualidad «bien fingido»/«mal verdadero». El término que se sitúa entre ambos, y que es «lo natural», es la esperanza.

Partir, morir, saber quede olvidado,
llevar de cierto olvido cierta pena,
vos callando importuna, siempre llena
de las quejas matan a un callado.

Bien pueden disculpar al que ha llorado   5
tanto sin culpa por la culpa ajena,
que estando de dolor llena la vena
a lágrimas han lágrimas faltado.

Las quejas siempre vivas y calladas
acreditar pudieren las porfías   10
de que la triste vida está tan llena;

pues os dicen mis lágrimas lloradas,
por vuestra ofensa más que por las mías,
que no tiene la vuestra por ajena.

---

* *Mendes Britto*, fol. 209r. *(1963,* pág. 84). De este SONETO AMOROSO
deben destacarse dos elementos: 1) La utilización de las formas no temporales del verbo (infinitivos y gerundios, en este caso); y 2) La repetición de palabras dentro de un mismo verso (vv. 2, 6 y 8), así como la derivación («callando»/«callado»/«calladas»).

172*

Galardón es cualquier postrer castigo,
señora, que hagáis a un desdichado,
y todos los merece el que ha entregado
el alma y corazón a su enemigo.

Si con lo que he callado no lo digo,   5
¿cómo sabré decir lo que he callado?;
por vos de todo el mundo desterrado,
ni sé huir de mí ni estar conmigo.

Pasando voy las más remotas gentes
hasta ver si de mí puedo apartarme,   10
y sólo me sustento deste engaño.

Y en fin me muestran claro las presentes
que ya no puede el bien aprovecharme,
ni puede el daño hacerme mayor daño.

---

* *Mendes Britto,* fol. 209v. *(1963,* págs. 84-85). En este SONETO AMO-
ROSO, Villamediana utiliza otros elementos para la descripción del «desterrado de amor»: la enajenación, la soledad y la lucha de contrarios.

[1] GALARDÓN. «Premio, recompensa o retribución.» Lo usa Góngora
en el romance núm. 1 (ed. cit., pág. 41).

Amor quiso, señora, que viniese
a morir desterrado en mi porfía,
con esta sospechosa fantasía
que nunca me mintió que en daño fuese.

Antes que este pesar nuevo tuviese,   5
de toda la demás gente huía,
agora de mí mismo no huiría,
si huyendo de mí de vos no huyese;

porque tan viva estáis en mi memoria
que no osaré pensar que estoy ausente   10
aunque muera de vos tan apartado;

sólo de la tristeza es la victoria,
perdido estoy acá, como presente,
presente está, señora, mi cuidado.

---

* *Mendes Britto,* fol. 210r. *(1963,* pág. 85). Es un SONETO AMOROSO
dentro de la línea petrarquista: el desterrado de amor, el sentimiento doloroso, el recuerdo, la enajenación y la tristeza. Como en el caso del núm. 139, el
Conde utiliza el poliptoton, que entrecruza con la alternancia del «yo» y el
«vos». El vocativo «señora» abre y cierra el soneto.
  9 Hay, en este verso, un recuerdo del v. 3 del soneto X de Garcilaso.
  13-14 Nótese la insistencia con que el Conde subraya el «estado del amante» (presente), tanto por la deixis como por la anadiplosis.

174*

Si, fingida de vos, piedad alguna
de tan largo tormento se sintiera,
no consintiera Amor que me partiera
a morir entregado a mi fortuna.

Sólo en mí es dicha no tener ninguna,   5
porque de todas hoy me despidiera;
fuera mi triste voz, si ya lo fuera,
a los desiertos montes importuna.

Y para llorar más no tengo vena
del lastimoso fin de aquella gloria   10
en tormentos tan ásperos trocada.

Amor a los demás jura esta pena,
permitiendo que quede mi memoria
en vuestro olvido siempre sepultada.

---

* *Mendes Britto,* fol. 210v. *(1963,* pág. 85). Más que por el tema o su tratamiento, este SONETO AMOROSO destaca por el sentido de continuidad
narrativa que Villamediana da a los cuartetos mediante la similicadencia
(vid. vv. 3 y 7).
    7 Nótese el uso de la epanadiplosis en este verso.
    9 VENA. «Metafóricamente se llaman el numen poético o facilidad de
componer versos» *(Auts.).*

Por extraños caminos he venido
a pesares más ásperos y extraños,
hallando en los engaños desengaños,
sólo con escarmientos he aprendido.

Alumbró la razón a mi sentido   5
en una ceguedad de tantos años,
daños que fueron locura de los daños
que por más incurables he tenido.

De aquella hermosura desusada
sólo su condición pudo librarme,   10
que la razón por sí, ¿cuándo bastara?

y así la mía, de tantas ayudada,
a partir y a morir pudo obligarme,
que menos que morir no me apartara.

---

* *Mendes Britto,* fol. 210v. *(1963,* págs. 85-86). Villamediana trata, en este SONETO AMOROSO, la dualidad razón/amor, tan propia de la poesía petrarquista *(vid.* Rozas, *Mendes Britto,* pág. 51).

³ Un caso más de similicadencia.

⁷ La repetición de una misma palabra en un verso da aquí un caso de epanadiplosis.

¹³⁻¹⁴ Obsérvese el juego de palabras, cercano al calambur, entre «a partir» y «apartar».

176*

Cielos pasé, pasé constelaciones,
siempre fija hallé a mi alma estrella;
mudanzas vi, pero ninguna en ella,
unas son y serán las sinrazones.

No hay quien deba, en ningunas opiniones,   5
más a la suya que morir por ella;
yo voy fuera de mí, pero no della,
a dar al mundo en vano mis razones.

En lástima de penas espantosa,
muere y no vuelve atrás el que es honrado,   10
Fortuna contrastando peligrosa.

Ninguno en este mundo está obligado
más que a poner el pecho a graves cosas,
que sólo el corazón no vence al hado.

---

* *Mendes Britto,* fol. 210v. *(1963,* pág. 86). Es un soneto amoroso de características muy especiales: el amante, como viajero del sentimiento que es, enajenado, siente la fuerza del destino doloroso, metaforizando su viaje a través de la bóveda celeste. El tono del último terceto es el de una sentencia: la de la certeza que produce el desengaño amoroso.

8 Adviértase el cambio experimentado por el Conde en el núm. 237, donde dirá «para que mi dolor no cante en vano» (v. 3).

10 HONRADO. «Se llama también el hombre de bien que obra siempre conforme a sus obligaciones» *(Auts.).*

11 CONTRASTAR. «Contradecir, refutar» *(Covarr.).*

Apartóme de vos mi desventura,
¡ojalá que muriendo me apartara!,
con sospechas Amor no atormentara
vida sin voluntad y fe tan pura.

Fuera cualquiera muerte más segura   5
y el llanto con su causa se acabara,
si a mis quejas Fortuna no juntara
tantas de vos y tantas de ventura.

Si os cansaron mis ojos en el punto
que no supieron de vos por fundamento,   10
en vuestra obligación, sin confïanza,

hoy os lo pagarán, señora, junto,
porque dellos en este apartamiento
lágrimas tristes tomarán venganza.

---

* *Mendes Britto,* fol. 211r. *(1963,* págs. 86-87). Soneto amoroso claramente neoplatónico. La visión del «desterrado de amor» vuelve a aparecer.

10 FUNDAMENTO. «Razón principal, motivo o pretexto con que se pretende afianzar y asegurar alguna cosa» *(Auts.).*

Aquella incomparable desventura,
mayor por ser principio destos años
en quien el tiempo no conoce engaños,
ni ya buscallos mi dolor procura;

aquella indigna muerte que asegura   5
ser éstos los postreros desengaños,
a tormentos tan ásperos y extraños
más áspera y extraña halló la cura.

Las siempre vivas quejas y calladas
acreditar pudieran las porfías   10
de que mi triste vida está tan llena,

pues os dicen las lágrimas lloradas,
por vuestra ofensa más que por las mías,
que no tuve la vuestra por ajena.

---

* *Mendes Britto,* fol. 211r. (*1963,* pág. 87). Se trata de un soneto amoroso
de difícil lectura, sobre todo en los tercetos. Me inclino a pensar que el «vuestra» del último verso se refiere a la ofensa de la dama y no a su vida, término
éste mucho más alejado en el poema.

1-8 Es de destacar cómo el Conde subraya la distancia entre el «desdén» y
el «estado» del yo mediante la oposición deíctica «aquélla»/«éstos».

179*

Después que, de sentir un desengaño,
atónitos quedaron mis sentidos,
y entre sí disconformes y reñidos,
sólo se conformaron en mi daño;

llorando en tierra extraña un mal extraño,   5
tristes efectos hacen mis gemidos,
del aire vano en vano esparcidos,
más sienten cada día vuestro engaño.

Cuando, de aquella súbita mudanza,
dio vuestro corazón, arrebatado,   10
antes la posesión que la esperanza;

y contra mí lo natural mudado,
al mundo disteis justa confïanza
de poder alcanzar lo no alcanzado.

---

* *Mendes Britto,* fol. 211v. *(1963,* pág. 87). En éste, como en el núm. 158,
los procedimientos de la poesía cancioneril (poliptoton, derivación, juegos
de palabras, polisemia) son el armazón que sirve al Conde para describir el
estado de «confusión» del amante.

5 Parece que hable desde el destierro, probablemente el primero, que le
llevó a Alcalá de Henares y luego a Valladolid *(vid.* Cotarelo, *op. cit.,* págs. 32-
34); aunque puede ser también, perfectamente, el tópico del amante enajenado o desterrado.

180*

A tan áspero punto reducido
tiene a mi corazón este cuidado
que de fuerza mayor que la del hado
muestra su efecto verme perseguido.

Cualquier muerte tomara por partido   5
quien, solo, va a morir desesperado,
de tantas ansias de dolor cercado
que olvida los agravios del olvido.

Procuraron Amor, Tiempo y Fortuna,
como si ya rendido no estuviera,   10
no dejar contra mí cosa ninguna;

y pusiéronme tal, que si tuviera
mil vidas que perder, cuánto más una,
para todas mi mal en mí viviera.

---

* *Mendes Britto,* fol. 213r. *(1963,* pág. 88). Es un SONETO AMOROSO
que parte, una vez más del tópico de la «dama desdeñosa».

8 La derivación, en este caso, sirve para distanciar, aún más, al yo poético
de la dama.

9 Estos tres términos asociados aparecen en el v. 2 del núm. 97.

14 Las aliteraciones de este verso subrayan, desde el plano fónico, la descripción del estado del amante.

Si no es morir, ningún remedio hallo
en un dolor que a la paciencia espanta
y es agudo cuchillo a la garganta;
si es remedio morir, temo pensallo.

Aunque mi mal, por vos, quiero callallo,   5
más penas esta pena me levanta,
pues ella dice tanto, con ser tanta,
que viene a declarar cuanto yo callo.

Si mis tristes suspiros descifrados
se vieren, y mi muerte conocida,   10
en lo que a vos os cansen mis cuidados;

más pierde con la vida, que la vida
el muerto, ya de ver tiempos mudados,
a quien quiso obligar dejó ofendida.

---

* *Mendes Britto*, fol. 213v. *(1963,* pág. 88). La estructura de este SONETO
AMOROSO está apoyada en la simetría que los dos «si» condicionales establecen, simetría y distinción entre cuartetos y tercetos.

¹ Es el v. 13 del Soneto III de Garcilaso.

⁸ El tema del silencio es una de las constantes en la poesía del
Conde.

182*

Luchando y porfïando con mi suerte,
levantándome aquí y allí cayendo,
ahora acometiendo, ahora huyendo,
llegado soy al término más fuerte.

¿Qué habrá que contra mí no se concierte,   5
si está en la vanidad mía arguyendo
el propio Amor, y la razón diciendo:
«Miserable de ti, dó vas, advierte»?

Mas yo, contra mí mismo, áspide dura
del gusto, por no oír esta doctrina,   10
puse entre el mal y entre el remedio muro.

Y aunque el bien es mayor que la ventura
y que el dolor, mi muerte no lo termina;
por lo menos el mal tendré seguro.

---

* *Mendes Britto*, fol. 216v. (*1963*, págs. 89-90). En este SONETO AMO-
ROSO, la descripción del estado del amante —por medio de «contrarios»—
deja paso a la reflexión y a la seguridad expresada en los tercetos.
4 TÉRMINO. «El que comprehende alguna cosa desde el principio hasta
el fin, que siempre son dos, uno que se llama término a quo, por donde se
empieza; otro, término ad quem, donde acaba» (*Auts.*).
5 *Vid.* v. 14 del núm. 87.
12 En *Mendes* se lee «duro». Lo corrijo, puesto que *Auts.* admite el femeni-
no y el masculino para «áspid».

183*

Tanto temo el remedio que procuro
que aun a seguirle no me determino,
lo que es al bien dudoso mi camino
ser le hizo Fortuna al mal seguro.

Amor le comenzó con amor puro   5
y suele prosiguiendo un desatino,
y hame traído a parte mi destino
que lo que será de mí no curo.

Entregado, señora, a mi tormento,
llegado el daño ya al mayor extremo,   10
cualquier otro que yo se asegurara;

mas cuanto tema más, tanto más siento,
y cuanto siento más, tanto más temo,
que en mí el desesperar me acreditara.

* *Mendes Britto*, fol. 221v. (*1963*, págs. 91-92). El tratamiento de este soneto es similar —y también el tema— al del núm. 134; pero éste que anotamos
ahora está más elaborado en los tercetos.

8 CURAR. «Tener cuidado» (*Covarr.*).

12-13 Nótese el paralelismo sintáctico y el retruécano en estos dos
versos.

184*

¡Cuán diferente de lo que algún día,
y aun en parte también bien diferente
de lo que el tiempo ya me tiene ausente,
vi correr de Pisuerga el agua fría!

Que ya trocada la fortuna mía   5
en mal mudó este bien, y no consiente
que el corazón declare el accidente
del que hoy muere y también del que vivía.

Siga conmigo su costumbre el hado,
no se alteren las leyes de mudanza,   10
muera invidioso el que murió invidiado;

busque medios quien medio nunca alcanza,
porfíe cuanto más desengañado
el que se desterró de la esperanza.

---

* *Mendes Britto,* fol. 222r. *(1963,* pág. 92). Podría parecer un soneto escrito a raíz de uno de los destierros del Conde, pero el segundo cuarteto y primer terceto hacen pensar en un «destierro de amor». Términos como «envidioso» aparecen ya en otro soneto dedicado al Pisuerga *(vid.* núm. 139).

11 Un poliptoton más, tan propio de los poemas de la primera época. En este caso, con un mismo referente: el yo poético.

14 El hacer reflexivo el verbo «desterrar», en este verso, confirma la lectura arriba formulada.

185*

Si tus aguas, Pisuerga, no pudieron
allegar al mar, donde se esperaron,
podré volver por las que le faltaron
de las que mis ojos se vertieron.

Las mismas son que allá se te perdieron   5
éstas que de mis ojos reventaron,
cuyas sutiles partes se exhalaron
y en el alma en dolor se convirtieron.

Lo puro fue buscando lo más puro,
y así, de lo inmortal apoderado,   10
deste llanto quedó lo más sensible

en dudoso morir, en bien seguro,
donde claro se ve, por lo llorado,
ser su causa y estar en lo invencible.

---

* *Mendes Britto*, fol. 222r. *(1963,* pág. 92). Para este SONETO AMORO-
SO, *vid.* notas al núm. 139.
    7 PARTES. «Las prendas y dotes naturales que adornan a alguna perso-
na» *(Auts.).*

186*

Cuando a la libertad doy mil abrazos
y ayuda todo a más desengañarme,
donde quedaron sólo de apretarme
las cadenas de amor hechas pedazos;

del remo apenas libres estos brazos,   5
cuando el amor pudiera ya dejarme,
sin poderme tener, voy a enredarme
con la vieja desdicha en nuevos lazos;

cuando la enjuta arena estoy besando,
libre apenas del mar, cuya tormenta   10
escarmiento pudiera ser y ejemplo,

en sólo los peligros confïando,
vuelvo a entregar la vela al mar, sin cuenta
que había de estar colgada ya en el templo.

---

* *Mendes Britto,* fol. 222v. *(1963,* pág. 93). En este SONETO AMORO-
SO, el Conde ejemplifica su estado mediante el tópico del «náufrago de
amor», del marinero que, una vez a salvo del naufragio, vuelve a ofrecer sus
velas al mar; a pesar de ser consciente —según el tópico— de que los restos
del naufragio han de ofrecerse al templo.

11 La dialéctica «osadía»/«escarmiento», tan propia de la poesía de Villamediana (Ícaro, Faetón) aparece de nuevo en este poema como ejemplo de
tensión entre fuerzas polares, como ejemplo del amor.

En vano con mi suerte porfïando,
cayendo cuando pruebo a levantarme,
¿cómo podré del tiempo asegurarme,
si tiene la Fortuna de su bando?

Los remedios que, inciertos, voy hallando,   5
todos ayudan a desayudarme,
y sólo temo ya que ha de faltarme
tierra en que muera, y aire, suspirando.

Morir en un peligro prevenido
castigo puede ser un mal buscado,   10
si sufrille no bastara por castigo.

Pues no estaré de mí tan ofendido
que no quede, señora, bien vengado
conmigo de lo mal que estoy conmigo.

---

* *Mendes Britto,* fol. 223r. *(1963,* págs. 93-94). Se trata de un SONETO
AMOROSO en el que, pese a conservar el Conde el léxico, temas y procedimientos utilizados en el resto de SONETOS AMOROSOS de *Mendes Britto,*
se apunta ya una de las constantes que caracterizan su poesía: la dialéctica
vertical, que más tarde adquirirá una formulación mitológica (Ícaro,
Faetón).

6 En este caso, el Conde fuerza el poliptoton.

DESAYUDAR. «No ayudar, antes estorbar. Desayudarse uno es no hacer
de su parte lo que puede y debe para alcanzar su pretensión» *(Auts.).*

188*

A la Marquesa del Valle le quitó
unas joyas y puso las manos

No pierda más quien ha perdido tanto,
quiero cobrar de vos lo que pudiere,
pues ahora la fortuna darme quiere
aun del pasado mal presente llanto.

Lástima, confusión, pena y espanto,   5
vergüenza, aunque de vos ya no la espere,
tendréis si mi callar no lo dijere,
que ya de Amor amor no puede tanto.

Vos de vos hoy pudiérades vengarme,
si el agravio inhumano tan humano   10
jamás igual venganza hallar pudiera.

Ayúdanme las piedras a quejarme;
la sinrazón dé lenguas a la mano
para escribir lo que callar quisiera.

---

* *Cotarelo,* págs. 23-24. La MARQUESA DEL VALLE fue uno de los primeros amores de Villamediana. «Su nombre era D.ª Magdalena de Guzmán y Mendoza, hija de Lope de Guzmán, señor de Villaverde, comendador de Estremera y Trece de la orden de Santiago y D.ª María de Mendoza, su mujer. Había estado casada con D. Martín Cortés de Monroy, hijo del gran Hernán Cortés, y segundo marqués del Valle de Guajaca, el cual la dejó viuda el 13 de agosto de 1589» (Cotarelo, *op. cit.,* pág. 22; *vid.* también págs. 23-24 y págs. 233-239). N. Alonso Cortés, *op. cit.,* pág. 51, cree, por el contrario, que «La Marquesa del Valle con quien tuvo Villamediana su malaventurado devaneo no fue, como se ha dicho, doña Magdalena de Guzmán (...) sino doña Ana de la Cerda (...) prima de doña Ana de Mendoza, mujer de Villamediana (...). Casó con don Pedro Cortés de Arellano, que fue cuarto marqués del Valle de Guaxaca» (*vid.* también págs. 49-50 y págs. 52-59). L. Rosales, en *Pasión y muerte...,* págs. 165-171, copia el relato que del suceso que originó este soneto hace Pinheiro da Veiga.

¹ El soneto VII de Garcilaso comienza: «No pierda más quien ha tanto perdido».

189*

Voime tras mi cuidado a rienda suelta,
sin que baste a tenerme lo que veo:
ninguna parte soy con mi deseo,
ni él es alguna para dar la vuelta.

Nadie jamás de esta prisión se suelta;   5
tan ciego en ella estoy que no la veo,
y la viva pasión con que peleo
viene a ser obstinada y no resuelta.

¿A dónde iré a parar sin esperanza,
tras la mayor ventura sin alguna,   10
en lo que menos puedo más fïado?

Lo que siempre es mudanza no es mudanza;
agravios es costumbre en mi fortuna;
y estoy tal, que quejarme [no es] probado.

---

* Lo editó por primera vez Foulché-Delbosc en «237 sonnetes», *Revue Hispanique*, XVIII (1908), pág. 528. Lo toma del Ms. 84 de la B.N. El soneto es una reflexión moral de la propia existencia amorosa del yo poético. Los temas y tópicos (la prisión, la ceguera, la esperanza, el dolor del amante) aparecen en él como elementos que articulan el poema. Este mismo soneto está en *Mendes Britto,* fol. 164r.
14 En el original se lee «nos».

190*

De quien más vale no hay tomar vengaza,
lo que puede mostrarse es sentimiento,
la gloria ya perdida es escarmiento,
de honrado pensamiento no hay mudanza.

Pasada profesión no da esperanza,   5
alcanzo con desdenes sufrimiento,
para sentir me sobra entendimiento
y sol para amar la confïanza.

Huyo del bien porque morir deseo,
vivo por padecer más larga muerte,   10
envidio lo que tuve y he perdido;

al desengaño por mi enemigo creo;
el más amigo de mi sangre vierte
porque corte la espada en un rendido.

* Fue editado por Joseph G. Fucilla en *Poesia Espanhola,* Publications of the Modern Language Association, LVII (1942), pág. 377. Destaca en él el uso continuo de la esticomitia, que hace que el poema mantenga un tono sentencioso y a la vez personal.

3-4 Nótese el uso de la similicadencia.

Acobarda al deseo el pensamiento,
no puede desear un desdichado,
al paso del amor anda el cuidado,
al del deseo llega el sufrimiento.

Nunca tuve esperanza y escarmiento,   5
para perder siquiera no he ganado,
aun por yerro mis penas no he acertado;
es sólo para amar mi atrevimiento.

Si temo, no por eso soy cobarde,
y si me atrevo, me persigue el miedo,   10
que temiendo y osando me aventuro.

Quejas no tengo de que llego tarde,
que en medio la ocasión, ¡ay triste!, quedo
del bien incierto y de mi mal seguro.

---

* Como el núm. 190, lo editó J. G. Fucilla, *op. cit.*, págs. 377-378. Villamediana utiliza aquí el recurso de la paradoja de los contrarios para hablar
del estado del amante.

192*

Tras sí me lleva un triste pensamiento
a morir en las manos de un cuidado,
donde de puro estar escarmentado,
he perdido el temor al escarmiento.

De sentir tantas penas no las siento,   5
estoy de engaños ya desengañado,
mudanzas lloro y nunca me he mudado,
que sólo de estar vivo me arrepiento.

Amor no da lugar con sus engaños
a más de ver que en mí ninguno cabe,   10
que el tiempo no los quiere ni mis daños.

¡Oh pena rigurosa! ¡Oh dolor grave!,
que muriendo entre tantos desengaños,
siempre me falta alguno que me acabe.

---

* *LRC,* págs. 58-59. Este SONETO AMOROSO es una prueba de los estrechos límites léxicos en los que se movía este tipo de poesía, apoyada siempre en derivaciones y poliptotos («escarmentado»/«escarmiento»; «engaños»/«desengañado»); «mudanzas»/«mudado»; «sentir»/«siento»; «engaños»/«desengaños». Obsérvese sobre todo, para ello, el segundo cuarteto, donde derivaciones y poliptoton se dan dentro del mismo verso.

El que fuere dichoso será amado;
y yo en amor no quiero ser dichoso,
teniendo, de mi mal propio envidioso,
a dicha de ser por vos tan desdichado.

Sólo es servir servir sin ser premiado;   5
cerca está de grosero el venturoso;
seguir el bien a todos es forzoso,
yo sólo sigo el mal sin ser forzado.

No he menester ventura para amaros:
amo de vos lo que de vos entiendo,   10
no lo que espero, porque nada espero;

llévame el conoceros a adoraros;
servir, mas por servir, sólo pretendo:
de vos no quiero más que lo que os quiero.

---

* L. Rosales, *Pasión y muerte...*, págs. 161-162. Este soneto, con erratas, fue editado por primera vez por Adolfo de Castro, en *Poetas líricos de los siglos XVI y XVII*, t. II, BAE, 1875. Luis Rosales fue quien dio —atendiendo a los manuscritos— esta versión del soneto que ahora publicamos. Las variantes y erratas se repitieron en Cotarelo, *op. cit.*, pág. 191 y en N. Alonso Cortés, *La muerte del Conde de Villamediana*, pág. 50. Este soneto lo publicó Tomé Pinheiro da Vega en su *Fastiginia o Fastos geniales* (existe una traducción de N. Alonso Cortés, en Valladolid, 1916, Imprenta del Colegio de Santiago). Debe de ser anterior a mayo de 1605, a juzgar por la bella anécdota que refiere Alonso Cortés en *op. cit.*, pág. 50 , y que copió aquí: «Una tarde de mayo de 1605, cuanto el buen portugués [se refiere a Pinheiro] con unos amigos, vio salir de la iglesia de Sancti Spiritus a la mujer y la hermana del doctor Cristóbal Pérez de Herrera, médico del rey, con una hija muy linda; las dirigieron unos piropos, fueron juntos al Prado de la Magdalena, y la joven cantó un soneto del Conde de Salinas; y como a los portugueses les pareciera en extremo bien, rogaron a las señoras que se le diesen escrito. Al día siguiente las damas enviaron a Pinheiro el soneto del Conde de Salinas, juntamente con otro [éste] del Conde de Villamediana.»

3 A. de Castro edita: «teniendo mi desvelo generoso».

8 En este verso se lee: «yo sólo sigo el bien sin ser forzado». Es una errata (*vid.* Rosales, *op. cit.*, pág. 161).

Sonetos líricos

194*

¡Oh volador dichoso, que volaste
por la región del aire y la del fuego,
y en esfera de luz, quedando ciego,
alas, vida y volar sacrificaste!

Y como en las de Amor te levantaste,   5
tu fin incauto fue el piadoso ruego
que te dio libertad; pero tú, luego,
más con el verte libre te enredaste.

Efectos de razón, que aquellos brazos
saltando prenden, y si prenden, matan   10
con ciego ñudos de eficaz misterio.

¡Oh muerte apetecida, oh dulces lazos,
donde los que atrevidos se desatan
vuelven con nueva sed al cautiverio!

_____

* *1629*, págs. 69-70. Es el primero de los SONETOS LIRICOS. En reali-
dad, su tema es el amor. En él, Villamediana toma como ejemplo el mito de
Ícaro *(vid.* notas al núm. 5). Este soneto aparece también, con variantes, en
Brancacciana, fol. 9v. *(MyB,* pág. 199).

2 Este verso fue utilizado por Pablo Neruda como título para una antología de poemas del Conde publicada en 1944 en Santiago de Chile, Cruz del
Sur, col. «La fuente escondida».

REGIÓN. *Vid.* nota al v. 8 del núm. 59.

10 En *Brancacciana* se lee «atan».

195*

Al Príncipe de España

Émulo al sol saldrá del cielo hesperio
un rayo de las armas y cometa
que con agüero de feliz planeta
al Asia librará de cautiverio.

Y revelando al mundo el gran misterio,   5
verá el levante ocasos de su seta,
uno el ovil, una ley perfeta,
habrá un solo pastor y un solo imperio.

Y la hidra inhumana, que no pudo
ver extinta con fuego, ni cortada   10
el celo y el valor de sus abuelos,

al resplandor del soberano escudo,
muerta caerá de miedo de la espada
que con filos de fe templan los cielos.

---

* *1629*, pág. 70. Pertenece a los SONETOS LIRICOS. El epígrafe es de 1629. El Conde dedicó otros cinco sonetos (los núms. 197, 212, 217, 218 y 263) a este tema: el nacimiento de Felipe IV —8 de abril de 1605—, así como las octavas editadas con el núm. 381. *Vid.* notas a los núms. 218, 263.

1 HESPERIO. *Vid.* nota al v. 2 del núm. 218.

7-8 Para F. Rico, en «Villamediana, octava de gloria», *Ínsula*, núm. 282 (mayo de 1970), pág. 13; estos dos versos «remiten al Evangelio de San Juan (y a otros "loci memoriales") tanto o más que a Hernando de Acuña» [Se refiere el mencionado profesor al verso de Acuña «un monarca, un imperio y una espada»]. *Vid.* también Felipe B. Pedraza, *op. cit.*, pág. XXII.

9 HIDRA. «Figuradamente se dice hablando de las sediciones populares, y de otras cosas que se multiplican más cuanto más se procura destruirlas y acabar con ellas *(Auts.)*. *Vid.* también nota a los vv. 117-120 del número 467.

196*

Al Enrique, Rey de Francia

Hace el mayor Enrique cuando lidia
en el marcial honor de la estocada,
corona del yelmo y cetro de la espada,
paz de la guerra y fe de la perfidia.

César renace y Alejandro envidia,   5
piadoso perdonar con mano armada,
y en los peligros la virtud osada
despreciando el morir, vence la envidia.

Castiga rebelados, perdonando
el esfuerzo benigno que previene   10
de ánimo nuevo imperio sin segundo.

El templo de la paz cierra, y bajando
del cielo Astrea, su valor mantiene
con freno a Francia, y con la fama al mundo.

---

* *1629*, págs. 70-71. Pertenece a los SONETOS LIRICOS, y está dedicado a Enrique IV de Francia, que reinó entre 1589 y 1618. Era el padre de Isabel de Borbón, la esposa de Felipe IV. Para un comentario del soneto, *vid*. L.
Rosales, *El sentimiento...*, pág. 77. No parece estar escrito tras la muerte del
rey, como sí ocurre con los núms. 317, 341. Este mismo soneto, sin embargo, apareció editado en *1629* en dos secciones distintas, LÍRICOS y FÚNE-
BRES —ésta en pág. 150, y sin variantes, a excepción del epígrafe, donde se
lee «A la muerte del Rey Enrique Cuarto». Las ediciones posteriores sólo recogen el soneto entre los LÍRICOS.

Al nacimiento del Príncipe de España

Para dar ley al mundo, al mundo venga
el Atlante gentil, cuya corona
ceñirá todo el orbe como zona
cuando una grey y un solo pastor tenga.

Y así porque repare, y que detenga   5
la máquina eminente, a su persona
asistan las tres Gracias, y Belona
más de honor que de leche le mantenga.

Que con estos presagios su fortuna
saldrá de sí, añadiendo y conquistando   10
el poco mundo que le queda ajeno.

Y de tan ricas esperanzas lleno,
como sangre de Carlos y Fernando,
más que culebras vencerá en la cuna.

---

* *1629,* pág. 71. Pertenece al conjunto de los SONETOS LÍRICOS. Está dedicado al nacimiento de Felipe IV (1605). Villamediana dedicó otras composiciones a este asunto (*vid.* los núms. 195, 217, 218, 263, 381). El epígrafe es de *1629.*

2 ATLANTE. *Vid.* nota al v. 2 del núm. 217.

3 ZONA. «Llamamos zonas a los círculos de la esfera, como las pinta Ovidio, lib. I *Metamorphoseon*» (*Covarr.*).

7 GRACIAS. Diosas de la belleza. Habitan en el Olimpo junto a las Musas. Sus nombres son Eufrósine, Talía y Áglae.

BELONA. *Vid.* nota al v. 7 del núm. 217.

9-14 Esta combinación de rimas de los tercetos (CDE:EDC, no es frecuente en Villamediana.

13 Se refiere a Fernando el Católico y a Carlos V.

14 Es una alusión al episodio de la infancia de Hércules, quien ahogó, en la cuna, a dos serpientes que introdujo en la habitación Alcmena.

198*

A un pintor

No sólo admira que tu mano venza
el ser de la materia con que admira,
sino que pueda el arte en la mentira
a la misma verdad hacer vergüenza;

cuyo milagro a descubrir comienza   5
en el valor con que las líneas tira,
paralelo capaz con que la ira
del tiempo hoy del olvido se convenza.

Tener cosa insensible entendimiento
hace, donde el engaño persuadido   10
por verdad idolatre el fingimiento.

¡Oh milagro del arte que ha podido,
dando a una tabla voz y movimiento,
dejar sin él en ella el sentimiento!

---
* *1629*, pág. 72. Incluido dentro de los SONETOS LÍRICOS, es un soneto de circunstancias en alabanza del arte, y más en concreto de la pintura.
LRC, págs. 71-72, lo edita bajo el epígrafe «A un pintor y ante un retrato».
9-14 Sorprende la combinación de los tercetos (CDC:DCC), que no recoge T. Navarro Tomás en su *Métrica española,* Labor, 1983, págs. 252-253.

A la capilla de Paulo V, en Santa María la Mayor

Esta máquina y pompa, cuya alteza
fue con tan justo celo fabricada,
que en ella se nos muestra declarada
la piedad de su dueño y la grandeza;

donde el discurso incrédulo tropieza, 5
y la misma verdad, como asombrada,
el crédito suspende, y por soñada
tiene la admiración y la riqueza;

aplauso es bien debido al mausoleo,
cuyo sujeto prodigioso en arte 10
más eleva el juïcio que los ojos;

pero de inmortal obra, y de un deseo,
sólo viene a quedar humilde parte
para depositar tales despojos.

---

* *1629,* págs. 72-73. Pertenece a los SONETOS LÍRICOS. El epígrafe es de *1629.* Pablo V fue Papa entre 1605 y 1621. Santa María la Mayor es una basílica romana que se comenzó a construir en el siglo IV. Conserva pinturas de temas alegóricos y evangélicos, así como mosaicos como el de la Anunciación. Al igual que el núm. 313, este soneto se escribiría tras el viaje de Villamediana por Italia y su estancia en Roma *(vid.* nota al citado soneto), aunque también puede ser de 1621, fecha de la muerte del Papa.

1 MÁQUINA. «Edificio grande y suntuoso» *(Auts.).*

14 Este último verso es el que nos hace pensar en la segunda fecha propuesta (1621 o posterior) para este soneto.

Al Duque de Lerma

En los hombros de Alcides puso Atlante
peso sólo capaz del mismo Alcides;
tú, con su emulación, tus fuerzas mides
a dos mundos, benéfico y bastante.

Y a tu grandeza y obras semejante,   5
nunca del cielo la piedad divides,
con que ayudas al bien u al mal impides
compasivo al que erró, grato al constante.

---

* *1629,* pág. 73. Pertenece a los SONETOS LÍRICOS. El epígrafe es de *1629.* Se trata de un panegírico al Duque de Lerma. Góngora también le dedicará uno (núm. 420, ed. cit., págs. 689-706), fechado en 1617.

Francisco de Sandoval y Rojas, Duque de Lerma y Marqués de Denia (1553-1625), favorito de Felipe III, «cayó del poder el 4 de octubre de 1618, como consecuencia de una intriga de palacio dirigida por su propio hijo, el Duque de Uceda, y su caída en desgracia fue seguida por el arresto de su hombre de confianza, Rodrigo Calderón» (J. H. Elliot, *La España imperial (1469-1716),* Vicens-Vives, 1980, págs. 349-350). *Vid.* también Cotarelo, *op. cit.,* págs. 57-69 y Felipe B. Pedraza, *op. cit.,* pág. XXII. Más tarde Uceda sería desterrado (24 de abril de 1621), preso en Torrejón de Velasco y Arévalo, y Condenado a ocho años de destierro a veinte leguas de la Corte. Murió en Alcalá de Henares el 31 de mayo de 1624. Su padre, Lerma, murió en su retiro de Valladolid el 17 de mayo del año siguiente.

El padre del Conde, Juan de Tassis y Acuña, primer Conde de Villamediana, desempeñó una embajada en Inglaterra junto al Duque de Lerma, «como preparación de la paz que luego había de concluir el Condestable de Castilla» (*vid.* N. Alonso Cortés, *op. cit.,* pág. 45; y Góngora, «Panegírico al Duque de Lerma», ed. cit., vv. 601-608, pág. 705).

Este soneto es, sin duda, anterior a 1617, fecha en la que Villamediana regresa de Italia y comienza a escribir sátiras contra Lerma, Calderón, Osuna, Uceda, Aliaga y otros.

[1] ATLANTE fue Condenado, tras la lucha entre Gigantes y Dioses, a sostener sobre sus hombros la bóveda celeste (Ovidio, *Metamorfosis,* libro IV). Con la muerte de Hércules, sintió redoblarse el peso sobre sus espaldas (*Met.,* libro IX).

[1-4] Góngora, en su poema, dirá: «Su hombro ilustra luego suficiente / el peso de ambos mundos soberano» (vv. 249-250).

Esta virtud, y el generoso pecho
sólo igual a la sangre que alimenta,   10
de fortuna mayor digno te ha hecho.

Remisible piedad de envidia exenta,
franca mano a quien viene el mundo estrecho,
del tiempo gloria y del olvido afrenta.

201*

Desengaño del mismo autor

¿Dónde me lleva el áspero camino
por pasos de costoso advertimiento?
A dejar, derramadas por el viento,
justas quejas del tiempo y del destino.

Si miro atrás mi error y desatino,   5
no es poco galardón el escarmiento,
mas, ¡cómo tiraniza el sentimiento
cuando el mismo entender saca de tino!

Salga la voluntad de cautiverio,
que no ha de idolatrar el albedrío   10
la más sensible parte de los daños.

Descifrarán los hados el misterio,
y quedará de ajeno desvarío
librada mi advertencia en desengaños.

---

* *1629,* pág. 74. Pertenece a los SONETOS LÍRICOS. El epígrafe aparece ya en *1629.* Villamediana aborda aquí el tema del desengaño desde el tópico de la dualidad «cautiverio»/«albedrío».

11 SENSIBLE. «Lo que causa o mueve a sentimiento, dolor, angustia o pena» *(Auts.).*

202*

En cuanto con el silbo o con la vara
guardas difícil grey, fuero ganado,
y el dictamen feliz de tu ciudad
a gran mitra le ofrece la gran tiara;

de mil coros alternos con voz clara,   5
Astrea por cabeza te ha aclamado,
del ínclito gobierno del togado
honor que leyes sacras sólo ampara.

Eco no ya de oráculo mentido,
sino de la razón respuesta muda,   10
a solio excelso de virtud te llama.

Bien lucido sudor que de la duda
de los oscuros fueros del olvido
para mil siglos exentó tu fama.

---

* *1629,* págs. 74-75. Incluido dentro de los SONETOS LÍRICOS. No se imprime desde *1648.* Se trata de una alabanza probablemente dirigida al Papa Pablo V. De todos modos, comparte algunas semejanzas con el núm. 204 *(vid.* notas).

3 MITRA. «El ornamento de la cabeza que traen los arzobispos y obispos por insignia de su dignidad» *(Auts.).*

TIARA. «Es insignia del Sumo Pontífice y demostrativa de su suprema autoridad» *(Auts.).*

6 ASTREA. Se entiende por Justicia.

11 SOLIO. «Trono y silla real con dosel» *(Auts.).*

203*

Son tus claras virtudes, gran Fernando,
más que tu fama, y sólo tú más que ellas,
y vencida la envidia en gloria dellas
a ti mismo tú mismo estás premiando.

De fin caduco, pues, fin despreciando,   5
tu dictamen pisando las estrellas,
el gran progreso de tus obras sellas
a inmortal luz tu nombre trasladando.

Claro por sangre, y por virtud famoso,
a tus mismos efectos semejante,   10
como en celo, en talento prodigioso.

Del tiempo vencedor sólo bastante
a sustentar el peso peligroso
que teme Alcides, y que gime Atlante.

---
* *1629,* pág. 75. Pertenece al conjunto de SONETOS LÍRICOS. En *LRC,* pág. 73, aparece bajo el epígrafe «Al Duque de Alba».
14 *Vid.* nota al v. 2 del núm. 217.

204*

Sacro pastor, cuya advertida vara
su grey ilesa conducir pretende,
y más con ejemplo reprehende
que con la voz por sus avisos clara.

Corrige el vicio, a la virtud ampara,   5
pues la que en fe y en caridad se enciende,
si en grado no, por méritos asciende
de la mitra al honor de la tïara.

Feliz dictamen, ínclitos cuidados,
manos piadosamente liberales,   10
voz que fines nos muestra sólo eternos;

cuyos afectos pueden, alumbrados
con la voz de las doctrinas celestiales,
hacer de piedras duras hombres tiernos.

_____

* *1629,* págs. 75-76. Pertenece a los SONETOS LÍRICOS. Rozas, en *Marte,* pág. 131 y notas, cree que está dedicado al Presidente de Castilla, Acevedo (*vid.* notas al núm. 229). Villamediana escribió otro soneto con este mismo inicio (núm. 206) y con el epígrafe «A un Presidente de Castilla»; sin embargo éste, por los vv. 7-8, parece que no se refiera simplemente a un obispo (*vid.* notas al núm. 202).

205*

A una fuente

En cunas de esmeraldas, desta fuente
aljófar nace o fugitiva plata,
cuyas márgenes claras no dilata
en cuanto es su cristal adoleciente;

en undosa después firma creciente,   5
que de grillos de hielo se desata
sin llegar donde muere, nunca mata
la fatiga y la sed de su corriente.

¡Oh retrato, oh espejo de la vida,
que en vanas plumas de sus fines vuela,   10
más engañada y menos advertida,

a donde la razón no se rebela,
siguiendo una elección apetecida
por quien ha de morir, por quien anhela!

---

* *1629,* pág. 76. Incluido dentro de los SONETOS LÍRICOS. El epígrafe
es de *1629.* Es de destacar en él el empleo del sistema metafórico, referido al
agua, que el Conde utiliza («esmeraldas», «aljófar», «cristal», «hielo»), y que
implica una gradación descendente. La metáfora del agua es, además, «espejo
de la vida», de su correr hacia el fin.

¹ Corrijo, siguiendo *1635,* ya que en *1629* se lee «esta».

¹¹ Tallemant des Réaux, en *Le Comte de Villa-Mediana,* dice que el Conde
«presentóse en Palacio, llevando en el sombrero una joya de esmalte con un
diablo entre llamas y la siguiente divisa: MÁS PENADO, MENOS ARRE-
PENTIDO» (en N. Alonso Cortés, *op. cit.,* pág. 18), que F. Rico, art. cit., pág.
13, atribuye al ecijano Garci Sánchez de Badajoz. (*Vid.* también L. Rosales,
Pasión y muerte..., pág. 17 n. 12.) La estructura del endecasílabo es similar (*vid.*
también v. 4 del núm. 243, v. 4 del núm. 248, y v. 14 del núm. 12).

206*

A un Presidente de Castilla

Sacro pastor, cuya vigilancia alcanza
al virtüal asunto soberano,
por quien Astrea confió a tu mano
el cándido nivel de su balanza;

freno a la culpa, al mérito esperanza,   5
y miedo pones al aplauso vano;
afecto de piedad, celo cristiano,
que el poder ajustó con la templanza.

Acrisoló de tu virtud el vuelo
el celante cuidado, cuya fama   10
es prenda en ti de dos eternas vidas;

que estos impulsos débiles del cielo
avisos son, voz con que te llama:
mas él te acuerda y tú, señor, no olvidas.

* *1629,* pág. 77. Incluido dentro de los SONETOS LÍRICOS. Está dedicado a don Fernando de Acevedo (*vid.* notas a núms. 229, 231).
1-2 Acevedo llegó a ser confesor de Felipe III.
10 CELANTE. *Vid.* nota al v. 5 del núm. 31.

207*

Un plátano si egipcia no coluna
o soberbio erigido Tolomeo,
puerto feliz de náufrago deseo
que la áncora acogió de mi fortuna,

norte es sin observancias de la luna,   5
donde en muda corteza avisos leo,
escarmiento ejemplar si no trofeo
de vida más quejosa que importuna.

Sus verdes hojas verde son sagrado,
si no del hielo y proceloso viento,   10
de los agravios del rigor del hado;

de cuyas inclemencias, como exento,
menos hoy alterable, contrastado
de fortuna, escarnece el movimiento.

---

* *1629*, pág. 78. Pertenece a los SONETOS LÍRICOS. No ha vuelto a imprimirse desde *1648*. Parece tratar del tópico de la «inscripción de amor»
(vid. notas a los núms. 37, 208, 233).

2 TOLOMEO. *Vid.* nota al v. 2 del núm. 309.

13 CONTRASTAR. *Vid.* nota al v. 11 del núm. 176.

Este cristal undoso, que ser pudo
diáfano peligro de Narciso,
besa la planta de aquel sacro aliso
de hojas y de misterio no desnudo.

Donde Nise estampó con hierro agudo,5
en escarmiento propio, ajeno aviso,
porque de un verde tronco el manto liso
papel es de pastores aunque rudo.

Dócil dureza, aunque aguardar mil años
cifra de amor quejosa, donde indica10
en pocas letras muchos desengaños,

que en las manos del tiempo multiplica
futuro ejemplo de presentes daños,
dichosa planta de noticias rica.

  * *1629,* págs. 78-79. Pertenece a los SONETOS LÍRICOS. Trata, al igual
que el núm. 37 *(vid.* notas), el tema de la «inscripción de amor».

  ³ Alude aquí el Conde al árbol en que fueron transformadas las Helíades
—hermanas de Faetón—, que lloraron la muerte de éste en las márgenes del
Erídano (Ovidio, *Metamorfosis,* libro II).

  ⁵ Corrijo *1629,* donde se lee «Niso». Sigo la lectura de *1635.*

  ⁸ Este verso, con una ligera variante, es el v. 698 de la *Soledad I* de Góngora (ed. cit., pág. 652).

209*

A la nave Victoria que, después de muchas
borrascas, flotando segura, llegó a puerto

Este en selva inconstante alado pino,
que los impulsos resistió de Eolo,
pisó las metas de uno y otro polo
felizmente en entrambos peregrino.

Cuyo vuelo inmortal, cuyo camino,   5
primer milagro al mundo, sino solo,
émulo puerto al discurrir de Apolo
en la inmortalidad a lograr vino.

Donde con nombre digno de Victoria
en los álgidos senos no hay ninguno   10
sin viva luz de su farol ardiente,

tal que el tiempo tributa a la memoria
del gran Jasón, del ínclito Neptuno,
náutico honor del húmido tridente.

---

* *1629*, pág. 79. Pertenece a los SONETOS LÍRICOS. El epígrafe, más
explícito es de *1635*, puesto que en *1629*, se lee: «A una nave que después de
muchas borrascas fletando *(sic)* segura llegó a puerto.» El motivo del soneto,
como se aprecia, es la primera vuelta al mundo, a cargo de Fernando de Magallanes y Juan Sebastián El Cano entre 1519 y 1522. El soneto puede conmemorar, tal vez, el primer centenario de tal acontecimiento.

[10] ÁLGIDO. «Muy frío, tomado del latín algidus» *(Corom.)* Corominas
data su uso «hacia 1800». Es evidente que el cultismo se introdujo antes.

[13] JASÓN. Es enviado a la conquista del Vellocino de Oro, para lo cual se
hizo acompañar de los Argonautas (Ovidio, *Metamorfosis,* libro VII).

Aquí donde a su margen se resumen
partes de estos cristales no corrientes,
hoy que del áureo trono los ardientes
rayos esconde soberano lumen;

otros, mejor que en lúbrico volumen,   5
undosas son y líquidas serpientes,
desde que van con húmidas corrientes
hasta donde en su centro se consumen.

Si en los mismos inánimes conserva
su ley fortuna, su poder el hado,   10
en plazo de omisión o de violencia,

tal que al átomo leve no reserva
de fin, o tempestivo o dilatado,
quién no apetecerá su consistencia.

---

* *1629*, pág. 79-80. Incluido dentro de los SONETOS LÍRICOS, no ha
vuelto a imprimirse desde 1648. Soneto de difícil lectura en el que sólo la
alusión al tema de la fortuna y su variabilidad nos acerca, con alguna garan-
tía, a su significado.

3 Sinéresis de «áureo».

5 LÚBRICOS. «Resbaladizo» (*Auts.*).

9 INÁNIMES. «Lo mismo que inanimado, y se usa más cultamente»
(*Auts.*).

De los aplausos que miró triunfales
la gran ciudad latina vencedora,
tras de aquel tiempo, que aún Italia llora,
dan apenas señal de las señales.

¿Cuántas líbicas glorias y murales   5
cantó la fama que la fama ignora?
¿Cuántos tumba de olvido cubre ahora
vencimientos terrestres y navales?

Los trofeos del tiempo son trofeo,
y materia a la suerte la osadía   10
ofrece a veces del mejor caudillo.

Dígalo César, dígalo Pompeyo,
a quienes de fortuna, un mismo día
mano da injusta el cetro y el cuchillo.

---

* *1629,* pág. 80. Pertenece a los SONETOS LÍRICOS. *LRC,* pág. 77, añade el epígrafe «A Roma». Fue atribuido a Maluenda.

El tema del soneto está muy próximo al de las composiciones que glosan el
«superbi colli». La perspectiva temporal hace que el Conde repita palabras
dentro de un mismo verso («señal»/«señales»; «fama»; «trofeos»/«trofeo»).

7 En el v. 5 del núm. 237 dirá Villamediana: «Tumba y muerte de olvido
solícito.»

14 En *LRC,* se lee: «la mano injusta dio cetro y cuchillo». Alude el Conde
con este último verso a la variabilidad que tiempo y fortuna imprimen en
todo lo mundano: tanto César como Pompeyo murieron asesinados.

212*

Templa lira feliz, sacro mancebo,
bien que los rayos de tu acero afiles
que joven en virtudes ya viriles
Atlante seas claro, Alcides nuevo.

En cuanto yo, con ronco plectro pruebo   5
cuerdas pulsar, que en número gentiles
émulas a la trompa sean de Aquiles,
cantando bello Marte, airado Febo.

Alterna de Minerva y de Belona
el uso ora en la pluma, ora en la espada,   10
¡oh gran fe ya de nuestra gran Hesperia!

Dafne el honor duplique a tu corona
cuando, la edad de oro restaurada,
seas trompa tú mismo y la materia.

---

* *1629,* pág. 80-81. Incluido dentro de los SONETOS LÍRICOS. Parece dedicado al nacimiento de Felipe IV (1605) —*vid.* notas al núm. 263.

8 Aquí, al intercambiar los adjetivos, el Conde anticipa ya el tema de las armas y las letras, puesto que Marte es el dios de la guerra, y Apolo el de la música y la poesía.

9 MINERVA. Diosa de las artes.

BELONA. *Vid.* nota al v. 7 del núm. 197.

10 Ideal humanista: la conjunción de armas y letras *(vid.* P. E. Rusell, «Las armas contra las letras», en *Temas de La Celestina,* Ariel, 1978, págs. 207-239). Hay en este verso un recuerdo directo del v. 40 de la *Égloga III* de Garcilaso.

12 Es decir, seas doblemente laureado: por las armas y por las letras.

Tú, que con mancha ilustre en clara espada,
campeón de Cristo y de la patria fuiste,
cuando en bárbara sangre la teñiste
de gente al rey y al cielo rebelada;

y de impulsos celantes tu fe armada   5
glorioso a Marte adverso te opusiste,
tal que en ambas fortunas conseguiste
próspera adversidad, gloria envidiada;

cual con la espada, logra con la pluma
trofeos, y al aplauso de tu gloria   10
de la virtud corona el cielo palmas.

Sumo el honor, y la fatiga suma,
en la segunda y no menor vitoria
el cielo sólo premie triunfo de almas.

---

* *1629*, págs. 81-82. Pertenece al grupo de SONETOS LIRICOS. Aparece en todas las ediciones bajo el epígrafe «A fray Francisco Xavier de Cisne-
ros, arzobispo de Toledo»; pero en *Mendes Britto*, fol. 45v., lleva otro: «Al Almirante de Aragón, retirado, escribiendo el árbol de Nuestra señora.»
¹ En *Mendes Britto*, «Tú, que en mano ilustre, en clara espada».

Al nacimiento del señor Infante Carlos

Crece, planta feliz, ¡ay esperanza
de caduca virtud de edad doliente!;
pues ya menguar su luna el Asia siente
de los rayos présaga de tu lanza.

Crece, y cobren dos mundos la tardanza   5
de bien nacida luz, de sol naciente;
el gran sepulcro adorarás pendiente
en él tu arnés manchado en su venganza.

Hesperio sol de tempestiva lumbre,
coronarás el soberano monte   10
logrando libre el más feliz lavacro.

Llama por ti la inaccesible cumbre;
todo el orbe a la luz, breve horizonte,
serás del pío Jasón, del César sacro.

---

* *1629*, pág. 82. Está incluido dentro de los SONETOS LÍRICOS. El epígrafe es de *1629*. Está dedicado al hermano de Felipe IV.

Para el tópico virgiliano de la profecía en torno al nacimiento, *vid.* notas a los núms. 195, 217, 263.

3 Se cifran en él las esperanzas de acabar con el enemigo oriental (los turcos), de ahí la alusión a la luna.

9 HESPERIO. *Vid.* nota al v. 5 del núm. 318.

11 LAVACRO. *Vid.* nota al v. 7 del núm. 300.

14 JASÓN. *Vid.* nota a vv. 6-7 del núm. 306.

Deste que con las ondas del cabello
graba de tersa lumbre su celada,
si con ojos no Amor, deidad armada,
Adonis belicoso, Marte bello,

llama de nieve son del blanco cuello   5
rayos, y de los rayos de su espada
la vencedora estrella enamorada
concibe admiración y envidia en vello.

Penden las gracias, y a su objeto unidas,
y el vital hilo que en su genio luce   10
esplendor judicioso es de las Parcas.

Esperanzas logrando ya cumplidas
por fe común, que a su virtud reduce
las de tanta ascendencia de monarcas.

---

* *1629,* págs. 82-83. Pertenece a los SONETOS LÍRICOS. Es una composición dedicada, tal y como se lee en *Mendes Britto,* fol. 46r. «Al príncipe de España, saliendo a tornear».

11 PARCAS. Son las divinidades del Destino. En un comienzo, en la religión romana, fueron demonios del nacimiento.

El soberbio africano que oprimida
a Italia tuvo el tercer lustro entero,
hartó de sangre su sediento acero,
del Capitolio en deshonor vertida.

Dígalo en Canas tanta esclarecida,   5
frustrada, audacia, y díganlo primero
Trebias y Trasimeno, cuyo fiero
tributo espuma en sangre fue teñida.

Mas este mismo pecho a quien no pudo
resistir el valor del pueblo osado,   10
decoro militar, gremio de Marte,

rinde campaña armado el dios desnudo,
que al vïolento arpón del ciego alado
cede la fuerza y no aprovecha el arte.

---

* *1629*, pág. 83. Pertenece a los SONETOS LÍRICOS. El motivo es la figura de Aníbal. Petrarca también le dedicó el soneto núm. CIII.

3 Obsérvese la aliteración en este endecasílabo.

5-7 Ciudades en las que los romanos fueron derrotados por Aníbal durante la segunda Guerra Púnica.

12-14 Alude aquí Villamediana a Cupido.

Gloriosa cuna al bien nacido infante
el estrecho pavés de Palas sea,
tal que a los astros, que él sostiene, crea
en tu descanso el fatigado Atlante.

Crece, pues, ¡oh en la infancia ya gigante,   5
rayos de Marte y sol de Citerea!
Leche de honor te dé Belona; Astrea,
asuntos dignos que la fama cante.

Tiemblen los polos, y el que en Ganges lava,
del eco de tu gloria repondido,   10
te suministre ya esplendor futuro.

Rebelde el otro sienta de tu clava
alto efecto, a quien nombre esclarecido
del can debas, ardiente, al seco Arturo.

---

* *1629,* pág. 84. Incluido dentro de los SONETOS LÍRICOS. Pertenece al conjunto de sonetos que tienen como motivo el nacimiento de Felipe IV (*Vid.* notas a los núms. 195, 218, 263).

2 PALAS o PALAS ATENEA es la diosa guerrera. Iba armada con una lanza y la égida —una especie de escudo o coraza de piel de cabra.

4 ATLANTE. Gigante que, según las leyendas, fue Condenado a sostener sobre sus hombros la bóveda del cielo.

6 CITEREA. Isla al noroeste de Creta que estaba consagrada a Afrodita.

7 ASTREA. *Vid.* notas a v. 7 del núm. 294 y v. 6 del núm. 202.

12 CLAVA. *Vid.* nota al v. 5 del núm. 355.

14 ARTURO. Es una estrella de primera magnitud perteneciente a la constelación del Boyero. Se la conoce como «el Guardián» de la Osa Mayor.

218*

Al Rey nuestro Señor recién nacido

Crece, oh pimpollo tierno, entre leales
hesperios troncos; crece alimentando
no del valor paterno ya heredado,
sino del propio, eterno entre mortales.

Sus armas te administren ya fatales   5
uno y otro planeta desarmado,
cuya virtud te admirará bañado
en sudor de fatigas inmortales.

Digna corona sea de tus sienes
el yelmo de las plumas guarnecido   10
con que levanta más la fama el vuelo;

que en duplicado honor ya le previenes
glorias al tiempo, afrentas al olvido,
a la virtud asilo, aras al cielo.

  * *1629*, pág. 84-85. pertenece al grupo de SONETOS LÍRICOS del Conde. El epígrafe figura ya en *1629*. Es un soneto dedicado al nacimiento de Felipe IV. Debe de ser de 1605, fecha de nacimiento del Rey. De nuevo, como
en los núms. 195, 217, 163, la fuente es la Égloga IV de Virgilio. Felipe B.
Pedraza, ed. cit., pág. XXII, afirma que «desde que nació el futuro Felipe IV,
muchos cifraron en él sus esperanzas. (...) Lo soñaron enérgico y belicoso, de
carácter opuesto a la pusilanimidad de su padre».

  2 HESPERIO. *Vid.* nota al v. 5 del núm. 318.
  5 FATAL. «Cosa perteneciente al hado» *(Covarr.)*.

¡Oh cómo desengaña a breve plazo
el tiempo a quien de agravios escarmienta,
donde no sólo es daño sino afrenta
no desasirse del prolijo lazo!

Poner al mar el uno y otro brazo   5
el marinero osado en la tormenta,
que, aun perdido, escapar su vida intenta
del esparcido leño en un pedazo.

Tabla me preste breve el sufrimiento
hoy cuando pruebo a resistir las olas   10
del aquilón que contra mí porfía.

Cansado al mar de mi fortuna el viento,
lejos de Sirtes, con mi mal a solas,
lograré más segura compañía.

---

* *1629,* pág. 85. Pertenece al grupo de SONETOS LÍRICOS. En el índice de Rozas, *El Conde de Villamediana. Bibliografía...,* pág. 59, aparece como «¡Oh cómo engaña a breve plazo!»; pero tanto en *1629* como en *1635* se lee «desengaña». La metáfora de náufrago que se agarra a la tabla de salvación es el elemento que Villamediana utiliza aquí para tratar el tema del desengaño.

11 AQUILÓN. *Vid.* nota al v. 2 del núm. 54.

12 En *1629* y *1635* se lee «Cansado el mar de mi fortuna el viento». Lo corrijo.

13 SIRTES. Son dos golfos del norte de África; el oriental, entre Trípoli y Barca; el occidental, en la costa este de Túnez.

220*

Al Duque de Alba

El más que digno sucesor del claro
primer Fernando y Marte no segundo,
dado todo al dolor, negado al mundo,
alba queda de un sol de luz avaro.

Extinto no, que virtüal su amparo,   5
astro ya fijo logra ardor fecundo,
cual en flamantes plumas ya segundo
clima viste, inmortal, volante raro.

Por estos grados, hoy, en la sublime
región empírea es alta moradora,   10
Fénix que nace y sol eterno en ella;

rayo, pues, de su luz vital anime,
ya de horizonte interminable aurora,
el alba de quien fue tan digna estrella.

---

* *1629*, pág. 86. Pertenece a los SONETOS LÍRICOS. El epígrafe es de *1629*. Parece escrito para consuelo del Duque en la muerte de su esposa (*vid.* núms. 335, 336).

² Se refiere a don Fernando Álvarez de Toledo y Pimentel, tercer Duque de Alba (1507-1582).

⁴ Corrijo *1629* y *1635*, donde se lee «que da».

⁸ RARO. *Vid.* nota al v. 6 del núm. 317.

¹⁰ Se refiere al cielo.

221*

Hoy que la sacra púrpura ascendiente
hesperio viste sol, y en vez de espada
la sacra religión de fe ya armada
tirio diadema da a su regia frente,

logre adulta virtud adolesciente   5
planta ya de esperanzas cultivada,
de la piedad con leyes decorada,
sazón madura en ramo floreciente.

De haber glorias y glorias vea el Tebro,
ya que convalecidas tus ruïnas,   10
la tïara promete al Vaticano;

del pastor cuyos ecos sienta el Ebro,
cuando vean miel sudando sus encinas,
de animadas espigas celó el grano.

---

* *1629*, págs. 86-87. Pertenece a los SONETOS LÍRICOS. No ha vuelto
a imprimirse desde *1648*. Parece dedicado al mismo asunto que el núm. 284
(*vid.* notas).

2 HESPERIO. *Vid.* nota al v. 5 del núm. 318.

8 SAZÓN. «El punto o madurez de las cosas» (*Auts.*).

9 TEBRO. Hijo de Hipoeón. También se le conoce con el nombre de
Sebro.

13 La imagen de los árboles que manan miel está en Virgilio, Égloga IV,
en la que se vaticina el regreso de la Edad de Oro.

Éste que vez ser pudo bien que viera,
a no impedirlo fulminante mano,
con sus ñudos pisado el océano,
que su nombre aclamado a su ribera.

Mas ofrezca ya tal más que severa,   5
en combusto rigor de golpe insano,
que de dos troncos el mejor hermano
verde envidie, el menor adusto muera.

Iove, no sé quién rige ya tu diestra:
premias culpas y gloria es tu castigo,   10
las quejas tuyas y la ofensa nuestra.

Mil veces —¡oh escarmiento!— te bendigo,
y otras tantas al tiempo que me muestra
a no vivir con él sino conmigo.

---

* *1629*, pág. 87. Pertenece al conjunto de SONETOS LÍRICOS. De lectura difícil, no ha vuelto a imprimirse desde *1648*. El tema parece ser el desengaño, pero en su desarrolo quedan velados el léxico y las formas que Villamediana utiliza, y se da paso al tema mitológico (Faetón) con una intención: poner de manifiesto la conciencia de «fatum» o destino trágico.

3 El cambio de acentuación de «océano» viene dado por la rima.

6 COMBUSTO. «Abrasado» (*Auts.*).

8 ADUSTO. «Hombre de condición intratable, áspera y melancólica» (*Auts.*).

14 En este último verso hay un recuerdo del «vivir quiero conmigo» de la Oda I de fray Luis de León.

Vuelvo a probar segunda vez, Fortuna,
efectos de tus iras agraviados,
con tristes experiencias observados
los varios movimientos de tu luna.

Despediré esperanzas una a una,   5
si ellas mal, sus avisos bien logrados,
cuando entre engaños ya desengañados,
ambicioso anhelar no me importuna.

Son para mí razón las sinrazones,
en mudo sufrimiento a veces leo   10
noticias que di al tiempo de mi daño.

Callaré quejas, beberé pasiones,
para que segunda vez mi deseo
no pise el umbral del desengaño.

---

* *1629*, págs. 87-88. Pertenece a los SONETOS LÍRICOS. El tema de la experiencia ante el desengaño confiere al poema, en este caso, una estructura alterna entre realidad (primer cuarteto y primer terceto) e intento —de ahí el uso del futuro imperfecto— en el segundo cuarteto y el segundo terceto.

224*

En tus penates hoy, sacro escarmiento,
cuelgo la quilla de mi rota nave,
que del mar de fortuna el rigor sabe,
y los impulsos de contrario viento.

Podrá del tiempo este prodigio exento,   5
si digno olvido de tus iras cabe,
en quien sublime ya, y ahora grave,
tumba le cubre el húmido elemento.

A quejas hallé mudo, sordo a ruegos,
undoso dios de los senos inconstantes,   10
cuando sirenas visten sus marinas.

Sean, pues, de la fortuna en mares ciegos
a peligros de amantes navegantes
mi voz aviso y norte mis ruïnas.

---

* *1629*, pág. 88. Pertenece al grupo de los SONETOS LÍRICOS. Villamediana parte aquí de un tópico: la metáfora náutica de la nave. Variantes de
esta metáfora fueron estudiadas por L. Rosales en *El sentimiento...*, págs. 27-
33. F. A. de Armas, art. cit., en «Noticia bibliográfica», págs. 71-74 se detiene
en este soneto. Para él, «The tone of desengaño links the voyage of love that
ends in shipwreck with the poetry of ruins where the peregrinatio vitae can
lead to disaster if man's whises are of this earth» (pág. 73). *Vid.* también el
núm. 261.

1 PENATES. «Los dioses domésticos a quienes daba culto la Gentilidad»
(*Auts.*). Los Penates no se representaban, sino que constituían poderes invi-
sibles.

5 Corrijo *1629* y *1635*, donde se lee «Pondrá».

11 El tema de las Sirenas aparece en varios sonetos del Conde (*vid.* los
núms. 32 y 90, así como Homero, *Odisea*, canto XII).

13-14 Recuerdan los últimos versos del núm. 257.

Muda selva deidad pisó la mora
en los dubios crepúsculos del día,
canora Delia, o Cipria que nacía
undosa en Tetis no de blanca aurora.

Los senos vagos de Pomona y Flora   5
primavera animada concedía
al que en su margen apacibles cría
la rica arena a quien su planta hoy dora.

Segunda margen del zafir del cielo,
deidad brama celosa en su ribera,   10
cuando sus cuernos copia son de flores,

donde cisne lascivo ya quisiera,
en blancas plumas cómplices de amores,
felicitar más cauteloso vuelo.

---

* *1629,* págs. 88-89. Pertenece a los SONETOS LÍRICOS. El Conde trata aquí el motivo mitológico del rapto de Europa, historia que también tradujo de la fábula de Marino. Este soneto debe pertenecer a su última época dado el gran número de elementos gongorinos que utiliza (cultismos, alusiones mitológicas, hipérbatos). G. Diego lo copió en *op. cit.,* pág. 77.

¹ A Europa se le llama «la mora» por ser hija de Agenor, rey de Tiro y Sidón.

² DUBIOS. «La cosa que se duda» *(Auts.).*

⁴ TETIS. *Vid.* nota al v. 11 del núm. 306.

⁵ POMONA. *Vid.* nota al v. 9 del núm. 54.

¹¹ COPIA. «Abundancia y muchedumbre de alguna cosa» *(Auts.).*

Al retiro de las ambiciones de la Corte

Si para mal contentos hay sagrado,
dulce quietud del ánimo lo sea
en esta soledad, donde granjea
aviso y no fatigas el cuidado.

El metal en la lluvia desatado   5
sobre ambiciosa mano lograr vea
quien aun con los engaños linsonjea
de sus áulicas pompas adulado.

Sirenas sean lisonja de su oído
que, adulterando a la razón, las llaves   10
cierren la puerta del mejor sentido.

Yo entre estas mansas ondas, a las aves,
en canto ni adulado ni aprendido,
deberé el desmentir fatigas graves.

---

* *1629,* pág. 89. Pertenece al grupo de los SONETOS LÍRICOS. El epígrafe es de *1629.* Debe de ser de la época de su segundo destierro (noviembre
de 1618). Este soneto fue copiado por Gracián en su *Agudeza y arte de ingenio*
tras estas palabras: «Juntó lo sentencioso con lo crítico el de Villamediana,
que fue el único de nuestros tiempos en lo picante» (ed. cit. para el núm. 319,
vol. I, pág. 178). Por algún error, no figura en la tabla alfabética de primeros
versos que encabeza la edición de *1635.* El tema es cercano a la visión del
«beatus ille».
   1 SAGRADO. «Cualquier recurso o sitio que asegura de algún peligro,
aunque no sea lugar sagrado» *(Auts.).*
   9 Alusión a la historia de Ulises y las Sirenas *(Odisea,* canto XII).

Si ya gloriosísimo estandarte
vuestro gran padre desplegare al viento,
el Reno de cadáveres crüento
en sangre inundará de parte a parte;

donde la industria militar, el arte   5
claro promete fin a claro intento,
si es ya prenda el valor, prenda el talento,
del juïcio incertísimo de Marte.

Salga del uno y otro suelo hesperio
el belicoso honor encomendado,   10
a quien da vida a muertos, muertos a vivos.

Contra el leño gigante rebelado,
bronces ya fulminando vengativos,
defensor de la Iglesia y del Imperio.

---

* *1629*, págs. 89-90. Pertenece a los SONETOS LÍRICOS. L. Rosales, y
L. F. Vivanco lo editaron en «Poesía heroica del Imperio», *Escorial,* t. II,
(1943), pág. 402, bajo el epígrafe «Al Rey nuestro Señor». Pudiera estar dedicado a Felipe III.

9 HESPERIO. *Vid.* nota al v. 5 del núm. 318.

12 LEÑO. «Por sinécdoque se toma muchas veces por el navío»
(*Auts.*).

Mal haya el temerario, el ambicioso,
en el mar monstruo cuando no marino,
que hurtó al bosque el mal nacido pino
para darle a Neptuno proceloso;

y fiero labrador de campo algoso   5
sembró en el viento el porfïado lino,
que entre aquilón y cierzo dio camino
a náutico inculcar piélago undoso.

Porque a insultos piráticos el puro
rubio expuso metal solicitado   10
de tantas hoy fatigas perenales,

por cuya ya venganza el frigio muro
de lágrimas sangrientas vio bañado
cuando entre ciego honor, llamas fatales.

---

* *1629*, pág. 90. Está incluido dentro de los SONETOS LÍRICOS. *LRC,*
pág. 89 añade el epígrafe «Al primer navegante, que no está en *1629* ni en
1635. El tema parte de la Oda I de Horacio, y fue tomado por varios poetas
contemporáneos de Villamediana como Góngora (Soledad I, vv. 366 y ss.,
ed. cit., págs. 643 y ss.); Quevedo, en su soneto núm. 134 (ed. cit., vol. I,
págs. 255-256) y Lope en sus *Rimas,* núm. 27, ed. cit., págs. 38-39. El primer
cuarteto del de Quevedo guarda similitudes con el de Villamediana.

7 AQUILÓN. *Vid.* nota al v. 2 del núm. 54.

CIERZO. «Viento que corre el septentrión, frío y seco» *(Auts.).*

8 INCULCAR. *Vid.* nota al v. 1 del núm. 306.

9 PIRÁTICO. «Lo que pertenece al pirata.» Lo utiliza Góngora en el
v. 392 del «Panegírico al Duque de Lerma» (ed. cit., núm. 420, pág. 700), tal
y como indica *Auts.*

9-13 Se refiere a los asaltos que sufrían los barcos al regreso de las colo-
nias.

12-14 Alude el Conde al episodio histórico de Troya y su destino.

Deste pastor, cuya cerviz exenta
el aplauso feliz logra del prado,
a la honda obedece y al cayado
numeroso redil, ovil sin cuenta.

Pues que si la robusta lucha intenta,   5
o al culto se dedica ejercitado,
—de las serranas nuestras aclamado—,
la envidia destas selvas alimenta.

No tiene el bosque en sus entrañas fiera
segura de las armas de su ira,   10
ni toro exento al yugo en su ribera;

si de amor canta o por amor suspira,
corazones de piedra vuelve de cera
con los dulces acentos de su lira.

---

* *1629*, pág. 91. Pertenece a los SONETOS LIRICOS. Está dirigido, según J. M. Rozas, ed. cit., pág. 144, al Presidente de Castilla y arzobispo de Burgos don Fernando de Acevedo. Cotarelo, *op. cit.,* pág. 101, refiere lo siguiente de dicho personaje: «A los 7 de septiembre de 1621, mandó el Rey al Presidente de Castilla, D. Fernando de Acevedo, que fuese a asistir a la santa iglesia de Burgos, por la falta que hacía en seis años de ausencia (...) Mostró ser tan su amigo el Conde de Villamediana, que viendo que iba el Arzobispo pobre hubo de presentarle un cintillo de diamantes y una venera de gran valor, y una letra acetada en los tesoros de la Cruzada de mucha cantidad. Nada acetó; y viendo el Conde que le desfavorecía, presentóle un cuadro del Ticiano, de valor de 1.000 escudos, para que se acordase de él, el cual tomó» (Lo toma Cotarelo del Ms. X-157 de la B.N.). Según el estudioso, pág. 102: «A ser cierta la anterior noticia, nos prueba que no sólo había el Conde, desde agosto de 1621, cesado de escribir sátiras, sino que al parecer trataba de reconciliarse con los ofendidos.» *Vid.* también los núms. 206, 231.

1-4 Este cuarteto es sintácticamente todo él un hipérbaton.

4 Nótese cómo la similicadencia se apoya en las sílabas sexta y octava del endecasílabo.

A la hermosura de las cosas criadas

Es la belleza un rayo del primero
lumen por mil centellas derribado,
adonde vibra en parte trasladado
del sol eterno un campo verdadero.

Color que condición muda severo   5
este bien altamente originado,
que ser no puede en carta retratado,
en tela sí, de juicio y no grosero.

Cuanto Dïana argenta y dora Apolo,
supedita la luz de sus centellas,   10
y templo es suyo el uno y otro polo.

Los milagros que amor ostenta en ellas,
él los describe, y sean dellos sólo
los orbes carta y letras sus estrellas.

---

* *1629*, págs. 91-92. Pertenece a los SONETOS LÍRICOS. El epígrafe es
de *1629*. Es un soneto definición en torno a la belleza y en clave neoplatónica. La belleza de las cosas es un reflejo de la Belleza divina.
  2 LUMEN. Es cultismo por «luz».
  5 CONDICIÓN. «Naturaleza y calidad» *(Auts.)*.
  9 Corrijo *1629* y *1635*, donde se lee «Cuando».

A un Presidente de Castilla

Señor, por vos la virtud propia aboga,
y vos por la virtud gloriosamente
tal que de la justicia el celo ardiente
de esplendor celestial ciñe la toga.

Y viva ley las leyes hoy deroga   5
vuestro valor al último accidente
fatal común, pues ya de gente en gente
así la fama el nombre vuestro arroga.

Vivid feliz, y viva esclarecido
de la justicia el soberano muro   10
en cuanto dora el sol, Cintia platea;

que a vuestra rectitud sólo debido
es ya el nivel en que os promete Astrea
del segundo morir vivir seguro.

---

* *1629*, pág. 92. Pertenece a los SONETOS LÍRICOS. Está dedicado, como los núms. 206, 229 a Fernando de Acevedo.

6 ACCIDENTE. *Vid.* nota al v. 2 del núm. 13.

11 CINTIA o DIANA se identifican con la luna.

232*

Tiempo es, señor, que el tiempo no limites
al plazo de tus glorias ya fatales,
y que en claros progresos marciales
tus altos pensamientos ejercites.

Tiempo es ya, que venganzas, cuando imites   5
tantos progenitores inmortales,
está tu hado animando a los metales
que en justo Marte al fiero Jano quites.

De tus armas los campos nuevos soles
día establezcan de sublime ejemplo   10
a la luz siempre viva de tu nombre,

cuando empresas, bandera y faroles
holocausto le des ópimo al templo,
y obsequio el mundo a ti de inmortal nombre.

* *1629*, págs. 92-93. Incluido dentro de los SONETOS LÍRICOS. *LRC*,
pág. 80, lo edita bajo el epígrafe «A Felipe III nuestro Señor».
  2 En todas las ediciones se lee «el». Lo corrijo por «al».
  8 JANO. *Vid.* nota al v. 12 del núm. 263.
  13 ÓPIMO. *Vid.* nota al v. 8 del núm. 41.

233*

Este, que con sus ramos al sol niega
su tronco, de la selva honor frondoso,
de Hamadríades hoy al coro hermoso
su opaca siempre amenidad entrega,

adonde el dios que alumbra cuanto ciega   5
un arpón vibra y otro peligroso,
cuando promiscuamente en fuego undoso
cultiva penas y desdenes riega.

Éste es el tribunal adonde asiste,
aquí las flechas del metal más puro   10
tocadas en veneno dulces gira.

Aquí Menalca alegre, Tirso triste,
si dulce, no sagrado, halló seguro
el rigor de los tiempos a su ira.

---

* *1629,* pág. 93. Pertenece a los SONETOS LÍRICOS. Parece tratar, como los núms. 37 y 208, el tema de la «inscripción de amor». El árbol frondoso, que apenas si deja pasar la luz del sol, es testigo de amores afortunados y trágicos, así como de las palabras de los pastores que se reclinan bajo su sombra.

2 HAMADRÍADES. Son las ninfas de los árboles, que nacen y comparten su vida con ellos.

4 OPACO. «Oscuro o sombrío» *(Auts.).* Villamediana utilizará este adjetivo en el v. 164 del *Faetón* con el mismo sentido.

13 Corrijo *1629* y *1635,* donde se lee «su».

Las pompas con que Roma vio, superba,
las estrellas un tiempo amenazadas,
del padre de los siglos habitadas,
pocas son hoy ceniza y mucha hierba;

que al poderoso culto no reserva   5
serie de años a edades canceladas;
esclarecidas obras decantadas
con aliento vivaz fama conserva.

En los anales sólo, en los archivos
de la inmortalidad, gloriosamente   10
muertos renacen para siempre vivos.

Cuando el valor no adquiere el accidente
de aplausos de obsequios ilusivos,
al tiempo engaña, y la virtud no miente.

---

* *1629,* págs. 93-94. Pertenece al grupo de los SONETOS LÍRICOS. Recoge Villamediana aquí el tópico del «superbi colli», que tanta fortuna tuvo desde la segunda mitad del siglo XVI hasta bien entrado el siglo XVIII. Además de Castiglione, Bembo y du Bellay, en España han tratado este tópico Cetina, Rey de Artieda, Villamediana, Lope, Quevedo, Rodrigo Caro, Jáuregui, Francisco de Rioja Quirós, entre otros. Ya en el siglo XVIII, Gabriel Álvarez de Toledo, el Conde de Torrepalma y Alberto Lista. Para un análisis de este tópico, *vid.* J. Fucilla, *Superbi colli e altri saggi,* Roma, 1963; L. Rosales, *El sentimiento...,* págs. 43 y ss.; E. Orozco, «Ruinas y jardines. Su significación y valor en la temática del Barroco», en *Temas del Barroco,* Univ. de Granada, 1947; y F. A. de Armas, art. cit.

[13] Desde *1629* se lee «de Plautos». Lo corrijo según Rozas.
ILUSIVO. «Falso, engañoso, fantástico y aparente» *(Auts.).*

¿Qué me quieres, tiránica porfía,
con insultos de bárbara violencia?
¿A un tiempo ha de ser culpa la paciencia,
y mérito y virtud la tiranía?

Premie el tiempo su misma idolatría,   5
cubra su modesto manto la insolencia,
y hundido el candor de la inocencia,
niéguese a la virtud la luz del día.

En el rigor inicuo, en la cautela
desta injuria, obstinada tolerancia   10
parecerá modestia y es locura.

Por esto mi fortuna ahora apela
corte y palacio, para tu instancia
menos acomodada y más segura.

---

* *1629*, pág. 94. Incluido dentro de los SONETOS LÍRICOS. Resulta difícil delimitar el tema, aunque parece que se trata de la constancia frente a las injurias de los maldicientes.
7 Corrijo según *1635*, puesto que en *1629* se lee «bandido».
14 *Vid.* nota al v. 11 del núm. 205.

236*

En cuanto tu valor el limpio seno
alimentando está de la serpiente,
que se mantiene de veneno ardiente,
convirtiendo en un mal propio el bien ajeno,

logra dulce quietud cielo sereno   5
en el deste horizonte dulce ambiente,
sin ver del tiempo la sañuda frente
de tempestades y portentos lleno.

Aquí, negados al rigor del hado
seremos en la escena espectadores,   10
en el del mundo trágico tablado.

Viendo, pues, menos dignos los mayores,
un menosprecio tengan y un estado,
vencidos de fortuna y vencedores.

---

* *1629,* págs. 94-95. Está incluido dentro de los SONETOS LÍRICOS. Villamediana retoma aquí dos tópicos: el de la serpiente y el de la metáfora náutica, para a continuación —en los tercetos— llegar a una idea propia del pensamiento y la estética del Barroco: el mundo es representación, teatro, tema de origen senequista *(vid.* A. Valbuena Briones, *Perspectiva crítica de los dramas de Calderón,* Madrid, Rialp, 1965, págs. 18-34, y en especial pág. 25). Felipe B. Pedraza, ed. cit., pág. XXX, defendiendo aún la idea de la fusión vida/poesía en la obra del Conde, afirma: «Villamediana, que aspiró —con la fortuna vuelta de espalda— a ser uno de los protagonistas de su tiempo, firma en estos sonetos su renuncia.»

Silencio, en tu sepulcro deposito
ronca voz, pluma ciega y triste mano,
para que mi dolor no cante en vano
al viento dado ya, en la arena escrito.

Tumba y muerte de olvido solicito,   5
aunque de avisos más que de años cano,
donde hoy más que a la razón me allano,
y al tiempo le daré cuanto me quito.

Limitaré deseos y esperanzas,
y en el orbe de un claro desengaño,   10
márgenes pondré breves a mi vida,

para que no me venzan acechanzas
de quien intenta procurar mi daño
y ocasionó tan próvida huïda.

---

* *1629,* pág. 95. Paradójicamente incluido dentro de los SONETOS LÍ-
RICOS. Trata de nuevo el tópico del silencio petrarquista (*vid.* notas al
núm. 11).

6 En el núm. 298, dedicado a San Francisco Javier, dirá en su v. 3: «que
por virtud, si no por años, cano». Quevedo, en el soneto núm. 84 (ed. cit.,
vol. I, pág. 226) vv. 5-7, dirá: «Hoy, sordos los remeros con la cera, / golfo
navegaré que (encanecido de huesos, no de espumas).

10 El Conde entiende, en este verso, el desengaño amoroso como un mundo de esferas en el que se mueve su pasión.

13 En *1629* se lee «mis daños». Lo corrijo.

14 PRÓVIDO. «Prevenido, cuidadoso y diligente, para proveer y acudir
con lo necesario al logro de algún fin» (*Auts.*). Para este adjetivo, *vid.* v. 11
del núm. 24.

Si el sol hoy nuestro acero luminoso
en vez vistiere ya de rojo manto,
cuanto el Orontes vio y admiró el Janto,
emulara su brazo poderoso.

A Jove santo, a Marte religioso   5
deberá el peregrino el mármol santo,
que costó sangre tanta y sudor, tanto,
en justa guerra a capitán piadoso.

Que si en dictamen justo diestra fuerte
vio en África lograda la esperanza,   10
que ni olvido verá, ni ha visto muerte;

no espere más, pues, hoy quien más alcanza,
si progenie celícola convierte
la mitra en yelmo y el cayado en lanza.

---

* *1629,* pág. 96. Incluido dentro de los SONETOS LÍRICOS. Parece un soneto de motivo heroico, aunque el último verso nos hace pensar en un tema sacro.

1-8 Nótese la continuidad que ofrecen a los cuartetos las similicadencias.

3 ORONTES. Dios-río que se enamoró de Melibea y se desbordó. Fue dominado por Hércules.

JANTO. Río de la llanura de Troya que se opuso a la bajada de los griegos y se lanzó contra Aquiles (*Ilíada,* XXI). Su nombre significa «el Rojo», aunque también se le llama Escamandro.

13 CELÍCOLA. *Vid.* nota al v. 4 del núm. 284. Este verso sirve como ejemplo en *Auts.*

239*

Esta cuna feliz de tus abuelos,
si en edad muertos, vivos por memoria,
no consta sólo de caduca gloria
afectada en simétricos modelos.

Porque sus piedras dan envidia y celos   5
al esplendor de la latina historia,
hechos tanto blasón, tanta victoria,
templos de Marte y de la fama cielos.

Presas banderas, príncipes vencidos,
rotos arneses, yelmos abollados,   10
mármoles son del tiempo no mordidos,

donde con sangre viven trasladados
reinos gloriosamente defendidos,
reinos gloriosamente conquistados.

* *1629*, págs. 96-97. Pertenece a los SONETOS LÍRICOS. Cotarelo, *op. cit.*, págs. 220-221 lo edita y admite desconocer «para quién fue compuesto». En cambio, *LRC*, pág. 83, lo incluye bajo el epígrafe «Al Escorial». El soneto podría referirse al Real Monasterio de San Lorenzo del Escorial, que Felipe II mandó construir en 1563 como conmemoración del triunfo sobre los franceses en San Quintín. En este caso, el soneto podría estar dirigido a Felipe IV, y pertenecería a los últimos años del conde.
10 *Vid.* v. 3 del núm. 325 y v. 106 del núm. 390.

Este edificio que erigían sublime
emular el poder quiso romano,
odio no poco y mucho aplauso en vano,
que de seguridad opreso gime.

Bronces informe o mármoles anime,   5
de artífice sutil curiosa mano,
envidia misma que hoy resiste en vano,
en fe común materia es la que oprime.

Devore la del viento hidropesía
con insaciable sed montes inanes,   10
cuya ambición tocar las nubes veo.

Quizá para vengarse aguarda un día
Fortuna, y de costosos hoy afanes,
ruïna el tiempo en lícito trofeo.

---

* *1629*, págs. 97-98. Incluido dentro de los SONETOS LÍRICOS, no ha
vuelto a imprimirse desde *1648*. Pudiera estar dedicado, como el núm. 239,
al Escorial. En este caso, lo que sorprende no es la asociación del símbolo
(«Edificio») con el esplendor del imperio romano, sino la descripción vertical —tan propia del Barroco— de las formas y, sobre todo, el tono de profecía que se desprende del último terceto.
⁵ ANIMAR. *Vid.* nota al v. 9 del núm. 123.
⁹ HIDROPESÍA. *Vid.* nota a vv. 9-11 del núm. 84.
¹⁰ INANE. «Lo que está vacío o desocupado» *(Auts.)*.

241*

Hoy que ya ostenta de mi sangre roja
la arma de su furor la diosa ciega,
a quien su común patria el tiempo niega,
clima avisa piadoso que la acoja.

Ninguno que a cuerda nunca floja   5
de su flechada emulación me entrega
el poderoso agravio que le ciega
en su venganza y no se desenoja.

No esperaré, pues, más que en el tablado
los trágicos solemnes de mi suerte   10
satisfechos esperen que se ría;

si concede a un aviso escarmentado
el tiempo luz para que a ver acierte
de lejos el rigor de su porfía.

---

* *1629*, pág. 98. Incluido dentro de los SONETOS LIRICOS. No se imprime desde *1648*.

² Se refiere aquí el Conde a la Fortuna.

⁴ CLIMA. *Vid*. nota al v. 10 del núm. 305.

⁹⁻¹⁰ Aquí utiliza Villamediana la metáfora del mundo como «trágico tablado» tan cara a la poesía del Barroco (*vid*. notas al núm. 236).

¹⁰ SOLEMNE. «Lo que se hace de año en año, atendiendo al movimiento del sol» (*Auts*.).

242*

Si con mayor peligro que escarmiento
olímpicos alcázares escalas,
nieguen, Amor, las plumas de tus alas
el ser de cera al sol, de nieve al viento.

Préstame ya tu soberano aliento   5
esperanza que infundes, fe que exhalas,
y archiven cuanto animes, cuando igualas
piélagos del diáfano elemento.

Y a fugitiva luz de astros errantes,
conduzca osado el peligroso vuelo   10
donde, aun cayendo, gloria me colijo.

De ansias menos felices que constantes,
el golfo, si de gracia es mar de cielo,
inmutable sea fiel mi norte fijo.

---

* *1629*, págs. 98-99. Pertenece a los SONETOS LÍRICOS, aunque en realidad trata del amor mediante el ejemplo de Ícaro.

2 Nótese la utilización de los esdrújulos y la aliteración de este verso.

9 En *1629*, «Ya». Sigo la lectura de *1635*.

11 *Vid.* v. 14 del núm. 5.

13 En todas las ediciones se lee «el mar». Lo corrijo por parecerme incorrecto.

14 En *1629* y *1635* se lee «y mutable». Debe de ser una errata.

¿Cuándo en tu obstinación y [mi] osadía,
Fortuna, mediremos nuestro intento?
¿Cuándo no te dará mi rendimiento
fuerza, si no blasón a tu porfía?

¿Cuándo no adularán la tiranía   5
más mis ofensas que mi sufrimiento?
¿Cuánto a mil siglos del mayor tormento
le dará el hado intermisión de un día?

Mas ya que el no esperar es desengaño,
y al desengaño aviso no le pido   10
más que noticia el tiempo de mi daño,

cogeráme el agravio prevenido,
como quien echa menos el engaño,
entre desesperado y advertido.

---

* *1629,* pág. 99. Pertenece a los SONETOS LÍRICOS. Su estructura es una de las más clásicas para el soneto: la anáfora hace bimembres los cuartetos, el primer terceto comienza en contrapunto adversativo, y el segundo introduce el futuro imperfecto.

[1] En *1629* se lee «y osadía». Lo corrijo, ya que la lectura de *1635* («tu osadía») tampoco termina de explicar bien el posesivo del v. 2, ni la alternancia que sí se da en todas las ediciones entre «mi» y «tu» en los vv. 3-4.

[8] INTERMISIÓN. «Interrupción o cesación» (*Auts.*).

244*

Fortuna me condujo peregrino
de un mar en otro mar siempre alterado,
hasta ver de sus iras adulado
el solo efecto destos tiempos dino.

Hoy, con más escarmiento y mejor tino,   5
al desta soledad puerto votado,
errante, [aun]que confuso, mas no errado,
el progreso y el fin de mi camino.

Aquí me niego al tiempo y no me alcanza
voz que con falsos ecos interprete   10
el odio contra mí de su venganza;

donde, si bien perdido, aquí aquiete
sólo en seguir de lejos la esperanza
que todo lo que vemos nos promete.

---

* *1629,* págs. 99-100. Incluido dentro de los SONETOS LÍRICOS. Villamediana trata aquí el tema de la Fortuna asociado a la imagen del peregrino
u «homo viator» que navega por el mar de la experiencia hasta alcanzar la
atalaya desde la que observa el mundo: el seguro puerto. Nótese, en este sentido, cómo estos dos elementos metafóricos («peregrinaje»/«estancia») ocupan, respectivamente, cada uno de los dos cuartetos. Los tercetos son puramente reflexivos.
10 Alusión a las Sirenas de la *Odisea (vid.* nota al v. 11 del núm. 224).
13 Corrijo *1629,* donde se lee «es».

Después que me persigue la violencia
de fortuna crüel, de injusto hado,
vivo en parte mejor desobligado
de la prolija ley de la paciencia.

Será comodidad, si no prudencia,   5
un libre proceder desengañado,
porque el bien que le queda a un condenado
es esperar segunda vez sentencia.

Tal vez acierta más el desatino
que la templanza a preservar la muerte   10
del que afligido su pasión tolera.

Pues si el desesperar sólo es camino
de limitar injurias de la suerte,
¿qué tiene que temer el que no espera?

---

* *1629,* pág. 100. Pertenece a los SONETOS LÍRICOS. La reflexión y el desengaño conducen al yo poético a un estado desde el que la esperanza se vislumbra como una idea sin sentido.

5 Para esta estructura, *vid.* nota al v. 4 del *Faetón.*

9 Corrijo según *LRC,* pág. 67 y Rozas, ed. cit., pág. 305, «desaliño» por «desatino».

246*

Esta del tiempo injuria, si es postrera,
no [es] tanto mal, mas pruebo ahora y siento
empezar su desdén con nuevo aliento
y su rigor con fuerza muy severa.

Tal que ya la desdicha no me altera,   5
antes del propio mal hecho alimento,
nunca falta razón al sentimiento,
ni desengaño de lo que se espera.

Siendo las quejas muchas, de ninguna
fío, sino de aquélla que conmigo   10
para morir secreta nace muda.

Y agitado de impulsos de fortuna,
de incierto norte ya lumbre sigo;
vacilando la fe, con fe la duda.

---

* *1629*, pág. 101. Pertenece a los SONETOS LÍRICOS. Villamediana
trata aquí, una vez más, el tema del desengaño.

    1 *LRC*, pág. 68, edita este verso como sigue: «Esta de amor injuria, si es
postrera.» Esta lectura no está en *1629* ni en *1635*.

Un mal me sigue y otro no me deja;
si callo, no me sufro a mí conmigo,
y si pruebo a quejarme, cuanto digo
nuevo peligro es y culpa vieja.

Ya la noticia cumple, pues se aleja;   5
mas la distante voz de un enemigo
despierta las ofensas y el castigo,
y la razón sepulta de mi queja.

¿Qué haremos, pues, sino morir callando,
hasta que la fortuna desagravie   10
razón tan muerta, sinrazón tan viva?

Los preceptos inicuos tolerando
del tiempo, que aunque muera, que aunque rabie,
la voz no hable, ni la pluma escriba.

---

* *1629*, págs. 101-102. Pertenece al conjunto de SONETOS LÍRICOS.
En él se demuestra una de las capacidades de Villamediana como sonetista
—y de la poesía del Barroco en general—, es decir, con un tema como es el
del silencio en este caso, el poeta deja abiertas las posibilidades de varias lecturas distintas. La razón es sencilla: la amplitud semántica con que se dota a
los términos utilizados en el poema.
[11] Obsérvese la fuerza que adquiere la interrogación —cuasi retórica—
mediante la estructura bimembre y la antítesis.

248*

Gracias al cielo doy, que ya no quiero
vivir con esperanzas engañado,
desnudo del solícito cuidado,
más ambicioso y menos verdadero.

Que por ver el tribunal severo   5
de la difícil puerta del privado,
bien satisfecho, pero mal pagado,
presumo que no alcance lo que espero.

Apacible omisión, plácido olvido,
costoso galardón del que se alcanza   10
ver a perfecta luz los desengaños.

Mas llego a confesar que voy corrido
de haber perdido el tiempo y la esperanza
comprando afrentas y adulando engaños.

* *1629,* pág. 102. Aunque está dentro de los SONETOS LÍRICOS, éste junto con los núms. 249, 250 aparecen en *1629* bajo el siguiente epígrafe: «Estos tres sonetos que se siguen, aunque son satíricos, como no tocan a singulares personas, se ha permitido su estampa.»

4 Para la estructura bimembre de este verso, *vid.* nota al v. 11 del núm. 205.

249*

Hágame el tiempo cuanto mal quisiere
y nunca de mis daños se contente,
que no me he de perder inútilmente
por lo que sin propósito dijere.

Gobierne bien o mal el que tuviere   5
a su cargo las leyes de la gente,
que a mí y a mi censor impretendiente
no hay mundanza de estado que me altere.

Lleve mi confïanza por el suelo
sus alas, pues conoce que no acierta   10
el que se atreve a peligroso vuelo.

Quede mi queja y esperanza muerta,
pues vemos que la envidia más que el celo
a la murmuración abrió la puerta.

---

* *1629*, págs. 102-103. Incluido dentro de los SONETOS LÍRICOS (*vid*. nota al núm. 248). Es una composición de tema político en la que el Conde, como en tantos otros casos, cifra su desengaño mediante un ejemplo mitológico: el vuelo de Ícaro. El tema de las pretensiones y el de la envidia, en materia política, se trata aquí de una forma mucho más clara que en otras composiciones.

250*

Debe tan poco al tiempo el que ha nacido
en la estéril región de nuestros años,
que, premiada la culpa y los engaños,
el mérito se encoge escarnecido.

Ser un inútil anhelar perdido,   5
y natural remedio a los extraños;
avisar las ofensas con los daños,
y haber de agradecer el ofendido.

Máquina de ambición, aplausos de ira,
donde sólo es verdad el justo miedo   10
del que percibe el daño y se retira.

Violenta adulación, mañoso enredo,
en fe violada han puesto a la mentira
fuerza de ley y sombra de denuedo.

---

* *1629*, pág. 103. Pertenece al conjunto de SONETOS LÍRICOS. Según Rozas, ed. cit., pág. 309, «los dos primeros versos son una de las acusaciones más duras a la época que recordamos». Y en esto mismo abunda Felipe B. Pedraza, ed. cit., pág. XXIX, al decir: «Pocas veces se ha imprimido tanta energía al viejo tópico de la virtud escarnecida y el delito condecorado. (...) Al escribir estos versos sufría, probablemente, su segundo destierro en Alcalá de Henares (1618-1621). *Vid.* también nota al núm. 248.

10 El ideal cortesano del «justo medio» es aquí transmutado mediante la paronomasia.

11 El tema del «beatus ille» adquiere aquí una perspectiva distinta: el tono personal de la denuncia tiznada por la insatisfacción que produce la injusticia.

14 DENUEDO. «Brío, esfuerzo, ardimiento, valor, intrepidez» *(Auts.)*.

Si cada cual fabrica su fortuna
y está en mayor peligro la envidiada,
con una me contento moderada,
porque la moderada siempre es una.

Goce el otro su suerte, si es alguna   5
la esperanza entre envidias adulada,
y mi moderación desengañada
ni sea importunada ni importuna;

que por no ver sobre mis hombros puesto
el peso del gobierno murmurado   10
del vario discurrir de los quejosos,

escojo por seguro presupuesto
un fin de pretensiones olvidado
y ajeno de designios ambiciosos.

---

* *1629*, págs. 163-164. Es uno de los tres SONETOS SATÍRICOS que se
imprimieron en las ediciones que de la poesía del Conde se hicieron en el
siglo XVII. En realidad, tanto éste como los otros dos (núms. 252, 253)
podrían figurar dentro de la sección de LÍRICOS, a tenor del verdadero
tomo satírico que de Villamediana conocemos. Según Felipe B. Pedraza, ed.
cit., pág. XXX, en este soneto «aflora el motivo tan caro a los barrocos de la
ÁUREA MEDIOCRITAS».
   9 Alusión a Atlante (*vid*. nota al v. 2 del núm. 217).
   12-14 El ideal es una especie de «beatus ille» en lo referente a la política: el
apartamiento.

Contra las pretensiones de la Corte

Ya no me engañarán las esperanzas,
ni me disgustarán los desengaños,
que el aviso costoso de mis años
advertimientos saca de tardanzas.

Y con igual semblante a las mudanzas,   5
el escarmiento deberé a mis daños,
de lástima sujeto y no de engaños,
justificando ofensas y venganzas.

Y retirado del común abuso
de anhelar vanamente pretendiendo   10
con mil indignidades mi desprecio,

nueva naturaleza haré del uso,
ufano ya de no quedar perdiendo
lo que menos se estima y es sin precio.

---

* *1629*, pág. 164. Es uno de los tres sonetos que aparecen editados como
SONETOS SATÍRICOS desde la primer edición. El epígrafe es de *1629*. El
Conde adopta aquí una postura de apartamiento, beatífica, ante el desengaño
político; lejana, desde luego, a la sátira.

Miro el inquieto mar como el piloto
que, corriendo fortuna en golfo incierto,
a pesar de las ondas toma puerto,
debido a los afectos de su voto.

Y cuelgo las reliquias que, devoto,   5
saqué a luz del engaño descubierto,
y vivo a conocer, a esperar muerto,
suelto el timón de la paciencia roto.

Porque luchar con la paciencia en vano
otro aliento requiere y otros brazos   10
de más válida fuerza que los míos.

No me tuvo al caer piadosa mano,
y la engañada fe quedó en los lazos
de costosos agravios y desvíos.

---

* *1629*, pág. 165. Es uno de los tres SONETOS calificados de SATÍRI-
COS —en realidad, no lo son— y que se incluyen en las ediciones hasta
1648. Como en el núm. 257, Villamediana utiliza aquí el tópico de la metáfora náutica como ejemplo del desengaño personal *(vid.* nota al anteriormente citado).

4 AFECTO. «Obligado» *(Auts.).*
VOTO. «Deseo» *(Auts.).*

9-14 El Conde adopta, en estos tercetos, un tono resolutivo que, a la vez,
aborda la decisión personal desde dos puntos de vista —uno por terceto.

254*

A Carlos Quinto

César, después que a la francesa gente
quebrantó la cerviz nunca domada,
y de la gran Germania rebelada
vitorioso triunfó gloriosamente;

y después que las armas del Oriente   5
deshizo como el sol niebla cerrada,
el sacro cetro y la invencible espada
entregó al hijo con serena frente.

Y como fuerte Alcides, que dejando
purgado el mundo de mil monstruos fieros   10
y del fuego cual Fénix se alzó al vuelo,

tal el ánimo heroico desprecian
reinos breves por reinos verdaderos,
vencedor de sí mismo, voló al cielo.

---

* *1635,* pág. 419. Editado por primera vez en *1635,* este soneto fue atribuido al Abad Maluenda por Juan Pérez de Guzmán (*vid.* J. M. Rozas, *El Conde de Villamediana: Bibliografía...,* CSIC, 1964, pág. 48, n. 11).
El Conde dedicó otro soneto a Carlos V (editado aquí con el núm. 334):
El que ahora anotamos posee dos partes bien diferenciadas: la vida del Emperador y sus obras (en los cuartetos), y la vida de la fama —coronada con el
ejemplo mítico— en los tercetos. *LRC,* pág. 97 lo editó bajo el epígrafe de
SONETOS FÚNEBRES, y con múltiples variantes no justificados respecto a
1635.

3 En *LRC:* «y de Alemania y Flandes rebelada».

5 *Ibíd.:* «Y d. q. l. huestes d. o.»

9 Alcides, Heracles o Hércules es uno de los héroes más importantes de la
mitología clásica. Su vida se asocia siempre al ciclo de los Doce Trabajos, serie de hazañas que realizó a las órdenes de su primo Euristeo. Los Doce Trabajos eran la condición previa para que el héroe pudiese regresar a
Argos.

11 El ave fénix es un ave fabulosa relacionada con el Sol. Con ella se ejemplifica un tipo determinado de eternidad, puesto que el ave muere para renacer de sus propias cenizas.

A una gran señora que dejó el siglo

Tú, que la dulce vida en tiernos años
trocaste por la vida trabajosa;
la blanca seda y púrpura preciosa,
por áspero silicio y toscos paños;

tú, que viendo del mundo los engaños,   5
al puerto te acogiste presurosa,
cual nave que en la noche tenebrosa
teme del mar los encubiertos daños;

canta la gloria inmensa que se encierra
en el alma dichosa, ya prendada   10
del amor que se enciende en puro celo;

que si el piloto al divisar tierra
alza la voz de gozo acompañada,
¿qué debe hacer quien ya descubre el cielo?

---

* *1635*, págs. 419-420. añadido a partir de *1635*. Es un soneto de circunstancia, dedicado a una dama que se hizo monja. Utiliza el Conde, también en
este caso, la metáfora náutica del «puerto seguro». La estructura de este
soneto es clásica: anáfora para los cuartetos, y un imperativo que abre los
tercetos.

Aconseja a un amigo al retiro

Marino, si es tu nombre el que tiene
el honor de las Musas, ¿qué castigo
de hado con violencia de enemigo,
tolerante paciencia no previene?

Si el dios del arte en tu defensa viene,   5
hecho del desengaño dulce amigo,
menos solo estarás solo contigo,
pues en ti la virtud su premio tiene.

Superior en los casos y en las cosas,
bajarás a mirar gloriosamente   10
las inquietudes del glorioso Marte,

y cuando emulaciones cautelosas
alteren el sosiego a tu memoria,
a ti puedes de ti en ti escaparte.

---

* *1635,* pág. 420. Fue añadido a partir de *1635.* Está dedicado a G. B. Marino, poeta que conoció durante su estancia en Italia (1611-1615), probablemente con motivo de uno de sus encarcelamientos. E. Mele, en «Un sonetto del conte di Villamediana» (parte III del artículo) «Tra veceré, scienziati e poeti», págs. 256-257, *Bulletin Hispanique,* XXXI (1929), afirma que «questo sonetto fue composto quando il Duca Carlo Emanuele, prestando fede alle calunnie che il Marino si fosse preso giuoco di lui nella "Cuocagna", lo cacciò in priggione dove rimase dall'aprile di 1611 al giugno dell'anno seguente: avvenimento che commosse cardinali e principi —fra gli altri il conte di Lemos— che ne intercederono la grazia. In quella dolorosa circostanza il Villamediana volle forse anche lui ricordasi al poeta napoletano, esortandolo a ritirarsi a vita privata, "procul negotiis"».

9 El Conde utiliza aquí la paronomasia.
12 Corrijo, *1635,* donde se lee: «y. c. con e. c.».

Después de mucho viento y mar cortado,
dio un piloto su nave a dulce puerto,
por lograr cielo y tiempo abierto,
sobre arenas pacíficas varado;

a donde siente lunas al cuidado   5
se anegó de mar bravo y aire incierto,
debiendo a las envidias lo experto,
debiendo a los peligros lo avisado.

Hoy vuelve a navegar con nuevo engaño,
expuesto a las injurias de los vientos,   10
observando a planetas los semblantes.

Conozca, pues, el tiempo, sienta el daño:
su ruïna trofeo de elementos
será, cuanto escarmiento a navegantes.

---

* *1635,* pág. 421. Se trata de uno de los sonetos añadidos a partir de *1635.*
En él, el Conde utiliza de nuevo el tópico de la metáfora náutica como ejemplo del desengaño como estado del hombre del Barroco. En este caso, Villamediana, partiendo del «dulce puerto», reconoce que el desengaño nunca es suficiente ante el atrevimiento, y, por tanto, como el marinero, se vuelve a hacer a la mar. Quevedo, en el núm. 7, ed. cit., vol. I, pág. 153, dirá: «Premiad con mi escarmiento mis congojas; / usurpe al mar mi nave muchas naves; / débanme el desengaño los pilotos» (vv. 12-14).

2 PILOTO. Para este término, *vid.* J. M. Rozas, *Sobre Marino y España,* Edit. Nacional, 1978, pág. 87, n. 22.

4 Imagen perfecta del «estado» del yo tras el desengaño.

7-8 El paralelismo sintáctico de estos versos refuerza el contrapunto que existe entre los cuartetos y los tercetos.

Bien puede perseguir contra derecho
vuestra quietud, señor, injusto hado,
mas no podrá ser nunca despojado
de la propia virtud el alto pecho.

No llega a perturbar, ni a dar despecho,   5
la tempestad más recia al encumbrado
Olimpo, que está siempre sosegado
cuando a truenos el mundo está deshecho.

Suelta la envidia sus furiosos vientos
contra quien no hay lugar fuerte o seguro,   10
y atropellar pretende la constancia.

Revuélvanse entre sí los elementos,
que el cielo es siempre cielo y siempre puro,
y accidentes no mudan su sustancia.

---

* *1635*, pág. 421. Es uno de los soñetos añadidos a partir de *1635*. *LRC*, pág. 67, lo edita bajo el epígrafe de los SONETOS AMOROSOS (previo cambio injustificado del vocativo del v. 2 por «señora»). Para los tercetos, *vid.* nota inicial al núm. 59. Las semejanzas entre los tercetos de ambos hacen pensar a Rosales que el tema es amoroso. Creo que se trata de un soneto de tema político que ejemplifica, además, cómo con mínimas alteraciones los términos que en una composición eran aplicables al desengaño amoroso lo son al desengaño político.

Este milagro, que el poder y el cielo
hicieron dos señores vida breve,
de Felipe y de Carlos a quien debe
ser tumba el universo, albergue el cielo.

Inmortal padre y no mortal abuelo,   5
materia sea, y no de hado leve,
el ínclito dictamen que ya mueve
con alas de virtud glorioso vuelo.

De cumbre nunca extinta feliz rama
sobre polo de honor esclarecido,   10
a tus despojos guarda eterna rama,

no templo material, sino el debido
al sagrado renombre a quien la fama
dio el laüro y corrió su fama.

---

* *1635*, págs. 424-425. Incluido a partir de *1635*. La transmisión de este
soneto debió de ser problemática, a juzgar por las dificultades sintácticas que
el texto, tal y como lo conocemos, plantea y, además por la extraña combinación métrica de los tercetos, totalmente inadecuada.

Parece dedicado a Felipe III, aunque la difícil lectura de los tercetos no
permita aclarar el sentido de la composición. De todos modos, es una alabanza a la obra política de los Austrias.

Ligurino Jasón abeto alado
a los húmedos piélagos confía,
y la cuna y la tumba pisa al día
el vasto campo de Anfitrite arado;

cuyo triunfante nombre trasladado   5
de la región ardiente a la más fría,
cediendo a la prudencia su osadía,
esta marina le admiró varado.

¿Qué esperas, pues, oh barca perseguida
de los impulsos de fortuna varios,   10
con las alas del tiempo reducida,

donde, si la razón entre contrarios
vientos te niega puerto y acogida,
sepultura es el mar de temerarios?

---

* *1635*, pág. 425. Pertenece a los sonetos añadidos a partir de *1635*. Podría parecer un soneto dedicado a alguna hazaña marítima: pero el hecho de que el Conde introduzca la imagen del «barco varado» y la idea de la fortuna, pueden hacer pensar, con toda seguridad, en la metáfora náutica y, por tanto, en un tema de índole personal (amor, desengaño).

[1] LIGURINO. De Liguria, país de Italia antigua. Jasón era oriundo de Yolcos.

JASÓN. *Vid.* nota al v. 13 del núm. 209.

Aquí Villamediana utiliza una metonimia («abeto alado») para referirse a la embarcación.

[3-4] Esto es, por «cuna del sol» debe entenderse el oriente; y, por «tumba», en consecuencia, el occidente. El «campo de Anfitrite» es el mar *(vid.* nota al v. 2 del núm. 294), lugar por donde sale y se pone el sol.

En pedazos deshecha nave rica
los escollos dejó desta ribera,
y la que golfos discurrió velera,
ejemplo es grande, admiración no chica.

Quien sirve al mar, peligros multiplica,   5
quien fía de peligros, ¿en qué espera?
Velo que ya animó flexible cera,
cayendo, su locura testifica.

Mal regida la luz, costoso es faro
el que pisando la región ardida   10
pudo precipitar tonante fragua,

cuyo valor, en su ruïna aún claro,
entre llamas y ondas a alta vida
muerte de fuego dio, sepulcro de agua.

---

* *1635,* págs. 425-426. Pertenece al conjunto de composiciones añadidas
a partir de *1635.* En este caso, el Conde une en un mismo soneto tres elementos temáticos constantes en su obra: la metáfora náutica, Ícaro y Faetón, esto
es, los ejemplos del «atrevimiento» y la «osadía». El último verso de los dos
cuartetos y del segundo terceto son la conclusión narrativa de cada uno de
los «ejemplos» citados.

11 TONANTE. «Que aplican los poetas a Júpiter, que dispara o arroja rayos» *(Auts.).*

262*

No en mármoles caducos, no en lucientes
bronces, tu bulto anime buril griego;
aromática lengua, si de fuego,
ilustres queden a tu luz pendientes.

En culta llama, en lágrimas ardientes,   5
sabeo de esplendor, fragante ruego,
y a su luz vigilante vulgo ciego,
dignos te aspire afectos reverentes.

Vista la admiración plumas de hielo,
sea la imaginación advertimiento,   10
donde espanto mudo es alabanza.

Alas de luz, no ya de atrevimiento,
Fénix me preste que corona el cielo,
felicitando ilustre confïanza.

---

* *1635*, pág. 427. Pertenece a las composiciones añadidas a partir de la
edición de *1635*. No ha vuelto a imprimirse desde *1648*. Es un soneto de lectura difícil. Parece un homenaje a una determinada ética, cercana a la del
Conde; pero junto a la metáfora del arte culto —que reivindica— se entremezclan elementos de crítica hacia la envidia. Puede ser, como digo, una defensa del culteranismo.

[1] Recuerda el v. 1 del soneto núm. 249 de Góngora (ed. cit., páginas 457-458).

[6] SABEO. «Cosa de la región de Saba» (*Auts.*). Se cita como autoridad al
propio Conde.

[9-14] En este caso, Villamediana prefiere la luz del incendio a las cenizas,
ya que pone al Fénix como ilustración. Nótese el ritmo bimembre que marca
la similicadencia en los vv. 9 y 10.

A virtudes más alta ascendiente
que tus progenitores glorïosos,
norte de luz en golfos tenebrosos
y a tiempo anochecido sol naciente.

Beba al Asia terror, ya en el ardiente   5
rayo templando en fe del poderoso
acero, y al mar negro proceloso
la estatua sangrienta sea tridente.

Patrimonio al tributo restituya
a tus plantas el reino tal, que entonces   10
sangre sean sus olas rebeladas.

Su pórtico despúes Jano concluya
sustentando en colunas de altos bronces,
siendo a la Iglesia protección tu espada.

---

* *1635,* págs. 427-428. Es uno de los sonetos que se añaden a partir de
1635. Por el tratamiento y desarrollo, es similar a los núms. 195, 217, 218,
dedicados al nacimiento de Felipe IV en 1605. En ellos, el Conde presenta
tres bloques de ideas: la brillante genealogía del nuevo príncipe, la profecía
en torno al niño, y su misión de cruzado católico ante los infieles. Está dentro de la tradición de la *Égloga IV* de Virgilio, en la que celebra el nacimiento
de un niño que hará retornar la Edad de Oro al mundo. Para este tema, *vid.*
J. M. Rozas «Los textos dipersos de Villamediana», *RFE,* XLVII (1964),
págs. 351-352.

7-8 La imagen del viajero, que surca los mares luchando, también está en
la *Égloga IV* de Virgilio.

12 JANO. Uno de los dioses antiguos de Roma. Se asocia con las virtudes
de la Edad de Oro. Fue el primer navegante que utilizó barcos para el trayecto entre Tesalia e Italia. La puerta de su templo sólo permanecía cerrada en
tiempo de paz.

264*

A un sueño

Aguarda, sombra inquietadora, espera,
si de causa crüel naces cobarde,
cuando mis quejas tu rigor aguarde,
será tu asombro la merced postrera.

Apareces piadosa y huyes fiera,   5
de tus efectos conocido alarde,
que aún sombra falta que del mal me guarde,
¡oh bien fingido!, porque amando muera.

Lisonjero traidor, tirano dueño,
su gusto obliga, su inclemencia asombra,   10
¡oh leve prueba, cauteloso engaño!

Sueño enemigo, si mis glorias sueño,
con la luz que me animas me acompaño,
que en mis tormentos el alivio es sombra.

* *1635*, pág. 431. Es uno de los sonetos añadidos a partir de *1635*. La dualidad sueño/vida, tan propia de la literatura barroca, aparece aquí en forma
de apóstrofe. El arte del Barroco, «arte de los sentidos», según Emilio Orozco, gusta de establecer estas confrontaciones entre lo real y lo onírico como
prueba psicológica para el ser humano. La realidad se desdobla, pues, en dos;
y cada una de ellas reside en la conciencia del individuo. Así lo presentarán
L. L. Argensola; Félix Persio, Bertiso; Lope de Vega; Quevedo; Calderón y
otros. Se trata, en este caso concreto de Villamediana, de un sueño amoroso,
en cuya región prefiere permanecer el yo poético, a pesar del tono exhortativo de la composición.

8 *Vid.* v. 9 del núm. 11.
13 Corrijo el «acompaña» que se lee en *1635*.

265*

Definición de la mujer

Es la mujer un mar todo fortuna,
una mudable vela a todo viento,
es cometa de fácil movimiento,
sol en el rostro y en el alma luna.

Fe de enemigo sin lealtad alguna,   5
breve descanso e inmortal tormento;
ligera más que el mismo pensamiento,
y de sufrir pesada e importuna.

Es más que un áspid arrogante y fiera,
a su gusto de cera derretida,   10
y al ajeno más dura que la palma;

es cobre dentro y oro por de fuera,
y es un dulce veneno de la vida
que nos mata sangrándonos el alma.

* *1635,* págs. 436-437. Apareció por primera vez en *1635.* Es un soneto definición (*vid.* nota al núm. 26), ejemplo, según F. A. de Armas, art. cit., págs. 74-75, de la «triple equation» que utiliza Villamediana en estas composiciones. Gracián copia el primer cuarteto en *Agudeza...,* tratado I, discurso X (ed. cit., vol. I, págs. 125-126). Lope trata este mismo tema en el soneto núm. 191 de *Rimas* (ed. cit., pág. 137). En *Mendes Britto,* fol. 15v. se edita con el epígrafe «A la inconstancia de la mujer», y sin decir que sea del Conde.

1-4 Para Gracián, este cuarteto «se funda con agradable primor en una contraposición».

3 Félix Persio, Bertiso, en su soneto 72, dirá: «Si mujer es lo mismo que mudanza, / y en la mujer mudanza es movimiento» (*vid. Poemas inéditos de Félix Persio, Bertiso* [ed. de R. Navarro Durán], Excma. Diputación de Sevilla, 1983, pág. 212).

Ofensas son, señora, las que veo,
hechas a vuestras grandes perfecciones,
porque donde acredita sus pasiones
sólo Amor las escribe y yo las leo.

Vencida queda el arte del deseo,   5
los imposibles dando por razones,
y en esta fe, tan libre de opiniones,
fundo lo que de vos no alcanzo y creo.

Si en lo menos se pierde más el tino,
en los más, ¿qué será de aquel traslado   10
que procura sacar el arte en vano?

Sólo yo tengo aquel tan peregrino
en que el original no está agraviado,
hecho en mi corazón por vuestra mano.

---

* *Brancacciana,* fol. 1r. *(MyB,* pág. 192). Villamediana trata aquí el tema
petrarquista del retrato, como también hizo en el núm. 269. A este motivo
suma el Conde la teoría neoplatónica de la «impresión» que en el alma deja la
belleza, y más en concreto la mirada, de la dama *(vid.* notas a los núms. 103 y
269). Una variante de este soneto es el núm. 271. Para estos sonetos, *vid.* L.
Rosales, *Pasión y muerte...,* págs. 158-161.
9-14 De nuevo, como en el núm. 19 la asonancia aparece en los tercetos
entre los vv. 10, 11, 13 y 14.

267*

A Lise enferma

Sagrado conductor del trono ardiente,
si de hierba eficaz secreto sabes,
abran su ciencia tus piadosas llaves,
hoy que Lise hermosa está doliente.

Vital consuelo de tu mano aliente   5
deidad enferma, cuyas ansias graves
suspendieron el canto de las aves,
desataron el llanto de la gente.

Tuyo el milagro, en dicha común sea,
de tu luz, nuestra luz convalecida;   10
que si divino sol cura al humano,

haré que en Dafne escritas amor lea
cuántas pudo salvar en una vida
el efecto piadoso de tu mano.

* *Mendes Britto,* fol. 40v. *(1963,* pág. 94). Para este soneto de circunstancia, *vid.* nota al núm. 268. Se trata de una invocación a Apolo, padre de Asclepio. Éste fue educado por el centauro Quirón en el arte de la medicina (Ovidio, *Metamorfosis,* libro II).

12 Alude al tema de la «inscripción» *(vid.* notas al núm. 37). Recordemos que Dafne fue transformada en laurel *(Metamorfosis,* libro I).

268*

A la misma Lise

La sublime de amor planta despoja
mano contra su mismo dueño osada,
y de amor Parca en ira ejecutada,
en flor corta el cabello, el oro en hoja.

Fuerza, si no fatal, de una congoja,   5
maligno impulso de influencia airada,
cuya no extinta luz, sino eclipsada,
cuando lastima al mundo, al cielo enoja.

Ríos de olvido no, mas de memoria
de coplas infeliz, que cortar pudo   10
hebras al sol que en su luz ardía,

dejad ya de enturbiar de amor la gloria,
hoy que su arco de piedad desnudo
al común llanto hace compañía.

* *Mendes Britto*, fol. 44r. *(1963*, pág. 95). El Conde ya había dedicado otro
soneto (núm. 267), «A Lise enferma». Se trata de un soneto de circunstancias
en el que una dama —Lise— se corta ella misma el cabello. En *Mendes Britto*,
se editan hasta once composiciones más dedicadas a Lise (núms. 65, 66, 67,
68, 69, 267, 331, 333, 400 [vv. 53-92], 401, 405).

A un retrato

Imagen celestial, cuya belleza
no puede sin agravio ser pintada,
porque mano mejor, más acertada,
no fio tanto a la naturaleza.

En esto verá el arte su flaqueza,   5
quedando, vida y muerte, así pintada;
está menos hermosa que agraviada
sin quedarlo la mano en su destreza.

Desta falta del arte, vos, señora,
no quedáis ofendida, porque el raro   10
divino parecer está sujeto.

Retrato propio vuestro es el aurora,
retrato vuestro el sol cuando es más claro,
vos, retrato de Dios el más perfeto.

---

* *Mendes Britto,* fol. 178r. (*1963,* págs. 62-63). Este soneto de circunstancia es calificado por Rozas, *Mendes Britto,* pág. 52 como «más neoplatónico que petrarquista». En él, el Conde habla de un Ideal de belleza que el arte no puede apresar. Villamediana repetirá estos mismos tercetos en el núm. 271, que, a su vez, tiene otra variante en el núm. 266. El tema, aunque con un tratamiento muy distinto, está en Quevedo (*vid.* núm. 364, ed. cit., vol. I, pág. 528).

[10] RARO. *Vid.* nota al v. 6 del núm. 317.

A la muerte de Adonis

Boca con boca Venus porfïaba
a detener el alma que salía
del desdichado Adonis que moría
más herido del bien que acá dejaba.

El no poder morir ella lloraba,   5
no lloraba la muerte que veía;
Amor allí mostró que no podía
ayudar a sentir lo que causaba.

Ella en brazos le tiene; quien los viere
igualmente llorar la despedida   10
apenas ju[z]gara cuál dellos muere.

Mas la diosa mostró quedar vencida
del dolor tanto más cuanto más quiere
dar a Adonis el alma que la vida.

---

* *Mendes Britto,* fol. 178v. *(1963,* pág. 63). En este bello soneto se narra, de forma fluida y armoniosa, los últimos instantes de la vida de Adonis *(vid.* Ovidio, *Metamorfosis,* libro X). Juan de Arguijo tiene un soneto, «Venus en la muerte de Adonis», que trata este mismo tema. Y Villamediana es autor, a su vez, de la *Fábula de Venus y Adonis,* poema largo que no se ha imprimido hasta la fecha *(Vid.* Cotarelo, *op. cit.,* págs. 218-219).

1-2 Recuerda los vv. 189-190 de la Égloga III de Garcilaso.

11 Rozas, en su edición, «jugará».

A un retrato

Ofensas son por cierto éstas que veo,
hechas a vuestras altas perfecciones,
porque no caben sino en corazones
donde las pinta Amor; en mí las leo.

El arte nunca iguala un gran deseo,   5
y, así, cuanto aquí ofrecen son borrones
por no dejar, señora, en opiniones,
si ha de llegar la mano a lo que [creo].

Desta falta del arte, vos, señora,
no quedáis ofendida, porque el raro   10
divino parecer no está sujeto.

Retrato propio vuestro es el aurora,
retrato vuestro el sol cuando es más claro,
vos, retrato de Dios el más perfeto.

---

* *Mendes Britto,* fol. 179r. *(1963,* págs. 63-64). Para este soneto, *vid.* notas a
los núms. 266, 269, puesto que se trata, en los cuartetos, de una variante de
éste; y los tercetos son los mismos que en aquél.
10 RARO. *Vid.* nota al v. 6 del núm. 317.

272*

No desconozco en vos, mi pensamiento,
para tanta razón, tanta osadía,
mas no siempre Fortuna ha de ser guía
de tan precipitado atrevimiento.

Ícaro en vano se fio del viento,   5
Faetón regir en vano el sol quería,
ventura —y no razón— vence porfía,
sólo ventura no es merecimiento.

No os turbe, pensamiento, en la subida,
del lastimoso ejemplo la memoria,   10
ni en peligro mayor, menos ventura;

pues Fortuna, que ayuda a la caída,
no os podrá quitar aquella gloria
de venir a caer de más altura.

---

* *Mendes Britto,* fol. 187v. *(1963,* pág. 69). En este soneto, se advierten ya
tanto los temas como el léxico de los poemas posteriores de Villamediana: la
«osadía», el «atrevimiento», y los mitos de Ícaro y Faetón. Rozas, en *Mendes
Britto,* pág. 51, ve en este soneto «coincidencias con Herrera».
13-14 Recuerdan a los versos finales del núm. 5.

Vuelvan por sí los malgastados años,
cóbrense ya los días tan perdidos
que descansaron en ellos mis sentidos,
remedio en el peligro de sus daños.

Desengáñenme ya tantos engaños,   5
admita los remedios conocidos,
y por tales, del alma no seguidos,
saque este bien de tantos desengaños.

Enderece los pasos y el camino
quien siempre los llevó descaminados,   10
quien erró tanto en conocerse acierte;

y llore arrepentido el desatino
de los discursos vanos olvidados
de tan incierta vida y cierta muerte.

---

* *Mendes Britto,* fol. 199v. *(1963,* págs. 74-75). En este soneto, el Conde logra una continuidad y un tono narrativo propios mediante el uso de los subjuntivos. También, como en otros sonetos de este cancionero, Villamediana utiliza el poliptoton y la derivación.

5-8 Obsérvese cómo sugiere unidad este cuarteto mediante el poliptoton y la antítesis en la rima («engaños»/«desengaños»), así como la derivación, que cruza en diagonal desde la primera («desengáñenme»») hasta la última palabra («desengaños») del cuarteto.

9-10 De nuevo derivación y antítesis.

14 La antítesis viene dada, en este caso, por el poliptoton.

Qué mucho que Pisuerga aquí te entregue
el nombre con la vida juntamente,
Duero, si naces hoy de aquella fuente,
que no hay quien ser fuente ya de gracia niegue.

A coronar tu altiva frente llegue   5
el Tajo, con el coro de Poniente,
y el Ganges, menos rico de su Oriente,
también el Nilo tus orillas riegue.

Que, como sale el sol en tu ribera,
cuya luz otra luz siempre escurece,   10
al mar bajas ufano y absoluto;

tanto que, a quien te ve desta manera
amenazando montes, le parece
que llevas guerra al mar y no tributo.

---

* *Mendes Britto,* fol. 201v. *(1963,* pág. 77). Parece un soneto de circunstancia dedicado al río Duero, aunque también podría tener una lectura política, dado que estas composiciones son, en su mayoría, de la primera época del Conde y que la Corte estuvo en Valladolid (1601-1606).

1-8 Al igual que ocurría en el núm. 148, se da la asonancia en los cuartetos.

A la señora D.ª Juana Portocarrero
danzando en un sarao

Bellísima e ilustrísima Jüana,
no sólo desta edad gloria y tesoro,
sino también de aquella Edad de Oro
por quien la antigüedad aún vive ufana.

¿Cuándo pudo igualar nunca Dïana,   5
danzando en las florestas con su coro,
de aquel vuestro danzar, aquel decoro,
que explicar no lo puede lengua humana?

Prueba son eficaz vuestras acciones
del poder inefable de las manos   10
que tan grande poder en todo os dieron;

mas, ¿quién vio nunca tales perfecciones
que no le hiciesen sus deseos vanos,
lo que a Acteón sus perros le hicieron?

---

* *Mendes Britto*, fol. 203r. (*1963*, pág. 78). Es un soneto puramente de circunstancia. De la asociación con la historia mítica de Diana y Acteón (Ovidio, *Metamorfosis*, libro III) se desprende cierto erotismo, sobre todo a partir del segundo cuarteto.

JUANA DE PORTOCARRERO era la octava hija de don Alonso Rodríguez Portocarrero y doña Leonor de Silva (hija de Juan de Silva, regidor de Toro) —cfr. en Alberto y Arturo García Carraffa, *Diccionario heráldico y genealógico de apellidos españoles y americanos*, t. LXII, Madrid, 1954.

SARAO. «Junta de personas de estimación y jerarquía, para festejar con instrumentos y bailes cortesanos» (*Auts.*).

[1] Es una imitación del v. 2 de la Égloga III de Garcilaso: «ilustre y hermosísima María», que Góngora repetirá, como primer verso en el soneto núm. 235 y, como segundo, en el núm. 305 (ed. cit., págs. 450-451 y pág. 487, respectivamente).

[3] Hesíodo en *Los trabajos y los días*, cuenta cómo al principio existió una «raza de oro», compuesta por hombres que vivían como dioses, sin la preocupación por el tiempo o la vejez, entre fiestas y banquetes. En aquel tiempo, Crono reinaba en el cielo.

[14] Acteón fue devorado por sus propios perros como castigo por haber visto desnuda a Diana mientras ésta se bañaba (Ovidio, *op. cit.*).

276*

En tanto que otro aliento más divino
se está para tu gloria aparejando,
y tus heroicas obras va buscando
a la inmortalidad nuevo camino;

en tanto que otro espíritu adivino   5
cantando tu valor se está encantando,
y tu glorioso nombre va quitando
el poder a los hados y al destino;

oye estos versos, aunque faltos de arte,
indignos de tus altos pensamientos,   10
merecedores de más clara historia;

que oyéndolos ahora, en otra parte
ayudará Fortuna [a] mis intentos
para dejar de ti digna memoria.

---

* *Mendes Britto,* fol. 206v. *(1963,* pág. 82). Este soneto sigue la estructura que Garcilaso utiliza para su soneto XXIII, «En tanto que de rosa y de azucena». Incluso hay un recuerdo en la anáfora. Esta estructura se basa en la repetición de una misma expresión en el primer verso de cada cuarteto y en la ruptura de la tensión sintáctica propuesta mediante un imperativo, que abre los tercetos.

5 Obsérvese no sólo la anáfora, sino además el paralelismo sintáctico entre este verso y el primero.

6 La similicadencia aporta una sensación musical al endecasílabo.

9 Una de las pocas muestras, si no la única, de «captatio benevolentiae» que introduce el Conde en su obra poética.

Fortuna, de mi mal ya más cansada,
hoy me hace el mayor, pues apareja
tan justas quejas de una injusta queja,
ellas calladas y ella no callada.

De mí podéis estar asegurada   5
mejor que yo de quien de mí se aleja,
y huyendo de mí, muerto no me deja
en manos de una fe nunca pagada.

Repartiendo dolor con larga mano,
el que hoy se apoderó de mis sentidos   10
es tal que me ha dejado sin sentido.

Si es alegar razón ahora en vano,
y los discursos della están perdidos,
no pierda más quien ha tanto perdido.

---

* *Mendes Britto*, fol. 207v. (*1963*, pág. 83). En este soneto, el Conde trata el tema de la fortuna desde la reflexión que le lleva a hacer su estado de dolor y desengaño. Las derivaciones son el procedimiento utilizado para la descripción de ese estado.

3 Paradoja apoyada en el poliptoton.

10-11 Obsérvese cómo en estos versos, al igual que en los vv. 13-14, Villamediana utiliza un procedimiento nuevo: las derivaciones al final del endecasílabo que, además entrecruzan las rimas.

14 Este verso es el verso inicial del soneto VII de Garcilaso. *Vid.* también v. 1 del núm. 188.

Vencido ya de tanta diferencia
de pesares, señora, en esta tierra,
para escribir los que mi alma encierra,
sin tenerla de vos tomé licencia.

Francia me recibió con pestilencia;   5
como madrastra, España me destierra;
en Flandes vi lo que llamamos guerra,
parecióme menor que la de ausencia.

Este de mi camino fue el progreso,
y aun peor lo esperé de mi partida;   10
lo demás os dirán lágrimas tristes.

El caso acreditó cualquier exceso,
y Amor me abliga a que siquiera os pida
que no olvidéis la muerte que me distes.

---

* *Mendes Britto,* fol. 213v. (*1963,* pág. 89). Según Rozas, *El Conde de Villamediana. Bibliografía...,* pág. 47: «Tenemos, pues, en verso, el progreso de un
viaje de Villamediana, contado por él mismo. Pasó por Francia, se detuvo en
París —donde escribió, al menos dos sonetos [los núms. 280 y 281] y llegó
hasta Flandes, donde vio «lo que llamamos guerra», y escribió una elegía ante
la tumba de su primo [núm. 342]. Las fechas límites son: 1605 y 1611.»

1 DIFERENCIA. «Controversia, contrariedades y oposiciones» *(Auts.).*

El último suspiro en Asia [ha] dado
Troya, en Europa ya le dio Sagunto;
si por Cartago en África pregunto
quién no responderá: ¡ved qué ha quedado!

No sólo tiene el tiempo ya triunfado   5
de los siete milagros, mas a punto
reducídolos ha, que también junto
con su fama, su número ha alterado.

Si pueden consolarte ajenos males,
siendo ejemplo a los tuyos, satisfecho   10
quedar puedes con esto, Madrid, luego.

Mas, ¡ay!, que son las causas desiguales:
que lo que en ellos tiempo y fuego han hecho,
ha hecho en ti faltar de aquí mi fuego.

---

* *Mendes Britto,* fol. 216v. *(1963,* pág. 89). Nos hallamos ante un soneto extraño a la producción de Villamediana. El ejemplo de grandes ciudades destruidas por el tiempo y las catástrofes sirve como declaración amplificativa —y diacrónica— para la Corte de Madrid. En el último terceto del Conde parece mostrar su insatisfacción con el curso de los hechos en la capital española.

4 En *Mendes Britto* se lee: «q. n. r. v. lo q. h. q.». Lo corrijo por razones métricas.

6 Se refiere a las llamadas Siete Maravillas del Mundo, consideradas desde la Antigüedad como insuperables.

A PUNTO. «Sin la menor dilación» *(Auts.).*

7 Este giro sintáctico (participio-pronombre enclítico-auxiliar) no es propio de la poesía del Conde.

280*

En París

Más que el antiguo amante que, agraviado,
con su llanto enturbió vuestra ribera,
cuando el campo de Agramante fuera
a vengarse, y salió desesperado,

viene, oh ninfas del Sena, un desdichado   5
a daros de sus quejas la postrera,
deshecho en llanto, y ser de vos espera
oído, pues no puede remediado.

Porque de inconveniente hecho un monte
se opone a mi remedio, sólo aguardo   10
el postreto de vos, ninfas del Sena,

ayudando a morir en vuestra arena
al que ya fue escogido Mandricardo
y ahora habéis dejado Rodomonte.

---

* *Mendes Britto,* fol. 220v. (*1963,* pág. 90). Dos sonetos llevan por epígrafe
«En París»: el que ahora anotamos y el núm 281. Estos dos sonetos deben de
ser de 1605-1607, fechas en las que viajó a Flandes y, probablemente, pasó
por la capital francesa (*vid.* N. Alonso Cortés, *op. cit.,* pág. 59).

3 Se entiende por lugar de confusión y tumulto. En el *Orlando furioso* de
Ariosto, Agramante era el jefe de los sarracenos que sitiaron París.

13 MANDRICARDO. Personaje del *Orlando innamorato* de Boyardo y del
Orlando furioso de Ariosto. Mandricardo abandona en la juventud su reino
—Tartaria— para dirigirse a Occidente.

14 RODOMONTE. O Rodamonte. Es el héroe del *Orlando innamorato* de
Boyardo. En la obra de Ariosto aparece como Rodomonte. «Rodomon tade»
significa «arrogancia o fanfarronería». Lope de Vega dedicó una comedia
a este héroe: *Los celos de Rodamonte* (en *Obras de Lope de Vega,* R.A.E.,
vol. XIII).

281*

En París

Prestad, ninfas del Sena, atento oído
a un firme corazón, que pudo tanto
que traspasó las leyes del espanto
con el dolor más grave y más sabido.

Allá, en lágrimas vivas convertido,   5
de mí podréis saber despacio cuanto
ahora impide declarar mi llanto,
con que va vuestro Sena tan crecido.

Dejando aquellas playas españolas,
dejando en ellas fui mis esperanzas,   10
y buscar vine en vos mi muerte a solas.

Con ella, allá, daréis justas venganzas
a quien me hizo roca de las olas
que levantó la mar de unas mudanzas.

---

* *Mendes Britto,* fol. 220v. (*1963,* pág. 90). Este soneto debe de pertenecer
al primer viaje del Conde, tras los amores con la Marquesa del Valle (*vid.* notas al núm. 280).

¡Qué mucho que Pisuerga se le asiente,
oh Manzanares, de sorberse al Duero,
si lleva de mis lágrimas el fuero
y también de lástimas su corriente!

¡Qué mucho, si es ahora nuevo Oriente   5
de aquel hermoso sol Portocarrero,
que, trocadas sus nieblas en lucero,
al propio Ganges, al propio Nilo afrente!

Pasóse allá tu gloria. ¡Qué remedio,
sino seguir de lejos la esperanza   10
que la flaqueza humana te asegura!

Mas yo, triste, en mi mal no tengo miedo,
que sin ventura voy tras lo que alcanza
sólo de vista apenas la ventura.

---

* *Mendes Britto,* fol. 221r. *(1963,* pág. 91). Este soneto parece similar al anterior, pero la introducción del nombre propio «Portocarrero» le da un tono de carácter político. Seguramente se refiere el Conde a don Alonso de Portocarrero († 1622), Marqués de Bancarrota, o a su hermano Martín de Portocarrero que, por las fechas de composición de los poemas incluidos en *Mendes Britto,* habían ido a prender: «no sé lo que puede haber hecho; lo que sé es que no le prenderán porque tiene un pie en Castilla y otro en Portugal, como deseaba un truhán: ver a la reina Isabel en Madrid y Toledo, y estar él en Illescas» (Carta de Lope al Duque de Sessa, de 6 de agosto de 1611, cito por *Cartas,* ed. de N. Marín, Madrid, Castalia, 1985, pág. 90).

Al Abad de Maluenda
[del Conde de Villamediana]

SONETO LAUDATORIO

Tú, que de Apolo en acordada lira,
al mismo son de tu sonoro acento,
puesta la diestra mano al instrumento,
de Orfeo causas envidïosa ira;

desde la cumbre de este monte mira   5
cómo te dan las nueve claro asiento,
suspenso a tu cantar el manso viento,
y que su coro ya de ti se admira.

---

* Lo editó por primera vez Juan Pérez Guzmán en *Algunas rimas castellanas del Abad D. Antonio Maluenda, natural de Burgos,* Sevilla, 1892, pág. LIX. Había sido recogido por el sobrino del Abad, don Antonio Sarmiento de Mendoza, y se conserva en el Ms. 328 de la B.N.

Según Pérez de Guzmán, el Abad «debió nacer de 1560 a 1565; tomando el nombre de su preclaro deudo el teólogo famoso de Trento: que hacia 1578, en que éste fue Abad de San Vicente de Salamanca, el hidalgo joven debió practicar sus estudios en aquella Universidad (...) En 1586 disfrutaba ya de la canonjía de Burgos con la dignidad abacial (...) En 1598 se le ve tomar parte en Salamanca en los certámenes poéticos verificados con motivo de la muerte y honras del rey Felipe II; y así todavía diez años más tarde sus versos apasionadamente amorosos alternan en el cuaderno formado por su sobrino D. Antonio Sarmiento, después de 1628 (...) Murió hacia 1625 ó 1630» *(op. cit.,* págs. XXX-XXXVI). Para las falsas atribuciones a Maluenda, *vid.* Eloy García de Quevedo, «El Abad Maluenda y el Sacristán de Vieja Rúa», *RABM,* VII (1902), págs. 1-27. El soneto, con múltiples variantes que anoto, figura en *Brancacciana,* fol. 5r. *(MyB,* pág. 195).

1 En *Brancacciana,* «agosto» en lugar de «Apolo».

2 En *Brancacciana,* «al dulce son de este sonoro acento».

4 En *Brancacciana,* «a» en lugar de «de».

ORFEO. Dios de la música. Intentó el rescate de su esposa Eurídice, y para ello descendió a los infiernos (Ovidio, *Metamorfosis,* libro X).

5 *Brancacciana:* «ese».

6 *Brancacciana:* «nubes». Tiene que ser «nueve», puesto que se refiere a las nueve Musas.

Si oscurecida con tu canto queda
la musa de Damón [y] Alfesibeo,
que en tanto nombre puso el mantüano,

no tienes que temer que el tiempo pueda
atreverse a lo menos que en ti veo,
divino ingenio y peregrina mano.

10-11 DAMÓN Y ALFESIBEO. Son los pastores de la *Égloga VIII* de Virgilio, el «mantuano».

284*

Limita hoy sacra púrpura un infante,
piadosa religión, prole tercera
del santo rey que muerto a nuestra esfera
renace en Dios celícola triunfante.

Y no sólo en el nombre semejante   5
a su estirpe de gloria verdadera,
católico y santísimo le espera
la gran barca de Pedro militante.

De ella, pues, felicísimo piloto
a nuestras esperanzas asegura   10
puerto de áncoras fieles no vacío,

donde, cumpliendo el peregrino voto
con inmortal aliento, con fe pura,
beba la gracia del sagrado río.

---

* *LRC,* págs. 80-81. Es un soneto LÍRICO dedicado a Fernando de Austria (1609-1641), hijo de Felipe III y de doña Margarita de Austria, y que a los diez años fue nombrado cardenal y administrador del arzobispado de Toledo por el Papa Paulo V.

4 CELÍCOLA. «Morador o habitador del cielo.» *Auts.* pone como ejemplo el v. 13 del núm. 238 del Conde.

8 Resulta curiosa esta relación que Villamediana establece en varios lugares entre paganismo y cristianismo.

Hoy que el monarca de la ibera gente
este a pisar selvoso campo viene,
Bóreas su aliento proceloso enfrene
y Favonio respire floreciente.

Desate en claras linfas cuanto argente   5
el hielo que sus márgenes contiene,
y a la frondosa tumba de Pirene
humilde postre la soberbia frente.

El gran planeta con süave lumbre
benigno extienda genitivos rayos,   10
ya entre purpúreas, ya entre blancas flores;

y concedido al valle y a la cumbre,
vencedor un enero de mil mayos,
sazone frutos, produzca amores.

---

* *LRC,* pág. 82. Parece un soneto de circunstancia escrito con motivo de
alguna salida del Rey, probablemente Felipe IV. La dificultad sintáctica de la
composición (hipérbaton, bimembración) y el uso de cultismos pueden hacer pensar que se trata de un soneto de la última época del Conde.

3 BÓREAS. Viento del septentrión.

4 FAVONIO. Viento del poniente.

5 LINFA. «Agua (como voz poética), hacia 1440» *(Corom.).*

7 PIRENE. Dio nombre a la fuente homónima de Corinto. Era hija del
dios-río Asopo.

10 GENITIVO. «Lo que puede engendrar o producir alguna cosa.» La voz
está ya, tal y como acredita *Auts.* en la Soledad II de Góngora, v. 726 (ed. cit.,
pág. 682).

A unas fiestas que hizo la villa de Madrid

Exentas de campanas las coronas
lograron noches y trocaron días,
puertas, ventanas, calles no vacías
enjambres parecían de personas.

Escuadrón religioso de amazonas   5
con suelta voluntad de ser arpías,
y las que forasteras cofradías
salieron hachas y volvieron nonas.

Plaza a nivel, octava maravilla,
y estrella la menor su luminaria,   10
los cíclopes en fuego de Vulcano.

No razonable justa literaria;
arcos no ya de Tito o de Trajano
fueron, señor, las fiestas de esta villa.

---

* *LRC*, pág. 136. Se trata de un soneto de circunstancia. El epígrafe aparece en *LRC*. Por lo que dice en el v. 12, podría tratarse de las fiestas que se celebraron en Madrid el 15 de mayo de 1620, con motivo de la beatificación de San Isidro. A la justa poética de estas fiestas concurrió el Conde y obtuvo el primer premio (*vid.* Cotarelo, *op. cit.*, pág. 92). Este soneto conserva parte de las características de los sonetos definición, sobre todo por su carácter enumerativo, que ofrece agilidad a la descripción.

8 HACHAS. «La vela grande de cera compuesta de cuatro velas largas juntas» (*Auts.*).

NONAS. «En el rezo es la última de las horas menores, que se dice antes de vísperas» (*Auts.*).

11 Los Cíclopes, como forjadores de las armas de los dioses, están asociados a los volcanes, donde poseen forjas subterráneas.

13 Flavio Vespasiano TITO (39-81) tomó Jerusalén en el año 70, dando fin a la guerra con los judíos, tras lo cual se le erigió un arco de triunfo en el Foro.

Marco Ulpio TRAJANO (53-117) conquistó la Dacia en el año 105, por lo que se le erigió la Columna Trajana en Roma.

No sé por qué Fortuna no socorre
de los trágicos actos de esta hiena;
dan coronas al digno de cadena
porque se encoja el mérito o se borre.

Falta en Castilla bien murada torre   5
para quien la dejó sin una almena;
ría Heráclito, ría enhorabuena;
Demócrito de celo y llanto ahorre.

El antiguo decoro hoy escarnece
triunviros escogidos a quien toca   10
cuanto del Marañón al Indo crece.

Estudiosa y mujer mil veces loca,
sorda otras tantas a tu altar se ofrece,
Argos sin ojos y Catón sin boca.

---

* *LRC,* págs. 136-137. Rosales lo incluye dentro del grupo de los SONE-
TOS LÍRICOS. Aunque la lectura no es difícil (trata de las prebendas dadas a
«triunviros escogidos», y de la reina de Castilla), resulta imposible determi-
nar a qué hechos en concreto se refiere Villamediana.

5 MURADA. «Cercada, guarnecida» *(Auts.).*

7-8 La oposición entre Heráclito y Demócrito («risa» y «llanto») es tópica
en la poesía del Siglo de Oro.

11 MARAÑÓN. Es el curso alto del Amazonas, en Perú.

14 ARGOS. Biznieto de Argos. Según unos, poseía un solo ojo; según
otros, cuatro, dos que miraban al frente y dos hacia atrás *(vid.* Ovidio, *Meta-*
morfosis, libro I).

CATÓN. Político romano (234-149 a.J.C.), que practicaba una gran aus-
teridad y que gozó de gran fama como orador.

288*

Al Rey nuestro Señor, en las dos fortunas
que logró el reino

Ya que a la monarquía alta de España
la esfera, rey ibérico, destina
una fortuna en todo peregrina,
una vez forastera y dos extraña;

ya que cuanto el sol gira, el Ponto baña,   5
de una frente en el círculo se inclina,
y el cielo en mayor rueda determina
ceñir sin margen una y otra hazaña;

de África, Septentrión, Asia y Oriente
dueño os dejaron libremente fieros   10
héroes que al sol borraron sus pendones;

mandad al Asia, Sur, Norte, Occidente,
y pues al oro vencen los aceros,
los pechos convertid en corazones.

---

* *LRC,* pág. 146. Es un soneto laudatorio hacia la política de los Austrias.

³ Juega aquí el Conde, conceptuosamente, con dos sentidos distintos de la voz «peregrina»: por un lado, «que viene de fuera» —de América, en este caso— y, por otro, que es «extraña». Ambos sentidos aparecen en *Auts.*

⁵ PONTO. Por antonomasia, el mar.

El que busca de amor y de ventura
ejemplos dignos de inmortal memoria,
mire la dulce y verdadera historia
que del tiempo y de olvido está segura.

Verá también al vivo la pintura   5
de aquella memorable y gran vitoria
que dio a Cortés y a España tanta gloria,
y al mejicano, muerte y sepultura.

Hallará en don Antonio, juntamente,
un Marte con la espada, y con la pluma   10
un nuevo Apolo, digno de renombre.

¡Honor y lustre de la edad presente:
de envidia de tu fama se consuma
el que no te tuviere por más que hombre!

---

* *Tx. D.*, pág. 343. Apareció editado por primera vez en el libro de Antonio Saavedra Guzmán, amigo del obispo de Puerto Rico, *El peregrino indiano*, Madrid, 1599. Es, por tanto, un soneto juvenil de don Juan de Tassis —todavía no Conde de Villamediana. Rozas lo edita en *Marte*, pág. 32, con el epígrafe «¿A quién?», que no está en el original.

El tono de estos sonetos juveniles es muy distinto al del resto de la producción del Conde. Rozas considera que es una etapa de aprendizaje de la mano de Luis Tribaldos de Toledo, que aconsejaba a su discípulo «los clásicos y toda la corriente que va de Petrarca a Herrera y, dentro de ella, a Francisco de Figueros» (*Vid.* «Los textos dispersos de Villamediana», *RFE,* XLVII [1964], pág. 344).

1 En *Marte*, Rozas corrige «ventura» por «aventura», que no está en el original.

290*

Gloria y honor del índico Occidente,
prudente caballero y animoso,
en los trances de Marte valeroso
en los actos de Palas elocuente;

dichoso tú, cuya invencible frente   5
ciñe la flor del lauro victorioso,
debido en Corte al escritor famoso,
como en campaña al general valiente.

Y más dichoso el español imperio,
pues tu raro valor y brazo alcanza   10
con arte y gloria militar tan diestro;

que es fuerza en el Antártico hemisferio,
para imitar los golpes de su lanza,
obedecer su estilo por maestro.

---

* *Tx. D.*, pág. 343. Este soneto apareció impreso en el libro de Vargas
Machuca, *Milicia y descripción de las Indias,* Madrid, 1599. Se trata, por tanto, de
un soneto juvenil (*vid.* J. M. Rozas, «Los textos dispersos de Villamediana»,
RFE, XLVII [1964], págs. 343-344). Para Rozas, art. cit., pág. 345: «El tema
[de este soneto] es el mismo: alabanza a dos escritores (Rufo y Vargas Machuca), que tratan en sus obras de asuntos bélicos.»

Sea para bien, en hora buena sea,
divino Rojas, el recién nacido,
que tal hijo de ingenio ha merecido
que esculpido en mil láminas se vea.

Plega a los cielos que la excelsa idea   5
del República llegue el apellido
· a donde, desterrándose el olvido,
de Dafne ingrata su laurel posea.

Ensancha, Manzanares, tus riberas,
donde tu nieto con amor recibas,   10
hijo de un hijo de tu margen bella.

Aquí viene a servirse muy de veras,
ampárale piadoso, así tú vivas
eternos años con feliz estrella.

---

* *Tx. D.*, págs. 347-348. Este soneto se editó como alabanza de *El buen república* (1611), de Agustín Rojas Villandrando (1572-1635?), militar en su juventud, cómico, escritor de comedias, y autor de *El viaje entretenido* (1603), libro-documento sobre el teatro de la época.

9-14 Dice Rozas, *Tx. D.*, pág. 348: «Aquella ingenuidad de sus dos sonetos adolescentes [se refiere a los núms. 289, 290] se ha transformado en ingenio. El poeta felicita al autor por el nuevo hijo de su mente, y pide al Manzanares, abuelo de la criatura, ya que es padre de Rojas, natural de Madrid, que le ampare y le reciba con amor.»

Sonetos sacros

A los presagios del días del Juicio

Cenizas que aguardáis aquella trompa
para unir las especies desatadas
con que al Juicio final serán llamadas
las almas puras con gloriosa pompa,

cuando la voz de Dios, abriendo, rompa   5
los mármoles y losas más pesadas,
porque salgáis unidas y apuradas
en forma a quien el tiempo no corrompa.

No puede estar ya lejos, pues es cierta
aquella confusión, cuya agonía   10
los dormidos espíritus despierta.

Antes, en este caso juzgaría
que ver cosa inmortal, sin tiempo, muerta,
es ya de los prodigios de aquel día.

---

* *1629,* pág. 55. Es la composición que abre el grupo de SONETOS SA-
CROS. El epígrafe es de *1629.* El Conde dedicará dos sonetos al tema del Juicio final: éste y el núm. 294. Rozas cree que este soneto «parece partir de la
muerte de una dama» (ed. cit., pág. 325). Creemos que el poema no aporta
ningún dato al respecto. Sí, en cambio, como hace Felipe B. Pedraza, puede
admitirse un tono que «roza la sátira moral al ver en la vida contemporánea
los presagios del día de la ira» (ed. cit., pág. XXI).

293*

A la casa de Nuestra Señora de Loreto

No colosos, ni pompas de romanos
son de mi admiración el argumento,
mas la casa en que tuvo fundamento
la vida y redención de los humanos.

Huyan lejos de aquí pechos profanos,   5
ángeles sólo, en soberano acento,
den al mismo sujeto el pensamiento
a quien dieron las alas y las manos.

En las almas se estampe la memoria
del celestial traslado misterioso   10
que dio a Italia renombre soberano.

Y a la humildad triunfante, y a su gloria,
devoto ofrezca el corazón cristiano
verdadero dolor, llanto piadoso.

---

* *1629*, pág. 55-56. Pertenece al grupo de los SONETOS SACROS. El epígrafe es de *1629*. El motivo es el santuario del siglo xv-xvi que encierra la casa de la Virgen en Nazaret, y que fue transportada, por misterio angélico, primero a Dalmacia y luego a Loreto. Por tanto, la composición debe de estar escrita entre 1611-1617, fechas de la estancia del Conde en Italia. Rozas, ed. cit., pág. 141, apunta «la influencia de un poemita de Marino del mismo tema (*La Lira*. Parte Seconda, Venecia, Ciotti, 1629, 137)». Por su parte, F. A. de Armas, art. cit., págs. 70-71, cree que Villamediana «is turning a lo divino the poetry of ruins». Cervantes, en *El licenciado Vidriera*, dirá lo siguiente referido a su personaje: «*fue a Nuestra Señora de Loreto, en cuyo santo templo no vio paredes ni muralla, porque todas estaban cubiertas de muletas, de mortajas, de cadenas, de grillos, de esposas, de caballeras, de medios bultos de cera y de pinturas y retablos que daban manifiesto indicio de las innumerables mercedes que muchos habían recibido de la mano de Dios por intercesión de su divina Madre*».

294*

Al Universal Juicio

Enfrenó el curso, y, sin ocaso el día,
los campos de Anfitrite no rodea
el gran pastor de Admeto, ni Febea
menguada o llena forma descubría.

Sobre cándidas rosas se reía   5
la primera causa en soberana Idea,
y con ángeles mil la bella Astrea
himnos en su alabanza repetía.

Cuando a la horrible voz, las esparcidas
reliquias de las almas fueron velo   10
destinadas al bien o mal eterno.

Y en un punto las causas definidas,
fueron los justos como a centro al cielo,
y de precitos se ocupó el infierno.

---

* *1629*, págs. 56-57. Pertenece al conjunto de SONETOS SACROS. El epígrafe aparece ya en *1629*. Villamediana escribió otro soneto con este mismo tema (núm. 292). Como afirma Felipe B. Pedraza, ed. cit., pág. XXI, «[Este soneto] mezcla las postrimerías cristianas con la mitología greco-latina».

2 ANFITRITE. Es la reina del Mar, «la que rodea el mundo». Pertenece al grupo de las hijas de Nereo y Dorida, las llamadas Nereidas. «Campo de Anfitrite» es, pues, el mar.

3 FEBEA. Es la luna.

El «pastor de Admeto» es Apolo.

7 ASTREA. Nombre de la constelación de Virgo. Hija de Júpiter y Temis.

14 PRECITO. «Condenado a las penas del infierno» (*Auts.*).

¡Oh tú, que por dejar purificado
y libre al hombre de la eterna pena
en tu inocencia dio la culpa ajena
mano sangrienta a juez apasionado!

Perfecciona, Señor, ya que has lavado   5
en el ardiente influjo de tu vena
la mejor parte, y rompe la cadena
de propios yerros, ánimo alumbrado.

Sacar debe tu auxilio del abismo
de culpas un sujeto, cuyo olvido   10
tiene desmerecida tu memoria;

que la gracia le debes a ti mismo,
pues no debe el remedio ser perdido,
que la pena formó, para mí, gloria.

---

* *1629,* pág. 57. Pertenece al conjunto de SONETOS SACROS. Está dedicado, sin duda alguna, a Jesucristo.
5 PERFECCIONAR. «Acabar enteramente alguna cosa» *(Auts.).*

Cuando pidió Cristo a su Padre perdón
por sus enemigos

Eterno amor, eterna tolerancia,
en la esencia de Dios muriendo ardía;
claro eclipse de gloria, oscuro día,
velo de culpas puso a su distancia.

Cuando el celo inefable, la constancia   5
que dio su vida por salvar la mía,
rogando al Padre por la gente impía
disculpaba su error en su ignorancia.

¡Oh paciencia de Dios, milagro eterno,
y cargo que me hace a mí conmigo   10
de obstinada perfidia y de malicia!

Por el amor que en mi dureza tierno,
en inocencia ejecutó el castigo
que mereció mi culpa a su justicia.

---

* *1629*, pág. 57-58. Incluido dentro de los SONETOS SACROS. El epígrafe es de *1629*. En este caso, el Conde utiliza el ejemplo de Cristo y sus enemigos —además de los usos pronominales— para ilustrar la unión existente entre el tema (la petición de perdón a Dios) y la forma.

Luz del fuego feliz, cuyas estrellas
hacen con su esplendor ilustre el suelo,
logra en su eterna esfera el alto vuelo,
pues gloria es tuya cuanto exhalan ellas.

Arderán con tu ejemplo en honor dellas   5
Fe, Esperanza y Amor con igual celo,
donde al pie que descalzo admira el cielo
de coturno le sirven las estrellas.

La tersa cruz del fulminante acero
que el claro protector vibró de Hesperia   10
en castigo del bárbaro africano,

consorcio hará con el cordón severo
que al rigor penitente dio materia,
sangre que hoy fertiliza el reino hispano.

---

* *1629*, pág. 58. Está incluido dentro de los SONETOS SACROS. Puede estar escrito con motivo de alguna de las canonizaciones del año 1622 (S. Francisco Javier, S. Ignacio) o 1620 (beatificación de S. Isidro).

7-8 Se trata de un lugar común —«bajo los pies, las estrellas»— que ya está en la Égloga V de Virgilio.

8 COTURNO. «Calzado de lujo empleado por los romanos, especialmente por los actores trágicos» (*Corom.*).

10 HESPERIA. España (*vid.* nota al v. 5 del núm. 318).

298*

A San Francisco Javier

Ve, ¡oh gran Francisco!, y vibra el gran tridente
de sacra diosa con la sacra mano,
que por virtud, si no por años cano,
darás a España gloria floreciente.

Desempeñe tu pecho heroicamente   5
del talento la fe, y el soberano
obsequio que a tu nombre no da en vano
el uniforme aplauso de la gente.

Logra y logre por ti la blanca Astrea,
no sólo incorruptible el terso acero,   10
sino el neutro nivel de su balanza.

Querrán los cielos que tu nombre sea
al de Numas y Néstores primero,
mi fe desempeñando y tu esperanza.

---

* *1629*, págs. 59-60. Pertenece a los SONETOS SACROS. El motivo
es la canonización de San Francisco Javier (*vid.* notas a los núms. 299
y 302).

1-2 Se refiere al episodio de la disputa entre Posidón y Atenea por la soberanía de Ática. El dios de los mares, de un golpe de tridente, hizo surgir un
caballo. Atenea, por su parte, hizo que naciese allí mismo un olivo, con lo
cual los doce dioses dieron la soberanía a Atenea (Ovidio, *Metamorfosis*,
libro VI).

3 *Vid.* v. 3 del núm. 237 y nota.

13 NUMA. Numa Pompilio fue el segundo rey de Roma, según las leyendas.

NÉSTOR. Néstor es el ejemplo del anciano prudente y valeroso. Fue el
único superviviente de la matanza que hizo Hércules, que acabó con todos
los hermanos de aquél.

299*

Al mismo [a San Francisco Javier]

Arde luz viva en polo ya luciente,
hecho vuelo inmortal tu humilde paso,
esplendor vivo de fulgor no escaso
desde el Ganges ilustre al occidente.

En la de Dios imperceptible mente   5
fuiste de gracias electivo vaso,
porque al sol de ellas, incapaz de ocaso,
rayos de fe bebiste el orïente.

Fatigas apostólicas logradas,
recibe ya el honor de la victoria   10
que te da quien dispensa el gran tesoro.

Lenguas de luz en mejor luz labradas
den hoy al sacro altar de tu memoria
el humo en ámbar y la llama en oro.

---

* *1629*, pág. 60. Está incluido bajo el epígrafe de SONETOS SACROS.
Es uno de los once sonetos que el Conde dedicara a San Francisco Javier. El
motivo debió de ser una justa poética en la canonización (1622). Felipe B.
Pedraza, ed. cit., pág. XXI, califica este grupo de sonetos sacros como «poesía culterana reducida a los límites del soneto y vuelta a lo divino, un género
que nació poéticamente muerto por su frialdad».

La metáfora de la luz y su brillo, como sinónimos de gloria, aparece en
cada una de las estrofas («luz», «esplendor», «fulgor», «sol», «rayos», «orïente»,
«tesoro»), para fundirse en el último verso: «la llama en oro».

3 *Auts.* pone como ejemplo del cultismo «fulgor» este verso de Villamediana.

6 VASO: no sólo sinónimo de recipiente, sino también, según *Auts.*:
«Metafóricamente se toma por la capacidad de un sujeto, o la anchura y amplitud de genio o natural.»

7-8 Debe hacerse notar cómo esa luz constante, «incapaz de ocaso», abarca
oriente y occidente.

300*

Al mismo [a San Francisco Javier]

Divino sol que lícitos espantos
causas el orbe tuyo riguroso,
entre los más gloriosos más glorioso,
y mayor santo entre mayores santos.

De muerte a vida trasladados, ¡cuántos   5
con acento lo dicen numeroso!,
y en cristiano lavacro poderoso
dados al cielo por tu mano tantos.

Confesor apostólico, profeta
que del morir segundo reservaste   10
los que al nacer del sol logrando el día.

De tu fraternidad humilde aceta,
bien que a piedra tan alta humilde engaste
de religiosa unión ofrenda pía.

---

* *1629,* págs. 60-61. Dedicado a la canonización de San Francisco Javier (1622), pertenece al grupo de SONETOS SACROS. Es, quizá, uno de los de más difícil lectura.

5 En *1629* se lee: «D. m. a. v. traslados c.». Lo corrijo según *1635.*

7 LAVACRO. «Es su riguroso sentido vale lavatorio, pero regularmente se toma por Bautismo» *(Auts.).* Para el uso de este término, *vid.* J. M. Rozas, *Sobre Marino y España,* Madrid, Editora Nacional, 1978, pág. 87, n. 24.

11 *LRC,* pág. 115 corrige, sin explicación, «logrando» por «logran».

Al mismo [a San Francisco Javier]

Ópimos frutos hoy en vez de flores
nuestra madre dedica a tu memoria,
y el esplendor inmenso de tu gloria
de aromas sacras nos produce olores.

Dïademas, eternos ya fulgores,   5
esclarecido honor se dé a tu historia;
y eternidades dos a tu victoria,
digna veneración, triunfos mayores.

Coros aclamen de gloriosa gente
de eterna luz un alma ya vestida   10
al fin de ocaso trasplantada a oriente;

en cuanto religiosamente unida,
devota militar familia asiente
seguir tus pasos, imitar tu vida.

---

* *1629*, pág. 61. Incluido dentro de los SONETOS SACROS. Está dedicado a la canonización de San Francisco Javier (*vid.* notas al núm. 299).
7 Se refiere a la vida del alma y a la vida de la fama.

302*

Al mismo [a San Francisco Javier]

Fija luz, norte ya, cristiano Febo,
con glorioso esplendor nos da el oriente;
dichosa cuna suya fue occidente,
que dio el hesperio sol prodigio nuevo,

a cuyos rayos misteriosos el evo   5
debe ya la noticia reverente,
viendo violados de tu celo ardiente
los penetrales del profundo Erebo.

¡Cuántas almas al cabo destinadas
del común Padre del pastor celante,   10
a eterna fueron luz restituïdas!

Fatigas, pues, por Dios, y en Dios logradas,
trompa sola querúbica las cante,
que humana voz las dejará ofendidas.

---

* *1629,* pág. 62. Pertenece al conjunto de SONETOS SACROS. Está dedicado a la canonización de San Francisco Javier (1622) —*vid.* nota al núm. 299. Sólo en este que anotamos ahora y en el núm. 298, también dedicado al santo, el Conde utilizará elementos mitológicos.

4 HESPERIO. *Vid.* nota a v. 5 del núm. 318.

5 EVO. «Tiempo sumamente largo y edad dilatadísima» (*Auts.*).

8 PENETRAL. «La parte interior más retirada y secreta de una cosa.» *Auts.* utiliza como autoridad estos versos de Villamediana.

EREBO. Son las tinieblas infernales. Personificado es hijo de Caos y hermano de la Noche.

303*

Al mismo [a San Francisco Javier]

De esplendor eminente el grado hoy toma
puesto, no trasplantado a eterno coro,
sol a quien debe el Ganges culto el oro
y que le debe el Indo tanto aroma.

Carácter sacro en soberano idioma,   5
en márgenes el Tajo imprime de oro
palmas de luz fragante, ya tesoro
pío dispensa el vaticano aroma.

Tirio, pues, rosicler tienda festivo
desde los siete montes sin que estorbe   10
al poder de su brazo la distancia.

El gran pastor, y con fulgor ya vivo,
sol tanto comunique; beba el orbe
ondas de luz en senos de constancia.

---

* *1629*, págs. 62-63. Soneto dedicado a la canonización de San Francisco Javier. Destacan en él la insistencia en la «luminosidad» del hecho y la repetición de palabras («oro», «aroma»). No ha vuelto a imprimirse desde *1648*.

3-4 El Conde hace notar, con estos versos, la labor evangelizadora que el santo llevó a cabo en la India.

4 AROMA. «Goma que destilan varias plantas y árboles de que abunda el Oriente (...) Los romanos cargaron grandes tributos sobre las aromas, perlas y piedras preciosas que se traían de Arabia» (*Auts.*).

5 CARÁCTER. «Se llama también la señal espiritual que imprimen en el alma los Sacramentos del Bautismo, Confirmación y Orden» (*Auts.*).

10 Alusión a las siete colinas que rodean a Roma.

Al mismo [a San Francisco Javier]

¡Oh ya de polo austral fecundo Atlante,
en cuyos hombros hoy el pelo estriba
de caridad no muerta y de fe viva,
Argos de nuestra fe, pastor celante!

Cual a tu celo fue clima distante,   5
sol, pues, de luz, que eterna luz derriba,
de mil al Indo pluma que la escriba
y trompas mil al Ganges que la cante.

Cuantas vieron ondas sus orillas,
tantos por el diáfano elemento   10
querúbicos te aclamen plectros de oro;

sus altas plumas, altas maravillas,
de feliz conduciendo vencimiento
al triunfo excelso de tu excelso coro.

---

* *1629,* pág. 63. SONETO SACRO dedicado a la canonización de San Francisco Javier. En esta composición, el Conde hace un alarde de procedimientos cultos, tanto en la construcción (hipérbaton, cultismos) como en el contenido (utilización de la mitología pagana). *Vid.* notas al núm. 306.

1 ATLANTE. *Vid.* nota al v. 2 del núm. 217

4 ARGOS. *Vid.* nota al v. 14 del núm. 287.

5 CLIMA. *Vid.* nota al v. 10 del núm. 305.

6 Sigo la lectura de *1635,* puesto que en *1629* dice «deriva».

7 En*1629,* «alindo».

7-8 *Vid.* nota a vv. 3-4 del núm. 303.

305*

Al mismo [a San Francisco Javier]

Digno construye a tu memoria nido,
no pompa vana, en vano mausoleo,
al cielo si católico trofeo,
a mortales trabajos ofrecido.

En dos eternidades ya esculpido   5
a soberana luz tu nombre veo,
y en cerúleo papel impreso aun leo
tu incesable anhelar nunca perdido.

De sudar deje ya fecundo aroma
el que en remoto y no apartado clima   10
tu fatigar compadeció piadoso.

Claro, pues, vencedor mil palmas toma
hoy que el sagrado cónclave te estima
más que digno del triunfo glorïoso.

---

* *1629*, págs. 63-64. Soneto dedicado a la canonización de San Francisco Javier. Pertenece, como los demás, a los SONETOS SACROS del Conde.

4 Corrijo este verso, que en *1629* y *1635* figura como: «amor tales t.o.».

10 CLIMA. *Auts.* ejemplifica el uso de este término con dos versos de Anastasio Pantaleón pertenecientes a una octava dedicada a San Francisco Javier: «Peregrino y osado marinero / de mundo ajeno, de extranjero clima.» El sentido es similar al del verso de Villamediana (*vid.* nota a los vv. 3-4 del núm. 303).

306*

Al mismo [a San Francisco Javier]

Con religiosos votos inculcado,
mares tantos, de más fecundo, vino
fortunado bajel, de austro divino
con benignos impulsos fue agitado.

¡Oh mar, ya del olvido reservado!   5
¡Oh argonauta del cielo peregrino!
De empírea Colcos alto vellocino
a eternas fatigas puerto ha dado.

Amaine, pues, inquiridor navío
de los senos de Dios, pliegue en su orilla   10
velas de fe a quien Tetis obedece,

en cuya protección no en vano fío
ver lograr tanta náufraga barquilla
puertos que busca, votos que te ofrece.

---

* *1629,* págs. 64-65. Perteneciente a los SONETOS SACROS, es uno más de los dedicados a la canonización de San Francisco Javier (1622). En éste, como en el núm. 307, el Conde utiliza la metáfora náutica y, además, temas de la mitología pagana.

[1] INCLUCAR. «Repetir muchas veces una cosa y porfiar en ella» *(Auts.).*

[6-7] Siguiendo el sistema metafórico, el poeta compara al santo y a su obra con el viaje de Jasón y los Argonautas a la Cólquides en busca del Vellocino de Oro, animal legendario que Mercurio regaló a Frixo y que estaba asociado al destino de la Cólquides. El Conde califica al carnero como «alto», porque Frixo lo sacrificó y colgó de una encina.

[9] INQUIRIR. «Buscar cuidados o solícitamente» *(Auts.).*

[11] TETIS. Es la más célebre de todas las Nereidas. Hija de Nereo y de Dóride, es una divinidad marítima e inmortal.

A lo firme e incontrastable de la fe

A cerúleos caracteres entrega
tus prodigios el mar nunca borrados,
antes que sus impulsos agitados
su volubilidad común les niega.

Bajel de Dios no teme, aunque navega   5
los senos de Neptuno reservados;
cedan, pues, ya los vientos conspirados
a clara luz de fe noche más ciega.

Sabrá tomar en las borrascas puerto
el que lleva por norte ardiente celo,   10
en su fe, su esperanza, y Dios por guía;

verá desde la tierra el cielo abierto,
o la tierra hará bajar el cielo:
tanto consigue quien en Dios confía.

---

* *1629,* pág. 65. Pertenece al grupo de SONETOS SACROS dedicados a
la canonización de San Francisco Javier (1622). En el núm. 306 utilizará de
nuevo la metáfora náutica para el mismo tema.

1 CERÚLEOS. «Cosa perteneciente al color azul, y con más propiedad al
que imita al del Cielo cuando está despejado de nubes» *(Auts.).*

6 RESERVAR. «Encubrir, ocultar o cautelar alguna cosa» *(Auts.).*

9-14 Característico de un sonetista como el Conde es esa ruptura temporal, mediante el futuro, que plantea en los tercetos.

12-13 Bella imagen de la unión de los dos ámbitos: cielo y tierra (lo espiritual y lo humano), como consecuencia de la fe.

Pescador hoy el pez del mismo anzuelo,
escamoso prodigio, el mar te envía
cerúlea prenda, oh padre, de que ardía
en la ondas tu fe, como tu celo.

Con sólo tu orfandad, la suya el cielo,   5
por misteriosamente fuerza pía,
lúbrico sol de la región más fría,
te fue visión y norte en verde suelo.

Prerrogativas mil te debe Oriente
último en tiempo, apóstol no postrero,   10
incorruptibles ya logrando palmas.

Erija, pues, altares Occidente
a tu memoria en culto verdadero,
segundo redentor de tantas almas.

---

* *1629,* págs. 65-66. Este SONETO SACRO, a pesar de figurar sin epígrafe, está dedicado, con toda seguridad, a la canonización de San Francisco Javier *(vid.* notas al núm. 307).

309*

A la canonización de San Ignacio de Loyola

No bárbaras colunas erigidas
a pompa de soberbios Tolomeos,
piadosos sí, católicos trofeos,
aras te dan de gloria construidas.

Voces de luz y llamas ofendidas   5
en culto fuego al claro mausoleo,
pues son centellas del honor sabeo
a fragantes estrellas reducidas.

Hoy te consagra el religioso gremio
de uniforme constante compañía,   10
que lograr ya con Dios la tuya espera.

Suya, pues, gloria, en ti librado el premio,
en pompa esclarecidamente pía
tanto incienso te ofrece, tanta cera.

---

* *1629,* pág. 66. Pertenece a los SONETOS SACROS y está dedicado al mismo motivo que el núm. 316. Debe de haber sido escrito en 1622. El epígrafe es de *1629.*

1-3 La estructura de estos versos es «No B, sí A» *(vid.* D. Alonso, *Góngora y El Polifemo,* vol. I, Gredos, págs. 159-160).

2 TOLOMEOS. Nombre de nueve reyes de Egipto, que reinaron entre el 306 y el 30 a.J.C.

7 SABEO. *Vid.* nota al v. 5 del núm. 262.

8 Aunque pueda parecer extraño el uso de «fragantes», en el v. 82 de la *Fábula de Faetón* dice: «si resplandeces flor, fragas estrella».

A San Isidro de Madrid

Los campos de Madrid, Isidro santo,
de querúbicas manos cultivados,
fieles responden hoy a tus arados,
fruto de tu gloria por sazón de llanto.

Previsto agricultor, logra, pues, cuanto   5
el cielo debe a surcos nivelados,
que Elíseos, que diáfanos collados
nunca dan menos a quien siembra tanto.

Rústicas ya supliéndole fatigas
jornaleros del gremio soberano,   10
en cuanto rinde el cielo alto tributo,

al sacro labrador le dan espigas
de empíreo campo, al mismo Cristo en grano,
sembrando aquí sus lágrimas el fruto.

---

* *1629*, págs. 66-67. Pertenece a los SONETOS SACROS. El epígrafe es de *1629*. Con este soneto ganó el Conde el segundo certamen de las justas celebradas en Madrid el 15 de mayo de 1620, con motivo de la beatificación de San Isidro. El segundo y tercer premios fueron para Vicente Espinel y para Francisco López de Zárate respectivamente. Hizo de secretario del certamen Lope de Vega, que editó el soneto del Conde en su *Justa poética y alabanzas justas que hizo la insigne villa de Madrid al bienaventurado San Isidro,* Madrid, Viuda de Alonso Martín, 1620, fol. 45v. *(vid.* Cotarelo, *op. cit.,* pág. 92 y Rozas, «Los textos dispersos...», pág. 359).

11 En la edición de la *Justa...* se lee: «en cuanto al cielo rinde alto tributo».

12 Corrijo, según *1635,* donde en *1629* se lee «a».

A San Agustín, pintado entre Cristo y la Virgen

No entre Escila y Caribdis viva nave
niega a impulsos australes blanco lino,
entre nortes de luz, si aserto dino,
violencia es dulce, rémora süave.

Neutral piloto, amor, apenas sabe   5
uno u otro elegir puerto divino,
de gracia eterna aquél, inmenso y trino,
éste, en que el mismo trino eterno cabe.

Éxtasis, acordado parasismo,
del que pendiente del ambiguo acierto,   10
más en sí está, saliendo de sí mismo.

Y en dudoso elegir, de acertar cierto,
las suertes menosprecia del abismo,
bajel que entre dos cielos toma puerto.

---

* *1629*, págs. 67-68. Pertenece al grupo de SONETOS SACROS. En él utiliza el Conde la metáfora náutica del bajel, que aparece también para otros temas.

1 *Vid*. nota al v. 10 del núm. 159.

7-8 Aquí juega el Conde con dos significados para TRINO: «Lo que contiene tres cosas distintas» y «El quiebro de la voz» *(Auts.)*.

9 PARASISMO. «Accidente peligroso o cuasi mortal en el que el paciente pierde el sentido y la acción» *(Auts.)*.

10 AMBIGUO. *Vid*. nota al v. 4 del núm. 75.

12 En *1629* se lee «undoso». Sigo aquí la lectura de *1635*.

312*

Cual matutina lumbre, soberano
esplendor concediendo, es centellante
cual despuntar se vio deidad amante
de la fecunda sal del oceano;

cual la virgen rosa que en jardín temprano   5
de verde cárcel se soltó fragante,
fovente al parto, céfiro espirante,
de los grávidos senos del verano;

tal, fénix nueva, en sus flamantes plumas
le desmintió crepúsculo al día   10
que formó sol de viva hermosura,

beldad originando las espumas
de piélagos de gracia a la luz mía,
imperceptible siempre, siempre pura.

---

* *1629,* pág. 68. Pertenece a los SONETOS SACROS. Rozas, en su edición, acredita como fuente la octava LX del Canto XV de *La Jerusalén* de Tasso. El Conde, según él, «vierte a lo divino» el tema, dedicándolo «A la Inmaculada» *(op. cit.,* pág. 187).

4 La acentuación de «océano» cambia por cuestiones de rima.

7 FOVENTE. Es un cultismo que no recogen *Covarr.* ni *Auts.* Deriva de «foveo» (calentar, abrigar). «El céfiro sopla del Poniente, sopla blanda y apaciblemente» *(Auts.),* y hace nacer a la rosa.

313*

Al sepulcro del apóstol San Pedro

Este ahora al primero dedicado
de los senos de Dios sacro piloto,
no sólo es templo, afecto —si devoto—
de vivo altar, de túmulo animado;

cuyo sublime culto hoy ve logrado   5
al más heroico y religioso voto
que la común ejecución de Cloto
con dos eternidades ha violado.

Alta no construcción, no fuerza de arte,
en virtud puede dar, de muertos vivos,   10
voces a piedras, a metales ojos,

cuando colosos sacramente altivos
humildes son, y aun son con digna parte
para depositar tales despojos.

---

* *1629,* págs. 68-69. Es el último de los SONETOS SACROS. El epígrafe
es de *1629.* Destaca en esta composición el sutil trenzado de elementos cristianos y paganos que hace el Conde, así como el uso de la bimembración en
varios endecasílabos.

El sepulcro de San Pedro se encuentra en la Basílica Vaticana. Probablemente el Conde escribió este soneto poco después de su estancia en Roma, es
decir, hacia 1615 o poco antes *(vid.* Cotarelo, *op. cit.,* págs. 48-49, y N. Alonso
Cortés, *op. cit.,* págs. 59-60).

[7] CLOTO. Es la Parca encargada de enrollar el hilo de la existencia, no
de cortarlo.

314*

Floreciente esplendor en quien contemplo
cuanto tú mismo a tus virtudes debes,
cuanto con sacra voz las almas mueves,
y más que con la voz, con el ejemplo.

Luz de cuya infusa luz muestra en el templo   5
eternos fines con avisos breves,
cielo por quien alientas, si no atreves,
una esperanza en quien mil ansias templo.

Los venerables bien vividos años
logra feliz, tus canas sean espejo   10
a luz de verdaderos desengaños.

Nunca mozo veremos al que viejo
en las virtudes desvanece engaños
del mundo con su aviso y su consejo.

---

* *1629*, págs. 76-77. Está incluido dentro de los SONETOS LÍRICOS.
Es, en realidad un soneto de tema sacro dedicado a un ejemplo de virtud,
quizá a Acevedo (*vid.* el núm. 229).

[10] «Sean» ha de entenderse diptongado por razones métricas.

315*

A San Juan Bautista en su martirio

Entre lascivas fiestas demandaba
al rey tirano que en su amor ardía
la cabeza del justo su Herodía
a quien el ciego rey se la otorgaba.

Pero por no cortalla limitaba   5
el cielo que a sus vicios ofendía,
si apartada del cuerpo en que vivía
con nueva voz y aliento predicaba.

¡Oh precursor divino!, cuya mano
mostró la luz al mundo verdadera,   10
testimonio que el cielo ensalza y canta;

que viste opuesto el cuello soberano
a la fuerza sacrílega y severa
que puso su cuchillo en tu garganta.

---

* *1635*, pág. 418. Pertenece a los sonetos imprimidos por primera vez en
1635. El epígrafe aparece ya en esta edición.

Se ilustra la decapitación de San Juan Bautista, que Herodes lleva a cabo a
petición de Salomé, hija de su hermano Filipo y de Herodías (*Marcos*, 6,
14-29). Herodes se había casado con la mujer de su hermano.

7 Corrijo «apartaba», que aparece en *1635*.

9 A San Juan Bautista se le llamaba «El Precursor».

316*

Iñigo al pobre, enternecido mira,
que entre congoja y hambre desfallece,
y mientras de su mal se compadece,
a su remedio cuidadoso aspira.

Entre afectos y lágrimas suspira,   5
tres cesticas de pan al cielo ofrece:
¡oh fe divina!, cuatro meses crece
. . . .

El agua se concede a la eficacia
de su oración y a fértil primavera   10
de la tierra doblados los tributos.

¡Oh soberano efeto de la gracia!,
mas ¿qué no alcanza quien en Dios espera
agua, sustento, flores, frutos?

---

* *1635,* págs. 418-419. Pertenece al conjunto de SONETOS que se editan
a partir de *1635. LRC,* pág. 114, añade el epígrafe «Al mismo» (A San Ignacio de Loyola). Debe de ser de 1622, fecha de la canonización. El Conde dedicó a este mismo asunto el núm. 309. Por el verso final y los anteriores, bien
podría tratarse de un soneto con estructura diseminativo-recolectiva *(vid.* D.
Alonso y C. Bousoño, *Seis calas en la expresión literaria española,* Madrid, Gredos,
1979, págs. 58-60).
8 Falta en *1635.*

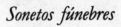

Sonetos fúnebres

317*

Al rey de Francia Enrique Cuarto

Éste que con las armas de su acero
a los rayos del sol émulo es claro,
de la sangre en la paz fue tan avaro
como pródigo de ella en guerra y fiero.

Dulce, cortés, magnánimo, guerrero,   5
intrépido, constante, invicto, raro,
de las artes sagradas sacro amparo,
rey por su espada, ilustre caballero.

Denos hoy en sus lirios esperanza,
planta cuan bien nacida mal cortada   10
de Magnos Carlos, de Bullones píos.

Que bien parecerá su semejanza,
si el agua en sangre bárbara trocada,
dieren tributo al mar los sacros ríos.

---

* *1629,* págs. 82-83. Este soneto ha pasado por una circunstancia muy curiosa: en *1629* se edita dos veces: una, en las páginas ya citadas; y, otra, en la pág. 159, en este caso con una variante que anoto. Por tanto, aparece, respectivamente, entre los SONETOS LÍRICOS y entre los FÚNEBRES. En cambio, en *1635,* se edita sólo en la pág. 159, esto es, con los FÚNEBRES, y en la versión que en *1629* aparecía en págs. 82-83. El Conde dedicó a este mismo personaje los núms. 196, 340, 341.

6 RARO. «Insigne, sobresaliente o excelente» *(Auts.).*

7 Nótese el uso de la derivación.

9 El lirio o la flor de lis forma parte del emblema heráldico de la realeza en Francia.

11 Se refiere a Carlomagno (742-814), rey de los francos; y a Godofredo de Bouillon (1058-1100), Duque de Lorena, y uno de los jefes de la primera Cruzada (1096-1099), conquistador de Jerusalén y primer rey del Estado que se formó tras la conquista.

12 En *1629,* pág. 159, se lee: «sus semejanzas».

Al Marqués de Santa Cruz, electo Capitán General en la
jornada de Inglaterra, cuya muerte se tuvo por agüero
infeliz.

Aquí donde el valor del nombre ibero
en descansado honor halló reposo,
después que, de ambos mares victorioso,
puso en la vaina el bien manchado acero,

llore la grande Hesperia el triste agüero   5
a que dio causa el cielo riguroso;
pues ya, el cuello inclinado, el temeroso
isleño sacudió el yugo severo.

Tiempo y olvido aquí no tienen parte,
que la inmortalidad su templo ofrece   10
con debida memoria a sus memorias;

y en la corona que le teje Marte,
entre el ciprés funesto reverdece
el vencedor laurel de sus victorias.

---

* *1629,* págs. 148-149. Es el primero de los SONETOS FÚNEBRES editados en *1629.* El epígrafe aparece ya entonces. Está dedicado a don Álvaro
de Bazán, Marqués de Santa Cruz, muerto en Lisboa en 1588. (*Vid.* J. M. Rozas, *El Conde de Villamediana. Bibliografía y contribución al estudio de sus textos,* Madrid, CSIC, 1964, pág. 47, n. 7). Góngora también le dedicará el soneto núm.
249 (ed. cit., págs. 457-458) que Chacón fecha en 1588, y Foulché-Delbosc
en 1598.

Una de las características que más se repiten en estos sonetos fúnebres es el
uso de la deixis.

3 Sigo *1629* y no *1635,* donde se lee: «d. q. en a. m. v.».

5 HESPERIA. «Dos regiones tienen este nombre: una es Italia y otra es
España; el nombre de Esperia absoluto» (*Covarr.*).

11 En *MyB,* pág. 259: «c. eterna m. a. s. m.».

A la muerte de D. Rodrigo Calderón

Éste que en la fortuna más subida
no cupo en sí, ni cupo en él su suerte,
viviendo pareció digno de muerte,
muriendo pareció digno de vida.

¡Oh providencia nunca comprendida,   5
auxilio superior, aviso fuerte,
el humo en que el aplauso se convierte
hace la misma afrenta esclarecida!

Purificó el cuchillo los perfetos
medios que la religión celante ordena,   10
para ascender a la mayor victoria;

y trocando las causas sus efetos,
si glorias le conducen a la pena,
penas le restituyen a la gloria.

---

* *1629,* pág. 149. Pertenece al grupo de SONETOS FÚNEBRES del Conde. Villamediana dedicará un gran número de composiciones satíricas a Rodrigo Calderón, Marqués de Siete Iglesias, ajusticiado el 21 de agosto de 1621 —octubre, según Cotarelo, *op. cit.,* pág. 104—, tras un largo proceso que se había iniciado con su detención el 20 de febrero de 1619 (*Vid.* A. Pérez Gómez, «Prólogo», a su *Romancero de D. Rodrigo Calderón,* Valencia, 1955, págs. 14-23 y Cotarelo, *op. cit.,* págs. 60, 85-89, 104, 270, 276, 285, 287-288 y 293-294). Baltasar Gracián, en su *Agudeza y arte de ingenio,* tratado I, discurso V (ed. de Correas, Castalia, vol. I, pág. 80), copia este soneto con la variante «calificó» para el v. 9, y con el siguiente comentario: «Entre la vida y la muerte de un monstruo de fortuna, un otro, que lo fue en todo, cantó bien esta disonancia.»

3-4 Un ejemplo de inversión sintáctica o retruécano.

9 Sigo la ed. de *1635,* puesto que en *1629* se lee: «Que allí fió a un cuchillo los perfectos.»

10 En *1635,* «modos».

320*

Al Marqués de Santa Cruz, muerto

No de extinguible luz comunes ceras
ardan en tus exequias funerales,
sino el vivo esplendor de los fanales
presos son estandartes y banderas.

Por despojos tus armas y cimeras   5
sirvan de suspensión a los mortales,
y escríbase el honor de tus navales
con sangre de naciones extranjeras.

Pues te queda la fama por trofeo
del blasón por las armas adquirido,   10
¡oh clarísimo honor de las Españas!,

no admitas urna breve, que debido
siendo a tu nombre el mar, por mausoleo
viene angosto teatro a tus hazañas.

* *1629*, págs. 149-150. Incluido dentro de los SONETOS FÚNEBRES, aparece en todas las ediciones bajo el epígrafe «A la muerte del Rey nuestro señor Felipe Segundo». Sin embargo, en *Brancacciana*, fol. 55r. *(MyB*, págs. 258-259) aparece con el epígrafe que lo editamos *(vid.* notas al núm. 318), e igualmente en *Mendes Britto*, fol. 160v.

2 En *Brancacciana*, «a. e. t. obsequias f.».

3 En *Brancacciana*, «mas».

5 CIMERA. «Se llama en el blasón cualquier ornamento que en las armas se pone sobre la cima del yelmo o celada» *(Auts.).*

9 En *Brancacciana*, «Quedando, pues, tu fama por trofeo».

A la muerte de la Reina nuestra señora
D.ª Margarita

Deste eclipsado velo, en tomo oscuro,
en sordas sombras de tristeza envuelto,
lo que fue corruptible está resuelto
y lo puro ha buscado a lo más puro.

Donde pisando el cristalino muro,   5
de mortal peso ufanamente suelto,
a su casa primera sólo vuelto,
sumo y eterno bien goza seguro.

¡Oh espíritu feliz que, cuando imperios
mortales deja, alcanza eterno asiento   10
ante el fin verdadero de los fines!

A donde aprende en parte los misterios
con intérprete voz, con dulce acento
de incesable cantar de serafines.

---

* *1629*, pág. 151. Pertenece al grupo de SONETOS FÚNEBRES. Fue incluido por G. Diego en la antología cit., pág. 79. El epígrafe es de *1629*. El Conde dedicará dos más (núms. 323, 331) a la muerte de la reina (1611). Probablemente están escritos en Italia, donde el Conde estuvo desde 1611 hasta 1617. Cotarelo, *op. cit.*, pág. 276, apunta cómo «se le imputó el delito de haber envenenado a la reina a Rodrigo Calderón (...) Nada, sin embargo, se le pudo probar en la causa». Aunque, en realidad, «murió de sobreparto» *(ibíd.,* pág. 292). Góngora también dedicó varios sonetos a la muerte de la reina (ed. cit., núms. 315, 318, 319 y 320).

1 TOMO. «El grueso, cuerpo o bulto de alguna cosa» *(Auts.)*.

3 RESOLVER. «Disolver o dividir un todo en sus partes, desatando o deshaciendo la unión» *(Auts.)*.

A la muerte de un niño

Este pimpollo tierno y generoso,
que se mostraba ya fresco y lucido,
del patrio y fértil tronco dividido,
cayó en el seno del común reposo.

Mas traspuesto en terreno más dichoso,　　　　5
renueva flor y fruto enriquecido;
no teme la inclemencia ni el bramido
del seco invierno y austro tempestuoso.

Que en el eterno reino sin mudanza
luce otro sol más puro a otro cielo　　　　10
que en las plantas influye eterna vida.

¿Quién, pues, con tan segura confïanza,
osa soltar la rienda al desconsuelo,
viendo en verde razón gloria florida?

---

* 1629, págs. 151-152. Pertenece a los SONETOS FÚNEBRES. El epígrafe es de 1629. Villamediana canta la muerte, en este caso, desde el consuelo que supone la vida eterna. Las coincidencias con el núm. 329 se dan, sobre todo, en los cuartetos.

8 AUSTRO. «Uno de los cuatro vientos cardinales, es el que viene de la parte del mediodía» (*Auts.*).

11 INFLUIR. «Causar algunos efectos o inclinar a ellos, ya se hable generalmente de toda causa, ya específicamente de los astros o cuerpos celestes.» *Auts.* copia estos dos versos de Quevedo: «Las plantas hacen mudanza / como las influye el cielo.»

A la muerte de la Reina nuestra señora
D.ª Margarita

Del cuerpo despojado el sutil velo
como parte inferior la tierra esconde,
el alma no, que Dios la tiene donde
de gloriosa virtud alcanza el vuelo.

Y aunque a las prendas que dejó en el suelo   5
ya con mortales voces no responde,
al común llanto en ira corresponde
si ira de común llanto llega al cielo;

que la que, por virtudes y por fama,
una vida mortal y transitoria   10
por dos eternas vidas ha trocado.

Ya las lágrimas culpa, que derrama
el ciego y tierno afecto lastimado,
que no reprime el llanto con su gloria.

---

* *1629*, pág. 152. SONETO FÚNEBRE dedicado, como el núm. 321, a la
muerte de doña Margarita de Austria (1611). El epígrafe es de *1629*.

7-8 Nótese la fuerza que adquiere el final del cuarteto gracias al retruécano.

11 Se refiere a la vida eterna y a la vida de la fama.

324*

A la muerte del Rey nuestro señor Felipe Segundo

Yace aquí el gran Felipe, al claro nombre
incline el pecho el corazón más fiero,
España triste ofrezca el don postrero
a la sacra deidad de su renombre.

Comience a venerar el mortal hombre   5
la virtud inmortal, y el verdadero
valor, virtud de un ánimo severo,
y al son de Roma y Grecia no se asombre;

que ya vio bien verde edad, maduro seso,
templanza en el poder, igual semblante   10
en los varios sucesos de la suerte;

sostener de dos mundos en un peso,
émulo y vencedor del viejo Atlante,
domar la envidia y despreciar la muerte.

---

* *1629,* pág. 153. Pertenece al conjunto de SONETOS FÚNEBRES. El Conde dedicará otro a este mismo motivo *(vid.* núm. 325). Éste que anotamos fue atribuido a Maluenda *(vid.* Rozas, *El Conde de Villamediana. Bibliografía...,* pág. 48). A pesar de su sencillez, me cuesta creer que se escribiera en el momento de la muerte del monarca (1598). Parece posterior.

[13] ATLANTE. *Vid.* nota al v. 4 del núm. 217.

Al mismo [A la muerte del Rey nuestro señor
Felipe Segundo]

No consagréis a la inmortal memoria
de nuestro rey despojos adornados
de arneses rotos, yelmos abollados,
ni de banderas de naval victoria.

Mas dedicad altares a su gloria   5
quedando en bronce y mármol entallados
reyes, reinos a Cristo dedicados,
sujeto noble de famosa historia.

En las armas estampe el claro ejemplo
del heroico valor nunca vencido,   10
huya lejos de aquí el vulgo profano,

que ya resuena en el sagrado templo
de la fama su nombre esclarecido,
en tanto que le llora el mundo en vano.

---

* *1629*, págs. 153-154. Es un SONETO FÚNEBRE al mismo motivo
que el núm. 324 (*vid.* notas).
3 *Vid.* v. 10 del núm. 239 y v. 106 del núm. 390.

A la muerte del Conde de Coruña

Cuando hierve cual mar la adolescencia
en ondas de peligros y de engaños,
golpe de arrebatados desengaños
hizo efecto mayor de su violencia.

Sólo aquella sublime providencia   5
sabe en un punto restaurar los daños
de la omisión y olvido de mil años,
en un acto interior de penitencia.

Digno auxilio, señor, porque la culpa
nunca fue tal, ni el término tan breve   10
que tu misericordia no le alcance.

Supla, pues, la piedad a la disculpa
donde no hay fin seguro ni horror leve.
¡Oh ciega obstinación! ¡Oh duro trance!

---

* *1629*, pág. 154. Pertenece a los SONETOS FUNEBRES. «Murió el
Conde de Coruña a traición, joven [en 1616] y desastrosamente, como murió
Villamediana, y a su muerte hizo Don Juan este soneto (...) Nobles palabras
que tal vez hayan favorecido en el momento de su muerte a quien las escribió» (en L. Rosales, *Pasión y muerte...*, págs. 80-81, n. 4). en Mendes Britto, fol.
1606., aparece bajo el epígrafe «A la muerte del Conde de Coruña a puña-
ladas».

«D. LORENZO SUÁREZ DE MENDOZA, sexto Conde de Coruña,
Vizconde de Torija, sucedió al Conde su padre (D. Bernardino Suárez de
Mendoza) en 1592 [...] Fue muerto desgraciadamente sin haber tomado esta-
do de matrimonio el martes día 9 de febrero de 1616» (A. López de Haro,
Nobiliario genealógico de los Reyes y Títulos de España, Madrid, 1622, fol. 404).

6 EN UN PUNTO. *Vid.* nota al v. 6 del núm. 279.

Al Católico Rey Don Fernando

Aquí descansan del mayor Fernando
en reposo inmortal brazo y espada,
urna breve los cierra dedicada
al mortal uso el nombre trasladando.

Ni pudo España interrumpir, llorando   5
sobre la sorda piedra, en voz turbada,
las voces de la fama que, animada,
sus triunfos para siempre está cantando.

Hizo correr al mar de sangre el Reno,
y, vencedor cortés esclarecido,   10
a la ambición de Italia puso freno;

dio leyes a la paz, venció al olvido,
no vio nación y no pisó terreno
que no quedase a su valor rendido.

---

* *1629*, págs. 154-155. Incluido dentro de los SONETOS FÚNEBRES.
El epígrafe ya aparece en *1629*. Este soneto prueba que el Conde dedicó
composiciones a personajes no contemporáneos a él mismo, por lo que no
veo inconveniente en aceptar como suyo los números 324 y 325.

El soneto tiene la estructura característica del tema que trata: en los cuartetos se habla de la fama, la memoria, la vida en el recuerdo de los demás; y
en los tercetos se narran las virtudes o los hechos del personaje al que se dedica la composición.

3 URNA. «Caja regularmente en forma de cofrecito de mármol, plata, oro
u otras materias, en que se colocaban y depositaban en lo antiguo las cenizas
de los cadáveres para ponerlas en los magníficos sepulcros. Hoy se llaman así
las grandes, en que se sepultan los cadáveres de los Reyes y personas de autoridad» (*Auts.*).

9 Se refiere al río Ródano.

11 Alude el Conde a la alianza que Fernando el Católico logró formar, y
que unió a Inglaterra, España y el papado bajo una Liga Santa con la finalidad de detener a Carlos VIII de Francia en sus incursiones por Italia.

328*

Al Marqués de Pescara

¿Qué historia o qué memoria hay que no sea
viva voz deste nombre soberano,
de aquél por quien cifró con una mano
Marte la lanza y su balanza Astrea?

¿Y qué inmortal, muriendo, no posea   5
en corta pira más honor que humano?
Quien dio leyes mandando al aquitano
y luz de fama a cuanto el Sol rodea.

Reinos adquiere, imperios amedrenta,
rebeldes doma y triunfos atesora,   10
legislador marcial por eminencia.

Ni con espada bárbara sangrienta
quiso vencer la antigua vencedora,
sino huir al poder la reverencia.

* *1629*, págs. 155-156. Pertenece al conjunto de SONETOS FÚNE-
BRES. La muerte del Marqués de Pescara debió de ocurrir después del 21 de
julio de 1620, puesto que con esta fecha existe una carta de Góngora a don
Francisco del Corral en la que se dice que Pescara regresaba de Nápoles (ed.
cit., pág. 965).

329*

A la muerte de un niño que abortó
la Duquesa del Infantado

Esta rama del árbol generoso,
anticipadamente florecida,
de su materno tronco desunida,
cayó en el seno del común reposo.

Mas traspuesta en terreno más glorioso,   5
en primavera eterna, eterna vida
logrando está, seguramente unida
a sol más puro en cielo más dichoso.

Y aunque quiso la envidia recatada
no ver maduro el fruto de la gloria   10
que produjo pimpollo de tal planta,

madre suya es la Iglesia, y, consolada,
dulces himnos ofrece a su memoria:
¿qué llora el mundo, pues, si el cielo canta?

---

* *1629,* pág. 156. Pertenece a los SONETOS FÚNEBRES. Probablemente trata el mismo tema que el núm. 322 y que el núm. 330; pero en éste, y en
el que ahora anotamos, la estructura sintáctica está mucho más elaborada
que en el primero, sobre todo en lo que se refiere a la unión entre el segundo
cuarteto y el primer terceto.
9 RECATADO. «Encubierto, oculto» *(Auts.).*

330*

Al Duque del Infantado por la muerte del mismo niño

Vuestra prenda, señor, cediendo al hado
con inmatura muerte lastimosa,
quedó marchita y mustia como rosa
sin sazón ofendida del arado.

Mas a fragancia en culto no alterado   5
de más noble pureza y más hermosa,
mano que nos parece rigurosa
para fruto mejor la ha transformado.

Aunque al rigor de aquella sombra oscura,
efeto natural, lágrimas fueron,   10
y tenidas al trance de perderla,

fe y esperanza cierta os asegura
que a los mortales ojos que la vieron
ha de dar luz eterna para verla.

---

* *1629*, págs. 156-157. Pertenece a los SONETOS FÚNEBRES. El epígrafe es de *1629*. El Conde dedicó los núms. 322 y 329 a este mismo asunto. La estructura de este que anotamos es totalmente similar, para cada estrofa, a la del núm. 329, salvo por la interrogación final.

3-4 Villamediana utiliza aquí, como ejemplo, el tópico de la flor que es segada por el arado.

331*

Por la Reina D.ª Margarita nuestra señora

De pululante flor fragante vuelo
en su estambre cortó Parca inmatura,
porque no duplicase la ventura
el fénix a la tierra, el sol al cielo.

Présaga oposición robó el consuelo   5
al concepto formado de luz pura,
el decoro violando a la hermosura,
que con sus rayos de llanto abrasa el suelo.

Sus eclipses el orbe no resiste,
ni gémina permite Amor que sea   10
única luz que por milagro informa.

Esta memoria enfrene llanto triste,
viendo desvanecida de tu Idea
la imagen que en su ser tomaba forma.

---

* *1629,* págs. 157-158. Es el último de los SONETOS FÚNEBRES dedicados a la muerte de la reina y el de más difícil lectura. El epígrafe es de *1629.* En esta composición, las alusiones mitológicas, los cultismos y la filosofía platónica forman un trenzado de gran complicación. En *1635,* pág. 426, aparece este mismo soneto con múltiples variantes y bajo el epígrafe de «A la muerte de una señora moza», y en *Mendes Britto,* fol. 40r., «A un aborto de Lise». *Vid.* nota al núm. 268.

1 En *1635,* pág. 426: «De aún no formada f. f. v.»

2 INMATURA. Se trata de un cultismo.

8 En *1635:* «cuya benigna lumbre a. e. s.».

9 En *1635:* «Mas como el orbe eclipses no resiste.»

10 En *1635:* «gémina no p. A. q. s.». Para GÉMINA, *vid.* nota al v. 11 del núm. 46.

12 En *1635:* «Consuelo que en la pérdida consiste.»

13 En *1635:* «v. d. d. su I.».

14 En *1635:* «tan bello simulacro de su forma».

13-14 Alude, evidentemente, a la teoría de las Ideas de Platón. (Para este tema, *vid.* también el núm. 119.)

A unas cañas, sepulcro de Siringa

Este frondoso honor, esta esculpida
lámina verde en mármol animada,
sepulcro es, piedad acreditada,
que a pastor infeliz prestó acogida.

Siringa ninfa, un tiempo suspendida,   5
hoy fístula de tronco que, animada,
mudo es trofeo, pompa venerada
del que ya muerto logra mejor vida.

Sobre la urna está compadecido
coro de ninfas de la ninfa fiera,   10
el rigor en sus plectros repartido.

Y porque muerta ya su voz no muera,
ultimando su acento dolorido,
Eco le lleva a toda la ribera.

---

* *1629*, pág. 158. Incluido dentro de los SONETOS FÚNEBRES, Villamediana trata aquí un tema mitológico (Ovidio, *Metamorfosis*, libro I). El epígrafe es de *1629*. Siringa era una ninfa que fue amada por Pan. El dios la persiguió, y, cuando iba a ser alcanzada, se transformó en caña por obra de sus hermanas, a orillas del río Ladón. Pan unió varias cañas y fabricó un instrumento al que puso el nombre de la ninfa. Siringa aparecerá en los vv. 33-40 del *Faetón*.

333*

En nombre de una dama por la muerte
de su esposo

Mal inclinado pájaro de Averno
que los otros benévolos infama,
de tu estambre vital cortó la trama,
de tronco ya glorioso ramo tierno.

Caíste en flor, y anticipado invierno   5
las luces usurpando de tu fama,
en años breves extinguió la llama
que tu nombre en dos vidas hace eterno.

En tiempo no, en prudencia, Antonio, cano,
al pisar los umbrales de la vida,   10
Átropos dividió tu vital hilo.

El dulce acento suspirando en vano
de la que prenda tuya esclarecida
siempre te llama en doloroso estilo.

---

* *1629,* págs. 158-159. Pertenece a los SONETOS FÚNEBRES. El epígrafe es de *1629.* Desconocemos a quién va dirigido, aunque en *Mendes
Britto* aparece bajo el epígrafe «A la muerte del esposo de Lise». *Vid.* nota al
núm. 268.

8 Se refiere a la vida de la fama.

11 ÁTROPOS o ÁTROPO era la Parca encargada de hilar la trama de la
vida, no de cortarla.

12 Corrijo *1629,* donde se lee «En d. a. s. e. v.».

13 PRENDA. «Lo que se ama intensamente, como hijos, mujer o amigos»
(*Auts.*).

334*

A la cesárea majestad del Quinto Carlos

El Quinto y primer Carlos concluida
la puerta viendo del bifronte Jano,
y pisar inmortal ya como humano
el postrer lustro y meta de su vida;

en sangre y en honor la bien teñida   5
sudada espada al templo soberano,
luego entre el caro hijo y claro hermano
su monarquía hace dividida.

El cetro de Germania da a Fernando,
Austria, Bohemia y cuanto al trance fiero   10
bárbaro dilatar con fin impide.

A Felipe de Italia el freno blando
y el dominio extendido del ibero:
bien que amor no apartó lo que él divide.

* *1629,* pág. 160. Pertenece a los SONETOS FÚNEBRES. El epígrafe es
de *1629.* El Conde dedicó otro soneto al Emperador *(vid.* núm. 254). En este
caso, Villamediana estructura la composición en dos partes: por un lado, los
cuartetos (la figura y la decisión final del emperador); y, por otro, los tercetos, uno a cada heredero (Fernando I, hermano de Carlos, y rey de Bohemia
y Hungría entre 1558 y 1564, y Felipe II, rey entre 1556 y 1598).

2 JANO. *Vid.* nota al v. 12 del núm. 263.
10 TRANCE. «Se toma por el último estado o tiempo de vida más próximo a la muerte» *(Auts.).*

335*

Al sepulcro de una dama muy bella

Esta que sacra pira aromas llora,
digno es sufragio de siempre bella
que, sol ya puesto, nace ardiente estrella,
y de inmenso esplendor luciente aurora.

Ya otro polo en región más pura honora   5
superior parte nunca extinta della,
bien que la que este sordo mármol sella
mucha flor, ya ceniza es poca ahora.

Donde logrando en ámbito tranquilo
coronas mil del ínclito trofeo   10
de que abreviado honor cuelga suspenso,

serán lágrimas hoy en su Lucilo
buriles que, mordiendo el mausoleo,
escriban su beldad, liben incienso.

* *1629,* págs. 160-161. Pertenece al conjunto de SONETOS FÚNE-
BRES. El epígrafe es de *1629.* Rozas, ed. cit., pág. 180, lo cree escrito «en las
mismas circunstancias» que el núm. 336.

5 REGIÓN. *Vid.* nota al v. 8 del núm. 59.

10 ÍNCLITO. *Vid.* nota al v. 1 del núm. 349.

11 ABREVIAR. «Concluir, dar término o fin a una cosa» *(Auts.).*

336*

Al sepulcro de la Duquesa de Alba

Alba que ya crepúsculos ignora
aquí vive a pesar de lo violento,
donde más pïadoso sentimiento
luz que nos niega en tristes sombras llora.

Y aunque sol mucho en poca tierra agora,   5
parte negada a su ínfimo elemento,
que esplendor presta fijo al firmamento,
ya con lumbre inmortal sus orbes dora.

Más que sus lágrimas, pues, demos ya flores,
al lucido depósito sagrado,   10
de luz clara, si opacos, hoy despojos.

Denle pías centellas sus olores,
culto sufragio aromas aceptado,
afectos la piedad, llanto los ojos.

* *1629,* pág. 161. Incluido dentro de los SONETOS FÚNEBRES. El epígrafe es de *1629.* Este soneto debe de ser de 1619 (o posterior, pues en este año murió doña Mencía de Mendoza, esposa de don Antonio de Toledo y Beamonte, quinto Duque de Alba, a cuyo servicio estuvo Lope de Vega. La composición gira en torno a la oposición de las metáforas «luz» y «sombra».

1 Es un verso de Góngora (*vid.* v. 6 del núm. 403, ed. cit., pág. 593).

6 El «ínfimo elemento», que aparece también en el v. 9 del núm. 50, según la teoría ovidiana expuesta en las *Metamorfosis,* libro I, es el elemento más bajo de la creación, esto es, la tierra,

Al sepulcro de Adonis

Desfrondad a los templos consagrados,
a las del cielo lámparas dorinas,
escamosas deidades, y entre espinas
mudos se dejen ver plectros dorados.

Las fuentes secas ya, lloren los prados   5
y dejen de fragar las clavellinas,
indiquen el rigor de sus ruïnas
los hoy bosques de Amor desamparados.

Muerto el dios de nuestras selvas, muerto,
y el canto, cuya métrica armonía   10
las aves suspendió y enfrenó el viento.

Venga, pues, Cipria, visto el pecho abierto
el Adonis osado, en ansia pía
a dar flores y llanto al moviento.

---

* *1629*, págs. 161-162. Pertenece al conjunto de los SONETOS FÚNE-
BRES; en este caso, de tema mitológico (Venus y Adonis). Villamediana dedicó una fábula, que no se ha imprimido nunca, a este mito, así como el soneto núm. 270. También existe un soneto de Juan de Arguijo (1566-1623),
«Venus en la muerte de Adonis» (*vid. Epístola moral a Fabio y otras poesías del Barroco sevillano,* [ed. de J. Onrubia], Bruguera, 1974, pág. 63). El soneto del Conde fue incluido por G. Diego en la antología citada, pág. 80. Recuerda, en
cuanto al léxico (plectro, armonía), la *Oda a Salinas* de fray Luis de León.
    6 En *1629* y en *1635* se lee «flagar» (brillar). Para este cultismo, *vid.* J. M.
Rozas, *Sobre Marino y España,* Edit. Nacional, 1978, pág. 88, n. 25.
    9 Nótese la fuerza que otorga al verso la epanadiplosis.
    10 El sintagma «métrica armonía» aparece también en los núms. 75
y 72.
    12 La diosa cipria es Venus.
    14 MOVIMIENTO. «Se toma por alteración, inquietud o conmoción»
(*Auts.*).

Estas de admiración reliquias dinas,
tumbas, anfiteatros, coliseos,
del tiempo son magníficos trofeos
imperiales ya pompas o ruïnas.

Tú, mortal, que esto ves, y no terminas   5
el plazo a la ambición de tus deseos,
¿no adviertes de los Fabios y Pompeos
tantas en polvo hoy fábricas divinas?

A la inmortalidad cierra el camino
el que escalar pretende en vano el cielo   10
con el que su ambición fausto permite.

La virtud es el medio peregrino,
el valor y el talento prestan el vuelo,
sin que el tiempo contrario lo limite.

---

* *1629,* pág. 162. Incluido dentro de los SONETOS FÚNEBRES, el
Conde aborda aquí la reflexión del paso del tiempo a partir del tópico del
«superbi colli» *(vid.* nota al núm. 234). En este caso, el mencionado tópico
(desarrollado en los cuartetos) da paso a la reflexión personal en los tercetos.
Para un análisis de este soneto, *vid.* Frederick A. de Armas, art. cit. en «Noticia bibliográfica».

7 Corrijo *1629,* donde se lee «sabios». Sigo la lectura de *1635.*

8 Francisco de Rioja (1583-1659) utilizará este mismo sintagma, «fábricas
divinas» en su soneto «A Itálica» *(vid. Epístola moral a Fabio y otras poesías del Barroco sevillano,* ed. cit., pág. 369).

11 FAUSTO. «Ornato y pompa excesiva» *(Auts.).*

Hoy que el sol eclipsó la lumbre de este
con rayos negros serafín humano,
con mente judiciosa y culta mano
Esculapio sus fármacos apreste.

Benigna nuestro ambiente aura celeste   5
dulce flagre piedad del verde llano,
y anticipe premisas el verano,
exhalación que sane y no moleste.

En líquido cristal Flora se mire,
y déle, en vez de su erizado ceño,   10
mucha el enero rosa intempestiva.

Narciso suavidades le respire,
parias rindiendo a tan hermoso dueño
Clicie en flor, Dafne en planta ya no esquiva.

---

* *1629,* pág. 163. Pertenece a los SONETOS FÚNEBRES. Desconozco a
quién pueda estar dedicado.

4 ESCULAPIO. Dios de la medicina, hijo de Apolo. Su símbolo es una
serpiente enroscada en una vara.

6 FLAGRAR. «Resplander como fuego o llama» *(Auts.).*

9-14 Introduce aquí Villamediana toda una serie de flores: la rosa (intempestiva en enero), el narciso, el girasol (metamorfosis de Clicie, la enamorada de Apolo, *vid.* Ovidio, *Metamorfosis,* libro IV) y el laurel (Dafne).

13 RENDIR PARIAS. «Frase metafórica con que se explica la subordina-
ción de uno a otro» *(Auts.).*

340*

A la muerte del Rey de Francia

Cuando el furor del iracundo Marte
al viento desplegaba las banderas
y levantaba al son de cajas fieras
ira sangrienta Enrique en toda parte;

cuando empezaba a fabricar el arte   5
artificiosas máquinas guerreras,
y cuando, atento a las dudosas veras,
el mundo estaba ya de parte en parte;

puesta la mano a la atrevida espada,
ofreciendo fortuna fin sangriento   10
de la dudosa guerra a la victoria,

cortó el hilo la Parca apresurada
a la vida y al alto pensamiento,
dejando eterna al mundo su memoria.

---

* *Brancacciana*, fol. 52v. *(MyB,* págs. 256-257). Se trata de un SONETO FÚNEBRE dedicado, como los núms. 196, 317, 341 a Enrique IV de Francia.

3 CAJAS (DE BOMBA Y DE PALO). «Es un cajón que se forma al pie del palo mayor, el cual incluye, en sí las bombas del medio» *(Auts.).*

7 VERAS. «La realidad, verdad y seriedad de las cosas» *(Auts.).*

12 La Parca que corta el hilo de la vida es Láquesis.

A lo mismo [A la muerte de Enrique IV]

El roto arnés y la invencible espada,
que coronó la presumida frente
del muerto rey que a la francesa gente
obediente mantuvo y enfrenada,

pudiera ya en el templo estar colgada   5
y en descansado honor resplandeciente,
sin volver a tentar osadamente
la varia rueda de la diosa airada.

Mas el discurso y el saber humano
no alcanza aquella esencia sin medida   10
que el poder de los ánimos limita,

dando fuerza y valor a flaca mano
contra el heroico rey, en cuya vida
altos designios y esperanza quita.

* *Brancacciana,* fol. 53r. (*MyB,* pág. 257). Se trata de un SONETO FÚNE-
BRE a la muerte de Enrique IV de Francia, primer rey Borbón de la corona
francesa y padre de Isabel de Borbón. Fue asesinado el 14 de mayo de 1610,
de una cuchillada, por F. Ravaillac. Quevedo dedicó a este asunto los núms.
257, 258, 259 y 275 (ed. cit., vol. I, págs. 453, 454, 455 y 466) y Góngora el
núm. 309 (ed. cit., págs. 489-490). También dedicará Villamediana al rey
francés los núms. 196, 317, 340. Para Rosales, en *El sentimiento del desengaño en
la poesía barroca,* Madrid, Ed. Cultura Hispánica, 1966, págs. 76-78: «es clara la
intención con que el autor induce a ejemplo, tomando la política francesa
como dechado».
8 La «diosa airada» es la Fortuna.

A la muerte de Don Felipe de Tarsis, que
murió en el cerco de la Inclusa

Cenizas de aquel fuego valeroso,
en su glorioso oficio consumido,
yacen aquí; el espíritu es ya partido,
tras mayor palma, a oficio más glorioso.

El paso a fama eterna, presuroso,   5
queda libre del tiempo y del olvido,
el fin en fuertes pechos esculpido
y tanto corazón dél invidioso.

Fama en el mundo y en el cielo gloria
ofrecen a tu suerte aquí muriendo,   10
siendo esas mismas prendas tus heridas.

Sin que puedan morir en la memoria,
ni la sangre por ella, que ofreciendo
está a tu muerte dos eternas vidas.

---

* *Mendes Britto,* fol. 180v. (*1963,* pág. 64). Es un SONETO FÚNEBRE
dedicado a Felipe de Tassis. Éste era hijo natural de don Pedro de Tassis, hermano del padre del Conde. Fue Caballero de Santiago, combatió en Flandes
y fue apresado por los holandeses en Nieuport el 2 de julio de 1600. Rescatado, acudió al cerco de Flandes y, de allí, al de la Inclusa (L'Ecluse), donde
muere el 17 de agosto de 1604 (*vid.* J. M. Rozas, ed. cit., págs. 46-47). Es tópica de estas composiciones la distinción entre la fama en vida y la fama tras la
muerte del personaje, esto es, la vida en la memoria colectiva.
1-4 Nótese el uso de la similicadencia.

A la muerte de una s[eñor]a

Después que el alma ilustre, desatada
de la mortal, llegó a su esfera,
y, gozando de eterna primavera,
está en Campos Elíseos transplantada;

y de más puras luces alumbrada,   5
ve aquel Sol verdadero, en verdadera
y ardiente caridad que nada espera,
gozando posesión beatificada;

España, de tu gloria no dudosa,
el nombre repitiendo en voz indina,   10
siempre llora el haber perdido tanto.

Yo también la ayudo en voz quejosa;
mas soledad de causa tan divina
mal pudiera cantar humano canto.

---

* *Mendes Britto*, fol. 207r. *(1963,* págs. 82-83). J. M. Rozas, en *1963,* pág.
49 dice que «entre estos poemas de la parte acotada por Britto, no hay ninguno, que sepamos, que fuese escrito después de 1611». Este soneto, de tema fúnebre, carece de un epígrafe que permita reconocer a la persona a la que está
dedicado; pero el primer terceto hace pensar en la reina doña Margarita de
Austria, muerta en 1611. A ésta había dedicado el Conde los núms. 321,
323, 331.
2 ESFERA. *Vid.* nota al v. 1 del núm. 80.
4 Según la mitología, los Campos Elíseos eran el lugar de reposo para los
virtuosos tras su muerte.
14 Nótese el uso de la derivación en este verso.

344*

Aquella clara luz que al mundo espanta
y a Febo impide ser la luz primera,
a la más pura, a la más alta esfera,
en luz, a luz de Amor hoy se levanta;

donde, hecha inmortal con gloria tanta,   5
a las primeras queda tan primera
que, sólo porque della canta, espera
ser también inmortal quien della canta.

Lo que pueden humanos pensamientos
de vos comprehender, de su memoria,   10
como raro milagro no se parte;

si corresponde a los merecimientos
de acá la gloria de allá, segura gloria
os tiene el cielo en su más alta parte.

* *Mendes Britto*, fol. 211v. *(1963,* págs. 87-88). Parece un soneto fúnebre a
la muerte de alguna dama. La inmortalidad de la dama es compartida por el
yo poético gracias a la escritura.
² La rivalidad entre la «luz» de la dama y el Sol es uno de los tópicos, también, de la poesía amorosa.
13-14 La antítesis entre lo mortal y lo inmortal está reforzada por la deixis
(vid. nota a los vv. 1-8 del núm. 178).

345*

A la muerte de una señora

La muerte nos quitó, que no debiera,
con mano poderosa, mas indina,
aquella tierna planta peregrina
que raro fruto de virtudes diera.

Y aunque cortó la Parca, tan ligera,   5
el hilo, y a mi llanto se encamina,
con decreto más alto determina
que viva siempre, y con morir no muera.

Destas lágrimas tristes sólo espero
que a ti, si puede ser, lleguen, señora,   10
con la pureza del que las derrama.

Que llores, pues, no quiero, pero quiero
que acudas de manera al que te llora,
que llores por quien siempre a ti te llama.

---

* *Mendes Britto,* fol. 223v. *(1963,* pág. 94). Es un SONETO FÚNEBRE,
cuyo epígrafe figura ya en el original. Destaca en la composición, sobre todo,
la bella factura del último terceto, en el que el llanto acerca el YO
al TÚ.

5 Se refiere a Láquesis, la encargada de cortar el hilo de la vida.

Sonetos satíricos

346*

—Ya la parte de caza está pagada.
—¿Y qué pide Hinestrosa?
                              —Señoría.
—¿Y Juan Gutiérrez?
                              —Título quería
de una huerta que tiene su cuñada.

Don Fadrique, señor, barbas, no es nada;   5
Don Pedro de Padilla, ¡niñería!
No pide más que ver si otro tenía
más necedad que él: ¡Cosa excusada!

—¿Qué piden Don Fernando y Don Galindo?
—Dos hábitos de pruebas reservadas.   10
—¿Qué pide Pedro López?
                              —Un gobierno.

—Mil gritos hoy me acosan; ya me rindo.
—Vuecencia las deja bien pagadas;
Dios les dará su premio... en el infierno.

_____

* *Cotarelo,* pág. 66. Este soneto burlesco fue editado también por *LRC,*
págs. 141-142 con el siguiente epígrafe: «A los catarriberas de la Corte.» Es el
único soneto dialogado que conocemos del Conde. Cotarelo apunta que en
él, «se supone hablan el Duque de Lerma y Don Rodrigo Calderón» *(op. cit.,*
pág. 65). Para éstos, *vid.* notas a los núms. 200 y 357, respectivamente.

347*

A Pedro de Tapia

El que miras magnífico edificio
de un no jurisprudente, aunque togado,
menos prudente que desvergonzado,
de quién rige los tiempos es indicio.

Porque si hiciera la razón su oficio,   5
o si lograra el celo su cuidado,
pudiera ya de sal estar sembrado
este de sal no siempre beneficio.

Porque le vale cuatro mil al año
de alquiler esta casa, y el infierno   10
al Pedro que robó para labrarla.

¡Oh costoso partido! ¡Oh ciego engaño!
Ya por lo temporal trocó lo eterno
el que tiene por ley el no guardarla.

---

* *Cotarelo,* pág. 75. También lo edita *LRC,* págs. 137-138, con algunas variantes y añadiéndole el epígrafe. Es un SONETO SATÍRICO dirigido a Pedro de Tapia, oidor del Consejo Real y consultor del Santo Oficio, «a quien acometió [Villamediana] rudamente acusándole de haberse enriquecido en su empleo y de edificar suntuosas casas», Cotarelo, *op. cit.,* pág. 74. Dejó sus cargos al entrar a reinar Felipe IV en 1621.

3 En *LRC,* pág. 137, se lee «patente».

7 SEMBRAR DE SAL. «Frase con que se significa el castigo que se da a los dueños de algunas casas o solares que han delinquido contra la Majestad, faltando a la fidelidad de vasallos, conspirando en alguna traición» (*Auts.*).

10 En *LRC,* pág. 139: «d. a. de su c., y e. i.».

11 Aquí Villamediana juega con el nombre de Tapia y con el de Pedro Botero. En *LRC,* pág. 138, se lee «negó» en lugar de «robó».

348*

Gran plaza, angostas calles, muchos callos,
obispo rico, pobres mercaderes,
buenos caballos para ser mujeres,
buenas mujeres para ser caballos;

casas sin talla, hombres con tallos,   5
aposentos colgados de alfileres,
Baco descolorido, flaca Ceres,
muchos Judas y pocos Pedros Gallos;

agujas y alfileres infinitos,
una puente que no hay quien la repare,   10
un vulgo necio y un Góngora discreto;

un San Pablo entre muchos sambenitos:
esto en Córdoba hallé; quien más hallare,
póngaselo a la cola a este soneto.

---

* *Cotarelo,* págs. 82-83. Este soneto fue también editado por N. Alonso
Cortés, *op. cit.,* pág. 63-64 y por *LRC,* pág. 132, quien incluyó el siguiente
epígrafe: «Describiendo a Córdova *(sic).*» Se había publicado como de Quevedo (*Vid.* Cotarelo, *op. cit.,* pág. 83, n. 2, y Rozas, *El Conde de Villamediana.
Bibliografía...,* pág. 55, n. 29). Para Cotarelo pertenecería este soneto al destierro de 1618, durante el cual el Conde «estuvo en Andalucía, probablemente
para visitar un tío suyo que era arzobispo de Granada». En cambio, Alonso
Cortés, *op. cit.,* pág. 63, lo cree anterior a 1617. El poema está planteado
como un soneto definición.
1 Aquí, como en el v. 5, Villamediana juega con la paronomasia.
8 Cotarelo apunta una variante para este verso: «muchos Judas y Pedros,
pocos gallos».
13 En *LRC,* se lee: «ésta es Córdoba, aquel que más hallare».

A un poderoso vicioso

Aunque de godos ínclitos desciendas,
e igualen las pirámides gitanas
tus armas con las águilas romanas
en despojos de bárbaras contiendas;

aunque a Jove le des ricas ofrendas,   5
olores de Asia, plumas mejicanas,
y arrastres las banderas africanas
y tu nombre de polo a polo extiendas;

y aunque ciña laurel de oro tus sienes,
y gobiernes la rueda de Fortuna,   10
y pongas a tu gusto al mundo leyes;

y aunque pises la frente de la luna
y huelles las coronas de los reyes,
si la virtud te falta, nada tienes.

---

* Publicado por E. Cotarelo, *op. cit.*, pág. 221. Lo reproduce *LRC*, pág.
130. El epígrafe aparece ya en el primero. Según éste, «no se halla entre los
impresos y sí en los códices el que compuso "A un poderoso vicioso", cuyas
señas mortales cuadran al Duque de Osuna» (*ibíd.*, pág. 244, n. 3).
DON PEDRO TÉLLEZ GIRÓN (1579-1624), virrey de Sicilia de 1611 a
1616 y de Nápoles de 1616 a 1620. Probablemente en esta ciudad nació la
enemistad del Conde hacia Osuna, lo cual dataría este poema hacia 1617 ó
1618, fechas en las que Villamediana estuvo en Madrid tras su destierro napolitano. Para ello me baso en el tono de esta sátira política que, a excepción
del epígrafe —¿es realmente del Conde?— resulta mucho menos directo que
el empleado, por ejemplo, en «Kirie Eleyson» (núm. 596) o en algunas décimas.
Tal y como documenta J. H. Elliot en *La España imperial (1469-1716)*, Barcelona, Vicens Vives, 1980, pág. 353: «Osuna cayó en desgracia en 1620 y
fue después encarcelado por orden de Zúñiga y Olivares.»
La estructura del soneto viene marcada por la anáfora y el polisíndeton,
que aparecen a lo largo de toda la composición.
1-8 Elliot, *op. cit.*, pág. 355: «El Duque de Osuna había insistido en que la
conservación de un imperio tan extenso y diseminado como el español dependía de la posesión de una poderosísima escuadra.»
1 ÍNCLITO. «Ilustre, claro, famoso» *(Auts.)*.
13 Véase cómo la rima interna destaca la relación entre «huelles» y
«reyes».

350*

Soneto al mismo [a Pedro Vergel]

La llave del toril, por ser más diestro,
dieron al buen Vergel, y por cercano
deudo de los que tiene so su mano,
pues le tiene esta villa por cabestro.

Aunque en esto de cuernos es maestro   5
y de la facultad es el decano,
un torillo, enemigo de su hermano,
al suelo le arrojó con fin siniestro.

Pero como jamás hombres han visto
un cuerno de otro cuerno horadado   10
y Vergel con los toros es bienquisto,

aunque esta vez le vieron apretado,
sano y salvo salió, gracias a Cristo:
que Vergel contra cuernos es hadado.

---

* *Cotarelo,* pág. 241-242. Se trata de un SONETO SATÍRICO contra Pedro Vergel, «alguacil de la Corte y muy distinguido en toda clase de ejercicios caballerescos. Era natural de Madrid» (Cotarelo, *op. cit.,* pág. 239). Cotarelo confiesa desconocer el motivo por el que Vergel «fue toda su vida víctima de los tiros del Conde» (*op. cit.,* pág. 90). En cambio, *vid.* la anécdota que él mismo recoge (nota al v. 9 del núm. 454). Para más datos a cerca de este personaje, *vid.* A. Martín Ortega, *Pedro Vergel,* Madrid, 1965. El Conde siempre lo calificó de «cornudo» en sus composiciones. En cambio, Lope de Vega brindó grandes elogios a Vergel en la dedicatoria de su comedia *El mejor mozo de España.*

351*

A la casa de una cortesana donde entró
a vivir un pretendiente

Aquí vivió la Chencha, aquella joya
por las hechuras Caca; este aposento
fue túmulo de sexto mandamiento
y galera en que Amor fue buena boya.

¡Vive Dios que esta sala que le apoya   5
centellas de lujuria arroja al viento!
Esta trampa inventó su atrevimiento
para jugar al hombre con tramoya.

Desde aquella ventana, la insolencia
de sus cabellos afrentó al oriente,   10
y en ésta fue su vista una estocada.

Mas ¡oh crüel, a entrambos penitencia!,
hoy la casa es albergue a un pretendiente
y la célebre Chencha está casada.

---

* *Cotarelo*, pág. 255. El epígrafe aparece en esta edición. Se trata de un soneto satírico en el que los elementos de la «descriptio» de la dama, como son los cabellos y la mirada, aparecen hiperbolizados en su esplendor de manera cuasi burlesca. Desconocemos a quién está dedicada la composición.

2 CACA. Diosa romana considerada hermana del ladrón Caco. Traicionó a su hermano al revelar a Hércules el lugar en que estaban escondidos los bueyes robados al héroe.

3 Se refiere a la prohibición del adulterio.

8 JUEGO DEL HOMBRE. «Género de juego de naipes entre varias personas, con elección de palo, que sea triunfo, y el que lo elige se llama hombre» (*Auts.*). Evidentemente, en este verso se utiliza con otro sentido. Para el tema del juego, *vid.* Jean Pierre Etienvre, *Figures du jeu*, Madrid, Casa de Velázquez, 1987.

Soneto en ocasión de una Academia que se
hizo en casa de Antonio Vega

A mi noticia el gran concilio llega
y que el Jordán trasladan a Italía.
¡Cuidado, Apolo, que esta gente impía
teme las llamas y a la luz se ciega!

Académico Antonio, sea la Vega   5
en vuestra judaizante compañía,
y no ya vega del Ave-María,
sino de torpe tribu que la niega.

De tal Mecenas, [pues], de congregada
judaica plebe, ya Toledo espera   10
nuevas llamas y Cristo otra lanzada.

Mucha luz me promete y poca cera
gente que por confesa confesada
por luminarias nos dará su hoguera.

---

* *1889*, pág. 688. Lo editó por vez primera Bartolomé José Gallardo en su
Ensayo de una Biblioteca Española de libros raros y curiosos, t. IV, 1889. Lo editaron
con múltiples variantes y correcciones no atestiguadas, *LRC*, págs. 132-133,
y J. M. Rozas en *Marte*, pág. 189, ambos con el epígrafe «A una Academia que
se hizo en casa de Antonio Vega, confeso».

Este soneto lo editó también José Sánchez en *Academias literarias del Siglo de
Oro español*, Madrid, Gredos, 1961, pág. 132, con alguna variante. Se da noticia, además, de quién fue Antonio de Vega: «Fue el portugués Antonio López da Veiga, nacido en Lisboa en 1586, quien acompañó un tío suyo a Madrid, donde residió desde entonces. En la capital española llegó a ser secretario del condestable de Castilla; en 1620 publicó un volumen de poesías: *Sueño
político, con otros varios discursos y otras poesías varias*. Vivía en 1656» (págs. 133-
134). Sánchez cree que uno de los asistentes a la Academia de Antonio de
Vega fue Jorge de Tovar.

2 José Sánchez edita «Talía».

4 Corrijo donde se lee «temen».

6 En 1889: «e. v. judicante c.».

9 *LRC* y *Marte* añaden «pues», que no está en *1889*.

11 *Vid.* nota al v. 5 del núm. 361.

13 Aquí la derivación contribuye a la finalidad satírica del soneto.

353*

Ya no le falta más a Santïago
para envainar la espada de su brío,
sino verse en el pecho de un judío
con nueva afrenta y no menos estrago.

A la cruz del rabí le dará el pago,   5
si la empuña, el costado que vacío
si no está de su sangre, yo no fío
que sufrirá el apóstol este amago.

¿Qué tribu a don Yosaf bailar no ha visto?,
¿qué crucifijo temió su lanza?,   10
¿qué cruz no se corrió, pues está en su espada?

No es flaco de memoria Jesucristo,
que aun hoy busca el costado su venganza,
nieto del mismo que le dio lanzada.

---

* *Brancacciana*, fol. 45r. *(MyB*, págs. 249-250). Es un soneto contra Jorge de Tovar *(vid.* notas al núm. 361). Debe de ser de 1614 o posterior.

3 Se refiere a la cruz del hábito de Santiago.

11 Este verso, tal y como aparece en *Brancacciana*, tiene 12 sílabas.

14 Alusión a Longino *(vid.* nota al v. 5 del núm. 361).

Si el señor Almirante es necio y ruin,
¿qué importa que la cámara le den?
Dénsela a Portalegre, pues también
iguala a su excelencia en cola y crin.

A Don Jaime pudieran, por rocín,   5
mas por su hermana hermosa tiene él bien
del Carpio el uno y otro palafrén,
con que hace cuatralbo el camarín.

Grande celo se ve en Conchillo aún,
y en Príapo Acevedo barbadón;   10
éstos son redención del bien común.

¡Y tales camaristas al Rey dan!
Pues aunque fuera el Rey un Salomón,
cercándole estas bestias, ¿qué le harán?

---

* *Brancacciana*, fol. 286r. (*MyB*, págs. 259-260). Este SONETO SATÍRI-
CO lo editó Cotarelo, *op. cit.*, págs. 301-302 entre los «versos atribuidos falsa-
mente a Villamediana», con multitud de variantes y sin estrambote. Posteriormente, Mele y Bonilla lo encontraron en *Brancacciana* con un epígrafe que
dice: «Soneto del Conde de Villamediana». Rozas no lo incluye en su índice
de *El Conde de Villamediana. Bibliografía...*

1 Es don Juan Alonso Enríquez de Cabrera, noveno almirante de Castilla
y quinto duque de medina de Ríoseco.

3 Don Manrique de Silva, Conde de Portalegre.

5 Don Jaime Manuel, hermano del Duque de Maqueda.

7 Don Diego López de haro y Sotomayor, quinto Marqués del Carpio, y
padre de don Luis Méndez de Haro, acompañante de Villamediana aquel fa-
tídico domingo 21 de agosto de 1622, día del asesinato del Conde.

8 CUATRALBO. «Cabo o jefe de cuatro galeras» (*Auts.*).

9 En *Cotarelo*: «Castrillo»; esto es, don García de Haro y Avellaneda, Conde de Castrillo.

10 Don Manuel de Acevedo y Zúñiga, sexto Conde de Monterrey y cuñado de Olivares (*vid.* Cotarelo, *op. cit.*, págs. 296-297, n. 2 y pág. 302,
n. 5).

Enmendándose van,
pues ponen Alcañices junto al Rey,
ladrón, bufón, rufián, sin Dios ni ley.

---

[16] Don Álvaro Enríquez de Almansa, sexto Marqués de Alcañices y cuñado del Conde-Duque (*vid.* núm. 368). En *Brancacciana* se lee «Alcañizas». Lo
corrijo.

355*

Reprehéndese el ocio en los príncipes

César, si miras a Hércules famoso,
los inmensos trabajos que sufría
lo hicieron inmortal cuando vestía
de la piel de leones espantoso.

Cuando cuelga después la clava ocioso   5
y el aljaba y el arco que traía,
tomó la rueca: juzga si adquiría
a su verdad renombre generoso.

Es el trabajo gloria a los mortales
y el ser dichoso la desdicha suma,   10
que el oro no se apura sino al fuego.

Es siempre el ocio causa de su males,
y pues que nada hay que él no consuma,
César, deja la lira y el sosiego.

---

* *LRC*, pág. 131. Es una sátira cortesana en la que el Conde denuncia la relajación de los Grandes. Los cuartetos ejemplifican el tema mediante la historia de los doce trabajos de Hércules, y los tercetos concentran el sentido de la represión.

4 Se refiere al episodio del león de Nemea, primero de los trabajos.

5-8 La clava era la maza que Hércules mismo talló durante su primer trabajo (la caza del león de Nemea). Sus otras armas fueron la espada, el arco y las flechas, la coraza y el peplo.

7 TOMÓ LA RUECA. Metonimia con la que se alude a los tres años que Hércules pasó con Ónfale, con quien aprendió a hilar.

11 APURAR. «Purificar y limpiar de excrementos y de la materia crasa alguna cosa, como la plata, oro y otros metales» *(Auts.)*.

14 Parece por este verso que el soneto está dedicado a Felipe III, tan aficionado a las letras como débil en el gobierno.

356*

A vanas esperanzas de la Corte

Cánsame Medinilla a la jineta
y púdreme el de Híjar a la brida,
acábame Don Zárate la vida
porque sigue de Tello la vil seta.

Franqueza me ha negado que le meta   5
en un soneto, puesto que es sabida
su necia gravedad, toda nacida
de no acordarse de que fue soleta.

Don Rodrigo de Tapia, el tontivano,

---

* *LRC,* pág. 133. Lo editó por primera vez Rosales. Es una sátira cortesana en la que el ataque frontal a personajes de la Corte la convierte en sátira personal. Procedimientos conceptistas como la composición de nuevas palabras pueden advertirse en este soneto.

1 JINETA. «Cierto modo de andar a caballo, recogidas las piernas en los estribos» *(Auts.).*

«Medinilla es Santiago Medina, alguacil de la Corte y amigo de Pedro Vergel (Cotarelo, *op. cit.,* pág. 249).

2 Se trata de Rodrigo Sarmiento de Silva, Duque de Híjar (1600-1684) hijo del Conde de Salinas.

3 «Don Zárate» es Francisco de Zárate, poeta del que el Conde dice, en su «Censura de los poetas de su tiempo», que «trae el burro muy afuera». Zárate es autor de un epitafio a Villamediana en el que se citan los pecados del Conde (Rosales, *Pasión...,* págs. 117 y 155).

4 Tello de Guzmán es sobrino de la Marquesa del Valle, «por cuyo motivo quizá le aborrecería Villamediana (...) Parece que era joven, presuntuoso y vano». Después fue Conde de Villaverde (Cotarelo, *op. cit.,* págs. 244 y 261).

SETA. «La doctrina que alguno sigue como hubo entre los filósofos diversas sectas y opiniones» *(Covarr.).*

8 SOLETA. «Pieza de lienzo u otra cosa, que se pone y se cose en las medias por haberse roto los pies de ellas» *(Auts.).*

9 Don Rodrigo de Tapia, hijo de Pedro de Tapia —oidor del Consejo Real—, era caballero de Santiago. Es célebre por haberle dedicado en 1614 su *Viaje al Parnaso* Cervantes (Cotarelo, *op. cit.,* pág. 75).

no acaba de saber —vana ignorancia—
cuál sea en su coche la derecha mano.

Él es un caballero de importancia
y tiene cierta gracia que en verano
despide del sobaco gran fragancia.

Nuevas de la Corte cuando el Rey D. Felipe III mandó
prender a D. Rodrigo Calderón en el castillo de Montánchez y el Duque de Lerma se retiró hecho cardenal y quedó el confesor Luis de Aliaga en la valía.

Montánchez, un herrero fanfarrón,
por sólo parecer buen oficïal,
de los hierros que hizo un cardenal
quiere forjar de nuevo un Calderón.

Quitóles del copete la ocasión   5
por más que se acogió a la Casa Real,
y al lego incluso en fuero clerical
le ha valido la iglesia por ladrón.

Dicen que ya ve el rey y está dudoso,
pues se deja morder de un perro blanco   10
sin nunca echar de ver que está rabioso.

De bujarrones anda el año franco,
no hay ladrón que no viva temeroso:
esto hay de nuevo, y que el gobierno es manco.

---

* *LRC,* pág. 134. Es un SONETO SATIRICO compuesto con motivo de
la caída de Rodrigo Calderón y el Duque de Lerma. El largo epígrafe figura
en *LRC.* Para más datos, *vid.* notas al núm 200.

RODRIGO CALDERÓN (1570-1621), Marqués de Sieteiglesias y Conde
de Oliva, había llegado a ocupar la Secretaría de Estado. Formó gobierno
con el Duque de Lerma y con Pedro Franqueza, Conde de Villalonga. Lerma
cayó en 1618, como consecuencia de una intriga dirigida por su hijo, el duque de Uceda, y Rodrigo Calderón fue apresado el 19 de febrero de 1619,
«conducido primero al castillo de Montánchez, después a Santorcaz y últimamente a Madrid» (Cotarelo, *op. cit.,* págs. 60 y 85). Murió en el cadalso, dego-
llado, el 21 de octubre de 1621. Para la vida de Calderón, *vid.* J. H. Elliot, *op.
cit.,* págs. 330, 343, 350 y 355; y el «Prólogo» de A. Pérez Gómez al *Romancero
de D. Rodrigo Calderón,* Valencia, 1955, págs. 14-21.

LUIS DE ALIAGA (1565-1626) era el confesor del Rey. Cotarelo lo creía
autor del *Quijote* de Avellaneda (*vid. op. cit.,* págs. 60-62 y pág. 269, n. 1).

[3] Nótese el doble sentido de hierros/yerros.

[4] CALDERÓN. «Voz de contadores, con que significan la figura que denota al millar» *(Auts.).* No olvidemos que entre las causas contra Calderón
estaba la de la malversación.

A D.ª Justa Sánchez y a D. Diego de Tovar

En nombre Justa, en obras pecadora,
santa del calendario de Cupido,
cuyos milagros tienen su marido
canonizado de paciencia ahora.

Culpas absuelve, penitencias llora   5
del que es primo y al fin quizá marido,
libre manteo de vuelta guarnecido
que uno le paga y otro le desflora.

¿Qué dirá la corona del vïudo
viendo que ha renovado, Don Jumento,   10
el cuerno en este sábado y no santo?

Dirá que de mal término es cornudo
y que olvida el honor del regimiento,
y nosotros diremos otro tanto.

---

* *LRC*, págs. 134-135. Cotarelo, *op. cit.*, pág. 91, copió el primer cuarteto de este SONETO SATÍRICO.

«Se ha dicho en el texto que Villamediana sostuvo durante algún tiempo amorosas relaciones con D.ª Justa Sánchez, que después se rompieron sus lazos y la pecadora D.ª Justa contrajo otros con su primo D. Diego de Tovar (...) Esta dama debe der la misma D.ª Justa Sánchez del Castillo, poetisa que celebró con un soneto la obra de D.ª Ana de Castro Egas titulada *Eternidad del rey D. Felipe III*» (Cotarelo, *ibíd.*, pág. 264, n. 2). El Conde, como veremos, le dedicará también varias décimas satíricas.

DIEGO MARTÍN DE TOVAR, hijo segundo de Jorge de Tovar, nació poco después que el anterior su hermano Jorge de Tovar y Valderrama, 1587. Estudió en Alcalá, graduándose de licenciado en cánones (...) Pudo obtener en 1625 el hábito de Santiago (...) En sus mocedades escribió una novela picaresca, que con el título de *Don Raimundo el Entretenido,* publicó en Alcalá. (...) Casó con D.ª Juana de Zúñiga, a quien satirizó igualmente Villamediana» (Cotarelo, *ibíd.*, pág. 70).

7 MANTEO. «Cierta ropa interior, de bayeta o paño, que traen las mujeres de la cintura abajo, ajustada y solapada por delante» *(Auts.).*

10 JUMENTO. «Se llama metafóricamente al sujeto ignorante o necio» *(Auts.).*

11 Alusión al origen judío de los Tovar.

359*

Volviéndose a Alcalá cuando su destierro

Vuélvome a ser sin letras estudiante
donde el rector ya con lo azul se ahorra
por no ver más premáticas de borra
en Corte que es campo de Agramante.

Lo que llora el gobierno alguno cante   5
al ver con mitra al cielo con modorra,
aruños prometiéndole a una zorra
que deja un San Martín a un litigante.

Envaine Adonis ya la bigotera,
pues sin desenvainar Marte la espada   10
de cuadrúpedos gusta estos precetos.

De sus leyes los hurtos queden fuera,
pero tiento mi pluma desarmada
en la común reformación de petos.

---

* *LRC,* pág. 135. El primer cuarteto lo había editado ya Cotarelo, *op. cit.,*
pág. 33. Según él, este soneto ha de pertenecer a la época de su primer destierro (1608): «Salió, pues, de la capital D. Juan de Tassis y se detuvo algún
tiempo en Alcalá de Henares, donde al parecer compuso este soneto.»

3 BORRA. Metafóricamente sirve «para notar de inútil alguna cosa»
(*Auts.*).

4 AGRAMANTE. Lugar donde los sarracenos establecieron su campa-
mento durante el sitio de París. Metafóricamente se entiende por lugar de
gran confusión.

7 ARUÑO. «La herida que se hace con las uñas» (*Auts.*).

9 BIGOTERA. «Cierta funda de gamuza suave o badanilla que se usaba
en tiempo de los bigotes para meterlos en ella» (*Auts.*).

14 PETO. «Adorno o vestidura que se pone en el pecho para entallarse»
(*Auts.*).

360*

Al Presidente

Lugar hoy dé sublime el vulgo errante
al que con ignorancia verdadera
formó en obra mayor de blanda cera
estatua más flexible que elegante.

Sin duda que el mandato y el mandante   5
clase en el ignorar tienen primera;
cansado, pues, de sustentar su esfera
no gime ya, sino rebuzna Atlante.

Si un tiempo, Lauro, fue peso forzudo,
subordinado vive tantos años   10
cuantos de cautiverio en salir tarda.

Por Dios, señor Atlante, que sois rudo,
y pues no veis a luz de desengaños,
mejor os viene el peso de una albarda.

---

* *LRC*, pág. 137. Es un soneto SATÍRICO del que desconocemos el destinatario. El epígrafe está en *LRC*. Entre los «Sonetos atribuibles» de Góngora (ed. cit., pág. 564), encontramos uno que comienza: «Lugar te da sublime el vulgo ciego», que, «en una anotación al margen en el códice de Zaragoza señala que fue escrito contra el Conde-Duque» *(vid. Sonetos completos,* ed. de B. Ciplijauskaité, Castalia, 1976, pág. 303).
   8 ATLANTE. *Vid.* nota al v. 2 del núm. 217.

361*

A Jorge de Tovar

Éste es el sólo de este tiempo dino
tribuno vil de la judaica plebe,
que no conoce a Dios, a quien se atreve
secretario ladrón, fabril Rabino.

Contumaz, pues, sayón, Vero-Longino,   5
en nuestra redención su lanza pruebe
el que ha mil años que juró de leve
porque ha mil veces que su mes le vino.

¡Oh judío con regla desreglado!
¿Qué mucho que te nieguen lo que pides,   10
si tú pides la cruz que estás negando?

Labra casas y logra de lo hurtado,
y pues tu fe con nuestra vida mides,
si es que estás bautizado, dinos, ¿cuándo?

---

* *LRC*, págs. 139-140. Cotarelo, *op. cit.*, pág. 71 copió un fragmento de
este SONETO SATÍRICO. Está dirigido a Jorge de Tovar, «Secretario del
Real Patronato, individuo del Consejo Real, y más tarde Secretario de Estado» (*vid.* Cotarelo, *ibíd.*, págs. 69-73). Uno de sus dos hijos se llamaba también
Jorge. Cotarelo cree que la mayor parte de las sátiras van dirigidas a éste, que
obtuvo por Real Cédula el hábito de Santiago el 14 de febrero de 1614.

5 LONGINOS fue el soldado que traspasó con su lanza el costado de Jesucristo (*Evangelio de San Juan,* 19, 34). Longinos significa «lancero» (*Mat.* 27,
54; *Marc.* 15, 39 y *Luc.* 23, 47).

8-9 Aquí el Conde juega con el valor polisémico de «mes» y de
«regla».

11 Se refiere al hábito de la orden religioso-militar de Santiago, puesto que
alude a la cruz, símbolo de los que pertenecían a esta orden.

362*

Nuevas del Pardo

Olivares del príncipe es privado.
La fulana quién duda que es privada
y viva soplación encaminada
a la oreja de un rico consagrado.

El de Uceda en Osuna confirmado   5
tiene su omnipotencia declarada,
platica Filiberto y todo es nada;
alteza insulsa, Príncipe menguado.

Para los lobos y fray Juan hay redes,
y porros para todos de su Alteza   10
en concebir alta esperanza tardo;

fuéronse al otro mundo las mercedes
y sólo está valida la simpleza:
éstas las nuevas son, señor, del Pardo.

---

* *LRC,* pág. 142. Si es del Conde —Rozas lo incluye en su índice—, debe
de ser un SONETO SATÍRICO de los últimos años. De todos modos, el
tono satírico de Villamediana suele tener otra concepción.

¹ Para el Conde-Duque, *vid.* nota al v. 16 del núm. 368.

⁵ UCEDA y OSUNA. *Vid.* nota al núm. 200 y nota al núm. 349, respectivamente. El primero es Cristóbal Sandoval y Rojas, Duque de Uceda.

¹⁰ PORRO. «Decimos al necio, por no ser nada agudo, sino grosero como
el cabo de una porra» *(Covarr.).*

¹³ Nótese el juego de sentidos que implica «valida».

363*

Da las nuevas de la Corte

El Rey nuestro señor al Pardo fuese,
donde un cerdoso jabalí le espera,
y la nueva que os doy de la carrera
en que paró primero que corriese.

No pareció jineta que quisiese   5
acechar soles tras de vidrïera,
en mucha necedad y poca cera
quiso Dios que la noche feneciese.

Mearon tres beatas y un teatino
la puerta de un menguado presidente,   10
y el Rey de caza muy cansado vino

de un zorro que mató convalenciente;
dio réquiem Olivares al supino
que viene a ser menguado de creciente.

---

* *LRC,* págs. 142-143. Es un SONETO SATIRICO en el que las escenas de caza y los intereses políticos se entremezclan con una finalidad eminentemente burlesca.

5 JINETA. *Vid.* nota al v. 1 del núm. 356.

9 TEATINOS. «Los religiosos regulares de San Cayetano. Tomaron este nombre del obispo de Theati Juan Pedro Carraffa, que después fue Sumo Pontífice con el nombre de Paulo IV (...) En varios países de España llama así el vulgo a los jesuitas» *(Auts.).*

A la sola y su madre

Yo, que puedo ser abuelo y no soy padre
sino de desengaños, advertido
de idolatrar un serafín vestido,
no quiero más amor con mal de madre.

A un calvo, perro muerto y que no ladre;   5
sea Venus honesta, Argos Cupido,
cuyo metal y no las flechas pido,
pues si no es de oro, no hay arpón que cuadre.

A mi mulo le preste su acicate
un no caro escarmiento aunque sacado   10
de los yerros que rompe mi cadena.

Volveréme a pecar de cordellate,
porque me avisa Judas que comprado
el infierno será doblada pena.

---

* *LRC,* pág. 144. Los seis primeros versos fueron editados por J. E. Hartzenbusch en el *Discurso leído ante la R. A. E. en la recepción pública de don Francisco Cutanda,* Madrid, Rivadeneyra, 1861, pág. 82, bajo el epígrafe «A Doña Justa Sánchez y su madre» *(vid.* notas al núm. 358).

[1] Sigo la edición de Hartzenbusch. En *LRC:* «Yo, que puedo ser abuelo y no ser padre.»

[4] MAL DE MADRE. «Afecto que se causa de la sustancia seminal corrompida o de la sangre menstrual» *(Auts.).* Aquí juega el Conde con este sentido y con su posible interpretación literal.

[6] En *LRC,* se lee: «si echa Venus honesta Argos Cupido».

[8] Cupido lanzaba dos tipos de flechas: unas de oro, las amorosas, agudas; y otras de plomo, las del desdén, que eran romas *(vid.* Ovidio, *Metamorfosis,* libro I).

[12] CORDELLATE. «Cierto género de paño delgado como estameña. Llamóse así por el cordoncillo que hace la trama» *(Auts.).*

365*

Al Conde de Olivares

Roma venganza halló en Olivares,
demonio que respira en cuerpo humano,
por haberle quitado de la mano
al Tíber el imperio Manzanares.

Gimen caducos los iberios lares   5
al ver súbdito al César de Seyano;
huyendo el culto hipócrita y profano,
las imágenes dejan los altares.

Vuelto el incienso en humo sin fragancia,
mancha los puros templos dando indicios   10
que el cielo de indignado no lo admite.

¡Oh monstruo!, efectos son de tu arrogancia,
que profanando el mundo con tus vicios,
a su furor el rayo se remite.

---

* *LRC,* págs. 144-145. Rosales lo incluye dentro de los SONETOS SATÍ-
RICOS, sin indicar, como en otros casos, su origen. Rozas lo incluye en su
índice de *El Conde de Villamediana. Bibliografía...,* pág. 62. No nos parece, sin
embargo, el tono de las sátiras políticas del Conde. Para Olivares, *vid.* nota al
v. 16 del núm. 368.

6 SEYANO. Elio Seyano fue ministro de Tiberio y condenado a muerte
tras una conspiración contra el Emperador.

366*

Descripción de Toledo

Loca justicia, muchos alguaciles,
cirineos de putas y ladrones,
seis caballeros y seiscientos dones,
argentería de linajes viles;

doncellas despuntadas por sutiles,   5
dueñas para hacer dueñas intenciones,
necios a pares y discretos a nones,
galanes con adornos mujeriles;

maridos a corneta ejercitados,
madres que acedan hijas con el vino,   10
bravos de mancomún y común miedo;

jurados contra el pueblo conjurados,
amigos como el tiempo de camino,
las calles muladar: esto es Toledo.

---

* *LRC*, pág. 145. Es un SONETO SATIRICO cuyo epígrafe figura en *LRC*. En el índice de poesías atribuibles a Góngora, se lee «Poca justicia, muchos alguaciles» (ed. cit., pág. 1269). Según N. Alonso Cortés, pág. 61: «En 1616, el Conde debió de estar algún tiempo en tierra de Toledo.» Villamediana había dedicado otro soneto (el núm. 348) a Córdoba, aunque en éste no se da el tono del que ahora anotamos. Sigue la técnica enumerativa de los sonetos definición.

2 CIRINEO. Deriva del nombre de Simón Cirineo, que ayudó a llevar la cruz a Jesucristo. Por extensión, significa aquel que ayuda a soportar algo a otro.

5 DESPUNTADAS. En sentido metafórico, que han perdido la virginidad.

9 Esto es, cornudos.

10 ACEDAR. «Poner agria o avinagrada la cosa que no estaba» (*Auts.*).

367*

A Josefa Vaca, reprendiéndola su marido

«Oiga, Josefa, y mire que ya pisa
esta corte del rey, cordura tenga;
mire que el vulgo en murmurar se venga
y el tiempo siempre sin hablar avisa.

«Por nuestra santa y celestial divisa,   5
que de hablar con los príncipes se abstenga,
y aunque uno y otro duque a verla venga,
su marido no más, su honor, su misa».

Dijo Morales y rezó su poco,
mas la Josefa le responde airada: 10
«¡Oh, lleve el diablo tanto guarda el coco!

---

* *LRC,* pág. 147 Es un SONETO SATÍRICO dedicado a la turbulenta relación matrimonial de estos dos cómicos, Juan Morales Medrano, actor y jefe de una compañía, y Josefa Vaca, a la cual llegaron incluso a atribuírsele relaciones con el padre Aliaga *(vid.* Cotarelo, *op. cit.,* pág. 247, n. 1 y pág. 290, n. 2). Josefa Vaca trabajó en la compañía de su marido hasta que ésta se disolvió en enero de 1632. Murió el 11 de junio de 1653. Algo de verdad ha de haber en cuanto a las relaciones de Josefa con los cortesanos, puesto que Lope, en carta de 6 de agosto de 1611 al Duque de Sessa, al hablar de Morales, dice: «No sé qué le ha tomado, que, si celoso salió de aquí, ha vuelto celosísimo: las sombras se le antojan hombres, y su huésped lo quiere echar de su casa porque con la tajante desnuda y una vela en la siniestra mira los sótanos y desvanes antes que se acueste, por ver si halla algunos amantes en figura gatesca por los tejados» (cito por la ed. cit., págs. 89-90). Este soneto lo editó Adolfo de Castro con múltiples variantes que anotamos, entre ellas, el epígrafe que dice «A Alonso *(sic)* de Morales, autor de comedias, marido de Josefa Vaca», en B. A. E., pág. 156. Quevedo también les dedicó una de sus «sátiras personales» *(vid.* ed. cit., núm. 847, vol. III, págs. 256-258).

1 En *BAE,* se lee «Jusepa».

5 En *BAE,* «Por esta dura y eficaz divisa».

9 En *BAE,* «Dijo Morales y riose un poco».

11 GUARDA EL COCO. «Modo de hablar con que se pone miedo a los niños para que se contengan» *(Auts.).*

13 En *BAE,* «Pero ella es simple, y él creo que es loco».

¡Mal haya yo si fuese más honrada!»
Pero como ella es simple y él es loco,
«miró al soslayo, fuese y no hubo nada».

368*

A Josefa Vaca, comedianta

Oye, Josefa, a quien a tu bien desea,
que es Villa-nueva aquesta vida humana,
y a Villa-flor se pasará mañana,
que es flor que al sol que mira lisonjea.

Más hace Peña-fiel al que desea,   5
si en ferias te da Feria ya Pastrana,
que anda el diablo suelto en Cantillana
y en barca rota tu caudal se emplea.

Que es Río-seco aquesta corte loca;
que lleva agua salobre ya Saldaña;   10
que pica el gusto y el amor provoca;

que a tu marido el tiempo desengaña,
que mucha presunsión con edad poca
al valor miente y al amor engaña.

---

* *LRC*, págs. 146-147. Es un SONETO SATÍRICO dirigido también a la famosa comedianta *(vid.* notas al anterior). Es el único soneto con estrambote del Conde *(vid.* T. Navarro Tomás, *op. cit.,* pág. 253 y nota 5). Está construido a partir de una serie de nombres relevantes de la Corte.

2-3 Se refiere al Marqués de Villanueva y al Conde de Villaflor.

5 Es el Duque de Peñafiel, hijo del Duque de Osuna.

6 FERIA es don Gómez Suárez de Figueroa, tercer Duque de Feria (1587-1634).

PASTRANA es don Ruy Gómez de Silva y Mendoza, tercer Duque de Pastrana.

7 CANTILLANA es don Juan Vicentelo de Leca y Toledo, caballero del hábito de Santiago y Conde de Cantillana.

9 RÍOSECO es don Juan Alonso Enríquez de Cabrera, quinto Duque de Medina de Ríoseco.

10 SALDAÑA era hijo del segundo Duque de Lerma, Francisco de Sandoval y Rojas. El Conde de Saldaña presidía una Academia en Madrid *(vid.* Cotarelo, *op. cit.,* pág. 26).

Que hallarás, si plantares,
fáciles Alcañices, no Olivares.

---

[16] ALCAÑICES es dón Álvaro Enríquez de Almansa, sexto Marqués de Alcañices. Era cuñado del Conde-Duque de Olivares.

OLIVARES es don Gaspar de Guzmán, Conde-Duque de Olivares (1587-1645) (*vid.* G. Marañón, *El Conde-Duque de Olivares,* Madrid, Espasa-Calpe, 1945) y J. H. Elliot, *El Conde-Duque de Olivares,* Ed. Crítica, Barcelona, 1990.

Octavas

369*

Octavas a una dama que iba cazando
por un bosque

Alma de un dios gigante y niño alado
eres, Amor; tus armas y tus plumas
deben lo vario y deben lo salado
a la inquieta región de las espumas;
pues ya no ciego el arco ves quebrado,   5
de inmortal sí, de invicto no presumas,
donde a nueva deidad exento admiras
romper tus flechas y frustrar tus iras.

Del alma honor, lisonja de su arena,
dïáfano blasón de su elemento,   10
canora fénix, única sirena
en apacibles ondas de tormento,
pudo glorificar la mayor pena,
haciendo, aunque mortal, dulce el acento
que suspendió sus números iguales,   15
en su región, los hálitos australes.

Nunca el dorado Tajo en ondas tantas
de Tetis fue a buscar el seno frío,
por las que debe el margen a tus plantas
flores, fragante honor del sacro río,   20
cuantas marfil dentado surca, y cuantas
ciega deidad, alada en daño mío,

---

* *1629*, págs. 265-266. Estas octavas de tema amoroso, parten de la historia mitológica de Diana, la diosa cazadora. El epígrafe está en *1629*.

4 REGIÓN. *Vid.* nota al v. 8 del núm. 59.

17 «Dorado» porque se creía que en sus arenas se encontraba oro (Ovidio, *Metamorfosis,* libro II).

18 TETIS. *Vid.* nota al v. 11 del núm. 306.

trémulas flechas vibra en el cabello,
rubia lisonja de su blanco cuello.

Si el oficio robusto de Dïana   25
ejercita la bella cazadora,
el celeste coturno al monte allana,
hecha su planta emulación de Flora;
y entre ufanos crepúsculos mañana
se le dé nueva luz y nueva aurora;   30
suspende el curso al dios enamorado
de afrentas en sus rayos coronado.

No faltará quien diga que es locura
poner en tal lugar el pensamiento,
que no puede ayudarle la ventura
a más que a muerte por conocimiento;
yo sigo como bien mi desventura,   5
y sin sentido voy tras lo que siento,
quedando por disculpa de atreverme
ser Tántalo que gano con perderme.

---

* *1629*, págs. 266-267. Esta octava se edita, tanto en *1629* como en *1635*, como final de las «Octavas a una dama que iba cazando por un bosque» (núm. 369). Sin embargo, en *Mendes Britto*, fol. 191v. aparece suelta. Como cree Rozas en *El Conde de Villamediana. Bibliografía...*, pág. 46, n. 4: «Se percibe claramente el estilo y por el tono que se trata de dos poesías distintas.» Para semejanzas con esta octava, *vid.* el soneto núm. 66.

8 *LRC*, en pág. 173 corrige este verso y edita «ser tanto lo que gano con perderme», que no está en *1629* ni en *1635*.

TÁNTALO. Rey de Frigia, célebre por el castigo que tuvo que sufrir en los Infiernos: su suplicio consistió en el hambre y sed eternas, sumergido en agua y con una rama llena de frutos sobre su cabeza. (*Odisea,* canto XI, y Lucrecio, *De rerum natura,* III, vv. 980 y ss.)

371*

Octava a otro propósito

Si nació mi desdicha de quereros,
dichosamente he sido desdichado;
no fuera el conoceros conoceros,
si todo no os lo hubiera ya entregado;
ya en mí no hay más perderme que perderos,   5
el mal no será mal, bien estimado,
pues está lejos de que se arrepienta
quien de sus propios males se contenta.

---

* *Mendes Britto,* fol. 168v. *(1963,* págs. 56-57). En esta octava, el Conde asume la situación del amante como en perspectiva, y los valores (el «bien» y el «mal») pierden su sentido ante la paradoja amorosa. Como en toda la poesía de esta primera época, Villamediana utiliza como recurso el poliptoton y la derivación.

372*

Octava a otro propósito

Quien por conocimiento desconfía
y no por otra causa, no lo siente,
pues vive de morir en su porfía
vencido de razón, no de accidente;
y, así, juzgo que el bien más daño haría   5
a donde el mal se estima y se consiente;
que por su causa por milagro hace
que él mismo, aunque muerto, satisface.

* *Mendes Britto,* fol. 169r. *(1963,* pág. 57). Esta octava, tanto por léxico como por concepción temática, se halla muy cercana a los sonetos de la primera época del Conde. La descripción paradójica del estado del amante se da en los cuatro versos finales, ofreciendo así una estructura simétrica para la octava.

373*

Octava a otro propósito

Si el rigor inhumano de los hados,
que me aparta de ti, señora mía,
fuera vencido ya de los cuidados
pagados de mi ausente fantasía;
mas si fueran amando contrastados   5
a fuerza de paciencia o de porfía,
no se viera en ausencia lo que tiene
el destino crüel que me detiene.

* *Mendes Britto,* fol. 173r. *(1963,* pág. 60). Destaca de esta octava el sentido
de la construcción que demuestra tener el Conde. Toda ella es una sola oración condicional que, mediante sus dos proposiciones, respeta la unidad rítmica y de sentido de la octava (cuatro versos para la primera proposición,
dos versos para la segunda, y dos —los que riman en pareado— para la apó-
dosis).

374*

Estancias en octavas

Estoy en vivas lágrimas deshecho
de ver que, de la llama en que me quemo,
no puedo ya esperar ningún provecho,
sino morir en medio deste extremo.
Fortuna siempre pone corto trecho   5
entre el dolor que sufro y el que temo,
pues cosas que estuvieron en sospechas,
el ser tan contra mí, las da por hechas.

Lo que con mi fortuna me sucede
llamarélo costumbre y no mudanza,   10
pues es hacerme cuantos daños puede
dándome, por quitarme, la esperanza.
Yo no me quejo, aunque agraciado quede,
por no daros jamás de mí venganza,
estimado de Amor, por conocelle,   15
menos el galardón que el merecelle.

En este estado moriré contento,
pues sigue a mucha fe ventura poca,
callando más la pena que más siento
y no sintiendo más que lo que os toca.   20
Las cosas que no fío al pensamiento
de voz están seguras en mi boca,
que por donde salieron mis suspiros
no ha de salir jamás sino serviros.

---

* *Mendes Britto,* fol. 174v. (*1963,* págs. 57-59). Destacan en estas octavas
de tema amoroso dos elementos: uno, propio de la poesía de la primera época
del Conde, que es la utilización del léxico de la poesía cortés y los procedimientos retóricos de ésta; y, en segundo lugar, la insistencia con la que Villamediana subraya, en cada una de las estrofas, la descripción del estado irreversible del amante a través de las oraciones causales.
16 GALARDÓN. *Vid.* nota al v. 1 del núm. 172.

No porque tenga yo que agradeceros,　　25
que antes de vos por vos estoy corrido;
premio es el desengaño y conoceros,
que jamás conocéis lo que he servido.
Poco crédito ganan los aceros
que sólo sacan sangre del rendido;　　30
conozco lo que estoy, y sólo siento
ver pagado tan mal tal pensamiento.

Los que sin causa son se llaman celos,
que donde tantas hay ya son certeza;
a este estado no allegan los consuelos,　　35
antes en él buscallos es flaqueza.
Si tuve bien, mudóse en desconsuelos;
el mal quedóme por naturaleza,
y el servir, que pudiera aprovecharme,
parece que ha ayudado a condenarme.　　40

No espere galardón quien no lo merece,
que estar premiado no es haber servido,
antes es al reves lo que acaece,
que es poner los servicios en olvido.
¿Qué alivio ha de esperar el q[ue] padece　　45
y el que más sin remedio está perdido,
pues llegará cualquier socorro tarde
a un corazón que en llamas vivas arde?

Si los servicios son bien empleados,
¿por q[ué] los queréis ver arrepentidos?;　　50
aunque no os den cuidado mis cuidados,
no les pongáis en vellos tan perdidos;
pero pues están ya desengañados
pensamientos que fueran tan validos,
ni vos tratéis de cuál por vos me visteis,　　55
ni yo de cómo vos lo agradecisteis.

---

26 ESTAR CORRIDO. «Avergonzado» (Auts.).

Y no tratando ya de dar ninguna,
por ver que son pasados los contrastes
del tiempo, del amor, de la fortuna,
y el nudo no me aprieta, que aflojastes,   60
habiendo despedido de una en una
las esperanzas con que me engañastes,
cuelgo en el templo, y no por vuestra afrenta,
las rotas velas de tan gran tormenta.

59 *Vid.* v. 9 del núm. 180 y v. 2 del núm. 97.
60 *Vid.* v. 8 del núm. 97.
63-64 *Vid.* notas a los sonetos núms. 99 y 186.

GLOSA

«También para los tristes hubo muerte»

La cierta muerte es freno de Fortuna,
allí paran sus gustos y cuidados;
por no fiar razón do no hay ninguna,
es término el morir de todos hados.
La muerte a los alegres importuna,   5
mueren de no morir los desdichados;
mas, porque en todo no les falte suerte,
«también para los tristes hubo muerte».

---

* *Mendes Britto,* fol. 180r. La editó J. M. Rozas en «Para la fama de un verso de Camoens en España: dos octava inéditas de Villamediana y un soneto anónimo», *Revista de Literatura,* XXIII (1963), págs. 105-107. El verso glosado es el último de la parte final de la égloga que el portugués dedica «A morte de D. João, príncipe de Portugal, pai del Rei D. Sebastião».

376*

[Glosa diferente al mismo sujeto]

«También para los tristes hubo muerte»

Viven los tristes de acabar sus males
a pesar de los hados rigurosos;
que no han de ser eternos e inmortales
sus gustos, sus pesares más forzosos.
Esto nos hace a todos casi iguales;   5
como hubo vida en que los dichosos
gozar pudiesen de su alegre suerte,
«también para los tristes hubo muerte».

---

* *Mendes Britto*, fol. 180r. Para esta octava y su glosa, *vid.* nota al
núm. 375.

377*

GLOSA

«Hallar hasta en morir contentamiento»

Donde son tan debidos los suspiros,
no agradecerlos quiero agradeceros,
pues fuera sospechoso en mí el serviros,
si quisiera de vos más que quereros;
si, lo callando, acertaré a deciros,   5
señora, que he sabido conoceros,
pues pudo en mí este conocimiento
«hallar hasta en morir contentamiento».

---

* *Mendes Britto,* fol. 186v. *(1963,* pág. 68). En Mendes aparecen dos glosas a este endecasílabo: la que editamos ahora y la núm. 380. El verso glosado es el v. 4 del núm. 157. El procedimiento de derivación y poliptoton es continuo a lo largo de la composición.

378*

[La misma glosa por diferente estilo]

«Hallar hasta en morir contentamiento»

Si pudiérades ser agradecida,
por vos más que por mí yo me corriera,
pues siendo pretensión el ser servida,
el serviros, señora, ofensa fuera.
De cualquier esperanza consentida   5
la pura fe que os tengo se ofendiera,
con menos, no pudiendo el sufrimiento
«hallar hasta en morir contentamiento».

---

* *Mendes Britto*, fol. 186v. *(1963*, pág. 69). Se glosa aquí el mismo endecasílabo que en el núm. 379 *(vid.* nota a éste).

2 CORRERSE. *Vid.* nota al v. 8 del núm. 429.

3-4 Obsérvese, para estos versos, la combinación de poliptoton y aliteración.

379*

Octava a un retrato de la s[eño]ra D.ª Juana Portocarrero

Lo que pierden en vista ingenio y arte,
eso es la señora doña Juana;
donde ella no está toda, no está parte
de perfección alta y obra más que humana;
aunque Apeles en él tuviera parte,   5
fuera fatiga su retrato vana;
sólo Amor, en el alma della dina,
podrá sacar estampa tan divina.

---

* *Mendes Britto,* fol. 206 (*1963,* pág. 81). Se trata de una composición de circunstancia que tiene por tema el motivo del retrato (*vid.* notas al núm. 269). La belleza de la dama, en este caso doña Juana de Portocarrero (*vid.* nota al núm. 275) no puede ser captada por artista alguno porque pertenece a la esfera de lo divino.

⁵ APELES. Pintor griego del siglo ɪᴠ a.J.C., amigo de Alejandro Magno.

380*

Llego a Madrid y no conozco el Prado,
y no lo desconozco por olvido,
sino porque me consta que es pisado
de muchos que debiera ser pacido.
Vuélvome voluntario desterrado   5
dejando a sus arpías este nido,
ya que en mis propios escarmientos hallo
que es más culpa el decillo que el obrallo.

* *1861*, págs. 50-51. Esta octava la editó, por primera vez Hartzenbusch, y la reprodujeron, con variantes, Alonso Cortés, *op. cit.*, pág. 68, y *LRC*, pág. 173. Según los dos primeros, el Conde debió de escribir esta composición tras la muerte de Felipe III en 1621. *LRC* la edita con el epígrafe «Llegando a la Corte».

1 En *LRC*, «Llegué».

4 En *Alonso Cortés*, «por» en lugar de «de».

6 Las ARPÍAS o HARPÍAS son animales fabulosos mitad ave, mitad mujer, que se asocian al robo y a la rapiña.

Estancias al Príncipe nuestro señor

Estas armas, Señor, en juveniles
años de fe y valor alimentadas,
para afrenta de Alcides y de Aquiles,
hoy el cielo las tiene reservadas;
Atlas descanso espera en las viriles   5
fuerzas que, contra el Asia ejercitadas,
cuando el acero fulminante vibres,
las aguas del Jordán nos hará libres.

Ya Tetis, entre conchas eritreas,
benigna aguarda el militar portento,   10
porque inspiradas de aura dulce veas
tus velas coronar su instable argento;
las generosas plantas idumeas
crecen, insinuando el vencimiento,
flexibles, arrogándose tu mano,   15
Alejandro español, César cristiano.

---

* Estas octavas figuran en el Ms. 3657 de la B.N. Juan Pérez de Guzmán las editó en *Los príncipes de la poesía española*, Madrid, 1892, págs. 187 y ss. J. M. Rozas, en «Los textos dispersos de Villamediana», *RFE,* XLVII (1964), págs. 348 y ss. las edita y estudia su atribución y cronología. Concluye el citado autor que las octavas están dedicadas al futuro Felipe IV, probablemente con motivo de un torneo que se celebró el 22 de abril de 1618,. hecho al que Francisco López de Zárate también dedicó cuatro octavas.

5 ATLAS o ATLANTE fue condenado a sostener la bóveda del cielo sobre sus hombros.

9 TETIS. *Vid.* nota al v. 11 del núm. 306.
ERITREAS. Relativo al Mar Rojo; por tanto, de dicho color.

12 Guarda semejanzas con el v. 139 de la «loa» de *La Gloria de Niquea*.
INSTABLE. «Poco firma o seguro» *(Auts.)*.

13 IDUMEAS. Pertenecientes a la región del sur del Mar Muerto.

El cíclope mayor yelmo te ofrece,
propicio a Marte con Minerva tienes,
el Hado en vaticinios te obedece,
y materia a la Fama le previenes;   20
entre estas esperanzas Dafne crece
con ambición de coronar tus sienes,
trofeos ofreciéndote inmortales,
ya cívicos honores, ya murales.

Entonces, de la fe preclaro asilo,   25
lunas de Asia tus pies tendrá debajo,
bebiendo los caballos en el Nilo,
que el austro enge[n]dra y alime[n]ta el Tajo;
y en el mayor sepulcro honor tranquilo,
dando al sangriento arnés mayor trabajo,   30
el Febo occidental serás primero
que deba el sacro monte al claro Ibero.

---

17 Los Cíclopes son, según la leyenda, los forjadores del rayo divino, así como del casco de Hades y del tridente de Posidón.

18 Esto es, a las armas y a las letras.

20-21 *Vid.* vv. 180 y 181 de la loa de *La Gloria de Niquea*.

22 Puesto que el laurel era el signo de los vencedores.

Liras

En tus hermosos ojos,
tan apacible Amor muestra su ira
que su propios enojos
apetece muriendo quien los mira;
es como el que procura   5
mirar al sol y su mayor altura.

En la cándida mano
están de Amor el arco y las saetas,
y resistir en vano,
con públicas violencias y secretas,   10
los rayos de tus ojos
hacen rico su templo de despojos.

La divina hermosura
a quien toda su gracia Amor reparte,
modesta compostura,   15
donde el arte de Amor muestra su arte,
que por milagro della
descuidada beldad queda más bella.

El oro sobre el cuello,
que blandamente esparce el aire osado,   20
cadena y no cabello,

---

* *1629*, págs. 329-332. Este, junto con el siguiente, son los dos únicos poemas que Villamediana escribió en liras, y más en concreto, en liras de seis versos. Se trata de una composición amorosa en la que se hace servir como elemento vertebrador del poema el sistema metafórico de la descripción neoplatónica de la belleza de la dama.

1-12 El origen del enamoramiento parte de los ojos de la dama: los soles que lanzan rayos e imprimen la imagen en el alma del amante.

12 Para este tópico, *vid.* v. 10 del núm. 142 y vv. 63-64 del núm. 374.

20 Partiendo de la metáfora lexicalizada de «oro», por «cabello rubio», se advierte en este verso un recuerdo del v. 8 del soneto XXIII de Garcilaso.

en el reino de Amor tiene forzado
al triste pensamiento,
que con perdidas quejas hiere al viento.

Los arcos que, en la cumbre   25
del peligroso sol resplandeciente,
prometen mansedumbre,
en su serenidad benignamente,
descubriendo su velo,
hacen arco de paz en claro cielo.   30

La colorada rosa,
del jardín de Pomona prenda cara,
más pura y más hermosa,
a la color vecina de su cara
queda mustia y turbada   35
y, en la gloria mayor, como afrentada.

Y la mano que mueve
el ciego dios tirano blandamente,
aunque parece nieve,
hace efectos del fuego más ardiente,   40
porque incita y enfrena
abonando lo mismo que condena.

Con modesta mesura,
la gravedad y airoso movimiento,
con igual compostura,   45
estrellas pisa y deja atrás el viento,
y con decoro blando
la fineza mayor va despreciando.

---

25 Se refiere a las cejas de la dama. Es una metáfora lexicalizada más de
este sistema descriptivo.

31 Se refiere aquí a las mejillas.

32 Para POMONA, *vid.* nota al v. 9 del núm. 54.

CARA. En sentido etimológico, por «querida, apreciada».

46 Para este lugar común virgiliano, *vid.* nota a los vv. 7-8 del número 297.

48 FINEZA. *Vid.* nota al v. 7 del núm. 91.

        Ni desprecia ni aceta,
y procediendo en esto como acaso,   50
en manera perfeta
con atento descuido mueve el paso,
y ni ensalza caídos,
ni menos da materia a presumidos.

        Si a voces acordadas   55
mueve las plantas, son en aquel punto
decoro sus pisadas,
hermosura y beldad modesta junto,
y con libres mudanzas,
siempre su danza es baja de esperanzas.   60

        Planta nemea esquiva,
que huyendo de amor vistió corteza,
no en forma más altiva
hirió del cielo la mayor belleza,
ni en amorosas lides   65
apuró el ciego dios fuerzas de Alcides.

        Ni a más alto sujeto
la fama dio materia ni alabanza,
pues de su mismo efeto
venció naturaleza su esperanza,   70
y milagrosamente
se mantiene en un ser sin accidente.

        Si dedico y consagro
a su valor el corazón rendido,
donde todo es milagro,   75
todo es también a su deidad debido,
pues de manera trata,
que ni paga, ni estima, ni es ingrata.

─────────────────

55 ACORDAR. *Vid.* nota al v. 12 del núm. 81.
61 Se refiere a Dafne, convertida en laurel (*vid.* núms. 90, 267).
66 Para Alcides, *vid.* nota al v. 9 del núm. 254.

Y nunca, navegando,
la que dio nombre a Europa, el cristalino   80
undoso mar surcando,
soltó trenzas al viento de oro fino,
ni Júpiter tonante
en mejor ocasión se mostró amante.

79-84 Se refiere al episodio de Europa raptada por Júpiter, transformado en toro en Sidón (Ovidio, *Metamorfosis,* libro II).

El viento delicado
rayos negros esparce en tus cabellos,
que al ciego dios alado
blanco de vivas flechas fueron ellos,
cuando dellas no parco   5
sol en tus ojos tiene, en ellos arco.

De donde, repetida,
derecha al corazón ardiente sale
la piedad homicida,
que de las armas del mirar se vale   10
lascivamente, cuando
hace su fuego dulce el morir blando.

Gloriosamente pena
el que a tanta disculpa se destina,
si ya Amor no condena   15
a amar hombre mortal beldad divina
en unos negros ojos,
blanco hermoso de luz a mis enojos.

Recibe ya siquiera
de tantas ansias el postrer aliento,   20
porque logre en su esfera
mi vida amor, y amor de su elemento
llamas dando, no avaras
a dulce sacrificio, dulces aras.

---

* *1629*, págs. 332-337. Como la anterior, es una composición de tema
amoroso en liras de seis versos. El motivo, de carácter neoplatónico, vuelve
a ser la belleza de la dama. En este caso, y contraviniendo la «descriptio puellae», la dama es morena.

6 De nuevo, como en el v. 25 del núm. 382 se utiliza la metáfora del
«arco» para designar a las cejas. Obsérvese también el uso de la similicadencia
en esta primera lira.

10 Puesto que son los ojos quienes lanzan los rayos o flechas de amor.

En trono viste alado   25
ayer vestir abriles, pisar mayos,
la que pudo eclipsado
dejar al sol a luz de negros rayos,
quitando su decoro
la estimación y no la envidia al oro.   30

Viste hacer en el viento
vela el cabello, y de una blanca mano,
pulsado el instrumento,
cuando divina voz de ángel humano,
con severa dulzura   35
flecha rayos con arco de mesura.

En cuyos negros ojos,
fraguas de amor, común incendio veo,
y acreditando antojos,
muerte a la vida dar, vida al deseo,   40
la que aun dulce en la ira
matando premia y mata cuanto mira.

Pues que si por la falda
tiene en lazos errantes el cabello,
y por blanca espalda   45
desciende undosa luz del terso cuello,
en lícitos desvelos
la menor hebra suya es mil anzuelos.

Si sale a la ribera,
ya en algente estación, ya en seco estío,   50
aura de primavera,
exhala el prado, y la conduce el río,
cuyo margen en varias
flores ofrece a sus coturnos parias.

43-48 El cabello de la dama es presentado, en multitud de ocasiones, como
«lazo», «cadena», «red» o «anzuelo» para significar metafóricamente la prisión del amante.
50 ALGENTE. Es cultismo, por «frío».
54 COTURNO. *Vid*. nota al v. 8 del núm. 297.

Cuando el feliz ambiente   55
de su horizonte anime el cielo puro,
sólo Amor no consiente
voluntad libre o corazón seguro,
cuando en sus ojos fuerte
veneno da a beber y dulce muerte.   60

Siempre expresando agravios,
aun en el desengaño no crüeles,
el mover de sus labios
corre a perlas continuas de claveles,
en cuyo rigor bello   65
su vista es red y lazo su cabello.

Si el instrumento suena,
un ángel es en ser, en voz y en nombre;
ni pastoral avena
pulsa sin su memoria ningún hombre,   70
ni tiene árbol corteza
donde Amor no describa su belleza.

El indicioso terno
ya de las Gracias le administra gracia,
y cual pudo el infierno   75
la dulce lira suspender de Tracia,
no tiene amor enojos
si lo plácido mira de sus ojos.

---

60 Nótese, para este verso, el uso de la paradoja.

66 *Vid.* vv. 43-48.

69 AVENA. «Instrumento músico, lo mismo que la flauta» (*Auts.*). Este término aparece también en el v. 237 de *La Gloria de Niquea*.

71-72 Alude aquí el Conde al tópico virgiliano de la «inscripción de amor» (*vid.* notas a los núms. 37, 89).

73 INDICIOSO. No figura en *Auts.*, aunque sí «indiciar», por «dar u ocasionar indicios de alguna cosa» y «sospechar».

TERNO. Puesto que son tres las Gracias.

74 GRACIAS. *Vid.* nota al v. 7 del núm. 197.

75-76 Se refiere al momento en que Orfeo fue a rescatar a Eurídice (Ovidio, *Metamorfosis*, libro X).

Si en rústica corona
sale a ilustrar el baile de la aldea,   80
desarmada es Belona;
Cintia, lasciva; casta Citerea,
que deja en cualquier parte
un Adonis celoso, un muerto Marte.

Ninguna voz doliente   85
sin su angélico nombre el aire hiere,
y nace solamente
la rosa ufana que en sus manos muere,
tal que no ve esta arena
sol sin afrenta ni pastor sin pena.   90

Si por el bosque sale
del hemisferio suyo deidad casta,
a Marte no le vale,
vistiendo cerdas, resistir el asta
de la que a ser alcanza   95
emulación de Adonis y venganza.

Si del metal preñado
partos de fuego distribuye al viento,
de plumas coronado,
Júpiter, mal seguro su elemento,   100
surcar osa volante
ya rendido bajel a sol tonante.

---

80 ILUSTRAR. *Vid.* nota al v. 12 del núm. 32.
81 BELONA. *Vid.* nota al v. 7 del núm. 217.
82 CINTIA. Es Diana, la diosa cazadora.
CITEREA. Es Venus.
84 Nótese cómo en este verso Villamediana intercambia los adjetivos,
creando así una bella paronomasia.
91-96 Marte, transformado en jabalí, mató a Adonis (*Metamorfosis*,
lib. X).
97-102 Alude aquí al rapto de Europa, puesto que Júpiter se lanzó —transformado en toro— al agua una vez que la hija de Agenor había subido a su
lomo (Ovidio, *Metamorfosis*, libro II).

Con números süaves
enmudece el sentir, da voz al viento;
suspendidas las aves   105
tierno obsequio le son, tierno concento,
el de las musas coro
dulce le alterna canto en plectro de oro.

Dulce descubre puerto
feliz bajel que en mar de amor navega,   110
siempre lino encubierto,
sus áncoras fortuna no me niega,
quitando ofensas claras
a mi premio y votos a tus aras.

De mis yerros pasados   115
daré, Amor, a tu templo las cadenas,
logrando mis cuidados
las que gloriosamente dulces penas
en cárcel amorosa
pueden hacer mi esclavitud dichosa.   120

Lascivamente blando,
altos de amor lograr misterios veo,
y el cielo penetrando,
vestido de sus alas mi deseo,
pisar con nuevo aliento   125
la sublime región de su elemento.

Sé bien que hay mar Icario
que ya dio por el nombre sepultura
al osar temerario,

---

106 CONCENTO. «Canto acordado, armonioso y dulce» (*Auts.*). La voz
aparece en el v. 112 del *Faetón*.
109-114 Aparece aquí la metáfora náutica del bajel que navega por el tempestuoso mar del amor.
116 *Vid.* nota al v. 12 de la composición anterior.
119-120 El Conde utiliza aquí dos términos («cárcel» y «esclavitud») cuyo
origen es, como ya se ha reseñado, la poesía cancioneril.
124-138 Alusión al mito de Ícaro.

que penetró con su violencia oscura 130
nube de luz vestida
como el centro del mar con su caída.

Mas él fue confïado
en los impulsos de una débil cera;
yo, si vuelo, animado 135
piso los bajos orbes de tu esfera,
con alas que alcanza
de fe constante lícita esperanza.

Tercetos

384

¿Quién le concederá a mi fantasía
un espíritu nuevo, un nuevo aliento,
que iguale, si es posible, a mi osadía?

¿Y una pluma que corte tanto el viento
que penetre los orbes, y de vista   5
se pierda al más subido entendimiento,

para que, siendo vuestro coronista,
a las iras del tiempo y del olvido
con fama dichosísima resista?

Cisne entonces, de números vestido,   10
en voz de pluma, templo a la memoria
vuestra daré, de acentos construïdo.

Sea, pues, claro origen de mi historia
el recíproco amor de dos estrellas,
cuyos rayos son luces de su gloria,   15

fénices dos del Tajo, ninfas bellas,
en quien recopiló de mil edades
el cielo cuantas gracias puso en ellas.

No sin aras ni culto, ya deidades,
que holocaustos Amor les rinde puros   20
en víctimas de ocultas voluntades.

---

* *1635,* págs. 412-414. Son los únicos tercetos del Conde que aparecen en las ediciones del siglo XVII. Millé, en su ed. de la obra de Góngora, los incluye en el índice de poesías atribuibles a éste (ed. cit., pág. 1270). Luis Rosales, en el capítulo III de *Pasión...,* titulado «Francelisa: un enigma aclarado», págs. 43-77, estudia estos tercetos y demuestra que «Francelisa» era la portuguesa doña Francisca de Tabara, y «Amarilis», su prima doña María de Cotiño. Según Rosales, Felipe IV fue amante de doña Francisca.

16 Puesto que, como se ha dicho, las dos damas habían nacido en Portugal.

Las suyas dos en blandamente duros
casos, el ciego dios a todos tiene
de la envidia y del tiempo aún no seguros.

Pues cuanto desde el Calpe hasta Pirene   25
alumbra el sol, y con sus rayos baña,
la admiración de tanta luz contiene.

Auroras son que el tiempo desengaña,
que puras hijas de más blanca Leda
en las orlas de Tajo nos dio España: 30

Francelisa, amor vuestro, sin que pueda
tan sublime parar merecimiento
de la diosa fatal la débil rueda.

Y vos, clara Amarilis, alimento
de tierno amor que dulcemente crece,   35
haciendo de dos almas un aliento.

Si el ciego dios sus armas os ofrece,
misteriosa materia oculta sea
lo que lágrimas tiernas os merece.

Quien llorar sabe, y con llorar granjea,   40
presa la voluntad de Francelisa,
con lo mismo que mata lisonjea.

---

25 Esto es, desde Gibraltar hasta los Pirineos.
26 Corrijo, siguiendo a Rosales, «son» en lugar de «con» que se lee en
1635.
29 LEDA tuvo una hija, Helena, nacida de su unión con Júpiter transformado en cisne.
30 ORLA. «Orilla» *(Auts.).*
33 Se refiere a la Fortuna.
38 Tanto Rosales como Rozas en su antología editan «misteriosa deidad»,
que no figura en *1635.*

Muerte que no escarmienta, cuando avisa,
antes es el despojo de una vida
aun no aceptada ofrenda, mas precisa.   45

Ya era pompa del Tajo esclarecida
aquí, ya sus cristales dieron cuna
en mar, y en tierra para florecida,

con la que pondrá ley a la fortuna,
prima vuestra, en el mundo la primera,   50
si lumbre fatal, no Fénix una.

Pues Amarilis en sublime esfera,
gémina ya deidad [vibra] fragante,
campos de luz en su gloria verdadera;

materia, en fin, de admiración constante,   55
felicidades mil la edad os cuente;
ser pueda sólo un sol de un sol amante,
que un sol a un sol de rayos alimente.

---

45 De nuevo aparece aquí el tópico de los «despojos de amor» que son
ofrecidos (*vid.* notas a los núms. 142, 374).

En *1635* se lee «preciosa».

50 Corrijo *1635,* donde se lee «mando» por «mundo».

51 LUMBRERA. «El cuerpo que despide luz de sí» (*Auts.*).

53 Sigo la corrección de Rosales. En *1635* se lee «rosa fragante».

GÉMINA. *Vid.* nota al v. 11 del núm. 46.

57-58 Dice aquí Rosales, *op. cit.,* pág. 52, que «El sol de la hermosura que es
Francelisa, sólo se debe enamorar del Sol de España, que es Felipe IV».

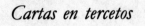

Cartas en tercetos

385

El tiempo y la razón piden olvido;
sólo amor me defiende, y esto basta
para quien él jamás se ha defendido.

De la vida el agravio sólo basta,
no [el] de la fe ni [el] del gran deseo,   5
a quien mala fortuna no contrasta.

Mandarme que no crea lo que veo,
sacando de pesares fundamento,
es querer que me acabe lo que creo.

Dejen los tristes de buscar contento,   10
que sin dicha es locura aventurarse,
pues no lo puede todo el pensamiento.

No es hazaña engañar al que engañarse
él mismo quiso, ni acabar la vida
al que muere sirviendo sin quejarse.   15

Quien siempre agravia y el agravio olvida
no merece una fe tan verdadera,
mas, ¿quién es, tan hermosa, agradecida?

---

* *Brancacciana*, fol. 17r. (*MyB*, págs. 204-208). Esta carta amorosa en tercetos fue editada también por *LRC*, págs. 151-155 bajo el epígrafe «La obligación de la vida». También Rosales, un año antes de la aparición de su antología, la editó en la revista *Escorial*, tomo XI (abril de 1943), págs. 80-84 junto a
otras (a partir de ahora reseñaré esta edición como *Cartas*), con múltiples variantes que anotamos a pesar de que su editor no cita más fuente que la
de *MyB*.
  2 En *Brancacciana*, «le».
  12 En *Brancacciana*, «pues no lo pueden todos pensamiento».
  17 En *Brancacciana*, «la».

Yo nunca me quejara, aunque pudiera,
porque, cuando se sirve, solamente   20
puede decir que sirve el que no espera.

Firme dolor, dolor siempre presente,
hable por mí, y la pena no creída
de aquel bien en su afecto diferente.

Ni paciencia de sí misma vencida   25
pudiéralo quedar de otras sospechas,
que ninguna de vos es admitida.

Cosas que mi desdicha da por hechas,
en llegando a pensarlas, es locura
no las creer, pues nunca son deshechas.   30

Quien midiere mi fe y mi desventura
bien podrá conocer, señora mía,
que para amar no es menester ventura,

pues sola la esperanza ofendería
aquella pura fe desconfïada   35
que, sin premio, en servir siempre porfía.

Fortuna, que por mala es declarada,
no tiene que tratar de ningún medio
donde toda esperanza es excusada.

De penas sin disculpa puesto en medio,   40
en un sujeto que es tan desdichado
es perderle hacer algún remedio.

---

21 Mele y Bonilla: «[se] sirve».

27 En *Brancacciana*, «por vos».

30 Esta anteposición del pronombre átono al verbo —infinitivo en este caso— no es frecuente en la sintaxis del Conde.

35 En *Brancacciana*, «para».

42 En *Brancacciana*, «ningún».

Conocido lo más, fuera pagado;
lo premiado será lo satisfecho
de la causa del daño descuidado.   45

Hízome la costumbre este provecho,
que de hacerlo en mi mal ya no lo siento,
y todo lo posible está ya hecho.

Con menos fe no puede el sufrimiento
a vuestra sinrazón hallar razones,   50
ni en tan ciego morir contentamiento.

Tuve para perderlas ocasiones,
sacando sólo dellas conocerme
y más razón de tantas sinrazones.

El tiempo es ya llegado de creerme,   55
señora, pues os falta el de escucharme,
y es llegado, aunque tarde, el de perderme.

Todo, si no la fe, podrá faltarme,
la fe que siempre vivirá segura
de todo lo que intenta derribarme.   60

Y así la voluntad sincera y pura
a vos seguramente está ofrecida,
a pesar de esperanza y de ventura.

Es [ya] mi propia obligación la vida,
y el alma, como más eterna cosa,   65
es vuestra, y como vuestra, defendida.

Así que si mi estrella rigurosa
me apartare de vos, señora mía,
a parte o región más espantosa,

---

44 En *Brancacciana*, «[y] lo premiado ser lo satisfecho».
51 *Vid.* v. 4 del núm. 147.

será la obligación la que me guía,   70
el dejarme llevar del daño o hado
donde, sin vos, sin sol me nazca el día.

Yo voy, por los cabellos arrastrado,
a morir —lo que fuera mejor medio
a quien tantos sin fruto ha probado.   75

De penas en disculpa puesto en medio,
cuando ninguna cabe en el sujeto,
remedio es desengaño y no remedio.

En mí cualquiera bien será imperfeto,
pues tiene contra mí ganado el daño   80
la razón, la costumbre y el efeto.

Ni aliviarme podrá ningún engaño,
pues declaradamente me persigue
el tiempo, la fortuna y mal tamaño.

Si queréis que el efeto me castigue,   85
no es pena conseguir lo que alcanza,
que yo sigo la muerte que me sigue.

No pudiendo perder lo que no tuve,
pues no se me atiende la esperanza,
sin ella me mantengo y me mantuve.   90

. . . .
no consintiendo como vuestra ofensa,
sino el dolor sin ella que os tuve.

---

75 En *Brancacciana,* «ha aprobado».

84 TAMAÑO. «Grandor o altura de una cosa; equivale a "tan grande" del latino "tan magnus"» *(Auts.).*

88 A partir de aquí, y hasta el v. 92, se pierde el encadenamiento.

91 Falta en *Brancacciana.*

No quiero que me sirva de defensa
tener por pagar el no esperar ninguna,   95
pues ya [os] ofende quien en paga piensa.

El callar no se escribe, aunque importuna
el callar y el hablar de una manera
donde todo lo dice la fortuna.

Y aun de vivir satisfacción os diera;   100
mas presupone culpa sólo el dalla,
y culpa contra vos Dios no la quiera.

Mi razón es razón sin escuchalla,
donde se ve la fuerza que ella tiene
y en que vos teméis tanto el aguardalla.   105

Sólo el mal insufrible me conviene,
bástale al triste corazón, señora,
de vos aquel dolor que le sostiene.

sin que, para quejarme, baste ahora
su razón ni la ofensa del olvido   110
de que jamás se queja quien le llora.

Sin que pueda hacerme más perdido,
abrí la puerta al arrepentimiento,
que harta paga es servir de haber servido.

En esto se sostiene el pensamiento,   115
y, cuando falta esfuerzo a la paciencia,
me socorre de vos conocimiento;

88-93 En *Cartas,* aunque sin citar fuente alguna, se lee: «No me sobresaltó
jamás privanza, / [nadie puede] perder lo que no tiene, / pues no se me ha
atrevido la esperanza, / sin ella me mantengo y me mantiene / no consintiendo como vuestra ofensa / sino el dolor, sin ella, que sostiene.»
96 Mele y Bonilla: «[se] ofende».
114 En *Brancacciana,* «el» en lugar de «es».
115 En *Brancacciana,* «En ésta».

así que sola esta resistencia
puso fortuna a tanto desvarío
por última y primera diligencia.   120

. . . .
por lo que más estoy desengañado;
no hay daño con remedio en siendo mío.

No me quejo de ser tan desdichado,
que antes tengo por obra el serlo tanto   125
que envidie sólo yo mi triste estado.

En doloroso se volvió mi canto
que en otro tiempo ablandó vuestros oídos;
sólo quedó la vena de mi llanto.

Hable por mí el silencio en mis gemidos,   130
pues tenéis la razón de mis querellas
por no ver sus efectos conmovidos.

Entre quejas y causas de tenellas
vivo, por no ofenderos, padeciendo,
muerto por vos de puro muerto dellas.   135

Servir y no ofender sólo pretendo;
sufro, siendo de cera, como acero;
nada puedo temer y estoy temiendo.

Más estimo el dolor de que más muero,
[y] lo que siento más más agradezco;   140
hallo contento en que mi engaño espero.

[121] Falta en *Brancacciana*. En *Cartas* se lee: «Vencido de mi mal lucho y porfío.»
[137] Nótese aquí por un lado la paradoja y, por otro, la paronomasia.
[140] Añado [y].
[141] En *Cartas:* «hallo contento en que ninguno espero».

No me duele por vos lo que padezco,
porque ya el padecer es mi ejercicio
sin pensar que en sufrir nada merezco.

Veréis que cada cual hace su oficio,   145
yo pongo el conocer en lo que [os] debo;
amor pone, señora, el sacrificio.

Y estoy tal que a quejarme no me atrevo,
y, atrevido, tampoco me quejara,
porque de vos mi propio mal apruebo.   150

Aunque pueda jamás volver la cara
de aquella pretensión pura y sabida,
que aun sin ser pretensión.........

No tener esperanza y tener vida
es entregar la vida a eterna muerte   155
tras fortuna, sin ella ande perdida;
para efecto más triste triste suerte.

386

Olvídeme de mí si te olvidare,
y tenga más de amor de qué quejarme,
cuando de ti, señora, me quejare.

Perdido estoy, y no podré hallarme
por más que ande tras mí por el desierto,   5
si no salgo de mí para buscarme.

Ando sin mí tras ti, pero no acierto
hallar rastro de un alma que allá tiene
deste cuerpo en tu olvido siempre muerto.

Olvido, sinrazones y desdenes,   10
no os canséis ya, que por quien os envía
os estimo y adoro como bienes.

La esperanza que un tiempo sostenía
el triste corazón en tal estado
que mil daños con ella resistía,   15

ahora la razón la ha derribado;
pero no desflaquece el sufrimiento
mi amor, que en sólo amor está fundado.

Mas en tan larga ausencia tal me siento
que no podré decir que estoy ausente,   20
pues no lo está de ti mi pensamiento;

que ya que la fortuna no consiente
que te vean estos ojos que te vieron,
los del alma te ven seguramente.

---

* *Brancacciana*, fol. 26v. (*MyB*, págs. 211-213). Como las demás, trata el tema amoroso, y en particular insiste Villamediana en las dualidades propias de la poesía cancioneril («ausencia»/«presencia»; «olvido»/«recuerdo»; «vida»/«muerte»).

20 En *Brancacciana*, «podrá». Lo corrijo.

Si las lágrimas tristes que perdieron   25
en doloroso punto a la partida,
que su misma causa se escondieron,

no quieren [ya] creer, presto entendida
será de ti mi muerte, pues ya queda
en sus crüeles manos esta vida.   30

Dio fortuna mil vueltas a su rueda,
y, cuando deseé que la mudase,
en tu olvido y mal estuvo queda.

Bien sé que si lo menos te contase
[d]este dolor que sufre el alma mía   35
que dudado o creído te cansase;

pues tienes por ofensa tu porfía,
desta prisión, de do si allá no fuere,
allá se [i]rá tras ti mi fantasía.

Yo callaré, señora, si pudiere,   40
la peligrosa causa de mis daños,
si en los efectos della no os sirviere.

La fe, que no deriva desengaños,
quiere Amor que en sí misma se sustente,
sin que haya menester hacerse engaños;   45

y dese desengaño no consiente
que pruebe a levantarse la esperanza
que murió por razón eternamente.

Guardo la ley de la desconfïanza,
conociendo, señora, que al deseo   50
ni pensamiento ni ventura alcanza.

24 La percepción de la belleza, según los neoplatónicos, sigue dos canales
(la vista y los «ojos del alma»), que se corresponden con lo físico y lo espiritual que encierra en sí el amor.
28 Rosales, tanto en *LRC,* pág. 156 como en *Cartas,* pág. 86, añade [se].
36 *Vid.* v. 14 del núm. 59.

Ciego quisiera verme, pues no veo
sino mal que sentir, y cuanto pienso
no me persigue menos lo que veo.

Mil veces del dolor quedo suspenso;   55
cuando de ti tan lejos me imagino,
pagan [mis] tristes lágrimas su censo.

Porque para llegar donde camino,
por una parte, el tiempo me detiene;
por otra, es de imposibles el camino.   60

Y si pruebo olvidar lo que conviene,
díceme tu rigor que allá no vaya,
porque entre dudas más sin duda pene.

Mas el amor por esto no desmaya,
antes me obliga a que me parta luego,   65
porque siquiera allá muriendo vaya.

Por peligros, dolor, por agua y fuego,
procuré llegar do amor me guía,
teniendo por segura la de un ciego.

Y sin mí llegará la fantasía,   70
cuando al cuerpo mortal llame la muerte
contra el largo camino y la porfía.

A este estado me trajo por que[r]erte
un mal de que yo mismo me enamoro,
luchando y porfïando por mi suerte,   75

donde las mismas lágrimas que lloro
son como recompensa de llorarla[s],
y pues yo por su causa las adoro,
allá podrá su causa disculparla[s].

---

52 La paradoja que utiliza en este verso es conclusión de lo dicho en
el v. 24.
57 CENSO. «Pensión» (*Auts.*).

El contrario destino que me aparta
de aquella pura luz que al alma guía
impedirá los pasos desta carta,

porque, en este cuidado, noche y día
halla contrariedades diferentes   5
el consuelo que espera el alma mía.

Vivo en tan encontrados accidentes
que entre su alteración me sobresalta
amor con nuevas ansias aparentes.

Mas la imaginación, que nunca falta   10
al incesable afecto de asistencia,
de otra materia vive ya más alta;

así que viene a ser en esta ausencia
solamente del cuerpo la distancia,
que lo inmortal, señora, está en presencia;   15

y en puro imaginar pura observancia
mantienen mis sentidos, adquirida
de la fe viva en siempre igual estancia.

Porque el estrecho vínculo, que unida
tiene vuestra amistad, ya desatarse   20
no podrá de dos almas y una vida;

---

* *Brancacciana*, fol. 34r. (*MyB*, págs. 241-244). En este caso, la reflexión y descripción amorosas que Villamediana presenta a lo largo de estos tercetos posee un marcado carácter neoplatónico, tanto en cuanto a tópico e ideas afines como en cuanto al léxico utilizado.

16 En *Brancacciana*, «y. e. p. i., para o.».

antes, cuando vinieren a apartarse
por ocasión, por muerte o por estrella,
en parte más segura han de juntarse,

que amor está en el alma y nace della   25
como efecto tan suyo, y juntamente
dondequiera que fuere irá con ella.

La vista pura y resplandor ardiente,
que da causa interior al alma mía,
forma en su idea imagen asistente.   30

Nace y nunca muere, que [antes] se cría
de materia inmortal y, en su observancia,
eterniza estos actos de porfía.

Mil imposibles vence la constancia
de aquesta fe, que en fe de ser divina   35
no alteran accidentes su sustancia.

Sólo la voluntad, como camina
por pasos de imposibles, nunca llega
al fin a quien la muerte no termina;

pero el imaginar, en que sosiega   40
la firme voluntad nunca vencida,
es merecer amor cuanto él niega.

Mas la contraria estrella de mi vida
no alcanza cosa que sepa[re] muerte,
siendo más muerte ya mi propia vida.   45

---

25 Esta es la residencia del amor según los neoplatónicos: el alma.
28 Recordemos cómo los rayos amorosos que lanza la dama parten de
sus ojos.
43-45 La paradoja de la «muerte en vida», tan propia de la descripción del
estado amoroso.

Todos son desengaños de mi suerte
y vos a mí fortuna declarada,
pues me impide el morir que pueda verte.

Mas el objeto puro, [a] que entregada
está mi alma, bien es socorriendo   50
cuando ordena mi estrella desdichada.

En íntimos afectos vivo ardiendo,
de materia inmortal y de amor puro
altos milagros vienen procediendo.

Y así, de alteración libre y seguro,   55
se retira asímismo mi cuidado,
este fin consiguiendo que procuro.

En vida, en muerte, en desigual estado,
es tuya y lo ha de ser el alma mía,
que en lo que es inmortal no puede el hado.   60

¡Oh inmenso bien de dulce fantasía!,
¡qué alegre soledad entre la gente!,
y, a solas, ¡qué sabrosa compañía!

Deste volverme a mí gloriosamente
no me podrán sacar tiempos o engaños   65
que pronostican cuanto el alma siente.

Cada hora me parece cien mil años,
y que en ellos no puedo hallar una hora
de alivio en la costumbre destos daños.

---

46 En *Brancacciana,* «mi».

49 En *Brancacciana,* «Mal».

50 En *Brancacciana,* «bienes socorriendo».

57 Nótese, para este verso, la similicadencia y el hipérbaton al que somete el Conde la perífrasis.

61-63 El análisis de su situación lleva al amante a un estado de serenidad casi beatífico, aunque compuesto —como hemos podido observar— por contrarios.

68 En *Brancacciana,* «puede».

La suerte, que por puntos empeora,   70
me tiene tal que sólo el alma espera
el mal con que en los males se mejora.

Todo lo tiene Amor de una manera:
el alma, que está allá, presa y cautiva;
y la mortal, acá, cual si muriera.   75

Pero la fuerza ya imaginativa,
contra la unión indivisible nuestra,
de memorias no más quiere que viva.

Bien aquí muestra Amor lo que no muestra
de íntimos actos [aqu]el bien que sigue,   80
siendo sola esta luz la que le adiestra.

Pero la falta della, que persigue
a los mortales ojos y al sentido,
no hay luz imaginaria que la obligue.

Bien que mi alma el cielo [ha] revestido   85
de afectos inmortales de memoria,
sus actos sólo [h]a este acto reducido.

En esta igual conformidad notoria,
cuando el cuerpo padece, el alma mía
íntimamente se los tiene en gloria;   90

y entre lágrimas tristes de porfía,
amor, que la fomenta y las derrama,
torna a beber su propia hidropesía.

---

70 POR PUNTOS. «Modo adverbial con que se expresa que alguna cosa se
espera o teme suceda sin dilación» (*Auts.*).

81 ADESTRAR. «Guiar» (*Covarr.*).

87 En *Brancacciana*, «a».

91-92 Obsérvese el uso de la correlación para estos dos versos, con inversión, además, de los términos en el segundo.

93 HIDROPESÍA. *Vid.* nota a los vv. 9-11 del núm. 84.

Porque el vital aliento de quien ama
sólo es la sed de amor que el alma enciende   95
de otra más pura y poderosa llama.

No es eficaz efecto el que suspende,
si da limitación a su cuidado,
y al término vital sólo se extiende.

Dentro del alma vive alimentado   100
de su materia misma; yo me ofrezco
igual, en desigual fortuna y hado.

Son todos los efectos que padezco
un solo afecto igual siempre en sí mismo,
con que siempre asimismo permanezco.   105

El deliquio amoroso, el parasismo,
complicado de varios accidentes,
no trata de amor sólo en su aforismo.

Actos puros, conformes, existentes,
desigualmente en este fin iguales,   110
distantes se dedican por presentes.

Pues que sóla tú puedes si me vales,
verás de lo inmortal cómo proceden
mil efectos divinos inmortales;

que, aunque los hados victoriosos queden   115
de mis sucesos de glorioso asalto,
quitarme ya la gloria, ¿cómo pueden?

La dicha faltará, mas yo no falto
a este nunca vencido pensamiento
que aspira sin ventura a lo más alto.   120

---

106 PARASISMO. *Vid.* nota al v. 9 del núm. 311.
119 *Vid.* v. 11 del núm. 19.
120 Los ecos del mito icariano son patentes en este verso.

Ausente vivo, aunque presente siento
esta enajenación en que me hallo,
vencida del delirio y su tormento.

Mas si Fortuna, de quien soy vasallo,
me [ha] entregado al mortífero letargo,   125
que viene a declarar cuanto yo callo,

y el tiempo es breve, y el tormento es largo,
y contra mí Fortuna se declara,
¿quién tomará mis cosas a su cargo?

Mas no me quitará la suerte avara   130
la segura [fe] aunque olvidado muera,
ni el puro resplandor de aquella cara,
de la llama de Amor ardiente esfera.

---

121 La similicadencia subraya aquí la antítesis entre los dos términos.
129-130 *MyB* editan «tomara» y «quitara», respectivamente.
131 Añado [fe], que falta en el original, al igual que hace *LRC*, pág. 162 y
en *Cartas,* pág. 91.

388*

Los suspiros y lágrimas que el suelo
en abundante vena están regando
harán jüez de mi dolor al cielo.

Vuestro pensaba en descansar llorando,
que cuando llega a tanto el sentimiento   5
aun no descansa el alma suspirando.

Todos los males que en ausencia siento
me traen a la memoria el bien pasado
para martirizar el pensamiento.

De los daños que sufro y he callado   10
harto puedo decir sin escribillos
firmando que estoy vivo y me he quedado.

No es lo insufrible dellos el sufrillos,
sino el haber por fuerza de callallos,
muriendo por callallos y decillos.   15

Encubrir los trabajos, por no dallos,
es lo que puede hacer una paciencia,
adorando a la causa por causallos.

No hacer ninguna es harta diligencia
quien ve que ha de morir de amor rendido,   20
de amor sin esperanzas y en ausencia.

---

* *Cartas,* págs. 92-94. Pertenece, como la siguiente, al Ms. 17719, fol. 181, de la B.N. El tema amoroso tiene aquí un tratamiento cercano al de la poesía de la primera época del Conde. La derivación, como recurso, aparecerá a lo largo de todo el poema. Esta carta, con variantes que anoto, está también en *Mendes Britto,* fol. 182r. *(1963,* págs. 65-67).

1 En *Mendes,* «Vuestros suspiros».
4 En *Mendes,* «Vuestro, porque pensé descansar llorando».

La fortuna no sé cómo ha podido
poner un corazón en tanto estrecho
que muera de memorias y de olvido.

Vivo muriendo y vivo a mi despecho,   25
y pasan por la llama en que me quemo
dos ríos que mis lágrimas han hecho.

Estoy en medio del mayor extremo,
sin esperanza de tener alguna;
muero de lo que siento y lo que temo.   30

No tengo qué me quite la fortuna;
la vida es tan cuchillo de la vida
que no es perderla pérdida ninguna.

Tarde será, señora, socorrida,
que ya no hay nuevo mal que me atormente,   35
ni pena que sentir tras la partida.

Quien dice cuanto siente poco siente;
morir callando es el mejor testigo
que puede presentar un hombre ausente.

Vos veréis lo que callo en lo que digo,   40
o será el no lo ver para que sea
peor tratado siempre el más amigo.

En mis agravios quiere Amor que crea
que el primer galardón será el postrero,
si un triste puede ver lo que desea.   45

Sólo de que no vivo ya no muero,
y en fe sin esperanza sostenido,
temo lo que ha de ser y lo que quiero.

---

33 Uno de los casos de derivación dentro del mismo endecasílabo.
44 GALARDÓN. *Vid.* nota al v. 1 del núm. 172.

Persígueme el cuidado y, desunido
y solo, y triste, acierto conociendo   50
que es honra de quien ama ser vencido.

Vivir ausente es vivir muriendo,
y así por vida espero ya el perdella
por el último premio que pretendo.

Yo tengo por más vuestra que tenella   55
saber que la mayor es no alcanzalla,
pues sólo [es] el faltar lo cierto della.

Si la salud más cierta es no buscalla,
ésta a lo menos no podrá faltarme,
que vivo y moriré sin aguardalla.   60

Y yo vendré con ser a contentarme,
con obras de enemigo más amigo,
hasta morir sintiendo sin quejarme.

Yo moriré, si con morir obligo;
y si queréis matarme, con que viva   65
es galardón cualquier postrer castigo
que mi fe, por sus méritos, reciba.

---

52 En *Cartas,* se lee: «Vivir ausente es [ya] vivir muriendo».

Los escribo tan cerca de morirme
lejos está de ser para valerme,
que antes que llegue a ti pienso partirme.

Ya es tiempo, señora, de creerme,
pues que ya no lo es de remediarme,   5
y es llegado, aunque tarde, el de perderme.

Seguramente puedes escucharme
las postreras palabras que la muerte
con su golpe crüel vino a atajarme.

Éstas no son ya dichas por moverte,   10
que en este paso todo es firme y cierto
donde mis ojos más no esperan verte.

Sabe, hermosa señora, que el concierto
y última voluntad en que me muero
es aquel amor propio que me ha muerto.   15

Conmigo llevaré lo que te quiero,
que la pura afición con que te amo
no se defiende allá donde sí espero.

Tu dulce nombre eternamente llamo,
y tú no crees mi voz interrumpida   20
de las lágrimas tristes que derramo.

---

* *Cartas,* págs. 94-95. Apareció en el fol. 176v. del Ms. 17719 de la B.N., de donde lo toma Rosales. Es un poema amoroso del que cabría destacar, sobre todo, la alternancia —con mínimas variaciones— de las rimas en los nueve primeros versos.
10 MOVER. «Dar motivo para alguna cosa» *(Auts.).*

Pero si adonde voy me fuese oída,
sabrás muy presto sobre largos años
cuánto hay en una, cuánto en otra vida.

Pasé la mía en dolorosos daños,　　　　　　　　25
conociendo fortuna y no esperanza,
y tiempo que no dio lugar a engaños.

En esta triste y áspera mudanza
no hallo espacio de cobrar aliento,
que siempre en mí un trabajo al otro alcanza.　　30

Y es tanto lo que hace el sentimiento
de verme así acabar, de ti apartado,
que en viva soledad morir me siento
sólo con ver que muero consolado.

Silva

Silva que hizo el autor estando fuera
de la Corte

Ya la común hidropesía de viento
de mis venas sacada,
cadena, si no rota, forcejada,
le permite entregar al escarmiento.
De la prudencia, pues, al claro templo,   5
advertido, consagro
costosos testimonios de un milagro,
a cuya luz contemplo
ejemplares avisos de mi ejemplo.
Conducido seré de desengaños   10
a pisar los umbrales de los años
de mi vida postreros,
cortado el ñudo de los lazos fieros,
grato ya a la opresión de una injusticia
que los ojos abrió de mi noticia.   15
Lima será de más pesado hierro
para romper cadenas un destierro,
cuyo plazo, aun no largo,
con recuerdo verídico ha podido
sacarme del mortífico letargo.   20
Quédese adiós el reino embravecido,

---

* *1629*, págs. 317-328. Es el único poema largo del Conde en el que aborda el tema del destierro. Está escrito, sin ninguna duda, en el periodo que va
de 1618 a 1621, fechas de su último destierro. Según Cotarelo, *op. cit.*, pág.
81: «El resentimiento que tal providencia hubo de causarle fue grande y no
pudo menos de significarlo en sus versos.» Su lenguaje, sintaxis y concepción
deben mucho a la poesía de Góngora, y en especial, a las *Soledades*.
    [1] Recuerda al «hidrópica de viento» del v. 109 de la *Soledad Primera*. Para el
término HIDROPESÍA, *vid*. nota a los vv. 9-11 del núm. 84.
    [3] Aquí utiliza el Conde una estructura sintáctica propia de Góngora (*vid*.
nota al v. 4 del *Faetón*).
    [5] Para este tópico, *vid*. notas al núm. 186 y al v. 10 del núm. 142.
    [20] MORTÍFICO. Se trata de un cultismo derivado de «mortificar».

que en mar que agitan ondas de embelecos
conoceré el canto por los ecos,
y aunque tarde, la voz de sus sirenas;
y como supo el advertido griego   25
que del troyano fuego
condujo las reliquias a Cartago,
escaparse del lago
de las falaces Sirtes, más seguro
que osado Palinuro,   30
y de sí no fiando,
en el afecto de las voces blando,
estrechos dio a sus brazos,
en avisado ñudo útiles lazos,
debiendo al arte tanto   35
que percibió sin el peligro el canto;
así yo, pues, atado
al árbol del aviso encomendado,
de hoy más escucharé, si puedo atento,
siempre turbado, más airado viento,   40
y con voces falaces
guerras asegurar y mentir paces,
esperanzas perdidas,
primero que formadas desmentidas,
dando sólo mis lares   45
quejas al tiempo, al desengaño altares.
   A cuya grata lumbre, alado pino
descubrirá camino,
y, piloto, advertido,
los senos abrirá de útil olvido,   50

---

²² EMBELECO. «Embuste, fingimiento engañoso» *(Auts.)*.

²⁵ Alude a Ulises y el episodio de las Sirenas *(Odisea,* canto XII).

²⁹ *Vid.* nota al v. 13 del núm. 219.

³⁰ PALINURO. Es el piloto de Eneas en la *Eneida.* Venus vaticinó que, durante la travesía, se perdería un solo hombre y que la muerte de éste salvaría a los demás. Este hombre fue Palinuro *(Eneida,* libro III).

³⁷⁻³⁸ Nueva alusión a Ulises, atado al mástil de su embarcación en el episodio de las Sirenas.

⁴⁷ Para este tema, *vid.* los núms. 209, 228, 260, que presentan algunas coincidencias.

para que viva en ejemplar memoria
segunda nao con nombre de victoria,
cual en el templo pende de Neptuno
la que con su viaje
hizo a las ondas el primer ultraje,   55
cuando a Tetis rompió el seno remoto,
y, sin dejar incógnito ninguno,
en antípoda, cumplió el voto,
náutico ya prodigio sin segundo,
que nuevos puso límites al mundo,   60
tal yo el amigo puerto
si tomado, no digo descubierto,
a mis pasos, si errantes, no perdidos,
acoge la piedad desta ribera,
cuyo margen no altera   65
la ambiciosa codicia de los vientos,
que respiran violentos
los que del aire vano alimentados
mantienen el error de sus ciudados.

Aquí la idolatría   70
ni conoce lugar ni tiene día,
el desdén y la ira,
desvelados custodes de la puerta
a las fraudes abierta,
no dan leche ambiciosa a la mentira   75
aquí no es alimento
hacer arte y oficio del engaño,
ni concebir del viento
abortos que bautice el desengaño;
el aire cortesano   80
acá no llega; al miedo, a la sospecha

52 La primera fue la nave Victoria en la que Magallanes y El Cano dieron la vuelta al mundo (*vid*. núm. 209).

53 *Vid*. nota al v. 5 de esta misma silva.

56 TETIS. *Vid*. nota al v. 11 del núm. 306.

59-60 Góngora en los vv. 411-412 de la *Soledad Primera* dirá: «sin admitir segundo / en inculcar sus límites al mundo».

62-63 *Vid*. nota al v. 3.

73 CUSTODE. Cultismo por «custodio».

no les queda morada en este llano,
porque la paz segura nos destierra
los simulacros de la fiera guerra,
que esta olvidada parte,   85
segura del estrépito de Marte,
desconoce la furia,
que tarde se limita,
cuando a Belona incita
a palestra marcial metal sonoro.   90
    No ya el hijo del viento,
cuya madre fecunda en las orillas
del Betis nace y en sus ondas crece,
por cómplice crüento
de vibrado metal, de astas blandidas,   95
estas márgenes pisa coloridas;
ni el agradable río
fresca hierba le ofrece,
y en el fervor ardiente del estío
ni el hierro de sus plantas estremece   100
este valle seguro
de la que tanto forja metal duro
codicia, cuya esfera
ni todo el continente la modera,
que nunca admiración fue de pastores   105
en los siglos mejores.
    El roto arnés, el abollado yelmo,
a mejor uso el hierro trasladado,
útil hoz, corvo arado
de la madre común los senos abre   110
y en nuestra gratitud la deposita,
erario incierto donde el mejor grano
falta de la memoria y de la mano,
cuyo piadoso oficio

---

89 BELONA. *Vid*. nota al v. 7 del núm. 217.

90 Este es un verso totalmente gongorino. Obsérvese, además, la similica-dencia.

91 La imagen del caballo también está en la *Soledad Segunda,* v. 725.

107 *Vid*. v. 10 del núm. 239 y v. 3 del núm. 325.

los tesoros abrió del beneficio;   115
el áspid invidioso de su seno
no esparce aquí veneno,
ni las almas ofende,
a magnífico tomo sólo asciende
una moderación que, siempre pura   120
de ofensas lisonjeras, faz segura
al vano anhelo opone, y bebe claro
el cristal que, no avaro,
llega, naciendo fuente, a morir río,
cuyo sitio sombrío   125
escogen por asilo muchos días
napeas y hamadrías
para pasar la siesta del estío;
donde líquida plata, no bruñida,
franca se les ofrece y, ofrecida,   130
es de nieve conducto blanca mano
que el cristal lleva al humano,
a los dos tributando carmesíes,
claveles animados o rubíes;
feliz licor, cuyas vertidas perlas   135
sólo sediento Amor llega a beberlas,
bien que fueron veneno en otra parte
por milagros apócrifos del arte.
        En ésta no, que donde
a su ignorancia la verdad esconde,   140
la virtud, en su misma confïanza,
del arte se desnuda
la confïada elocuencia muda.
        Donde las aguas en concepto blando
vago coro son, métrica armonía,   145
cuya reciente voz aclama el día,
trompas no de metal, sino de pluma,

119 TOMO. *Vid.* nota al v. 1 del núm. 321.
127 NAPEAS Y HAMADRÍAS. Son ninfas de los bosques (*vid.* nota al
v. 2 del núm. 233).
131-132 Son imitación de los vv. 244-245 de la *Soledad Primera*.
147 *Vid.* nota al v. 3.

variadas y bellas,
que vivo original fueron aquéllos
que con tiernos pinceles   150
imitó Polignoto, robó Apeles.
   Aquí de plumas pardas
orladas de oro, Escáfalo, aunque tardas,
se viste y, asistido o venerado,
. . . .
aquí no es extranjera   155
el ave que de Egipto
sale a buscar más plácida ribera.
   La voz de Filomena
sin peligro es serena,
Progne duplica el canto   160
al cándido registro
que en las ondas se baña Caístro,
bajel pomposo alado,
rey claro en otro tiempo ligurino,
ave ya por destino,   165
o culpa del hermano fulminado,
cuyas hermanas, hoy frondosas, fueron
ninfas un tiempo, ahora verdes plantas,
que en el margen umbrío
del que por rey aclama el mayor río   170
lágrimas suyas siempre exhalan cuantas
rubias aromas el Arabia cría,
llanto feliz que inalterable día
les ofrece el verdugo aun de las rocas,
viejo, cuya segur inexorable   175

151 POLIGNOTO. Pintor ateniense del siglo IV a.J.C.
APELES. *Vid.* nota al v. 5 del núm. 379.
153 Se refiere a Ascáfalo, transformado en lechuza por su indiscreción
(Ovidio, *Metamorfosis,* libro V).
154 Falta en el original uno o tal vez varios versos.
158-160 FILOMENA y su hermana PROGNE fueron transformadas en
ruiseñor y golondrina respectivamente (Ovidio, *Metamorfosis,* libro VI).
162 CAÍSTRO. Río de Lidia.
166-170 Alude a la caída de Faetón y la transformación de sus hermanas en
álamos (Ovidio, *Metamorfosis,* libro II). El «mayor río» es el Erídano.
175 SEGUR. «Hacha grande para cortar.»

colosos tronza, coliseos derriba.

En esta sacra, pues, ribera altiva,
tierno cristal, en ondas repartido,
margen besa florido
(que florido es el margen donde él hiere),   180
cándido Cigno vive y blando muere,
cuando canoro anuncia
su dulce muerte entre la verde juncia,
y las nayas después, por plectro alado,
le dan túmulo ilustre, honor sagrado,   185
porque Dafne no esquiva
en sus ramos le acoge compasiva,
que a víctima tan clara
la pureza se debe a tal ara.

Hecho, pues, y aceptado el sacrificio,   190
tú, muerte, no presumas
anochecer tan cándida memoria,
que no permite el árbol de la victoria
que puedan ser cenizas tales plumas.

Destos casos ostenta la ribera,   195
y de ver a su margen a Dïana
a pisar la tiria grana
en süaves claveles,
de Flora ya colores o pinceles,
de la virginidad émula rosa,   200
aunque del austro esposa,
de la triforme luz besa la planta,
que Narciso, envidioso,

---

176 TRONZAR. «Romper, quebrar o hacer pedazos» *(Auts.)*.

181 Por antonomasia, el cisne. Cigno era hijo de Stenelo y amigo de Faetón. Tras la caída de éste, se transformó en cisne (Ovidio, *Metamorfosis,* libro II).

181-183 El cisne canta antes de morir.

183 JUNCIA. «Especie de junco muy oloroso» *(Auts.)*.

184 NAYAS. Por náyades o ninfas.

193 El árbol de la victoria es el laurel, árbol en el que fue transformada Dafne (Ovidio, *Metamorfosis,* libro I).

195-208 Claveles, rosas, narcisos, girasoles, laureles, al igual que en el núm. 339, muestran el cromatismo de la bucólica.

le prende con aliento indicïoso,
y Clicie, desdeñada,   205
vista, si no mirada,
a su desdén atenta, atenta alcanza
en el verde laurel verde venganza.
  Cándidas y serenas
logran su amenidad las azucenas,   210
y los jazmines claros,
de su materia misma, como avaros,
abrevian a su cándida distancia
cuanto contiene esfera de fragancia.
  También las yedras, émulas tenaces,   215
abrazos a las rocas dan vivaces,
donde son muro, y muro coronado,
no de mármol mordido o animado
por dura lima o por cincel constante
en mano de un artífice elegante;   220
porque naturaleza, de advertida,
ingenïosamente
hace a su roca foso de una fuente,
cuyos cristales saltan desatados,
y los que por su furia el agua pierde   225
son esmalte de aljófar sobre el verde
si no dosel, alfombra destos prados,
vagos y coronados
no sólo de las vides,
cuyos frutos ópimos   230
cubiertos son racimos,
mas del árbol que un tiempo fue de Alcides
generosa corona,
y el que sólo Belona,
vencedora inmortal debe a su frente,   235

---

[204] INDICIOSO. *Vid.* nota al v. 73 del núm. 383.
[218-219] Nótese, para estos versos, la correlación.
[227] *Vid.* nota al v. 3.
[230] ÓPIMOS. *Vid.* nota al v. 8 del núm. 41.
[232] El árbol consagrado a Alcides es el álamo.
[234] BELONA. *Vid.* nota al v. 88.

el mirto suficiente
a quien protege ya la beldad suma
desta ribera bella,
sol de milagros y lasciva estrella,
madre del dios que es nieto de la espuma,   240
cuyos senos navega
en alada venera,
cuna que a su natal formó ligera
el undoso elemento,
grato de que su sal diese portento   245
de admiración al mundo,
como al cielo planeta sin segundo.

Entre tanta, pues, lícita acogida
logra sus desengaños una vida,
donde halla en el sol, como en espejo,   250
advertido consejo,
elevando la mente
al orden de las cosas existente,
que aun en la menor esencia
es voz que indica inmensa providencia   255
que, a la luz clara indicio,
nos distribuye con la noche alterna
aquella mano eterna
que dispensarnos gracias en su oficio.

Quien considera el incesable giro   260
del trono de la luz iluminado,
a las convexas líneas que ha formado
en el celoso manto de zafiro,
y el luminoso tiro,
cuyo rayo primero   265
le bebe al alba su candor postrero,
promediando después al paralelo,
tórrido ya cenit, baña los montes,
en la que informa luz sus horizontes;

---

240 Se refiere a Cupido.
242 VENERA. «Concha» (*Auts.*). Se refiere el Conde a Venus, que surgió
del mar en una concha.
266 Corrijo *1629* y *1635* donde se lee «la».

y como neutro en la mitad del cielo   270
pende, cuya radiante monarquía
en dos divide términos al día,
luego precipitado
no quiere, a las antípodas negado,
perecer un instante   275
antes a la cuádriga, que volante
estrellas pisa y rayos áureos mueve,
cuando lo mismo que conduce bebe,
hace calar al centro de Neptuno,
y con Tetis se baña   280
en verde lecho, en líquida campaña
a cuyo ingreso el húmido elemento
sus volubles montañas para atento
cuando al globo de luz clamante acoge,
a sus grutas recoge   285
lúbricas pieles, escamoso armento;
y ésta es como licencia a las estrellas
que efimerales den las luces bellas,
luces en cuanto tiene rodeado
al todo de la luz con muro helado.   290
    Cuando mueren después, miro advertido
estos opuestos montes
que nacen, en sus mismos horizontes,
donde, si no más claros, más seguros
hieren los rayos puros   295
los verdes obeliscos
que mura la aspereza destos riscos.
    Inculto es culto, pues, este desvío
de mi plectro canoro

270-290 Alude de nuevo a la historia de Faetón y el carro del Sol (Ovidio, *Metamorfosis*, libro II).
275 Corrijo *1629* y *1635*, donde se lee «parecer»-
277 *Vid.* nota a vv. 7-8 del núm. 297.
280 TETIS. *Vid.* nota al v. 55.
286 ARMENTO. Es cultismo, por «rebaño» o «ganado».
294 *Vid.* nota al v. 3.
299-300 *Vid.* vv. 46-47 de los tercetos de Góngora editados con el núm. 395, ed. cit., pág. 582.

(si puede ser canoro plectro mío),   300
de cuyos trastes ya las cuerdas de oro,
rotas o desatadas
con el estruendo a quejas no escuchadas;
mas advertidas ellas
lograrán sus querellas   305
no dándolas al viento, en que perdidas
se vieron, bien ya que restituïdas
hoy el efecto logran, que devoto
en el sagrado templo
adora luz de aviso y cumple el voto,   310
pendientes mis cadenas por ejemplo,
espectáculo digno de los ojos
al mejor desengaño consagrados,
noticia y escarmiento por despojos.
   Aqueste, pues, trofeo necesario   315
al honor del sagrario,
luz de avisos y norte de avisados,
en su pared despliega,
de trágicas historias no desnuda,
voces de la razón en tabla muda.   320

---

301 TRASTES. «La cuerda atada a trechos en el mástil de la vihuela u otro
instrumento» (*Auts.*).

Fábulas mitológicas

FÁBULA DE FAETÓN

I

1   Hijo fue digno del autor del día
el peligroso y alto pensamiento,
que pudo acreditar con su osadía,
si no feliz, famoso atrevimiento;

---

* *1629*, págs. 166-231. Esta larga *Fábula de Faetón* tan sólo ha sido editada modernamente por Rozas, ed. cit., págs. 205-266. Las fábulas del Conde son la parte de su poesía menos estudiada, por lo que nos remitiremos casi exclusivamente al estudio de José M.ª Cossío, *Fábulas mitológicas en España,* Madrid, Espasa-Calpe, 1952 y a la extraordinaria monografía en torno a este mito que realizó Antonio Gallego Morell: *El mito de Faetón en la literatura española,* Madrid, CSIC, 1961; así como a J. M. Rozas, «Dos notas sobre el mito de Faetón en el Siglo de Oro», *Boletín Cultural de la Embajada Argentina,* núm. 2 (1963), págs. 81-82, y, del mismo autor, «Notas a Villamediana al margen de Góngora», en *Cuadernos de Arte y Pensamiento,* núm. 1, Madrid (mayo de 1959), págs. 32-33.

Para facilitar la lectura, he mantenido la división en nueve partes propuesta por Rozas. Cada una de ellas va acompañada, en su inicio, de una breve prosificación. La fuente originaria del poema está en las *Metamorfosis* de Ovidio, libros I y II. El poema del Conde consta de 228 octavas, tal y como se editó en *1629;* y en él Villamediana narra la aventura de Faetón, el hijo del Sol, con un lenguaje y una sintaxis próximos a Góngora. Debió de escribirse en fecha no muy anterior a 1617 y, posiblemente, «en el reino de Toledo» (Cossío, *op. cit.,* pág. 429). Para la importancia de la *Fábula de Faetón* en su tiempo, *vid.* J. M. Rozas y A. Quilis [eds.], «Epístola de manuel Ponce al Conde de Villamediana en defensa del léxico culterano», *RFE,* XLV (1961), págs. 411-423.

---

l. 1-32 La Fábula comienza sin dedicatoria alguna. De las cuatro primeras octavas, Villamediana resume brevemente el argumento en las dos primeras; mientras que las siguientes son una invocación a Euterpe, musa a la que se atribuía la flauta (Góngora también la invocará en la «Dedicatoria» de las *Soledades,* v. 35).

---

4 Para ésta y otras estructuras sintácticas similares, *vid.* D. Alonso, *Góngora y el Polifemo,* vol. I, Gredos, págs. 159 y ss.

costosa emulación, nueva porfía,   5
ceder mortal al inmortal intento,
culpa gloriosamente peregrina
que su fama adquirió con su ruïna.

2   Terror puso en las sombras del Erebo
a negro rey magnánimo ascendiente   10
(que tuvo a Marte en conjunción y a Febo,
a luz menos benévola que ardiente),
horóscopo fatal, asunto nuevo,
genio nunca al temor retrocediente,
sobre los horizontes que alcanzaba   15
claros indicios de su origen daba.

3   Preste a mi lira Euterpe honor canoro
con que viva la fama celebrada
del que estrellas pisando en carro de oro
desenfrenó la luz con mano osada;   20
en cuya muerte el nítido tesoro
Tetis bebió, quedando coronada,
Erídano sagrado, tu ribera
de los que Alcides álamos venera.

---

⁹⁻¹⁶ Esta octava no figura en la edición de *1635*. Debe de tratarse de un error de impresión.

⁹ Erebo es el nombre que reciben las tinieblas infernales.

¹¹⁻¹² El horóscopo de Faetón (Febo y Marte en conjunción) aterra incluso al infierno: su significado era el de una muerte violenta, en medio del fuego, tras un viaje (*Vid.* José Rico, «Astrología y literatura barroca», *Bulletin de la Societé belge des professeurs d'espagnol,* núm. 17 [junio de 1979], págs. 1-18).

¹⁷ EUTERPE. Una de las nueve Musas (*vid.* nota inicial).

¹⁹ Alusión a Faetón (*vid.* vv. 7-8 del núm. 297).

²⁰ La «osadía» o el «atrevimiento» es la insignia que mejor simboliza la empresa del hijo del Sol y, a su vez, son términos muy utilizados en la poesía del Conde.

²² TETIS es una de las nereidas o hijas de Nero. Por antonomasia, el mar.

²³ El Erídano es el río en el que cayó fulminado Faetón. Se identificaba bien con el Po, bien con el Ródano.

²⁴ Puesto que las hermanas de Faetón, tras llorar la muerte de su hermano, fueron transformadas en álamos, el árbol consagrado a Alcides.

4   Esta empresa inmortal, causa del llanto   25
fértil en muerte del osado hermano,
es el claro sujeto de mi canto,
si mejor luz me diere mejor mano,
que sin este favor no puede tanto
el vuelo levantar ingenio humano,   30
sin que alterado mar de su locura
por el nombre le dé la sepultura.

II

5   Donde Ladón ilustra su ribera,
entre náyades bellas, no nerinas,
Siringa ninfa en sus cristales era   35
más pura que sus aguas cristalinas.
Ésta siempre siguió la ley severa
de la triforme luz, y las divinas
pisadas imitó del coro sacro
con aplauso debido al simulacro.   40

6   Mas que las fieras que persigue brava,
con su contrario al mismo hielo ofende;
del hombro suyo reluciente aljaba,
de vivas flechas guarnecida, pende;
blandiendo el asta en quien Amor temblaba,   45
más nobles armas su hemisferio enciende:

II. 33-208 En estos preliminares cuenta el Conde toda una serie de historias míticas que en las *Metamorfosis* de Ovidio aparecen en el libro I, es decir, antes de la de Faetón: los amores de Siringa y Pan (vv. 33-120), la utilización del instrumento por parte de Mercurio en su lucha con Argos (vv. 121-168), y la transformación de Io en vaca (vv. 169-208).

---

33 LADÓN. Río de la Arcadia, hijo de Tetis, y que tuvo como hija a Dafne.
35 SIRINGA. Hamadríade amada por Pan y transformada en caña a orillas del Ladón (*Metamorfosis,* libro I). *Vid.* núm. 332.

tal se mostró en defensa del troyano
Belona humana en el sangriento llano.

7   Formándole diadema, timbre alado
de flores acompaña el rostro bello,   50
mas el blanco jazmín queda afrentado
cuando se mira en el candor del cuello;
del licencioso viento, al viento dado,
vuela el oro sin orden del cabello,
despreciando preceptos en su frente   55
de aguja de cristal, de acero ardiente.

8   De los volantes coros la armonía
describe suspensión, milagros canta;
cuantas Flora fragantes hijas cría
son tributo aromático a su planta,   60
fértil contrato a cuya fantasía
Ceres de la gran madre se levanta,
ávida de la lumbre más perfeta
que en la esfera de Amor formó cometa.

9   Al de las selvas dios se ofrece, cuando   65
cerdosa fiera busca en verde llano,
vengar al muerto joven deseando,
a quien la Cipria diosa llora en vano.
Pan cede al duro acero, al rayo blando
que hiere el corazón, rinde la mano.   70

---

48 BELONA. *Vid.* nota al v. 7 del núm. 217.

49-56 La descripción de la ninfa, en esta octava, responde al canon establecido para la «descriptio puellae».

59 FLORA. Es la potencia que hace creer y florecer los árboles y la vegetación en general.

62 CERES. Al igual que la anterior, es una potencia de la vegetación, diosa maternal de la Tierra.

65 En las *Metamorfosis* de Ovidio, Siringa suplica a sus hermanas las ninfas para que la socorran, y son éstas quienes la transforman en caña.

66 Siringa, como Diana, también se dedicaba a la caza. De esta forma, Villamediana enlaza la historia de Siringa y Pan con la de Venus y Adonis, muerto por Marte, que se había transformado en jabalí.

¡Oh milagro de Amor que llegó junto
de sólo el primer paso al postrer punto!

10   «Honor del bosque y dignidad del prado»
     —dice a la ninfa el fauno, temeroso—,
     «¿eres la madre del misterio alado,   75
     que tomó bella forma en reino undoso,
     o la que ciego sigue el coronado
     de diadema de luz en carro hermoso?
     ¿Dejaste de ser árbol de victoria
     por mayor triunfo y más debida gloria?   80

11   «Eres Cintia en mis selvas, eres bella
     alma de Amor que, tutelar al Mayo,
     si resplandeces flor, flagras estrella,
     si lumbre enciendes, vivificas rayo;
     nuevo norte feliz de mi querella,   85
     remedio y causa de mejor desmayo,
     que en el deliquio de su fuego mismo
     contiene el amoroso parasismo.

12   «Si mi consorcio aceptas, yugo blando
     te ofreces Arcadia en tálamo florido,   90
     y en dignidad suprema, del bosque honrando,
     al gran dios destas selvas por marido».
     Huye la ninfa cándida dejando
     el lugar de su estampa enriquecido;
     caprino pie en la seca arena informa   95
     torpe carácter sobre bella forma.

13   Anhelante deidad favor invoca
     en el inicuo trance a su luz pía,
     diciendo: «A ti, Diana, sólo toca

---

83 FLAGRAR. «Resplandecer» *Auts.* copia este verso como ejemplo. Para
este término, *vid.* nota al v. 6 del núm. 337.
83-84 Nótese el paralelismo sintáctico, casi perfecto, de estos versos.
87 DELIQUIO. *Vid.* nota al v. 3 del núm. 86.
88 PARASISMO. *Vid.* nota al v. 9 del núm. 311.
93 Góngora, en el v. 129 del *Polifemo* dirá: «Huye la ninfa bella...»

defender con tu honor la causa mía».   100
Mas al postrer acento ya la boca
a materia insensible reducía,
hecha ya verde cálamo la planta,
emulación de Dafne y de Atalanta.

14   Desta alterada forma sale arguta   105
ansia, animada en no formado canto,
cual revoca de sí cóncava gruta
que se arrojó supersticioso encanto.
Suspensión a la fístula tributa
(que admiró ninfa) el que la inunda en llanto;   110
ella responde al susurrar del viento
sin llanto, flébil, y sin voz, concento.

15   Endechas son en bosque armonïoso
singultos, bien sentidos, mal formados,
de cuerpo respirando ya frondoso,   115
suspiros de dolor alimentados;
lo que al fauno sujeto fue amoroso
débil es caña, y con sus pies alados,
inmóvil trono; acento[s] sus gemidos
de afectos y de números vestidos.   120

16   De aquí a Mercurio Pan formó instrumento,
siete juntando cálamos en uno,

---

101 En *1629:* «y a la boca». Lo corrijo.

104 Puesto que Dafne fue transformada en laurel. Atalanta, en cambio, en leona.

105 ARGUTA. «Cosa aguda.» En sentido etimológico, «expresivo o significativo». Esta acepción no la recoge *Auts.*, aunque sí la primera.

109 Siringa fue transformada en caña, y de la unión de varias nació el instrumento con el que Mercurio habría de vencer a Argos (*Metamorfosis,* libro I).

112 FLÉBIL. «Funesto, triste y digno de ser llorado» *Auts.* pone como ejemplo este verso.

CONCENTO. «Canto acordado, armonioso y dulce, que resulta de diversas voces acordadas.»

114 SINGULTO. «Sollozo» (*Auts.*).

118 En *1629:* «de vil escama...». Lo corrijo.

contra el que guarda misterioso armento
con cien estrellas por quietud de Juno;
dulce fue, si letal, el blando acento   125
del albogue, que entonces oportuno
le fue con su letárgica armonía
emulación süave de Talía.

17   Cual suele vaporear dulce lieo
cuando la acción vital turba y derriba,   130
néctar fue soporífero el leteo
del canto que engañó vigilia viva;
oscuro simulacro de Morfeo
cubrió de negro eclipse luz argiva,
ya sus cien ojos lumbres quedan muertas   135
al ver cerradas y a la muerte abiertas.

18   Asió al postrado monstruo del cabello
mano al castigo eterno destinada,
y del gran tronco dividiendo el cuello,
tiñe el reflejo ardiente de la espada.   140
La intacta flor del fértil prado bello
del esparcido humor quedó manchada;
una mano fatal en sombra oscura
dar pudo a cien estrellas sepultura.

19   A sueño yace eterno conducido   145
el que con ojos ciento no dormía;

123-124 Alusión a Argos, «el de los cien ojos».

126 En *1629:* «albergue». Lo corrijo, puesto que ALBOGUE: «Instrumento de música (...), especie de flauta» *(Auts.).*

128 TALÍA. Musa de la comedia y la poesía.

129 LIEO es el epíteto de Baco. Esto es, «Cual suele marear el licor...». Los
vv. 129-136 y 145-160 los editó Cotarelo, *op. cit.,* pág. 212.

131-132 El olvido (Leteo) se apodera de Argos a causa de la música.

133 MORFEO. Por el «sueño» *(Metamorfosis,* libro XI).

134 Es decir, el sueño se apodera de la luz de los ojos de Argos.

141 Villamediana se aparta aquí de Ovidio, y en lugar de narrar cómo Juno
esparce los ojos por el plumaje del pavo real, introduce la bella imagen de la
sangre que tiñe las flores.

meridial es el golpe que ha podido
su custodia quitar, su luz al día;
mas, de celoso afecto conmovido,
furor celeste el viento desvaría;   150
orbe sin luz le hallan sus estrellas
extintas, ya postrado el polo dellas.

20   Cede a mayor efecto la constancia,
opaco yace el monte luminoso,
ya la nunca omitida vigilancia   155
cayó en el seno del común reposo;
del que dio luz a la mayor distancia
llegó la sombra al reino tenebroso,
de cuya negra barca conducido
surca los golfos del eterno olvido.   160

21   No la deidad quejosa se reprime,
antes, si llanto exhala, interna enojos,
viendo que a la gran madre el tronco oprime
que tantos animó lucientes ojos;
y en el bello pavón la diosa imprime,   165
sellados como en urna, sus despojos.
Del vago adorno el pájaro, bizarro,
con nueva presunción conduce el carro.

22   Juno, más ofendida que vengada,
el agravio no olvida, antes, celosa,   170
de ponzoñoso estímulo, tocada
dejó la infelizmente vaca hermosa.

---

147 MERIDIAL. Por «circular», esto es, «de un solo tajo». Esta voz no figura en *Covarr.* ni en *Auts.*

159-160 Argos, conducido por Caronte en su barca, cruza el Leteo (el
olvido).

162 En *1629:* «interna en ojos». Lo corrijo.

167 Se refiere, como hemos dicho —ahora sí— al pavo real, ave consagrada a Juno.

172 En *1629,* «boca». Sigo aquí la lectura de *1635,* puesto que Villamediana narra ahora la transformación de Io en vaca por obra de Júpiter *(Metamorfosis,* libro I).

La pacífica bestia, atormentada
de la mortal materia venenosa,
a fugitivo paso llega a donde   175
su origen claro el Nilo esconde.

23   Vencida al fin en solitaria arena,
ni con formada voz, ni con bramido,
imperceptible por los aires sueña
flébil queja, dolor no interrompido;   180
mueve a justa piedad injusta pena
al que, si ya no amante, condolido,
de la diosa templó el celoso intento
con el nunca violado juramento.

24   Por las estigias aguas le ha jurado 185
el que vibra los rayos con su mano
—del violento furor, del fuego alado,
generosa fatiga de Vulcano—
de no violar del himeneo sagrado
el recíproco lazo soberano.   190
Aceptada la voz, expreso el pacto,
pía seguridad nace del acto.

25   La primitiva le concede forma
alta pasión que le quitó la suya,
cuando piedad alterna se conforma   195
en que a su mismo ser se restituya.
Ninfa ya de miembros cándidos informa,
viste deidad, porque de Amor se arguya
a cuanto se extendió el poder celoso
en un eterno pecho desdeñoso.   200

---

180 FLÉBIL. *Vid.* nota al v. 112.
182 El llanto de Io, confiada a Argos, hace que Júpiter envíe a Mercurio a
liberarla.
185 Era corriente el juramento por la laguna Estigia.
186 Esto es, Júpiter, que devuelve la forma a Io.
189 Sinéresis de «himeneo».

26   O ya recato, o ya costumbre fuese,
        tanto del nuevo ser se deleitaba
        que siguió clara fuente donde viese
        la perfecta materia que animaba;
        claros ecos buscó donde se oyese,   205
        aunque de miedo de bramar callaba.
        Humana voz conforma humano acento,
        cabello, y no melena, esparce al viento.

                        III

27   Ésta fue diosa, y della tuvo el mundo
        al gran hijo más claro que su abuelo,   210
        gloriosa producción, semen fecundo,
        rayo feliz de lo mejor del cielo.
        Si primer no lugar, lugar segundo
        joven menospreció, que en todo el suelo
        Épafo sólo el proceder le impide   215
        al hijo ilustre del que al tiempo mide.

28   Y la alta emulación —que no consiente
        en balanzas iguales niveladas
        (las que influyeron astros altamente)
        acciones de ambicioso honor guiadas—   220
        de la ardiente deidad al hijo ardiente
        odio y quejas causó que, desatadas,

III. 209-312 En esta parte, Villamediana narra el origen de la historia de
Faetón: Épafo, hijo de Io y de Júpiter, orgulloso de su ascendencia (vv. 209-
256) pone en duda que Faetón sea hijo del Sol, esto es, de Apolo. El joven
acude a su madre, Climene (vv. 257-272), para que ésta se lo confirme. Climene le asegura la paternidad de Apolo e invita a Faetón a que él mismo lo
compruebe. Para ello, el joven emprende su marcha hacia el palacio del Sol,
morada de Apolo (vv. 273-312).

---

210 El hijo de Júpiter e Io es, como se ha dicho, Épafo (*Metamorfosis,*
libro I).
213 Para esta construcción sintáctica, *vid.* nota al v. 4.

da a beber las espumas del quelidro
la venenosa envidia en poco vidro.

29   Hízose obstinación la diferencia   225
de los que en luz paterna compitieron;
infeliz, por muy clara, la ascendencia
no benévolos astros influyeron;
efectos de ira, rayos de violencia
del costoso discrimen procedieron,   230
en que el hijo de flechas luminosas
tales articuló voces quejosas.

30   Con el que informó el padre, cuya mano
modera rayos, rayos de oro extiende,
mortal asunto, pensamiento humano   235
en ambiciosa paridad contiende:
«¿Esplendor puede haber que no sea vano
con el que vivifica cuando esplende?;
¿testificar no ves de polo a polo
quién de vida y de luz es autor solo?»   240

31   Sus voces interrompe voz esquiva,
y el ofendido ináquides responde:
«Más ignorante presunción que altiva,
Faetón, a tus palabras corresponde.
¿Sabes que me dio forma la luz viva   245
del que sobre la luz habita, donde
brazo vibra inmortal el rayo ardiente
del cielo vengador gloriosamente?

---

223 QUELIDRO. «Serpiente muy venenosa que va abrasando las plantas
por donde pasa.» *Auts.* lo ejemplifica con este verso, aunque aquí el término
tiene un sentido metafórico.

224 VIDRO. Por «vidrio».

230 DISCRIMEN. «Riesgo, peligro» (*Auts.*).

232 ARTICULAR. *Vid.* nota al v. 1 del núm. 34.

236 En *1629,* «puridad». También en *1635.* Lo corrijo.

242 INÁQUIDES. Puesto que Épafo era nieto de Ínaco, padre de Io.

245 Es decir, Júpiter.

32   «Que este, pues, dios mi padre eterno sea,
padre de Apolo, mira los altares,   250
que no hay mármol ni bronce que no vea
esta verdad en más remotos lares.
El ser tú hijo de la luz febea
con mejor testimonio es bien que aclares;
¿juzgas que basta para darte padre   255
la incierta fe de tu ambiciosa madre?»

33   Huye corrido el hijo de Climene
(casi inmortal de pena poderosa),
y del veneno que en el alma tiene
ambición alimenta generosa;   260
oráculo materno a buscar viene
con afrenta segura y fe dudosa,
cuando a esparcirse el rosicler comienza
elocuencia fue, muda la vergüenza:

34   «Madre, o me desengaña, o me quieta   265
—dice a Climene el joven más osado—,
dime, ¿soy hijo del mayor planeta,
que conduce áureo carro al mar salado,
y del que con distante y recta meta
trópicos equinoccios ha formado?   270
Mi afrenta advierte y tu piedad elija
más que aplauso falaz verdad prolija.»

35   Ella, al dolor rendida en pena tanta,
vuelta al padre común levanta el cuello;

---

253 A Apolo se le conoce también por el nombre de Febo, «el brillante».

256 La madre de Faetón es Climene, hija de Océano y de Tetis.

254-256 Rozas, en «Dos notas...», pág. 89, pone estos versos en relación con
Aldana.

263 ROSICLER. «El color rojo encendido y luciente» (*Auts.*). Aquí, asociado al color de la aurora. De esta forma tan bella, Villamediana nos dice
que el encuentro entre Faetón y Épafo se produce de noche.

268 Apolo conducía el carro del Sol, precedido de la Aurora, todos los
días. Al anochecer, llega al Océano y se retira a descansar a su palacio.

pegósele la voz a la garganta,   275
erizadas las hebras del cabello;
mas, entrándose en sí, cobrando cuanta
suspensión dio la afrenta, el rayo bello
del sol eclipsa —esto diciendo—, y bebe
las mismas perlas que su cielo llueve: 280

36   «Corpóreo ser ha dado a tu semblante,
     formando tu materia en sus despojos,
     el que, depuesto el carro rutilante,
     duerme en la mar entre corales rojos,
     el délfico señor, el dios amante,   285
     no percibida luz de humanos ojos,
     el que solo conduce a nuestra esfera
     estío, otoño, invierno y primavera.

37   «Si lo que callo desto y lo que digo,
     incrédulo Faetón, dudas ahora,   290
     daréte al común padre por testigo,
     que la región habita de la aurora.
     Deja el materno nido ya enemigo,
     que el Hebro blando que sus campos mora
     dará satisfacción a tus deseos   295
     donde el sol nace en reinos nabateos».

38   Dijo, y el joven temerario aceta
     verificar la duda que le ofende,
     cuyo norte es mental aquella meta
     que el camino al honor abrir pretende;   300
     y como vuela rápido cometa
     que al supurarse su materia extiende,
     y, exhalación corusca de centellas,
     instantáneo carácter forma dellas,

---

282 En *1629:* «f. t. m. e. tus d.». Lo corrijo.
292 REGIÓN. *Vid.* nota al v. 8 del núm. 59.
294 HEBRO. Era hijo de Hemo y Ródope, y es epónimo del río de este nombre.
296 NABATEOS. Es decir, de oriente. Por «nabateos» se entienden los reinos de Arabia.
303 CORUSCA. «Resplandeciente» *(Auts.).*

39   tal en dudosa fe partió Faetonte   305
al trópico que abrevia nuestro día.
Huye las ursas y el nevado monte
que tiene su provincia siempre fría,
fijos los polos vio en el horizonte,
pisando la equinoccial derecha vía,   310
llegando por la zona sólo ardiente
al atrio sacro del señor de oriente.

IV

40   El gran palacio del señor de Delo,
sobre asiento lustroso colocado,
en recto ángulo cuadro está en el cielo   315
de líneas espirales coronado;
feliz labor en inmortal desvelo,
émulo fue del jónico cuidado;
de susperior metal arde la puerta
a la meta de Alcides descubierta.   320

---

[306] Esto es, a Oriente *(Metamorfosis,* libro I).
[307] URSA. Se refiere a las osas, y así lo recoge *Auts.*
     El «nevado monte» al que se refiere es el Liceo, montaña de la Arcadia en cuya cima estaban dos templos; uno dedicado a Júpiter y otro a Pan *(Metamorfosis,* lib. I).
[311] ZONA. *Vid.* nota al v. 3 del núm. 197.

IV. [313-816] En esta parte, la más extensa de la división propuesta por Rozas, Villamediana describe el Palacio del Sol, morada de Apolo. La minuciosidad con que el Conde aborda tal descripción hace al palacio compendio de las tres artes plásticas: arquitectura y ornamentos (vv. 313-376), los signos del Zodiaco (vv. 377-416) y las pinturas (vv. 417-640), en las que están representados Neptuno, Proteo, las Nereidas, Ganimedes, Dafne, Eurídice, Europa, Casiopea, el León de Nemea, Astrea, Narciso, Paris, Alcides, Mirto, Laurel, Atalanta, Adonis, el Arco Iris, los Gigantes, Marte, Fortuna, Cupido y Venus. Después, Apolo y el séquito febeo (vv. 641-816): las Horas, las cuatro estaciones, el Tiempo, las Musas y la Poesía. Según Gallego Morell, *op. cit.,* pág. 59: «Villamediana ya no piensa en Ovidio, sino en los palacios concretos que él frecuenta». Para el palacio del Sol, *vid. Metamorfosis,* libro II.

41   Los ámbitos que informan el tablero
      (distinta proporción en peso grave),
      del sitio circulando el grueso entero,
      hace que el eje en sus convexos trabe.
      Paralelos describen el crucero   325
      en la simétrica planta, cuya nave
      en serie igual contiende, desiguales,
      brillantes frontispicios arcuales.

42   Nítido el muro desvenó el argento,
      y las estatuas del metal más fino   330
      muestran en el clarísimo ornamento
      digna labor de artífice divino;
      en plana forma luce el pavimento,
      que a su materia sólida convino:
      no hay remoto lugar ni oculta parte   335
      donde no ostente su grandeza el arte.

43   Tributo es de Pactolo el rubio techo,
      licencioso reflejo de luz pura,
      en lata división, y forma a trecho
      el orden que venera la escultura;   340
      diseño grande en nueve líneas hecho,
      manifiesta en primor de arquitectura,
      divididos del año los efetos,
      superados del arte sus concetos.

44   Entre una y otra dórica coluna,   345
      por eterno arquitecto repartida,

³²⁶ En *1629:* «en la sinmentis», y en *1635:* «en la sinmetris». Lo corrijo.
³²⁹ DESVENAR. «Metafóricamente vale apartar o sacar otras cosas, que se llaman venas: como los metales de la tierra» *(Auts.).* La puerta del Palacio era de plata.
³³⁷ PACTOLO. Dios del río homónimo. Afrodita desfloró a Demódice, hermano de Pactolo; y éste se arrojó al Crisórroas (río de oro) que tomó, con este suicidio, el nombre de Pactolo. El techo del Palacio era, pues, de oro.
³⁴⁴ En *1629* y *1635:* «s. d. arco s. c.». Lo corrijo según Rozas.
³⁴³⁻³⁴⁴ Obsérvese el paralelismo sintáctico con el que acaba la estrofa.

la blanca Cintia se percibe en una
forma del rubio hermano dividida;
sigue la formación y no hay ninguna
parte inferior sin traza compartida;   350
de pesante metal máquinas graves
sustentan las cornisas y arquitrabes.

45   Forman nuevo esplendor, si no elemento,
de rayos que en su círculo se giran
carbunclos en cristal por ornamento   355
que a ser el fuego elemental aspiran;
y, sustentando el áureo firmamento,
animan las estatuas y respiran,
erigiendo con círculos rotantes
relojes, astrolabios y cuadrantes.   360

46   Los follajes supremos son menores,
mas los reflejos que a la vista ofrecen
forman en perspectiva resplandores
que no se dejan ver y se parecen;
friso de oro los une y, superiores,   365
tanto en honor del arte resplandecen
que Cupidos desnudos y lascivos
en ardiente festón parecen vivos.

47   Corona las lucientes proporciones
de apolíneo metal flamante cielo,   370
donde los esculpidos medallones

347-348 Puesto que Diana era hermana gemela de Apolo.

353 *Vid.* nota al v. 4.

355 CARBUNCLOS. «Piedra preciosa muy parecida al rubí» (*Auts.*).

356 Puesto que se creían originados por carbones hechos brasas.

360 Esta trimembración resume, de manera muy visual, la forma circular
de la ornamentación.

362 En *1629* y *1635:* «m. l. r. q. a. l. vida o.». Lo corrijo.

367-368 Gallego Morell, *op. cit.,* pág. 59, dirá de estos versos: «Sí, es el colec-
cionista quien escribe, y entonces coloca "Cupidos desnudos y lascivos" entre columna y columna. Apolo vive a la manera de un magnate italiano.»

370 Esto es, de oro.

556

son milagro fabril del escarpelo;
uniforme comparte formaciones
por la circunferencia el paralelo,
y los últimos puntos giran dentro   375
a terminar sus líneas en su centro.

48   No es lo menos ilustre el palacio,
que en nichos que informó metal sonoro,
el rubí ardiente, el pálido topacio,
lucida afrenta esté haciendo al oro   380
—de oblicua proporción distinto espacio—
cuanto de signos terno en alto coro
a la luz forma curso y la divide,
y traspasar sus límites le impide.

49   Al animal de Colcos, que ligero   385
abrió el seno de Tetis inconstante,
norte después al que surcó primero
las ondas atrevido navegante,
raptor lascivo sigue, en forma fiero,
mentido nadador y dios amante.   390
Hijas luego de Leda dos estrellas
en mar se conforman y en ser bellas.

50   De Cancro retrocede el gran planeta,
y antes que tome al austro encaminado,
última estampa línea, erige meta,   395
de luz rayante en trópico formado;

378-379 En nichos de plata con engastes de piedras preciosas se representan
los doce signos del Zodiaco.

385-388 «El animal de Colcos» es el carnero o vellocino, que representa a
Aries. La alusión utilizada tiene que ver con la navegación de Jasón y los Argonautas (vid. nota a vv. 6-7 del núm. 306).

389-390 «El raptor lascivo» es el toro (Tauro) en el que se transformó Júpiter para raptar a Europa (Metamorfosis, libro II). Góngora también utiliza
«mentido» para Júpiter en el v. 2 de la Soledad Primera.

391-392 Se refiere a Cástor y Pólux, los Dioscuros, que representaban a Gé-
minis (Metamorfosis, libro VII).

393 Es decir, Cáncer.

y el que la clava de Hércules sujeta,
nemeo rey de rayos coronado,
Erígone, logrando sus fatigas,
estrellas dora tantas como espigas.   400

51   Igual nivela siempre su hermosura
el ponderado símbolo de Astrea;
de feroz signo luego mal segura
pasa a monstruo mayor de luz febea;
de su arco la cuerda flecha dura   405
Quirón biforme, y pródiga Amaltea
opuesto forma trópico, y en éste
rayos ostenta el Egipán celeste.

52   Derramando el tributo de Nereo,
su casa guarda el celestial Neptuno,   410
y vertiendo su líquido trofeo,
vecino es a los peces oportuno;
viaje claro al término febeo,
paralelos describe, y cada uno
tiende sobre zafir luciente velo   415
de la color con que nos miente el cielo.

53   Ninguna arquitectura es diferente,
ni dista su labor de la primera;
lo dibujado sí, que variamente
artífice sutil muda y altera   420
—como el freno del mar la arena algente
de muralla le sirve en su ribera—

---

397 El león de Nemea (Leo). Para la clava, *vid.* nota a vv. 5-8 del número 355.

399 Erígone es hija de Icario y amante de Dionisio. Fue transformada en la constelación de Virgo.

401-402 El símbolo de Astrea (la Justicia) es Libra.

403-404 El «feroz signo» es Escorpio.

406 El centauro Quirón representa a Sagitario.

406-408 Amaltea y Egipán (Pan) representan a Capricornio.

407 En *1629* y *1635*: «opuesta». Lo corrijo.

409-412 Se refiere a los signos de Acuario y Piscis.

421 ALGENTE. *Vid.* nota al v. 50 del núm. 383.

en el término mismo que lo puso
el que lugar y centro le dispuso.

54 El gran rector del húmido elemento,   425
de marítimas ovas coronado,
cortando a Doris el instable argento,
discurre undoso volador no alado;
nadantes aves del cerúleo asiento
itineran el piélago salado,   430
y coro de Nereidas asistentes
bello le hacen círculo obedientes.

55 Proteo en concha argentea predomina
los bellos golfos cuyos senos ara;
sigue el rubio timón turbia nerina,   435
cuando de espumas viste el agua clara;
de los ganchosos ramos de su mina
nunca Tetis se vio menos avara,
émulo nácar del mejor diamante,
su proa la región surca inconstante.   440

56 Fraterna unión del coro panopeo
selva de ninfas aparente enseña,
donde impugnado vio mayor deseo
gran cíclope de ninfa zahareña;
bellas náuticas hijas de Nereo   445
dosel gozan opaco de una peña,
Eco en última quiebra ajeno acento,
su voz quejosa articulando el viento.

---

425 Se refiere a Neptuno, que navega por el mar.

427 En *1629* y *1635:* «cortando Adonis...». Se refiere a Doris, hija de Tetis, la deidad marina. Lo corrijo.

431 NEREIDAS. Son divinidades marinas, hijas de Nereo y Doris.

433 PROTEO. Dios del mar encargado de apacentar los rebaños de focas y animales marinos *(Odisea,* canto IV, y *Metamorfosis,* libro XI).

438 TETIS. *Vid.* nota al v. 11 del núm. 306.

444 Alude a la historia del cíclope Polifemo y Galatea *(Metamorfosis,* libro XIII).

445-446 Puesto que las Nereidas acogen a Acis transformado en río.

448 ARTICULAR. *Vid.* nota al v. 232.

57   Por culpa ajena, en lazos de diamante
yace, a más duro escollo vinculado,   450
el imán que desnudo vio el amante
y al marino suplicio destinado,
cuando el denuedo argólico volante
(arma de Amor y de sí mismo armado)
en digno vencimiento y digna gloria   455
tanta premió beldad, tanta victoria.

58   Sobre brillante argento dibujada,
de la materia del arte no vencida,
mentida forma, si deidad alada,
volante fue raptor del garzón de Ida.   460
Ninfa, después laurel, aun no alcanzada,
muestra el que dora rayos en su huida,
escultura que ser ejemplo quiso,
y en fugitiva culpa estable aviso.

59   Ya de las fieras sombras redimida   465
por su esposo Eurídice estaba, cuando,
al volverla a mirar, la ve perdida,
acentos amorosos acordando;
pero después, en selva ensordecida,
a femenil dureza el plectro blando   470
y el son canoro entrega a quien tributo
le pagó el reino del eterno luto.

60   Por campo undoso el robador de Europa
el apacible peso conducía,

449-456 Refiere aquí el Conde la historia de Andrómena, imán amoroso, y Perseo, que liberó a la joven del monstruo marino que la iba a devorar (*Metamorfosis*, libro IV).

460 Se refiere al rapto de Ganimedes, para el cual Júpiter se presentó en forma de águila (*Metamorfosis*, libro X).

461 La ninfa transformada en laurel es Dafne (*Metamorfosis*, libro I).

465-472 Otro de los motivos pictóricos del Palacio: la historia de Orfeo y Eurídice (*Metamorfosis*, libro X).

473 Esto es, Júpiter (*Metamorfosis*, libro II).

474 En *1629* y *1635*, «paso». Lo corrijo.

viscosa el mar, el viento alada tropa   475
de envidiosos secuaces le ofrecía;
sin norte no, bien que a bajel sin popa
con ardiente fanal Amor es guía,
cuyo triunfo feliz en la ribera
sobre florido tálamo le espera.   480

61   En su polo luciente, Casiopea,
     del rigor de las ninfas preservada,
     por despojos de Alcides piel nemea
     con ella en áureo nicho está informada;
     inalterable en su candor Astrea   485
     vive, a región más pura trasladada,
     cuando la corrompida edad del hierro
     enorme dio materia a su destierro.

62   El hijo de Liríope la fuente
     del líquido cristal menos infama   490
     que a la amorosa ninfa que le siente
     no menos sordo cuanto más le llama;
     si no espejo, venganza transparente
     amor propio la dio, que propia llama
     Fénix es que renueva y tiene viva   495
     con aviso ejemplar su culpa esquiva.

63   El gran pastor que vio desnuda en Ida
     de tres deidades competida gloria,
     a Venus áurea prenda dio vencida
     de su cabello en premio de vitoria;   500
     quejosa Juno, Palas ofendida,

---

478 FANAL. «El que guía, alumbra, ilustra y enseña» (*Auts.*).

481-485 Tanto Casiopea como el león de Nemea y Astrea fueron transformados en astros (*Metamorfosis,* libros IV, IX y I, respectivamente).

489 Se refiere a Narciso, enamorado de sí (*Metamorfosis,* libro III).

493 *Vid.* nota al v. 4.

497-500 Se refiere a Paris y al episodio del Juicio. El joven debe decidir cuál de las tres diosas (Minerva, Juno o Venus) era la más bella. Finalmente decidió que lo era la última, a la que entregó la «prenda áurea»: la manzana de la Discordia.

quisieron demoler de la memoria
—como del muro— el claro perjuïcio
que a sus beldades intimó el juïcio.

64   Obras eternas informando, en una   505
parte dibuja descripción brillante,
della nació gigante, y en la una
a tres dragones se mostró gigante,
cuyo natal alivio a la fortuna
présaga fue del fatigado Atlante,   510
cuando, a peso mayor capaz, ostenta
la cerviz del león que orbes sustenta.

65   En verde selva, en bosque luminoso,
de cándida pared resalta el verde,
venéreo mirto, cuyo honor frondoso   515
entre solares rayos no se pierde.
El árbol que respeta el venenoso
diente, porque a su trono nunca muerde,
besa las plantas de la planta sólo
regada con las lágrimas de Apolo.   520

66   Al triunfo dedicado su decoro,
premio del vencedor, vuela Atalanta,
bien que los globos encantados de oro
rémoras son tenaces a su planta;
nunca pudo el jardín del sabio moro   525
cultivar frutos de codicia tanta
mejor que el joven que intimó, felices,
freno al desdén, a la ambición raíces.

---

502 En *1629* y *1635*: «demolir». Lo corrijo.

507-508 Se refiere al episodio en el que Hércules niño mató, en la cuna, a tres dragones, según algunas tradiciones, o a dos serpientes, según otras.

510 Atlante fue descargado de su castigo (sostener la bóveda del cielo sobre sus hombros) por Hércules. Aquél cogió las tres manzanas de oro del jardín de las Hespérides y, a su regreso, Hércules tuvo que recurrir a una estratagema para librarse de la carga.

522 Atalanta fue vencida en una carrera Melanión (o Hipómenes, según otras tradiciones). Para ello, el joven fue echando las manzanas de oro del jardín de las Hespérides a los pies de la diosa.

67   Robó de su candor los alhelíes
      de ambición venatoria el accidente,   530
      cuando el humor los trasladó rubíes
      de lámina que abrió celoso diente;
      entre cuyas centellas carmesíes,
      no perdonada del arpón ardiente,
      del hijo bella madre en perlas lava   535
      mal herida beldad de deidad brava.

68   Iris inalterable el arco tiende
      coronando diáfanos cristales,
      uniforme en color, no cual se extiende
      lampos pacificando celestiales;   540
      a cuya luz el arte se aprehende,
      que animó piedras e informó metales,
      líneas donde pudieron los buriles
      admirar duros y morder sutiles.

69   La fulminada gente en otra parte   545
      suplicios dignos de culpa halla,
      que blandió lanza y tremoló estandarte
      contra el Olimpo en desigual batalla.
      En ardiente deidad esplende Marte
      luz de su diestra, rayos de su malla,   550
      y el sudor de Vulcano en flechas vibra
      el que sus cursos a los orbes libra.

529-536 Trata aquí de la historia de Venus y Adonis y la muerte del joven,
destrozado por un jabalí (*Metamorfosis,* libro X). *Vid.* núm. 270 y notas.

537 IRIS simboliza al arco iris. Su misión era unir el Cielo y la Tierra y
transmitir los mensajes de los dioses.

540 LAMPOS. Por «resplandecientes».

544 Nótese la perfecta bimembración con la que cierra la octava.

545-548 Se refiere a la batalla de los Gigantes, que habían amenazado al cielo (*Metamorfosis,* libro I).

553 La «varia diosa» es la Fortuna. Los vv. 553-568 fueron editados por
Cotarelo, *op. cit.,* págs. 231-214. Según José M.ª Cossío, *op. cit.,* pág. 433: «Al
describir la imagen de la Fortuna, da suelta el poeta a lo mejor de su vocación
moralista.»

70   Bella, aunque varia, está la varia diosa
que con su mano incapaz su rueda rige,
nunca neutral y siempre peligrosa,   555
a veces condenando lo que elige;
sublima derribados, poderosa,
estatuas postra que ella misma erige,
muda con los efectos el semblante
y sólo en sus mudanzas es constante.   560

71   Al que menos merece más estima,
y desestima más al que merece,
indignos pechos su constancia anima,
culpas aplaude, aplausos desvanece;
ingrata ofende, desigual lastima,   565
cumple sin prometer, falta si ofrece;
licenciosa pasión, cuya porfía
aborta monstruos y prodigios cría.

72   Razón y voluntad fuerzan su intento,
los preceptos observa que no arguye,   570
hurtar el valor al premio y al talento,
y de lo que no fue deuda restituye,
sabe huir del que sigue atento
y, siguiendo, alcanzar al que la huye;
sólo cierta en su misma incertidumbre, 575
hace naturaleza esta costumbre.

73   Del error juvenil parcial amiga,
desprecia la deidad del tiempo cano,
y la rueda fatal con que castiga
asida tiene a la derecha mano;   580
del mérito ejemplar se desobliga,
con ella la razón se alega en vano,

561-562 Nótese la utilización del retruécano y la paradoja, poco frecuentes en la Fábula.

564 Un caso de verso bimembre (al igual que los núms. 565, 566 y 568) y derivación.

579 Se trata de la rueda con la que se representa a la diosa.

la ley impugna, la verdad desmiente,
y sabe no aprobar lo que consiente.

74   Reina de casos, diosa de accidentes,   585
      tabla del tiempo en que su agravio escribe,
      que, en hacer de culpados inocentes,
      aplausos halla y vanidad concibe.
      Juzga como pasados los presentes,
      y al tribunal de la razón inhibe,   590
      que en la libre región de su albedrío
      la razón obedece al desvarío.

75   Culpa y disculpa en la mayor porfía
      voluntarioso error, pasión exenta,
      en cuya injusta afrenta y demasía   595
      sólo es satisfacción la misma afrenta;
      enigma de ambición y tiranía,
      cuenta varia sin orden, cuya cuenta,
      los méritos premiando con enojos,
      absuelve culpas y disculpa antojos.   600

76   Entre los cuatro vientos la formaron
      sobre el vagante reino de Neptuno,
      y con tal inconstancia la animaron
      que la mueve y la altera cada uno;
      de virtud atributos dibujaron   605
      postrados a sus pies, [y] no hay ninguno
      que, ofendido, no llore el escarmiento
      del tribunal de aquesta diosa exento.

77   Luego, en soberbio carro, un tierno infante,
      cuyo el cielo poder teme y admira,   610
      de alas vestido en arco de diamante,
      ciego no yerra, aunque vendado tira;
      con licenciosa flecha penetrante

---

600 Un caso más de bimembración y derivación en un mismo verso.
601 Esto es, Euro, Céfiro, Bóreas y Austro (*Metamorfosis*, libro I).
612 Alusión a Cupido.

acredita las fuerzas de ira;
cayados, cetros, armas y tïaras   615
ofrecen holocaustos a sus aras.

78   En el volante reino predomina,
que por leve región le huye en vano;
la escama entre las alas y la espina
rinde[n] tributo al inmortal tirano.   620
Humana potestad ni ley divina
de las flechas se exenta de su mano:
deshace imperios y escuadrones rompe,
y el orden de los hados interrompe.

79   Sobre el timón en brazos de Cupido,   625
hija de Tetis a su margen llega,
curso aun de los escollos aplaudido
que Polifemo con su llanto riega.
El promontorio asiente conmovido,
y al trámite de Cipria, que navega,   630
no hay marina deidad sin don palustre
para honorar la pasajera ilustre.

80   En voluble región lúbrico seno,
tranquila la que nace en su ribera,
pinta a Neptuno el negro dios sereno   635
y al Amor por fanal de su venera;
sigue a ninfa del mar Tritón obsceno,
undosa potestad huye ligera;
Venus los remos de cristal suspende
y el fin lascivo de la fuga atiende.   640

81   El soberbio lugar Faetón advierte
que sobre el ecuador mira al ocaso;

---

626 «La hija de Tetis» es Venus.
628 Para Polifemo, *vid*. nota al v. 444.
636 FANAL. *Vid*. nota al v. 478.
638 En *1629:* «vendosa». Sigo la lectura de *1635*.
642 En *1629* y *1635:* «q. s. e. casi terminal ocaso». Sigo la corrección de
Rozas, ed. cit., pág. 228.

      el vibrante esplendor no le divierte,
      puesta la mente en más difícil caso.
      Penetra heroico pecho, alcázar fuerte,   645
      constante fe introduce osado paso,
      cuando el mayor lucero ya quería
      los rayos desatar, soltar el día.

82   El atrio pisó apenas, cuando siente
      que imperceptible luz su vista hiere,   650
      entorpece el mirar, baja la frente,
      termina la aprehensión o la difiere.
      Paso, si confïado, reverente
      al paterno sagrario le prefiere,
      al rayo interponiendo atenta mano   655
      de las especies que resiste en vano.

83   Sus ancillas, las horas, el vestido
      claro ministran con oficio atento,
      a cuyo objeto aplican el sentido
      haciendo emulación y envidia al viento;   660
      de átomos volantes del olvido
      constan madres aladas que, al momento,
      dan alma al tiempo y tiempo al desengaño,
      meta al día, plazo al mes, materia al año.

84   Tiene a la diestra mano una doncella   665
      el padre de la luz poco distante,
      a cuyo foco en siempre verde huella
      respira el aura suavidad fragante;
      pródiga de esperanzas, nació bella
      más que de ricos frutos abundantes,   670

645-649 Faetón llega en el momento en que comienza a amanecer.

657 ANCILLA. «Esclava o sierva» *(Auts.)*. Las horas son las esclavas de
Apolo, señor del día.

664 Nótese el sentido de progresión ascendente con que Villamediana
dota a este verso trimembre.

665 Se trata de la Primavera, a la cual dedica dos octavas.

667 En *1629* y *1635:* «a. c. seco e. s. v. h.». Lo corrijo según Rozas, ed. cit.,
pág. 228.

los prados le tributan esmeraldas,
céfiro flores, Flora sus guirnaldas.

85   Coros pintados de lascivas aves
del blanco cuello de la ninfa penden,
y leves, por sujeto, quejas graves   675
en concepto acordado no suspenden.
Rígido tribunal, voces süaves
al niño alado mover pretenden;
compasivo recógelas Favonio,
de ciego imperio claro testimonio.   680

86   Corona rubia Ceres al Estío,
que es del rayo solar vecino adusto;
parco tributo al mar conduce el río
en la sazón que guarda el nombre Augusto;
Tetis depone el ceño y pierde el brío,   685
y mercadante undívago, a su gusto,
las velas sueltas, y sin cuidado alguno
ara el cerúleo campo de Neptuno.

87   De la madre común recoge el fruto,
premio final de próvidas fatigas,   690
en árida sazón cobrando astuto
el rubio honor de fértiles espigas;
de Ceres atesora el gran tributo
en rica parva, donde las hormigas
robo cometen providente al grano   695
que avaro agricultor impugna en vano.

---

680 En *1629*: «ciego de imperio...». Sigo la lectura de *1635* por parecerme más correcta.

681-696 Dos octavas también para la siguiente estación: el Estío.

683-684 Esto es, las aguas de los ríos apenas contribuyen con su mínimo caudal cuando llegan al mar en agosto.

686 UNDÍVAGO. Lo que se mueve entre las olas.

681-688 Esta octava y la núm. 84 fueron editadas por Cotarelo, *op. cit.*, pág. 214.

693 CERES. *Vid.* noa al v. 62.

693-698 Recuerda los vv. 131-134 del *Polifemo* de Góngora.

88   Poco distante, un viejo está sediento,
      de tez sanguina y barba no peinada,
      a ministerios sórdidos atento,
      de pámpanos la frente coronada;   700
      copia abundante, al cuerpo soñoliento
      la vid ofrece culta que, lograda,
      por holocaustos le presenta opimos
      dulces uvas en fértiles racimos.

89   Plácido sí, mas si apacible ofende,   705
      como el vecino ardiente sigue luego,
      con los rayos del sol su rostro enciende,
      capaz de alteración en su sosiego.
      Promedia las sazones y pretende
      el arbitrio común del hielo y fuego,   710
      bien que con su sed rígidamente austera
      adusta el campo, enjuga la ribera.

90   Viejo en seco palor, de canas lleno,
      el ánimo oprimiendo más valiente,
      de natural color eclipsa ajeno   715
      algún planeta la serena frente;
      a cuyos rayos de oro, opaco seno
      hace su oposición por accidente,
      émulo de la luz la tierra oprime,
      que en grillos de cristal atada gime.   720

91   Pone a los montes cándida corona,
      severamente airado con la tierra;
      duerme en sus lechos rígida Belona,
      y en sus grutas a Tetis hace guerra;
      cuyo flato mortal Eolo inficiona,   725

697-712 Estas dos octavas están dedicadas al otoño.

700 PÁMPANO. «El sarmiento verde, tierno y delgado o pimpollo de la vid» (*Auts.*).

703 ÓPIMOS. Cambio acentual por cuestiones métricas y de rima.

712 ADUSTAR. «Quemar» (*Auts.*).

713-728 Estas dos octavas tienen como núcleo al Invierno.

721 Es decir, los cubre de nieve.

cuando sus espeluncas desencierra;
ceden las verdes hojas a sus furias,
no perdonando al tronco sus injurias.

92   De éstos es padre el venerable ingrato,
        desconocido siempre y siempre amado,   730
        susto al viento, sombra del recato,
        o futuro mirándole o pasado;
        desalienta al engaño, arriba al trato
        de sus alas el mismo no alcanzado;
        con la fuerza menor de sus misterios,   735
        muda provincias y deshace imperios.

93   Estatuas y mármoles digiere,
        émulo de soberbios edificios,
        alado vencedor, celoso hiere,
        cuyas ruïnas son sus sacrificios;   740
        sabe acortar los mismos que difiere,
        formando engaños verifica indicios;
        de la tersa verdad padre celante
        en incensable ser, leve y constante.

94   Interpreta la ley, la ley altera,   745
        fuerza invencible tiene su flaqueza;
        sobre los cetros su deidad impera,
        termina y da principio a la nobleza;
        verídicos anales en su esfera
        archivan el valor y su bajeza;   750
        desigualmente pone igual su brazo
        límite al fin y términos al plazo.

---

726 ESPELUNCA. «Cueva» (*Auts.*).

729-792 Estos versos están dedicados al «padre» de las estaciones y de las horas, al Tiempo. La técnica aquí, con gran número de versos bimembres, es semejante a la utilizada para describir a Fortuna, esto es, la «definición» enumerativa (*vid.* vv. 561-624).

738 En *1629* y *1635:* «émulos». Lo corrijo.

740 En *1629* y *1635:* «c. r. con s. s.». Lo corrijo.

950   Con fuerza inútilmente resistida
tiene dominio en varios accidentes;
pondera estimación que él mismo olvida,   755
atropella y levanta inconvenientes.
Las filatrices de la humana vida
al rigor de su término obedientes,
hilo Láquesis apta vitalicio
que Átropos corta en más crüento oficio.   760

96   Un libro en hojas de diamante puro
el obstinado viejo siempre muerde,
donde imprimió el honor con cincel duro
la gloria que por muerte no se pierde.
Minerva en él, con esplendor seguro,   765
el vencedor laurel conserva verde,
que mereció magnánimo y constante
el digno aplauso del valor triunfante.

97   De mal talante las hazañas mira,
que con voz inmortal el mundo aclama;   770
el denodado esfuerzo no le admira,
que todo lo produce y lo derrama;
los efectos de obsequio le dan ira,
no lo ofende el valor, sino la fama,
que sólo a su deidad pone ceniza   775
lo que sobre su imperio se eterniza.

98   Con plumas de sus alas la memoria
su esencia anima y deja encomendada
al clarísimo archivo de la historia,
donde vive de olvido reservada;   780
émula allí del sol arde la gloria,
no de luz material, sino formada

---

757 Se refiere a las Parcas, de las que dependía la vida.
759 LÁQUESIS. Parca encargada de cortar el hilo de la vida.
760 ÁTROPOS. *Vid.* nota al v. 11 del núm. 333.
766 El laurel era el signo de los vencedores.
779 *Vid.* vv. 9-10 del núm. 234.

del sudor generoso, a quien en vano
osa el diente roer del tiempo cano.

99   La eternidad que, estábil y constante,   785
del viejo alado el vago curso enfrena,
en grillos de densísimo diamante
los años y los siglos encadena;
ésta, de la inmortal virtud amante,
funda su templo en la región serena,   790
donde ponderó triunfos de su suerte
alas del tiempo y armas de la muerte.

100   Apolo en venerado patrocinio
forma entre eterno coro alta corona,
estableciendo el ínclito dominio   795
de las felices aguas de Helicona;
y el soberano honor del vaticinio
con inmortal aliento perficiona;
y por lo que en sus números conserva
es tributario Marte de Minerva.   800

101   Los renombres latinos, cuyo ejemplo
norte será seguro a los futuros
alumnos de la fama, los contemplo
del segundo morir siempre seguros;
cuyo claro esplendor consagra templo,   805
y libra de sus émulos oscuros
al valor en quien vive la venganza
que el asunto inmortal del tiempo alcanza.

102   Batallas, triunfos, mares descubiertos,
pechos soberbios, ánimos altivos,   810
que en sepulcros llorados como muertos
para nunca morir quedaron vivos;

793-816 Estas tres octavas, que cierran la descripción del Palacio del Sol, están dedicadas a las Musas.
794 En *1629* y *1635:* «f. e. externo c. a. c.». Lo corrijo.
796 HELICONA. Montaña consagrada a las Musas.

ánimos generosos y despiertos,
cuyos claros trabajos, y excesivos,
los inmortales nombres colocaron   815
donde tiempo y olvido no alcanzaron.

V

103   Este aplauso —y la luz que predomina
siempre invencible en generoso pecho—
del genio poderoso, que destina
al estatuto que en su mente ha hecho,   820
conducen al gran joven que camina
tras la esperanza del dudoso hecho.
Y ante el padre postrado, la primera
voz del pecho expresó desta manera:

104   «Si tu mente percibe y te previene   ´ 825
futuro evento, evento sucedido,
por tí, señor, si en tu memoria tiene
clara preservación de oscuro olvido,
el único [soy] hijo de Climene,
de tu esencia inefable producido   830
(si la verdad materna no me falta)
del trono ardiente en la deidad más alta».

105   Este autor de la luz al esforzado
Faetón, nueva prestándole templanza,
supuesto le responde, derivado   835
de eterna lumbre en reino sin mudanza:

V. 817-1032 Éste es el momento central, eje de la historia: Faetón, una vez
llegado al trono de Apolo, le pregunta por su origen. El dios le confirma su
paternidad y se ofrece a dar prueba de ella. Faetón le solicitará, con gran empeño, conducir el carro del Sol por un día.

---

827 En *1629* y *1635:* «p. t. s. s. e. su m. t.». Lo corrijo.
835 En *1629* y *1635* se lee «derribado». Lo corrijo.

«Osa que, felizmente confïado,
no frustrara mi amos tu confïanza.
¿Qué causa no menor pudo que tanta
contra curso solar mover tu planta?»   840

106   Arrebató la voz, el impaciente
hijo le dice al padre que modera,
con el eterno rayo y con la mente,
los varïados cursos de la esfera:
«Si tu luz es común, ¿por qué consiente   845
que oscuro viva y más oscuro muera,
no me dando señal donde se vea
que soy un rayo de tu luz febea?

107   «No quieras ya dejar, gran padre, inulta
la culpa —que a mi ser y al tuyo ofende—   850
del que malignamente dificulta
lo que de mi ascendencia comprehende;
de cuya duda el deshonor resulta,
que el más terso esplendor manchar pretende.
Muévate la piedad, muévate cuanto   855
mi afrenta exageró materno llanto.

108   «Meta de honor, infatigable aliento,
norte fueron mental de mi porfía;
alas vistió de rabia el pensamiento
que ofendida razón tuvo por guía.   860
Pisé los atrios de tu firmamento
y el áurea cuna del naciente día,
pasión que penetrara por los muros
de los imperios de Plutón oscuros.

109   «Prenda le conceda al fatigado pecho   865
de mi verdad tu cándida pureza,

837-838 Nótese, para estos dos versos, el uso de la derivación.
849 INULTA. «Sin venganza.» *Auts.* lo ejemplifica con este verso.
864 PLUTÓN era el señor de los Infiernos.
865-872 Faetón solicita de su padre una «prenda» o prueba para salir de su

así de Tetis el instable lecho
deponga al acogerte su fiereza;
y así, en su primer forma satisfecho,
deje tu amor la que vistió corteza,   870
cediente al tuyo el temerario fuego
del que al herir es lince y al ver ciego».

110   Dijo, y Apolo le replica tierno:
«Climene, madre tuya, no te miente,
prole desciendes de mi seno eterno,   875
origen inmortal muestra tu fuente».
Ya dictándole el nítido gobierno
—que distingue las horas a la gente—,
con protesto inmutable de fe pura,
esto a Faetón su padre le asegura: 880

111   «Porque deseches el injusto miedo
que con prolijas dudas te importuna,
cuanto quieras pedirme te concedo:
dispón tú mismo el hado a tu fortuna.
Con inviolable fe ligado quedo,   885
por el averno imperio y la laguna
que ya es prenda verídica en el cielo,
por lo que, ninfa, mereció su celo».

112   Del alta voz del juramento ufano
a su padre Faetón autor del día   890
ser le pide una vez, y el soberano
carro de luz que eterna luz le guía.
¡Oh peligroso error! ¡Oh más que humano
intento en temeraria fantasía,
que declarar quisiese, fulminado,   895
ser de luciente esencia derribado!

---

duda. El mar, «instable lecho de Tetis», estará en calma; Dafne («la que vistió
corteza») cambiará de actitud ante el rayo de luz y fuego de Apolo, que oscu-
recerá al fuego de Cupido («el que al herir es lince y al ver ciego»).
886 *Vid.* nota al v. 185.

113   Cual ave que a la faz del sol ardiente
reconoce las prendas de su nido,
incrédula a las plumas, resistente
su vista al rayo délfico encendido,   900
tal al padre confirma en el valiente
afecto el genio propio esclarecido.
Quiérele disuadir del alto hecho
con tales voces que sacó del pecho:

114   «Faetón, no solamente como osado,   905
mas como temerario, el carro pides
—precipicio que habrás solicitado,
si con tus fuerzas el osar no mides—,
obra inmortal, peligro no arribado
de cuanto fatigó soberbio Alcides.   910
¿Y quieres tú escalando etéreos muros
trópicos abrasar, pisar coluros?

115   «¿Tú contra el firmamento has de oponerte
y, conductor de luz desalumbrado,
escurecer con atrevida muerte   915
cuanto tu genitor tiene ilustrado?
Limita los peligros de la suerte,
no anticipes los términos del hado,
ni quieras en costosos desengaños
esperanzas frustrar y colmar daños.   920

116   «Oponte a la invasión de tu destino,
que tanto de tus límites se parte;
deja mortal el superior camino
de eterna luz necesitado y arte;
confía humano, y no como divino   925

---

903 En *1629,* «desvadir». Sigo la lectura de *1635.*

905-920 Es de subrayar el hecho de que, tras la petición de Faetón, Apolo le conteste con lo que casi es una premonición del final trágico de su hijo.

912 COLUROS. «Voz de astronomía. Son dos círculos máximos, que se consideran en la esfera, los cuales se cortan en ángulos rectos por los polos del mundo» *(Auts.).*

en soberanas obras quieras parte.
¿Mano a riendas poner quieres ajenas,
cuando tú mismo a ti te desenfrenas?

117 «Raudo el furor de los caballos mira,
de imperceptible movimiento horrendo,   930
línea de luz que paralelos gira,
nuevo curso dïario disponiendo;
advierte el tramontar, cuando su ira,
el mayor continente estremeciendo,
globos —trono de luz— rotantes baña   935
de reino undoso en líquida campaña.

118 «Los hálitos del austro la subida
de orbe emprenden convexo, donde luego
fuerza inmortal les hace reprimida,
con ser hijos del viento, espirar fuego.   940
Pondera el gaditano la caída
que altera de las ondas el sosiego,
a cuyo ingreso el que en el bosque bulle
entre lechos algosos se za[m]bulle.

119 «Temor no, providente advertimiento   945
te debe el pecho reducir severo,
que présago dolor en triste acento
me vocifera ya tu mal postrero.
Siente la oposición del firmamento,
y entre horrores lucientes Quirón fiero   950
que, de sus flechas túmulas no parco,
temeridad alada infunde el arco.

929-930 Frente a otros poetas, que describen con más detalle los caballos
—incluso sus nombres: Ethoo, Piroo, Phlegonte y Eoo—, «Villamediana,
que no se detiene a describir el carro, sólo refleja la impresión que los caballos producen a Faetón» (Gallego Morell, *op. cit.,* pág. 66).

935 En *1629* se lee «tronco de luz». Sigo la lectura de *1635*.

950 QUIRÓN. Es el más conocido de entre los centauros. Fue herido acci-
dentalmente por las flechas de Heracles, quedando herido pero sin poder
morir, puesto que era inmortal.

120   «¿La luz sobrada, el resplandor ardiente
        del arte de quien soy eterno auriga,
        pides, Faetón, y, temerariamente,   955
        usurparte el honor de mi fatiga?
        El diáfano mira continente,
        sólo estrecho confirma la cuadriga,
        cuyo vuelo inmortal pudo sin plumas
        espumar rayos, radiar espumas.   960

121   «Percibe, pues, del movimiento rato,
        la dura oposición y el verdadero
        peligro en que desprecias el recato,
        que último en ti será y en mí primero.
        No seas, hijo, al común padre ingrato,   965
        que si trabuca el carro en tiempo fiero,
        harás efecto con que al cielo estorbes
        el ponderado oficio de sus orbes.

122   «Cuanto produce el mar, la tierra cría,
        a tu intento rendido no contiende;   970
        cuanto el Arabia culto al cielo envía
        hoy de tu arbitrio y voluntad depende.
        Deponga el ciego error tu fantasía,
        pues el sobrado osar al cielo ofende,
        y cese la ambición que sólo intenta   975
        de efimeral aplauso eterna afrenta.

123   «Alas deshechas mira, cuyo vuelo
        ardiente nombre impone a seno frío,
        escalar presumiendo al alto cielo

---

960 Bellísima bimembración que incluye dos derivaciones.

961 MOVIMIENTO RAPTO. «Es aquél con que el Sol, la luna y demás astros se mueven de Levante a Poniente. Llámase también movimiento diurno o violento» *(Auts.)*.

963 RECATO. *Vid.* nota al v. 10 del núm. 31.

966 TRABUCAR. «Descomponer el orden o colocación que tiene alguna cosa, volviéndola lo de arriba abajo» *(Auts.)*.

977-984 Aquí Villamediana acerca al mito de Faetón la otra historia mitológica que más le interesa: el vuelo de Ícaro.

poca cera con mucho desvarío;   980
incrédulo al temor, asiente al celo
y a la razón del tierno afecto mío:
¿has de tomar, Faetón, de un padre viejo
el peligroso carro y no el consejo?».

124   Dijo, y el corazón más generoso   985
con sed de gloria los efectos sigue;
disignio ya infeliz más que animoso
con ambición de eterno honor prosigue.
No hay término de espanto peligroso
que el afecto resuelto le mitigue: 990
conductor del gran carro a nuestra esfera
quiere ser una vez, aunque postrera.

125   Sintiendo el peligroso desatino
del temerario más que osado intento,
en esta parte humano, autor divino   995
de luz le pesa ya del juramento:
«Pues el hado —diciendo— y el camino
no quieres evitar del fin violento,
por útiles advierte mis precetos
de amor paterno y de razón efetos.   1000

126   «Si no impugna tu mente ya obstinada,
aviso eterno en la difícil senda,
templa la furia a la cuadriga alada,
menos usa el azote y más la rienda;
la parte superior huye elevada,   1005
cuya altura es peligro sin enmienda,
y sólo a promediar tu curso atento
evitarás de Tetis el aliento.

127   «Del carácter diáfano no excedas,
templa y no des al áureo trono prisa,   1010
que el trámite estampando de las ruedas

1001-1020 Estos versos contienen los consejos que, aceptada por parte de Apolo la decisión de su hijo, el padre le ofrece al joven.

luciente es norte que a su curso avisa;
asunto licencioso no concedas
al de[s]viar, y mente no indecisa,
sino resuelta, lleve en su constancia   1015
dones de fe, timón de tolerancia.

128   La fortuna después del resto cure,
tu carro a salvamento conduciendo,
y de mis vaticinios te asegure,
infaustos nuncios de tu fin horrendo».   1020
Mas ya el tiempo llegó en que se aventure,
alto principio al caso disponiendo.
¡Tú sentiste también tardo Boote,
mover auriga nuevo osado azote!

129   Entre flechas de luz, afecto blando,   1025
el asustado amor paterno asiente;
corusca le entregó diadema cuando
las rïendas le fio del trono ardiente.
Mas ya el fraterno albor solicitando
la esposa de Titón sacó la frente;   1030
perlas esparce y con envidias dellas
huyeron afrentadas las estrellas.

VI

130   Las negras hijas de la sombra fría,
a cierta luz apresurando el paso,
reconociendo la dudosa vía,   1035

1020 NUNCIO. «Aviso» (Auts.).
1023 BOOTE. «Una de las veintidós constelaciones celestes que llaman boreales» (Auts.).
1025-1040 Fueron editados por Cotarelo, op. cit., págs. 214-215.
1027 CORUSCA. Vid. nota al v. 303.
1030 La esposa de Titón es la Aurora.

VI. 1033-1480 Tras el amanecer (vv. 1033-1088), Faetón inicia su carrera y pierde el control (vv. 1089-1128). El caos se adueña de la Tierra: la región

juntas se encaminaron al ocaso.
Y Etón, fuego espirante, en quien veía
padre présago el inmortal fracaso,
supeditando el nítido terreno,
tasca feroz el espumoso freno.   1040

131   El temerario nieto de Latona
       formaba su luciente paralelo,
       los orbes ilustrando de la zona
       del austral polo en el zafir del cielo;
       de rubias hebras inmortal corona,   1045
       al tenebroso horror cortaba el velo,
       la campaña alegrando el valle y monte,
       de su mal no advertido el horizonte.

132   Incauto volador deja su nido,
       llamando entre crepúsculos al día,   1050
       y sobre verde ramo florecido,
       despide la dulcísima armonía.
       Ya el pacífico armento conducido
       del atento pastor el silbo oía,
       y a nueva luz que su hemisferio aclara   1055
       oficïoso cultor los campos ara.

---

del cielo se calienta (vv. 1129-1168), Faetón pide ayuda (vv. 1169-1176), los
dioses sienten el efecto de la caída (vv. 1177-1208); después, el incendio llega, con el carro, a la Tierra, donde lo padecen hombres, animales, plantas,
montañas, ríos y mares (vv. 1209-1376). El efecto sigue en los Infiernos (vv.
1377-1408), lo que provoca el parlamento de Plutón (vv. 1409-1464). Según
Cossío, *op. cit.,* pág. 435, «se complace Villamediana en tales primores de detalle, sabe imprimir asimismo a la carrera tal ritmo veloz y trepidante, que
compite en otro plano y otro concepto de la poesía con el sulmonense [Ovi-
dio]».

[1037] ETÓN. Es uno de los caballos del carro del Sol (*vid.* nota a
vv. 929-930).
[1040] TASCAR EL FRENO. «Morder los caballos o mover el bocado entre
los dientes» (*Auts.*).

133 Mueve nadante pez algoso asiento,
sale Tritón del caracol marino;
próvido marinero esparce al viento
en cuadra forma al bien contexto lino; 1060
azota el remo al líquido elemento,
gobierna ya el timón y gime el pino;
y el confuso rumor de la cadena
es un teatro de la eterna pena.

134 En el oficio de mayor cautela, 1065
que de sangre alimenta su porfía,
se recoge al cuartel la centinela,
haciendo noche de la luz del día,
orden observa de aparente vela
la familia de Marte, que dormía, 1070
divididas siguiendo las hileras,
a paso denodado sus banderas.

135 Las campañas de Ceres adornaban
los honores de Palas verdaderos,
y en sus distintas órdenes guardaban 1075
la división astados y flecheros;
armentos belicosos concitaban,
en roncos ecos, en talantes fieros,
al son ardiente y al pavor canoro
que a Marte incita el metal sonoro. 1080

136 A venal rienda listo caminante
de volador no alado da la mano.
De los nocturnos hurtos el amante

1058 Góngora, en el v. 94 del *Polifemo* dirá: «rompe Tritón su caracol torcido».

TRITÓN. Dios marino cuya parte superior del cuerpo es la de un hombre y la inferior la de un pez. Se le representa soplando conchas que le sirven de trompa.

1062 El «pino» es una metonimia por «nave» (*vid.* v. 1 del núm. 260).

1064 Con el «confuso rumor de la cadena», alusión a los forzados o galeotes, recuerda Villamediana el sonido del infierno.

1074 Los atributos de ATENEA eran la lanza, el casco y la égida. Se le atribuía la invención de la cuadriga.

(puede ser que engañado) vuelva ufano:
Tú también lo estarás, mundo ignorante,   1085
atendiendo la faz del sol en vano,
cuyo carro, hoy fatal, de fuego envía
sierpes en los crepúsculos del día.

137   Inadvertido error pisa contento
orbe convexo en globo cristalino,   1090
desprecia la región pura del viento,
pisa en su esfera el superior camino;
cual suele por su líquido elemento
la gran hija del reino neptunino,
bella madre de Amor, surcar ingrata   1095
en tronos de cristal campos de plata,

138   el atrevido joven coronado,
ira de luz, la superior esfera,
rayos vertiendo ufanamente, cuando
toma ligada unión furia ligera,   1100
ya los vientos cornípedes vibrando,
castigo resonante en la carrera,
por líneas de turbada fantasía
ciego conduce ya la luz del día.

139   Y en vez de gobernar con lento freno   1105
los que apenas el Euro alado alcanza,
brazo atrevido de noticia ajeno,
las dos aves azota de la lanza.
Cual suele despedir su rayo al trueno
cuando el humor exhala su venganza,   1110
tal la cuadriga en precipicio ardiente
le bebe al Noto el hálito de su frente.

1094 Se refiere a RODE, hija de Posidón (Neptuno) y Anfitrite, y esposa de Apolo. Rode era hermana de Tritón.

1095-1096 En el *Polifemo* de Góngora, vv. 119-120, se lee: «... ingrata, / en carro de cristal, campos de plata».

1101 Suele representarse a los caballos del carro del Sol como más veloces que el viento o, incluso, como vientos.

1106 EURO. Es el viento del sudoeste, hijo de la Aurora.

1112 NOTO. Es el viento del sur, cálido y húmedo, que trae las tormentas.

140 A la esperanza ya la puerta cierra,
     metas inarribables ha pisado;
     ciego, en golfos de luz surcando yerra   1115
     piélago ajeno, error desalumbrado.
     Su ruïna fatal siente la tierra,
     el celestial asunto varïado.
     ¡Oh de mortales miserable suerte,
     incierta vida y no dudosa muerte!   1120

141 Cual nave que sin peso gobernada,
     combatida del mar, del viento infido,
     ve contra el cielo a Tetis conspirada,
     en golfo incierto el norte ya perdido,
     tal vez la lumbre eterna mal guïada   1125
     del joven en su daño presumido.
     Los ya volantes animados truenos
     ni sienten mano, ni obedecen frenos.

142 Arduas regiones los caballos hienden,
     del curso propio divididos, cuando   1130
     al viento siguen, que alcanzar pretenden,
     el ardiente elemento respirando;
     y en su mismo furor tanto se encienden
     que, el orden de los trópicos quebrando,
     zona pisaron, donde efecto nuevo   1135
     fue perpendicular tu carro, Febo.

143 Baten las alas, curso más terrible
     sobre las ursas impelidos mueven,
     y donde el polo hallan inmovible,
     el mismo fuego que respiran beben.   1140
     Deponen el furor inaccesible,
     a pasar adelante no se atreven;

También es hijo de la Aurora. Se le conoce indistintamente por Noto o
Austro.
1122 INFIDO. Cultismo por «infiel».
1135 ZONA. *Vid.* nota al v. 3 del núm. 197.
1138 URSAS. *Vid.* nota al v. 307.

lumbres polares en su fijo asiento
el tardo apresuraron movimiento.

144   El perezoso monstruo, que a ninguno   1145
fue formidable en su lugar sombrío,
del sobrado calor silba importuno
sintiéndose abrasar el pecho frío.
Opuesto a la invasión de luz Neptuno,
quedando ya luciente el polo umbrío,   1150
bebida no dejó, sino tocada
del gran prodigio la región sagrada.

145   El presumido astrólogo que mira
que la délfica luz su carro altera,
cuando por líneas tan diversas gira   1155
paralelos distantes de su esfera,
cielo presente airado, fatal ira,
viendo, a su horror y confusión primera
vuelto, el fuego, la tierra, el agua, el viento,
nuevo formando caos, nuevo portento.   1160

146   Mientras, ardiendo y no alumbrando el cielo,
perdido corazón y no cobarde
las alas tiende, desplegando el vuelo,
al daño, de que ya se advierte tarde;
divididos delinean contra el suelo,   1165
el fuego ardiendo que en sus cuellos arde,
los que, oprimidos, tanto contrastaron
que los contextos áureos desataron.

147   Desunido el timón, bien que no roto,
siente auriga mortal mortal efeto,   1170
y en el mayor peligro ofrece voto

1145 Se refiere a Ascáfalo, que delató a Proserpina y fue transformado en
búho por Ceres, madre de Proserpina (*Metamorfosis,* libro V). Góngora, en la
Soledad Segunda, vv. 791-793, calificará al ave con el mismo adjetivo: «Grave,
de perezosas plumas globo, / que a luz lo condenó incierta la ira / del bello
de la Estigia deidad robo.»

1159 El desorden y el caos pasa por los cuatro elementos fundamentales.

al claro padre en íntimo secreto;
mas como a sordo mar suele el piloto
tarde invocar contra el fatal decreto,
tal Faetón pide al ínclito lucero   1175
favor en vano en el temor postrero.

148   La desorden de luz en lato vuelo,
de la carrera etérea varïada,
no sólo al viento, al mar, y a todo el suelo
hace ofensa inmortal con mano osada;   1180
mas ardiendo la máquina del cielo
el efecto sintió Belona airada,
y en horrenda deidad diosa funesta
yelmo, arnés, carros y coraje apresta.

149   El mensajero eterno, inconfidente,   1185
al fuego pies alados no le fía,
llora ofendido, quéjase impaciente
al claro abuelo del que forma el día.
Rayos viste de horror deidad valiente,
a quien celosa red cauta envolvía   1190
en amorosos lazos con aquélla
que en Chipre es reina y en el cielo estrella.

150   Del tonante también airada esposa
(y en celícola unión el soberano
concilio) de la llama rigurosa   1195
quejas esparce por el viento en vano.
Opacamente Cintia lagrimosa,

1173 Frente a este tópico, Góngora dirá en el v. 171 de la *Soledad Segunda:*
«No es sordo el mar (la erudición engaña).»
1175 ÍNCLITO. *Vid.* nota al v. 1 del núm. 349.
1182 BELONA. *Vid.* nota al v. 7 del núm. 217.
1185 Se trata de Mercurio, el mensajero de los dioses.
1188 Esto es, a Júpiter, padre de Apolo y abuelo de Faetón.
1189-1192 Alude aquí el Conde a Venus, «la diosa Cipria», y a sus amores
con Marte, descubiertos por Vulcano.
1193 Es decir, Juno.
1197 CINTIA. *Vid.* nota al v. 11 del núm. 231.

586

viéndose sobre el carro del hermano,
destrenzando sus nítidas madejas,
llora perlas, fragancia exhala en quejas.   1200

151   El primer elemento, que mantiene
sitio supremo sobre el aire blanco,
límites pierde y centro no contiene,
en su materia misma exuberando.
Vital aliento el aura ya no tiene,   1205
los cóncavos inanes ocupando,
cedientes al ignífero portento
los archivos diáfanos del viento.

152   El encendido carro bajó tanto
contra el airado globo de la tierra   1210
que enjugó el mismo fuego el mismo llanto
que ya en su centro la gran madre encierra;
llama confusa, peligroso espanto
por los humanos indistintos yerra;
líquido humor exhala el verde prado   1215
al fiero efecto del·planeta airado.

153   Cauto el villano huye la vecina
llama inmortal de su cabaña adusta;
el coposo sagrado de la encina,
que planta ardió, ceniza es ya combusta;   1220
queja postrera de fatal ruïna
al cielo apela de sentencia injusta;
otra hoz esperó al fecundo trigo,
cual voladora llama en su castigo.

1201 Se refiere al fuego, que ocupa la región más elevada (*Metamorfosis,* libro I).
1206 INANE. *Vid.* nota al v. 10 del núm. 240.
1208 Góngora, en la *Soledad Segunda,* v. 143, dirá: «los anales diáfanos del
viento».
1218 ADUSTA. «Lo que es o está requemado y tostado a fuerza del calor
del Sol o del fuego» (*Auts.*).
1223 En *1629* y *1635:* «otra vez». Lo corrijo.

154   Ninfa del bosque, y semicapro astuto,   1225
busca, para encovarse, su ribera;
Doris, sedienta, el líquido tributo
a las undosas márgenes no espera;
vacuo cadáver, el Danubio enjuto
el escamoso armento vierte fuera,   1230
que, viendo sin humor la fértil vena,
última obstinación muerde su arena.

155   Rinde el soberbio más su fortaleza,
y el más veloz su curso ya suspende,
líbica hircana y la mayor fiereza   1235
al airado elemento el cuello tiende;
a la opresión de la común flaqueza,
el mayor animal no se defiende,
cuya cerviz suspenso tuvo al Ganges,
muros moviendo al debelar falanges.   1240

156   El árbol de su honor destituïdo
humo respira, y del agravio injusto
ceniza exhala el tronco dividido
del poderoso humor seco y adusto;
el álamo de Alcides escogido,   1245
el mirto sacro y el laurel más justo
temen que al dios airado se le acuerde
de la que siguió ninfa y lloró verde.

157   El funesto ciprés, la sacra oliva,
corona de su monte el mayor pino,   1250

1225 Se refiere a Eco y a Pan, mitad macho cabrío, mitad hombre.

1233 En *1629* «Reina...». Sigo la lectura de *1635*.

1235 Alusión a Cirene, ninfa tesalia de la que se enamoró Apolo. El dios
del Sol la raptó en su carro y la llevó a las tierras de Libia, donde le asignó
una parte del territorio. Las tradiciones referentes a esta ninfa están asociadas a su carácter de cazadora, ya que atacó sin armas a un león y lo
dominó.

HIRCANA. De la zona de Asia llamada Hircania.

1240 DEBELAR. «Vencer» (*Auts.*).

1245-1248 *Vid.* vv. 513-520.

1248 Alusión a Dafne.

con la del rayo exenta planta esquiva,
del victorioso honor símbolo dino,
quedan vencidos de la llama viva
que seguro es fatal de su destino,
sin defenderse en la montaña, el bronco   1255
fundamento apoyado con su tronco.

158   Menos se opone el árbol que es más fuerte,
ceniza es ya la más copiosa haya,
fértil exhalación pródigo vierte
el seno religioso de Cambaya;   1260
y a conservarse inanimada advierte
expuesta roca en solitaria playa,
siendo en supuración de flores bellas
átomos de fragancia sus centellas.

159   De nubes coronado el Apenino,   1265
nuevo furor elemental le enciende;
siempre de triunfos fértil el Quirino
soberbias llamas por su falta tiende;
tomando nueva forma saxo Alpino
liquida el ser y su materia extiende   1270
llamas: lágrimas son con que Pirene
del hijo se lamenta de Climene.

160   Primero peligró la mayor cumbre
del que por años y por nieves cano
de miembros fue eminente pesadumbre,   1275
y monte ya eminente es africano,
cuyo flamante exceso en viva lumbre
cala sediento el arenoso llano,
donde el carro y la lámpara febea
aborto fue de la montaña Etnea.   1280

1254 SEGUR. Por «hoz».
1267 QUIRINO. Es el dios de la colina del Quirinal.
1269 SAXO. Es cultismo, por «rocoso, abrupto o escarpado».
1271 PIRENE. *Vid.* nota al v. 7 del núm. 285.
1273 Se refiere a la cordillera del Atlas.
1274 *Vid.* v. 6 del núm. 237.

161   Las aguas se sorbió del gran lavacro
que hizo soberana su corriente
claro Jordán, que para siempre sacro
cielo es su margen, gloria su torrente.
Del Erebo flamante simulacro   1285
todo a su potestad lo ve cediente,
urna no, huesa enjuta a escama tanta
del Nilo es ya la séptima garganta.

162   Éufrates en Armenia, en Siria Oronte,
el que baña los reinos de la aurora,   1290
arden, y con el raudo Termodonte
el que con labio alterno el margen dora.
Reconcentróse en el paterno monte
el que su origen claro esconde ahora;
hijo de clara fuente no hay ninguno   1295
que tribute cristales a Neptuno.

163   Bien que en común particular arsura
tiñe la gente, seca la campaña,
que en cuanto el Tigris su corriente dura
no lava undosa, sino undoso baña,   1300
bebióle su cristal la llama pura
sed implacable que el tributo engaña
a Tetis, que en sus márgenes espera
el clarísimo honor de su ribera.

164   Bellas tesalas ninfas navegando   1305
las que contraria sed aguas devora,

1281-1304 Después de los efectos sobre los montes (vv. 1265-1280), Villamediana narra los que sufren los ríos.

1281 LAVACRO. *Vid.* nota al v. 7 del núm. 300.

1285 ÉREBO. *Vid.* nota al v. 8 del núm. 302.

1291 TERMODONTE. Río de Capadocia.

1297 ARSURA. Es cultismo, por «incendio».

1299 En *1629* y *1635*, «Nigris». Lo corrijo.

1300 Para este verso, *vid.* nota al v. 4.

1301 En *1629* y *1635*, «viole». Lo corrijo.

1305 Son las NÁYADES o ninfas de las aguas, que en algunas tradiciones
son hijas del dios-río Asopo.

dulces sirenas de su margen cuando
desnuda plata sus arenas dora,
las delicadas hebras —cuyo blando
brazo afrenta y prisión fueron de Flora—   1310
cortan y exponen a mayor fiereza
por no verlas arder en su cabeza.

165   Dulces endechas vierte en voz süave
el pez alado que a Meandro honora,
y con velas de pluma es blanca nave   1315
que al morir canta y en sus ondas mora.
En incendio común, única al ave
ya sus cenizas no conoce ahora,
ni las puede juntar, y en este ultraje
última teme ser de su linaje.   1320

166   Arde en su centro el último elemento,
y el gran rector de la cerúlea gente,
al no esperado y rápido portento,
sumergió el carro, zambulló el tridente,
que no sufriendo el trémulo pavento   1325
del nuevo ardor, que entre las llamas siente,
suelta rendido en la inversión horrenda
a escamoso caballo algosa rienda.

167   Muertas son muchas, vivas restan pocas
aves, ya no de Tetis, naufragantes;   1330
su riscoso livor pierden las focas,
de los volubles polos habitantes;
licuefactas están las duras rocas,
perdiendo el ser y el nombre de constantes;

1309-1312 Esta imagen, la mujer cortándose el cabello, también está en el
núm. 268.
1314 Alusión al cisne. MEANDRO es un dios-río de Asia menor.
1316 Se refiere al ave fénix.
1321 El «último elemento» es el agua.
1322 Alude a Neptuno.
1325 PAVENTO. Es cultismo, por «terror, miedo».
1331 LIVOR. El color acardenalado.

ya no ven a Neptuno las sirenas   1335
escupir ondas ni azotar arenas.

168   Palemón, Melicerta, Panopea,
deidades de las ondas cristalinas,
moviendo están contra la luz febea
fuerza inútil de escenas y de espinas.   1340
Tu justicia aclamando en vano Astrea
en ya seca región voces nerinas,
que no extingue la sed del gran portento
cuanto contiene el mar salado argento.

169   Ya lascivo Tritón no sigue leve   1345
blanca napea que en amor le iguala;
moribundo delfín las ovas mueve
y entre conchas enjutas se resbala;
Tetis, sedienta, ya las aguas bebe
y sus entrañas en vapor exhala;   1350
y exhausto de sus líquidos cristales
perlas vomita el mar, vierte corales.

170   Eolo en las cavernas donde impera,
al portento rendido poderoso,
de Bóreas no concita la severa,   1355
temida fuerza en el imperio undoso;
reluciente invasión que de su esfera,
vertida con impulso luminoso,

1337 PALEMÓN. Es el nombre del dios marino Melicertes, hijo de Ata-
mante y de Ino-Ieucótea.
    MELICERTES. Es el nombre de Palemón antes de ser dios.
    PANOPEO. Hijo de Foco y Asteria. Fue uno de los constructores del ca-
ballo de Troya.
1342 NERINAS. De Nereo o sus hijas; es decir, «marinas».
1345 TRITÓN. *Vid.* nota al v. 1058. Se refiere aquí a la leyenda beocia según la cual Tritón había perseguido, en una fiesta de Dionisio, a las mujeres
que se bañaban en un lago.
1346 NAPEA. *Vid.* nota al v. 126 del núm. 390.
1353 EOLO. Dios de los vientos.
1355 BÓREAS. *Vid.* nota al v. 2 del núm. 54.

592

hace guerra en sus cóncavos asientos
al proceloso albergue de los vientos.   1360

171   Cualquier osado pecho está cobarde
       para impugnar el celestial decreto,
       de inevitable mal no hay quien se guarde,
       al cielo airado todo está sujeto.
       El cuerpo mixto de los orbes arde   1365
       no resistiendo temerario efeto,
       de cuya llama en prodigioso espanto
       contra Aquiles sus rayos guardó el Janto.

172   Despojos de ceniza en orbe exhausto,
       sombra caliginosa, caos impuro,   1370
       materias corrompidas, globo infausto,
       cadáver son informe en tomo oscuro;
       y cual termina en humo el holocausto
       sórdido por sujeto en lugar puro,
       tal en mustio dolor de llama injusta   1375
       yacer se vio la común madre adusta.

173   Por donde no contigua halló la tierra
       luz se introduce en el imperio oscuro,
       sórdido teme el rey, y el antro cierra,
       de los lucientes rayos no seguro;   1380
       y por ciegas cavernas negra guerra,
       brama ofendida voz de pecho impuro,
       a cuyo sordo horror, en ronco grito,
       ladró el Trifauce y borbolló el Cocito.

1368 Alude al episodio de la guerra de Troya en el que Aquiles, tras olvidar
sus diferencias con Agamenón, decide luchar junto a él. El caballo de Aquiles, Janto, que había recibido el don de la palabra y de la profecía, anuncia la
muerte del héroe.
1370 CALIGINOSA. «Oscura, que parece está tupido el aire» (*Auts.*).
1372 En *1629* y *1635* se lee «torno». Lo corrijo.
TOMO. *Vid.* nota al v. 1 del núm. 321.
1376 La «común madre» es la tierra.
ADUSTA. *Vid.* nota al v. 1218.
1379 La luz llega hasta las entrañas de la Tierra, al reino de Plutón.

174   El ministerio oscuro, la oficina   1385
        del ciego reino admira el claro efeto,
        vierte sulfúreo llanto Proserpina,
        llamas el terno vomitó de Aleto;
        voz infernal y sórdida bocina
        convoca el caos al gran Plutón sujeto,   1390
        y por la luz o por la voz que oyeron
        los Cíclopes los golpes suspendieron.

175   Caviloso Diomedes, lestrigones
        que la región habitan condenada;
        crinitas furias, hidras y fitones,   1395
        gente a dolor eterno destinada,
        venenosas serpientes y gorgones,
        exhalando la rabia atormentada,
        forman confusamente conmovidos
        fremitos, ululatos y alaridos.   1400

176   Estrépito y furor por la caverna,
        selva de esfinges ya, brama de arpías,
        arde con nueva sed la furia interna,
        sobrando obstinación a sus porfías.
        Y el rey de las tinieblas, que ansia eterna 1405

1384 TRIFAUCE. Es el can Cerbero, o perro de tres cabezas, que guarda el
imperio de los muertos.
    COCITO. Es el río de los Lamentos, afluente del Aqueronte.
1388 «El terno de Aleto» está constituido por Plutón, Proserpina y Caronte.
1392 Puesto que los Cíclopes eran los forjadores del rayo divino.
1393 DIOMEDES. Rey de Tracia, tenía por costumbre hacer devorar a los
extranjeros por sus yeguas.
    LESTRIGONES. Era un pueblo de gigantes antropófagos (*Odisea*,
canto X).
1395 CRINITAS. «Animal que tiene la crin crecida» (*Auts.*).
    FURIAS. «Veloces» (*Auts.*).
    HIDRAS. «Especie de serpiente que se cría y vive en el agua» (*Auts.*).
    FITÓN. *Vid.* nota al v. 89 de la *Fábula de Apolo y Dafne*.
1397 GORGONES. Serpientes fabulosas, que deben su nombre a Gorgona, la serpiente que mató a Perseo.
1400 FREMITO. «Bramido». *Auts.* lo ejemplifica con este verso.
    ULULATO. «Clamor o alarido» (*Auts.*).

en regiones vistió siempre sombrías,
viendo la luz en su región opaca,
la flamígera voz del pecho saca:

177   «¿No se contenta el enemigo cielo
de vernos en tinieblas encerrados,   1410
pisado centro del profundo suelo
en eterna región de condenados,
sino que quiere el que idolatra Delo
ciega luz conducir a mis estados,
donde si mis penates alumbrare,   1415
por ajeno tendré cuento mirare?

178   «Al eterno decreto contraviene,
no guarda división, no observa fuero,
pues de la luz derecho exento tiene
el bajel mortífero barquero;   1420
defensa natural siempre conviene,
brazo mueve inmortal Cíclope fiero,
muestre ofendido el implacable infierno
eterna obstinación, desdén eterno.

179   «Viertan obstinación los reinos atros,   1425
donde nunca el suplicio vio penuria;
la negra advocación de mis baratros
vomite ofensas, exhalando furia;
flamígeros ostente sus teatros
el tenebroso reino de la injuria;   1430
betún ardiente con sulfúreo vuelo
queme la tierra y deje opaco el cielo.

1409-1464 Parlamento de Plutón.
1411 En *1629* y *1635*, «pasado». Lo corrijo.
1413 Se refiere a Apolo, venerado en el santuario de Delo.
1415 PENATES. *Vid.* v. 1 del núm. 224.
1420 Alusión a Caronte, el barquero de los Infiernos.
1425 ATRO. «Negro» (*Auts.*). Referido a los Infiernos.
1427 BARATRO. Proviene del «barathrum» latino, por «infierno».

180   «Como a rebelde[s] trata el firmamento
       los que en el reino de tinieblas mira,
       ejercitando el áspero tormento   1435
       que provoca las armas de la ira;
       y a su ambicioso fin el cielo atento
       a deshacer el reino nuestro aspira,
       donde soberbio induce por trofeo
       rayos de luz que nunca vio el Leteo.   1440

181   «¿Gente mortal, que a nuestro ser no iguala,
       antes a mis flagelos ya se humilla,
       poniendo al cielo monstruosa escala,
       quitar no quiso a Júpiter la silla?
       Y pues por Etna Estéropes exhala   1445
       la ardiente de su brazo maravilla,
       atrabiliosa furia en vez de llanto
       las fauces regurgiten del espanto.

182   «Aclare su poder la negra diestra
       que entre tinieblas hórridas habita;   1450
       el fin será de la venganza vuestra
       de inmutable aprehensión meta prescrita;
       y ya que la región contiene nuestra
       si lumbre alada no, lumbre crinita,
       obstinada desate su violencia,   1455
       rompa del centro a la circunferencia.

183   «Sienta ya el aire, en su región herido,
       de impulsos rayos el impulso alterno;
       fuego de afrentas propias impelido
       las iras califique del infierno;   1460
       sus armas concitando, el ofendido,
       ardiente imperio del suplicio eterno

1440 LETEO. Es el río del Olvido. Está en los Infiernos.
1445 En *1629* y *1635* se lee: «Y p. p. Ethea Estóropes...» Lo corrijo.
ESTÉROPE. Es uno de los Cíclopes (*vid.* nota al v. 11 del núm. 286).
1454 *Vid.* nota al v. 4.
CRINITA. *Vid.* nota al v. 1395.

no se limite al centro de la tierra,
haga al Olimpo en el Olimpo guerra».

184   Dijo, y en alta voz ladró el Cerbero,   1465
y las fieras hermanas, conmovidas,
mesando están con ruginoso acero
las viperinas hebras retorcidas;
bramó discordante el coro fiero,
y en mestísimo son fueron oídas   1470
en fuego eterno atormentadas voces,
martirios nuevos de ánimos atroces.

185   El gran fabro, de llamas coronado,
con aplauso infeliz el triunfo asiente,
contra los elementos dilatado   1475
de centellas su ignífero accidente;
punto fatal y plazo destinado,
en que el efecto de su rayo ardiente
pueda, moviendo al firmamento guerra,
soberse el mar y liquidar la tierra.   1480

VII

186   Horas sesenta sin ocaso el día,
y el día sin luz oscuro caos informa;
comunicada luz no recibía
Delia opaca en menguante o llena forma.

1465 *Vid.* nota al v. 1384.
1467 En *1629* y *1635*, «masando». Lo corrijo.
1470 MESTÍSIMO. «Tristísimo». Es un cultismo, de «maestas».
1473 En *1629* y *1635* se lee: «El gran Fabio...» Lo corrijo. El «gran fabro»
es Vulcano.

VII. 1481-1624 Esta parte se divide en dos momentos: la oración de la Tierra
a Júpiter (vv. 1481-1584) y la muerte de Faetón, acogido por el Erídano
(vv. 1585-1624).

1484 DELIA. Es Diana, esto es, la luna.

Arde ya todo, y lo que ardido había   1485
en globos de ceniza se transforma,
cuando, ofendida del luciente hijo,
árida madre al gran tonante dijo:

187   «Padre del cielo, si a la eterna altura
llega piedad, si alcanza justo ruego   1490
mis adustas reliquias asegura,
el portento infeliz cesando luego.
No exhale ya sulfúrea llama impura
de accidente mortal rápido fuego,
contenga el orbe su materia dentro,   1495
reducidas sus fuerzas a su centro.

188   «Guardado el continente de su esfera,
dese a la luz benéfico ejercicio,
queda extinto el furor que el cielo altera
de mi seno fructífero el oficio;   1500
que no tendrá, si el fuego persevera,
gente el mundo ni el cielo sacrificio;
antes verás, si ya a auxiliar faltares,
desnudos de holocaustos tus altares.

189   «Si castigo se debe a los mortales,   1505
¿por qué padece el implacable armento
—las fieras siendo en el suplicio iguales
con los que la región aran del viento—
y yo, que franca expongo a tus umbrales
la aroma en sacrificio y el aliento,   1510
cuyo vapor penetra al cielo inmenso,
fragancias exhalando en humo denso?

190   «Cuanto el Arabia a tu deidad envía,
sufragio puro, culto reverente,
con religioso afecto observe pía   1515
la común madre de la mortal gente;

1491 ADUSTA. *Vid.* nota al v. 1218.
1506 ARMENTO. *Vid.* nota al v. 286 del núm. 390.

mi seno el elemento ya no cría,
que de Ceres es alma su torrente
en asunto vital, y por su largo
ámbito nace dulce y muere amargo.   1520

191   «Tú, fértil diosa que los frutos mides,
       defiende el reino tuyo que se pierde.
       Alma madre de Amor, ¿cómo no impides
       la adusta afrenta de tu mirto verde?
       ¿Y que olvidado, más que fuerte Alcides,   1525
       del álamo sagrado no se acuerde?
       ¿Cuándo Apolo el honor de Marte oprime,
       por más que Dafne en sus cortezas gime?

192   «El vivo resplandor, la llama ardiente,   1530
       si no se enfrena ya, cesará cuando
       sorbido tenga el rígido torrente
       del undoso elemento el seno blando;
       horror volante, que obstinadamente,
       las infernales armas dilatando,
       ya celeste volcán llamas vomita,   1535
       cruento oficio de región precita.

193   «¿Qué cometa enemigo es el que ha sido
       causa, sin ocasión de quejas tantas,
       o qué pecho mortal tiene ofendido
       del cielo las deidades sacrosantas?   1540
       Si culpa los humanos han tenido,
       ¿por qué padecen insensibles plantas,
       superando la pena a la malicia
       y a error particular común justicia?

194   «Cuanto de Proteo ya escamoso armento   1545
       le bebió a Tetis plata mal segura,
       cuanto armado de plumas elemento
       cortó sublime en la región más pura;

1517 En *1629* y *1635* se lee «Mísero...». Lo corrijo.
1518 CERES. *Vid.* nota al v. 62.

a cuanto como madre di alimento,
ahora doy adusta sepultura;   1550
seno que fértil fue llamas espira,
hecho a común ceniza negra pira.

195   «No es afecto materno ya el que siente,
sino pía afición, común tormento,
a mis ojos negando llama ardiente   1555
la exhalación del húmido elemento;
y pues el que animó benigno ambiente
flato es de Átropos ya letal aliento,
piedad será ya tuya si restaura
al agua el ser y el ser vital al aura.   1560

196   «Las que Ceres cubrió viciosas cumbres
con el de espigas inundante llanto,
hasta las eminentes pesadumbres
que suplicios ostentan de su mano,
opuestos son a las eternas lumbres,   1565
húmido radical dellas en vano,
que en vano opone a prodigiosa fragua
su aliento el aire y su materia el agua.

197   «Ya del portento el obstinado exceso
la serie desunir pudo constante   1570
de los etéreos cárdines que el peso
soltaron de los globos de diamante;
de los ardientes trópicos opreso
sacude la cerviz el viejo Atlante;
cuanta mole contiene el firmamento   1575
en sí misma labrada pende al viento.

1536 PRECITA. *Vid.* nota al v. 14 del núm. 294.
1545 PROTEO. *Vid.* nota al v. 433.
1558 ÁTROPOS. *Vid.* nota al v. 11 del núm. 333.
1571 CÁRDINES. Por «quicio o gozne». Es cultismo.
1574 ATLANTE. *Vid.* nota al v. 1 del núm. 200.

198   «El reino de la luz, al accidente
nuevo, en sus polos ya no está seguro,
cuando discurre la materia ardiente
del eje opuesto hasta el helado Arturo;   1580
de llamas el furor incontinente
orbes inunda con su fuego impuro,
y con ojos de estrellas cielo airado
el primer caos informa ve formado».

199   Cesó la diosa. El padre, condolido,   1585
del nieto consintió a la fatal hora,
el corazón tocando, que ha podido
tantas costarle perlas a la aurora.
Cayendo muere el joven presumido,
flecha es eterna, eterna vengadora.   1590
Erídano piadoso le recibe,
y urna en su blando seno le apercibe.

200   Tembló la tierra, que sufrir no pudo
la fuerza del efecto fulminante;
esparció su ceniza el ya no rudo   1595
tronco, cediente a la deidad tonante;
embrazó Marte reluciente escudo,
de temor gime, y no de peso, Atlante.
Materias desunidas no informaron,
pero reliquias en su ser temblaron.   1600

201   Como la exhalación de nube opaca
previene al campo formidable trueno,
cuando la luz la parte etérea saca
y busca el aire en su región sereno,
que porción menos densa, en parte flaca,   1605

1580 ARTURO. *Vid.* nota al v. 14 del núm. 217.
1584 Nótese aquí el uso de la derivación.
1591 En *1629* y *1635* se lee: «Era no...» Lo corrijo.
ERÍDANO. *Vid.* nota al v. 23.
1595 En *1629* y *1635* se lee: «e. s. c. Eliano r.». Lo corrijo.
1601-1616 Según Cossío, *op. cit.*, pág. 437, que copia estos versos, «La caída final está descrita bizarramente, e ilustra con una valentísima comparación».

aborta el fuego del preñado seno,
y en cándido farol celeste trompa
ígnea compele a que impelida rompa,

202   tal va cayendo del mayor planeta
teñido el hijo en el humor sangriento,   1610
y, condolida, la mortal saeta
errar quisiera el golpe y el intento.
Admiraron los orbes el cometa,
que ni tierra exhaló ni formó viento,
lastimoso prodigio, pero bello,   1615
bello rostro alumbró con su cabello.

203   Tranquilo le acogió de la ribera
al osado Faetón el cristal blando;
uno y otro elemento se modera,
dos contrarios sujetos abrazando.   1620
Respeta el Nilo, Ganges hoy venera
al que, su clara imagen coronando
de luz, le debe al ínclito misterio
el tener de las aguas el imperio.

VIII

204   Caíste ya, Faetón, cediste al hado.   1625
Rayos de fama en llamas inmortales
antorchas son del túmulo sagrado
que acompañan con luz tus funerales.
Y el valor alumbrado, no arribado,

1611 Se refiere al rayo que Júpiter envía contra Faetón.
1618 Esto es, el Erídano.

VIII. 1625-1792 Esta parte consta de tres fragmentos: el canto elegíaco del
autor (vv. 1625-1664), el llanto de Climene, madre de Faetón (vv. 1665-
1760) y la transformación en álamos de las hermanas de Faetón, las Helíades
(vv. 1761-1792).

te sirven hoy los orbes de fanales;   1630
tu fama a mejor luz restituïda,
por honor inmortal dio mortal vida.

205   De pena breve para gloria suma
      en el postrer suspiro cobró aliento,
      tal que no hay ley del tiempo que presuma   1635
      contra la luz del claro atrevimiento.
      Ceniza se hizo de la blanca espuma
      en el margen del húmid elemento
      hierro que, ardido de volante fragua,
      muerte de fuego halló, sepulcro de agua.   1640

206   Los hijos de su asiento fugitivo
      por trámites diversos se esparcieron;
      el céfiro buscando genitivo
      los que en el seno a Doris no cayeron;
      de la tonante mano el eco altivo   1645
      el etéreo ligamen desunieron;
      roto ya el carro en formidable lampo,
      eje y timón recoge adusto campo.

207   Trópicos varïados y coluros   1650
      arden los más remotos horizontes,
      claros por accidentes los oscuros,
      tristes avernos, impios Aquerontes.
      Faltando a Tetis en undosos muros
      montes de agua y piélagos de montes,

1630 FANAL. *Vid.* nota al v. 478.
1635 «Atrevimiento» y «osadía» son los signos léxicos de la historia de Faetón (o la de Ícaro) y que tantas veces aparecerán en los poemas de Villamediana.
1643 CÉFIRO. *Vid.* nota al v. 1 del núm. 38.
1644 En *1629* se lee «Adonis». Sigo aquí la lectura de *1635*.
1647 LAMPO. *Vid.* nota al v. 540.
1648 ADUSTO. *Vid.* nota al v. 1218.
1649 COLUROS. *Vid.* nota al v. 912.
1652 Verso de doce sílabas. La única solución posible es la sinéresis de «impíos» y el cambio acentual.
1654 Es el v. 44 de la *Soledad Primera* de Góngora.

es arenoso banco el Ponto Euxino 1655
y selva en que el abeto alumbra al pino.

208 En nubes los vapores concitaba
más vengado tonante que ofendido,
por ver si con sus hálitos templaba
el efecto de llamas extendido; 1660
mas la región de Glauco ya no daba
eficaz alimento presumido
para extinguir las llamas de Vulcano,
hecho el undoso reino estéril llano.

209 Al doloroso trance prevenido, 1665
tarde llegó mestísima Climene,
dolor también fraterno conmovido
surcando mar de propio llanto viene;
y apenas el mancebo humedecido
del mármol siempre undoso que lo tiene, 1670
rubias le ofrece lágrimas el coro
que arroja ámbar y que invidia el oro.

210 Materno afecto al sexo pío,
más compasivo y menos tolerante,
Climene suelta el lagrimoso río 1675
que sacrificio vino a ser fragante;
el golpe inunda de la flecha impío,
que pasó el corazón de madre amante,
y estas quejas al cielo encomendadas
ella las dice y son de Amor dictadas: 1680

211 «Tú que asistes en trono soberano,
genitor claro de la luz febea,
más justo fuera con piadosa mano

1655 El Ponto Euxino es el mar Negro.
1661 La «región de Glauco» es el mar.
1666 MESTÍSIMA. *Vid.* nota al v. 1470.
1672 El llanto de las Helíades se transformó en ámbar (*Metamorfosis*, libro II).
1674 Para esta bimembración, *vid.* nota al v. 11 del núm. 205.

al cielo trasplantar tu ilustre idea
que entregar a las llamas de Vulcano   1685
al tierno joven, y al rigor de Astrea.
Sobra tuvo de honor, pero no falta,
pecho que osó emprender cosa tan alta.

212   «¿Qué rigurosa fuerza de destino
a la meta inmortal de tu carrera   1690
cortó los pasos y cerró el camino
que nueva luz formaba, nueva esfera?
Para ser infeliz naciste dino
de los rayos de gloria verdadera,
donde pudo eclipsarse el mejor día   1695
tu atrevimiento y la desdicha mía.

213   «Flecha fatal vistió de sombra oscura
el generoso espíritu y ardiente,
cuyo aliento inmortal pisó la pura
región de alterna luz resplandeciente;   1700
mas no segunda al alto osar ventura,
hijo, precipitaste infelizmente,
donde incesables pagarán mis ojos
su líquido tributo a tus despojos.

214   «Hecho ceniza ya el caballo veo   1705
que esparció el viento el nítido tesoro,
y en seca llama el inmortal trofeo
de la afrenta mayor que tuvo el oro;
cielo poco propicio al gran deseo,
si no tu muerte, acreditó mi lloro,   1710
viendo la luz de honor que fue más pura
el eclipse fatal de sombra oscura.

215   Venganza injusta, adulterado celo,
dieron materia y causa de castigo

1687 En *1629* y *1635*: «s. t. d. h. p. si f.». Sigo la corrección de Rozas, ed.
cit., pág. 262.
1710 *Vid.* nota al v. 4.

al común padre y al tonante abuelo,   1715
abuelo no tonante y enemigo;
y si recato fue del alto vuelo
preservador auxilio, brazo amigo
debido afecto de piedad mostrara,
si entre gémina luz te colocara.   1720

216   «Será tu nombre ejemplo lastimoso,
más infeliz que el infeliz osado
que volando entre nubes animoso
quedó en cerúleos globos sepultado.
Tú pudiste, en el padre luminoso   1725
y en el mayor abuelo confïado,
si no honrar nueva estrella el firmamento,
regla ser del más noble atrevimiento.

217   «Tú, clarísimo padre, nunca enjuto,
a anochecer tus márgenes empieza;   1730
sea de hoy más tu líquido tributo
urna de llanto, aplauso de tristeza.
Coro de blancas náyades con luto,
interno en verdes troncos, la fiereza
de la flecha mortal deje grabada,   1735
porque crezca la fama encomendada.

218   «Carácter lastimoso informe en breve
túmulo, si en él cabe dolor tanto,
el inmaturo fin, que a piedad mueve
a los impíos baratros del espanto;   1740
y a la clara región de Tetis lleve
la causa del llorar quien lleva llanto;

1720 Parece referirse a Cástor y Pólux, los Dioscuros, transformados en estrellas (*vid.* nota a vv. 391-392).
1722-1724 Alusión a Ícaro.
1729 En *1629* y *1635*: «Su c. p...» Lo corrijo.
1740 BARATROS. *Vid.* nota al v. 1427.
1743 GLAUCO. *Vid.* nota al v. 1661.
1744 ZONA. *Vid.* nota al v. 3 del núm. 197.

undosa Glauco póngale corona
al que murió pisando ardiente zona.

219   «Alma inmortal, esencia no alterada,   1745
esencia no alterada, aunque ofendida,
sombra de su prisión ya desatada
y a la región de Letes conducida;
si por esto tuvieres olvidada
la vida ofensa de tu muerta vida,   1750
vuelve los ojos al dolor materno,
incesable sufragio en llanto tierno.

220   «Esta [es la] tea nupcial que preparaba
a tálamo feliz amor primero,
con flecha fulminar de eterna aljaba,   1755
de osado joven con corazón sincero».
Cesó, no el llanto; y Febo, que lloraba
con paterno dolor el trance fiero,
sólo en el corazón de rayo abierto
distingue madre viva de hijo muerto.   1760

221   Faetusa, dolorida y destrenzada,
las afrentas del oro suelta al viento,
y, de Lampicie triste acompañada,
flébil dolor esparce, amargo acento,
claro humor que en materia adulterada,   1765
en la margen del Po tomando asiento,
inalterable haciendo su existencia,
pudo mudar la forma y no la esencia,

1745-1746 Un caso de anadiplosis.

1755 FULMINAR. Cultismo, por «fulminante».

1761 FAETUSA. *Vid.* nota al v. 9 del núm. 65.

1762 Esto es, el cabello. Es un tópico dentro de los poemas dedicados al mito de Faetón (*vid.* Gallego Morell, *op. cit.,* pág. 73).

1763 LAMPECIE. Otra de las Helíades o hermanas de Faetón.

1764 FLÉBIL. *Vid.* nota al v. 112.

1768 En *1629* y *1635:* «p. m. l. f. y. n. l. ciencia». Lo corrijo. Para la metamorfosis de las Helíades, *vid.* Gallego Morell, op. cit., págs. 71-76.

222   cuyas tiernas reliquias esparcidas
        Amor las vierte y culto las acoge,   1770
        y, derramadas sí, mas no perdidas,
        aromático seno las recoge,
        donde gloriosamente reducidas,
        fruto, si amargo, fértil hoy descoge,
        sujeto que debido a mejor plectro   1775
        suda fertilidad y llora electro.

223   Inmóviles las plantas se fijaron,
        vueltos en ramas sus ebúrneos cuellos,
        cuyos miembros cortezas informaron,
        transformados en hojas los cabellos.   1780
        Y, álamos siempre verdes, coronaron
        al prado rey, quedando troncos bellos
        a quien protege Alcides, y, felices,
        cándido aroma exhalan sus raíces.

224   Fertilísimas lágrimas sabeas,   1785
        cuyo precioso ser, no adulterado,
        dríades las veneran y napeas,
        con fin atento en próspero cuidado,
        fueron allí dos urnas amalteas,
        de que vertió la copia humor sagrado,   1790
        cuantas contiene en su feliz Arabia,
        feliz por esto, y por guardarlas, sabia.

[1771] *Vid.* nota al v. 4.

[1776] ELECTRO. Es cultismo, de «electrum», por «ámbar» (*vid.* nota al v. 1672).

[1783] Los álamos estaban dedicados a Alcides.

[1785] SABEAS. *Vid.* nota al v. 5 del núm. 262.

[1787] DRÍADES y NAPEAS. *Vid.* notas al v. 2 del núm. 233 y v. 126 del núm. 390, respectivamente.

[1789] AMALTEA había amamantado a Júpiter. Se le asocia con el Cuerno de Amaltea o de la Abundancia.

[1790] COPIA. *Vid.* nota al v. 11 del núm. 225.

IX

225   Canora, al bien ardido, voz le debe
el que será a su cándido registro,
plumas batiendo de animada nieve   1795
en los undosos senos de Caístro.
Agua sí, tierra no le será leve,
y Cigno, ya no rey, sino ministro
hoy fúnebre al hermano fulminado,
sufragio es puro, sacrificio alado.   1800

226   Eclipsada la luz del cielo, vino
al mundo sí, mas que llorase. ¡Oh, cuánto
afecto puro de ánimo divino
no le puede aprehender humano canto!
Y pues la eterna esencia, del camino   1805
frágilmente mortal, difiere tanto,
eterno plectro es cítara sonante
su inmortal llanto en claros himnos cante.

227   Eridaneidas, náyades, Nereo,
coro gentil de ninfas se juntaron,   1810
hespérides llorosas que trofeo
de metal duro en sitio blando alzaron.
Y el pomposo dolor de Mausoleo
con epitafios cultos adornaron

IX. 1793-1824 Villamediana recoge, en su final, dos tópicos dentro de la historia y muerte de Faetón: la transformación de Cigno (vv. 1793-1808) y el epitafio a Faetón (vv. 1809-1824).

1795 Alusión al cisne (*vid.* núm. 79).
1796 CAÍSTRO. *Vid.* nota al v. 162 del núm. 390.
1797 *Vid.* nota al v. 4.
1809 En *1629* se lee: «Herida, Neiras...» Sigo la lectura de *1635*.
1813 MAUSOLEO. Nombre de la construcción funeraria que Artemisa mandó construir para su esposo Mausolo.

urna, cuyos carácteres describen   1815
muertos aplausos, lástimas que viven:

228   Cayó Faetón de la mayor altura,
conductor claro de la luz paterna;
a sobrado valor faltó ventura,
mas no faltó a su muerte fama eterna.   1820
Sufragios de dolor y sepultura
la náyade del Po le ofrece tierna.
Tú, enfrena el pie y el llanto, fugitivo,
si muerto admiras al que lloras vivo.

392*

FÁBULA DE APOLO Y DAFNE

A Don Fernando de Toledo, Duque de Alba.

I

1   Si a la canora voz de mi instrumento
    délfica inspiración le fue debida
    cuando alumbró con su divino aliento
    de mortal ascensión mortal caída;

---

* *1629,* págs. 231-267. La *Fábula de Apolo y Dafne* no ha sido editada de forma completa modernamente. L. F. Vivanco y L. Rosales, en su *Poesía Heroica del Imperio,* tomo II, Madrid, Ed. Jerarquía, 1943, págs. 409-411, incluyeron las ocho primeras octavas, correspondientes a la «Dedicatoria» que Villamediana hace de la fábula para don Fernando de Toledo, tercer Duque de Alba (1507-1582) —*vid.* notas al núm. 220. En todas las ediciones de la poesía del Conde se incluye otra fábula, la *Fábula de Dafne y Apolo,* dedicada a don Francisco de los Cobos, Conde de Ricla, escrita en romance, que, como demostró J. M. Rozas en «Localización, autoría y fecha de una fábula mitológica atribuida a Collado del Hierro», *B.R.A.E.,* XLVIII (enero-abril, 1968), págs. 87-99, no es de Villamediana sino de Collado.

La que ahora editamos consta de 118 octavas, que he dividido en siete partes: I.—Dedicatoria (vv. 1-72); II.—Enfrentamiento entre Apolo y Cupido (vv. 73-224); III.—Dafne y el «locus amoenus» (vv. 225-424); IV.—El encuentro de Dafne y Apolo (vv. 425-536); V.—La persecución (vv. 537-672); VI.—La transformación de Dafne en laurel (vv. 673-704); y VII.—El planto de Apolo. Final (vv. 705-944). El Conde sigue para la fábula a Ovidio, *Metamorfosis,* libro I.

I. 1-72 La dedicatoria al Duque de Alba, más que por el recuerdo de las glorias de la Casa ducal, tiene importancia por el hecho de que Villamediana aluda a su *Fábula de Faetón,* con lo cual cabe asegurar que esta fábula que ahora editamos fue escrita después de 1617, fecha de la primera.

---

2 Puesto que en Delfos estaba el santuario dedicado a Apolo, dios de la música.

4 He aquí la alusión a la *Fábula de Faetón.*

eterno le promete ya contento   5
el alma de la lira, que ofrecida
del árbol pende misterioso tanto
que los rayos de luz cubrió de llanto.

2   Vos, digno sucesor de tanto raro
nunca muerto ascendiente, a cuya gloria   10
sublime voz levanta en metal claro
la que es alma feliz de la memoria;
para cuyos milagros guarda Paro
mármoles ayudados de la historia,
donde a más viva lumbre siempre vive   15
cuanto de Grecia y de Roma se describe.

3   Ved cómo ya no impugna, sino clama
contra su ley el tiempo veneradas
hazañas que en las alas de la fama
vuelan hoy de su trompa eternizadas;   20
y que en luciente globo eterna llama
sus imágenes tiene decantadas,
no aún bien digno plectro las vitorias
que dan materia y alma a las historias.

4   Rebelde al sucesor de Pedro envía   25
cielo ofendido, verberante mano;
rinde el cuello Navarra, infeliz día,
al Numa en paz, en guerra invicto Albano;
cuyo gran sucesor a berbería
si la sangre dejó cuanta su mano   30
al líbico terreno dio primero,
¡oh, mancha esclarecida en terso acero!

---

¹³ PAROS. Isla de Grecia, en el mar Egeo, que forma parte del conjunto
de las Cícladas. Es muy celebrada por sus mármoles.

²⁷ Se refiere a que Fernando el Católico mandó, en julio de 1512, a Navarra un ejército al mando de don Fadrique Álvarez de Toledo, segundo Duque
de Alba con la finalidad de anexionarse este territorio.

²⁸ La alusión a Numa (Numa Pompilio) se entiende por ser éste el segundo rey en las leyendas en torno a la fundación de Roma y don Fadrique el segundo Duque. Albano —o Albanio, en ocasiones— es el nombre poético
del duque.

5   De humanos troncos el mayor Fernando
     vio impedida del Albis la corriente,
     a Tetis polo bélgico inundando   35
     de rebeldes cadáveres dio puente;
     ambas Hesperias le admiraron, cuando
     oponen Francia y Roma inútilmente,
     ésta ambición y aquélla mano armada,
     contra los filos de su inquieta espada.   40

6   De sus aceros fulminante fuego
     segunda fue ruïna de Cartago,
     grillos de aplauso desatando luego,
     temor le intima a Portugal presago;
     donde la gran metrópoli del griego,   45
     que de Doris corona el ancho lago,
     las llaves de su muro le dio cuando
     inclinó cerviz al yugo blando.

7   La militar licencia reprimida,
     el pueblo al cielo se afectó devoto,   50
     de culta religión su fe vestida
     el templo visitando cumple el voto;
     mas entre gloria tanta la atrevida
     nociva mano amenazó de Cloto
     contiene hoy la porción —bronce no mudo—   55
     que de Fernando estrella ser no pudo.

8   En voz de tronco ilustre se conserva
     de estas reliquias la sublime parte,

35-36 Fernando Álvarez de Toledo fue enviado por Felipe II a Flandes
para reprimir las revueltas de los calvinistas que tuvieron lugar entre 1566
y 1569.
37 HESPERIA. *Vid.* nota al v. 5 del núm. 318.
39 El 2 de mayo de 1598, Felipe II firmó, junto a Enrique IV de Francia, el
tratado Vervins, que ponía fin a la guerra franco-española.
44 Alude a la anexión de Portugal al reino de Castilla en 1580.
45 Se refiere a Lisboa, la ciudad fundada por Ulises (*Odisea,* canto XII).
Vid. A. Crespo, *Lisboa,* Barcelona, Ed. Destino, 1987, págs. 52-71.
50 En *1629:* «sea afectó». Sigo la lectura de *1635.*
54 CLOTO. *Vid.* nota al v. 7 del núm. 313.

donde la fe de España atenta observa
cuanto ya militar veneró el arte;   60
alumno de Belona y de Minerva,
primero nieto del segundo Marte,
hoy vuestro acero, aun de la paz templado,
temor induce al polo rebelado.

9   Oíd, Albano esclarecido, en cuanto   65
Palas os liga el yelmo, os presta el asta,
de quejosa deidad luciente llanto,
que en vano un dios al ciego dios contrasta;
veréis en tanto afecto, en desdén tanto,
vestir corteza esquiva ninfa casta,   70
en aquel árbol que reserva sólo
de las flechas de Júpiter Apolo.

II

10   Dejaba el gran planeta autor del día
del signo amante la erizada frente,
y la gémina luz también cedía   75
en alterna concordia al tronco ardiente;
por modulantes números había
Filomena expresado voz doliente,
volante dividiendo su concento
ilusivos zafiros en el viento.   80

---

61 Para BELONA y MINERVA, *vid.* notas a v. 7 del núm. 217, y v. 9 del
núm. 212, respectivamente.
66 Compara al Duque con Hércules, que, según algunas tradiciones, recibió sus armas de Atenea.
67-72 Es una pequeña glosa de la historia que va a tratar.

II. 73-224 Apolo pone en duda los poderes de Cupido, y éste, tras una discu-
sión con el dios de la luz, envía una flecha de oro —cuyo efecto es la pasión
amorosa— a Apolo y una de plomo, la del desdén eterno, a la ninfa
Dafne.

73-80 Se narra, como principio, el amanecer del nuevo día.
78 FILOMENA. *Vid.* nota a los vv. 158-160 del núm. 390.
79 CONCENTO. *Vid.* nota al v. 112 del *Faetón.*

11   Tetis, depuesto el ceño embravecido,
     bella se mira en su cristal suetonio,
     de la madre de Amor el florecido
     árbol era tranquilo testimonio;
     abría Flora el seno colorido   85
     a los hálitos dulces de favonio,
     y a blando rayo de la luz febea
     inclinaba sus armas Amaltea.

12   Nuestro fitón, el vencedor triunfante,
     pisando al Tempe margen delicioso,   90
     osa y Olimpo coronó rayante
     en espléndido trono luminoso;
     émulos dos del mauritano Atlante,
     que con nevado cuello, con frondoso,
     el crucero sostiene y polo helado   95
     de las etéreas ursas habitado.

13   Fiestas pitias en honor fueron perene
     de su victoria, y con devoto juego
     allí el conmemorar quedó solene,
     en dulce unión el admitido ruego;   100
     cuantas Tesalia márgenes contiene
     aras ópimas son de culto fuego,

---

81 TETIS. Por el océano.

82 SUETONIO. Es cultismo, por «habitual». En *1629* se lee «sitonio». Sigo la edición de *1635*.

86 FAVONIO. *Vid.* nota al v. 1 del núm. 38.

88 AMALTEA. Fue la ninfa encargada de amamantar a Júpiter. La Égida o armadura de éste estaba hecha de la piel de la cabra que lo había amamantado.

89 Se refiere a PITÓN, el dragón que estaba en una fuente de Delfos, y que acababa con cuantos animales o seres humanos se acercaban. Apolo lo mató.

90 TEMPE. Es el valle de Tesalia al que Apolo fue a purificarse tras la muerte de Pitón.

93 ATLANTE. *Vid.* nota al v. 1 del núm. 200.

96 URSAS. *Vid.* nota al v. 309 del *Faetón*.

97 Las fiestas pitias se celebraban en Delfos cada ocho años para conmemorar la muerte del dragón y la purificación de Apolo.

102 ÓPIMAS. *Vid.* nota al v. 8 del núm. 41.

ardiente es gratitud al beneficio,
holocaustos al nuevo sacrificio.

14   En la falda del monte que termina,   105
candor más puro que de intacta nieve
por sacras, ¡oh feliz!, de la divina
única facultad con ser de nueve:
el de las musas coro vaticina,
en los que a su deidad números debe,   110
cuanto inspira de Febo el humor puro,
a los tiempos hurtando lo futuro.

15   Continente es de luz la excelsa parte
al gran coro de Euterpe dedicada,
délfico aliento inspira, alienta al arte   115
a claros vaticinios destinada;
tributa el nombre de las musas Marte,
a plectro de oro, a lira bien templada,
por cuyos dulces números la fama
las obras dignas de su trompa aclama.   120

16   Déstas, pues, Febo al hijo de la diosa
—que entre conchas nació— mira vendado,
cuya mano si tronza alguna cosa,
mil con su planta restituye al prado;
blanca se le figura mariposa   125
el tierno volador, el dios alado;
cuando, como apacible o como ciego,
en los rayos se interna de su fuego.

17   Suspenso advierte, cuando mal le mira,
que de sus tiernos hombros uno agrava   130
con las diversas armas que su ira
soberbia oculta en la nociva aljaba;

---

108 Se refiere a la facultad de la adivinación, que Temis ofreció a Apolo.
114 EUTERPE. *Vid.* nota al v. 17 del *Faetón*.
121-122 Se refiere a Cupido.
123 TRONZAR. *Vid.* nota al v. 176 del núm. 390.
132 A Cupido se le representa con la aljaba para las flechas y el arco.

con menosprecio el gran planeta admira
en tiernos años la paciencia brava,
armado desestima al que, desnudo,   135
incierto Marte resistir no pudo.

18   «Nieto del agua y de la espuma nieto,
      —le dice el Sol al hijo de la estrella,
      imagen, bien que ciega, del conceto
      de la por contención diosa más bella—,   140
      tu presunción enfrene tu sujeto,
      reconoce tu infancia, porque en ella
      armas te incumbe el ejercer pueriles,
      omitiendo a los dioses las viriles.

19   «De la cuerda que vez el arco mío   145
      rayos vibró contra fitón armado,
      de la escamosa piel abriendo un río
      de oscura sangre el fiero monstruo alado,
      tesalo horror es ya, cadáver frío,
      efecto sólo a mis arpones dado;   150
      tú, pues, rapaz y ciego, no presumas
      de tus flechas al viento dar más plumas.

20   «Resérvese a tu mano, por herida,
      en el árbol la fruta, y de las flores
      ofrenda sea a tu deidad debida   155
      la que espirare flor, flagrare colores;
      no armada Palas, Flora colorida
      robó al jardín de Chipre sus olores;
      y en lascivos solaces o desdenes,
      dé floridas guirnaldas a tus sienes.   160

---

136 Recuerda aquí los amores de Marte y Venus (*Metamorfosis,* libro IV).
146 *Vid.* notas a los vv. 89-90.
149 TESALIO. Esto es, de Tesalia.
156 FLAGRAR. *Vid.* nota al v. 6 del núm. 339.
157-158 Flora fue raptada por Céfiro, con el cual se casó más tarde. El dios
del viento le otorgó el don de reinar sobre las flores.

21   «Ociosa juventud pague tributo
        a tu vana ambición, dulces engaños
        sean el galardón, sean el fruto,
        que desengaña el tiempo en breves años.
        Podrás mostrarte vencedor astuto,   165
        alimentando de no ajenos daños
        a los que, ciegos, obstinados haces
        con galardón de ofensas tus secuaces.

22   «Fraude es tu aliento, y tu favor enredo,
        tu fe mentira, leve tu constancia,   170
        de tus seguridades nace el miedo,
        y de ajenos errores tu jactancia;
        lascivas armas sólo te concedo,
        mal impugnadas de la simple infancia,
        que a tus aras ofrece indigno culto   175
        y en falaz ilusión engaño adulto».

23   «Arrebató su voz Amor, que en vano
        dice: «Impugnas misterio establecido,
        donde la fuerza de mi eterna mano
        a punta de oro sentirás rendido;   180
        si del muerto fitón estás ufano,
        yo lo estoy de los dioses que he vencido,
        que contienen imágenes perfetas
        el cielo ya conoce mis saetas.

24   «No pudo su valor Marte oponerme,   185
        porque mi fuerza en vano se resiste,
        y en ciegos lazos amoroso duerme,
        cuando en celosa red preso le viste;
        bien como Alcides, cuya diestra inerme

169-176 Según Felipe B. Pedraza, ed. cit., pág. XXXVI, «la diatriba que lanza Apolo contra Cupido tiene resonancias quevedescas».

174 IMPUGNAR. Por «empuñar». En cambio, en v. 178, por «oponerse» (*Auts.*).

180 *Vid.* nota inicial a esta segunda parte.

188 Se refiere a la «red de amor», que en la poesía neoplatónica es metáfora de los cabellos de la dama.

189-192 Alude el Conde al episodio de la vida de Hércules en el que éste,

de no viril estambre el huso viste   190
entre meonias vírgenes, exceso
que le disculpa en más cadenas preso.

25   «El que glorioso vencedor tonante
de la tierra oprimió las fuerzas sumas,
cuando su brazo se ostentó vibrante,   195
blandiendo flechas en ardientes plumas,
mentido loco y verdadero amante,
no dividió de Tetis las espumas;
tú, pues, me pagarás tu atrevimiento»,
dijo, y voló, cortando al aire el viento.   200

26   Armas contrarias son de su oficina
aliento al ofendido y esperanza,
puntas de plomo y de oro el dios destina,
en odio y en amor, a su venganza;
ofendidos discursos encamina   205
cuando con ojos de ira a ver alcanza
el de belleza superior sujeto,
según queda la fe de su conceto.

27   La aprehensión del alivio el sentimiento
por fuego exhala, el fuego por suspiro   210
cauteloso discurre, vuela atento,
flechando el arco, amenazando el tiro;
cual suele cazador del oso armento
al agua conducir en largo giro,
por cuya fraude alcanza a la volante   215
tropa ardiente rigor, fuerza tonante,

---

para purificarse, sirvió como esclavo de Onfale, la reina de Lidia, y aprendió
a hilar a los pies de ésta vestido con ropajes femeninos.
[193] Es decir, Júpiter.
[201] OFICINA. «El sitio donde se hace, se forja o se trabaja alguna cosa»
(*Auts.*).
[203] *Vid.* nota inicial a esta segunda parte.
[208] Tanto en *1629* como en *1635* se lee: «s. que de l. f. d. s. c.». Lo corrijo.

28   tal Amor, ofendido y no vengado,
      cela, si no ya olvida injuria inmensa
      de cuyo menosprecio provocado
      sus iras alimenta de su ofensa.   220
      Gran queja alienta no menos cuidado;
      con su odio, su agravio recompensa;
      ciega dos veces, insta discursivo,
      flechando siempre el arco vengativo.

III

29   Cuando peneya ninfa, sucesora   225
      del líquido cristal, hoy ya corriente,
      más clara fuente tuvo por aurora
      que la que es clara Aurora al sol naciente;
      nieve desnuda, emulación de Flora,
      con vestido fragante en dulce ambiente,   230
      su contacto es pincel con arte dado
      al color que vagamente forma el prado.

30   Pródigo en parte de su nieve, el brazo
      de la casta deidad émula muestra,
      breve leño volante, fatal plazo   235
      pone a las fieras que rindió su diestra;
      blandas sus hebras son el tercer lazo
      donde amor prende, y su poder se muestra

III. 225-424 Tras el enfrentamiento entre Cupido y Apolo, se nos presenta,
como en remanso poético, a Dafne en un paisaje bucólico: la ninfa aparece
en un «locus amoenus», rodeada de plantas y animales. Dafne, como cazadora, se muestra ajena al terrible destino que le tiene preparado el dios de
Amor.

225-226 PENEYA. Esto es, hija del dios-río Peneo.
227 A partir de aquí, Villamediana describe cómo Dafne se baña en la
fuente. Los términos de la descripción de la belleza de la ninfa corresponden
con los tópicos de la «descriptio puellae».
237 El cabello es la «red de amor» que prende al enamorado.

sin que aguja ardiente, metal duro,
pusiese ley undosa al oro puro.   240

31   La blanca mano que, animada nieve,
     afrentar puede albores matutinos,
     fatal del ciego dios término breve,
     en rosado candor forma caminos;
     este, pues, sol de Amor, Amor le mueve   245
     por esfera sublime, y los divinos
     rayos incluyen en sus dos estrellas
     cuanta contienen lumbre las más bellas.

32   Ciñe en dos arcos iris luz febea,
     y en sanguino clavel gémino muro,   250
     milagrosos desvelos que eritrea
     concha concibe en el candor más puro;
     si Flora espira néctar, néctar sea
     el hálito en que Amor logra seguro
     de más dulces panales los rubores   255
     cuando liba la púrpura a las flores.

33   Del bosque honor y de las selvas gloria,
     si Delia no lasciva, Venus brava,
     nueva deidad el arte venatoria
     con ambicioso afecto ejercitaba;   260
     triunfo de castidad de su victoria,
     y las armas despojos de su aljaba,
     cuando en oro sus trémulas saetas
     a sublime región suben cometas.

34   Esta del alba en el candor primero,   265
     los ritos observando de Dïana,
     da a beber a los rayos de su acero

---

247 Se refiere ahora a los ojos como estrellas que irradian luz, la luz del amor.

249 La descripción sigue por las cejas de Dafne.

250-252 Describe la frente del color de las perlas de Eritrea. Recuerdan estos versos a los vv. 109-110 del *Polifemo* de Góngora.

258 *Vid.* nota al v. 1484 del *Faetón*.

húmido rosicler, líquida grana
en el rendido corzo que, ligero,
dilatando su fin con furia vana,   270
de heladas armas ve alcanzar su vuelo,
solicitadas de su mismo anhelo.

35   La que sin plumas en la selva es ave,
en su velocidad sólo animosa,
cuando más lo procura, menos sabe   275
de la mano exentarse poderosa,
Cintia del bosque ufanamente grave
—que si no tiene altar, tiene el ser diosa—
sólo milagros suyos canta Grecia
y aprisionada deidad desprecia;   280

36   Marte no la topó cuando, furioso,
vistiendo cerdas, fiero espumó diente
en la venganza del rival hermoso
que a sangre dio y a lágrimas torrente,
cuyo efecto sensible en envidioso   285
trocara Venus si lascivamente
intimar viera a Dafne licenciosas
las armas del donaire peligrosas.

37   Desnudo pecho de beldad armado
del bosque penetró el apartamiento,   290
cuya planta —en Narciso transformado—
mil veces dio en abril al prado aliento;
del ciervo sigue el curso arrebatado,
cansada de emular corriendo al viento;
logrando de dos soles un estío,   295
en perlas el sudor le dejó al río.

---

[268] Bella bimembración mediante la cual expresa el Conde cómo se tiñen
de la sangre del corzo las flechas de Dafne.
[282] Se refiere al episodio en el que Marte, transformado en jabalí, mata a
Adonis (*Metamorfosis,* libro X).

38   En lazos de oro Amor guarda el sucinto
bruñido pie que él mismo cela en vano,
albo clavel de nieve y sangre tinto,
vivo incendio de hielo al fresco llano;   300
del fragante quedando laberinto
las blancas flores en la blanca mano,
a campo más hermoso traladadas,
y en su gloria mayor como afrentadas.

39   Estas del sacro coro de Febea   305
observa pura el inviolable rito,
celante despreciando nupcial tea,
afecto casto a su deidad prescrito;
mas el undoso padre, que desea
feliz propagación, llanto infinito   310
derramó de sus ursas tantos días
que del líquido humor las vio vacías.

40   Ella, más obstinada, no por esto
reprimió el acto de su fin devoto;
antes de no violar su presupuesto,   315
a la luz hace triforme intento voto.
Cuanto al Olimpo este acto fue molesto,
a los lares de Grecia no fue ignoto,
celícolas que a Dafne conocieron
su tálamo en connubio apetecieron.   320

41   Aquí al sexo viril esquiva ingrata,
logran las ondas del paterno río,
que de un grupo de peña[s] se desata
en raudo curso por el bosque umbrió;
las torcidas culebras, que de plata   325
procedentes derriba el seno frío,

307-308 A Dafne se le había otorgado el don de la virginidad, que ella defendía al desechar el matrimonio.
309 Esto es, Peneo.
319 CELÍCOLA. *Vid.* nota al v. 4 del núm. 284.
321 En *1629* y *1635* se lee: «la esquiva ingrata». Lo corrijo.
325-326 Es decir, las aguas del deshielo.

llevan de Tetis al instable fluto
dulce guerra en su líquido tributo.

42   La fresca hierba de este fresco prado,
que alimenta sus líquidos cristales,   330
piedra parece en verde humor cuajado
de minas, hoy tributo, occidentales.
Nunca el reino de Venus matizado
dibujó Flora de colores tales,
sirviéndole azucenas y claveles   335
en tabla de esmeraldas por pinceles.

43   De tenaz hiedra abrazada roca
inquietos cristalines precipita,
y entre mucha beldad linfa no poca
a orillas matizadas se limita;   340
donde el alterno labio undoso toca,
dulce espira el acanto en infinita
pompa, por cuyo sacro apartamiento
viste escamas de flor siempre de argento.

44   Ceres inunda sin sudor alguno   345
pródigas mieses de su rubio grano,
sin que hiera la tierra el importuno
arado corvo en oficiosa mano;
tesoros de Pomona y de Verturno
blando ofrecen tributo al verde llano,   350
a cuya felicísima ribera
vinculó su beldad la primavera.

45   Una eminencia ciñe de esmeralda
los no vecinos términos del prado,

---

[327] FLUTO. Cultismo por «oleaje».
[339] LINFA. «Agua» (*Auts.*).
[342] El acanto tiene sus hojas rizadas y espinosas.
[349] POMONA. *Vid.* v. 9 del núm. 54.
VERTURNO. Dios etrusco, según Ovidio, de Pomona (*Metamorfosis,* libro XIV).

donde pomposa a Júpiter guirnalda   355
tronco suyo vivaz le ha reservado;
derriba la montaña amena falda,
donde favonio trépido —inspirado—
dulce recuerda, susurrando apenas,
dormidas clavellinas y azucenas.   360

46   Si Tajo no su vena en tiria grana
rosadas parias da al tranquilo asiento
(donde violar no pudo planta humana
a vaga selva el sacro apartamiento),
reservando estos lares a Dïana,   365
pastor errante no conduce armento,
logrados en sus límites seguros
puros claveles y cristales puros.

47   Gloria de la región más apacible,
Clicie, que al sol ofrece sus olores,   370
en su trono preside, aunque fregible,
a la vaga familia de las flores;
bien que en luz abreviada imperceptible
cuantas otras vaguísimas colores
contiene, informa el lirio en animado   375
clima, de alterna injuria no violado.

48   Inadvertido amante, hoy flor esquiva,
bebe fragancia en más segura fuente,
y de su aliento vivo, en forma viva,
espíritus anima dulcemente;   380
alientos aromáticos lasciva

---

358 FAVONIO. *Vid.* nota al v. 1 del núm. 38.
359 RECORDAR. *Vid.* nota al v. 9 del núm. 72.
362 (DAR) PARIAS. *Vid.* nota al v. 13 del núm. 339.
366 ARMENTO. *Vid.* nota al v. 286 del núm. 390.
368 Nótese la simetría bimembre del verso, apoyada además en la epanadiplosis.
369 La «región más apacible» es la tierra.
370 CLICIE fue transformada en girasol (*Metamorfosis,* libro IV).
371 FREGIBLE. Es cultismo, por «quebrantable».

tributa roja exhalación ardiente,
visten lascivo Amor lascivas flores,
transunto süavísimo de amores.

49   Logra la planta de la cipria diosa   385
adúlteros abrazos en las vides,
que en recíprocos ñudos ambiciosa
simboliza de amar obscenas lides;
donde, pompa ostentando, está frondosa
el verde ya electivo honor de Alcides,   390
vistiendo en flores márgenes lascivos
vivos narcisos y jacintos vivos.

50   Ave funesta o ponzoñosa planta
sobre este continente no se cría,
ni aura vieron más pura o beldad tanta   395
los dilatados términos del día;
alma deidad, de siempre deidad santa,
sol sin ocaso oriente es de alegría,
cándida aurora en verdes horizontes,
luz de la selva y diosa de los montes.   400

51   El casi militar furor depuesto
descansa el arco y la cuerda afloja,
cuyo ejercicio de la diosa, honesto,
jazmines destiló de nube roja;
compasivo ciprés, no ya funesto,   405
breve prestó descanso a su congoja,
cuando en espejo de cristal corriente
le traslada dos soles una fuente.

52   Huye de sí la ninfa, el cristal blando
que oficiosa buscó deja advertida,   410

---

[385] La planta de Venus («la cipria diosa») es el mirto.
[390] Esto es, los álamos.
[392] *Vid.* nota al v. 368.
[396] *Vid.* nota al v. 9 del núm. 120.
[405] Puesto que el ciprés se asocia con la tristeza *(vid.* la historia de Cipariso en *Metamorfosis,* libro X).

más bello ya, peligro recelando,
que el que a Narciso forma dio florida;
arco y aljaba vuelve al hombro cuando
ocasión y materia presumida
fueron sus ojos al que en ellos mira   415
a decretar su fe, vengar su ira.

53   Miró Dïana en nuevo paralelo
(en carro ardiente el gran rubí del día)
el hemisferio y, coronado, el cielo
ya de los rayos délficos ardía;   420
cuando el bosque a la luz frondoso velo
corrió —que en verdes nubes escondía—,
déjase Dafne ver, efecto luego,
prueba del hielo ardiente, alado fuego.

IV

54   Apenas el umbral ya no seguro   425
de antro umbroso dejó pie confïado
que de dos soles rayo alternó puro,
recíprocos eclipses le ha intimado,
en peligro presente, en mal futuro,
présago el padre de la luz, violado   430
de su esencia, el poder mira en los ojos,
templo animado ya de sus despojos.

418-424 Obsérvese el efecto de claroscuro que el autor imprime en el paisaje.

IV. 425-536 Ahora se produce el encuentro de Apolo y Dafne. El dios, bajo los efectos de Amor, buscará a la ninfa. En los vv. 449-480, el Conde vuelve —como hiciera al comienzo de la fábula— a encomendarse a las Musas. El efecto de la flecha de Cupido en Apolo conduce al dios del Sol ante la ninfa.

---

431 Para el tópico de los despojos ofrecidos por el amante al templo, *vid*. notas a los núms. 51, 99, 142, 186.

433 TAL VEZ. Una vez.

55   Tal vez osado, y muchas peligroso,
suspende el dios su luz, Dafne su planta,
hizo su efecto el arco riguroso,   435
vengó ya tanta ofensa beldad tanta:
oro atractivo, plomo desdeñoso,
una cuerda despide, Amor levanta
las victoriosas alas, cuyas plumas
la sal originó de las espumas.   440

56   Venciste ya, tirano dios alado,
honre tus templos el honor triunfante;
de mejor luz, de nuevo sol tocado,
le dé a tu brazo Febo radïante;
nunca dio tu desdén solicitado   445
igual efecto al arco de diamante,
lágrimas ya concibe el pecho tierno
del que rayos esparce en trono eterno.

57   ¡Oh, tú, sacra Melpómene! Tú, Clío,
concede a humana voz divino acento,   450
suelte Castalia de su gracia un río
donde beba mi fe inmortal aliento.
De Apolo es el sujeto, el canto mío,
la victoria de Amor, cuyo argumento
hará que en dulce son mi plectro enfrene   455
los líquidos cristales de Hipocrene.

58   Y tú, claro motor de luz eterna,
presta a mi lira inalterable día,

---

437 Para este verso, *vid.* nota inicial a la parte II.
448 Es decir, Apolo.
449 MELPÓMENE y CLÍO. Son dos de las Musas del Helicón. Dependían de Apolo, quien dirigía sus cantos junto a la fuente de Hipocreme (*vid.* v. 456). Normalmente se concede a Melpómene la tragedia y a Clío la Historia.
451 CASTALIA. Joven de Delfos perseguida por Apolo y transformada en fuente consagrada al dios del Sol.
459 VATÍDICA. Por «profética». Recuérdese el poder de adivinación que se la otorgó a Apolo (*vid.* nota al v. 108).

pues tu mente vatídica gobierna
los felices progresos de Talía;   460
que si pudo mover la sombra eterna
de un amante la voz, debe la mía
—en virtud del sujeto esclarecido—
violar las leyes del común olvido.

59   Ni en sus orillas Aqueronte solo   465
intermina el flagelo de mi llanto,
mas hoy por nuevo mar a ignoto polo
vuelve en las alas de la fama el canto;
siendo auxiliar y el auxiliado Apolo,
puede mi pluma levantarse tanto,   470
sin temer que hoy su vuelo temerario
imponga nuevo nombre al seno Icario.

60   Deja, Febo, el de sol trono luciente,
de radiante esplendor piélago vasto,
cela, en forma mortal, no afecto ardiente,   475
corusca sí deidad, eterno fausto;
fuego de ajena luz su fuego siente
no en gélido palor, planeta casto,
tal en su eclipse opaco vio desmayo
por el efecto del fraterno rayo.   480

61   Como quien hielo es ya y el orbe enciende,
luz de rayo inmortal ya es luz rendida,
la recatada sangre que aprehende
su afecto al corazón pide acogida;
mas bien inútilmente le pretende,   485
que esta animada parte prevenida
la tiene peligroso arpón volante
del ciego lince, del rapaz gigante.

---

460 TALÍA. Otra de las Musas. Se le atribuye la comedia.
472 Alusión a Ícaro, que con su caída dio nombre al mar Icario.
476 CORUSCA. *Vid.* nota al v. 303 del *Faetón*.
480 En *1629* y *1635* se lee «defecto». Lo corrijo.
483 RECATADA. *Vid.* nota al v. 9 del núm. 329.
487 Esto es, Cupido.

62   Tal que es huir la fuerza del violento
    tiro de Amor como oponerse al hado,   490
    fuerza cobrando su rigor y aliento,
    con vanas resistencias impugnando;
    venció pues la eficacia del tormento
    con su materia ardiente efecto helado,
    de temor hizo en luz eterna el ciego   495
    que sabe arder el hielo, helar el fuego.

63   Surgiente del cristal donde limita
    a breve espacio mucho sol Peneo,
    la vencedora planta a Dafne quita
    cauteloso sentir, paso febeo;   500
    mas el rendido dios, que solicita
    con fe inmortal el inmortal deseo,
    ya disculpa el osar, no la tardanza,
    que alas puso de cera a su esperanza.

64   Acércase al peligro y, como vuela   505
    en torno de la luz cándida alada
    y Fénix breve por su muerte anhela
    de lasciva ambición solicitada,
    tal vez no sabe huir, o no recela
    apetecida lumbre no impugnada   510
    del que, rendido, entrega sus despojos
    a los violentos rayos de unos ojos.

65   Estaba Dafne al tronco de un frondoso
    venéreo mirto el cuerpo reclinado,

495-496 Las paradojas del «fuego helado» o del «hielo que quema» son tópicos que simbolizan los efectos del amor.

498 *Vid.* nota a los vv. 225-226.

504 Nueva alusión al mito de Ícaro.

505-508 Representa ahora a Apolo «volando» en tono de la luz, como la mariposa del tópico petrarquista, que ama la luz que le causará la muerte.

512 Siguiendo la teoría neoplatónica del amor, los rayos que enamoran al amante parten de los ojos de la dama.

514 VENÉREO. «Lo que pertenece a Venus» (*Auts.*). *Vid.* nota al v. 385.

viva fragancia exhala el delicioso   515
de sus miembros sutiles cristal blando;
lazo vivo de Amor, peligro hermoso,
fue de vista el dulce objeto, cuando
rayos mueve de luz la luz vencida
de eclipse, no de luz mejor nacida.   520

66   Nuevo sintiendo alivio en pena nueva,
de dulce suspensión pendiente estriba,
cobarde sufre, temerario prueba
la eficacia impugnar la fuerza viva;
no el aire susurrante el gusto ceba,   525
cuando al clavel la superficie liba,
con afecto mayor que el dios rendido
al tenaz ñudo, al oro prevenido.

67   Fuego de amor helado, hielo ardiente,
entre golfos de luz se anima y arde   530
si quiere osar respeto, continente
su movimiento enfrena ya cobarde,
de cuanto determina se arrepiente,
impugna el luego, contradice el tarde,
al impulso cediendo vengativo   535
del bello imán de estímulo atractivo.

V

68   Pierde el temor vital, y el sitio helado
vuela ya con las alas de la flecha,

---

528 Alude al «nudo de amor» y al oro de la flecha de Cupido.
529 *Vid.* nota a los vv. 495-496.
536 La dama (Dafne, en este caso) es «imán» para el amante (*vid.* también
vv. 449-456 del *Faetón*).

V. 573-672 Éste es el núcleo de la historia: la persecución de Dafne por parte
de Apolo. Tras el encuentro y el intento de hablar con la ninfa, Dafne inicia
su huida. Apolo exigirá su amor (vv. 617-648), y Dafne suplicará que se la
transforme en planta antes que perder su virginidad (vv. 657-672).

que el arco ciego del rapaz vendado
al mayor corazón tiró derecha;   540
interrompe el silencio y, confïado,
en voz dudosa a nuevas ansias hecha,
el que es de vaticinios clara fuente
conoce apenas ya su mal presente.

69   «Ninfa», quiso decir; mas no advertida   545
de áspid vecino más ligera planta
volar pudo sin alas, impelida
de afectos castos a respuesta tanta.
Como quien de la voz nueva ofendida,
de su frondoso lecho se levanta;   550
Fenix le pareció, Fénix volante,
la fugitiva estrella al sol amante.

70   Suspenso del rigor del bien, que huye,
con la imaginación sólo le alcanza,
cuando en más eficaz pasión concluye   555
si no cobra volante la tardanza;
a su velocidad se restituye,
plumas viste el deseo a su esperanza,
desalentado el viento le parece,
que aun apenas su aliento le obedece.   560

71   Al aire esparce el aire el sutil velo
que milagros ebúrneos descubría,
etérea luz cometa fue del suelo,
rayos se viste, aliento su porfía;
dulce favonio con lascivo vuelo   565
entre la nieve fugitiva ardía,

---

539 Villamediana insiste, una y otra vez, en que la pasión de Apolo es consecuencia de la flecha de Cupido, del cual se había burlado el dios.

543 *Vid.* notas a los vv. 108 y 459.

545-552 Dafne, tras advertir la presencia de Apolo, emprende su huida.

562 El cuerpo de Dafne es ebúrneo, esto es, de marfil.

565 FAVONIO. *Vid.* nota al v. 1 del núm. 38.

566 La metáfora del desdén («hielo» o «nieve») se sirve en esta ocasión en
forma de prosopopeya.

cuando de Febo el ansia es impaciente
volcán de amor, exhalación ardiente.

72   Vela es de oro el cabello que ligera
        nave conduce, vela en mar undoso,   570
        austro la fuga tímida acelera
        con impulsos de amante y de celoso;
        el tierno dios la sigue, que modera
        los suspiros al pecho congojoso
        por no encender el aire con su aliento,   575
        por no ayudar con esa parte al viento.

73   Vala siguiendo y della más se aleja,
        cuanto más ambicioso se adelanta
        de amor afecto, afecto es ya de queja
        el desdén fugitivo a pena tanta;   580
        flagrante rastro de su fuga deja
        —carácter aún impreso de su planta
        al contraste feliz en fértil vena—
        cuantas le debe flores el arena.

74   No el animal, cuando sin alas vuela   585
        por senda en verde bosque conocida,
        del rigor subsecuente se recela
        por peligro dentado de su vida;
        como la virgen tímida que anhela,
        de sus puros intentos impelida,   590
        cuando en la fuga que comete insana,
        si plomo le da Amor, alas Dïana.

75   El curso suspendió la luz divina,
        y tierno afecto en interior cuidado

571 AUSTRO. *Vid.* nota al v. 8 del núm. 322.
581 FLAGRANTE. *Vid.* nota al v. 6 del núm. 339.
592 *Vid.* nota introductoria a la parte II, y vv. 265-268.
593-600 Esta bella estrofa encierra en sí misma una alusión de carácter sexual: el pie desnudo de la ninfa puede herirse con la espina y teñir de rojo los
jazmines blancos (símbolo de la pureza).

teme que pueda intempestiva espina   595
de su sangre el jazmín ver esmaltado,
purpurando el alba clavellina,
abrojo alguno en su venganza armado,
expuesta viendo a la montaña ruda
la nieve de su pie correr desnuda.   600

76   Por ésta corrigió la fuerza pura
      con que a la ninfa cándida seguía;
      mas no suspende el vuelo la hermosura,
      cuyo desdén alienta su porfía;
      al metal tosco de la flecha dura   605
      más incesables alas le ofrecía
      desdén, que si la fuga no limita,
      ansia de un dios amante solicita.

77   Cobró el aliento con mayor instancia
      lo que la intermisión había perdido;   610
      dulce la vista, dulce la fragancia,
      distribuyen su gloria a su sentido;
      odio y amor midieron su distancia
      en ninfa amada, en dios aborrecido,
      viéndole ya más cerca Dafne bella,   615
      exhalarse quisiera como estrella.

78   Menos distante articulado aliento
      en voz exprime: «¡Oh fugitiva diosa!,
      Febo te sigue, enfrena el movimiento,
      causa ya con su efecto rigurosa;   620
      ni de mi fuego incites, siendo viento
      la llama, que en mi pecho poderosa
      tu fuga alienta, en cuyos rayos arde
      dado a prisión mi corazón cobarde.

615-616 El sentido progresivo, como en gradación, de la carrera y de la distancia que, cada vez menor, separa a los amantes, es —quizá— el gran logro poético de esta parte.

617 ARTICULADO. *Vid.* nota al v. 1 del núm. 34.

79   «¿Por qué el ingrato curso no suspendes,   625
       napea esquiva o esquivez alada?
       Si eres deidad de hielo, ¿cómo enciendes?;
       si animas fuego, ¿cómo vas helada?
       Al candor puro de tu planta ofendes,
       cuya beldad desnuda reservada   630
       ni por ligera está, ni por divina,
       de dura pedernal, de aguda espina.

80   «Tu desdeñoso aliento, porfïado,
       huyendo va de un dios, y dios amante,
       que lleva el corazón atravesado   635
       con punta ardiente del metal pesante;
       ceda el rigor, que al ánimo obstinado
       no se debe nombre de constante,
       mis ansias permitiendo que te diga
       dulcísima ocasión de mi fatiga.   640

81   «Que al fin he de alcanzarte, aunque más vea
       de tu rigor vencido el mismo viento,
       ora Tetis te esconda en Eritrea,
       concha escamosa del salado argento,
       ora en los reinos de Cocito sea   645
       alivio tu beldad a su tormento,
       ora estrella te fijes en el polo,
       rayos de tus rayos han de ser de Apolo».

82   No en símbolo de paz cándida alada
       temida suelta el presuroso vuelo,   650
       cuando sus plumas deja engañada
       la que prueba sus hijos en el cielo,

---

626 NAPEA. *Vid.* nota al v. 126 del núm. 390. Nótese, además, para este
verso el uso de la derivación.

627-628 *Vid.* nota a los vv. 495-496.

632 Antiguamente se creía que el pedernal encerraba en sí el fuego, puesto
que al chocar dos piedras hacen chispas.

636 Esto es, de oro.

644 Venus nació de una concha en el mar.

645 COCITO. *Vid.* nota al v. 1384 del *Faetón*.

como la bella trémula alcanzada
del claro dios, cuyo abrasado anhelo
al fuego hoy tanto de su fuego excede   655
que el húmido elemento adustar puede.

83   «Casta deidad», con fe dijo inmovible
Dafne, ya que no en voz, en pensamiento,
«protege mi ignorancia en el terrible
obstinado rigor de un dios violento,   660
sujeto me concede en insensible
forma, violado nunca el puro intento,
antes ser planta elijo inanimada
que ninfa de tu coro profanada.

84   «Deme la común madre sepultura   665
primero que tu ofensa se permita,
tome en mi triste cuerpo forma dura
donde Neptuno a margen se limita;
auxiliar sombra me arrebate oscura
o flecha ardiente con su luz crinita,   670
resuelva esta materia defendida
por ti, ¡oh Cintia!, mi ofensa y no mi vida».

VI

85   En temor justo, en ansia deprecante,
hizo, si no su voz, su pena efeto
tal que la misma planta, que volante   675

656 ADUSTAR. *Vid.* nota al v. 712 del *Faetón*.

656-672 Aquí presenta el Conde una variante que lo aparta de Ovidio: no
es el dios-río Peneo, padre de Dafne, quien transforma a la ninfa, sino
Diana.

670 CRINITA. «Azarosa, infausta» *(Auts.)*.

VI. 673-704 La transformación de Dafne en laurel ocupa estas cuatro octavas, «en las que [el Conde] trata de huir del patrón conocido y fijado por Garcilaso, pero sin lograrlo completamente» (Cossío, *op. cit.,* pág. 440).

a nube dio vital claro sujeto,
con la tierra abrazada, en un instante
quedó inmóvil, raíz de árbol perfeto,
y el diáfano cuerpo a ser empieza
vestido agreste a sólida corteza.   680

86   Los brazos, que en mentiras lisonjeras
de dulces fueron muertes dulces troncos,
como zonas de amor, que en sus esferas
flechas ardieron y flecharon llamas,
en venganza de humanos y de fieras,   685
son ya de estéril planta verdes ramas,
verde desconfianza, verde luto
que ofrece a estéril llano seco fruto.

87   Ya del oro las nítidas culebras
mira llenas de rayos de congojas,   690
lo tercero reducen de sus hebras
a parca sombra de sucintas hojas.
Bien que triunfaste, Amor, ¿por qué no quiebras
arco y aljaba, pues de luz despojas
estrellas cuyo eclipse pudo nuevo   695
tantas costarle lágrimas a Febo?

88   Ofendidas de un sol las dos esconde
fatal ocaso, a cuyas lumbres bellas
opaco el tronco ya no corresponde,
negra señal que en él no vienen ellas,   700
bien que campos al cielo prestan donde
son en polo de honor fijas estrellas,
que pueden entre imágenes perfetas
alumbrar luces y afrentar planetas.

---

683 ZONA. *Vid.* nota al v. 3 del núm. 197.
684 Un ejemplo más de bimembración y derivación.
690 Comienza con la transformación del cabello en hojas.
695 Se refiere a los ojos de Dafne.

VII

89   La deidad subsecuente, que volante   705
de trágico milagro se embaraza,
el corazón de Dafne aún palpitante
en el ya tronco verdadero abraza;
con infeliz amplejo el dios amante
en los ramos inmóviles se enlaza,   710
¡oh inútiles abrazos a sus llamas,
sólo al viento flexibles secas ramas!

90   Faltó la voz al sentimiento vivo,
pero no la razón al sentimiento;
sujeto mira aqueste árbol esquivo   715
y en verde eclipse luz sin movimiento;
desdén quisiera verle fugitivo
y fatigar siguiéndola su aliento,
antes que ver, de tantas ansias dueño,
un insensible tronco, un fijo leño.   720

91   ¡Oh, Amor, dónde llega tu venganza!
¡Cuánto rigor tu obstinación contiene!,
que por mayor desdicha un bien alcanza
quien desespera del cuándo le tiene;
símbolo de firmeza su mudanza   725
nuevos misterios flébiles previene
en la gloria, que llora por perdida,
más alcanzada y menos poseída.

VII. 705-944 Tras la llegada y abrazo desesperado de Apolo al laurel todavía
palpitante (vv. 705-740), el dios pronuncia su planto (vv. 741-808), que
queda interrumpido por una descripción en tres estrofas (vv. 809-832).
El planto continúa (vv. 833-872), hasta que Diana interviene para consolar a su hermano (vv. 873-936). El final consta sólo de una octava
(vv. 937-944).

---

709 AMPLEJO. «Abrazo» (*Auts.*).
726 FLÉBIL. *Vid.* nota al v. 112 del *Faetón*.

92   Vela perdida y tiénela alcanzada
al nuevo ya dolor cediente, en cuanto   730
llora de amor solicitud frustrada
tan ofendida fe de rigor tanto;
el desdén fiero crece cultivada
esquiva planta con amargo llanto;
ñudos son secos, bien que a verdes lazos   735
en los frondosos ramos sus abrazos.

93   Afecto siente el árbol animado
donde eternas amor ansias imprime,
puro honor, cuyo intento, aún alterado,
en los brazos de un dios amante gime;   740
en lágrimas de rayo desatado,
suelta el afecto en voz que en pecho oprime:
«Sorda —le dice— ninfa no, pues dejas
a un tronco mudo autor de justas quejas,

94   «donde en vano piedad llorando invoco,   745
cuando más lejos de lo que poseo
tu desdén con mis lágrimas provoco,
¿posible es que te miro y no te veo?,
¿posible que me faltes y te toco?
Inútil queda el inmortal deseo,   750
¡oh dolor verdadero, oh nuevo engaño,
que en el mentido bien consiste el daño!

95   «¿Adónde están los rayos de tus ojos,
que vieron luz recíproca a tu cuello?
Lazos las hebras de oro son enojos,   755
hecho ya de verdes hojas tu cabello;
los animados dos milagros rojos,
que bellos fueron del candor más bello

---

729 Para la estructura de este verso, *vid.* nota al v. 11 del núm. 205.

748-749 La metamorfosis de Dafne provoca en Apolo el estado de paradoja en el que se ve sumido el amante en el código amoroso petrarquista.

753-760 Apolo repite aquí la descripción de los elementos de la belleza de Dafne (ojos, cabello), que ahora ve transformados.

en el seno de Tetis concebido,
todo está a un seco tronco reducido.   760

96   «Desapareció tu lumbre en un momento,
que lampo fue de rápido cometa
cuyo vuelo trepando por el viento
de un corazón rendido fue saeta;
nuevo eclipse fatal, nuevo tormento,   765
cuyo eterno desdén de ansias no exceta
en tronco inanimado se transforma,
menos dura en esencia y más por forma.

97   «Menos dura en esencia reverdeces
presa con estos lazos infelices,   770
y con mi llanto cultivada creces
a ofensivo desdén dando raíces,
para mis tristes ojos anocheces,
pues el amor más puro contradices,
siempre quedando en tu corteza escritos   775
sordos efectos de amorosos gritos.

98   «Planta animada, esquiva, aún perseveras,
exentos fueron manteniendo en cuanto
caracteres mis ansias verdaderas,
en tu corteza imprimen de amor tanto,   780
desatando mis ojos dos riberas,
que cultivan mi ofensa con su llanto;
cuando mi queja en tu postrer mudanza
te sigue, Dafne, más laurel te alcanza;

99   «donde en las nuevas hojas tus cabellos,   785
como los vi animados, los contemplo,

---

762 LAMPO. *Vid.* nota al v. 540 del *Faetón.*

769-776 Nótese cómo la articulación de este planto se beneficia aquí de la anáfora. Véase, asimismo, para esta octava, la mínima variación de la rima en sus seis primeros versos.

775-776 Se refiere al tópico virgiliano de la «inscripción de amor» (*vid.* notas a los núms. 37 y 89).

siendo en los lazos para siempre dellos
con nudos de dolor atado ejemplo;
de los ramos, que lazos fueron bellos,
penderá ya, como en votivo templo,   790
este milagro, y de infeliz amante,
rendido el arco y lira no sonante.

100   «Ya del canoro plectro no se acuerde
la voz que un tiempo el aire suspendía,
suelte al llanto la vena de un dios que pierde   795
luz que puede eclipsar tanta luz mía,
que seco fruto en tronco siempre verde
mi fe castiga ya como porfía,
cuando todas mis artes aclamadas
lloran de tu desdén menospreciadas.   800

101   «Árbol esquivo, cuya luz serena
—honor vistiendo— castidad espira,
comunica tus glorias a mi pena,
si es ya de intermisión capaz tu ira;
que no sólo serás de aquéste vena,   805
sino materia de sonante lira
donde voz, aunque flébil del avaro
tiempo, tu nombre usurpe en metal claro».

102   Más el afecto tierno le dictara
cuanto el torrente de sus ojos, tanto   810
los rayos liquidando de su cara,
amargo vierte humor en triste llanto;
la virtud inmortal la desampara,
oprime al vivo afecto muerto espanto,
cuando de Febo el ansia es impaciente   815
volcán de amor, exhalación ardiente.

---

787 Pues, como ya dijimos, los cabellos de la dama son lazo o red de amor
para el amante.

790 *Vid.* nota al v. 431.

807 FLÉBIL. *Vid.* nota al v. 726.

810 En *1629* y *1635* se lee «cuando». Lo corrijo.

103   Lágrimas entre rayos exhalando,
pierde la fuerza del mejor sentido,
con los tenaces ñudos apretando,
el desdén, que incapaz será de olvido   820
dureza, que imprimió el afecto blando
en el sujeto que alcanzó perdido,
de amor quedando el desdeñoso exceso
con rigor vivo en su corteza impreso.

104   Corre del dios amante en vena ardiente   825
si no líquido rayo, fuego undoso,
cuando el afecto suyo vehemente
a sacarle de sí fue poderoso;
mas la parte deidad prevaleciente
así le restituye del dudoso   830
estado ciego y del letargo fuerte,
porque anime el dolor y el mal despierte.

105   Vuelve a soltar el dios su voz atada
a los números claros de Talía:
«Dafne —diciendo—, de aspereza armada,   835
si ninfa ya no, planta serás mía,
y por casto milagro venerada
del uno al otro término del día,
donde porque tu luz jamás asombre
voces serán mis rayos de tu nombre.   840

106   «Y bien que en ellos vivirán fatales,
con impresión eterna, mis congojas,
símbolos han de ser sólo triunfales
del tronco tuyo las ilustres hojas,
que terrestres batallas y navales,   845
espadas de enemigas sangre[s] rojas,
en tus coronas de Belona amigas
el premio librarán de sus fatigas.

---

826 Para este verso, *vid.* nota al v. 4 del *Faetón*.
834 TALÍA. *Vid.* nota al v. 460.
836 *Vid.* nota al v. 826.
847 BELONA. *Vid.* nota al v. 7 del núm. 217.

107 «El aliento inmortal que vaticina
y de los astros la influencia observa,   850
la noticia de hierbas peregrina,
dominio que Esculapio se reserva,
los preclaros asuntos y doctrina,
que fiaron los cielos de Minerva,
la luz de singular filosofía   855
tuya de hoy más será, pues es arte mía.

108 «El de las musas aclamado coro,
que las cumbres ilustra de Helicona,
por números que animen trastes de oro,
aspirará al honor de tu corona,   860
tributarias quedando a tu decoro
las claras sienes de que siendo zona,
tus hojas darán símbolos de gloria
a las vivaces lenguas de la historia.

109 «Goza, pues, mi inquietud y tu sosiego,   865
frondosa cárcel ya de mi albedrío,
al llanto deberás con que te riego
exento honor de siempre rayo impío;
cuando ofender no debe ajeno fuego
a quien ha resistido el fuego mío,   870
ciega luz de rendida luz amante
del rigor te reserva fulminante».

110 Dijo, y el tronco, inmóvil complacencia,
en sus ya verdes ostentó despojos
concediendo, inclinados, reverencia,   875
si no remedio, a délficos enojos.

849-856 Se dan aquí todas las atribuciones de Apolo: la capacidad de predicción, la medicina y dios de las Musas.

858 HELICONA. *Vid.* nota al v. 796 del *Faetón*.

862 ZONA. *Vid.* nota al v. 683.

863 El laurel es el símbolo de los vencedores.

866 Nótese aquí cómo pervive la idea alegórica de la «cárcel de amor» que es la dama.

Con furor grande y no menos violencia,
se desataron inmortales ojos,
mares de amor en cuyo amargo puerto
le obstó ser inmortal a quedar muerto.   880

111   Con arco Cintia y con aljaba en tanto,
beldad divina y no semblante humano,
el ejercicio suyo admite en cuanto
deste prodigio ostenta en verde llano,
y condolida del amargo llanto   885
la blanca diosa de su rubio hermano,
con otras ninfas el suceso nuevo
en el tronco miró y admiró a Febo:

112   «Padre común, tu llanto ya se enfrene,
—dice Dïana al hijo del tonante—,   890
porque a deidad de luz no le conviene
al Olimpo mostrarse ciego amante;
éntrate en ti, que harto lugar ya tiene
dado en el letargo a la pasión clamante,
cuya flaqueza mide el fuego ardiente   895
que alumbra y vivifica juntamente.

113   «¿Quieres que el manto de la sombra fría
dilate contra ti su velo oscuro,
reduciendo los límites del día
a cárcel negra, a tenebroso muro?   900
Modere la razón ciega porfía
sin que eclipse esta afrenta el honor puro,
donde siempre será culpa más atra
quien adorado es dios, ser idolatra.

---

881 Cintia es Diana, la diosa cazadora, y hermana gemela de Apolo.
890 Esto es, hijo de Júpiter.
897-904 Es admirable la argumentación que hace Diana utilizando el lenguaje de su hermano: la metáfora de la luz frente a la sombra.
903 ATRA. Es cultismo. Por «funesta».
904 El acento de la última palabra cambia por razones de rima.

114   «Baste ya por trofeo a la que esquiva   905
       virgen amor eterno ha desdeñado,
       que a sacro tronco ninfa fugitiva
       deje su nombre en verde honor grabado,
       y en los archivos de las selvas, viva
       sol de frondosa luz nunca eclipsado,   910
       aclamando de hoy más mi casto coro
       su pureza inmortal en plectros de oro.

115   «Y en cuanto de sus urnas se desata
       claro Peneo en líquida huida,
       y por flagrantes márgenes dilata   915
       de su undoso esplendor pompa florida,
       besos al tronco le dará de plata
       alterno labio de orla colorida,
       para que siempre verdes tus amores
       fruto de honor le den, luto de flores;   920

116   «donde como deidad, gloriosamente,
       en obsequio feliz queda ofrecido
       que el árbol ciña la sagrada frente
       majestad uniforme, honor debido;
       en diadema que deje floreciente   925
       a sol puesto esplendor establecido;
       votivos a su gloria los despojos
       que mi venablo y arco hicieron rojos.

117   «Tú, en cuanta lumbre por el orbe dieres,
       vestirás con tus rayos esta planta,   930
       y cuando en las antípodas ardieres,
       mi luz tendrá (si bien mi luz no es tanta)
       el resplandor aonio, de quien eres
       gran protector, por métrica garganta

---

914 Peneo, padre de Dafne, se desbordó a causa del dolor que le produjo la muerte de su hija.

930 A partir de ese momento la planta consagrada a Apolo será el laurel.

933 AONIO. Es decir, de Beocia, lugar donde residen las Musas.

de casta Dafne articulando el nombre,   935
en tu amor, eternice su renombre».

118   Dijo, y de Apolo el nítido tesoro
líquido es rayo en doloroso oficio,
cuando por orden del etéreo coro
del árbol le arrancó brazo propicio.   940
Restituido al tronco eterno de oro
dio al mundo su benévolo ejercicio,
su luz informa varios horizontes
distinguiendo los valles de los montes.

FÁBULA DE LA FÉNIX

I

En el clima luciente,
cuna feliz del día
y patria de la luz adoleciente,

---

* *1929,* págs. 267-287. Esta fábula de 569 versos, escrita en silvas irregulares, no se ha editado nunca desde las ediciones que de la poesía del Conde se hicieron en el siglo XVIII. La copia que se conserva en *1629* se subsanan en *1635,* edición que también manejo. Una versión mucho más depurada aparece en José Pellicer de Salas y Tovar, *El Fénix y su historia natural,* Madrid, 1630, págs. 187r-198v. Esta edición me ha servido para corregir el texto, haciéndolo, de esta forma, más comprensible. Hasta una totalidad de 78 variantes presenta la edición de Pellicer, edición que aparece tras estas palabras: «En español escribió el poema del Fénix don Juan de Tassis, Conde de Villamediana, cuyo elevado ingenio corre parejas con los de la antigüedad; y por parecerme que hago lisonja a los curiosos por la falta que hay de sus obras, le estamparé entero» (págs. 186r.-186v.). La edición de Pellicer adquiere, por tanto, mayor relevancia, puesto que:

1) Pellicer había concluido su libro en 1628, esto es, antes de que apareciera la primera edición de las *Obras* del Conde (Zaragoza, 1629). *Vid.* Rosas, *Tx.D.,* págs. 362-363.

2) La tercera edición de las *Obras* de Villamediana, y primera ampliada, realizada en Madrid, en 1635 —que manejo— no tiene en cuenta las variantes que Pellicer aportaba, a pesar de que el libro de Pellicer también se había editado en Madrid, como queda dicho; y se limita a reproducir el texto de *1629*.

Cossío, *op. cit.,* pág. 441, estructura la historia en tres partes: «Una descripción del ave prodigiosa, precedida de la de Arabia, en que se cría y renace, y seguida de un viaje al templo de Egipto con las cenizas restantes de la que murió.» La parte I se corresponde con los vv. 1-52; la II con los vv. 53-291; y la III con los vv. 292-569.

I. 1-52 Presenta Villamediana aquí el marco en el que se va a desarrollar la historia del ave (Ovidio, *Metamorfosis,* libro XV), ave única en su especie y que, por tanto, no se reproduce como el resto de los animales, sino que fabrica un nido al que prende fuego, según unas tradiciones. Del incendio nace el nuevo fénix. Para el ave, *vid. Bestiario medieval* [ed. de Ignacio Malaxecheverría], Madrid, Ed. Siruela, col. «Selecciones de lecturas medievales, 18», 1986, págs. 120-127.

---

selva yace, que ilesa del adusto
diluvio fue del infeliz osado   5
que murió en orbes de agua fulminado.
Reservóla también vasto Neptuno
cuando, margen sus olas no sufriendo,
la gran madre del mundo
fue piélago profundo   10
desta región a Flora
—sobre polos de ondas vencedora—
que como el gran planeta dedicada,
de su rayo vital felicitada,
alientos aromáticos no muda,   15
ni de su verde pompa se desnuda,
logrando inalterable primavera
en aura que, tranquila,
néctares liba, néctares destila,
a quien privilegió decreto eterno   20
de las injurias del rigor alterno,
sin que del tiempo ofensas desiguales
estos violar pudiesen penetrarles,
ni ponzoñoso seno
(siempre benigno ambiente)   25
infestar con mortífero veneno.
Noto lluvioso, y su contrario enjuto,
aquí no alcanzan, de Eolo inspirados,
a formar nubes ni a esparcir nublados;
ni al agua en su materia congelada   30

---

[1] CLIMA. *Vid.* nota al v. 10 del núm. 305.

[2] En *Pellicer,* pág. 187r., «feliz cuna».

[6] Alusión a Ícaro.

[7] Sigo *Pellicer,* pág. 187r., puesto que en *1629* y *1635* se lee: «reservó ya también vado Neptuno».

[13] Puesto que Flora dio a Juno una flor cuyo contacto fecundaba a las mujeres; y así nació Marte, dios cuyo nombre es el del primer mes de la primavera.

[14] En *1629* y *1635,* «solicitada». Sigo *Pellicer,* pág. 187r.

[17] En *1629* y *1635,* «ya alterada». Sigo *Pellicer,* pág. 187r.

[23] PENETRAL. *Vid.* nota al v. 8 del núm. 302.

[27] Para NOTO, *vid.* nota al v. 1112 del *Faetón.* Su contrario es Aquilón o viento del norte.

ha visto el feliz suelo,
donde barriendo está el rigor del hielo
como el rayo nocivo
que inflama la floresta
con la violencia del rigor estivo.   35
   Apacible templaza
logra la amena selva,
exención verde, pompa sin mudanza,
donde manso corriente,
émulo del peligro de Narciso,   40
cristal en sierpes de cristal diviso,
en caudal río, en hermosura fuente,
el sacro Tempe fertiliza y riega,
cuyo dulce tributo
a ningún tronco niega;   45
antes comunicando eterno fruto
a las plantas felices
infunde su virtud a sus raíces.
   De eximir al aliento no las flores
terminan sus olores,   50
que el rayo poderoso que las cría
les comunica inalterable día.

II

En esta selva, pues, en ésta impera
ave inmortal, emulación volante

---

32 En *Pellicer*, pág. 187v., «bandido» en lugar de «barriendo».
34 En *1629* y *1635*, «infama». Sigo *Pellicer*, pág. 187v.
40 Para NARCISO, *vid.* nota al v. 3 del núm. 35.
43 En *Pellicer*, pág. 188r., «sacro el Tempe fertiliza y riega».
TEMPE. *Vid.* nota al v. 90 de *Apolo y Dafne*.
49 En *1629* y *1635*, «de efimeral aliento...». Sigo *Pellicer*, pág. 188r.

II. 53-291 Presentación del ave, comparada en su canto a Orfeo, las Musas, Filomena y Arión (vv. 84-122). El Conde sitúa la acción en el «fértil suelo árabe» (Etiopía), donde el ave prepara su pira, sobre la que morirá para volver a nacer (vv. 145-290).

de la deidad tonante,   55
en todo peregrina,
alada eternidad, Fénix divina,
vencedora del tiempo y de la suerte,
que se cría y renace de su muerte,
sus alas compitiendo vividoras   60
con las del cielo lumbres brilladoras;
pupila, pues, del sol cuando la Aurora
en fragantes olores
acepta lo virgíneo de las flores
y las nocturnas sombras aprisiona,   65
precursora del hijo de Latona.
Dos veces el cristal líquido engaña
cuando sus plumas baña,
y de las aguas dulces dulce liba
su líquida primicia fugitiva,   70
antes que el horizonte vista el nuevo
rayo que a saludarla manda Febo.
Luego, levanta el vuelo que, pomposo,
elige árbol frondoso
donde, su verde imperio dominando,   75
ligera —si no leve—
el tépido del austro aliento bebe;
y del sol primitivo el fuego blando
en numerosa voz saluda, cuando
el ardiente rubí que forma el día   80
asciende por su elíptica el bizarro
flamante globo del brillante carro.

---

55 Esto es, Júpiter.
61 Para aludir a las estrellas, Villamediana utiliza un recurso gongorino: la perífrasis.
63 En *Pellicer*, pág. 188r., «colores».
66 LATONA o LETO es la madre de Apolo, dios del sol.
67 En *Pellicer*, pág. 188v., «dos y dos veces al cristal engaña».
72 En *1629* y *1635*, «rayo que manda saludar a Febo». Sigo *Pellicer*, pág. 188v.
76 Para esta construcción, *vid.* nota al v. 4 del *Faetón*.
77 TÉPIDO. Es cultismo, por «tibio».
79 En *1629* y *1635*, «luz». Sigo *Pellicer*, pág. 188v.
82 Se refiere al carro del sol.

Orbe de pluma vago, orbe canoro,
émulo es claro del Castalio coro
y del tracio instrumento,   85
que suspendió el eterno
implacable tormento
de las crüentas furias del infierno,
a quien las cuerdas del pastor ideo
ceden no menos ya que el amebeo   90
canto, y la ninfa un tiempo, caña ahora,
como la lira, que aún la selva honora,
pulsada del famoso Alfesibeo.
No el conductor de lúbricos delfines
de la métrica voz al dulce canto   95
armonïoso es tanto,
ni en el más blando acento Filomena,
que süave tributa
por la garganta arguta
tiernas al viento y a la selva quejas,   100
cuando en dulce armonía
números bien que rudos articula;
es igual en dulzura
a la entre puras aves la más pura,
ni el que nevada pluma   105
le dio Meandro en argentado seno,
cometa de los orbes de la espuma,
numerosas endechas desatando

---

83 En *1629* y *1635,* «ave de plumas vago, orbe canoro». Sigo *Pellicer,*
pág. 188v.

84-85 Es decir, émulo de las Musas y de Orfeo.

91 Se refiere a Siringa (*vid.* nota al núm. 332). Este verso recuerda al v. 884
de la *Soledad Primera* de Góngora, ed. cit., pág. 657.

93 ALFESIBEO. *Vid.* nota al v. 10 del núm. 283.

94 Se refiere a ARIÓN, que pudo librarse de quienes le querían matar con
un último canto al que acudieron los delfines, animales marinos favoritos de
Apolo.

97 Para FILOMENA, *vid.* nota a vv. 158-160 del núm. 390.

97-100 En *1629* y *1635* son los vv. 99-102. Sigo *Pellicer,* pág. 189r.

101-102 En *1629* y *1635* son los vv. 97-98.

103 En *1629* y *1635,* «el igual». Sigo *Pellicer,* pág. 189r.

105 Alusión al cisne.

106 En *Pellicer,* pág. 189r., «Mendro».

compite con el número que sólo
módulo es hijo de la voz de Apolo;   110
donde aclamando el claro autor del día,
en armonías cultas y canoras
de sus números cesa la armonía,
y dividiendo plazos a las horas,
en términos distintos   115
sus vagos describiera laberintos,
como sacerdotisa misteriosa
de aquella selva umbrosa,
a cuya alta noticia no se cela
cuanto el arte revela   120
de nigromante voz, cuyo eco siente
Proserpina obediente.
Aquí asiste inmortal ave dichosa
respondiendo al contacto de sus plumas
la sacra selva en una y otra rosa,   125
aquí la flor de Apolo enamorada
con nueva pompa crece
y amando convalece;
si toleró repulsas desamada,
porque ya nueva amante   130
a la más feliz ave
le consagra su víctima süave,
y el concurso apacible de las flores
a su planta inmortal tributa olores,
naturaleza dibujando en ellas   135
por sus elíseos campos
aromáticos lampos;

---

110 En *1629* y *1635*, «moduló el hijo de la voz de Apolo». Sigo *Pellicer*,
pág. 189r.

111 En *Pellicer*, pág. 189r., «aclamado».

112 En *Pellicer*, pág. 189r., «ceremonias».

116 En *Pellicer*, pág. 189v., «itinera».

118 En *Pellicer*, pág. 189v., «undosa».

121 En *Pellicer*, pág. 189v., «de nigromante voz omnipotente».

126 Se refiere al jacinto, flor cuyo nombre recuerda a uno de los jóvenes
amados por Apolo, Hiacinto (Ovidio, *Metamorfosis*, lib. X).

136 Debe leerse «elíseos» con sinéresis.

137 Falta en *1629* y en *1635*. Lo añado por *Pellicer*, pág. 189v. Para LAM-
POS, *vid.* nota al v. 540 del *Faetón*.

emulación fragante a las estrellas,
adonde, ya logrados
lustros dos veces ciento,   140
pájaro ceniciento al cuerpo lento
le permite que pida
renovación de vida.
Deja con este impulso sacro
del inmortal lavacro,   145
y la región sublime —a quien no puede
por exención de soberana suerte
el dominio atreverse de la muerte—;
luego a buscar a nuestro mundo viene
lo que el suyo no tiene,   150
de la fe conducida del misterio,
y entre pálidas sombras el imperio
de la violenta parca
(que ni la voz olvida del villano,
ni perdona los tronos del monarca),   155
aquí el tardo mortal ya esparce el vuelo
por menos fértil suelo
árabe, aunque su nombre es fortunado,
feliz patria de Fénix renovado.
Y con afecto de morir devoto,   160
para sus pompas busca funerales
el bosque más remoto,
por morada eligiendo las triunfales
flexibles sí, mas plantas virtuales,
con quien nombre feliz también reparte   165
no sin industria y arte;
pues cuanto de veneno
engendra el áspid en su ardiente seno,
y de la hidra en las entrañas mora,

---

138 En *Pellicer,* pág. 189v., «y emulación...».
140-141 Nótese aquí el uso de la similicadencia.
141 En *Pellicer,* pág. 190r., «senescente».
145 LAVACRO. *Vid.* nota al v. 7 del núm. 300.
151 En *1629* y *1635,* «conocida». Sigo *Pellicer,* pág. 190r.
153 PARCA. *Vid.* nota al v. 11 del núm. 215.
164 Para esta construcción, *vid.* nota al v. 4 del *Faetón.*
169 HIDRA. *Vid.* nota al v. 9 del núm. 195.

ni el fiero cocodrilo   170
—asombro de las márgenes del Nilo—,
con nociva garganta,
puede empecer la vencedora planta,
donde, no menos culta, su infinito
acuerdo esconde el misterioso rito   175
de la turba volante.
Ave ya escrupulosa,
más advertida que ceremoniosa,
lugar buscando de nociva fiera
en el bosque seguro   180
para el acto más puro,
que a propiciar el dulce acento espera.
Eco —tiernos clamores ultimando—
cuyo residuo blando
con su clamor propicio   185
endeche el misterioso sacrificio
del proceloso albergue de los vientos;
primero que a la pura
acción se dé, encomienda la clausura,
porque alternar no pueden sus alientos   190
la parte que es capaz de este peligro,
gloriosos impidiendo funerales,
en exequias natales
tampoco de las nubes se confía;
antes quiere a la luz del mejor día,   195
al común padre sin opaco velo,
por cenit suyo, en el zafir del cielo;
luego formando sepultura o nido
con el hado consiente,
para que muera y nazca juntamente   200

---

[173] EMPECER. «Dañar, ofender, causar perjuicio» (*Auts.*).

[177] En *1629* y *1635*, «Abeja escrupulosa». Sigo *Pellicer*, pág. 190v.

[178] Para este verso, *vid.* nota al v. 11 del núm. 205.

[183] En *1629* y *1635*, «a los tiernos clamores cultivando». Sigo *Pellicer*, pág. 190v.

[189] En *1629* y *1635*, «acción se le...». Sigo *Pellicer*, pág. 191r.

[196] Esto es, al Sol.

pájaro de sí mismo producido,
sin distinción de sexo varïado,
que siendo hijo y padre de sí mismo
es de su propia muerte procreado.
Donde, juntando de la selva rica   205
sustancias aromáticas, aplica
de ellas el todo al sacrificio justo,
y cuanto humor suave el Indo adusto
que undoso Ganges lava,
en su codicia de esconder acaba;   210
y cuanto guarda el Tiro y el Fénice
de lágrimas sabeas,
o la remota playa
inunda de Cambaya,
entrega al acto pío;   215
junto, pues, todo en no corriente río,
de líquidas aromas
muerte en lumbre vital se va formando,
y en flamante sepulcro cuna ardiente,
con el impulso blando   220
de sus alas el fuego alimentando,
la que abrasada, si no consumida,
de su postrer aliento cobra vida.
Luego abandona el moribundo pico
sobre su espolio rico,   225
cuyos ya miembros débiles sintiendo,
se hace sus obsequios y, muriendo
—en dolorosa voz débil acento—
en tierra confïada en su agonía,
para emprender el sacro monumento,   230
invoca la deidad que forma el día,
y con humilde canto o dulce ruego

---

201 En *1629* y *1635,* «procedido». Sigo *Pellicer,* pág. 191r.
202 Falta en *1629* y *1635.* Lo tomo de *Pellicer,* pág. 191r.
212 SABEAS. *Vid.* nota al v. 5 del núm. 262.
214 En *1629* y *1635,* «en unda». Sigo *Pellicer,* pág. 191v.
218 En *1629* y *1635,* «serie formando». Sigo *Pellicer,* pág. 191v.
222 Para esta construcción, *vid.* nota al v. 4 del *Faetón.*

el mejor rayo pide al mejor fuego,
instando no que en llamas se resuelva,
mas que de ellas su vida   235
renovando sustancia a cobrar venga
forma, donde su fuerza ya perdida
el inmortal vigor que tuvo tenga,
a su eterna virtud restituïda.
Ya el ambiente del aura, que respira   240
ardiente lo animado de la pira,
en plácido sosiego
erige dulce llama, blando fuego,
donde afecto que aun muriendo vive
se alienta en su materia y se concibe: 245
mutación es constante
—no hálito espirante—
esta muerte feliz que, en llama pura,
renovación de vida se asegura.
De mil estrellas nítidas la hoguera   250
parece, y, cuando en llamas reverbera
todo no aún bien ardido,
el símbolo glorioso
ser al breve epiciclo reducido
cuanto en rayos dóricos la esfera   255
del gran orbe contiene luminoso.
En atento esplendor Lucina asiste
al plazo moribundo, al nacimiento
celante, no invocada;
porque naturaleza coadyuvada   260
tenga la fuerza mejor para el gran parto

---

238 El poliptoton sirve aquí como perfecto resumen del núcleo central (la
eternidad del Fénix).

243-244 En *1629* y *1635,* «erige afecto que aún muriendo vive». Debe de
tratarse de un error de impresión. Enmiendo por *Pellicer,* pág. 192r.

250 En *Pellicer,* pág. 192r., «De nítidas estrellas la hoguera».

254 EPICICLO. «Círculo que se supone tener su centro en la circunferencia de otro» *(Auts.).*

255 En *1629* y *1635,* «cuantos». Sigo *Pellicer,* pág. 192r.
DORICOS. Aquí, por «dorados».

257 Esto es, Juno.

donde, dudosa harto,
de neutral llama pende,
que en fuego regulado
árbitra es media luz constituïda   265
al confín de la muerte, al de la vida,
cuando del mismo fuego la ceniza
en la forma que altera se eterniza,
tal que recogidas las reliquias,
su materia animada   270
al renacer ardiendo forma:
la primera que informa
esférica es de huevo,
cuando el implume nuevo
brotando va cual rosa matutina,   275
que aun en su verde cárcel se termina;
de sus propios despojos al fin nace,
cuando del fuego al fuego convalece
y, alimentado en su sustancia, crece
el pájaro inmortal que, adoleciente,   280
unir ya plumas a sus hombros siente.
Crecida en fin en nueva forma alaba
el ave siempre viva
por material presente
—para su nutrimento—   285
producción de su elemento,
y cuanto cría el magno continente
sólo de amor celeste logra el aura,
que entre dubios crepúsculos restaura
olas líquidas, perlas en centellas,   290
que exhalan de sus rayos las estrellas.

263 En *1629* y *1635*, «neutra». Sigo *Pellicer*, pág. 192.

265 En *Pellicer*, pág. 192v., «meta».

268 En *1629* y *1635*, «que clara». Sigo *Pellicer*, pág. 192v.

273 En *Pellicer*, pág. 192v., «esférico es de huevo».

282 En *Pellicer*, pág. 192v., «Crecida al fin en nueva forma altiva».

284 En *Pellicer*, pág. 193r., «presiente».

288 En *Pellicer*, pág. 193r., «humor».

289 DUBIOS. *Vid.* nota al v. 2 del núm. 225.

III

La parte, que no es poca,
de ceniza residua, como sacra
y de propias reliquias la venera,
hecho erario su boca   295
de feliz globo, de feliz esfera;
cuando consigo lleva
la propia antigua prenda el ave nueva,
el que fue monumento
más es ya de fragancia   300
que inunda sin confín larga distancia,
dejando nunca exhausto
de exuberante aroma su holocausto,
o por tumba, o por cuna,
que primer móvil fue de su fortuna.   305
Mas ya que instinto natural le anima
a dejar nuestro clima,
cuando extranjero pájaro presente,
debida soledad, afecto ausente,
de sus flamantes plumas revestida,   310
logrando nueva vida,
abre las alas en luciente pompa
sin que el vuelo interrompa,
dulce volante, cuya alada turba,
a su rey conociendo,   315
ritos le van süaves ofreciendo.

III. 292-569 La nueva ave abandona el nido y lleva tras de sí a otras, como el neblí y el borní. Los atributos del fénix son celebrados por todos (vv. 418-521). El poema termina con un canto a la eternidad del fénix y la amplificación del sentido metafórico que la vida de ésta posee (*vid.* nota a vv. 562-569).

---

308 En *Pellicer,* pág. 193v., «presiente».
313 No está en *1629* ni en *1635.* Lo tomo de *Pellicer,* pág. 193v.
314 En *1629* y *1635,* «dosel volante». Sigo *pellicer,* pág. 193v.

Y como a prodigioso honor del viento,
canoro le administran su elemento
no ya del norte la sublime arpía,
cuyas plumas bizarras   320
conceden a sus garras
términos breves como breve día;
con el adunco pico,
aunque espolio es rico,
osa poner sus armas a la empresa,   325
ni en sus alas isleño confïado,
belígero rapaz, griego cometa,
que sus mañas y nido le dio Creta.
Insidia cautelosa de las aves,
de la deidad tonante   330
vasallo leve, súbdito volante,
como ufano de verse dominado
del nuevo ahora Júpiter alado,
convaleciendo escrúpulos de fraude,
al generoso volador aplaude.   335
También le sigue el pájaro africano,
que no temió su nido
de coronada fiera alto bramido;
cuando bárbaros hierros
con el humor hartaron de sus venas   340
de la sedienta Libia las arenas,
el émulo del viento,
generoso neblí, que nacimiento
le dio quizá la nube
que más penetra cuando menos sube,   345
sirviéndole de escalas,
para pisar estrellas leves alas,
cuyo ignorado nido la porfía
desmiente aun de la culta cetrería.

319 ARPIA. *Vid.* nota al v. 6 del núm. 380.
323 ADUNCO. «Corvo o encorvado» *(Auts.)*.
325 En *Pellicer,* pág. 193v., «a la presa».
326 En *1629* y *1635,* «ioleno». Sigo *Pellicer,* pág. 193v.
347 Para el tópico virgiliano, *vid.* nota a vv. 7-8 del núm. 297.

La pompa que sublime   350
de las aves egregia
respeta superior, venera regia
el volador osado a quien Pirene
cuna le presta en haya vividora,
si bien afectos tímidos ignora,   355
atiende [y] no perturba el feliz vuelo
de la que es claro símbolo del cielo.
Tú, perspicaz borní, la atención tuya
cuanto mejor que a Ascáfalo la debes,
alas de pluma, eternidades leves,   360
la sublime región surcando suya,
y aun las atiendes bien sin que resista
radiante luz a penetrante vista.
La que fiera se ceba,
y al invicto solar sus hijos prueba   365
sin que le deban fe sus propias plumas
—cuyas alas abrasa
del fuego la región—, cuando traspasa,
ambiciosa de rayos, las estrellas,
de Júpiter ministra   370
rapaz de Ganimedes, reina alada,
amazona del viento,
del primer elemento
por tus ardidos vuelos coronada,
en decoro admirante   375
es leve palio al volador triunfante.
Y de plumas héroes vaga corona,

---

350 En *Pellicer,* pág. 194r., «a la pompa...».
353 Se refiere a Pegaso, encontrado por Belerofonte junto a la fuente de Pirene.
358 BORNÍ. «Ave de rapiña semejante al baharí [especie de halcón]» *(Auts.).*
359 Puesto que Ascáfalo había sido transformado en lechuza *(Metamorfosis,* libro X).
369 En *Pellicer,* pág. 194v. es un heptasílabo: «ambiciosa de rayos».
371 Una de las versiones del rapto de Ganimedes dice que Júpiter lo encarga a su ave favorita, el águila, o que se transforma en ella *(Metamorfosis,* libro X).
374 En *1629* y *1635,* «ardides». Sigo *Pellicer,* pág. 194v.

obsequios modulante, alada zona,
cuando en verde esmeralda verde alfombra
admira el nuevo sol la nueva sombra,   380
y el canoro nublado,
de coloridas plumas informado,
numeroso ornamento
de los piélagos del viento.
El gran progenitor al luminoso   385
trono suyo madruga,
y con rayos enjuga
alga cuanta sacó del lecho undoso,
y de perspicua lumbre se previene
cuando su nueva prole a buscar viene,   390
cual ya admiró su bárbara ribera
en imperial decoro,
vestido tirio, manto en ondas de oro.
Pacto rey, dominando mixta turba,
cuya soberbia pompa   395
no la mueve o perturba
concurso militar, sonora trompa
hecha diadema ardiente,
de corusco metal zona a su frente,
cuando soberbio su animal guerrero   400
supeditando al llano
el oro que lo enfrena vuelto cano,
varias recibe leyes, aunque fiero
de la mano imperiosa,
bestia al fin generosa,   405
por entre sus armados escuadrones
cuando en los rayos de sus armas mira,
ministros poderosos de su ira,
donde como a deidad no se le atreve
sino el aplauso de admirante plebe;   410

---

378 ZONA. *Vid.* nota al v. 3 del núm. 197.
385 Esto es, Apolo.
396 En *Pellicer*, pág. 195r., «no la mueve oportuna».
399 En *1629* y *1635*, «concurso». Sigo *Pellicer*, pág. 195r.
CORUSCO. *Vid.* nota al v. 303 del *Faetón*.

tal el honor logrando renacido
ave, que tuvo en el sepulcro nido,
vital restauró en túmulo aparente,
y en apócrifo llanto,
feliz origen de su eterno canto,   415
a quien dio doloroso monumento,
cama flamante, ardido nacimiento,
pomposa ahora en su inmortal decoro
nuevas al sol esparce plumas de oro.
De la canora alada   420
gente, en rústicos himnos aclamada,
purpúreo ostenta manto blanco pecho,
cuya cerviz, cuyo sacado cuello,
afrenta son del femenil cabello,
que en flutuantes hebras resplandece   425
cuando piélagos de oro el viento crece;
las plumas de sus alas,
en celoso manto soberano
Iris vaga imitar pretende en vano;
los ojos por su luz no bien distintos,   430
animados jacintos
brillan cual superando
verde mapa descrito de colores;
la diosa de las flores
en dominio más blando;   435
el corvo pico, en perfeción suprema,
afrenta es de la gema
que entre árbol ganchoso de Neptuno
líquido nutrimento
le dio la sal del húmido elemento.   440

416 *En Pellicer,* pág. 195v., «su doloso».

424 En *1629* y *1635,* «del fénix el cabello». Sigo *Pellicer,* pág. 195v.

429 En *1629* y *1635,* «baja». Sigo *Pellicer,* pág. 196r. En este verso hay un recuerdo de los vv. 1-2 del soneto núm. 228 de Góngora («Mientras por competir con tu cabello»), ed. cit., pág. 447.

IRIS. *Vid.* nota al v. 537 del *Faetón.*

431 *Vid.* nota al v. 126.

438 Se refiere al olivo que plantó Atenea en la Acrópolis *(Metamorfosis,* libro VI). El enfado de Posidón —o Neptuno— fue la causa de que éste inundara la llanura de Eleusis.

En corona luciente,
ciñe terso esplendor sublime frente
de pompas esparcidas;
por eternos pinceles coloridas,
sus vitales colunas soberanas   445
en inmovible máquina más fijas
son regulada afrenta a las prolijas
corintias o toscanas,
que en la más culta parte
de rebelde materia formó el arte.   450
Donde el orbe animado se sustenta,
cuando el árbol florece en que se asienta,
no se esconde lo rubio de las manos
entre celajes de sus plumas vanos;
antes el tirio lustre   455
perficionó su objeto,
el inmortal sujeto
de sublime región lisonja ilustre;
el pavón a su pompa aún no semeja,
cuando de encina vieja   460
frondosos ramos dilatados cubre
con los despojos de Argos, que descubre,
o cuando más bizarro
de celosa deidad conduce el carro.
Excede su grandeza al africano   465
de las aves Gigante,
si fiera alada no, animal volante,
ave no bien creída,
tanta pluma gentil, tanto ornamento,
que blanda pompa esparce al blando viento;   470

---

441 En *Pellicer*, pág. 196r., «En canoro...».

451 En *Pellicer*, pág. 196v., «animando».

452 En *1629* y *1635*, «afrenta». Sigo *Pellicer*, pág. 196v.

457 Falta en *1629* y *1635*. Lo tomo de *Pellicer*, pág. 196v.

459 En *Pellicer*, pág. 196v., «el pavón o su pompa no semeja».

462 Puesto que los ojos de Argos fueron trasladados, tras su muerte, al plumaje del pavo real, ave consagrada a Juno (*Metamorfosis*, Libro I).

467 Para esta construcción, *vid.* nota al v. 4 del *Faetón*.

468 Falta en *1629* y *1635*. Lo tomo de *Pellicer*, pág. 196v.

mas no tardo como él, arduo su vuelo
pisa las nubes y se atreve al cielo,
sólo rayo que saca
más alma de luz de nube más opaca.
Intrépido cometa   475
veloz palma le niega
cuando golfos diáfanos navega;
ciudad antigua tuvo ya el Egito
que erigió al sol su excelente rito,
aras ópimas y sublime templo,   480
con bien acepto de piedad ejemplo,
en dóricas colunas,
que monte dio tebano
a buril acerado, a culta mano;
donde, como a votivo sacrificio,   485
conduce el globo en reverente oficio.
De las que juntó cenizas luego,
el holocausto puro encomendado
al altar aceptado,
emprende las reliquias sacro fuego: 490
el despojo inundante
es del más puro nardo pululante,
mixto amomo y acanto,
que antigua ceremonia estimó tanto;
y cuanto las hermanas   495
han llorado frondosas
verde pompa de márgenes undosas;

471 |En *Pellicer,* pág. 196v., «tarda».
475 En *Pellicer,* pág. 197r., «o rápida».
480 ÓPIMAS. *Vid.* nota al v. 8 del núm. 41.
489 En *Pellicer,* pág. 197r., «al altar, y aceptado».
491 En *Pellicer,* pág. 197r., «invadante».
493 AMOMO. «Planta pequeña, que produce en sus extremidades muchos granillos menudos en forma de racimos; es muy semejante al apio» (*Auts.*).
495-497 Se refiere a las Helíades, hermanas de Faetón (*vid.* vv. 1761-1792 del *Faetón*).
497 En *1629,* «ponga». En cambio, en *1635,* como en *Pellicer,* «pompa».
498 En *1629* y *1635,* el verso es heptasílabo: «y en el fuego mirra». Sigo *Pellicer,* pág. 197r.

y en el fuego la mirra que tranquila
en lagrimosos rayos se destila;
del generoso incienso   500
inundación feliz, que en mar inmenso
incorporó al contacto
del globo licuefacto,
viva fragancia exhala en humo denso,
cuya materia separada sube   505
en humo sacro, en adorante nube.
Cuando el glorioso aliento de la pira
aromáticos hálitos respira,
—del pájaro inmortal porción ardiente—
ni el fuego se extingue,   510
que su holocausto pingüe
de incorrutible humor baña el ambiente,
tal que en globos de luz y ondas de lampos
lazos prospera de pelusios campos,
de quien el Ganges y el Hidaspes rico   515
de la gran madre los profundos senos
no menos ven que los de Arabia llenos.
Este prodigio el Nilo venerando,
en mármol y en metal le informó cuando
percibir pudo claro   520
la sacra efigie del volante raro,
la inscripción indicando,
¡oh misteriosa!, ¡oh pía!,
quién vino, lo que trujo y en qué día.
¡Oh fortunado pájaro celeste,   525
progenitor ilustre de ti mismo,
no menos heredero que heredado,
sacro alimento, sacro alimentando,
feliz supuesto de feliz constancia,
que de varios influjos ya seguro,   530
como parte del cielo siempre puro

---

505 En *Pellicer*, pág. 197v., «superada».
513 En *1629* y *1635*, «campos». Sigo *Pellicer*, pág. 197v.
LAMPOS. *Vid.* nota al v. 137.
514 Falta en *1629* y *1635*. Lo tomo de *Pellicer*, pág. 197v.
531 En *1629* y *1635*, «de». Sigo *Pellicer*, pág. 197v.

accidentes no alteran tu sustancia,
exenta de que Venus en amplexos
recíprocos, juntando varios sexos,
con delicias comunes te corrompa!   535
¡Oh ave no alterada,
sino en lícito honor siempre lograda;
alma del tiempo, fe de las edades,
residuo verdadero
del mejor siglo, del candor primero!   540
Tú, pues, que con caracteres iguales,
verificas anales,
sagrado archivo último y primero
de lo que pierde el tiempo, vence el hado,
donde la fama guarda originado   545
cuanto con voz articuló de acero,
y sublime este piélago de engaños,
con velas de virtud navegas,
y en eterna exención dominio niegas
a la serie inmutable de los años,   550
pues te conservas para siempre pura,
ilesa de mudanzas,
fabricando tú misma tu ventura,
tal que jamás a tus umbrales osa
impulso vario de voluble diosa;   555
antes los fueros, que en tus senos viven,
decretos inmortales nos rescriben,
supuesto claro de inmutable esencia,
por dictamen de eterna providencia
única reservada   560

---

532 En *1629*, «ardientes». La corrección incluida aparece en *Pellicer*, y en *1635*. *Vid*. v. 14 del núm. 59 y v. 36 del anúm. 387.

533 AMPLEJOS. *Vid*. nota al v. 709 de *Apolo y Dafne*.

540 Es casi un calco del v. 88 del *Polifemo* de Góngora, ed. cit., página 621.

546 ARTICULAR. *Vid*. nota al v. 1 del núm. 34.

549 Este verso falta en *Pellicer*. Sigo *1629* y *1635*.

554 En *1629* y *1635*, «haga». Sigo *Pellicer*, pág. 198v.

555 Esto es, la Fortuna.

559 Falta en *1629* y *1635*. Lo tomo de *Pellicer*, pág. 198v.

de violenta segur, de Parca airada;
   logra, símbolo egregio,
de tu inmortalidad el privilegio,
digno de rito culto en sacro templo,
pues nos enseña mejor luz tu ejemplo: 565
¡Oh ave para siempre renacida!,
que del sepulcro ascenso a eterna vida
alcanzarán las almas
vistiendo luz de incorruptibles palmas.

---

561 SEGUR. *Vid.* nota a v. 175 del núm. 390.

562-569 Según Cossío, *op. cit.*, pág. 442: «Lo más sorprendente de la fábula es el final, en que presenta al Fénix como símbolo de la inmortalidad del alma.» Felipe B. Pedraza, ed. cit., pág. XXXVIII, matiza este comentario al afirmar: «No estamos seguros de que represente sólo la inmortalidad del alma, como viene diciéndose. Parece que a veces vuela a más altas esferas y se convierte en imagen de la misma divinidad.»

566 En *1629* y *1635*, «por siempre renacida». Sigo *Pellicer*, pág. 198v.

567 En *1629* y *1635*, «que del sepulcro asiento eterna vida». Sigo *Pellicer*, pág. 198v.

Romances

¿Para qué es, Amor tirano,
tanta flecha y tanto sol,
tanta munición de rayos
y tanto severo arpón?
Para quien no se defiende   5
bastaba fuerza menor;
ya conoce tus violencias
mi rendido corazón.
¿No bastaba de unos ojos
el venenoso rigor,   10
sino flechas de buen aire
y rayos de condición?
Como censuras castigas;
ya me niegas el perdón
que se debe por derecho   15
a fe que nunca mintió.
Supercherías son tuyas,
rapaz, cieguezuelo dios;
vuelve a tu aljaba las flechas,
pues ves que tan muerto estoy.   20
    Francelinda, cuyos ojos
mi culpa y disculpa son,
dulcísimo laberinto
del que en ellos se perdió,
si no olvida quien bien ama,   25
¿cómo puedo olvidar yo
desdenes que no escarmientan
porque es premio su rigor?

---

* *1629,* pág. 347. Se trata de un romance amoroso, probablemente dedicado a doña Francisca de Tabara (*vid.* notas al núm. 398, y N. Alonso Cortés, *op. cit.,* págs. 19 y ss., y Hartzenbusch, *op. cit.,* págs. 71-76. También citado por Rosales, *Pasión...,* pág. 55, n. 16).

9 Puesto que los ojos de la dama desprendían rayos de luz que cautivaban al amante.

21 *Vid.* nota inicial.

Dulcemente apetecida,
idolatro una pasión,   30
que no es pequeña la cura,
pues no la disculpa Amor.
Mas si de injurias del tiempo
ya recatándome voy,
anticipe el escarmiento   35
advertida prevención.
Rayos en nublado arrojas
contra quien tarde observó
del engañado planeta
la dura constelación.   40
Cuantos astros tiene el cielo
desde la estrella menor
me dicen, si los observo,
severa disposición.
Y vos, de mis males causa,   45
que con negros rayos sol
hacéis a las hebras de coro
afrentosa emulación,
airosísimo peligro,
y en el peligro mayor,   50
menosprecio de la vida
y luz de la estimación;
permitid que a las cadenas,
que tan puro amor forjó,
no se les atreva el tiempo   55
ni la desesperación.

---

34 RECATARSE. *Vid.* nota al v. 8 del núm. 34.

Con mil gracias viene abril,
y tras sí los ojos lleva,
ya risueño entre las fuentes,
ya galán entre las hierbas.
Enamorados le miran   5
los vientos que le pasean,
que con su olor se regalan
y con su vista se alegran.
¡Qué claro que rompe el sol!,
no hay nube que se le atreva;   10
y como es alma del mundo,
ya vuelve a vivir la tierra.
   Todo se ve, y Jacinto
mientras más quiere más pena,
amante en quien la fe vive   15
y está la esperanza muerta.
Su enemiga artificiosa,
siempre armada de apariencias,
persüade con los ojos,
que arde cuando se hiela.   20
Naturaleza la hizo
tan sutil en sus cautelas

---

* *1635*, pág. 409. Este romance no se ha editado desde el siglo XVII. Aquí el Conde glosa el tema alegórico de la llegada de la primavera (la esperanza de amor), una vez que el amante cree pasado «el duro invierno». De especial interés son los vv. 41-56, puesto que en ellos se aparta de la asonancia del romance y, en el caso del verso que utiliza como estribillo, también del octosílabo. Para esta composición, *vid.* Hartzenbusch, *op. cit.,* págs. 75-76.

1 Recuérdese que doña Francisca de Tabara representó al mes de abril en *La Gloria de Niquea.*

3-4 El paralelismo aparece, además, en los vv. 7-8 y 27-28.

13 JACINTO o HIACINTO era un joven de gran belleza del que se enamoró Apolo. Un día, jugando con un disco, en presencia del dios del Sol, encontró la muerte. Apolo transformó la sangre que había brotado en una flor (*Metamorfosis*, libro X).

21-42 Esta parte la editó Hartzenbusch, *op. cit.*, pág. 76. La única variante es que edita el estribillo como sigue: «Ya dos veces se han visto / los campos verdes, / y mi triste esperanza / nunca florece.» J. M. Rozas, en *El Conde de*

que diciendo desengaños
engaña con mayor fuerza.
Sus agraviados amantes   25
—número que no se cuenta—
todos empiezan en gustos,
todos acaban en quejas.
Jacinto, entre tanto, firme,
en amarla persevera,   30
que aunque crecen las injurias,
no muestra flaqueza.
Después que en su cárcel vive,
prados y espaciosa vega
dos veces se han desnudado   35
de flores y verde hierba.
Y viendo que a su esperanza
justos premios se le niegan,
así da quejas al viento,
aunque sabe que es perderlas: 40
    «Ya dos veces se han visto los campos verdes,
y mi triste esperanza nunca florece.
Ríndase mi confïanza,
baste ya el tiempo perdido,
pues que más han merecido   45
los campos que mi esperanza.
Como hizo el tiempo mudanza,
vestidos se ven alegres,
y mi triste esperanza nunca florece.
    Ya como se huyó el rigor   50
con que el invierno ofendía,
no hay fuente que no se ría
ni campo que esté sin flor.
Los vientos llevan olor,
la voz del ave suspenden   55
y mi triste esperanza nunca florece».

Villamediana. Bibliografía..., pág. 49 y pág. 58 los cataloga como dos poemas
distintos, aunque para el segundo dice que «parece un fragmento».
    23-24 Obsérvese el uso de la derivación, elemento que sirve de unión entre
los dos versos.
    33 La imagen alegórica de la «cárcel de amor», de origen medieval.

Para celebrar mis ansias
como en el alma las siento,
debían rendir los ojos
el llanto de mi deseo.
Ya como curioso amante   5
le encargo a mi pensamiento
que para amarte, Belisa,
descubra caminos nuevos.
La fe que te sacrifico
no es hija mortal del tiempo,   10
pues como eterna levanta
murallas de amor eterno.
No te olvidaré en la muerte,
invencible a sus tormentos,
porque ella no es poderosa   15
para tan alto trofeo.
Retrato soy de amor sólo en el fuego,
porque amo con razón y no estoy ciego.
    Soberbios se ven los campos,
más galanes que los ciegos,   20
después que tus ojos verdes
honrar su color quisieron.
La primavera segura
y eterna vivirá en ellos,
porque allí no ha de ofenderla   25
tiranía del invierno.
Toda el alma les he dado

---

* *1635,* págs. 409-410. En este romance amoroso, Villamediana utiliza, al igual que en el núm. 395 *(vid.* nota inicial) un estribillo con rima consonante que, a diferencia del anterior, se repite íntegro.

7 Cualquier suposición que nos lleve por el camino de identificar a Belisa con Isabel de Borbón resulta un camino sin salida, desmentido, además, en varias ocasiones *(vid.,* por ejemplo, Rosales, *Pasión...,* N. Alonso Cortés, *op. cit.,* o Hartzenbusch, *op. cit.).*

25 En *1635* se lee «han». Lo corrijo.

y no por eso estoy muerto,
que el alma que me da vida
es el amor que les tengo.   30
Nadie con mi amor se iguala,
y hago en esto lo que debo,
porque sé cierto que nadie
se iguala con el sujeto.
Retrato soy de amor sólo en el fuego,   35
porque amo con razón y no estoy ciego.

    ¿Qué nieve desvanecida
sobre los montes soberbios
mal atrevida compite
con tus manos y tu cuello?   40
Tus labios y tus mejillas
son original del cielo,
de quien trasladan las rosas
que adornan los campos bellos.
Pues si tantas perfeciones   45
en tu hermosura contemplo,
fuera, señora, el no amante
culpa del entendimiento.
Sólo en ti vivo ocupado,
porque luego que en mi pecho   50
nació cuidado tan noble,
todos los demás murieron.
Retrato soy de amor sólo en el fuego,
porque amo con razón y no estoy ciego.

---

37 A partir de este verso, el Conde introduce todos los elementos tópicos de la descripción de la belleza de la dama o «descriptio puellae».

Los que priváis con las damas,
mirad bien la historia mía,
y veréis de su privanza
los bienes de que nos privan.
Veréis que es terciana doble   5
cuatro mudanzas al día;
veréis que es juro al quitar
que no se da de por vida.
Son sus fiestas las dos Pascuas,
por mudables conocidas;   10
y ellas, plantas errantes,
contrarias siempre y malignas.
Son librillos de memoria
donde no obligan las formas,
donde lo que un yerro escribe   15
con un solo dedo se quita.
Vime querido, y pensaba
que ya firme el pie tenía
sobre el cuerno de la luna,
y enfrente se me ponía.   20
¿Adónde de una traidora
está segura una vida?,
pues supo cortar los lazos

---

* Lo editó Pascual de Gayangos en «La Corte de Felipe III y aventuras del Conde de Villamediana», *Revista de España*, vol. CV (julio-agosto de 1885), págs. 15-16. N. Alonso Cortés, *op. cit.*, págs. 56-58, dice que seguramente no es de Villamediana; sin embargo, J. M. Rozas, en *El Conde de Villamediana. Bibliografía...*, pág. 57, lo da como del Conde. Parece dedicado a la Marquesa del Valle (*vid.* nota al núm. 188). Gayangos, art. cit., pág. 15, dice que está dedicado a la Marquesa del Valle [de Cerrato] y «de ninguna manera la cuadra lo de la "herencia de Cortés", puesto que la Marquesa del Valle [de Oaxaca] era persona distinta».

4 Nótese el juego de palabras que propicia la disemia de «privar».

5 TERCIANA DOBLE. «Especie de calentura [que] repite todos los días» (*Auts.*).

7 JURO. «Derecho perpetuo de propiedad» (*Auts.*).

que desatar no podía.
Siendo el cielo gloria eterna, 25
¿cómo es posible, enemiga,
que cayera en este infierno
de la gloria que me quitas?
Donde veo que no puede
redimirme el alma mía, 30
pues puede perderla el Ángel,
mas no cobrarla perdida.
De la herencia de Cortés,
que en herencia te cabía,
heredas ser cortesana, 35
repudias la cortesía.
De la herencia de mis padres,
que no bastó a tu codicia,
queda corrido mayor,
de correo, es mi desdicha. 40
Hombre sin oro es Medusa
que convierte en piedra viva,
y sólo es Pigmalión
quien tiene manos de Midas.
Dite el oro de Tarsis 45
e incienso como a divina,
y por no faltarte nada
me quieres volver mirra.
¿Qué vale el firmal que puse
en tus cabellos hoy día, 50
si la firmeza en mujeres

---

33 *Vid.* nota inicial.

40 Alusión al cargo del Conde: Correo Mayor del rey.

41-42 Puesto que Gorgona, la medusa, lanzaba chispas o rayos a través de sus ojos, que convertían en piedra a quien los sufría.

43 Pigmalión se enamoró de una estatua de marfil (*Metamorfosis,* libro X).

44 Midas solicitó que todo lo que tocase se convirtiera en oro (*Metamorfosis,* libro XI).

45 Dice Gayangos: «Tarsis, Tartessus, jugando con el nombre del Conde». Tartessos era famosa por su oro.

49 FIRMAL. Joya en forma de broche.

51-52 Compara aquí el Conde la «firmeza» de las mujeres con el episodio de la espada de Damocles.

en sólo un cabello estriba?
¿Qué aprovechan las prisiones
de cadena y gargantillas,
si por ley de nobleza   55
sobre homenaje se libran?
Que sin ofrecer la frente
de grado, nadie aperciba
tenerlas por los cabellos,
porque luego se deslizan.   60
Cuando más constancia muestra,
el sabio que prenden mira
de cabellos sus firmalles
y de papeles sus firmas.
Son pedernal las mujeres   65
y pedernales imitan,
que sirven de encender fuego,
mas ellas se quedan frías.
Falsos celos me pediste
por segurar tu salida,   70
que hacer celos alcahuetes
fue nunca oída herejía.
En el público teatro,
entre comedias fingidas,
quisiste representar   75
mis verdaderas desdichas.
Debes ser la antigua esfinge,
todas tus cosas enigmas,
tienes pecho de avestruz,
no hay yerro que no dijiras.   80

---

63 *Vid.* nota al v. 49.

79 El avestruz, según el *Fisiólogo,* incuba los huevos pero abandona pronto a sus polluelos. Del mismo modo, la dama parece ofrecer esperanzas que pronto se convierten en desdenes. También destaca el *Fisiólogo* la naturaleza fría del ave, que puede incluso tragarse las brasas (*vid. Bestiario medieval* [ed. de Ignacio Malaxecheverría], Madrid, Siruela, col. «Selecciones de lecturas medievales», 18, Madrid, 1986, págs. 106-113).

80 Gayangos dice que está por «dijeras». Creo que es más fácil pensar en otro error del copista, y que en realidad tenga que leerse «dirijas».

398*

Francelisa, la más bella
ninfa que pisó cristal
que sobre coturnos de oro
lleva su tributo al mar,
doliente y correspondida   5
de Amarilis en el mal,
ella sabe por qué llora
y cuán llorosa estará.
Primas son y las primeras
flores que dio Portugal: 10
una, formación de estrellas;
otra, de rayos no más;
la que rubrica las perlas,
la siempre luz oriental,
tersa imagen de la Aurora   15
y sol que amanece ya.
. . . .
con negros rayos es sol
a cuya lumbre jamás
habrá ya corazón libre,
habrá exenta voluntad.   20
La que su norte es estrella
y no de lumbre polar,

---

* *Cotarelo*, pág. 181. Este romance está dedicado a Francelisa, esto es a
doña Francisca de Tabara, la amada de Felipe IV (*vid.* Rosales, *Pasión...*, cap.
III «Francelisa: un enigma aclarado», págs. 42-77). Aunque incompleto, lo
edito debido a su singular interés.

2-4 Alusión al Tajo, puesto que doña Francisca, al igual que sus primas
doña Margarita de Tabara y doña María Cotiño, era portuguesa.

3 COTURNO. *Vid.* nota al v. 8 del núm. 297.

6 Amarilis es doña María Cotiño.

10 Este mismo verso aparece en un romance de Góngora dedicado a doña
Margarita y doña María (ed. cit., pág. 229, v. 9).

21-28 Según Alonso Cortés, *op. cit.*, pág. 24: «Véase si en este romance no
alude claramente Villamediana a la pasión que Francelisa había despertado
en el rey, y a los peligros que, en consecuencia, ofrecía su amor.»

sino de la luz más fija
que vencerá nuestra edad;
es la suya en pocos años   25
muchos siglos de beldad,
hermosura con veneno
y peligro que adorar.

---

[23] La «estrella de luz más fija» es el Sol, esto es, el Rey.

399*

A «Amarilis» o María de Córdoba, la comedianta

> Atiende un poco, Amarilis,
> Mariquita o Mari-caza,
> milagrón raro del vulgo,
> de pies y narices larga;
> más confïada que linda,   5
> y necia de confïada;
> por presumida insufrible,
> y archidescortés por vana;
> y dame a entender tu modo,
> que mi discurso no alcanza;   10
> cómica siempre enfadosa,
> ¿quién te ha prestado alas?
> Ya en el discurso del tiempo
> se miran y desengañan,
> desdichados de hermosura,   15
> los juanetes de tu cara;
> y esos claros apellidos

---

* *Cotarelo,* págs. 250-251. MARIA DE CÓRDOBA y DE LA VEGA, «Amarilis», era una comedianta de mucha fama en los últimos años del reinado de Felipe III. Estaba casada con el autor de comedias Andrés de la Vega, «el Gran Turco»; y, según documenta Adolfo de Castro con una carta con fecha de 16 de febrero de 1621 que encontró en la Biblioteca Colombina: «Aquella tarde salió muy brava una farsanta que llaman Amarilis, a quien dicen que festejaba el Duque [de Osuna]» (*vid.* Cotarelo, *op. cit.,* págs. 73-74, n. 1 y pág. 250, n. 1). Para Osuna, *vid.* nota al núm. 349. Quevedo le dedicará también un romance a Amarilis (ed. cit., vol. I, núm. 427, págs. 613-614).

2 El procedimiento del juego de palabras es puramente conceptista. El Conde lo utilizará en otras ocasiones.

7 Lope de Vega, en carta de 4 de septiembre de 1633 «a una persona desconocida», dirá: «Aquí llegó Amarilis con una loa soberbia en su alabanza, con que está menos bien recibida que lo estuviera, porque el juicio del vulgo aborrece que nadie se aplique a sí la gloria» (ed. cit., pág. 291).

8 Esta prefijación es totalmente quevedesca.

poco acreditan tu casa,
que el Vega no es de Toledo
ni el Córdoba es de Granada.   20
Esa original nobleza
todos sabemos que emana
del albergue de los Nergos
y de un cajón de plaza.
Si te acogiste al teatro,   25
tu satisfacción enfada,
pues quieres que el sol tirite
cuando hielas y él abrasa.

    De los aplausos vulgares
que la Corte un tiempo daba   30
a tus romanzones largos
que adornan telas de Italia;
ya te va sisando muchos;
todo se muda y se acaba;
volando pasan las horas,   35
y más las que son menguadas.
No les parezcas en serlo
que, por lo orate, no falta
quien diga que les pareces,
y pienso que no se engaña.   40

    Ayer te vi en una silla,
de tu dueño acompañada,
más escudero que dueño,
y más fábula que dama.
Y satisface a un curioso   45
que enfadado te miraba:
—«Va pregonando la fruta,

---

¹⁹⁻²⁰ Alude aquí a Garcilaso y al Gran Capitán, Gonzalo Fernández de
Córdoba, originario de Toledo el primero, y hombre destacado en el cerco de
Granada —y que murió en esta ciudad en 1515— el segundo.

²³ Desconocemos a quiénes se refiere aquí el Conde.

³² Según Cotarelo, *op. cit.*, pág. 251, aquí Villamediana alude a los regalos
que le hacía el Duque de Osuna a Amarilis.

³⁸ ORATE. «Persona desbaratada, sin asiento ni juicio» (*Auts.*).

⁴¹ Se refiere a un carruaje.

⁴⁴ FÁBULA. «Hablilla» (*Auts.*).

⁴⁷⁻⁴⁸ Rozas, en *El Conde de Villamediana. Bibliografía...*, pág. 48, n. 9, cree que

que ya temprano pasa».

Represéntate a ti misma,
sin esa vana arrogancia,   50
el papel de conocerte,
y así no errarás en nada.
Y si no, dime: ¿En qué fundas
las torres que al viento labras,
con tantos ejemplos vivos   55
que el fin que tendrán señalan?
    Al margen de una taberna,
esto un cortesano canta,
adonde estaba Amarilis,
y no a la orilla del agua.   60

---

estos versos no se refieren tanto a la edad de la de Córdoba (que contaba con
veinticinco años en 1622), como al hecho de que «cinco años viéndola en los
escenarios pueden predisponer a considerarla "fruta pasada"».

    50 *Vid.* nota al v. 7.
    60 Recordemos que bajo el nombre poético de Amarilis se conoce tam-
bién, en los poemas amorosos del Conde, a doña María Cotiño (*vid.* Rosales,
Pasión..., pág. 54), una de las tres «Auroras del Tajo»; aunque aquí Villamediana está parodiando uno de los tópicos de la bucólica.

Redondillas

400*

Este si no galardón,
enmienda de tanto yerro,
es leve para destierro
y dulce para prisión.

Donde, como mi deseo   5
tiene hecha paz conmigo,
ni es peligro cuanto digo,
ni escarmiento cuanto veo.

En este mismo tormento
de que no quiero aliviarme,   10
propuse de no quejarme
por no dar viento al viento,

cuya soledad mirada,
sin otra oculta razón,
fuera desesperación,   15
y no desacreditada.

---

* *1629,* págs. 348-349. Esta es la composición que abre el epígrafe «Redondillas que hizo el autor a diversos asuntos». La edición de la misma resulta paradójica, pues si bien aparece como un único poema, en *1629* un signo calderón avisa al lector de que el poema termina con la estrofa número 23. Además, las ocho estrofas siguientes (las editadas aquí con el núm. 401), tienen otro esquema rítmico —abab—. Por otra parte, desde la estrofa 14 hasta la 23, aparecen editadas, tanto en *1629* como en *1635,* de forma independiente en las pág. 393 y págs. 396-397, respectivamente, «muestra de la deficiencia de los textos que nos ofrecen las ediciones de Villamediana» (Rozas, ed. cit., pág. 127). Muestra, quizá, también, de que este tipo de poemas presenta un tipo de estructura abierta. Editamos, pues, aquí, dos poemas: uno en redondillas, de 23 estrofas, tal y como aparece por primera vez en *1629* y *1635;* y otro, en redondillas de rima cruzada, de 8 estrofas (el núm. 401). *LRC* edita independientemente los tres (*vid.* págs. 203-207).

¹ En *LRC,* «fino galardón». No veo motivos para tal corrección. Para esta estructura, *vid.* nota al v. 4 del *Faetón.*

Mas con ella se aplaca
la ofensa de tanto tiro,
hoy como tabla la miro
que de naufragios me saca.   20

Con esto no sólo templo
la pena del mal que pruebo,
mas el timón roto llevo
de mis borrascas al templo.

Será piadosa merced   25
en lastimosas memorias
conceder a mis historias
el blanco de una pared,

en cuyas aras consagro
tan nuevo pacto conmigo,   30
que me dieron por castigo
lo que es piadoso milagro.

Y más cadenas colgadas,
donde lástimas granjean,
se verán, cuando se vean,   35
si no rotas, forcejadas.

Porque en aquella opresión
de temática porfía,
sin escucharlas oía
las voces de la razón.   40

Y tal quise vez alguna
huir de tiros injustos,

---

18 Se refiere a los «tiros de amor».
23-24 Para este tópico, *vid.* notas al núm. 186 y al v. 14 del núm. 99.
36 *Vid.* nota a vv. 1-2.
38 TEMÁTICA. «Temoso» *(Covarr.).*
42 *Vid.* nota al v. 18.

que son apócrifos gustos
laberintos de fortuna.

Por esto y estar asido,   45
ciego a la luz de falsa fe,
o no quise o no acerté
a tomar el buen partido.

Mas ya el sol de avisos veo,
queja de mi agravio cierto,   50
y que soy un libro abierto
donde desengaños leo.

Si descubro mi dolor,
temo un injusto castigo,
y muero si no lo digo,   55
¿qué me aconsejas, amor?

No es poco infeliz estado
el en que yo me sentencio
a tormento de silencio
o a culpa de declarado.   60

Padecer sin declararse
es declarar a sufrir
un conortado morir
sin el gusto de quejarse.

Así en fe de esta opinión,   65
no es culpa contra el respeto
que el amor haga su efeto
y su oficio la pasión.

---

44 Recuérdese el título del libro de Juan de Mena.
53 A partir de aquí, y hasta el final, se edita también independientemente en *1629* y *1635 (vid.* nota inicial). También en *Mendes Britto,* fol. 39v., con epígrafe «A Lise» *(vid.* nota al núm. 268).
59 El tópico del silencio petrarquista aparece también en este tipo de composiciones.
63 CONORTADO. *Vid.* nota al v. 6 del núm. 39.

Mas si el declararme fuere
condenado por locura,   70
ya sé cuán poco aventura
quien desesperado muere.

Antes cuando el propio mal
a ser sin remedio llega,
ni la fe ni el amor niega   75
la defensa natural.

Si los peligros son dos,
y tan unos mis suspiros,
y no menos el deciros
que estoy muriendo por vos,   80

daráme el rigor contrario,
en partido peligroso,
fortuna de temeroso
y culpa de temerario.

Estimado el bien que vi,   85
más que lo que estoy sufriendo,
estaré vivo muriendo
y la muerte viva en mí.

Que entre mis penas, ufanos,
me aseguran mis suspiros   90
o vida para serviros
o muerte de vuestras manos.

87-88 La paradoja tópica amorosa de la «muerte en vida».

401*

Ya que Amor no me aconseja
y la ocasión no me ayuda,
dudosa será la queja
y no sin miedo la duda.

Porque el mal en que me hallo,   5
como incapaz de testigo,
es mi muerte si le callo
y locura si le digo;

haciendo en rigor, sin miedo
ni sufrimiento, elección,   10
antes de mal sin remedio
que de culpa sin perdón.

Tan ufano de sufrir,
que en un incierto penar
viviré para servir,   15
muriendo por obligar.

Por esto callando muero
la causa de mi dolor,
y ningún alivio espero
por merecerle mejor.   20

Antes en pena tan alta
que bienes desprecia ajenos,
ni el esperar hace falta
ni la dicha se echa menos.

* *1629,* pág. 349. Para este poema, *vid.* nota inicial al núm. 400. En *Mendes Britto,* fol. 41v., aparecen bajo el epígrafe «A Lise». *Vid.* núm. 268.

3-4 Un caso de derivación, aunque uno de los términos no está, como en otras ocasiones, en posición de rima.

7-8 De nuevo el tema del silencio petrarquista y su paradoja.

Parece ambición inmensa
que, ufano con mi pasión,
en lo que es de Amor ofensa
esté su satisfación.

25

Porque al tormento secreto,
¿quién hubiera resistido,
sino la fe de su sujeto
gloriosamente perdido?

30

402*

En lícito desvarío,
con justo conocimiento,
ni del pensamiento fío
misterios del pensamiento.

Donde vengo a conocer,   5
muriendo sin declararme,
que ni puedo merecer
ni tengo de qué quejarme.

Mas en tan gustoso daño,
cierto sólo en el dudar,   10
si espero sé que me engaño,
y no sé desesperar.

Antes vivo y cobro aliento
en tan sublime ocasión,
que hace el gusto alimento   15
de la desesperación.

Amor me ofrece y mantiene
la fe, donde la esperanza
ni con locura se tiene
ni por mérito se alcanza.   20

Mas es razón poderosa
de Amor que la causa dél
no puede ser ya piadosa
ni parecerme crüel.

---

* *1629*, págs. 349-350. Este poema, como otros más, aparece bajo el epígrafe de «Redondillas», aunque la disposición de la rima es cruzada.

     Y es milagro de una suerte   25
ufanamente perdida
el lastimar con la muerte
sin envidiar mejor vida.

     Pues con tanto dolor
su causa no compadezca,   30
en fe della, ¿qué rigor
habrá que me lo parezca?

     Sabiendo lo que me debe,
no sé, amor, cómo me paga;
si envidia no, piedad mueve   35
el ambición de mi llaga.

     Tiene acreditado indicio
la fe tanto en su verdad,
como el mejor sacrificio
de amor es la voluntad.   40

403*

Presuponiendo que obran
en tan lícito deseo
las razones que me sobran
allá donde no las veo;

este discurso eficaz,   5
en cuidados desvalidos,
tiene la paciencia en paz
y en batalla los sentidos.

Mas es enemiga fuerte
de apetecida opresión   10
el ignorar si a mi muerte
se le debe aceptación.

Bien que acepta o aceptada,
gano tanto en padecella,
que ya la deja premiada   15
amor con la causa della.

Una memoria ofendida
no hay mal de que no se acuerde,
porque es placer que se pierde
pesar que nunca se olvida.   20

Pena de pasada gloria,
presentemente despierta,
en el deseo está muerta
y está viva en la memoria.

---

* *1629*, pág. 350. La batalla entre los eternos antagonistas en el tema del
amor («sentidos» y «razón») es el núcleo de esta composición .

De amor advertencia ingrata,   25
que a sólo ofender acierta,
estando en el gusto muerta,
sólo vive donde mata.

Pasión de memorias llena
cualquier esperanza entibia,   30
pues no acuerda lo que alivia,
ni olvida lo que da pena.

En todo halla castigo
un interior sentimiento,
que tiene de su tormento   35
su memoria por testigo.

404

Si cayendo, levantáis,
señora, debió de ser
culpa de no conocer
alguno a quien derribáis.

Tal que, si la mano pido,   5
conozco de sobresalto
que nunca estaré tan alto
como en vuestros pies rendido.

Y así, amor disculpa ya
muerta esperanza y fe viva;   10
lo que cayendo derriba,
levantando, ¿qué hará?

¿Será de mí procurada,
en caída misteriosa,
una envidia lastimosa   15
o una lástima envidiada?

Suerte o peligro del hado
no le temo, conociendo
cuán poco teme cayendo
quien se envidia derribado.   20

Tan dichosa desventura
será ilusión presumida,
si donde cayó la vida
se levanta la ventura.

---

* *1629*, págs. 350-351. En esta composición amorosa, la imagen de la caída —como metáfora del desdén y del posterior desengaño— articula esa dialéctica vertical tan del gusto de Villamediana.

7-8 La paradoja de la gloria del amante: la máxima altura a la que puede
aspirar es estar a los pies de su dama.

15-16 Nótese aquí el procedimiento de derivación sobre dos lexemas, lo
que da, además, dos versos de estructura paralela.

20 ENVIDIAR. Aquí, por «desear o apetecer» (*Auts.*).

405*

Traigo conmigo un cuidado,
entre desdicha y ventura,
que para dicho es locura
y muerte para callado.

Ni es satisfación ni queja   5
ansia tan en favor mío,
que ni con el desvarío
soltar la lengua me deja.

Por lo menos mi pasión
es de tan gloriosa pena   10
que al hierro de mi cadena
sólo acertó su elección.

Si busco la soledad
en tan dudosa porfía,
es por hacer compañía   15
con sola mi voluntad.

Ésta nació de un instante,
que a causa tan superior
produce efecto de Amor,
que en naciendo fue gigante.   20

Y aunque tan avara suerte
me tiene amor prometida,

---

* *1629*, págs. 351-352. También en este caso el poema se construye a partir de tópicos del tema del amor: la visión del amante como reo de amor, el lazo de amor, y la teoría neoplatónica del origen del amor, que considera que éste reside en la mirada. En *Mendes Britto*, fol. 38r. se editan como «Cuartetos a Lise» (*vid.* nota al núm. 268).

11 He aquí el tópico arriba citado: el «reo de amor».

20 Puesto que Cupido —o Eros— nació a la par que la Tierra, madre de los Gigantes.

que por un punto de vida
me da mil siglos de muerte;

como queda mi tormento   25
ya con su causa premiado,
no puede ser desdichado
quien tiene mi pensamiento.

Del breve espacio de gloria
del instante que os miré   30
tuvo materia la fe
y ejercicio la memoria.

Porque en aquel punto mismo
que el sol derribé sin velo,
llegó mi pasión al cielo   35
y mi humildad al abismo.

Tal que la misma fatiga
—en que ya no espero medio—
obliga como remedio
y como daño castiga.   40

Breve fue de amor el lazo
donde ufanamente peno,
que tan eficaz veneno
da la muerte a corto plazo.

Veneno, mas tan süave,   45
que se bebe por los ojos
la gloria de los enojos
que en el cielo de amor cabe.

Estando para morir,
he llegado a conocer   50
que ni sabré merecer
ni me podré arrepentir.

406*

Señora, cuyo valor
tanto excede el ser humano,
¡quién os diera por su mano
una ala del dios de amor!

Pues cuando llegare el aire   5
a vos con su movimiento,
fuego será de elemento
que arderá en vuestro donaire.

Porque el viento que os recrea,
del ciego dios exhalado,   10
en fuego disimulado,
alma de suspiros sea;

cuyo secreto accidente,
en solicitado alivio,
podrá de remedio tibio   15
sacar desengaño ardiente.

Lágrimas desengañadas,
quejosas por no creídas,
pueden ser mal admitidas,
pero no mal empleadas.   20

---

* *1629*, pág. 352. Este poema y el núm. 407 se editaron juntos tanto en las ediciones del siglo XVII como en *LRC*. Sin embargo, como cree Rozas, éste es «enteramente amoroso», mientras que el segundo, «es uno de los poemas del desengaño más duros, si no el que más» (ed. cit., págs. 129 y 339). Los edito, pues, por separado. Cotarelo, *op. cit.*, pág. 192, recoge la leyenda según la cual «la noche de su muerte se le hallaron al Conde en su bolsillo unas redondillas [se refiere a éstas y a las del núm. 407] que demuestran las graves melancolías que agitaban su espíritu».

4 Recuérdese que se representaba a Cupido como dios alado.

Que en tan doloroso oficio
se abrasa un acto secreto,
cuando es menos aceto
el más puro sacrificio.

Mi fortuna ya la veo,   25
en cuyo desvalimiento
es culpa un conocimiento
que aún no llega a ser deseo.

Pero debo a la ocasión
tanto, a que amor me condena;   30
que saca alivio la pena
de la desesperación.

407

Sépase, pues ya no puedo
levantarme ni caer,
que al menos puedo tener
perdido a Fortuna el miedo.

Desde luego me sentencio   5
no sólo a morir callando,
sin paciencia acreditando,
sino ahogado en silencio.

Por sacrado, a mis cuidados,
ausente remedio exijo,   10
que en desengaño prolijo
no hay arma contra los hados.

La fortuna se declara,
el que la rige porfía,
y mi razón, porque es mía,   15
me niega o me desampara.

Mas no llega esta opresión,
por más que el tiempo me ofenda,
a que el remedio pretenda
de la conmiseración.   20

---

* *1629*, págs. 352-355. Para esta composición, *vid.* nota inicial al núm. 406. Cabe pensar, incluso, que a partir del v. 129 se trata de otro poema. El tono de resolución de la redondilla anterior, que acaba con un verso trimembre, y la ruptura que supone la presencia del paisaje así lo podrían confirmar. De todos modos, no hay indicio alguno —en las ediciones del siglo XVII— de que esto sea así. El poema se desarrolla mediante un doble movimiento, en el que se observa que, tras un grupo de estrofas, aparece una adversativa con la cadencia siguiente: 4 redond. - (MAS) - 2 - (MAS) - 2 - (MAS) - 5 - (MAS) - 2 - (PERO) -5 - (PERO) - 2 - (PERO) - 1 - (PERO) - 1. Esta cadencia varía a partir del v. 129: 8 - (PERO) - 8 - (MAS) - 4. Este hecho podría ser también una razón para lo expuesto más arriba.

Cuanto del agravio es ira
apriete el lazo crüel,
quizá quebrará el cordel
que le tuerce una mentira.

Fuerza de costosos daños,   25
en nuevas contrariedades,
desmintiendo las verdades,
verifica los engaños.

Mas la paciencia esta vez
vénzase a sí, que no es poco,   30
pues un Catón será loco
en manos de algún jüez.

Voime primero, que vuelto
testificaré agraviado,
que de alguno condenado   35
me quiero más que no absuelto.

Locura no fue jamás
remedio a sujeto cuerdo;
si me voy, sé que me pierdo,
y si espero, pierdo más.   40

Mas es apretado punto,
en tantos daños, sin medio,
tener el mal y el remedio,
la vida y la muerte junto.

Tarde a mi ofensa vendrá,   45
con el desengaño, aviso,
cuando aun la tierra que piso
o me falta o se me va.

En cuyo desvalimiento,
sin alivio y sin buscalle,   50

---

31 CATON. *Vid*. nota al v. 14 del núm. 287.

más me ahoga el procuralle
que no la falta del viento;

    a donde viniera a ser
descanso el desesperar,
si se pudiera quejar   55
quien no tiene qué perder.

    ¿Quién vio los tronos poblados
de aplauso y de adulación,
y el aire de su ambición
hoy los tiene derribados?   60

    ¿Quién ha visto ejecutadas
iras de injustas querellas,
y dónde vio cometellas
ahora las ve vengadas?

    Mas ya del tiempo presumo,   65
en un estado tan ciego,
que como en humo aquel fuego
volverá este fuego en humo.

    Cualquier desvanecimiento
más toca en la potestad,   70
donde hay mucha voluntad
y ningún entendimiento.

    Este esperar sin temer
logra plazos ofendidos,
siendo alivios de caídos   75
el no poder ya caer.

    Pero con las que derribo
del tiempo fieras venganzas,
entre muertas esperanzas,
el susto me dejé vivo.   80

Grandes encubiertos lazos,
costosos inconvenientes,
si plazos, ¿cómo presentes?,
si presentes, ¿cómo plazos?

Los que contra mí se animan   85
siempre aciertan lo que trazan,
con lo futuro amenazan,
y con lo que es ya lastiman.

Nunca esta cuerda se afloja
y, con apretarme el cuello,   90
sólo de que caiga en ello,
quien más me aprieta se enoja.

Donde vienen a querer,
no sólo verme morir,
sino darme que sufrir   95
y quitarme el conocer.

Cuya violencia cruel,
que la sufro y que la miro,
por mano ajena hace tiro
para que no caiga en él.   100

Pero vaya todo así
cuanto en la fortuna cabe,
que el tiempo vengar se sabe
de quien se venga de mí.

Que aunque es ya para caer   105
tarde, quién pudiere en ello;
tarda Fortuna en hacello
porque es razón ya de ser.

83-84 Para esta estructura paralelística, *vid.* vv. 11-12 del núm. 435.
94 Aquí se da un eco evidente del soneto X de Garcilaso.

Estoy tan en el profundo
que idolatrara el castigo   110
si se hundiera conmigo
cuanto me cansa en el mundo.

Pero en tan quejoso extremo,
no sé de qué mal me guardo,
ni en qué ofensa me acobardo,   115
pues todos los males temo.

Perseguido y condenado,
los que mi daño pretenden
con lo mismo que me ofenden
quieren dejarme obligado.   120

Pero podrá la malicia
de tan costosa violencia
desesperar la paciencia,
si no engañar la noticia.

Obligado yo, ¿de qué?   125
Quejoso de tantas cosas
que pierdo en las más dudosas
lugar, el mundo y la fe.

Estos valles y estos ríos,
para mí tan poco amenos,   130
mirándolos como ajenos
me lastiman como míos.

Parece melancolía
antever con ella ya,
que mala fortuna hará   135
con otra buena la mía.

---

109 *Auts*. recoge PROFUNDAR como «penetrar muy interiormente».
134 ANTEVER. *Vid*. nota al v. 8 del núm. 413.

De este susto no se espanta
razón que en razón estriba,
pues sólo el tiempo derriba
lo que Fortuna levanta.   140

Caen los aplausos vanos
de los más bravos progresos,
y las fábricas de excesos
mueren a sus propias manos.

El aliento ni el valor   145
no dependen de mudanza,
donde Fortuna no alcanza
como a región superior.

Luz que en propia lumbre crece
no eclipsa envidiosa nube,   150
ni al que por méritos sube
la altura le desvanece.

El poderoso crüel,
sólo a su ambición atento,
no es mucho que coja viento,   155
pues que sólo sembró en él.

Quien desvaneció una fraude
con sólo aliento sufrido
quizá verá escarnecido
lo mismo que ahora aplaude.   160

Pero ya tarde será
cura de llaga tan vieja,
que desengañada queja
desesperación es ya.

Tolerancia siempre vana   165
de su propia carne muerde,

---

148 REGIÓN. *Vid.* nota al v. 8 del núm. 59.

y por ignorancia pierde
lo que por paciencia gana.

En tan dudoso partido,
¿cuál es más para aceptado,   170
un sufrir desesperado
o un desesperar sufrido?

Engaño es tratar de medio
en tiempo tan riguroso,
que no es menos peligroso   175
morir que buscar remedio.

No queda qué elegir
en tan prolijo penar
que anima el desesperar
y desespera el sufrir.   180

Bien sé yo que esta violencia,
que aun el poder no disculpa,
ha de condenar por culpa
lo que sabe que es paciencia.

Tan claro plazo ha de ser   185
que a mis cadenas lastima,
por estar sorda la lima
que las pudiera romper.

Alivio no le pretendo,
antes vengo a persuadirme,   190
que con el no resistirme
parece que me defiendo.

Su mismo agravio escrutinia
una fortuna que deja
a la paciencia con queja   195
y vengada la ignominia.

Mas como todo lo iguala
temida, buscada muerte,
lo mismo es que buena suerte
el conortarse a la mala.   200

O es estar cuerdo o muy loco
que una fortuna agraviada
no espere del tiempo nada
y todo lo tenga en poco.

Ora el sol las alas queme,   205
ora las coja el abismo;
quien vive dentro en sí mismo
ningún desengaño teme.

Deme luz otra esperanza
para que sin ésta muera,   210
ya que en lo que no se espera
ni hay engaño ni tardanza.

En cuyos largos destierros
el desengaño esta vez,
parte de aviso y jüez,   215
presta pared a mis yerros.

---

198 Este verso ha despertado la atención de la crítica, que le atribuye un
cierto valor profético (*vid.* Rosales, *Pasión...*, págs. 172-173). En realidad se
trata de un tópico.

200 CONORTAR. *Vid.* nota al v. 6 del núm. 39.

205 Alusión al mito de Ícaro.

216 En *1629* y *1635* se lee «prestan». Lo corrijo. .

408

Que yo muera poco importa,
ni que ausencia me consuma,
si amor no busca la pluma,
ni la voluntad la corta.

Cierta pena, muerta gloria,   5
desconfïanza presente
quéja[n]se, aunque tenga ausente
vuestro olvido a mi memoria.

Calificado el temor
de nuevo con mi partida,   10
bien puede acabar la vida
en menor susto de Amor;

si es en tan ciega pasión
el más trabajoso estado
no saber si a mi cuidado   15
se le debe aceptación.

Quéjome no sé de qué,
respuesta no se me envía,
y cansa, como porfía,
la que Amor sabe que es fe.   20

Pero ya, señora, os muestra
voluntad no agradecida,
que siento el perder mi vida
porque la tengo por vuestra.

---

* *1629,* págs. 355-356. Una nueva composición amorosa en la que Villamediana insiste en los tópicos, tanto temáticos como estructurales, de este
tipo de poemas.

3 Aquí el uso de la metonimia sirve como recurso para los dos versos finales de la estrofa.

4 Puesto que las plumas debían cortarse antes para poder escribir.

20 En *1629* y *1635* se lee «se ve» en lugar de «sabe». Lo corrijo.

Todo es engaño, amor: 25
desdén, olvido y mudanzas;
todo es mentir esperanzas
y verificar temor.

Mostrándose la experiencia
que deste peligro son   30
los alivios ilusión,
y los daños existencia.

Para probar su tormento
quiere el amor sustentarme,
y sólo por no acabarme   35
sustenta mi pensamiento.

En apetecidos daños,
con desiguales quimeras,
que para burlas son veras,
y para veras, engaños;   40

inútilmente se esfuerza
una rendida fatiga,
donde la razón no obliga,
y la sinrazón es fuerza.

Tanto este mal desalienta   45
la fe para resistir
que viene a ser el sufrir
descomodidad y afrenta:

donde puede el sentimiento
de la sinrazón que veo   50
mudar un justo deseo
en justo arrepentimiento.

---

[25] En *1629* y *1635* se lee «engaños». Lo corrijo.
[33] En *1629* se lee «Para aprobar». Sigo la lectura de *1635*.
[39-40] *Vid.* vv. 171-172 del núm. 435.

Voime, y no diré jamás
de qué o por qué voy huyendo;
y levántome perdiendo   55
de miedo de perder más.

Más tarde pudiera ser,
y más sin tiempo, advertir
que no merece el servir,
y no sirve el merecer.   60

Ley sin ley es desigual
idolatrar un desdén,
y en balde un negado bien
servir bien y esperar mal.

Antes es obstinación   65
que constancia una porfía,
donde es mayor tiranía
que el agravio o la opinión.

Y en tan provechosas penas,
que es remedio el mayor daño,   70
al templo del desengaño
daré mis rotas cadenas.

71-72 Para este tópico, *vid*. notas a los núms. 99, 186.

409*

A la vista de Madrid,
ya que no podéis entrar,
lo que tenéis que llorar
quejosa musa decid.

Hallen mis voces orejas,   5
y en ansias desengañadas,
sálvense por escuchadas,
si se perdieren por quejas.

Esta hermana de Faetón,
ya que no secreta, muda,   10
dará materia, aunque ruda,
para escribir mi pasión.

Este corriente cristal
no alcanza nombre de río,
hasta que del llanto mío   15
enriquezca su caudal.

Este verde bosque ameno
no lo es ya, porque mis penas
mezclaron con sus arenas
de mis ansias el veneno;   20

cuyas plantas infinitas
para mí llevan congojas,
trocando sus verdes hojas
en esperanzas marchitas.

---

* 1629, págs. 356-357. Según N. Alonso Cortés, *op. cit.*, pág. 65: «de esta época [el destierro de 1618-1621] son indudablemente muchas de sus redondillas, en que daba rienda suelta a sus sentimientos».

9 Para las hermanas de Faetón y su posterior metamorfosis, *vid. Fábula de Faetón*, vv. 1761 y ss. A partir de aquí, el Conde establecerá una comunicación entre el sentimiento y la naturaleza.

Estas amorosas vides,   25
cuyos intrincados lazos
no desdeñan por abrazos
el árbol sacro de Alcides;

como mi pasión es tanta,
en tus desengaños crudos,   30
son más peligrosos ñudos
que me aprietan la garganta.

Sin fe para confïar
ni procurar mejor medio,
bien veo que no es remedio   35
dejarme desesperar.

Mas no es tampoco acertado,
en plazo de tantos años,
agradecer los engaños
y morir desengañado.   40

Como puede ser preciso
un desengaño dudoso,
ya que el aviso es costoso,
sea a lo menos aviso.

Porque es muy dura aprehensión   45
de un ánimo descontento
el sacar del escarmiento
porfía y obstinación.

Con la vida se embaraza
el que su bien desestima,   50
cuando en los lazos se anima
y en las razones se enlaza.

---

28 Esto es, el álamo, árbol en el que se transforman las hermanas de Faetón.
39-40 Nótese el uso de la derivación en posición final de verso.

Todos los complejos pierdo,
los avisos tengo en poco,
lastimando como loco   55
y sufriendo como cuerdo.

Nuevo modo de penar
es el que a mi suerte alcanza,
porque ni tiene esperanza,
ni acierta a desesperar.   60

¿Es costumbre o es porfía
salir tanto de camino,
que se logra el desatino
y la razón desvaría?

El esperar es temer,   65
y el temer sin esperar
un advertido negar
a la fortuna el poder.

Inútilmente a mi dicha
el tiempo tiran y el hado,   70
pues de ellos ya reservado
me tiene mayor desdicha.

No tiene ya que quitarme
las de fortuna o de amor,
y no sé si esto es mejor   75
para morir sin quejarme.

Mas tal estoy que ya pruebo
a ver, a luz confïada,
cuánto en no deberles nada
de satisfacción me debo.   80

55-56 Un caso de paralelismo sintáctico.
59-60 *Vid*. nota a vv. 39-40.
65-66 Aquí, la anadiplosis trae consigo, además, un caso de inversión.
74 Esto es, «las [desdichas] de fortuna o de amor».

Anhele por premio alguno,
solicite su castigo,
yo viva sólo conmigo,
no ambicioso ni importuno.

Defienda Alcides la puerta   85
que el mejor metal desquicia,
déjeme a mí la noticia
de aquesta verdad abierta.

Del tono que al firmamento
hoy con las culpas alcanza,   90
logra en otros la esperanza
y yo sólo el escarmiento.

Pise Zaida ricos paños,
o logre los más perfetos,
que yo, desnudando afetos,   95
pienso vestir desengaños.

Pórfidos desvanecidos,
y mármoles animados,
a duro cincel limados,
de fuerte lima mordidos.   100

---

83 Verso de indudables resonancias *(vid.* v. 36 de la *Oda I* de Fray
Luis).
85 La puerta del Infierno estaba defendida por el can Cerbero, undécimo
trabajo de Hércules.
93 ZAIDA. *Vid.* nota al v. 21 del núm. 505.
97-100 Esta última redondilla parece, por su sentido, lejana al resto.

410

Erija hoy coliseos
al adulador poder,
que el tiempo los ha de ver
del mismo tiempo trofeos.

¿Qué es de los dorados bronces   5
de Octaviano y de Nerón,
que hoy apenas polvos son
en lo que escriben de entonces?

Los arcos y las trïunfales
pompas, pompa hoy funeral,   10
son lagrimosa señal
de que aún quedan señales.

Iguala muerte y fortuna
la más alta y baja suerte;
cupo en la cuna la muerte,   15
quepa la tumba en la cuna.

¿Quién vio de grande caudillo
romano, en gloria tanta,
la generosa garganta
expuesta al duro cuchillo?   20

España no busque ajena
historia donde el rey halla,
que el poder y una batalla
le dejó sin una almena.

---

* *1629*, págs. 358-359. En estas redondillas, el Conde establece dos partes bien diferenciadas: la primera, en la que reflexiona acerca del pasado glorioso y olvidado (vv. 1-48); y la segunda, reflejo de su desengaño personal (vv. 49-84).

5 Para la reflexión sobre el pasado, Villamediana utiliza el tópico del «Ubi sunt?».

15-16 Además del paralelismo, nótese el uso del tópico nacimiento vs. muerte («cuna»/«sepultura») que también está en Quevedo.

17-20 Se refiere a la muerte de Julio César.

Y tú, gran Enrique, en vano   25
de valor y armas cubierto,
al hado te diste muerto
por la traición de una mano.

En todo lo humano falta
prevención, discurso y traza;
con lo que el mundo amenaza   35
nos premia mente más alta.

Viva en los dorados techos
la ambición del mayor daño,
que al más noble desengaño
le parecerán estrechos.   40

Suelte la rienda al deseo,
y dé las velas al viento
quien surca y está contento,
donde a tantos perder veo.

Deme el tiempo a mí lugar,   45
—no tarde, pues no soy muerto—
para mirar desde el puerto
los peligros dese mar.

Si no me vuelve la cara
mi esperanza por ser mía,   50
podrá al más oscuro día
seguir la noche más clara.

Ningún alivio divierte,
entre mil dudas, al que
fía sólo de su fe   55
lo que duda de su suerte.

---

25 Se trata de Enrique IV de Francia, primer rey de la dinastía de Borbón (*vid.* notas a los núms. 196, 317, 340, 341).

35-36 Esto es, con la muerte nos premia Dios.

41 A partir de aquí, la introducción de la metáfora náutica sirve de tránsito entre la reflexión inicial y la puramente personal de la segunda parte.

Y aunque futuro temor
ha hecho presente daño,
cualquier largo desengaño
es breve plazo de amor.   60

Desta duda escrupulosa
procede mayor violencia,
y de quejosa paciencia
desesperación forzosa.

Tanto advertir no es querer,   65
tanto temor no es amar;
los ojos, para cegar,
ceguedad son para ver.

Prolija desconfïanza
de hoy a mañana me lleva,   70
y costosamente prueba
mi paciencia su tardanza.

Quiera Amor que hoy amor vea,
más piadoso que crüel,
en plazo puesto por él,   75
alivio que él mismo crea.

A luz misteriosa di
fe, si fortuna dispone
que cuando a todos se pone,
el sol salga para mí.   80

Y por si Amor ya no ciego
permitiese este milagro,
toda esta noche consagro
a sus aras dulce fuego.

65-68 En esta redondilla se dan dos de los procedimientos más característicos de este tipo de poesía: el paralelismo y la derivación.

411*

Fuerza que no la contrasta
sufrir mal y servir bien,
para desengaño basta
y para engaño también.

Como ciego Amor tal vez   5
culpa premia, yerros dora,
con cautelosa doblez
más entibia que enamora.

Queja retirada elijo,
porque lo que pruebo y siento   10
es, para aviso, prolijo,
y caro para escarmiento.

Al menos esta verdad
abrió una cerrada puerta,
pues durmió la voluntad   15
o siempre estuvo despierta.

De cuyo sueño sacar
puedo advertimiento yo;
o duerma tanto velar,
o despierte quien durmió.   20

Naturalmente amor es
un apacible contrato,
a cuyo efecto cortés
no se le ofrece recato.

---

* *1629*, pág. 359. En esta composición, las tres estrofas finales parecen
añadidas. Y esto no sólo por el cambio de esquema rítmico que conllevan,
sino también por el sentido. Pudiera ser que el epígrafe «Otras», que separa
estas redondillas de las que aquí se editan con el núm. 412, esté situado mal,
hecho que se repite en *1635*. Como digo, el contenido de estas tres últimas
estrofas no plantea, en cambio, rupturas con el supuesto inicio de las del
núm. 412, que, además, responde al esquema «abba».

Mas si por injusta vía 25
falta la correspondencia,
es locura la porfía
y necedad la paciencia.

Sin ella digo que estoy
no amante, sino advertido; 30
lo que ayer era no soy;
olvido produce olvido.

Sobre este escollo que el mar
tantas veces respetó,
sepultura elijo yo, 35
si Amor me la quiere dar.

Podrá verde planta altiva,
pompa ya de la floresta,
en sombra darme funesta
sepultura compasiva. 40

Carácter no rudo, en ruda
corteza, túmulo sea,
donde sólo el tiempo vea
algo que el tiempo no muda.

412

Frondoso norte del viento
dará, en piélagos de flores,
a enamorados pastores
aviso sin escarmiento.

A blandos número hechas,   5
aves del mar en su orilla
rústica serán capilla,
y sus voces mis endechas.

Alguna, y quizá las tres,
que ya compitieron diosas,   10
cuando no lágrimas, rosas
darán al verde ciprés.

Y tú, planta, que divides
neutral márgenes fieles
de Tetis y de Cibeles,   15
el activo honor de Alcides,

si admitieres mis abrazos,
compasiva a mis congojas,
haré voces de tus hojas,
haré de tus ramos brazos.   20

No desestimada lira
penda del árbol crüel,

---

* *1629*, págs. 359-360. Para el inicio de esta composición, *vid.* nota al
núm. 411. A las razones allí aducidas, cabría añadir la del entorno bucólico
que presenta este poema que ahora anotamos.

9 Se refiere a las Helíades, hermanas de Faetón.

12 Para el ciprés, *vid.* nota al v. 405 de la *Fábula de Apolo y Dafne*.

13 Se refiere al álamo, la planta consagrada a Alcides.

15 TETIS. Por antonomasia, el mar.

CIBELES. Por la vegetación.

para que, grabada de él,
eternice Amor su ira.

El que en flor, por su desdén,   25
fragante me da caudal,
pues tanto se hizo mal
por tanto quererse bien.

Si Venus de la ribera
no apartare su barquilla,   30
deberá esta blanca orilla
sal mucha a poca venera.

Bien que por vella, ¡oh cruel!,
fue siempre con mi penar
no menos sorda que el mar   35
la diosa que es hija dél.

Cuyo constante elemento
dará materia al dios ciego,
como sus alas al fuego
impulsos del movimiento.   40

Cuando del bosque napeas,
cuando blancas [h]amadrías,
al túmulo ofrezcan pías
culto de aromas sabeas;

de alguna ninfa homicida   45
ser puede que la deidad
en muerte tenga piedad
de quien no la tuvo en vida.

---

25 Alusión a Narciso.
32 VENERA. «Concha» (*Auts.*). Puesto que Venus nació en el mar sobre
una concha.
38 A Cupido.
41-42 NAPEAS y HAMADRÍAS. *Vid.* nota al v. 126 del núm. 390.
44 SABEA. *Vid.* nota al v. 5 del núm. 262.

Y al son de las ondas mansas
repite, ¡oh feliz pastor!,   50
que de fatigas de amor
en cielo de Amor descansas.

Quizá del mejor pulsado
canoro un tiempo instrumento
aura en las hojas del viento   55
números aún no ha borrado.

¿Dónde, pues, al aire di
tan justa queja mía,
cuando llorare Talía
lo que ya cantó por mí?   60

Deberále al coro aonio
mal escuchado sujeto,
si de remedio no afeto,
de lástima testimonio.

Y en margen florido tanto,   65
si tú, en avaro de fruto,
darán las ondas tributo
a quien se le dio de llanto.

⁵⁹ TALÍA. *Vid.* nota al v. 128 del *Faetón*.
⁶¹ Es decir, el coro de las Musas *(vid.* nota al v. 933 de la *Fábula de Apolo y Dafne).*

413*

En el que fortuna dio
a la prudencia camino,
quien temió, ¿qué no previno?;
quien no previno, ¿qué vio?

Descuidará quien cuidó;   5
más yerra quien más confía
en la del tiempo porfía
antever quien más que él vio.

En el mal idolatrado
y no bien logrado gusto,   10
más quiero pesar sin susto
que no placer asustado.

Cuidado excusa cuidado,
porque a la mayor ventura
lo mismo que le asegura   15
lo asegura descuidado.

Cuántas veces por venganza
de sus confïanzas quiso
la fortuna sin aviso
de mal tenida esperanza.   20

Quien no espera, mucho alcanza,
ni pende de ajeno aliento
un modesto advertimiento
que se arrima a la balanza.

---

* *1629,* págs. 360-361. La reflexión moral del hombre lleva aquí a la búsqueda de un estado de armonía ante el desengaño continuo que sufre.

3-4 Las preguntas retóricas con las que inicia la reflexión están apoyadas,
rítmicamente, por el paralelismo.

8 ANTEVER. «Ver con anticipación, prevenir.» *Auts.* pone como ejemplo los vv. 41-44 de esta composición.

Bienes apropiar ajenos,   25
penas ambición procura,
y para mí la ventura
consiste en no echarla menos.

Los pesares, a lo menos,
bien que afligen, aunque aquejan,   30
no lastiman cuando dejan,
mas sienten por lo menos.

Cualquiera seguridad
es culpa mal entendida;
menor queda prevenida   35
la mayor adversidad.

En el mal siempre verdad
tal, que como ciencia tiene,
que sólo quien le previene
éste tiene caridad.   40

Mal tenidas confïanzas
cubren y descubren años,
y así el antever los daños
libra de sus acechanzas.

Cuántas del tiempo venganzas   45
sabe redimir con una
quien ha negado a fortuna
sus muy pocas esperanzas.

En su provecho albedría
avisos de una voz muda;   50
si cuando concibe, duda
por la luz que desconfía.

---

31 Tanto en *1629* como en *1635* se lee «ni». Lo corrijo.
43 *Vid.* nota al v. 8.
49 ALBEDRIAR. «Arbitrar» (*Auts.*).

Constancia, si no porfía,
tiene un atento cuidado,
porque en injurias del hado   55
tiene cuanto dél se fía.

Quien pena, y sufriendo calla,
mucho en su razón confía,
pues vive de una porfía
y muere sin declaralla.   60

---

[53] Para esta construcción, *vid*. nota al v. 4 del *Faetón*.

414*

Este dolor que me aflige
es tan sin fin y sin medio,
que pensar en el remedio
le es fuerza y no le corrige.

Culpa de enemigo hado,   5
rigurosa ingratitud,
hallo en la solicitud
suceso desesperado.

El disfavor y los daños
son costosas experiencias,   10
sirviendo las diligencias
de averiguar desengaños.

Pisado estoy, ya lo veo;
ni huyo ni me defiendo,
hasta idolatrar muriendo   15
milagros en que no creo.

Tanto semblante mudado,
tanta puerta que se cierra,
por voluntad me destierra
con el susto y el cuïdado.   20

---

* *1629*, págs. 361-364. Con esta composición nos encontramos ante un caso semejante a la núm. 400. *LRC*, ed. cit., págs. 230-236, la edita como tres poemas distintos: el primero se corresponde con las nueve primeras redondillas; el segundo, con las dieciocho siguientes; y el tercero, con las veintidós últimas. Ni en *1629* ni en *1635* figura epígrafe o signo calderón alguno para aceptar tal edición, de ahí que lo edite tal y como aparece en las primeras ediciones. Rozas, en *El Conde de Villamediana. Bibliografía...*, págs. 54, 57 y 63 los cataloga independientemente, aunque considerando el primero tal y como aparece aquí y los otros dos como editados por Rosales por primera vez.

9 DISFAVOR. «Desaire, repulsa» *(Auts.)*.

Mas al fin debe al dolor
el haber sacado dél
un desengaño fïel,
y no alivio traïdor.

Fija fortuna, y estrella   25
oprimida a la razón,
conoce declaración
y me deja obligar della.

Son diferentes extremos
de que la piedad se aleja: 30
quejarse del que se queja
y hacer por que nos quejemos.

En tal estado no puedo
hallar camino en que acierte,
bastando para dar muerte   35
la menor sombra del miedo.

Supersticiosa porfía
a tu idolatrada pena
severamente condena
por culpa de fantasía.   40

De mil voces adulado,
inútilmente servido,
no se ha visto perseguido
el que se cansa obligado.

Entre pródigas ofertas,   45
mañosas artes esquivas
dejaron las quejas vivas
y las esperanzas muertas.

En todo faltas o sobras,
al cabo, aunque alivian, dañan   50
buenas palabras que engañan
y que dañan malas obras.

Y así, quejoso o rendido,
quiero detener la rienda,
pues estoy a punto en la senda   55
donde tantos han caído.

Si me recojo conmigo,
medroso de este accidente,
es mayor inconveniente,
y la memoria castigo.   60

Mas quedaré sin perder
justo nombre de advertido,
ufano de haber caído,
si ya no vuelvo a caer.

Y en el mal más incurable,   65
será remedio bastante
cansarme de ser Atlante
de cielo que es tan mudable.

La flechada emulación
en incesable batalla,   70
y en el mismo escarnio halla
aplauso la adulación.

¿Qué tregua espera o qué paz
una voluntad suspensa,
agradecida a la ofensa,   75
y de vengarse incapaz?

Y aunque es el postrer paso,
siempre declara el intento
el hacer daño de asiento
y el favorecer acaso.   80

53-56 Cabe la posibilidad de que se trate de una alusión a Faetón.
63 *Vid*. v. 14 del núm. 5.
67 ATLANTE. *Vid*. nota al v. 1 del núm. 200.

A tiempo llega que daña
desengaño que no tarda,
y ofensa que no acobarda
es queja que desengaña.

En la desestimación   85
no hay esperanza ni alivio,
y cualquier remedio tibio
da fuerzas a la pasión.

La fuerza y la confïanza
hallaron por recompensa   90
del disgusto la ofensa,
el placer de la venganza.

Inútil constancia abona
quien hierro sufre y porfía,
adonde la cobardía   95
ni se venga ni perdona.

Obligado a mis engaños,
adulando tiranías,
con peligrosas porfías
vivo en la fe de mis daños.   100

Y ofendido sin por qué,
padeciendo por milagro,
tengo por caso más agro
tener con los daños fe.

Ningún alivio me deja   105
estado tan peligroso,
que ni me doy por quejoso,
ni dejo de tener queja.

---

94 Retoma aquí Villamediana la imagen metafórica del reo.
103 AGRO. «Agrio» (*Auts.*).

La razón no se aventura,
ni el agravio, a descubrirse,   110
donde es bajeza rendirse,
y defenderse locura.

De aquesta contrariedad,
en el ánimo suspensas,
siempre cultivan ofensas   115
veneno en la voluntad.

Ni es seguro el rendimiento
del pisado y del caído,
si puede el miedo ofendido
volverse en atrevimiento.   120

La triste vida consume
un mal que por horas crece,
donde el daño se padece
y el alivio se presume.

Remedio al que está muriendo   125
es diligencia perdida,
mas no he de perder la vida
sin mostrar que la defiendo.

Esto solamente toca
a un hombre a quien no le espanta   130
ver la soga a la garganta
y darle el agua a la boca.

Ahoga con más aprieto
el tomar con mano aliento,
porque es caminar violento   135
entre el odio y el respeto.

---

[120] «Atrevimiento», uno de los términos claves —como se viene diciendo— de la poesía del Conde.

A parar al mayor daño,
por estilo de una espada,
va una esperanza engañada
tras la luz del desengaño.   140

Y a tan nuevo extremo llega
a quien su yerro deslumbra,
que el mismo engaño le alumbra
y la mejor luz le ciega.

Pues si se arrepiente tarde,   145
caro compra el escarmiento,
donde el arrepentimiento
es venganza de cobarde.

Satisfaciones procura
una esperanza dudosa,   150
a quien la fe sospechosa
engaña cuando asegura.

De promesas nada espero,
antes nace de su oferta
la esperanza más incierta   155
y el daño más verdadero.

Trato doble de enemigo,
cuyo efecto cauteloso
tiene el ánimo dudoso
entre el premio y el castigo.   160

Con odio fingir amor
es doblez y no caudal;
hablar bien y hacer mal
es efecto de temor.

---

142 En *1629* y *1635* se lee «hierro».

Esta adulada porfía 165
no permite aún escarmiento,
y duda su atrevimiento
en la común cobardía.

El que condena y no escucha
sin razón se precipita, 170
y una paciencia ejercita
que a muchos parece mucha.

Prolijo es tiempo y mudanzas
porque los remedios dañan,
donde las quejas no engañan, 175
y engañan las esperanzas.

Ya que todo se amedrenta
cuando las vierte quejosa,
con adulación forzosa
va cultivando su afrenta. 180

Si quiero restituïrme
a los designios que pierdo,
no me tengo por tan cuerdo
que deje de arrepentirme.

Nuevo modo de tormento, 185
en quejosa confusión,
mantiene la obligación
y niega el conocimiento.

Ya es tiempo de abrir los ojos,
pues entre malos oficios 190
sólo valen los servicios
para acreditar enojos.

Ni del agravio apartado,
de mi desprecio temido,
más le quiero presumido 195
que sufrirle averiguado.

415

Esto basta por merced,
y al fin deben a mis brazos
el escapar de los lazos
de tan poderosa red.

Que una prolija constancia   5
en perseguir y ofender
sólo le ha podido hacer
afrenta a la tolerancia.

Por esto, desconfïado,
ofendido y no dudoso,   10
más quiero morir quejoso
que no vivir engañado.

No más aplausos perdidos
con quien, sin razón alguna,
se vale de su fortuna   15
para escarnecer sufridos.

Retirado a mi razón,
quedaré a solas conmigo,
que a veces en el castigo
se disfraza el galardón.   20

No pueden valer aquí
trazas, mañas ni consejos,

---

* *1629,* págs. 364-365. Se trata del mismo caso que el núm. 414. En *1629*
y *1635* aparece como se edita aquí ahora. En cambio, *LRC,* págs. 291-292,
lo edita como dos poemas: el primero, con las dieciséis primeras redondillas; y el segundo, con el resto. Rozas, en *El Conde de Villamediana. Bibliogra-*
págs. 55 y 61, los cataloga del mismo modo que he señalado para el núm.
414.

4 El hecho de que aquí parezca que el poeta habla de la «red de amor» nos
lleva a la conclusión de la cercanía —y similitud de términos— que Villamediana utiliza para describir el desengaño amoroso y el moral.

18 Aquí se dan ecos del «beatus ille», tópico horaciano.

en mal que no estaré lejos,
si no me aparto de mí.

No quiero verme en la cumbre   25
donde la vista no alcanza,
ni estar sujeto a mudanza
de quien hizo la costumbre.

Y debiendo a mis pesares
este tranquilo concierto,   30
miraré como del puerto
la mudanza destos mares.

Es huir menos remedio,
porque si el peligro ataja,
ya ni el sufrir es ventaja,   35
ni el desesperar es medio.

La esperanza desvaría,
pierde el aliento la traza,
y la razón embaraza
donde la queja porfía.   40

Que una voluntad mudada
—si no dijera dudosa—
con la paciencia forzosa
es queja desesperada.

Prolija demostración   45
de la forzosa paciencia,
buscando la conveniencia,
di en la desestimación.

De donde vengo a quedar,
para duda más amarga,   50

31-32 La metáfora náutica es uno de los recursos habituales para ilustrar el tema del desengaño.
33 En *1629* y *1635* se lee: «El». Lo corrijo.

entre una esperanza larga
y un breve desesperar;

juzgando dudosamente
cuál es lo que menos daña:
¿la muerte, que desengaña,   55
o la esperanza, que miente?

Esta consideración
no se mude ni se tuerza,
que la paciencia por fuerza
es más desesperación.   60

Inútilmente suspira
una esperanza dudosa,
donde es una misma cosa
el halago que la ira.

Quien hizo ley el antojo,   65
y costumbre de mudarse,
sabe, por desobligarse,
sacar al tiempo un enojo.

Con nueva suerte de daños,
en mi sólo constante,   70
castiga con el semblante,
y premia con los engaños.

Claras ofensas vende,
y en ira que no se amansa;
quien del que sufre se cansa   75
¿qué hará del que se defiende?

De ajena sangre alimenta
indignamente el sosiego
el que del mando y del ruego
ha hecho una misma cuenta.   80

51-52 Una de las derivaciones más usuales para este tema.
58 En *1629* y *1635* se lee: «muda». Lo corrijo.

Méritos de desdichados
son sufragios de precitos,
que inútilmente dan gritos
sujetos mal escuchados.

Donde no sirve el quejar   85
ni es ofensa el desengaño,
no saca poco de daño
el.que así quiere esperar.

Lejos está de mudarse
el que lo sufre y lo entiende,   90
y para el que se defiende
no es buen remedio el quejarse.

Quien con dos extremos lidia,
y, desesperado, adula,
la queja que disimula   95
parte es ira y parte envidia.

Desengañado y cobarde,
quejoso y arrepentido,
de mis males advertido,
nunca el conocer es tarde.   100

Y pues la suerte atropella
tanto que en sólo servir
ya no hay poder resistir
lo que es superior estrella,

nadie porfíe ni espere   105
vencer efectos del hado,
que el que ha de ser desdichado
entre los remedios muere.

---

82 PRECITO. *Vid.* nota al v. 14 del núm. 294.

81-84 Esta redondilla y la última (vv. 105-108) fueron editadas por Gracián en su *Agudeza y arte de ingenio,* tratado I, discurso II, ed. cit., vol. I, pág. 142. Para más datos, *vid.* Rozas, *Tx.D.,* pág. 366.

416*

El hado y tiempo crüel
es prudencia toleralle,
y mayor que contrastalle
ponerse de parte dél.

Un continuo padecer   5
yo le tengo por mejor
que un alivio que, traidor,
vuela en dejándose ver.

Hay culpa, hay fatal estrella
en Fortuna, y si esto fuere,   10
el que menos le temiere
mayor golpe espere della.

No sólo es duda el tenella,
sino un discreto advertir,
cuando tendrá que sufrir   15
quien no supiere temella.

La propia satisfación
es un error indiscreto,
cuyo peligroso efeto
desengaña su opinión.   20

Cuidado y circunspeción
siempre tienen por oficio

---

* *1629*, págs. 365-366. En estas redondillas se da una característica métri-ca singular en el Conde: las estrofas aparecen agrupadas por pares, ya que la primera rima se repite en la siguiente estrofa y en la misma posición, cam-biando en la tercera —que se relaciona, a su vez, con la cuarta—, y así suce-sivamente.

3 CONTRASTAR. *Vid.* nota al v. 11 del núm. 176.

8 VOLAR. «Desaparecer alguna cosa o apartarse repentinamente de la vista.» *Auts.* pone como ejemplo esta redondilla.

oponerse al precipicio
con armas de la razón.

Dispone la suficiencia   25
a donde, en igual distancia,
osa mucho la ignorancia,
teme mucho la advertencia.

El fuero de la prudencia
no es ley muy dificultosa,   30
que una fortuna quejosa
sabe usarla por tenencia.

Quien huye de la infinita
fuerza de esta diosa ciega
el poder no se le niega,   35
mas, cuando así, le limita.

Poca paciencia ejercita
quien tiene por menos daño
la queja con desengaño
que engañada precipita.   40

No poco penosamente
con su rigor me acompaña
un mal que nunca me engaña
y un bien que siempre me miente.

Natural ya este accidente,   45
hábito su pesadumbre,
el veneno por costumbre
es alimento presente.

Quien espera es bien que adule,
mas que adule quien no espera   50
será ofensa no postrera
que a las suyas acumule.

---

34 Esto es, la Fortuna.

Y cuando más disimule,
menos me podrá faltar
fe para desesperar,   55
desesperanza que anule.

Anhelando ya no voy
tras promesa de Fortuna,
que no pidirla ninguna
es bien que a mí me le doy.   60

De mí pendo y en mí estoy;
tiempo, despúes que te vi,
si no me saca de mí
en ignorar lo que soy.

417

¿Qué me quieres, enemigo
tirano, dios poderoso;
si premio, cómo costoso,
si dulce, cómo castigo?

Con exquisita violencia   5
lastima tu variedad;
mentir siempre es tu verdad,
y tu galardón paciencia.

Tu gloria turba y aflige;
con la esperanza acobardas;   10
y las leyes, que aun no guardas,
es antojo quien las rige.

En tribunal no seguro,
para ofender nunca leve,
¿qué mentira no le debe   15
el ser por ella perjuro?

¿Qué no sabes? ¿Qué ignoras?
¿Y quien ignora tus iras?
¿Qué peligrosas mentiras
con falso llanto no doras?   20

Tu ofensa y alivio junto
más ciega en tus desengaños;
no das un punto a mil años,
y mil años das a un punto.

---

* *1629*, págs. 366-367. Se trata de una imprecación al Amor; y, como tal,
el recurso más utilizado es el de la interrogación retórica.

3-4 Uno de los usos propios de esta poesía: el paralelismo entre los dos
versos que cierran la estrofa.

Votos, lágrimas perdidas   25
para ti no son empeño,
como tiránico dueño
de lo mejor de las vidas.

Anhela, y anhela en vano,
la razón, por tu favor,   30
si tirano, ¿por qué amor?,
y si amor, ¿por qué tirano?

Tu celo es hipocresía,
inmodesta tu mesura,
sospechosa tu ventura,   35
osada tu cobardía.

Mayor guerra con sus paces
que en las glorias ilusivas,
sólo cumples las nocivas
de las promesas que haces.   40

Desmintiendo con tardanzas
el justificado ruego,
siendo tu materia fuego,
viento son tus esperanzas.

¿Qué clausura no violaste?   45
Más de un religioso voto
fue de tus afectos roto;
¿qué sexo no adulteraste?

Con mayor violencia ofende
tu brazo al mayor decoro;   50

31-32 *Vid.* nota anterior. Cabe añadir también, para estos versos, el uso del retruécano.

45-48 Curiosa, por lo inusual en la poesía del Conde, es esta estrofa, dentro —como se ha dicho— de la imprecación al Amor.

51 Cupido llevaba en su carcaj dos tipos de flechas: unas de oro, que causaban el enamoramiento; y otras de plomo que producían el desdén.

de tus flechas, por ser de oro,
ninguna ley se defiende.

La mayor ponderación,
la modestia más severa,
a veces turba y altera   55
un soslayo de tu arpón.

Mal necesario, crüel,
permitido a atormentar,
porque no se puede estar
ni con amor ni sin él.   60

418*

Hoy deja nuestra ribera
la luz que la enriquecía,
cual Febo la dejaría
si se negase a su esfera.

Hoy, Filis, ¿por qué nos dejas   5
en ansias de justo llanto?
¿No tiene sazón el canto,
y tienen causa las quejas?

Sin los rayos de sus ojos,
la luz será sombra ciega,   10
la primavera se niega
y da por flores abrojos.

Con escarmiento le ve
de amor el rigor postrero,
el abril parece enero,   15
y el mayo tras ti se fue.

Trocaron todas las cosas
los efectos y los fines;
no son blancos los jazmines,
ni tienen olor las rosas.   20

Su rigor el seco estío
en esta ausencia conserva,
el prado no tiene hierba,
y lágrimas lleva el río.

---

* *1629*, págs. 367-368. Debe de estar dedicado, con toda seguridad, a la muerte de una dama. El orden de todas las cosas ve truncado su curso ante la ausencia de quien «deja nuestra ribera».

³ FEBO. Por el sol.

⁷ SAZÓN. Aquí, «tiempo oportuno» (*Auts.*).

Amargo paguen tributo
mis ojos al desamor,
pues de una esperanza en flor
es hoy desengaño el fruto.

Sufra, y no porque confía   5
la fe, mas porque yo siento,
que en lícito atrevimiento
es enmienda la porfía.

No se pudiendo culpar
desesperado sufrir,   10
si no es que el osar morir
se tenga por mucho osar.

No lo conozco y lo veo;
mas dudo lo que más sé,
y mantiene amor mi fe   15
de lo que ya menos creo.

Constante no es opinión
efecto de un desvarío,
si ya sólo no me fío
en la desesperación.   20

Mas en tan violento extremo,
prolija noticia alcanza
a temer con la esperanza
y a esperar con lo que temo.

---

* *1629*, pág. 368. En estas redondillas, como en tantas otras que de tema
amoroso escribió el Conde, muchos de los elementos técnicos y gran parte
del léxico son propios de la poesía de Cancionero.

⁷ El término «atrevimiento», junto a «osar» u «osadía» (vv. 11-12), son
palabras-insignia en la poesía de Villamediana.

Promesa de amor que tarda   25
es una sospecha muda,
que da razón a la duda
y la paciencia acobarda.

Yo estoy en tan ciego estado,
de mal cierto y bien dudoso   30
cuando incrédulo, quejoso,
cuando quejoso, turbado.

Mas amor no me consiente
—o sea fuerza, o sea maña—
aviso que desengaña,   35
sino esperanza que miente.

Para luego el plazo es tarde,
y más tarde persuadirme,
que el intento de partirme
es partido de cobarde.   40

Pero su queja asegura
quien tiene la vida en poco,
que es sólo de no estar loco
el conocer su locura.

31-32 Un caso más de paralelismo.

39-40 Villamediana enlaza un verso con el siguiente, en muchas ocasiones,
mediante anadiplosis o, como aquí, a través de la derivación.

43-44 Otro de los medios propios de este tipo de poesía es la paradoja.

Efecto es de Amor crüel,
en mi ofensa confirmado,
un tormento desvelado,
dormido a la causa dél;

donde me condena Amor   5
a penitente no absuelto,
pues hoy duerme a sueño suelto
quien despierta mi dolor.

¿Y no es lícita cautela,
mas ser tiránico dueño,   10
entregarse toda al sueño,
quien sabe que me desvela?

Si el menor de mis cuidados
es no los ver admitidos,
mal pagan ojos dormidos   15
pensamientos desvelados.

Mi queja desagraviara
una condición severa,
si ella misma no durmiera,
al paso que desvelara.   20

Mas como Amor solicita
y no consuela jamás,
siente en ver que dura más
sueño que a mí me le quita.

---

* *1629*, págs. 368-369. Se trata de una redondilla más de tema amoroso, en la que Villamediana describe el estado del amante como resultado del «efecto del Amor».

23 En *1629* se lee: «s. el v. q. d. m.». Lo corrijo siguiendo la lectura de *1635*.

Mas como yo nunca creo
sino a sentidos despiertos,
sueño con ojos abiertos,
más ciego cuanto más veo.

421*

Si me viniese a faltar
paciencia, a lo menos sé
que al tiempo deberé
razón de desesperar;

    pues da causa y ocasión,   5
en tiránica violencia,
escarnecida paciencia
a la desesperación.

    Cuanto el tiempo desvaría,
por ambicioso o violento,   10
mucho fía de su aliento
quien sólo del tiempo fía.

    Mostrándonos su rigor
ya desatada la duda,
malo, porque no se muda,   15
porque se mudó, peor.

    Pues nos ha dejado el daño,
de temáticas venganzas,
en humo las esperanzas,
en quejas el desengaño.   20

    Descubierta la cautela,
llorada la ingratitud,
una postrada virtud,
¿para qué remedio apela?

---

* *1629*, págs. 369-370. Para esta composición, *vid.* nota inicial al
núm. 422.

15-16 Aquí la estrofa se cierra con un poliptoton.

18 TEMÁTICA. *Vid.* nota al v. 38 del núm. 400.

19-20 Un nuevo caso de paralelismo.

Las quejas, medio perdido;   25
callar sólo, mayor mengua,
tal que el silencio a la lengua
no deja el tiempo partido.

Ignorancia es no saber,
y saber es ignorar,   30
donde sólo es alcanzar
rendirse a no pretender.

El puesto para subir,
que la ambición solicita,
no deja, que me le quita   35
quien no me le vio pedir.

En desdén tan presumido
vivo y tenazmente estoy,
juzgando que a mí me doy
cuanto no espero ni pido.   40

Por opinión tan severa
no dejará de culparme
quien, por tener que negarme,
gustara lo que pidiera.

Muera callando y no ruegue   45
una fe desengañada,
sin pedir al tiempo nada,
por no le dar que le niegue.

Pues quiere cuando granjea
mi ofensa con sus engaños,   50
en medio de tantos daños,
que los sienta y no los vea.

33-36 La dialéctica de lo vertical, tal y como aquí se demuestra, sirve tanto
para ejemplificar el tema del amor como para el del desengaño moral.
40 En *1629* y *1635* se lee «cuando». Lo corrijo.

Mas no saldrá su cuidado
con este tiro segundo,
y verá que está ya el mundo   55
ofendido y no engañado;

si aún no le debo mentira
de disculpa a la violencia,
debiéndole a mi paciencia
el aliento de su ira.   60

Pues juntas viven y nacen
las sospechas y las culpas,
no quiero perder disculpas
que por sumisión aplacen.

Y aunque la fortuna niega   65
mérito a mi tolerancia,
es verdadera constancia
la que sufriendo no ruega.

---

[54] Parece referirse a su segundo destierro.

422

Esto no podrá negarme
el rigor que me condena,
y que fue advertida pena
la que supo desterrarme;

donde, sin convalecer,   5
ya reconozco advertido
que es muy poco lo perdido
con lo que puedo perder.

Esta consideración,
cuyo circunspecto celo,   10
si no remedio, es consuelo
en la desesperación,

hace que, cuando me oprime
este o aquel accidente,
quejoso no desaliente,   15
y desesperado anime.

No me anima el esperar,
teniendo cuanto no espero,
antes conortado muero
a no pedir ni a negar.   20

Si por virtud que ejercita
credulidad oportuna,

---

* *1629,* págs. 370-371. Esta composición fue editada por *LRC,* págs. 243-247 con una variante: la primera redondilla no es la que aquí editamos —tal y como aparece en *1629* y *1635*—, sino la última del núm. 421. Tal variante no figura en las obras del Conde, en las que la composición que nos ocupa y la núm. 421 aparecen una a continuación de la otra, y separadas por un epígrafe en el que se lee «Otras».

11 Para esta construcción, *vid.* nota al v. 4 del *Faetón.*

19 CONORTADO. *Vid.* nota al v. 6 del núm. 39.

juzgo que pueda fortuna
todo lo que me quita.

Y vivo con este engaño   25
de manera satisfecho,
que del daño me aprovecho
para conocer el daño.

Por esto me vine aquí,
y aunque fue costoso el modo,   30
bien puede faltarme todo,
mas yo no me falto a mí.

Adonde libre y conmigo,
cuando el mal no se mitigue,
ni adulo a quien me persigue   35
ni aborrezco lo que sigo.

En tan dulce soledad,
el aviso o la porfía,
si perdieron compañía,
cobraron seguridad.   40

Poca esperanza —¿o fue mucha?—
¿a quién no parece fraude?,
donde ni engaña el que aplaude
ni dilata quien escucha.

Porque si leo o si escribo   45
algún intenso cuidado,
no le murmura doblado
quien le escucha compasivo.

La desnuda sencillez
esta nuestra selva quita,   50

---

[37] Villamediana presenta una visión beatífica del destierro. El poema, según N. Alonso Cortés, *op. cit.,* págs. 64-65, es de la época de su segundo destierro (1618-1621).

si de esperanzas marchita,
de gusto rica tal vez.

Rústico digo placer,
sin medio solicitado,
ni envidioso, ni invidiado,   55
sin qué adular ni temer.

Donde en el rigor inmenso
con que perseguir me veo,
por no me engañar, no creo,
por no me pudrir, no pienso.   60

Antes estoy en estado
que, viendo en el que me vi,
no quiero pensar en mí
por no morir de cuidado.

Esta afectada quietud,   65
en tanto que no se muda,
con su afecto me desnuda
de inútil solicitud.

Corra el tiempo bravo o manso,
o muestre faz más severa,   70
que el que no teme ni espera
en sí libra su descanso.

En esta razón consiste
las que alegar hoy no puedo,
y no es efecto del miedo,   75
sino del sujeto triste.

Porque en el mayor extremo,
no turbado, aunque caído,

59-60 Con este paralelismo resume el Conde la actitud del desterrado.
Como cree Alonso Cortés, *ibíd.*, pág. 65, «el espíritu del Conde pasaba alter-
nativamente de la desesperación a la conformidad resignada».

si me maltratan, no pido,
si me persiguen, no temo.   80

Y sin que a quejar me obligue,
antes escoger propuse
ofensa que no me acuse
que alivio que me castigue.

Bien que al rigor que me ofende,   85
como por palma, le ruego
que no escarnezca mi ruego
quien mi lástima pretende.

Deste mismo mal advierto,
ni bien libre ni cautivo,   90
que estoy enterrado vivo,
o que estoy sin exequias muerto.

Parece violencia pura
y más desdicha que yerro
darme por muerte destierro   95
y olvido por sepultura.

Púsome en aqueste medio,
con desengaño preciso,
un solicitado aviso
y un despreciado remedio.   100

Era más que peligroso
un acto en que la paciencia
da ocasión a la violencia
contra sí del poderoso.

No sé si es ira o desdén,   105
o desengaño leal,

79-80 *Vid.* nota anterior.
91 El destierro es como otra «muerte en vida».
96 En el v. 5 del núm. 237 dirá: «Tumba y muerte de olvido solicito.»

no tener ya miedo al mal,
ni tener amor al bien.

En remedio tan mentido,
en rigor tan verdadero,   110
como no pido, no espero,
como no espero, no pido.

Con indignidad comprado
nada es barato ni justo;
aquí moriré sin susto,   115
allá viviré asustado.

Parecerá furor loco
el fin, el medio y el modo,
pues me martiriza todo,
y todo lo tengo en poco.   120

Tal que, para morir,
me enseña el desvalimiento
que en el mayor sentimiento
es remedio el no sentir.

Bendito este desengaño;   125
aquí a morir me retiro;
será el último suspiro
primer bien y postrer daño.

111-112 Nótese la fuerza, de determinación en este caso, que el paralelismo
y el retruécano ofrecen al tema.

423

Servicios bien empleados,
aunque mal agradecidos,
tal sé yo que vais perdidos
donde otros van ganados.

Pues mi desestimación   5
no tiene otra recompensa,
quiero interpretar la ofensa
con nombre de galardón.

En estos actos desengañados
se acreditan ofendidos,   10
pues no pueden ser perdidos
servicios bien empleados.

Viene a ser esta virtud
de tan misterioso precio
que, llorando menosprecio,   15
deshace la ingratitud.

Mis servicios mal pagados
no los tengo por perdidos,
pues sin ser agradecidos,
veo que son invidiados.   20

Hacen diferente oficio
fineza y desvalimiento,
faltando conocimiento
al mérito del servicio.

---

* *1629,* págs. 371-372. Para disposición estrófica de este poema, *vid.*
núms. 459, 463, 466, 470. *LRC* edita, además de éste, otro que comienza
«Servicios mal empleados» (*vid.* núm. 472), que no está en *1629* ni en *1635.*
Rozas, en *El Conde de Villamediana. Bibliografía...,* pág. 62, los cataloga como
dos poemas distintos.

22 FINEZA. *Vid.* nota al v. 7 del núm. 91.

Servicios bien empleados 25
son, aunque mal admitidos,
para gratitud perdidos,
y en estimación ganados.

Y aunque tan en duda esté
el mérito de quien calla, 30
en el mismo agravio halla
su recompensa mi fe.

Mis servicios condenados
tienen, como desvalidos,
castigo de presumidos 35
y fe de desengañados.

No es inútil mi penar,
aunque dél no se os acuerde,
pues no sentirlo quien pierde
es lo mismo que ganar. 40

Mis servicios olvidados
presumirán de advertidos,
si por lo que son perdidos
no fueran acreditados.

Agraviado y no quejoso, 45
sirviendo sin galardón,
me mantiene la opinión
de lástimas envidioso.

Entre quejas y cuidados,
agravios apetecidos 50
son servicios presumidos
en méritos olvidados.

Quien sigue lo que le daña
ningún consuelo desecha,
y alivio que no aprovecha 55
a lo menos desengaña.

Los remedios intentados,
en sujetos desvalidos,
no sólo quedan perdidos,
sino desacreditados.   60

Entre el servir y obligar
dos extremos puede haber:
el uno, de merecer;
y el otro, de no alcanzar.

Mis servicios dedicados   65
a quien los hace perdidos
pueden ser mal admitidos
pero no mal empleados.

424

Pues sólo el que por vos muere
tiene a los vivos en poco,
ninguno me llame loco
aunque enloquecer me viere.

Porque esta nueva pasión   5
que me mata y asegura
con extremos de locura
acredita su razón.

Nace deste nuevo estado;
que en el bien y el mal que siento,   10
se alimenta el pensamiento
de un placer como soñado.

Pero cuando considero
tanto imposible forzoso,
queda el placer engañoso   15
y el engaño verdadero.

Que si vanas confianzas
me ofrecen bienes futuros,
los males hallo seguros
y en duda las esperanzas.   20

En vano busca sosiego
el que, de ventura falto,

---

* *1629*, págs. 372-373. Los elementos de la descripción del estado siempre son los mismos y actúan como un código: las paradojas, el ejemplo de
Ícaro, la Parca y el «reo de amor».
    1-4 Esta redondilla la copió Gracián en su *Agudeza y arte de ingenio*, tratado
I, discurso XXV, ed. cit., pág. 252.
    15-16 Un caso de derivación, utilizado —como en otras ocasiones— para
enlazar los dos últimos versos de la redondilla.

entre miedo y sobresalto
tiene siempre el alma en fuego.

Mas seré, si no me falta   25
el poder de vuestra mano,
Ícaro más soberano,
pues sufro pena más alta.

Bien veo que su caída
tuvo efecto diferente,   30
que él murió con fuego ardiente,
yo en él mantengo mi vida.

Mas vida sin esperanza
presto su nombre convierte
en una prolija muerte   35
que se sigue y no se alcanza.

Y si me mandáis que calle,
por más recatado estilo,
ya la vida está en un hilo
y en vuestra mano el cortalle.   40

Pero aunque la resistencia
en mí no tenga lugar,
ya no me puede faltar
temor, razón y paciencia.

Mas si en vos y en mí se halla   45
gran fuerza no resistida,
no debe quitar la vida
quien ve que puede quitalla.

29-32 Aquí separa al amante de la ejemplificación tópica para Ícaro (que es
la de la «osadía»), y deriva el tema hacia otro elemento común: el fuego
que mata.
    39-40 He aquí la imagen de la dama como Parca, a cuya merced está el hilo
de la vida del amante.

Porque contra la violencia
de amor y su tormento   50
a veces el rendimiento
es la mayor resistencia.

Teniendo sin voluntad
en manos de amor el seso,
estimo más estar preso   55
que nadie su libertad.

Así que a vuestra belleza
mis pensamientos consagro,
por el único milagro
de nuestra naturaleza.   60

Y vivo tan confïado
con un bien que no merezco,
que estoy, del mal que padezco,
ufano y enamorado.

---

55 La metáfora del «reo de amor», tópica de esta poesía amorosa.
57 Para este verso sigo la lectura de *1635*, puesto que en *1629* falta la preposición.

425*

Lástima como dolor,
o dolor como ventura,
tuviérale por locura
a no saber que es amor;

cuya encubierta pasión   5
sólo puede justamente,
como mayor accidente,
menospreciar la razón.

Y así debe mi osadía
al mismo cielo subir,   10
que donde es dicha el morir
cualquier duda es cobardía.

En este conocimiento
que satisface al cuidado
no pierde por descuidado   15
quien tiene mi pensamiento.

De sobresalto y de miedo
percibo en mí los efetos,
cuando entre fines perfetos
suspenso y turbado quedo.   20

Interior solicitud
animosa persevera,
y el bien de que desespera
espera por gratitud.

---

* *1629*, págs. 373-375. Este poema amoroso en redondillas no aparece catalogado por J. M. Rozas en *El Conde de Villamediana. Bibliografía...* Debe de tratarse de una omisión, puesto que aparece en todas las ediciones del siglo XVII.

23-24 El poliptoton sirve aquí como elemento de continuidad narrativa.

En actos desengañados   25
se acreditan desvalidos,
pues no pueden ser perdidos
servicios bien empleados.

Esta razón me sustenta,
y parece hipocresía   30
que lo que me desconfía
eso mismo me alimenta.

Y así, del daño advertido
del peligro, me consagro,
siendo voto del milagro   35
quedar ufano y perdido.

Mas la fatiga fïel,
atrevida al desengaño,
sin estimación del daño
mal podrá quejarse dél.   40

Yo no confieso ni niego
que en lo que pasa conmigo
queda por premio el castigo
y la inquietud por sosiego.

El miedo y el escarmiento   45
no tienen fuerza ninguna,
que no es sujeta a fortuna
la ley del conocimiento;

pudiendo en esta pureza
la fuerza del mejor lumbre   50
vencer con mucha costumbre
antigua naturaleza;

porque de rayos tan puros,
en su violencia perfetos,

25-28 Esta estrofa, con algunas variantes, es la tercera del núm. 423.

se derriban los efetos   55
como en su causa seguros.

Y tras un dudar tan largo,
no tiene la resistencia
fuerza contra la violencia
del mortífero letargo.   60

Formando en lo que no creo
luces de bienes inciertos,
estoy con ojos abiertos
más ciego cuanto más veo.

Ofensas ejecutivas   65
en heridas encubiertas
de mis cenizas ya muertas
sacan a luz llamas vivas.

En procurados enojos,
mil siglos de resistencia   70
atropella la violencia
de sólo volver los ojos.

Y aunque parezca quejarme,
pido, como en postrer paso,
que no me matéis acaso   75
sino queriendo matarme.

Cautivar el albedrío,
tener la vida suspensa,
dando fuerzas a la ofensa
acredita el desvarío.   80

Y aunque no aventuro poco
en el intento que pierdo,
sólo me queda de cuerdo
el conocer que estoy loco.

---

[72] Aquí se da un recuerdo del mito de Orfeo.

Cuando en el mayor tormento   85
se desmanda el devaneo,
a todo llega el deseo
sino al arrepentimiento.

Y es tan alta la razón
que disculpa mi osadía   90
que viene a dar la porfía
crédito a la obstinación.

Cierto rigor prevenido
puede sin mudar efeto
de estar cobarde el respeto   95
y el pensamiento atrevido.

Y no pudiendo dudar
de que en la elección acierto,
tengo el peligro por cierto
y no me atrevo a embarcar.   100

426*

Los celos, en presunción,
o dudosos del sujeto,
son accidente imperfeto
de recatada ilusión;

y vacilar la pasión,   5
sin averiguar por quién,
siempre es mal y nunca es bien.

Dan equívocos recelos
los agravios indicados,
que celos averiguados   10
ya dejarán de ser celos;

sobresaltos y desvelos
tienen más razón también
sin averiguar por quién.

Los celos y las sospechas   15
mudan sujeto en un punto,
si el sospechar viene junto,
con dar las cosas por hechas,

pasadas y agudas flechas
de temor y de desdén   20
cuando presumen por quién.

El que su mal presumiere
su propia ofensa concibe,

---

* *1629,* págs. 375-376. En esta composición, a cada redondilla siguen tres versos a modo de cierre, que repiten la primera rima de aquélla y terminan en pareado; todos ellos con la misma rima aguda. El tema es tópico en la poesía del Siglo de Oro: la definición de los celos, que el propio Villamediana trata en los núms. 105, 106, 112, 167.

4 RECATADA. *Vid.* nota al v. 9 del núm. 329.

y en región oscura vive
quien no sabe por quién muere;   25

y si después presumiere
el porqué, y aun el por quién,
mayor queja y menor bien.

Efecto a su causa ingrato,
y sospechoso temor   30
incierto del ofensor,
obliga a mayor recato;

cuya duda, y doble trato,
puede dar celos también
y no presumir por quién.   35

Su cierta luz, cierto engaño;
extremos en que no hay medio,
¿quién aplicará el remedio
donde no conoce el daño?

Los celos con desengaño,   40
y con engaño también,
no sé que puedan ser bien.

Forzosa solicitud
causan celos presumidos,
y quedan los consentidos   45
incapaces de quietud;

el agravio y la inquietud,
la presunción y el desdén,
hallan o buscan por quién.

Quien ignora el ofensor,   50
y sabe que está agraviado,

_____

32 RECATO. *Vid.* nota al v. 4 del núm. 67.

justifica su cuidado
y acredita su temor.

Mal templaron su rigor,
ni vengaron su desdén,   55
celos sin saber de quién.

Y pues no sirve el quejar
a donde la pena es inmensa,
no puede llamar ofensa
la que se puede olvidar.   60

Seguro de averiguar
vive en su queja y desdén
el que no sabe de quién.

Un prevenido temor
bien informado no daña,   65
que pocas veces se engaña
quien presume lo peor.

Son celos sombra de amor,
pero sin saber de quién
son locura o son desdén.   70

427

Obligación confesada
muestra voluntad rendida;
ingratitud conocida
ni está ausente ni olvidada.

En memoria que eterniza   5
mi queja y su obstinación,
con reliquias de carbón
Amor me pone ceniza.

Mas tengo conocimiento,
por haber estado ciego,   10
que las cenizas del fuego
no las ha llevado el viento.

Conozco que desespero
y que con causa desmayo,
pues tienen fuerzas de rayo   15
centellas de amor primero.

Error es de mi ventura,
que sólo en mi ofensa para,
entregar la fe más clara
a la muerte más oscura.   20

Yo no me puedo advertir
de agravios apetecidos,
que no está para partidos
el que se siente morir.

---

* *1629*, págs. 376. Presenta aquí el Conde los términos de la desdicha
amorosa como si fuese el resultado de una batalla, imagen ésta tan del gusto
de la poesía de cancionero.

Ingrata enemiga mía,   25
de mi fe sola diré
que no obliga como fe
y causa como porfía.

Apetece los engaños
de mal en que estoy muriendo,   30
mas ahora estoy viviendo
con nuevo ser muchos daños.

Venciste; y fue victoria,
porque mi mal te convenza,
para memoria, vergüenza,   35
y sin vergüenza memoria.

Si no acertare a servir,
si no supiere obligar,
no se me podrá negar
que al menos supe morir.   40

Pasos de solicitud,
si huyen los que desean,
ofensa propia granjean
con ajena ingratitud.

Duerme, que tu blando sueño   45
ha de lograr un cuidado
de un corazón no olvidado
de su primitivo dueño;

que yo lloraré despierto
una ingratitud dormida,   50
que a negras sombras asida
a sus pies me tiene muerto.

---

29 En *1629* y *1635* se lee «Apetecer». Lo corrijo.

428*

Justo efecto de una suerte
ufanamente perdida,
que a quien vos tenéis sin vida
os restituye a la muerte.

Hace esta restitución   5
lícita de amor el arte,
siendo en el sufragio parte
de la conmemoración.

Porque si acepta se viere
fe que en muerte se recibe,   10
no juzgara que no vive
el que a tales manos muere.

Ni temerá mi dolor
olvido por sepultura,
si buena muerte asegura   15
gloria en el cielo de Amor.

---

* *1629*, pág. 377. Se trata de una composición amorosa estructurada en torno a la paradoja «vida»/«muerte» que experimenta el amante.

14 Éste es el mismo verso que el v. 96 del núm. 422.

429

Prolijos advertimientos,
costosa suerte de daños,
ver a luz de desengaños
caros arrepentimientos.

En vano pido socorro   5
en tan ofendido fuego,
si confieso estando ciego,
y de confesar me corro.

Fue temeridad cobarde
de engañado presupuesto   10
haber conocido presto
y haber escapado tarde.

Inútilmente se esfuerza
un sujeto que no alcanza
otro remedio o venganza   15
que la paciencia por fuerza.

Ya me levantan que rabio,
y es mal que no es mentira,
sino razón de la ira,
la sinrazón del agravio.   20

---

* *1629*, págs. 377-378. Parte de este poema (vv. 49-68) aparece ya en el núm. 403 (vv. 17-36), con el mismo orden estrófico y sin variante alguna, a excepción del posesivo del v. 36, que en este que anotamos ahora se ve sustituido por «la» (v. 68). *LRC*, págs. 257-258, eliminó estas estrofas repetidas para esta segunda composición. El hecho de no saber si se trata de un error de impresión o no, me decide a editar las redondillas repetidas aquí; prueba también del carácter y tratamiento abierto y abstracto de estas composiciones en redondillas. Es más, si se comparan ambos fragmentos en *1629*, se observa cómo incluso se dan variantes tipográficas (por ejemplo, «ay»/«ai») en una impresión frente a la otra.

8 CORRERSE. «Avergonzarse» *(Auts.)*.

Conoceré que vengarme
pudiera estar en mi mano,
pero yo sé lo que gano
con la rabia de quejarme.

No solicito o prevengo   25
una voluntad mudada,
antes no es para alegada
la mayor razón que tengo.

Yo callo y morir me veo,
y en tan injusto tormento,   30
sólo el arrepentimiento
llegará donde deseo.

Esta ofensa con que aflijo
la noticia de mi engaño
antes da más fuerza al daño   35
aunque por buena la elijo.

Violentamente precisa
fuera la quejosa afrenta,
mas ni el aviso escarmienta
ni el escarmentar avisa.   40

Duro remedio es paciencia;
que un rendido corazón
afecto a la sujeción
y pierde la resistencia.

Y como estoy persuadido   45
a no esperar ni temer,
el miedo pierdo a perder,
que es sólo el bien del perdido.

Una memoria ofendida
no hay mal de que ella se acuerde,   50
porque es placer que se pierde
pesar que nunca se olvida.

Pena de pasada gloria,
presentemente despierta,
en el deseo está muerta   55
y está viva en la memoria.

De amor advertencia ingrata,
que a sólo ofender acierta,
estando en el gusto muerta,
sólo vive donde mata.   60

Pasión de memorias llena
cualquier esperanza entibia,
pues no acuerda lo que alivia,
ni olvida lo que da pena.

En todo halla castigo   65
un interior sentimiento,
que tiene de su tormento
la memoria por testigo.

Quien pena, y sufriendo calla,
mucho en su razón confía,   70
pues vive de una porfía
y muere sin declaralla.

69-72 Una vez más se echa mano al tópico del silencio petrarquista.

430*

Si la noticia dispensa
con fe del conocimiento,
lo que fuere rendimiento
nunca puede ser ofensa.

Antes, como bien perdido,   5
menos temo cometer
la culpa del ofender
que la de no estar rendido.

En la ley de la opinión
nunca hay difícil camino,   10
si en el mayor desatino
está la satisfación.

Ni fío ni desespero,
y, con pureza de amor,
por merecerle mejor,   15
ningún galardón espero.

El temor no me acobarda
ni el imposible me altera,
porque lo que no se espera
nunca parece que tarda.   20

A morir por elección
es menor suerte de daño,
sin susto del desengaño,
con el premio en la opinión.

---

* *1629*, págs. 378-379. El amor está regido por una serie de «leyes». Aquí,
el Conde nos habla de dos de ellas: la «ley de la opinión», esto es, del camino
que el amante —a través de su voluntad— quiere emprender; y la «ley de rigor», según la cual el amante debe ser cauteloso en cuanto a fe de amor.
21-24 Tal y como se edita en *1629* y *1635,* esta redondilla no tiene sentido.

Aquí se esconde un misterio   25
que, en fe de ser voluntad,
ama con gran libertad
el gusto del cautiverio.

De gratitud desconfía
una opinión empeñada,   30
porque la fe mal pagada
ofende como porfía.

Pero cuanto aquí le acusa
la culpa a mi pensamiento,
no hay tan grave atrevimiento   35
en que el morir no se excusa.

Tenerse sin esperanza
es milagro misterioso
de amor, que sigue animoso
lo que de vista no alcanza.   40

Sin razón culpar me veo
donde la fe vive asida
de una noticia advertida
que aún no llega a ser deseo.

Quien se entrega a la paciencia   45
mucho se pone a sufrir,
aunque en echarse a morir
no cabe desobediencia.

Y aunque es la ley de rigor
poner a la fe preceto,   50
nunca en amor es defeto
lo que es efecto de amor.

Probablemente se deba a una errata. *LRC,* pág. 295, corrige el primer verso,
donde se lee: «El morir por elección.»

27-28 La paradoja sentimental del «reo de amor».

35 Hemos citado ya, en varias ocasiones, la importancia de esta idea (el
«atrevimiento») en la poética de Villamediana.

Si ofende no defendido
rayo de tan alto fuego,
a confesar vendré luego   55
la culpa de estar rendido.

Porque una fe verdadera
antes alegar pretende
un rendimiento que ofende
que una voluntad grosera.   60

431*

¿De cuántas formas, amor,
que las siento y no las veo,
desengañas un deseo
y acreditas un temor?

En hermosura fiereza   5
parece tomar venganza,
tener firme la mudanza
y mudable la firmeza.

Sin causa en un punto mismo,
haciendo infeliz el vuelo,   10
llega mi esperanza al cielo
para caer al abismo.

Ni tiene el mal ni el bien
lugar ni acción conocida;
lo que pareció acogida,   15
apurado, fue desdén.

Pues si encubro la pasión
adorando mi fatiga,
la voluntad desobliga
y ofende la obligación.   20

---

* *1629*, págs. 379-380. La pregunta retórica —que el amante formula en la primera redondilla— sólo tiene respuesta en él mismo; esto es, corresponde con el estado del desdén amoroso.

3 En *1629* y *1635* se lee «desengañar». Lo corrijo.

4 En *1629* y *1635* se lee «acreditar». Lo corrijo.

7-8 Juego de derivaciones propio de esta poesía, en el que la condición de la dama se califica siempre mediante la dualidad «mudanza»/«firmeza».

9-12 De nuevo, el ejemplo de Ícaro como metáfora del «atrevimiento» amoroso.

13 En *1629* y *1635* se lee «No t. e. m. n. e. b.». Lo corrijo.

19-20 Un nuevo caso de derivación.

Al mérito del recato
se niega el conocimiento;
solicitado el tormento,
efecto es de amor ingrato.

En tan confuso penar,   25
son los alivios en sueño
parecidos a su dueño
en no dejarse alcanzar.

Solamente el padecer
no está sujeto a accidente,   30
que el mayor inconveniente
es no querelle vencer.

Como ningún acto es mío,
y todos de mi pasión,
queda por ley de opinión   35
condenado el albedrío.

Si la voluntad apura
indicios de voluntad,
en varia seguridad
es la variedad segura.   40

No son testigos los años,
sino de ver que los medios
sacan, como los remedios,
avisos de desengaños.

Estoy tras esto muriendo   45
entre fe y desconfïanzas,
y ofendido de mudanzas,
las sufro y no las entiendo.

---

21 RECATO. *Vid.* nota al v. 4 del núm. 67.
30 ACCIDENTE. *Vid.* nota al v. 2 del núm. 13.
39-40 *Vid.* nota al vv. 7-8.

Lo que parece apariencia
y debida aceptación   50
es alentar la pasión
y dar al rigor violencia.

Ni fío ni desespero;
y en alivio tan esquivo,
dudo del bien de que vivo,   55
y no del mal de que muero.

Si algún consuelo se alcanza,
es con tan prolijo susto,
que de la sombra del gusto
se me huye la esperanza.   60

Yo callo y estoy muriendo
como inútilmente ufano,
dejándome de su mano
quien sabe que della pendo.

Padecer este castigo   65
aún no es la ofensa mayor,
porque sólo sabe Amor
lo que yo paso conmigo.

---

49 Derivación. Como se observa, siempre entre términos de mucha frecuencia dentro de este tipo de poesía.

432

Pasaré mis tristes días
sufriendo insufribles penas,
glorias envidiando ajenas,
desdichas llorando mías.

Amor, ¿dónde está la fe?;   5
mi fe, ¿dónde está un amor
que no me mintió el dolor,
sino lo que yo me sé?

Ya que con el mismo exceso
no puedo templar el fuego,   10
la rabia yo no la niego,
la envidia yo la confieso.

Pero no podrá negarme
la que ofendido me deja
que quien dio causa a la queja   15
también disculpa el vengarme.

Es de un celoso dolor
el desatinado efecto
y nunca en amor defecto
lo que es afecto de amor.   20

Pasión que saca de tino
es indicio de pasión,
y en amor buscar razón,
sinrazón y desatino.

---

* *1629,* págs. 380-382. Si algo sorprende en esta poesía tan llena de tópicos y elementos comunes, quizá sea que, en casos como esta composición, el Conde adopta un tono resolutivo que implica —en cierta medida— la aceptación del destino trágico del amante.

No es ya disculpar la fe,   25
que aún esto no se procura,
mas si los celos son locura,
con celos nada fue.

Poner preceto al furor
es furor y no preceto,   30
porque no vive sujeto
sino a sus leyes de amor.

Él consta de excepción,
pisando fueros y leyes;
si no, díganlo tres reyes   35
la noche de mi pasión.

Que unos ojos brilladores,
dulce norte de mis males,
a la traición son leales,
y a la lealtad traidores.   40

Donde el vencer invencibles
sólo acredita el valor,
milagro tuyo es, Amor,
el allanar imposibles.

Implica contrariedad   45
la adoración de un sujeto,
si no alimenta el respeto
su misma seguridad.

Sufrir ni disimular
una pasión no se deja,   50
que no es apretada queja
la que se puede callar.

27-28 Para el tema de los celos, *vid.* nota al núm. 426.
35 Alude a los tres Reyes Magos de Oriente.
39-40 Se repite aquí la técnica de derivación que hemos observado ya en otras muchas ocasiones.

Si la disimulación
vive de la confïanza,
ya no es bien el que se alcanza   55
sin esta satisfación.

¿Qué me importa proponer
secreto de amor forzado,
si en un celoso cuidado
es crédito enloquecer?   60

Cualquiera rabia dispensa
una esperanza engañada,
donde la fe mal pagada
toma obstinación de ofensa.

Vos, que en la mano tenéis   65
toda mi vida y mi muerte,
poned leyes a la suerte,
pero no las quebrantéis.

Por esto vengo a temer
que sea fuerza vivir   70
donde acredita el morir
la culpa de enloquecer.

¿Quién previene el desvarío?
¿Quién pone ley al furor,
no pudiendo ser de amor   75
pasión queja de albedrío?

Vos, que sólo a mi sentido
la vital parte alteráis,
sabed que no acreditáis
vuestra fuerza en un rendido.   80

Ejemplos puede poner
del rayo el alta violencia,

---

58 El secreto era uno de los preceptos básicos del amor.

que en la mayor resistencia
sólo muestra su poder.

   Templan los ojos la furia, 85
donde Amor sus flechas tira,
y no acredite la ira
la sinrazón de la injuria.

   Dad ya treguas al tormento,
y paz al sentido un poco, 90
que no debe morir loco
quien tiene tal pensamiento.

   Amada enemiga mía,
deseo saber por qué
lo que conocéis por fe 95
os canta como porfía.

   En tan tirano trofeo
el temor nunca se engaña,
ni aun la conjetura daña
con armas del deseo. 100

   ¿Cómo asegurar me puedo
en un laberinto ambiguo,
si es todo lo que averiguo
calificación del miedo?

   Acredita una venganza 105
esta consideración,
que no hay desesperación
como perdida esperanza.

   Mal puede haber amistad
donde la fe desanima, 110

---

94 La amada se presenta siempre en este tipo de composiciones como la «enemiga».

102 Para la imagen del «laberinto de amor», *vid*. nota al núm. 75.

porque el gusto desestima
lo que no es seguridad.

Ni satisface el cuidado
sin satisfación el gusto
donde pesa más el susto   115
que no el placer asustado.

Relámpagos de embelecos
son costosos desengaños,
que aún ya de pasados años
bastan a matar los ecos.   120

Y si no fuese pasado,
¿quién puede dudar que Amor
el desatino mayor
le dejase acreditado?

Si es engaño, no es alivio,   125
y si es alivio dudoso,
ofende el mal peligroso
cualquiera remedio tibio.

Temer una voluntad,
que tan sin causa se muda,   130
hace con su misma duda
fe de mi seguridad.

Extremos son estos dos
a que el medio se prohíbe,
mereciéndole quien vive   135
sólo de morir por vos.

433*

El amor, como homicida,
por no tirar golpe en vano,
se vale de vuestra mano
para la mayor herida.

Mas es tanto lo que gana   5
el que a tales manos muere,
que el mismo rigor que hiere
es el remedio que sana.

La mejor sangre es de amor,
en cuya dulce fatiga,   10
si premia cuando castiga,
¿qué lugar tiene el temor?

Antes como solicita
el mismo amor su herida,
sabe acreditar la vida   15
con lo mismo que la quita.

La fe, que recibe aliento
de su mismo desengaño,
quita, apareciendo el daño,
los méritos al tormento.   20

Cuando no espera ninguna,
halla su satisfa[c]ción
quien gana por elección
lo que pierde por fortuna.

---

* *1629*, pág. 382. El calificar el amor como «homicida», lleva al Conde a hablar del tópico de la «herida de amor». Cabría subrayar la insistente atención que el autor presta a la imagen de la sangre derramada por tal herida.

Halla en sus extremos medio   25
quien, de un brazo poderoso
herido, queda ambicioso
del mal y no del remedio.

La sangre de mi cuidado
no es sacrificio admitido,   30
mas yo le estimo perdido
como pudiera aceptado.

Mata lo mismo que anima,
no merece la paciencia,
donde la misma violencia   35
obliga cuando lastima;

que una noticia contenta,
en desesperada suerte,
ya con la sangre que vierte
ni merece ni escarmienta.   40

Antes tiene por victoria
vivir en su cautiverio
quien descifrando el misterio
halla en el martirio gloria.

En este perseverar   45
vive una fe sin mudanza,
tan lejos de la esperanza
como de desesperar.

Ella sufre y persevera,
porque tiene por trofeo   50
alimentar el deseo
de la gloria que no espera.

Herida nunca curada
interiormente os consagro,
si es digna deste milagro   55
sangre por vos derramada.

En este conocimiento
se acredita mi temor,
que son fantasmas de Amor
sombras de arrepentimiento.

60

434

Son las sospechas un medio,
cuyo recatado engaño
martiriza como daño,
obliga como remedio.

Nueva que siempre lastima,   5
defensa que nunca tarda,
solicitud que acobarda,
y aviso que desanima.

Son la misma variedad,
y mártires de su enredo,   10
que, concebidas de miedo,
abortan temeridad;

luz de rayo adulterada,
cama de abrojos cubierta,
y en ecos de culpa incierta,   15
ser de pena idolatrada.

Son de amor misterio y cifra,
cuyo tiránico imperio
pone en el mismo misterio
la muerte al que le descifra.   20

Por límites son inmensas,
y en idolatría de culpas,
ofensa de las disculpas,
y ambición de las ofensas.

---

* *1629,* págs. 382-387. Esta larga composición (91 redondillas), que tiene
como tema las «sospechas», está concebida mediante la técnica del poema-
definición (para sus características, *vid.* nota al núm. 26).

2 RECATADO. *Vid.* nota al v. 9 del núm. 329.

17-20 Nótese la similicadencia en esta redondilla.

Tienen para hacer culpadas   25
prolijidad de adivinos,
siendo cultos desatinos
y pesares cultivados;

error y pasión de sabio,
escrupulosa porfía,   30
sujeto de hidropesía,
que bebe su mismo agravio;

sombra sola de sus males,
fe de sus inconvenientes,
que matan como accidentes,   35
y tienen ser de inmortales.

Son una enigma ajustada,
cuyo miedo presumido
discurre como ofendido
por una ofensa buscada;   40

y en advertido advertir
fe para desesperar,
quejoso desconfïar,
y confïado morir;

y en recato que se asombra   45
idolatrando su queja,
sombra de ilusión que deja
su cuerpo por otra sombra.

Su escrúpulo no difieren,
y, como entre dudas crecen,   50

---

31 HIDROPESÍA. *Vid.* nota a los vv. 9-11 del núm. 84.
41 Un caso de derivación dentro del mismo verso.
43-44 Y uno como los ya citados en otras ocasiones.
45 RECATO. *Vid.* nota al v. 4 del núm. 67.
45-48 Nuevo uso de la similicadencia.
49 DIFERIR. «Dilatar, retardar» *(Auts.).*

con las almas se parecen,
que, formándose, no mueren.

Discurso que se desmanda;
fruto que por malo crece;
temor que nunca obedece,   55
porque temerario manda.

Son una pena que nace
de culpas idolatradas,
en leyes interpretadas
contra el mismo que las hace;   60

ciegos ministros de Amor
que, adulterando su oficio,
arden como sacrificio,
y hielan como temor;

ofensivos obstinados,   65
que a la sombra de su enredo
exhalan sustos de miedo
con porfía de cuidados.

Introducen su tormento
entrando con paso tibio,   70
y de impedir el alivio
quieren agradecimiento.

Son un accidente inquieto
que, con alterado pacto,
por purificar un acto,   75
se quedan acto imperfeto.

De lo que causan se admiran,
proponen mil desconciertos,
sueñan con ojos abiertos,
sin ojos juzgan y miran.   80

---

79 Como Argos, el de los cien ojos (*vid.* nota al v. 14 del núm. 287).

No hay término que limite
esencia tan demasiada,
que en formar cosa de nada
con el mismo Dios compite.

Son una falta de apariencia   85
que, contraria al ser que implica,
vela en sueño y verifica
materias sin existencia;

abortos de nube opaca,
fuerzas de ardiente saeta,   90
influencias de cometa
sobre la parte más flaca;

ciego le tengo, y desmayo
que a la luz de su pasión
obra por exhalación,   95
y tiene efectos de rayo.

Las noticias enajenan
y sin distinción aplican;
como causas pronostican,
si como efectos condenan.   100

Árbol que produce y cría
el ponzoñoso alimento,
que ciega el conocimiento
y da luz a la porfía;

errores de su advertencia,   105
a quien ofrece a su estado
holocaustos el cuidado
y víctima la paciencia;

fe que en propio mal induce,
cuya materia constante   110
es causa que, siendo errante,
no mueve lo que produce;

estancia llena de espejos,
que muestra por todos lados
tormentos idolatrados   115
con la fuerza de sus lejos;

fantástico error oscuro
de imperfecciones compuesto,
peligroso presupuesto
seguido como seguro;   120

temporal siempre contrario,
dudas en mal confirmado,
accidente recatado
que se hace temerario.

Tienen deliquios de sueño;   125
para rogados no valen;
y primero de sí salen
que saquen de sí a su dueño.

Arman el cobarde pecho
sólo de contradecir,   130
y para mal presumir
cuanto tienen dan por hecho.

Y anteviendo por llegadas
ofensas no consentidas,
sólo en su daño advertidas   135
las dan por averiguadas.

De medio siempre pensado
viven en el pensamiento;

113-116 Esta es, quizá, una de las estrofas más bellas del poema.
116 LEJOS. «En la pintura se llama lo que está pintado en disminución, y representa a la vista estar apartado de la figura principal» (*Auts.*).
123 RECATADO. *Vid.* v. 2.
125 DELIQUIO. *Vid.* nota al v. 3 del núm. 86.
133 ANTEVER. *Vid.* nota al v. 8 del núm. 413.

son un molino de viento,
pero de viento pasado.   140

Arden y no se consumen;
abrasan y hielan junto;
reducen a un solo punto
lo que en mil años presumen.

En atormentar, constantes;   145
de muertes ajenas viven;
sólo del aire conciben,
y a parir vienen gigantes.

Para ofender se adelantan;
son testigos peligrosos,   150
que de puro escrupulosos
mil testimonios levantan.

Discurren inadvertidos,
y como incrédulos mienten;
aprueban lo que más sienten,   155
ensordecen los sentidos.

Con su flaqueza pelean,
y con su fuerza también,
y no tienen otro bien
sino que lisonjean.   160

Buscado desasosiego
en morir apetecido,
desengaño prevenido,
voz que no sabe de ruego;

remedio vario sin él,   165
castigo de la esperanza,
y efecto de una venganza
piadosamente crüel.

Son una violencia pura,
cuya pena ponderada   170
representa la pasada,
y anticipa la futura.

Peligrosas chismerías
que sacan quintas esencias
más de forzadas paciencias   175
que de forzosas porfías.

Son una abundancia pobre
que con acíbares medra,
y toque de falsa piedra
que todo lo saca cobre.   180

Buscan lo que no quisieran,
y relatadas porfían;
en lo que menos querrían
desesperadas esperan.

Con nunca vista violencia   185
llegan a todos lugares;
el menor de sus pesares
acredita una paciencia.

Quieren parecer provechos,
y son daños sin remedio;   190
comenzaron dando el medio,
y extremos quedaron hechos.

Son cobardes agraviados
que no saben perdonar,
y siendo su fin culpar,   195
porfían desconfiados.

---

173 CHISMERÍAS. «Chismes» (*Auts.*).

178 Puesto que el acíbar era muy amargo.

179 Se refiere a la supuesta «piedra filosofal», que convertía en oro todo lo
que tocaba.

En esta contradicción
tienen en duda su ser:
matan con lo que han de ser,
y prenden con lo que son.   200

Por indicios y señales,
tormentos son sus decretos;
anticipan sus efetos,
pronosticando los males.

Son de fines infinitos   205
siempre quejosas instancias,
memorias de circunstancias
y testigos de delitos;

hipócritas aparentes,
amigos poco seguros,   210
que antevén daños futuros
para causar los presentes.

Desasosiego encaminan
con escrúpulos dudosos;
por medios supersticiosos   215
sólo agravios adivinan.

De lo que buscan se quejan;
dan por avisos castigos;
y son pesados amigos
que sin razón aconsejan;   220

encantada cobardía
que por satisfacción yerra,
a la fe poniendo guerra
con armas de fantasía.

Minas de enojos eternos   225
y con avisos de afán,

212 *Vid.* nota al v. 133.

en el infierno no están
porque ellas se son infiernos.

Son duendes nunca alcanzados
que en el aire se sustentan   230
con las almas que atormentan
de espíritus condenados;

escrupuloso embarazo
que, en hidrópicas porfías,
dispone por fantasías   235
los términos a su plazo;

sobresaltos conocidos
pero nunca remediados,
porfía de sus cuidados,
ignorantes presumidos.   240

Y en una secreta queja
de la más cobarde duda,
es amigo que no ayuda,
y enemigo que aconseja;

centinela veladora,   245
presunción cobarde y loca,
ofensa que al alma toca,
y della queda señora;

porfïado desvarío,
peligroso laberinto,   250
donde no tiene distinto
ni fuerzas el albedrío;

en un largo presumir
razón que siempre acobarda,
y de una muerte que tarda   255
eternizado morir.

---

234 *Vid.* v. 31.
251 DISTINTO. Por «instinto» (*Auts.*).

Son un fuego que atiza
del miedo que se derrama,
y desconcertada llama
que exhala fuego y ceniza.   260

Son un loco sin disculpa
que el temor tiene de cuerdo,
y un pensado desacuerdo
para tener mayor culpa.

Son remedio en cura errada   265
en dar la muerte resuelta,
y locura que anda suelta
y la razón la tiene atada.

Son un jüez engañado
entre pasiones envuelto,   270
para condenar resuelto,
y para absolver turbado;

acto en que se purifica
su ambicioso desamor,
y un holocausto en que amor   275
sólo entrañas sacrifica;

ley que sólo se conforma
entre quejosa miseria,
y una corrupta materia
que busca imperfecta forma;   280

confusas demostraciones,
casa de mil ecos llena,
y tribunal que condena
a muerte por opiniones.

Amistades desconciertan;   285
lo que ha de pasar barruntan;
a todos tiran y apuntan,
y sólo a yerros aciertan;

comienzan enemistando;
tienen fin, pero no medio;   290
quieren parecer remedio,
y matan aconsejando.

Son medios de alivios faltos
y escrupulosos misterios,
muerte de los refrigerios,   295
vida de los sobresaltos;

en furia que no se aplaca
agoreras adivinas;
del azogue crueles minas
donde muere el que le saca;   300

sierpe en escondido seno,
hierba de ofensiva flecha,
que va al corazón derecha,
y en él siembra su veneno.

Tarde o nunca corresponden   305
a lícito fin seguro;
archivo de mal futuro,
que a mal presente responden;

de imaginaciones nido,
y de sobresaltos seno,   310
vaso de acíbares lleno,
con sed de engaños bebido;

pasión que, siendo locura,
entra como recatada,
y amistad conciliada   315
que duda y no está segura;

---

295 REFRIGERIO. «Alivio o consuelo» (*Auts.*).
299 AZOGUE. «Mercurio» (*Auts.*).
301 Es un tópico virgiliano que se encuentra en la Égloga III.
311 *Vid.* nota al v. 178.
314 *Vid.* v. 2.

pena que alivio no tiene
del mal que la participa,
y daño que le anticipa
lo mismo que le previene;   320

error del entendimiento,
afecto de la venganza,
culpa de la confïanza,
y susto del pensamiento;

varios fueros indecisos   325
cuya sed beben los vientos;
ciegos inadvertimientos
muy puestos en ser avisos;

prodigios de mal agüero,
casi apetecido engaño,   330
y un eternizado daño
que nunca espera el postrero.

Son una falsa violencia,
cuya prolija inquietud,
con vana solicitud,   335
martiriza la paciencia.

En solicitar enredos
vienen a ser sus porfías
cobardes para osadías,
y atrevidas para miedos.   340

Pasiones desobedientes,
pasado sueño de engaños,
y entre accidentales daños
naturales accidentes.

Con una falsa vislumbre   345
amanecen sus pasiones,
tienen todas sus razones
por razón la pesadumbre.

Cualquier alivio limitan;
en las apariencias crecen; 350
con el remedio que ofrecen
la vida al remedio quitan.

Supersticioso desvelo,
mal informada porfía,
pecado de hipocresía 355
con apariencia de celo.

Será la definición
de tan miserable historia
martirio de la memoria,
acíbar del corazón. 360

Y el que en su tormento esquivo
padece desvelo incierto,
más que si estuviera muerto
le pueden llorar por vivo.

---

354 INFORMAR. *Vid.* nota al v. 6 del núm. 37.
360 *Vid.* nota al v. 178.

435*

Sin que parezca portento,
bien puede abrasar la nieve
cuando el alma que la mueve
es de mejor elemento.

Porque el incendio que pasa   5
por la mano al corazón
interna su exhalación
y con puro hielo abrasa.

Ni a conjeturar se atreve
la razón deste accidente,   10
si es nieve, ¿cómo es ardiente?,
y si ardiente, ¿cómo es nieve?

Mas en este blanco velo
que mi bien cubre y mi mal,
hace efecto natural   15
del fuego el tacto del hielo.

Yo sufro y de amor no entiendo
tan implicados enojos,
nieve parece a los ojos
lo que deja el alma ardiendo.   20

De ella, pues, por ellos llueve
otro misterio más ciego,
en llanto, líquido el fuego,
y al fuego, dura la nieve.

---

  * *1629*, págs. 388-390. La paradoja amorosa del amante se presenta, en la primera parte del poema, mediante el tópico de los contrarios «fuego»/«nieve»; y, en la segunda, mediante otros tópicos como el silencio y la dualidad «razón»/«pasión».

  11-12 Un caso de paralelismo sintáctico apoyado en la anadiplosis.

Antes hace amor que tema,   25
en el rigor con que ofende,
tanto el fuego que no enciende
como la nieve que quema.

Mas llegada a conocer
mi fe en actos encendidos,   30
ya no piden mis sentidos
sino licencia de arder.

Ya vuestras dudas no entiendo
—como vos lo que yo escribo—,
cuando solamente vivo   35
de verme por vos muriendo.

Agradecido a mi suerte
de ansia tan presumida,
sacrificando la vida,
acreditaré la muerte.   40

Ajena ofensa no muerde
al que con mal propio lidia,
ni la mayor de la envidia
vida que también se pierde;

ni es la ambición en vano,   45
donde las penas animan,
que envanecen si lastiman
heridas de vuestra mano.

Podrá dudar un tormento
ufano y desesperado,   50
si puede ser desdichado
quien tiene mi pensamiento.

De cualquier justo temor
resistiré la violencia;
los agravios, con paciencia;   55
el mismo amor, con amor.

Morirá sin descubrirse
mi razón de temerosa,
mas no podrá ser dudosa
verdad que no osa decirse.   60

Pena sin comunicalla
sin escrúpulo ha de ser,
porque no le puede haber
en el dolor que se calla.

Y aunque es precepto crüel   65
lo que al corazón le toca,
es no fïar a la boca
lo que sólo cabe en él.

Tan alta suerte de enojos
comunicarse no puede,   70
si el mismo amor no concede
muda elocuencia a los ojos.

Así que yo me sentencio
a un forzoso devaneo,
donde me forma el deseo   75
mil muertes en un silencio.

Con esto nunca tendré
susto de ofensa y mudanza,
y sin alas de esperanza
llegará al cielo la fe.   80

Yo me bebí el desengaño
cuando a morir me dispuse,
porque en ningún tiempo acuse
tal alta suerte de daño.

El aprobar la pasión   85
de males apetecidos

57-60 Obsérvese el uso tan marcado de la similicadencia en esta estrofa.

no les toca a los sentidos,
sino sólo a la razón.

Ésta me absuelve y condena
de un forzoso desvarío,   90
que no siendo el error mío,
como propio me da pena.

En tan rendida fortuna
no cabe seguridad,
ni llega la voluntad   95
a no temer ninguna.

Dudosa para creer,
crédula para matar,
¿qué medio podré hallar
seguro de merecer?   100

En duda el conocimiento,
y no dudoso el castigo,
si es ajeno lo que digo,
no es ajeno lo que siento.

En daño tan encubierto,   105
mal tratado y bien perdido,
seré a lo menos creído
cuando vieren que estoy muerto.

De esperanzas y de medios
se ve ya una fe desnuda,   110
que ni en el mal pone duda,
ni fía de los remedios.

Mas tendráse mi opinión
en esta penalidad,

97-98 He aquí el uso de la derivación que hemos anotado en otras ocasiones.

haciendo la voluntad   115
del desatino razón;

    que este mi mal encubierto
tiene en ambición segura
el peligro de locura,
la satisfación de acierto.   120

    Nada me asusta ni aflige
como el intento se abone,
que la fortuna dispone
y el conocimiento elige,

    debiéndome persuadir   125
que es disculpa conocida
de los yerros de una vida
el acertar a morir.

    Antes la fe o la opinión,
de tan sublime cuidado,   130
en morir desesperado
pudo hallar satisfación.

    Pues no pende de fortuna,
aunque más tiros me haga,
saber que se debe paga   135
a quien no espera ninguna;

    que, en el rigor verdadero,
la ley secreta de amor,
por merecelle mejor,
ningún galardón espero.   140

    Al triste que se conorta
a un rendido conocer

---

[140] En *1629* y *1635* se lee «El». Lo corrijo.
CONORTAR. *Vid.* nota al v. 6 del núm. 39.

ni le aflige el padecer,
ni la desdicha le importa.

Pende de conocimiento 145
el que, apeteciendo engaños,
ambicioso de sus daños,
no merece el tormento.

En esta fe me mantengo,
y queda mucho mayor 150
que la pena del dolor
la envidia de lo que tengo.

¡Oh misterioso accidente
que premia cuando castiga!,
deudor es de su fatiga 155
quien envidia el mal que siente;

pues tiene tanto caudal
la noticia y la razón
que no es menor la ambición
ya de mi mal que mi mal. 160

Pero llévame la suerte
por tan difícil camino
que será salir de tino
querer que a atinar acierte.

Ciego, acreditando antojos, 165
estoy más cuanto más veo,
desmintiendo lo que creo
con lisonjas de los ojos.

Pero ya salgan mis daños
de ilusiones lisonjeras, 170
que para burlas son veras,
y para veras, engaños;

pues resisto a la violencia
del arrojado albedrío,
cuando a cuidado que es mío   175
se atreve sin mi licencia.

Esta consideración,
hecha noticia y no queja,
luego los sentidos deja
atados a la razón;   180

en cuya cadena amor,
yerros de acierto fraguando,
me hace tener por blando
su durísimo rigor.

171-172 *Vid.* vv. 39-40 del núm. 408.
182 Juega aquí el Conde con la disemia de «yerros».

436*

Si alcanza conocimiento
de sus locuras un loco,
no debe a sus daños poco,
pues dellos saca escarmiento.

Mas un sujeto agraviado   5
en vano prueba a sacar
de razón escarmentar,
aviso de escarmentado.

Alivio fuera el castigo
cuando alejarme procuro,   10
si pudiera estar seguro,
llevándome a mí conmigo.

Toda es prolija cadena
cuanto pienso y cuanto miro,
y los mismo que respiro,   15
o me ahoga o me condena.

Entre inaccesibles montes,
y por piélagos de enojos,
parece que con mis ojos
se abrasan los horizontes.   20

Falta en mis pasos camino,
falta en mis designios medio,

---

* *1629,* págs. 390-391. Esta composición es una muestra más de cómo un tema como el del desengaño es tratado por Villamediana de forma tal, que el campo significativo del poema va más allá del desengaño moral. Para N. Alonso Cortés, *op. cit.,* pág. 71, «A cada momento en sus poesías se hallarán protestas de una tortura espiritual perenne, como las de aquellas redondillas [se refiere a éstas]».

19-20 Hay que hacer, realmente, un alto en estos dos versos, de factura tan espléndida.

sin ti no para el remedio,
sólo a mis daños atino.

En tan ofendido extremo,   25
agravio nunca postrero
desengaña cuanto espero
y asegura cuanto temo.

Mi razón, de sospechosa
o de advertida, se aleja,   30
por conocer que mi queja
aun callada es peligrosa.

Desterrado y ofendido,
no me aseguro de nada,
porque no hay voz confïada   35
si habla por un caído.

Largos siglos de inquietud
pueden haberme avisado
que no pierda un desdichado
tiempo ni solicitud.   40

Veré, a luz de desengaños,
que son remedios precisos
en los daños los avisos,
y por avisos los daños.

Pasaré la vida así   45
más quejosa que importuna,
porque le deba a la fortuna
noticia della y de mí;

tan conortado a mis daños
que, firme entre mil mudanzas,   50

36 De nuevo la ejemplificación mediante la dialéctica vertical.
43-44 Otro de los usos típicos de esta poesía: la inversión.
49 CONORTADO. *Vid.* nota al v. 6 del núm. 39.

ni me alegran esperanzas,
ni me asustan desengaños.

Compañía es la tristeza,
hábito la pesadumbre,
donde el pesar por costumbre   55
se ha hecho naturaleza.

Esta consideración,
ofendiendo, satisface,
porque es la envidia quien hace
del aplauso emulación.   60

Pero estoy muy satisfecho,
que en el peligro más fuerte,
si me empeñare la suerte,
la sabré oponer el pecho.

Cierto que no habrá ocasión   65
que de mí se compadezca,
ni tiempo en que no escurezca
mi desdicha a mi razón.

La tolerancia se esfuerza,
pero no sabré buscar   70
medio entre el desesperar
y la paciencia por fuerza.

Conozco que estoy caído,
pero los tiros del hado
halláranme derribado,   75
mas no me hallarán rendido.

Fiar más de la paciencia
es culpa y no tolerancia,
pues violenta la constancia
el que espera la violencia;   80

---

78 Para este tipo de bimembración, *vid.* nota al v. 4 del *Faetón*.

en tan prolijo dudar
que el tiempo me da a sentir
sinrazones para sufrir
y razones que callar.

La desdicha o la ventura   85
hacen, en fe de opinión,
enloquecer la razón
y atinar la locura.

Mas no me parece mucha
pena a que yo me sentencio,   90
si no es muerta de silencio
la querella que no escucha.

Las razones que no digo
no son las que menos siento,
mas por no dallas al viento   95
quiero que mueran conmigo.

---

91 Sigo, para este verso, la lectura de *1635*, puesto que en *1629* se lee «muerto».

No quiero que se resista
un rayo de vuestros ojos;
vista que disculpa antojos,
y antojos de buena vista.

El que en tales brasas arde,   5
quejoso y no arrepentido,
de un pensamiento atrevido
se desengaña cobarde.

Si pruebo a esforzar mi suerte,
mayor desengaño saco;   10
y conocíme más flaco
cuando quise hacer dél fuerte.

¿Cuánto mejor es rendirme,
sin tratar de defenderme,
que dejar de conocerme   15
y probar a resistirme?

Probé lágrimas vertidas
y enjutos ojos serenos,
y sé que no cuestan menos
lloradas que detenidas.   20

---

* *1629,* págs. 391-392. Una serie de tópicos —ya comentados— de la
poesía amorosa se concentra en estas redondillas: los rayos que lanzan los
ojos de la dama, el amante que continuamente arde y el desengaño.

8 En *1629* y *1635* se lee «le». Lo corrijo.

18 Se dan aquí ecos del madrigal de Gutierre de Cetina (*vid.* nota al v. 18
del núm. 440).

De una traviesa mesura,
de un mirar engañador,
nace un efecto traidor
que mata cuando asegura.

Es peligrosa inquietud   5
la del reposo aparente,
dando a sentir juntamente
descuido y solicitud.

Cautelosa compostura
no hay paciencia que no apure,   10
ni recato que asegure
de una traviesa mesura.

Con peligrosas violencias
de misteriosos secretos,
diferencian los efetos   15
tanto de las experiencias.

Nueva ley sin ley de amor
que con dos contrarios daña:
un trato que desengaña
y un mirar engañador.   20

Y no es menos peligroso
que un sujeto apasionado

---

* *1629*, pág. 392. Como en la mayoría de las redondillas, Villamediana se
detiene en la descripción del «efecto» que sobre el amante produce la mirada
de la dama y su posterior desdén.

·11 RECATO. *Vid.* nota al v. 4 del núm. 67.

19-20 Como llevamos visto, es procedimiento habitual en el Conde el
uso de la derivación en posición de rima y en los dos últimos versos de la redondilla.

23-24 *Vid.* nota anterior.

viva siempre cautelado
de un engaño cauteloso.

A tus ofensas, Amor,   25
no hay huir, no hay esperar,
si de un seguro mirar
nace un efecto traidor.

Al que menos se recela
apura más la paciencia,   30
la ofensa de una violencia
con blandura de cautela,

cuya hipócrita mesura
causa el yerro presumido
del engaño inadvertido,   35
que mata cuando asegura.

Defiéndeme deste mal
lo que el mismo mal me niega,
pues es tal que al alma llega
y en ella queda inmortal.

Entiérrese mi querella,   5
de su secreto vencida,
que no es bien que tenga vida
quien busca cómo perdella.

En los peligros buscados
se pierden los prevenidos;   10
remedios siempre perdidos
es muerte de desdichados.

Secreto, yo te guardara
porque Amor manda guardarte,
si decirte y si callarte   15
la vida no me costara.

Quien sólo supo vivir
en desdichas confirmado
podrá morir confesado,
y confesando morir.   20

Una verdad por castigo
pudiera decir, señora,
mas es ya muy tarde ahora
y habrá de morir conmigo.

---

* *1629*, págs. 392-393. El «mal», como mal de amor, y el secreto como
opción imposible para el amante son dos de los elementos que caracterizan el
estado del que sufre.

1-4 Nótese, para esta redondilla, el sentido de continuidad rítmica que
proporciona la similicadencia.

20-21 Aquí la derivación contribuye también al sentido de continuidad.

440*

Cautelada mi pasión
de sus ocultos enojos,
quiso suplir con los ojos
defectos del corazón.

Y aunque son pruebas perdidas   5
el silencio y las querellas,
más cobardes que atrevidas,
cansado de detenellas,
probé lágrimas vertidas.

Este alivio que ninguno   10
pues, recatado o dudoso,
reprimió el llanto quejoso
por no llorar importuno.

Actos de respetos llenos,
y pasiones recatadas,   15
hacen que no valgan menos
lágrimas reconcentradas
que enjutos ojos serenos.

Y vengo a decir callando
que, por lo que estoy muriendo,   20
quiero obedecer sufrimiento
y no descansar llorando.

---

* *1629*, págs. 393-394. Es el poema que cierra el apartado de REDONDI-
LLAS. En realidad está compuesto por cuatro redondillas y cuatro quintillas
dispuestas de forma alterna. El tema es el dolor amoroso y el debate entre su
manifestación y el silencio. No ha vuelto a imprimirse desde *1648*.

[11] RECATADO. *Vid.* nota al v. 1 del núm. 141.

[18] Recuerda este sintagma, «ojos serenos», el famoso madrigal de Cetina
(*vid.* ed. de B. López Bueno, Cátedra, 1981, pág. 131).

Ojos de destrezas llenos,
y que no lloran jamás,
antes se muestran serenos;   25
sé que no se estiman más,
y sé que no cuestan menos.

Impedir a una razón
que llore su sentimiento
es quitar a un elemento   30
el curso o la exhalación.

Y aunque lágrimas vertidas
siempre son pesadas veras,
tienen mucho de atrevidas,
y menos de verdaderas,   35
lloradas que detenidas.

---

25 *Vid*. nota anterior.
26-27 Un caso de paralelismo.
33 VERAS. «Verdades» *(Auts.)*.

441*

Ojos, ¿por qué os defendéis
de un amor tan poderoso?;
advertid que es juez piadoso,
y riguroso lo haréis.

Volved ciego, no perdáis   5
ocasión tan oportuna,
que vuestra buena fortuna,
huyendo, desobligáis.

Si os llevó el atrevimiento
a ver de Laura el valor,   10
fuera esconderse a su amor
culpa del entendimiento.

Ojos, si es que a ver nacísteis
ricos y bellos despojos,
decid que no fuisteis ojos   15
hasta el punto que la visteis.

Ocasión sin ejercicio,
sólo el nombre habéis gozado
de ojos, que hoy os han dado
la ocupación del oficio.   20

¿Qué haría yo si se perdiese
suerte de tanto placer,
y dejándola ver
el bien que pierdo no viese?

---

* 1635, págs. 410-411. El origen del amor, y vía para el enamoramiento neoplatónico, los ojos, es aquí el interlocutor mudo ante el cual el amante lanza sus preguntas retóricas.

10 No sabemos a quién se refiere con el nombre de Laura, uno de los nombres, por otra parte, utilizados por la poesía amorosa neoplatónica.

Si es que lo dispone así   25
mi estrella siempre atrevida,
antes muera esta vida,
viva ya la muerte en mí.

Un tiempo que, desterrado,
estuve en el Tajo ausente,   30
no viendo su luz presente,
lloraba con mi cuidado.

La arboleda me defendía
si el agua me daba enojos,
que en soledad de sus ojos   35
no hay alegre compañía.

Con razón, pues, conocéis
el dueño de nuestra vida;
si no queréis que os despida,
servid y no os descuidéis.   40

Servid siempre sin pedir
otro precio a mi cuidado,
que hará ser bien empleado
bastante premio el servir.

A su gusto acudiréis   45
volando, pues es razón
que bien podéis, corazón,
pues dicen que alas tenéis.

29-30 Se refiere, con casi toda seguridad, a su segundo destierro (1618-1621).

43 En *1635* se lee: «que hará servir...». Lo corrijo.

44 Corrijo «es», que se lee en *1635*, por «el».

Coplas a una muerte que sacó la señora Doña Catalina de
la Cerda en una cadena de oro.

> Señora, por buena suerte
> de los que muertos tenéis,
> con ellos muerta traeis
> de amor a la misma muerte.

> Por ella de vos no esperen   5
> los que están en pena gloria
> con que os sirva de memoria
> de los que olvidados mueren.

> Amor quiere de mi pena
> que muerto en mi prisión viva,   10
> pues a vida tan cautiva
> ponéis la muerte en cadena.

> Dudosos queréis dejar
> con la muerte que traeis,
> pues menester no la habéis,   15
> señora, para matar.

> Traerla no es conoceros,
> pues nunca puede faltaros
> matar con dejar miraros,
> matar con no dejar veros.   20

> Muerte que de vos alcanza
> menos efecto que suerte
> parece muerte y no es muerte:
> retrato de mi esperanza.

---

* *Brancacciana*, fol. 16r. (*MyB*, pág. 203). La composición está dedicada a
doña Catalina de la Cerda y Sandoval, señora que estaba casada con don Pedro Fernández de Castro, Conde de Lemos, con el que el Conde tuvo relación durante su estancia en Italia, puesto que Lemos, Virrey de Nápoles, era
mecenas de una corte literaria (*vid*. Cotarelo, op. cit., págs. 35 y ss.).

Estas lágrimas culpadas,
estas ansias prevenidas,
desesperan detenidas,
y acaban desesperadas.

En el mal que no resiste,   5
vine a ser medio forzoso
dejar llorar al quejoso
y dejar quejar al triste.

La razón manda que calle,
dícese el mismo tormento;   10
no puedo cobrar aliento
ni dejar de procuralle.

Este penoso cuidado
con nada se desahoga,
antes doblado me ahoga   15
un aliento procurado.

Lo que asegura un suspiro
vos lo dudáis, yo lo creo,
y por mi cuidado veo
que es peligro cuanto miro.   20

Si de tan muda paciencia
ha de triunfar el rigor,
no resistir es mejor
en pensar sin resistencia.

Mostrarán penas calladas,   25
llorados noches y días,

---

* *Brancacciana,* fol. 16v. *(MyB,* págs. 202-203). El tópico de las lágrimas
derramadas *(vid.* núms. 96, 114, 145, 374), introduce uno de los tópicos petrarquistas más utilizado por Villamediana: el silencio *(vid.* vv. 9 y 35).

3-4 Un nuevo caso de derivación.

7-8 He aquí un ejemplo de paralelismo como elemento de cierre de la redondilla.

que pueden menos porfías
que lágrimas porfïadas.

Los suspiros sin licencia
parecerán confïanza,   30
si yo llamare tardanza
lo que es costumbre [y] paciencia.

Descansara no cansado,
mas es forzoso al cansar,
pues no se escribe el callar   35
aunque se muera callando.

Son como inventados medios
los peligros prevenidos;
aunque remedios perdidos,
ya no les llamo remedios.   40

¡Qué de razones culpadas
fueron por no ser oídas!,
¡qué de mentiras creídas!,
¡qué de verdades negadas!

¡Qué amor y qué sufrimiento!,   45
¡qué dolor tan apurado!,
¡qué pesar tan deseado
y qué temido contento!

¡Qué de culpas que no tuve
me echarán estando ausente,   50
que ausente estuve presente,
cual estoy y cual estuve!

Cuando el alma se me sale,
no me cansa su pasión;
cánsame el tener razón   55
y el ver que nunca me vale.

---

³³⁻³⁶ Obsérvese, para esta estrofa, el uso del poliptoton en la posición
de rima.

444*

No es alivio de un cuidado,
que con ausencia ha crecido,
un retrato prometido
y un original negado.

Ya de vivir tan incierto   5
tantos cuidados recibo
que, para sentirlos, vivo
en vuestra memoria muerto.

Si fue culpa mi partida,
ella os dejará vengada,   10
pues queda bien castigada
con esta vida esta vida.

Muerte que ahora [no] viene,
deseando yo que venga,
vendrá cuando le convenga,   15
si falta cuando conviene.

Llevo entre razones duda
de sospechas peligrosas,
seguridades dudosas,
y sobresaltos sin duda.   20

Con un dolor de partido
voy llorando eternamente,
olvidando como ausente,
más que presente, perdido.

---

* *Brancacciana,* fol. 21v. *(MyB,* págs. 208-209). Quizá lo más interesante, en esta composición, no sea el empleo de los tópicos ya conocidos («dolor», «ausencia», «silencio», «memorias», etc.) sino el hecho de que el autor concibía el poema como una «carta» (v. 49).

3 Para el tema del «retrato», *vid.* nota inicial al núm. 460.

21-24 El uso de la similicadencia se da aquí y en la siguiente estrofa.

De cuantos remedios pruebo   25
me nacen juntos enojos;
ausente de vuestros ojos,
presente olvidado os llevo.

Trayendo de vanas glorias
imaginaciones llanas,   30
apenas juntan más penas
vuestro olvido y mis memorias.

Con ir mudando lugares,
no se mudan los cuidados,
antes negaron los hados   35
su costumbre a mis pesares.

De mi mal voy conociendo
que viviera en más sosiego
si hubiera nacido ciego
que no haber cegado viendo.   40

En mi ceguedad, viviera
alumbrado de mis nieblas,
entregóme a las tinieblas
mi sol cuando amaneciera.

Llegué, vi y quedé vencido;   45
partíme, que no debiera,
y, si yo al partir muriera,
fuera mejor mi partido.

No caben en esta carta
los pesares que dan guerra   50
al que fortuna destierra
y vuestro desdén le aparta.

---

31 Otro ejemplo más de lo dicho en la nota anterior.
45 Utiliza aquí la famosa frase de Julio César, modificando el final (*vid*.
v. 1 del núm. 25).

Es de manera este mal,
que no procura escribirte,
porque el que acierta decirte   55
está lejos de mortal.

Y aun yo callando muriera
a solas con lo que siento;
sin escribir mi tormento
también os desobedeciera;   60

pues conmigo puede más
la obediencia que profeso
que el seso: triunfe el seso
quien triunfó de los demás.

62-63 *Vid.* nota a vv. 21-24.

CARTA

Horas en llorar gastadas,
y jamás arrepentidas,
más os quiero aquí perdidas
que en otra parte ganadas.

Bien os conoce mi llanto,   5
horas, en quien me mostráis
que alegres nunca llegáis,
que tristes no tardáis tanto.

A las horas condenado
del tiempo más peligroso,   10
intento como dichoso
y porfío como desdichado.

Dicen que el dolor amansa
porque el quejar es descanso;
debe ser el dolor manso,   15
que el mío jamás descansa.

---

* *Brancacciana*, fol. 17r. *(MyB*, pág. 204). Esta breve compisición en redondillas toma como motivo el llanto del amante. Este describe su estado desde
la serenidad que le produce su inquietud, esto es, como estado compuesto
por contrarios.
13-16 Es la primera estrofa del núm. 459.

Esperanza, qué procuras
soñando contentamientos;
buen caudal es pensamientos
para quien perdió venturas.

Son lejos, desposeídas,   5
las glorias imaginadas,
pues atormentan las dudas
y desengañan creídas.

De daños nacen más daños,
mas nunca arrepentimientos,   10
con ver que de mis intentos
sólo saco desengaños.

Mucho a su fortuna deja
paciencia, que siempre es muda,
que aún el sufrir pone [en] duda   15
quien, sufriendo, no se queja.

Pero es tan desigual
accidente del que muero,
que no sólo bien no espero,
mas he de negar mi mal.   20

En pasión tan encubierta,
por no ofender en decirla,

---

* *Brancacciana,* fol. 23v. (*MyB,* págs. 209-211). El tema del desengaño amoroso posee, en estos poemas y en Villamediana, una larga serie de tópicos para su tratamiento: la «esperanza», la «fortuna», los «contrarios», el «silencio»; así como la «dialéctica vertical» propia del Conde, que se ejemplifica en los mitos de Ícaro y de Faetón.

7 En este verso hay un error que *LRC,* pág. 301 subsana utilizando «[dudadas]».

quien no llegó a presumirla
dejó mi esperanza muerta.

En un dolor infinito   25
mi ceguedad sólo veo,
y, con lo que más deseo,
mi muerte más solicito.

Quedo turbado y suspenso
cuando mis intentos miro: 30
por lo que pienso, suspiro,
y, en no suspirando, pienso.

Como de contrarios vivo,
en dudas me certifico,
y mil torres edifico   35
y yo mismo las derribo.

Con engañosas quimeras,
en peligrosos desdenes,
de burlas soñando bienes,
me persigue amando veras.   40

Quisiera tener la rienda
a pensamiento tan loco,
que el caer tendrá por poco
quien a lo asumido entienda.

Pero no me determino;   45
tan determinado estoy
que ni llego adonde voy,
ni sé volver del camino.

En tal desesperación,
busco sin poder hallar   50

---

28 *Vid*. v. 5 del núm. 237.
37 *Vid*. v. 1 del núm. 4.
41-44 He aquí la ejemplificación mediante el mito de Ícaro.

camino de conformar
lo que quiero y la razón;

y con ver que está la vida
en tanto peligro puesta,
cerca de esta pena es ésta,   55
en ser por vos padecida;

con gloriosos devaneos,
para volar más que el viento,
que más alas que su intento
han menester mis deseos.   60

Traigo, con pecho constante,
sin contradición alguna,
por letra de mi fortuna:
«Sólo, vencido y triunfante».

No hay de qué desengañarme   65
al cabo de la jornada;
Fortuna no me dio nada;
nada tiene que quitarme.

Aunque el tiempo me dé prisa
y tome de mí venganzas,   70
con porfías y mudanzas
de sus mudanzas me avisa.

Adoro males seguros,
sin hallar inconvenientes
en sufrir males presentes   75
y soñar bienes futuros;

57-60 Alusión, de nuevo, al mito de Ícaro.

63 LETRA. Por «lema». Los lemas eran la expresión que de su sentimiento llevaban los caballeros en sus ropas (*vid.*, por ejemplo, nota al v. 11 del núm. 205).

y es lo bueno que este mal,
que en matarme está tan puesto,
fe lleva por presupuesto
y paciencia en su caudal.   80

Quitóme el medio al perder;
hallóme tan bien perdido;
tan eficaz mi sentido
consiente el mal que ha de ver.

Y no sé yo cómo pueda   85
haber ya mudanza alguna,
que aun la rueda de Fortuna
para mí siempre está queda.

Y así puedo sin recelo
tener, señora, yo mismo,   90
la humildad en el abismo
y el pensamiento en el cielo;

y aunque dél y de mi suerte
espero cierta caída,
lo que perdiere la vida   95
acreditará la muerte.

89-96 Aun con la certeza del desenlace trágico, la muerte se presenta como
la constatación del sentimiento amoroso (*vid.* vv. 11-14 del núm. 5).

447*

En medios tan peligrosos
que sus fines son oscuros,
más quiero males seguros
que no remedios dudosos.

¿Para qué es darme a entender   5
de mí lo que yo no creo,
donde porfía el deseo
por lo que no puede ser?

La paciencia no se gasta,
ni la razón lo sufriera,   10
que de un bien que no se espera
un mal seguro me basta.

No sé cómo pueda ser
que, en ansia tan desigual,
todo lo que no es mi mal   15
diera por no le tener;

porque halla el pensamiento,
en medio de su pasión,
consuelo al vivo y razón
que acredita el mal que siento;   20

que la vida aventurada
ya no es penalidad,
adonde la voluntad
la tiene sacrificada.

---

* *Brancacciana*, fol. 29r. (*MyB*, págs. 213-214). Contrasta en algunas de estas composiciones amorosas como ésta la zozobra del desengaño con la expresión serena que el yo poético adopta en los octosílabos.

Cuando viva y cuando muera   25
en cárcel la desventura,
esta voluntad segura
hallaréis de una manera;

que el alma, que es lo mejor,
por lo que de vos le viene,   30
ya ningún peligro tiene
en los peligros de amor.

En los peligros de amor
está la fe tan segura
que no hay bien en la ventura   35
por que yo dé mi dolor.

Bien puede estar desterrado
el cuerpo y en tanto mal;
por lo que es inmortal
está preso en su cuidado.   40

¿Qué daños o qué accidentes
harán mudar de intención
a un sufrido corazón
en tantos males presentes?

Mueran como seguras   45
estas locas confïanzas,
que entre sombras de esperanzas
me han dejado tan [a] oscuras.

Yo con mi dolor me avengo,
señora, porque más quiero   50
un bien de que desespero
que un mal que seguro tengo.

448*

Puede tanto la eleción
que ha hecho mi pensamiento
que de tan alta ocasión
con razón falta el intento,
mas no al intento razón.   5

De lejos le seguiré,
sin temer mudanza alguna,
por más que muriendo esté,
que no es sujeto a fortuna
el acierto de mi fe.   10

Con esta seguridad,
entre fe y desconfïanzas
en una misma igualdad,
tengo a prueba de mudanzas,
segura, la voluntad.   15

Fuera el destierro experiencia
de la fe, en mérito della,
mas tiene el alma presencia,
pues el estar vos con ella
hace segura la ausencia.   20

---

* *Brancacciana*, fol. 30v. (*MyB*, págs. 214-215). En este caso, las «coplas» se presentan en forma de quintillas, estrofa poco usual en la poesía del Conde.

3-4 Obsérvese la doble similicadencia que se da en estos versos.

449

Aunque ya para morir
sobra cualquier accidente,
estoy tan lejos presente
que no me duele el partir.

Desconfianza y paciencia   5
son un morir dilatado,
mas, en quien parte olvidado,
¿qué tiene que hacer la ausencia?

¿Es porfía, o es venganza,
tener a la despedida   10
sin esperanza la vida,
y sin vida la esperanza?

Mas vida sin esperanza
presto su nombre convierte
en una prolija muerte   15
que se sigue y no se alcanza.

Con ansias siempre culpadas
voy con mis males y vengo,
y es sólo el caudal que tengo
de verdades no escuchadas.   20

---

* *Brancacciana*, fol. 38r. (*MyB*, págs. 244-248). Se editó, por primera vez en 1925. En *LRC*, págs. 194-199, aparece como dos poemas distintos: el primero, hasta el v. 84; y el segundo, el resto. Rosales no justifica tal división, y Rozas, en *El Conde de Villamediana. Bibliografía...*, págs. 48 y 49, respectivamente, los cataloga también como dos poemas distintos. N. Alonso Cortés, *op. cit.*, pág. 67 copia cinco redondillas (la 1.ª, 2.ª, 20.ª, 43.ª, 44.ª) seguidas de este comentario: «Que la muerte le amenazaba cuando se decretó este destierro [el de 1618], ya era cosa sabida de Villamediana.» En realidad, el Conde describe la paradoja que vive el amante (o el desterrado) en forma de lucha, una lucha contra sí mismo, en la que la memoria alimenta el dolor que siente.

11 Un caso de retruécano.

Moriré sin declarallas,
pues, con quien no quiere oírlas,
ofensa será decirlas,
y no mérito callallas.

En tan peligrosos daños,   25
cualquier remedio es perdido,
si de dudas perseguido
temo más los desengaños.

Mas aunque no hay que esperar
donde ningún bien se espera,   30
ser mi causa la primera
mucho debe consolar;

que en accidente mortal
de apasionado desdén,
si fuera posible el bien,   35
no fuera forzoso el mal.

En ley de alta confïanza
y de acreditado empleo,
poco debe a su deseo
quien desea lo que alcanza.   40

Mas no es ocasión liviana
de disgusto y de fatiga,
si como diosa castiga
quien elige como humana.

Y así la pasión y enojos   45
de los males que no dudo
a la lengua han dado un ñudo
y rienda suelta a los ojos.

35-36 Éste es uno de los recursos utilizados como cierre en las redondillas:
el paralelismo.

Distancia, olvido y paciencia,
disculpa mal admitida,   50
si son muertos de por vida,
porque son vida de ausencia;

y, por hacerme morir,
duplica amor mi tormento,
pues, tras sentir lo que siento,   55
siento el no verlo sentir.

Entre mil persecuciones,
conforman estos cuidados
pesares anticipados
y el placer con dilaciones.   60

La voluntad persevera,
con hallar eternamente
tan cerca lo que siente,
tan lejos lo que espera.

Si algún descanso prevengo,   65
veo que es discurso ciego
caminar si nunca llego,
y volver de adonde vengo.

Cualquier imaginación
es dar materia a los ojos,   70
metiendo entre mil abrojos
un inquieto corazón.

Ausencia no me asegura;
el tiempo todo lo mueve;
lo que por amor se atreve   75
se acobarda por ventura.

55-56 Aquí al poliptoton se le añade el uso de la disemia de «sentir».
63-64 *Vid.* nota a vv. 35-36.

En medio de esta violencia
tengo la muerte delante,
y con fe siempre constante,
soy la misma indiferencia.   80

Entro y salgo en el camino
con mil efectos de amor,
sólo atinando el dolor
que sabe sacar de tino.

Conmigo vivo en contienda,   85
sin poder hallar reposo,
y cuanto más me declaro,
menos hallo quien me entienda.

Alimentando mi daño
de mil extremos sin medio,   90
me desengaña el remedio
y yo no me desengaño.

Vivo de lo que porfío
contra lo mismo que espero,
y, desvarïando, muero   95
ya probando el desvarío.

Malicia y persecución,
quimeras, industria y arte,
nunca pudieron ser parte
contra indivisible unión.   100

Mas esto, ¿qué me aprovecha,
si en tan rendida paciencia
guarda su costumbre ausencia,
dando fuerza a mi sospecha?

91-92 Un caso de poliptoton.
96-97 Ahora, derivación.

Fantasía desmandada   105
da nuevo aliento a quimeras,
que para burlas son veras
y para veras son nada.

Así que [a] buscar memoria
en el reino del olvido,   110
que es dar muerte a un desvalido
tentarle de vanagloria.

Si de cualquier acto postrero
debe ser desengañado,
aunque viva desdichado,   115
ha de morir verdadero.

Y así, en el postrer aliento,
que es fin de tan larga guerra,
el cuerpo dejo a la tierra
y su causa al pensamiento.   120

Mas buscar seguridad,
en tan ausente fortuna,
es pretender de la luna
firmeza y seguridad.

De los bienes que no espero   125
sólo yo aliento recibo,
aunque canto como vivo
a quien sabe por qué muero.

Mas en tan triste fortuna
que inútilmente se esfuerza,   130
la queja tiene gran fuerza
y el esforzarme ninguna.

---

107 VERAS. *Vid.* nota al v. 33 del núm. 440.
129-132 Obsérvese el uso del piloptoton y de la derivación en una misma
estrofa y sobre un único lexema.

Sólo puede el rendimiento,
ajustado al bien que veo,
poner leyes al deseo   135
y crédito al perdimiento.

Pero como me destierra
causa de causas tan varias,
entre sí las más contrarias
hacen paz por darme guerra.   140

Mas, ¡ay!, cuán inútilmente
viene esta persecución,
pues es ya [a] mi corazón
sólo amor causa eficiente.

Y de sus actos perfectos   145
eficazmente proceden
segundas causas, que pueden
menos que no sus efectos.

Porque, aunque yo nunca falto,
la memoria, que es tan pura,   150
lo mismo que me asegura,
da razón al sobresalto.

Digan otros su dolor,
si ausencia les da tormento,
que yo no sé lo que siento,   155
pero siento que es amor.

Y tengo por presupuesto,
que no dejaré jamás,
que suele y obliga más
que todas las que me han puesto.   160

Bien me puedo prometer
en los agravios paciencia,

_____
160 Se ha de entender «que todas las ausencias».

pero no ley de obediencia
contra la de bien querer;

que, aunque más razones haya,   165
y con [servicios] obligo,
¿quién puede tanto consigo
que en tal peligro no caiga?

Mas, ¡ay!, que ya voy forzado
y por tan nuevo camino   170
que me lleva el desatino
al morir más atinado.

Ansias, confusión, abismo;
tormento sin luz, eterno,
quien os tiene por infierno   175
téngame a mí por lo mismo.

---

166 *MyB* anotan que en el original se lee «servitudes».
173 La asociación entre el estado del amante y el abismo se da también en
el v. 17 del núm. 467.

450

Si de tu alcaide Caifás
se escapa la hacienda mía,
contarátelo García
y callarátelo Blas.

Califiquen mil verdades,   5
por tus gustos y tus miras,
verdades hechas mentiras,
mentiras hechas verdades.

Eres raposo, y no en cazo
que tus mañas idolatra;   10
tu blandura es de mohatra
que muerde en llegando el plazo.

Cultiva una pesadumbre
quien es tu amigo mayor,
¡a dignísimo asesor   15
del licenciado Legumbre,

que por testos de cebolla
confirma una decisión
este original chuzón,
alcalde de albarba y villa!   20

Pero tu virtud desbrava,
Blas, aunque la tengo miedo;

---

* *Brancacciana*, fol. 46v. (*MyB*, págs. 251-252). Esta composición está dirigida a Blas García (*vid.* nota al núm. 578).

9 RAPOSO. Por «ladrón».

11 MOHATRA. «Compra fingida o simulada que se hace, o cuando se vende teniendo prevenido quién compre aquello mismo a menos precio» (*Auts.*).

16 Según nota de *MyB*, se trata del alcalde Aguilar.

19 CHUZÓN. «Persona que es marraja y reservada con malicia» (*Auts.*).

todo te das al enredo
como el rigor [se] te acaba.

Para hacerte un conjuro,   25
pido al señor San Antón
me libre tras del cantón
que me hiciste en aquel juro.

Y tan inculpable es
tu vida que conveniencia   30
obra por inteligencia,
por un ángel portugués.

Con él, por un modo llano,
se ajusta al garduño hato,
y la raposa, que es gato,   35
esconde el cuerpo y la mano.

A buen volado, buen grito;
en todo buena verdad;
mas comprar por la mitad
una deuda no es delito.   40

Tus araños, tus reveses
y tus invenciones, Blas,
don leyes de Satanás
y mohatras sin los meses;

y, por lo que he sufrido,   45
bien sabes que, sin deber,
más te quisiera yo ver
levantado y no caído;

---

27 Alude, metafóricamente, a la «cantonada» o «burla que se hace a alguno desapareciéndosele al volver una esquina» (*Auts.*).

34 GARDUÑO. «El ladrón rarero, que hurta con arte y disimulo» (*Auts.*). En *MyB* se lee «al». Quizá fuese más correcto «el».

37 *Auts.* recoge entre otras acepciones de «volar» la de «desaparecerse una cosa».

44 MOHATRA. *Vid.* nota al v. 11.

pero en una horca, se entiende,
cuyo fruto eres opimo   50
del sazonado racimo
que de tan buen árbol pende.

En tu canonización,
llevará la cruz Baena,
cantaráte una serena,   55
honraráte mal Ladrón.

De poco llanto será
tu arañado enterramiento:
una puta vieja, o ciento,
los quiries te cantará.   60

Tu pluma que, como espada,
se deberá dar al templo,
a la puerta la contemplo
por falta descomulgada.

Nunca te verán reñir   65
aunque enojado te embista,
porque el duelo de un lanista
es arañar y sufrir.

No te metas en arengas,
y las orejas, cargadas,   70
mejor que con mil espadas,
con un enredo de vergas.

Porque de prolijo huyo,
y tú escuchar no me quieres,

---

50 Cambio de acentuación en «ópimo» por razones de rima.
54 Se refiere a don Pedro Alonso de Baena, primo de Cristóbal de Heredia, con quienes Góngora mantuvo relación *(vid.* epistolario a este último en ed. cit.).
60 QUIRIES. Se refiere al «Kirie Eleyson» o «Señor, ten piedad» *(vid.* nota al núm. 349).

oye, para cuando mueras,   75
este epitafio, que es tuyo:

«Blas yace aquí sepultado:
de cuyo mañoso enredo
vive la memoria el miedo
de cuantos ha escarmentado».   80

75 Se da aquí un fallo en la rima.
76-80 Esta redondilla la editó Cotarelo, *op. cit.*, pág. 249, seguida de esta otra: «De Blas el túmulo sella / mucho falso testimonio; / su alma se llevó el demonio... / ¡Y va engañado con ella!»

No es menester que digáis
cuyas sois, mis alegrías,
que bien verán que sois mías
en lo poco que duráis.

De ligeras, sois pesadas,   5
pues en el poco durar,
ni se os parece el pesar
que dejáis de ser pesadas.

En lo poco que duráis
claro se ve que sois mías,   10
y en no tener de alegrías
sino el pesar que dejáis.

No hay esperanza segura
en fortuna de mudanza,
no hay en su bien confianza,   15
porque su mal sólo dura.

Los males siempre duráis
y jamás las alegrías,
entregando a sus porfías
la vida con que matáis.   20

Así os tendré llorando,
alegrías tan ligeras,
que estuvísteis burlando
para entristecer de veras.

---

* *Mendes Britto,* fol. 193v. *(1963,* págs. 71-72). Retoma aquí Villamediana
el tópico de la dualidad «alegrías»/«tristezas», en relación con la brevedad y
constancia de cada una de ellas respectivamente.

4 Este verso se convierte, por su contenido, en el núcleo de la composición. Véase cómo, además, se repite encabezando la tercera redondilla.

Sentiros cuando faltáis   25
sólo tenéis de alegrías,
y más que todo, de mías,
lo presto que os acabáis.

Como los grandes disgustos
siempre son los desengaños,   30
en lo peor de los daños
se convirtieron los gustos.

Adonde nunca duráis
ajenas sois, alegrías;
vos, penas, sí que sois mías,   35
y sois de quien acabáis.

Estando la señora condesa de Medellín el día de San Andrés en la capilla, al cantar la Gloria, alzó los ojos al Cielo,
y un caballero hizo esta copla.

Dar gloria a Dios bien podéis,
pero no paz en la tierra,
que en ella siempre hacéis guerra,
o miréis, o no miréis.

VOLTAS

Si teniendo sus despojos,   5
alzáis los ojos del suelo,
vos en vos buscad el cielo:
hallaréisle en vuestros ojos.

A la Gloria no queréis
bajarlos nunca a tierra,   10
por hacernos mayor guerra,
no mirando que la hacéis.

Dan gloria, y en gloria quedan,
los ojos que, milagrosos,
primero matan de hermosos   15
que como crüeles quedan.

A la tierra no miréis
porque no cabe en la tierra
otra gloria que la guerra
que siendo vista le hacéis.   20

---

* *Mendes Britto*, fol. 194r. (*1963*, págs. 72-73). Don Pedro de Portocarrero,
quinto Conde de Medellín, caballero de Santiago y mayordomo de Felipe III,
casó dos veces: la primera, con doña Mariana de Mendoza; y la segunda,
con doña Ana de Córdoba y Cardona. Seguramente el poema se refiere
a ésta.

Quien supiere conoceros
hallará, de contemplaros,
cierta muerte que miraros,
y más cierta de no veros.

Así que pues no queréis   25
dar paz, señora, en la tierra,
sea partido de esta guerra
que, ya que matáis, miréis.

Si algún consuelo cupiere
donde ya no se desea,   30
sólo será de que vea
quién le causa el mal q[ue] hiciere.

Pero vos no lo veréis
por mirar a la tierra,
donde ya no tenéis guerra   35
pues vencida la tenéis.

453*

Llegué, leguas caminadas,
por dar descanso a mis plantas,
al lugar de menos santas
y de más canonizadas.

   * *1850,* pág. 307. Lo editó por primera vez Neira de Mosquera en el *Semanario Pintoresco,* núm. 39 (1850), págs. 307-309, bajo el epígrafe siguiente: «Llegó a la ciudad de Sigüenza y, para mostrar que las mujeres de allí eran damas de los canónigos, improvisó esta redondilla», epígrafe de más sílabas que la misma redondilla. Tanto Cotarelo, *op. cit.,* pág. 82, como Rozas, en *Tx.D.,* pág. 355 datan la redondilla como perteneciente al segundo destierro del Conde.

454

A Don Pedro Vergel, alguacil de Corte

Fiestas de toros y cañas
hizo Madrid a su rey,
y por justísima ley
llenas de ilustres hazañas.

La suma de todas ellas,   5
con ardimiento gentil,
engrandeció un alguacil
con mil circunstancias bellas.

En el caballo novel,
ardïente, bravo y brioso,   10
se ha presentado en el coso,
florido como un vergel.

Sus galas son peregrinas,
porque le hacen contrapeso
a martinetes de hueso   15
cintillo de cornerinas.

---

* *1875*, pág. 163. Lo editó por primera vez A. de Castro en *Poetas líricos de los siglos XVI y XVII,* tomo II, B.A.E., XLII. Luego, también Cotarelo en *op. cit.,* págs. 240-241, con ligeras variantes y con el epígrafe «A Pedro Vergel, en la fiesta de toros (1622)». Para Pedro Vergel, *vid.* nota al núm. 350. Esta composición parece referirse a las corridas de toros que se dieron en Madrid el día 6 de julio de 1622 (*vid.* Cotarelo, *op. cit.,* págs. 133-134).

8 Nótese el uso de la similicadencia.

9 Según noticia de la época, recogida por Cotarelo, *op. cit.,* pág. 134: «El caballo se lo había prestado a Pedro Vergel el Conde de Villamediana.» En *Cotarelo,* pág. 240 se lee: «El caballero novel.»

12 El apellido del alguacil es el primer elemento que introduce el Conde en su sátira.

15 MARTINETE. Por «espuelas».

16 CINTILLO. «Cordón de seda que se suele usar en los sombreros» (*Auts.*).

Miró al toro con desdén
Vergel, y el toro repara
que ve con cuernos y vara
un retrato de Moisén.   20

Duda el toro la batalla,
y no sabe, en tanto aprieto,
si ha de perder el respeto
al rey de la cornualla.

El toro tuvo razón   25
en no osar acometer,
pues mal pudo él oponer
dos cuernos contra un millón.

Mal gobierno fue, por Dios,
sabiendo que se embaraza   30
la fiesta, echar en la plaza
los toros de dos en dos.

No causes tan grande inopia
al mundo, toro crüel,
que si matas a Vergel,   35
destruirás la cornucopia;

pero no saldrás con lauro:
¡huye, toro, que te atajan!,
mira que sobre ti bajan
Aries, Capricornio y Tauro.   40

Guarda, Vergel, el decoro,
que la presencia del Rey
al que antes fue manso buey
ha trocado en bravo toro.

---

21 En *Cotarelo,* se lee «dudó».

33 INOPIA. «Pobreza o falta de lo necesario» *(Auts.).*

36 CORNUCOPIA. Sinónimo del «Cuerno de la Abundancia» *(Auts.).*

40 Son los tres signos del zodiaco representados por animales con cuernos:
Aries (el carnero), Capricornio (la cabra) y Tauro (el toro).

De otras armas te apercibe,   45
toro, para tu defensa,
que a Vergel no hacen ofensa
cuernos, pues con ellos vive.

Arremetió el toro infiel
a Vergel que, con destreza,   50
por cima de la cabeza
le dio la vuelta a Vergel.

Lleno de coraje acerbo,
se levanta y mete mano,
animoso, si no ufano,   55
y ligero como un ciervo.

Conseguirás lauro eterno,
Vergel, con sumo tesoro,
pues venciste toro a toro,
peleando cuerno a cuerno.   60

Por Dios que admiro el indicio
en enemistad tan grave,
si no es lo que todo el mundo sabe
que ambos son de un oficio.

Su político gobierno   65
honor en todos los hombres labra,
en todos por la palabra,
pero en Vergel por el cuerno.

Mercedes esperar pudo
con que a todos se anteponga   70
Vergel, pues le dan que ponga
el mismo Tauro en su escudo.

49-52 En *Cotarelo* se lee: «Arremetió el toro fiero / a Vergel que, con destreza, / por encima de su cabeza / hizo la vuelta el carnero.»
54 Esto es, se levanta y desenvaina.
55 Para esta estructura, *vid.* nota al v. 4 del *Faetón*.

De estos peligros externos,
cuál sea más grande ignoro:
verse en los cuernos del toro   75
o en el toro de los cuernos.

En ocasión tan oportuna
anduviste, Vergel, hombre;
y colocaste tu nombre
en los cuernos de la luna.   80

455*

Pesares, ya que no puedo
levantarme ni caer,
¿hay mayor bien que tener
perdido a fortuna el miedo?

Desde luego me condeno,   5
en quejas del tiempo iguales,
a ser propio de los males,
y de los bienes ajeno.

Es estar cuerdo o muy loco
que una fortuna agraviada   10
no espere del tiempo nada
y todo lo tenga en poco.

---

* *LRC*, pág. 220. Lo publicó, fragmentariamente, A. de Castro en *El Con-de-Duque de Olivares y el rey Felipe IV*, Madrid, 1846, págs. 3 y ss.

456*

En una gloria homicida,
en un lúcido penar,
hay temer sin esperar,
hay memoria que no olvida.

Adonde la causa dio   5
crédito al enloquecer,
no sé cómo pudo ser
amor el que se olvidó.

De tan glorioso dolor,
que el rendimiento es victoria,   10
lo que es amor, no es memoria,
lo que olvido, no es amor.

En fe de aquesta opinión
de dulcísima constancia,
cuanto aparta la distancia   15
junta la imaginación.

No puedo llamar crüel
la causa del mal que siento,
pues me paga mi tormento
con verme morir en él.   20

¡Oh dulce pena inmortal
de misterio no entendido,
que muera el más ofendido
idolatrando su mal!

* *LRC*, págs. 297-298. Esta composición está muy emparentada con la núm. 433, tanto por su estrofa inicial, como por los versos finales.
20 Recuérdese el verso final del soneto X de Garcilaso.

Tan poco en sufrir merezco   25
el ansia que me atormenta,
pues no hay dolor que yo sienta
viendo por quien lo padezco.

Aun del mal no se recata
la que —gloriosa fatiga—   30
ni engaña ni desobliga,
y obliga con lo que mata.

La noticia que se alcanza
de tan venturoso daño
sólo es mirar como engaño   35
la sombra de la esperanza.

Hecho forzoso alimento
de la desesperación,
siempre es la pena ambición
y nunca arrepentimiento.   40

Pero no sé qué haré,
donde viendo su beldad,
ni es duda la voluntad
ni tiene premio la fe.

Yo no debo a mi cuidado   45
sólo una muerte sin susto,
mas haber hallado gusto
en morir desesperado.

Entre sufragios perdidos,
presumen hallar mis quejas   50
piedad en aquestas rejas
más que no en vuestros oídos.

---

29 RECATARSE. *Vid.* nota al v. 8 del núm. 34.
51 Utiliza aquí Villamediana el tópico del «reo de amor», encerrado en la
cárcel alegórica.

En esta prisión atenta,
a convalecer por maña,
poca esperanza me engaña,   55
mucho yerro me alimenta.

Dudaré que pueda ser
mérito la confesión,
pues no alcanza absolución
la culpa de no creer.   60

Bien que de su fingimiento
saca fuerzas mi temor,
que son fantasmas de Amor
sombras de arrepentimiento.

---

56 Nótese en este verso el uso de la disemia del término «yerro», como
«hierro» y como «equivocación».
63-64 Éstos son los dos versos finales del núm. 433.

457

Mucho debe a su cuidado,
y más a su pensamiento,
quien halla contentamiento
en morir desesperado.

Fortuna, que siempre igual   5
hizo al temor y la queja,
otro remedio no deja
para este mal que este mal.

De la muerte no me aparto,
hallando en su extremo medio;   10
nunca supe del remedio,
y sé del peligro harto.

Los males vinieron menos
como de causa tan alta,
mas la ventura no falta   15
adonde se echa de menos.

La gloria del pensamiento
más es que la mala suerte,
pues acredita la muerte,
señora, el conocimiento.   20

Ya no buscará jamás
disculpas a su razón
un rendido corazón
que muere por morir más.

---

* *LRC,* págs. 307-308. La exhortación a la dama, una vez asumido el estado doloroso por parte del amante, no se plantea en términos imprecatorios,
sino simplemente como constatación de un nuevo equilibrio en el reino del
dolor.

Adonde el premio es morir,   25
y no hay otro que esperar,
gran bien fuera el acabar
si no acabar el servir.

Servicios que son debidos,
de puro bien empleados,   30
ni pueden verse ganados
ni sentirse perdidos.

En mal que jamás descansa,
de sólo llorar me canso,
porque el llorar es descanso,   35
y aun este descanso os cansa.

Si vos con vos persuadiros
no queréis, no hay que obligaros
con morir por no culparos,
ni con morir por serviros.   40

Todo lo tengo probado,
todo contra mí concuerda;
no hay remedio que no pierda
sujeto tan desdichado.

33-36 Para las rimas y concepción de esta estrofa, *vid.* nota inicial al núm. 459.

458*

Yo paso por la sentencia
sin hacer contradicción,
a morir por la razón
y callar por la obediencia.

Si morir por lo que callo   5
no disculpa lo que digo,
perderé el miedo al castigo
donde consuelo hallo.

Si mi verdad oscurece
el haberla dicho claro,   10
el callar sólo es reparo
de quien tanto mal padece.

No ofende la voluntad
este respeto que ordena
que tan verdadera pena   15
tenga miedo a su verdad.

Tan poco vale el negalla,
pues mi verdad certifica
que el silencio la publica
diciendo más cuando calla.   20

Y no quiero dar disculpa,
sino sufrir mis agravios,
sin que se muevan mis labios
por no añadir culpa a culpa.

---

* *LRC,* págs. 308-309. Esta composición, editada por primera vez por
Rosales, aparece en Rozas, *El Conde de Villamediana. Bibliogragía...,* pág. 66, ca-
talogada como «Ya paso por la sentencia». Debe de tratarse de un error,
puesto que dicho índice de primeros versos da como impresión la de
Rosales.

Y si la mía es sufrir, 25
harta pena es padecer,
tan a ciegas, sin saber
si es satisfacción morir.

Tiempo habrá en que el tiempo avise,
pues así no satisfago, 30
que sólo con morir pago
lo mucho que sentir quise.

459

Dicen que el dolor amansa
porque el quejar es descanso;
debe ser el dolor manso,
que el mío jamás descansa.

Yo callo de porfïado   5
lo que padezco rendido,
y canso como atrevido
viviendo desconfïado.

Así no es lo que me cansa
faltarme siempre descanso,   10
que aun en el dolor más manso
mi dolor jamás descansa.

Es el descanso ninguno
cuando el premio es tan dudoso,
y así yo callo quejoso   15
por no quejarme importuno.

En dolor que no descansa
ni aun de su firme descanso,
antes pensar en descanso
es ya lo que más me cansa.   20

No llega ya la clemencia
de ningunas sinrazones

---

* *LRC,* págs. 309-310. En esta composición el Conde alterna, sucesiva-
mente, dos bloques de redondillas: uno, con mínimas variaciones en cuanto
a léxico y rimas, que sirve casi a modo de estribillo (las redondillas impares);
y otro —las pares—, en el que el poeta describe el estado del amante. Para
esta técnica, *vid.* también núm. 463. Rozas, en *El Conde de Villamediana. Bibliografía...,* pág. 51, las cataloga como décimas. Debe de tratarse de un error.

a más que a dar más razones
a mi callada paciencia.

Y cuanto menos descansa   25
mi dolor, menos me canso,
pues no puede ser descanso
para mí el que a vos os cansa.

Testigo es de esta verdad
hacer siempre, como veis,   30
contra mí cuanto queréis,
y en esto mi voluntad.

Mi voluntad no se cansa
ni yo en padecer me canso,
antes puse mi descanso   35
en mal que jamás descansa.

460*

Coplas a un retrato

Cuando le digo mi mal
—mi mal jamás escuchado—,
no pienso que es el traslado,
sino el propio original.

Estas brasas que, encubiertas,   5
de amor en amor se guardan,
entre mis cenizas ardan
más vivas cuanto más muertas.

Sacando penas esquivas
siempre de memorias mías,   10
las cenizas son las frías,
y las llamas son las vivas.

Aunque me socorran luego,
sólo viendo lo que arde,
llegará el socorro tarde   15
donde sólo vino el fuego.

Y de mis cenizas siento
que amor, que todo lo mueve,
con el viento no las lleve,
y me las convierta en viento.   20

De mi contraria fortuna
ya la borrasca es pasada

---

* *LRC,* págs. 310-311. El tema del retrato (*vid.* núm. 269) sirve al Conde para disociar, en su poesía, la realidad «real» de la realidad artística (el «traslado», según el propio poeta). El retrato se convierte así en un espejo invariable en el que se refleja el yo poético.
21-28 A partir de aquí, Villamediana emplea la «metáfora náutica», tan cara a los poetas del Siglo de Oro.

con ser la nave anegada
y no escapar cosa alguna.

Los contrastes temerarios   25
sólo fueron instrumentos
para que el tiempo y los vientos
se mostrasen más contrarios.

461*

La causa de mi locura
podrá della disculparme,
pues es con menos ventura
tanto más aventurarme.

Dejadme, medios perdidos,   5
no me acordéis, que os perdisteis,
teneos por despedidos
de un hombre a quien despedisteis.

No me tentéis, ocasiones,
porque ninguna ha de haber   10
en que valgan las razones
al que las ha de perder.

En cualquier postrer castigo
hallara contentamiento,
culpado por cuanto digo,   15
penado de cuanto siento.

Y sabe Dios quién causó,
señora, los desatinos;
quien caminando llegó
me envía por los caminos.   20

Llévanme nuevos cuidados
por entre bárbaras gentes

---

* *LRC*, págs. 311-314. El poema se compone de dos partes: una, hasta el v. 56, en la que se expresa el «estado» del amante; y otra, hasta el final, en la que se «avisa» a la dama para que, a pesar de inconvenientes y sufrimientos, ejerza su voluntad y su libre albedrío.

6 ACORDAR. Por «despertar» *(Auts.).*

7-8 Un caso más de derivación.

15-16 Y otro de paralelismo.

a llorar bienes pasados
y sentir males presentes.

Contra mí siempre constante   25
se ve la fortuna así,
pues hizo cera un diamante
sólo por ser contra mí.

Mis ojos hechos un río
áspid son a cuanto miro   30
aquí, de donde os envío,
señora, el postrer suspiro.

Y jamás podrá el dolor
causar arrepentimientos
donde es mayor el amor   35
que ásperos son los tormentos.

Esto os digo, y si dijere
más, podéisme perdonar,
que la verdad del que muere
cómo se puede dudar.   40

Y así, por el paso estrecho
en que estoy, os aseguro
que la verdad de mi pecho
está de todo seguro.

Y como también estáis   45
asida al alma que os quiere,
yo sé bien que en ella vais,
señora, donde ella fuere;

sin que tiempo ni fortuna,
constraste ni diferencia,   50
venzan esta fe tan una
en los peligros de ausencia.

Y es tan penosa esta historia.
que lo menos que he sentido
es ver quedar mi memoria   55
sepultada en vuestro olvido.

Haced vuestra voluntad,
señora, pues que la mía
es morir en su verdad,
que en lo demás no porfía.   60

Tiempo es de decir verdades
aunque os canse el dueño dellas,
mirad las dificultades
siquiera para vencellas.

Haced siempre vuestro gusto,   65
pero mirad al hacelle,
que suele causar disgusto
al tiempo querer vencelle.

Dad lugar a la ocasión,
y si hubiera inconvenientes,   70
pesadlos con la razón,
pagando tiempos presentes.

Perdonad estos avisos,
ganados con tanto llanto,
que los tiene por precisos   75
el que muere y quiere tanto.

462*

Si muriera a la partida
no tuviera que sentir,
porque no llamo morir
perder a un tiempo la vida.

Con ir mudando lugares   5
no se muda cosa mía,
antes hice compañía
de cuidadosos pesares.

Puede tanto la costumbre,
en un miserable estado,   10
que llevo, de acostumbrado,
por gusto la pesadumbre.

Desde que de allá partí,
sabe Amor —y es buen testigo—
que ni puedo estar conmigo   15
ni puedo huir de mí.

No sé quién, en un momento,
me hizo tales oficios
que vi pagar mis servicios
con desagradecimiento.   20

Pero no sé cómo dudo
lo que ha tanto que lo sé;
mi desdicha sólo fue
quien este milagro pudo.

---

* *LRC,* págs. 314-315. Las imágenes metafóricas utilizadas en este poema
son las tópicas del tema del desengaño: el hombre como peregrino («homo
viator»), y la idea del destierro; alejado, pues, tanto de sí mismo como del
mundo.

Donde halla la razón   25
obstinada resistencia
sirve como mi paciencia
de más desesperación.

Muera y calle su verdad
el que, lejos de su tierra,   30
de todo el bien se destierra,
mas no de la voluntad.

Pudiéronme desterrar,
mas nunca con desterrarme
podrán, señora, quitarme   35
tierra en que acabar.

No porque ninguna tenga,
ni bien de ninguna espere,
mas al que de triste muere
no hay tierra que no convenga.   40

Y al fin, quedando enterrado
en mi propio desconcierto,
si no fuere como muerto,
será como desdichado.

463

De los engaños cubiertos
con esperanzas inciertas
nacieron sospechas ciertas
y de ellas ojos despiertos.

Nació del ver el amar,　　　　　　　　5
de amar el mal que resisto,
y nacen de lo que he visto
tantas causas de llorar.

Desengaños descubiertos
dejan esperanzas muertas,　　　　　　10
sacando sospechas ciertas
de remedios tan inciertos.

Todo el crédito los ojos
a los oídos quitaron;
con los placeres soñaron　　　　　　15
despiertos a los enojos.

Veré con ojos despiertos
esperanzas tan inciertas,
que donde quedaron muertas
los gustos quedaron muertos.　　　　20

Pues se acreditan los daños,
acredite el pensamiento,
señora, el conocimiento,
y fortuna sus engaños.

---

* *LRC*, págs. 315-317. Destaca de este poema el ritmo alterno que provo-
can sus estrofas impares, apoyadas siempre en las mismas rimas y en mínimas variaciones léxicas (*vid.* también el núm. 459). Además, la mayoría de
las impares establece su continuidad con la inmediatamente anterior mediante la repetición de un término.

5 Según la teoría neoplatónica del amor.

De los engaños cubiertos 25
con esperanzas inciertas
nacieron sospechas ciertas
y desengaños más ciertos.

Con peligrosos desdenes
vivo en la fe de mis daños, 30
no dando los desengaños
lugar a fingidos bienes.

Aun a los bienes inciertos
están cerradas las puertas,
y las alegrías muertas 35
y los pesares no muertos.

Del tiempo que he conocido
podré creer lo que veo,
sin que desmienta el deseo
a la razón y al olvido. 40

Padeciendo agravios ciertos
lloraré memorias ciertas,
que ojalá quedaran muertas,
pues ellos nunca están muertos.

Quedaré desengañado 45
de las trazas y los medios
que se aplican por remedios
en sujeto desdichado.

Desengaños descubiertos
de sospechas encubiertas 50
hacen alegrías muertas
y milagros no encubiertos.

Mas vivo tan olvidado
viéndome tan bien perdido,
que aun sin ser agradecido 55
me juzgo por envidiado.

Parecerán desconciertos
en esperanzas tan muertas
querer con voces inciertas
curar pesares tan ciertos. 60

Por maldecir lo que soy,
me acuerdo de lo que fui;
perdido dentro de mí
como en un desierto estoy.

En los cuidados de ausencia   5
para jamás salir entro;
y el dolor busca su centro:
encuéntrale en mi paciencia.

No tiene mi pensamiento
alivio en tan grande extremo,   10
muriendo de cuanto temo
y [huyendo] de cuanto siento.

Todas las razones niego
y, sin razón ni distinto,
me meto en un laberinto,   15
ciego y guiado de un ciego.

Y cuanto más voy entrando,
de todo tanto más pierdo;
nunca penas hacen cuerdo
al que enloqueció penando.   20

Lleno de contradicciones,
por caminos diferentes,

---

* *LRC*, págs. 317-319. Aquí, las metáforas del desierto y del laberinto, tópicas del tema amoroso, se ven enriquecidas —en la segunda parte de la
composición— por la correspondencia que Villamediana establece entre los
cuatro elementos del Universo y la pena amorosa.
12 Esta adición es de Rosales.
15 *Vid.* nota al v. 102 del núm. 432.
16 Esto es, guiado de Amor.

muero en los inconvenientes
y ando a buscar las razones.

Por el mal de más mudanzas,   25
cercado de sobresaltos,
voy en pensamientos altos
en mi fe sin esperanzas.

Con tanta fe lucho
en este paso tan agro,   30
que será escapar milagro
según el peligro es mucho.

Voy de cuidado en cuidado
llegando al mayor extremo;
desespero cuanto temo;   35
deseo desesperado;

de remedio desconfío;
más temo cuanto más siento,
pues como dichoso intento
y desdichado porfío.   40

Contar mi mal desde acá
tengo por tiempo perdido;
pues desde allá no fue oído,
de acá, ¿cómo lo será?

La tierra, el agua y el viento   45
y el fuego mi mal ordenan,
y aunque juntos me condenan,
me salva mi pensamiento.

Mi pecho, del fuego esfera,
da al viento quejas que lleve;   50

---

30 AGRO. *Vid.* nota al v. 103 del núm. 414.
45 A partir de aquí se da la correspondencia citada en la nota inicial.

agua de mis ojos llueve;
la tierra presto me espera.

Traigan tiempo y fortuna
a cuidados más cuidados;
verán los tiempos mudados   55
siempre mi voluntad una.

Ayuden a perseguirme
el tiempo, el lugar y el modo,
hasta que se mude todo
con quien muere de ser firme.   60

Todo al fin se podrá ver,
y todo se mudará;
lo que jamás se verá
es dejaros de querer.

465

Coplas a una partida

Amor me negó la palma
de morir a la partida,
porque quedase la vida
sólo por cárcel del alma.

Las prisiones son estrechas   5
y la vida tan amarga
que de sospechosa es larga,
y corta para sospechas.

De ventura siempre falto,
cobarde, y no de deseo;   10
¡oh! cuán seguro me veo
de miedo y de sobresalto.

Mis razones siempre luchan
con suspiros en los labios,
vencidas de los agravios,   15
y por esto no se escuchan.

Cualquier alivio me niegan,
porque sólo me consienten
que vea que nunca mienten
suspiros que nunca llegan.   20

Y para que no me salga
lástima del corazón,

---

* *LRC*, págs. 319-322. La visión del destierro —físico o amoroso— es común en la poesía del Conde. Ambos temas se conjugan y comparten elementos retóricos y léxicos, como ocurre en esta composición.

1 PALMA. «La insignia del triunfo y la victoria» (*Auts.*).

4-8 La metáfora de la «cárcel» amorosa pertenece a la tradición de la Edad Media.

se me concede razón,
mas no que jamás me valga.

Bien pudieran ser validos   25
pensamientos tan honrados,
que si no fueran premiados,
a lo menos no perdidos.

Entre favor y desdén
hay medio muy acertado,   30
aunque yo nunca he hallado
lugar entre el mal y el bien.

Luchando con mi fortuna
este bien habré sacado,
que de caídas que he dado   35
no temeré ya ninguna.

Quien muerto no da venganza,
y ofende tanto viviendo,
es bien que viva muriendo,
atravesado en la lanza.   40

En tan áspero tormento
hace cada cual su oficio:
pone Amor el sacrificio,
yo pongo el conocimiento.

Aquestas desdichas ciertas   45
que, como ciertas, fatigan
a más no morir me obligan
por no se ver jamás muertas.

Ausencia tiene caudal
para más mal que matarme,   50

---

25 El cambio acentual de «válido» es necesario por razones de rima.
39 Un ejemplo más de la «dialéctica vertical» tantas veces reseñada.
43 Alusión a la Crucifixión como ejemplo *(vid.* nota al v. 5 del núm. 361).

mas no gusta de acabarme,
por no acabar tanto mal.

En un tan flaco sujeto,
ya no puede acreditarse
si no es con acabarse   55
la vida en tan gran aprieto.

Mas es gran desvalimiento
morir nunca de cobarde
quien en tales brasas arde
por tan alto pensamiento.
                                                    60
No ha menester ser dichoso
quien está bien empleado;
bien acaba un desdichado
por lo más dificultoso.

Pocas veces ha medido   65
el tiempo tiempo y razón;
no es alcanzar galardón
indicio de haber servido.

Ningún galardón espero
para merecerle más,   70
y en no atrevarme jamás,
porfïado, desespero.

Quejarme, ¿cómo podré?,
pues hay tanta tierra en medio;
de males tan sin remedio   75
sólo es remedio la fe.

Y la fe, como segura
en tantos males presentes,
remedie los accidentes
que no fueren de ventura.   80

63 *Vid.* nota al v. 39 y nota al v. 1 del núm. 66.
77 *Vid.* nota inicial.

466*

Por entre casos injustos
me han traído mis engaños,
donde son los daños daños,
y los gustos no son gustos.

De los engaños cubiertos   5
con esperanzas inciertas
nacieron sospechas ciertas,
y dellas ojos despiertos.

Así los finos disgustos
paran siempre en desengaños   10
de los verdaderos daños
y de los fingidos gustos.

Descúbranse inconvenientes
en los favores más puros;
suéñense bienes futuros,   15
y véanse males presentes.

Conviértanse los disgustos
en otra suerte de daños,
tan mezclados con engaños
que me los venden por gustos.   20

Si de tan lisas verdades
ha de triunfar la mentira,
disculpa tiene la ira
de trabucar amistades.

* *LRC,* págs. 322-323. En esta composición se repite el tipo de disposición estrófica de los núms. 459, 463 *(vid.* nota a éstas).
24 TRABUCAR. «Descomponer, confundir u ofuscar» *(Auts.).*

Acaben tantos disgustos   25
el favor de tantos años;
ocupen los desengaños
la posada de los gustos.

No crea ninguno más
la cosa que bien esté,   30
ni quien le rompe la fe
le haga mirar atrás.

Rotos ya fueros injustos
con tan justos desengaños,
pierda el miedo de los daños   35
y el deseo de los gustos.

467

A una dama [que pidió] que un hombre escribiese de las
sospechas. Él hubo de obedecer.

Tantos años de callar
me han obligado a temer
que no sepa obedecer
como vos sabéis mandar;

no viendo mi ceguedad   5
sino mil dificultades,
y entre muchas soledades
cosas de incapacidad.

Mal hablará en las sospechas
quien nunca llegó a tenellas,   10
porque supo más que dellas
de dar las cosas por hechas.

Con este intento mis yerros
vos, señora, disculpastes,
cuando escribir me mandastes   15
de sospechas en destierros.

En parte podéis suplir
lo que falta de la mía
siendo mi Euterpe y Talía,
y comenzare a decir: 20

---

* *LRC*, págs. 323-332. Este largo poema (75 redondillas) es, en realidad,
una variante del núm. 434, dedicado al mismo tema y concebido con la misma técnica (*vid.* nota inicial a aquél). Rozas, en *El Conde de Villamediana. Bi-*
bliografía..., pág. 63 los cataloga como dos poemas distintos. Las adiciones,
entre corchetes, son de Rosales.

1-20 Esta parte es totalmente diferente al comienzo del núm. 434. Mientras que en éste el Conde inicia la definición ya con el primer verso, en el
que ahora anotamos describe, en primer lugar los motivos que le llevan a
escribir.

19 Para EUTERPE y TALÍA, *vid.* notas a vv. 17 y 128 del *Faetón,* respectivamente.

Son las sospechas un modo
de sobresalto violento,
y un rápido movimiento
que tras sí lo lleva todo;

en apurado apurar   25
imaginarios tormentos,
nublados de pensamientos,
y avenidas de pesar.

Son sufridas, insufribles,
en daño de circunstantes,   30
son, siendo estrellas errantes,
sus efectos inmovibles;

una casa con espejos
adonde se ven cuidados;
tiros que aciertan crïados   35
para ofender más de lejos.

Es un fantasear oscuro
de imperfecciones compuesto,
peligroso presupuesto
seguido como seguro;   40

temporal que es siempre vario,
duda en eficaz cuidado;
miedo que, de confirmado,
porfía a ser temerario.

Son minas más encubiertas,   45
y pesadas tienen alas
para traer nuevas malas
y confirmarlas por ciertas.

---

33 *Vid.* nota a vv. 113-116 del núm. 434.
36-40 *Vid.* vv. 117-120 del núm. 434.
41-44 *Vid.* vv. 121-124 del núm. 434.

886

Por sí mismas van creciendo,
no han menester más ayuda;   50
de dudas dejan sin duda
el quedar dellas muriendo.

Arman el cobarde pecho
sólo de contradecir;
y para mal presumir,   55
cuanto temen dan por hecho.

Son las que siempre derriban
las buenas demostraciones;
opiniones de opiniones
que en hacer mal sólo estriban.   60

Júzganse como pasadas
cosas que no son venidas,
y como son presumidas
se dan por averiguadas.

De miedo siempre pensado   65
viven en el pensamiento;
fueran molino de viento,
si el viento fuera pesado.

Arden y no se consumen;
hielan y en un punto abrasan;   70
no pasan por donde pasan;
ser lo que serán presumen.

Para matar los amantes
de quien la vida reciben
sólo del aire conciben   75
y a parir vienen gigantes.

---

76 *Vid.* v. 148 del núm. 434.
77 A partir de aquí, dos paradojas relacionadas con los sentidos: la vista
(v. 77) y el oído (v. 93).

Como ven sin tener ojos,
allanan dificultades;
puede más que mil verdades
el menor de sus antojos.   80

Los remedios son malquistos,
y aquí se desacreditan,
porque curar solicitan
unos males nunca vistos.

No olvidan y siempre acuerdan;   85
temiendo, dan que temer;
buscando como perder
hallan cómo no se pierdan.

Por no ofender se adelantan;
son testigos peligrosos,   90
que de puro escrupulosos
mil testimonios levantan.

Oyen sin tener oídos,
y sin querer mentir mienten;
consienten lo que más sienten;   95
ensordecen los sentidos.

Mentiras hacen que crean;
verdades niegan también,
y no tienen otro bien
sino que no lisonjean.   100

Buscando desa[so]siego
en morir apetecido,
y peligro prevenido;
tribunal donde no hay ruego;

---

81 MALQUISTO. «Aborrecido» *(Auts.)*.
96 Como las Sirenas en el Canto XII de la *Odisea*.

acreditada ilusión,   105
muerte que va por rodeo,
desconfïado deseo
fundado en su perdición.

Es este monstruo crüel
enemigo de esperanza;   110
nació de desconfïanza,
y mantúvose dél.

No se aseguran de nada;
tienen pena conocida,
la futura por venida,   115
la presente por pasada.

Hidra crüel importuna,
tristeza de mil tristezas,
a quien nacen mil cabezas
en llegando a cortar una.   120

Peligrosas chismerías
que sacan quintas esencias
o de forzadas paciencias
o de forzosas porfías.

De más formas que Proteo   125
se oponen al pensamiento,
vestidas de sufrimiento,
pero jamás de deseo.

Cuanto más se busca medio,
menos se le puede hallar,   130

117-120 La hidra de Lerna era un monstruo de múltiples cabezas (hasta
cien, según algunos autores), que despedía un hálito mortal y que de cada cabeza que le era cortada nacía otra nueva. Hércules la venció con ayuda de
Yolao y del fuego en uno de sus Doce Trabajos.
121-124 *Vid.* vv. 173-176 del núm. 434.
125 PROTEO. Era un dios marino que poseía el poder de metamorfosear-
se en lo que quisiera.

y si lo es no pensar,
mayor mal es el remedio.

Aunque tanto desconfían,
no quieren ver desengaños;
de la parte de los daños   135
son siempre cuando porfían.

Nacen en le pensamiento
y pásanse al corazón,
donde con obstinación
tratan de darle tormento.   140

Aquí la razón no vence
porque es la que menos puede,
que el miedo siempre precede
y el sobresalto convence.

Desesperado accidente,   145
pasión del alma callada,
secta injusta depravada
que disputas no consiente;

presunción cobarde y loca
que a nada guarda decoro,   150
encantada lanza de oro
que derriba cuanto toca.

A su causa son ingratos
estos ministros de amor;
sin recato dan dolor   155
y comienzan por recatos.

---

147 SECTA. «Falsa religión» (*Auts.*).
154 *Vid.* v. 61 del núm. 434.
165-166 ASTROLOGÍA JUDICIARIA. «La que quiere elevarse a la adivinación de los casos futuros y fortuitos» (*Auts.*).

Sin mano firman y escriben;
niegan más lo que es mejor,
testigos de lo peor,
que sólo de matar viven.   160

Son aprobadas locuras
que de todo se aseguran
para el daño que procuran,
y de nada están seguras.

Peligrosa astrología   165
que toca en la judiciaria,
opresión tan temeraria
que en cuanto teme porfía.

Es una riqueza pobre
que con acíbares medra,   170
y de toque de falsa piedra
que de todo lo saca cobre.

Contradicen lo mejor;
y aunque razones destierran,
algunas veces no yerran   175
porque juzgan lo peor.

Con nunca vista violencia
llegan a todos lugares,
y el menor de sus pesares
acredita una paciencia.   180

Quieren parecer provechos
y son daños sin remedio;
comenzaron dando el medio
y extremos quedaron hechos.

169-172 *Vid.* vv. 176-180 del núm. 434. A partir de aquí, la repetición de
estrofas es continua.
181-208 *Vid.* vv. 189-216 del núm. 434.

Son cobardes agraviados   185
que no saben perdonar,
y siendo su fin culpar
porfían desconfïados.

En esta contradicción
tienen en duda su ser: 190
matan con lo que han de ser,
y prenden con lo que son.

Por indicios y señales,
tormentos son sus decretos,
anticipan los efetos,   195
pronosticando los males.

Son de fines infinitos
siempre quejosas instancias,
memorias de circunstancias
y testigos de delitos;   200

hipócritas aparentes,
amigos poco seguros,
que antevén daños futuros
para causar los presentes.

Desasosiego encaminan   205
con escrúpulos dudosos;
por medios supersticiosos
sólo agravios adivinan.

En apurados dolores
dan por avisos castigos;   210
son amigos más amigos
para enemigos mejores.

No porfían ni [de]puran,
porque para el mal que hacen
de todo se satisfacen,   215
mas de nada se aseguran.

Encantada cobardía
que se siente y no se ve,
que mueve guerra a la fe,
y, aun [es] más, la movería.   220

Mina de enojos eternos
que por avisos se dan,
y en el infierno no están
porque sí son infiernos.

Habiendo que sospechar,   225
en el cielo no cupieron
sospechas, y no subieron
porque no pueden bajar.

Son duendes nunca tocados
que en el aire se sustentan   230
con las almas que atormentan
de espíritus condenados;

sobresaltos conocidos
pero nunca remediados,
quintaesencia de cuidados,   235
ignorantes presumidos.

Es una secreta queja
de la más cobarde duda,
es amigo que no ayuda,
y enemigo que aconseja;   240

centinela veladora,
presunción cobarde y loca,
que en ninguna parte toca
que no quede por señora;

217-224 *Vid*. vv. 221-228 del núm. 434.
229-232 *Vid*. vv. 229-232 del núm. 434.
233-248 *Vid*. vv. 237-252 del núm. 434.

porfïado desvarío,   245
peligroso laberinto,
donde no tiene distinto
ni fuerzas el albedrío;

razón del miedo ofuscada,
de disculpas enemiga,   250
que con consejos castiga
y no hay ser aconsejada.

Es un fuego que se atiza,
un miedo que se derrama,
y aunque escondida la llama,   255
hace de todo ceniza.

Es un loco sin disculpa
que el temer tiene de cuerdo,
y un pensado desacuerdo
para tener mayor culpa.   260

Es cura, mas cura errada,
que en matar está resuelta;
es una locura suelta
y es una razón atada;

confusas demostraciones,   265
casa de mil ecos llena,
y tribunal que condena
a muerte por opiniones.

Amistades desconciertan;
lo que ha de pasar barruntan;   270
a todo tirando apuntan,
y sólo a yerros aciertan;

253-260 *Vid.* vv. 257-264 del núm. 434.
265-284 *Vid.* vv. 281-300 del núm. 434.

comienzan enemistando;
tienen fin, pero no medio;
quieren parecer remedio,   275
y matan aconsejando.

Son medio alivios faltos
y escrupulosos misterios,
muerte de los refrigerios,
vida de los sobresaltos;   280

en furia que no se aplaca
agoreras adivinas;
de azogue crüeles minas
donde muere el que le saca.

Afirman lo que no saben;   285
dan razones y son mudas;
por lo que tienen de dudas
en el infierno no caben.

Es una pasión con ella
que navega en un mar sin calma,   290
la cual, en tocando el alma
se queda por dueño della.

Nunca se ven contradichos
por ellas los maleficios;
sólo a los buenos oficios   295
tienen puestos entredichos.

Es guerra que hace guerra
al alma y al corazón;
si mejor definición
es infierno de la tierra.   300

468

Aquél que de sí va huyendo
no sé medio con que pare,
sólo sé que si parare,
señora, será muriendo.

En aqueste estado voy,   5
y siempre de una manera
que mi voluntad postrera
es morir por cuyo soy.

Con ir mudando lugares
no hallo en mí diferencia,   10
junta a extremos de paciencia
tortura los de pesares.

De sobresalto y enojo
cuantas maneras se hallan,
como en mi pecho se callan,   15
me buscan, yo las acojo.

[Voy] desterrado al abismo,
y a su tormento inmortal
tuviera por menor mal
que cual voy conmigo mismo.   20

Pero de ausencia el dolor,
aunque por horas se aumenta,
no me deja que le sienta
otro que llevo mayor.

---

* *LRC,* págs. 332-336. En estas redondillas, de tema amoroso, Villamediana utiliza la imagen del peregrino que «va de sí huyendo» como núcleo
desde el que se cifra, siempre en pasado, el recuerdo nostálgico del amor
frente al estado presente y doloroso.

En pena tan desigual,   25
sin fin, señora, ni medio,
voy huyendo del remedio
como pudiera del mal.

Si fue culpa mi partida,
ella os dejará vengada,   30
pues queda castigada
con esta vida esta vida.

Llevo entre razones mudas,
de sospechas peligrosas,
seguridades dudosas   35
y sobresaltos sin dudas.

Suspiros que, siendo oídos,
cansan y no hacen provecho,
mejor mueren en mi pecho
y así son menos perdidos.   40

Moriréis con mi verdad
a manos de mis verdades,
pues para mil voluntades
hubo en una voluntad.

No puede aliviar cuidado   45
en un dolor tan crecido
un retrato prometido
de un original negado.

Bien repartieron los gustos,
que a todos al fin llegaron,   50

35-36 Nuevo uso de la derivación.

41-44 Nótese, para esta estrofa, cómo las rimas se establecen a partir de los
dos sustantivos y sus plurales.

47 La idea del «retrato de amor», tópica en este tipo de poesía: el «original»
—la dama— niega la copia que de su imagen queda impresa en el alma del
amante.

49-52 En este caso, la derivación se da en la rima.

mejor que no los disgustos
que en mí sólo se quedaron.

Mostraré sentir de veras
accidentes verdaderos,
y males nunca postreros   55
aún en las horas postreras.

Lágrimas no dan licencia
que a mi mal os declare,
si ya no os le declarare
morir entre mi paciencia.   60

Memoria de mí no pido,
mas sólo que os acordéis
de vos, y me pagaréis
lo mucho que os he querido.

Vos sola pudiste darme   65
malos tiempos tan iguales,
porque de todos los males
juntos pudiera quejarme.

Del mal que no tuvo tasa
sólo el quejar satisface,   70
porque vea quien le hace
lo que sufre quien le pasa.

Pero de qué sirven quejas
que dejan más que sentir,
que están ya de puro oír   75
muy sordas vuestras orejas.

Tierras y mares pasé,
provincias de varios reyes,

---

54 ACCIDENTE. *Vid.* nota al v. 2 del núm. 13.
58-59 Un caso de poliptoton.
69 TASA. «Medida» (*Auts.*).
77 *Vid.* soneto núm. 90.

entre diferentes leyes
halló más palmas mi fe.   80

En una duda me vi:
¿Cómo, siendo enemigo,
estaba tan bien conmigo
y era por estar sin mí?

Los sentidos transformados   85
en el mayor sentimiento,
sólo trae mi pensamiento
cuidados a mis cuidados.

Lleno de desconfïanza,
porque contra mí más pueda,   90
como soñada me queda
esta visión de esperanza.

De [mal] de pasadas glorias
tengo la memoria llena,
bastaban penas por pena   95
y no morir de memorias.

Yo vi una traición armada
que, para seguridad
firme, ofreció voluntad
cuando la mostró mudada.   100

Yo he visto unos cabellos,
de tantas almas despojos,
ser alivio a mis enojos,
y ahora son causa dellos.

82-84 La paradoja es otro de los procedimientos habituales de esta
poesía.

89 A partir de esta estrofa, Villamediana deja a un lado la descripción de la
desdicha del presente para, mediante la anáfora, reconstruir el pasado inme-
diato.

96 Los ecos de la poesía de Garcilaso son evidentes en este verso.

Yo vi algunos accidentes   105
que parecieron de amor
trocados en un dolor
de muchos inconvenientes.

Yo vi pedir con cuidados
celos, y en un mismo punto   110
pedirlos y darlos junto,
y aun darlos averiguados.

Yo me vi un tiempo contento
y ahora me veo quejoso,
donde esperaba reposo   115
me vino cierto tormento.

Dejadme, bienes pasados,
bástanme males presentes,
y basta que los ausentes
mueran de puro olvidados.   120

Mas en aquesta agonía
decid, suspiros postreros,
cómo muere de no veros
el que por más no vivía.

Y dejad de consolarme,   125
razones de mi fortuna,
que no quiero oír ninguna,
pues no podéis acercarme.

Adiós, quejas mal escritas
aunque peor escuchadas,   130
que para almas condenadas
son las penas infinitas.

---

105 ACCIDENTE. *Vid.* nota a v. 54.
117 A partir de aquí, y enlazando con la primera parte del poema
(vv. 1-88), Villamediana presenta la resolución del amante.

469

Un cuidado que no duerme
con un pesar que desvela
tanto mal podrán hacerme
que aun el morir no me duela.

En tan grave peligro estuve   5
y tan recatado vengo
que muero del mal que tuve
y pudiera del que tengo.

Esto pueden acabados
hacer unos accidentes   10
que se echan menos pasados
y matan como presentes.

Huyendo de todos ando
y de mí porque ya entiendo
cómo me voy apartando   15
del remedio que pretendo.

Huyendo de lo que sigo,
qué puedo esperar ya aquí
llevándome a mí conmigo,
tan enemigo de mí.   20

Siendo en tanto desvarío,
sólo encubrirle mi intento,
ni del pensamiento fío
las cosas del pensamiento.

---

* *LRC*, págs. 336-339. Es éste un poema más ejemplo de la conjunción en un mismo tema (el desengaño) de dos ideas: el amor y el destierro, metafórico o real.

6 RECATADO. *Vid*. nota al v. 10 del núm. 31.

Como causa este recato   25
de sobresaltos mil modos,
ya de todos me recato
y de mí mas que de todos.

Tal estoy y tal me vi,
que en tan miserable estado   30
no oso pensar en mí
por no morir de cuidado.

Y tan varios lejos pinto,
cuando de pensar acuerdo,
que, como en un laberinto,   35
en lo que pienso me pierdo.

Siempre los medios son faltos
donde los remedios faltan,
y tantos sobresaltos
que ya no me sobresaltan.   40

Los daños que se sospechan,
como no mienten jamás,
tanto dañan que aprovechan
para no temer jamás.

¿Qué mal habrá que no venza   45
al que va por un camino,
que donde amor lo comienza
le prosigue un desatino?

Qué de muertes representas,
amor, al que ausente tienes;   50
con sus males le atormentas
y con los ajenos bienes.

---

25 RECATO. *Vid.* nota al v. 4 del núm. 67.
27 RECATARSE. *Vid.* notas anteriores.
33 LEJOS. *Vid.* nota al v. 116 del núm. 434.
37-40 Nótese el uso de la derivación para las plabras en posición
de rima.

902

Parte de pena es la culpa
que ha causado mi destierro,
de que no daré disculpa   55
por no añadir yerro al yerro.

Sólo en mí quiero vengarme
del mal que vos me hacéis,
señora, pues con matarme
vos sola sois quien podéis.   60

No hallé cosa tan vuestra
a quien poder hacer tiros
como el alma que se muestra
tan dedicada a serviros.

Un obstinado desvelo   65
es el alivio que tengo,
sin hallar otro consuelo
a las ansias con que vengo.

Un vencido corazón
sólo mostraros procura   70
que puede una sinrazón
dar razón a una locura.

Perseguido y desterrado,
a morir ausente voy,
y sólo con mi cuidado   75
bien acompañado estoy.

Cánsame la compañía
y temo quedar conmigo;
del menor mal moriría,
mas ya vivo por castigo.   80

¿Qué tiene ya la fortuna
que hacer que yo no lo haya hecho?;

55-56 *Vid.* v. 14 del núm. 1.

quejas, si tuviere alguna,
morirá dentro en mi pecho.

No llegarán las querellas   85
de aquella ofensa tan clara
a quien se cansa con ellas
como si las escuchara.

En fin, morir y callar
son el intentado medio,   90
sin que ya pueda esperar
mi fortuna otro remedio.

Como están mis pensamientos
de memorias perseguidos,
como pudieran contentos,   95
están pretendiendo olvidos.

En un presente sufrir
me tiene Fortuna ausente,
tan entregado al morir
que vivo por accidente.   100

Querría contar mi vida
por ver si muda mi suerte,
mas para contada es muerte,
qué será para sufrida.

Más es tiempo de morir   5
a solas con lo que siento
que descubrir un tormento
que no se puede escribir.

Si llega, en tan triste suerte,
de sus agravios vencida,   10
a ser tormento la vida,
cómo lo será la muerte.

De mal que no tuvo medio
vino a ser medio partir,
y si no para vivir,   15
para morir fue remedio.

Si se acaba con la muerte
dolor que acaba la vida,
morir en esta partida
podrá mejorar mi suerte.   20

---

* *LRC*, págs. 339-340. Para la disposición estrófica de este poema, *vid.* notas a los núms. 459, 463, 466. El poema se estructura, como otros, en torno a la paradoja que reflejan los contrarios «muerte»/«vida».

1-4 Estos cuatro versos están también, como inicio, en una composición de Diego Hurtado de Mendoza, B.A.E., tomo XLI, pág. 100.

Aquellos cuidados míos,
en mal tiempo comenzados,
cuando los llamo cuidados
los lloro por desvaríos.

Culpa de mi confïanza   5
a mi bien cerró la puerta,
dejándola sólo abierta
para castigo y venganza.

Fortuna suelte su ira
y rompa las amistades;   10
pueda más que mil verdades
ser contra mí una mentira.

Declárese contra mí
el tiempo que tanto puede,
que nunca hará que no quede   15
contento de lo que fui.

Siempre quedan declarados
y por ciertos accidentes,
y serán males presentes
en siendo bienes pasados.   20

Quien nada del tiempo pide
deje que sin orden vaya;
si tuvo esperanza, calla;
y si tuvo ira, olvide.

---

* *LRC*, págs. 340-342. El tema amoroso se articula, como en tantos otros poemas de este tipo, mediante el contraste entre el pasado y el presente.

19-20 He aquí un ejemplo de lo que venimos diciendo.

23 Tendría que decir «calle», con lo cual la rima resultaría ser imperfecta.

Y pues vienen a perderse   25
servicios de tantos años,
cúrense daños con daños,
que en mí sólo podrán verse.

Quede la razón envuelta
en una duda callada,   30
la voluntad obstinada
y la paciencia resuelta.

Sufra su pesar y calle,
muera sin osar decille
quien siente más que sentille   35
haber venido a buscalle.

Donde no esperaba medio,
al fin le vine a encontrar,
debiendo mucho a un pesar
que de tantos es remedio.   40

En tan vana sujección
más mi libertad se entabla,
escapando en una tabla
del mar detal condición.

Así es razón que concluye   45
tratar de escapar la vida,
que el modo de la huida
suele excusar al que huye.

Mas, ¿qué haré si le consiente
fortuna y en mí ha juntado   50
fugitivo ser culpado
y más culpado presente?

---

35 De nuevo un poliptoton.
43-44 Imagen tópica, también, ésta: el náufrago de amor que se agarra a
una tabla.

Como no dejó mi suerte
a mi bien camino alguno,
así no dejó ninguno   55
[re]medio para que acierte.

Calle o hable un desdichado,
que al fin le han de condenar
por callar o por hablar,
y en todo ha de estar culpado.   60

Y así no se verá dicha
mi queja sino llorada,
por no echar la culpa a nada
de lo que hace desdicha.

₅₇₋₆₀ La conclusión es clara: tanto si se manifiesta la pena como si se calla,
el destino trágico y doloroso del amante forma parte de su vida.

Servicios mal empleados,
aunque mal agradecidos

Servicios que por razón,
no por intención, son hechos,
sin galardón satisfechos
quedarán del galardón.

Y pues son tan envidiados   5
los míos con ser perdidos,
no han de ser agradecidos
servicios bien empleados.

Como en su causa hallé
a mi mal tanta disculpa,   10
el esperar fuera culpa
y aun ofensa de la fe.

Servicios tan bien perdidos
que perdidos me obligaron,
porfíen, pues porfïaron,   15
aunque mal agradecidos.

Mis servicios mal pagados
no los tengo por perdidos,
pues sin ser agradecidos
veo que son envidiados.   20

---

* *LRC*, págs. 342-343. Este poema guarda relación con el núm. 423, que sí se edita en *1629*.

473*

Tan fino mi amor mantengo
que queda mucho mayor
que la pena del dolor
la envidia del mal que tengo.

* *Tx.D.*, pág. 367. Esta redondilla se glosó como asunto el 23 de abril de 1662 en la Academia que tuvo lugar en casa de don Melchor de Almeida, en Madrid. Tal y como documenta Rozas, «los cuatro versos, que no se han conservado en otros impresos, ni manuscritos conocidos por mí, fueron glosados por Don Diego de Sotomayor, Caballero del Hábito de Santiago, en unas décimas que empiezan "Abrasada voluntad"» (fol. 17v., B.N. R-5193).

Endechas

Escuchad, señora,
en congoja tanta,
una voz que canta
de un alma que llora.

En amargo llanto   5
desató la vida,
en su mal rendida,
quien os causa tanto.

Del ronco cantar
veréis claramente   10
que en mí es accidente
cuanto no es llorar.

Ojos enemigos,
siempre desdichados,
si sois castigados,   15
¿cómo sois castigos?

Los ausentes tristes
del más triste llanto
con amargo canto
los interrumpistes.   20

Estos instrumentos,
tan desacordados,
sólo están templados
para mis tormentos.

---

* *1635,* págs. 416-417. La ENDECHA, tal y como dice T. Navarro Tomás, *op. cit.,* pág. 534, es una «composición de duelo, generalmente en forma de romancillo pentasilábico, hexasilábico o heptasilábico, y a veces en redondillas o en versos sueltos». Las de Villamediana son redondillas hexasilábicas.

21-24 Con esta estrofa comienza la endecha que editamos a continuación.

En ansia mortal   25
sin fin y sin medio,
es sólo el remedio
de mi mal mi mal.

¿Quién habrá que tuerza
una inclinación   30
que tiene razón
y no sufre fuerza?

Mi verdad desnuda
os pone delante
un morir constante   35
y una razón muda.

Dejemos querellas,
y queden suspensas
en mí las ofensas
y en vos el temellas.   40

En daños tan ciertos
no caben sospechas;
culpas quedan hechas;
los remedios, muertos.

Al punto más fuerte   45
hoy diré que llego,
pues por fuerza entrego
mi suerte a mi suerte.

Y aunque está agraviada,
hablar no me deja,   50
ni que tenga queja
de muerte buscada.

Peligro es mirar
y mayor no ver;

⁵² *Vid.* v. 198 del núm. 407 y nota.

dejar de ofender
es dejar de amar.

La muerte que hallo
quiere Amor que calle,
para que no la halle
en lo que callo.

Ya sólo procuro
que diga el secreto;
mereció el respeto
un morir seguro.

475*

Estos instrumentos,
tan desacordados,
sólo están templados
para mis tormentos.

No tiene caudal   5
mi lira también
para sonar bien
cantando tan mal.

Dadme de vos cuenta,
verdades borradas,   10
tan pronto olvidadas
sin cuento y sin cuenta.

Ya que amor lo ha hecho
a tan viva fragua,
ojos, dad el agua,   15
pues da fuego el pecho.

Pisuerga, no pares,
pues huyendo dejas
a quien lleva quejas
muerto de pesares.   20

Aguas pasajeras,
como las lloradas,
parecéis pesadas
pasando ligeras.

---

* *LRC,* págs. 347-349. La redondilla inicial es la misma, como se ha dicho, que la sexta de la anterior endecha. Recoge en esta nueva composición el Conde algunos de los tópicos de la poesía amorosa, como las lágrimas que corren como ríos, los álamos que recuerdan la tristeza de las Helíades o hermanas de Faetón, y la «inscripción de amor» virgiliana (vv. 49 y ss.).

12 *Vid.* nota al v. 12 del núm. 145.

Mil eternidades   25
pasarán primero
que a tus aguas, Duero,
lleguen mis verdades;

    contando onda a onda
los avaros días,   30
sin que a mis porfías
haya quien responda.

    Veránme a mí solo
estas claras olas,
nunca menos solo   35
que llorando a solas.

    Cuantas se me ofrecen
son aguas saladas;
sólo las lloradas
dulces me parecen.   40

    Pues habéis crecido
verde álamo tanto,
regado con llanto,
llevaréis olvido.

    Digan las endechas   45
cómo las desdichas
de pasadas dichas
sacaron sospechas.

    En esta árbol leo
cuanto escribe amor: 50
ayer tuvo flor,
hoy seco le veo.

33-36 En esta estrofa se produce un cambio de combinación métrica.
42 *Vid.* nota inicial.
49-50 *Vid.* nota inicial del núm. 89.

Mi razón desnuda
callar no me deja
quejas de una queja   55
hasta ahora muda.

Bien veo que ahora
con razón espanta
una vez que canta
de un alma que llora.   60

Fueron pasatiempos
ver tiempos mudados,
mas a desdichados
no se mudan tiempos.

Soy tan temerario   65
que, en desdicha mucha,
mi fortuna lucha
con viento contrario.

Como de enemigo,
de mí mismo huyera,   70
si adonde yo fuera
no fuera conmigo.

61-64 Usa aquí Villamediana la similicadencia.

Quintillas

¿Cómo se puede dudar
de quien hizo mi elección,
que en el alma y corazón
os haya dado el lugar
que se os debe por razón?   5

Porque el hombre que de un sueño
despierta y comienza a ver
cobra vida y nuevo ser
entregado a mejor dueño,
y el alma en vuestro poder.   10

La resistencia es en vano,
buscar remedio es locura,
que, donde el mal es ventura,
heridas de vuestra mano
la misma mano las cura.   15

Y aunque es sobresalto esquivo
no llegar a tomar puerto,
quedaré con un bien cierto
o para serviros vivo,
o por vuestra mano muerto.   20

---

* *1635*, pág. 412. Es una de las pocas composiciones en quintillas del Conde. Pertenece al grupo de poemas que se editan por primera vez a partir de *1635*.

15 En *1635* se lee «los». Lo corrijo.
16 En *1635* se lee «sobre falto». Lo corrijo.

Pues todo es aviso, Amor,
temed el desdén presente
de la enamorada flor,
y que es peligro menor
el espejo que la fuente.   5

Mas sin temerle, temerse;
no pueden vuestros luceros
a Narciso parecerse,
porque si él es flor por verse,
vos veis mil flores con veros.   10

Y cuando el espejo vea
gloria, amor, que no divisa,
el sol desta luna sea
peligro que se desea
o luz del rayo que avisa.   15

Que aunque mi disculpa esté
tan en vidrio, juzgo yo
que no durare a mi fe,
que más su luz propia ve
la razón que me cegó.   20

No pienso yo que resista
un rayo de vuestros ojos,
vista que disculpa antojos,

---

* *1635*, págs. 414-415. En esta composición amorosa, utiliza Villamediana el tópico neoplatónico de la mirada de la dama, origen del sentimiento
amoroso del amante.

3-5 Alude a Narciso, convertido en flor (Ovidio, *Metamorfosis*, libro III).
En la siguiente quintilla lo cita de forma explícita.

23-24 El encadenamiento del sentido viene dado aquí por la anadiplosis.

y antojos de buena vista
que destierran mis enojos.   25

El que en tales brasas arde,
quejoso y no arrepentido
de un pensamiento atrevido,
le desengaña cobarde
después del daño entendido.   30

Si pruebo a esforzar mi suerte,
mayor desengaño saco,
y conocime más flaco
cuando quise hacerme fuerte
contra el mal que nunca aplaco.   35

Cuánto mejor es rendirme
sin tratar de defenderme,
que dejar de conocerme
y tratar de resistirme
es sólo inventar perderme.   40

Décimas

Cruz pide y niega infiel
a Cristo don Faraón,
y estuviera en un rincón
menos meada que en él.
Esponja, vinagre y hiel   5
testifican su querella,
y corona, pues con ella
le eclipsó divina luz;
y quiere ponerse cruz
el que puso a Cristo en ella.   10

---

* *Brancacciana,* fol. 45v. (*MyB*, págs. 250-251). Esta décima la había editado Cotarelo, *op. cit.,* pág. 71, con muchas variantes, que anotamos. Está dirigida a Jorge Tovar (*vid.* núm. 494).

1 En *Cot.:* «Cruces al que niega infiel.»

4 En *Cot.:* «menos mal puesta que en él».

5 Se refiere al sacrificio de Jesús en la cruz, al cual daban de beber una esponja empapada en vinagre y hiel en la comida (*vid.* también *Salmos,* 68, 22; y
Marcos, 15, 36).

8 En *Cot.:* «osó a la divina luz».

9 En *Cot.:* «y quiere hoy ponerse cruz». Puesto que Tovar fue caballero del
hábito de Santiago.

10 En *Cot.:* «el que puso a Dios en ella».

A Jorge de Tovar

Jorge: pues que preso estáis,
y aun visto no lo creemos,
los cristianos no sabemos
en qué artículo dudáis.
La muerte no la negáis,   5
que de vista sois testigos;
mas negáis como enemigo
a Dios su resurrección.
Éstas vuestras culpas son
y mías, pues os las digo.   10

---

* Lo tomo de *Brancacciana*, fol. 46r. (*MyB*, pág. 251). Antes lo había editado Cotarelo, *op. cit.*, pág. 245, con muchas variantes que anotamos. Para Tovar, *vid.* notas al núm. 361. Como se recordará, Villamediana lo acusó siempre de judío.

1 En *Cot.*: «¡Jorge!, diz que preso estáis.»
3 En *Cot.*: «ni».
4 En *Cot.*: «de».
5 En *Cot.*: «De la muerte cierto estáis.»
6 En *Cot.*: «pues de ella fuisteis testigo».
7 En *Cot.*: «Dudaréis como enemigo.»
8 En *Cot.*: «de Dios la resurrección».
10 En *Cot.*: «y mía el que os lo digo».

480*

A una dama que le envió una perdiz

Niña, pues en papo chico
no cabe chica mitad,
con perdiz almorzad
porque tiene pluma y pico.
Si mentalmente os fornico,   5
no me lo podéis negar,
que amor sabe penetrar
hoy, primer día del año,
mil puertas con un engaño,
mil llaves con un mirar.   10

---

* *Brancacciana,* fol. 49r. (*MyB,* pág. 254). En esta décima el Conde alterna la simbología del regalo a la dama con el motivo directo que lo provoca, esto es, la búsqueda del trato sexual. También es reseñar la referencia cronológica exacta que da en el v. 8.

481*

A una dama que se peyó, gorda

Los ojos negros no son
calambuco ni estoraque;
la que puede con un traque
apestar a una región:
mi doña Luisa Colchón,   5
más reverenda que un cura,
botija con hendidura;
son las faltas de la tal
de bestia de muladar
y perfumes de basura.   10

---

* *Brancacciana*, fol. 49v. (*MyB*, págs. 253-254). No es usual el tema de lo escatológico en Villamediana. Sin embargo, esta décima nos lo acerca a la poesía de este tema que compuso Quevedo.

   2 CALAMBUCO. «Árbol grande que, quemado, despide olor suavísimo»
(*Auts.*).

   ESTORAQUE. «Árbol muy parecido al membrillo, cuya corteza es resi-
nosa y aromática» (*Atus.*).

482*

A los mercaderes prevenidos de bayetas,
para la muerte de Felipe tercero

> Pues ya con salud aceta,
> cielo y tierra, al rey veis,
> judíos, no lograréis
> tan presto vuestra bayeta.
> Prevención poco discreta   5
> no atice por los cabellos
> lutos para revendellos,
> pues, ya que grato a oraciones
> Dios —que murió entre ladrones—
> que el rey viva a pesar dellos.   10

---

* *Brancacciana,* fol. 49v. *(MyB,* pág. 254). Es una décima satírica contra los judíos que se dedicaban a vender «bayetas», es decir, «adornos que se pone a los difuntos en el féretro de bayeta negra —tela muy floja y rala— sobre el ataúd» *(Auts.).*

483*

Sátira que hizo el Conde de Villamediana a un hombre a quien llamaban «Dios Padre» por apellidos, y andaba con otro, que tenía parte de cristiano nuevo, en pleito; y sobre ciertos testigos que el del apellido había dado contra el otro, le hirió, lo que también intentó hacer a los testigos.

Yo no puedo entender cómo,
¡oh Josafat, buen amigo!,
habiendo errado el testigo,
no diste en el Ecce Homo;
el delito ha sido romo   5
y aguileña la venganza,
pues vuestra cólera alcanza
—judía o demasïada—
al Dios Padre con la espada,
y al Dios hijo con la lanza.   10

---

* *Mendes Britto*, fol. 163v. (*1963*, pág. 95). Es una muestra más de la aversión que sentía el Conde por judíos y cristianos nuevos (recuérdese cómo satiriza, por ejemplo, a los Tovar).

5-6 Establece aquí un juego de significaciones complementarias entre «romo» y «aguileña».

10 Alude a la acción de Longinos (*Vid.* nota al v. 5 del núm. 364).

484*

Otra [sátira] a una dama de esta corte
que murió de cámaras

La muerte a traición mató
a una dama desta corte,
porque su afilado corte
por delante lo temió;
y como ella ganó   5
a todos por delantera,
con ser la muerte, temiera
si por delante llegar,
que ella vencida quedara
y así la hirió en la trasera.   10

---

* *Mendes Britto*, fol. 163v. *(1963*, pág. 96). La clave para la comprensión de esta décima, de tema escatológico, está en el epígrafe, puesto que CÁMARAS, según *Auts.*, es «el flujo de vientre, que ocasiona obrar repetidas veces en breve tiempo».

485*

PROCESIÓN

(A Felipe IV, recién heredado)

        ¡Dilín, dilón;
que pasa la procesión!

    No será sin gran concierto,
viendo hurtar tan excesivo,
remedie Felipe el vivo   5
lo que no remedió el muerto.
Todos tengan por muy cierto
que no ha de quedar ladrón
que no salga en el padrón
que hoy hace Felipe Cuarto,   10
viéndose así, sin un cuarto,
y otros con casa y torreón.
        ¡Dilín, dilón!

    La procesión se comienza
de privados alevosos,   15
de ministros codiciosos
y hombres de poca conciencia.
No hay sino prestar paciencia:
todo falsario y ladrón
a destierro y privación.   20
Con tan enormes delitos

---

    * Lo editó por primera vez Basilio Sebastián Castellanos en «El Conde de Villamediana», *El Observatorio pintoresco*, 1837, 7.ª, págs. 50-52. Y lo reprodujo Cotarelo en *op. cit.,* págs. 280-282. El poema, escrito en décimas, hace un recorrido por todos aquellos casos de nobles que, como en procesión, cayeron en desgracia con el inicio del reinado de Felipe IV (1621).
    11 Para este juego de palabras, *vid.* vv. 89-90 del núm. 524.

no es mucho todos dén gritos.
—Obedecer y chitón.
　　　¡Dilín, dilón!

En primer lugar va Uceda,   25
que ha sido ladrón sin tasa,
como lo dice su casa,
donde ya tañen a queda.
Ya se deshizo la rueda
de su vana presunción;   30
ya su tirana ambición
se acabó con su poder;
de Dios llegó a merecer
hacer nuestra redención.
　　　¡Dilín, dilón!   35

El segundo lugar lleva
un mar, segundo Laguna,
que sin vergüenza ninguna
ha dado de su hurtar prueba.
Cosa es por cierto bien nueva,   40
y que causa admiración,
que haga casa un camaleón
con lo que a otros ha robado
en el Consejo de Estado,
siendo tahúr y ladrón.   45
　　　¡Dilín, dilón!

Ya sale en tercer lugar
el señor Pedro de Tapia,
persona de buena rapia,
aunque fuese en pedernal.   50
El cuarto sale a ocupar

25 Para Uceda, *vid.* nota al núm. 200.

26 SIN TASA. *Vid.* nota al v. 69 del núm. 467.

37 LAGUNA. Es don Sancho de la Cerda, cuarto Duque de Medinaceli y Marqués de la Laguna. Fue consejero de Estado y de Guerra.

48 TAPIA. Pedro de Tapia era oidor del Consejo Real y consultor del Santo Oficio (*vid.* Cotarelo, *op. cit.,* págs. 74-75).

en esta congregación
Bonal, no mal rapagón.
Y ya al quinto han llegado
un ladrón y otro extremado.   55
Dios dé a la muerte perdón.
            ¡Dilín, dilón!

Angulo, en el orden sexto,
en el hurtar no ha atrasado;
de otros dos viene cercado   60
que le han imitado en esto.
Ciriza va en mejor puesto,
mas Tovar no fue tardón;
todos tres rapantes son
los mayores de Castilla,   65
que no han hecho cedulilla
sin pillar lindo doblón.
            Dilín, dilón!

A la procesión vinieron
todos con su insinia,   70
mas viendo ser ignonimia
muchos más no la trajeron,
no porque también no fueron
—cuál gavilán, cuál halcón,
unos gato, otros hurón—,   75
sino por ser más sagaces
que los pasados rapaces

---

53 BONAL. Es Antonio de Bonal, oidor del Consejo Real. Obsérvese aquí
el uso de la similicadencia.
   RAPAGÓN. «El mozo joven, que aún no le ha salido la barba y parece
que está rapado» (*Covarr.*). Pero también «ladrón».
55 Desconocemos a quiénes pueda referirse aquí el Conde.
58 ANGULO. Se trata de Tomás de Angulo, secretario de Cámara, y que
fue destituido por Felipe IV. Le sucedió Pedro de Contreras.
62 CIRIZA. Es el secretario de Estado Juan de Ciriza, a quien sucedió, con
Felipe IV, Antonio de Aróstegui.
63 TOVAR. Para Jorge de Tovar, *vid.* notas al núm. 361.
64 RAPANTE. «El que rapa o hurta» (*Auts.*).

y recelar su expulsión.
      ¡Dilín, dilón!

      Por guión de éstos venía Osuna   80
y por cetro San Germán,
ambos linda piedra imán
y ambos ladrones a una,
Milán llora su fortuna,
Nápoles su destrucción;   85
y aunque ambos ladrones son,
son de diferente ley;
que al uno castiga el Rey
y al otro la Inquisición.
      ¡Dilín, dilón!   90

      Tras éstos van en hileras
Heredia, Soria, Mejía,
que cada cual merecía
estar remando en galeras.
Otros de varias maneras,   95
y don Caco de Aragón,
Salazar y Calderón,
como ladrones de fama,
siguen cada uno la rama
más propia a su inclinación.   100
      ¡Dilín, dilón!

      La clerecía remata
la procesión, revestida;
que hay clérigos de tal vida
que uno roba y otro mata.   105

---

80 Esto es, encabezando la procesión, el Duque de Osuna (*vid.* notas al núm. 349).

81 Se refiere al Marqués de San Germán y de la Hinojosa, don Juan de Mendoza.

92 Son el secretario Heredia, Santiago Soria y Pedro mejía, consejero de Hacienda. Todos ellos destituidos por Olivares.

96 Don Octavio de Aragón, general de Marina con Felipe III.

97 Para Salazar y Calderón, *vid.* notas al núm. 578 y 357, respectivamente.

Dicen que librarse trata,
pero es ya mala ocasión,
que la determinación
del Rey es salgan primero
el de Lerma y el Buldero,   110
los Trejos y el Confesor.

¡Dilín, dilón,
que pasa la procesión!

---

110 Para Lerma, *vid.* nota al núm. 200. El «Buldero» es don Diego de Guzmán, patriarca de las Indias, destituido en el reinado de Felipe IV.
111 Se refiere al cardenal Trejo, presidente de Castilla a partir de 1627 y a
Aliaga *(vid.* nota al núm. 357).

Niño rey, privado rey,
vice-privado chochón,
presidente contemplón,
confesor hermoso buey;
pocos hombres con ley,   5
muchos siervos del privado,
idólatras del sagrado;
carne y sangre poderosa,
la codicia escrupulosa...
¡Cata el mundo remediado!   10

---

* La editó J. E. Hartzenbusch, *op. cit.,* pág. 84, y la reprodujo Cotarelo, *op. cit.,* pág. 297. Está dentro del estilo de los últimos poemas políticos en tono de sátira del Conde.

1 Se refiere a Felipe IV y a Olivares *(vid.* notas al núm. 368).

2 Es Baltasar de Zúñiga *(vid.* nota al v. 8 del núm. 487).

3 Se refiere a Francisco de Contreras, que sustituyó a Acevedo *(vid.* nota al núm. 229).

4 Es fray Antonio de Sotomayor, sustituto de Aliaga.

La carne, sangre y favor
se llevan las provisiones;
quedos se están los millones,
y Olivares gran señor.
Alcañices cazador,   5
Carpio en la cámara está,
Monterrey es grande ya,
Don Baltasar, presidente;
las mujeres de esta gente
nos gobiernan... ¡Bueno va!   10

---

* La editó por primera vez J. E. Hartzenbusch, *op. cit.*, págs. 84-85, y la reprodujo Cotarelo, *op. cit.*, pág. 296 junto a otras dirigidas a Olivares (*vid.* nota al núm. 526).

2 PROVISIÓN. «Acción de dar o conferir algún oficio, dignidad o empleo» (*Auts.*).

5 ALCAÑICES. Para el Marqués de Alcañices, *vid.* nota al v. 16 del núm. 368.

6 CARPIO. Para el Marqués del Carpio, *vid.* nota al v. 7 del núm. 354.

7 MONTERREY. Para este Conde, *vid.* nota al v. 10 del núm. 354.

8 BALTASAR. Es don Baltasar de Zúñiga, tío de Olivares, y primer ministro y confesor de Felipe IV, hasta su muerte, en 1622, momento en el que adquiere mayor relevancia su sobrino. Recordemos que Zúñiga será quien advierta a Villamediana el domingo 21 de agosto de 1622 del peligro que corría la vida del Conde, tal y como recoge Quevedo en sus *Grandes anales de quince días*, B.A.E., tomo XXIII, pág. 214; aunque éste es un dato que Gonzalo Céspedes y Meneses no cita en su *Primera parte de la Historia de D. Felipe el IV, Rey de las Españas*, Lisboa, 1631.

Del confesor se imagina
que fue a Huete, ¡ay qué dolor!,
con orden de que el prior
le diese una disciplina.
Providencia fue divina   5
comprenderle en la expulsión.
Murmúrase que es ladrón;
no lo afirmo, pero sé
que en quien guarda poca fe
no está bien la Inquisición.   10

* La editó Hermann Knust en «Ein Beitrag zur Kenntnifs der Escorialbibliothek», *Jahrbuch für Romanische und Englische literatur,* X (1869), págs. 57-69. Esta décima está en la pág. 59. Knust la toma del códice J - III - 15, fol. 198v. Está dirigida a Aliaga *(vid.* nota al núm. 357).

489*

Y cuando en trabajos tantos
mira a su rey en su reino
sin temer cielo ni infierno
con sus tramoyas y encantos,
edifíca templos santos   5
para ilustrar su memoria.
Y fue tal su vanagloria,
y su locura fue tal,
que se hizo cardenal,
con que echó el sello a la historia.   10

* La editó, al igual que la anterior, H. Knust, *op. cit.*, pág. 59. La toma del fol. 204v. Va dirigida a Lerma (*vid.* notas al núm. 200).

490*

Que venga hoy un triste paje
a alcazar la señoría,
y a tener más en un día
que en mil años su linaje,
bien será, señor, se ataje,   5
que es grandísima insolencia
que venga a ser excelencia
un bergante; gran locura:
si Su Majestad lo apura,
tendrás, Calderón, paciencia.   10

* La editó por primera vez Julio Monreal en *Cuadros viejos,* Madrid, 1878, pág. 395. Es una décima satírica más de entre las composiciones satíricas que el Conde dedicó a Calderón (*vid.* los núms. 357, 485, 521, 522, 524, 553).

Peregrino: este pavón,
que ostenta cristal por plumas,
este diluvio de espumas,
esta de átomos región,
todos una fuente son.   5
Comienza luego a admirarte
de Roma en tan breve parte,
donde el dar agua es llorar
naturaleza, al mirar
sin imposibles el arte.   10

Si imaginación turbada
te la pinta en blanco aliño,
tal vez pabellón de armiño,
y tal Venus mal formada,
sin duda que está engañada;   15
bien te puedes persuadir
que es fuente con advertir,
sin tu vano imaginar,
su desengaño al bajar,
no su subida al subir.   20

---

* *Cotarelo,* pág. 49. Tal y como el Conde deja dicho en su carta al embaja-
dor de Florencia en Roma (Cotarelo, *op. cit.,* págs. 43-48), «cruzó rápidamente por Roma, pero no sin que la fuente de la plaza de San Pedro le inspirara
estas dos décimas» (*op. cit.,* pág. 48). El poema pertenece a su viaje a Italia;
probablemente es de 1615.

4 Para ÁTOMO y REGIÓN, *vid.* notas al v. 5 del núm. 7 y al v. 8 del
núm. 59, respectivamente.

19-20 Una de las constantes poéticas del Conde, tanto en el desengaño
amoroso como en el político, es la dialéctica vertical que establece en sus
poemas, y que se ejemplifica, además, como hemos visto, con mitos como el
de Ícaro o el de Faetón.

492*

De que en Italia barbados
andan obispos y papas,
y en Castilla andan sin capas
y los más de ellos rapados;
y que en Lerma con candados   5
esté de España el dinero,
afirmar por cierto quiero,
que el dinero ha guardado
y a los obispos rapado
será de España buen barbero.   10

* *Cotarelo*, pág. 65. Según Cotarelo, esta décima fue escrita por Villamediana apenas vuelto a España de Italia. Para Lerma, *vid*. notas al
núm. 200.

9 Aquí se da un juego de palabras mediante la disemia de «rapar», por
«afeitar» y por «robar».

493*

Docta y no advertidamente,
Jorge, presidiendo estás,
sin acordarte que Anás
fue, como tú, presidente.
De leví o de vehemente   5
aquesta vez no te excusa
tu catecúmena musa:
más fe y menos amor,
pues sé de un inquisidor
que de incrédulo te acusa.   10

---

* *Cotarelo*, pág. 72. Está dirigida a Jorge Tovar, que era poeta —o pretendía serlo— y que, según Cotarelo, «había presidido una de las academias que entonces acostumbraban celebrarse». Para Tovar, *vid.* núm. 494 y para la academia, *vid.* núm. 352.

3 ANÁS. Era el suegro de Caifás y sumo sacerdote judío. Intervino en el proceso contra Jesucristo (*Juan*, 18, 13).

5 LEVÍ. Esto es, «judío».

Bien mostró su devoción
el que flacamante fuerte
hoy se adjudicó la suerte
del paso de la Pasión.
Corto le vino el rejón,   5
que era buena otra brazada;
bien pudiera ser lanzada
sin esponja, y yo no fío
que lanzada de judío
pueda no ser acertada.   10

---

* *Cotarelo,* pág. 72. Está dedicada a Jorge Tovar, «con motivo de unas fiestas en que salió a torear». Para Tovar, *vid.* notas a los núms. 353,
361, 556.
7-8 Se refiere a la lanza y la esponja con la que se dio a beber vinagre a Jesús en la Cruz *(Mateo,* 27, 48).

Una estrella que jamás
se vio, por injustas leyes,
trajo a Uceda, no tres Reyes,
mas virreyes tres, que es más.
Ofreciéronle a compás   5
cada cual su tesoro,
y guardándole el decoro,
le dieron con gusto inmenso
ninguno mirra ni incienso,
que todos tres le dieron oro.   10

Y habiéndoselo ofrecido,
todos tres se despidieron,
y con oficios volvieron,
que es milagro conocido.
Como los ha repartido,   15
no sé si a decir me atreva,
pues que sólo sé que lleva,
sin saber por cuál hazaña,
Don Lope la nueva España,
que le pondrá como nueva.   20

Y por dar más que reír,
al Perú el Marqués pasó,

---

* *Cotarelo*, págs. 84-85. Según Cotarelo, «a fines de este mismo mes de noviembre [de 1618] se presentó en el cielo un hermoso cometa. Sabida es la
importancia que tales apariciones tuvieron siempre en el ánimo del vulgo
(...) Dos años después (1620), compuso estas décimas con igual motivo [el
cometa]». Fragmentos de estas décimas fueron editados por Jacinto Salas
Quiroga en su artículo «Villamediana», en *No me olvides*, 10 (1837),
pág. 6.
3 Para Uceda, *vid*. nota al núm. 200.
19 Es don Lope Díez de Aux y Armendáriz, marino famoso, que más tarde
fue Marqués de Caldeireta. En 1635 volvió a ser nombrado virrey de
Méjico.
22 Se refiere a don Diego Fernández de Córdoba, Marqués de Guadalcá-

si el paso a pesos compró,
otro lo podrá decir;
lo que debo advertir,   25
en sus hechos soberanos,
es que así engordó de manos,
que habiéndose de mover,
diz que fueron menester
setenta mil castellanos.   30

Una muceta y bonete
dicen que a Nápoles dio,
y dirán —sospecho yo—
que eso es cosa de juguete.
Mal gobierno les promete   35
hopalandas y embarazos,
no durará largos plazos,
pues no será maravilla
que a Zapata o zapatilla
le arrojen a zapatazos.   40

---

zar, a quien sucedió —ya en el reinado de Felipe IV— don Francisco de
Borja y Aragón, príncipe de Esquilache y famoso poeta.

²³ Nótese aquí el uso de la paronomasia con finalidad satírica.

³⁰ Aquí juega el Conde con la disemia de «castellano» que, por un lado significa «alcalde o gobernador» y, por otro, «moneda de oro».

³¹ MUCETA. «Cierto género de vestidura a modo de esclavina, que se ponen los prelados sobre los hombros y se abotona por la parte de adelante»
(Auts.).

BONETE. «Todo abrigo que se pone en la cabeza» (Auts.).

³⁶ HOPALANDA. «Falda grande y pomposa que traen los estudiantes
arrastrando» (Auts.).

³⁹ ZAPATA. Es el cardenal don Antonio de Zapata (1550-1635), sucesor
en 1620 del cardenal don Gaspar de Borja en el virreinato de Nápoles. Éste, a
su vez, había sucedido al Duque de Osuna (vid. nota al núm. 349).

Golpes de fortuna son
vueltos ya contra su dueño,
pues un calderón pequeño
se hace de un gran Calderón.
Mil causas de esta prisión   5
cuenta el vulgo novelero,
y dice que el Rey severo
lo mandó mil siglos ha;
tanto temé que irá
la soga tras el caldero.   10

También se atreve a decir
que, por estar el Rey pobre,
de vuestra caldera el cobre
quiere Calderón fundir.
Cualquiera ha de concebir   15
mal de vos en estos partos;
ni los sangrientos lagartos
mal os podrán defender
de que el Rey os venga a hacer,
para enriquecerse, cuartos.   20

Privado, que serlo esperas,
tu conciencia no se tizne
porque cantes como un cisne,

---

* *Cotarelo,* págs. 86-87. El motivo del ajusticiamiento de don Rodrigo Calderón (*vid.* notas al núm. 357) dio lugar a gran cantidad de sátiras, quizá, demasiadas, del Conde. En ésta, Villamediana juega con el apellido de don Rodrigo, y así aparecen términos como: «calderón» (v. 3), «caldero» (v. 10), «caldera» (v. 13).

10 Se trata de un «refrán contra los que, temerariamente impacientes y mal sufridos, en teniendo mal suceso en alguna cosa, abandonan y dejan perder todo lo restante» (*Auts.*).

17 Recordemos que Calderón era Caballero de Santiago (*vid.* nota al v. 88 del núm. 522).

23 Puesto que el cisne canta antes de morir.

no cual cuervo cuando mueras.
Tiznáronse tus calderas   25
al fuego de la ambición,
y aunque ha puesto admiración,
no es nunca vista fortuna,
que do se tiznó una luna
tiznárase un calderón;   30

el cual, aunque antes ardía
con tan levantado fuego,
el vulgo respondió luego
con cuyo calor hervía.
La ciudad con valentía   35
queda quitando los muros;
si son principios seguros
no lo sé; mas se asegura
que echarnos a Extremadura
promete extremos muy duros.   40

Sea asombro a los mortales
y ejemplo para el que priva;
pues subir muy arriba
bajar hace a extremos tales.
Teman casos desiguales   45
los dichosos desgraciados,
que con alas de privados
se suben a las estrellas,
y que sólo sacan de ellas
volver al suelo estrellados.   50

---

[29] Se refiere a don Alvaro de Luna (1388-1453), Condestable de Castilla y favorito de Juan II. Murió, al igual que Calderón, en el cadalso.

[39-40] Utiliza aquí el calambur a partir del nombre propio.

[41-50] Esta última décima tiene un tono aleccionador, como de moraleja, poco propio de Villamediana. En cambio conserva la idea de la dialéctica vertical para el tema político.

El Anti-Pablo, a mi ver,
fundó, si bien no sé cómo,
en humo lo mayordomo
y en viento lo sumiller.
Hoy polvo, Nabuco ayer,   5
¡ved lo que en el mundo pasa!
Pero a ninguno traspasa
ver en tan mísero paso
al que de nadie hizo caso
y de todos hizo casa.   10

---

* *Cotarelo,* págs. 100-101. Es una décima satírica dirigida a Uceda (*vid.* nota al núm. 200). Para una variante de la misma, *vid.* nota inicial al núm. 530.

[1] *Vid.* nota al v. 11 del núm. 524.

[3-4] Puesto que Uceda era mayordomo mayor del príncipe y sumiller de corps («empleo honorífico, a cuyo cargo está la asistencia al Rey en su retrete para vestirle y desnudarle») (*Auts.*).

[5] Se refiere al rey de Babilonia Nabucodonosor I, que venció a los egipcios y destruyó el reino de Judá (2 *Reyes* 24, 1-2; 24, 7).

[10] Cotarelo apunta que se trata de lo que es actualmente el Palacio de los Consejos.

498*

De un toro mal ofendido
se vio Vergel encornado,
con sus armas acosado
y en sus cuernos perseguido.
Con su defensa advertido   5
acuchilla al toro fiero,
cuando el vulgo lisonjero
dice entre confusas voces:
«Toro, pues no lo conoces,
debes de ser forastero».   10

---

* *Cotarelo,* pág. 242. Esta es la décima que abre un conjunto dedicado a Pedro Vergel y que, según Cotarelo, aparecen seguidas «en los códices de poesías del Conde». Para Vergel, *vid.* núm. 576. Las décimas mencionadas son
ésta y las núms. 499, 500, 501, 502, 503.

499*

Disfrazado en caballero,
Vergel en la plaza entró,
y el toro le derribó,
y cayósele el sombrero.
Aunque con armas de acero,   5
fue del toro conocido,
y viéndose de él vencido,
humilló sus armas dos
diciendo: «Vergel, a vos
todo cuerno sea rendido».   10

---

* *Cotarelo,* pág. 242. Es una sátira más dirigida a Pedro Vergel (*vid.* números 576 y 498).

500*

Que muera a cuernos Vergel
no es desdicha sino gala,
que su vida no señala
otra muerte más crüel.
Volteóle el toro a él,   5
y él le dio cuchilladas;
y delante del Rey dadas,
que le harán merced espero;
porque le valgan dinero
los cuernos y las cornadas.   10

---

* *Cotarelo*, pág. 242. Para Vergel y esta décima, *vid*. notas al núm. 350 y al núm. 498, respectivamente.

501*

Vergel, con razón sentido
de que un toro se le atreva,
a cuchilladas lo lleva
maltratado y malherido.
Huye el toro, aunque ofendido,   5
y así la pendencia ataja,
por ver que en vano trabaja
si ha de vencer a Vergel
otro toro mayor que él
y con armas de ventaja.   10

---

* *Cotarelo*, pág. 242. Para esta décima, *vid.* nota al núm. 498. Todas recogen las mismas críticas y el mismo hecho (*vid.* notas a los núms. 350 y 454).

502*

Vergel, no te conocí,
que a conocer tu sujeto,
yo te guardara el respeto
que en público te perdí.
Tan acosado me vi   5
de tu valerosa espada,
que te tiré una cornada,
de lo cual arrepentido
humilde perdón te pido
como a rey de esta vacada.   10

---

* *Cotarelo*, pág. 243. Para estas décimas, *vid.* notas a la anterior y al número 498. La singularidad de la que ahora anotamos reside en que el «yo» que se dirige a Vergel no es el de persona alguna, sino el toro que atacó a Vergel y que rinde homenaje a éste como rey.

¡Que le perdiese el decoro
delante del mismo Rey
un advenedizo buey
a tan conocido toro!
Diera, Dios, un tesoro   5
por que Vergel lo amarrara,
pues pudiera cara a cara
ponérsele y cuerno a cuerno,
y no querer, por lo tierno,
poner a riesgo la vara.   10

---

* *Cotarelo*, pág. 243. *Vid.* nota al anterior.
10 VARA. Recuérdese que Vergel era alguacil de la Corte.

A Tello de Guzmán, en ocasión de ponerle preso

> ¡Oh Marqués! Por vida mía
> que está bien preso el Guzmán;
> digo el Tello, aquel Adán
> de la vil descortesía.
> Si a su casi señoría   5
> con noble y terrible exceso
> queréis hacer el proceso,
> dilatadlo, buen Marqués,
> hasta que sea cortés...
> ¡Para que siempre esté preso!   10

---

* *Cotarelo,* pág. 244. La décima se refiere a Tello de Guzmán, sobrino de la Marquesa del Valle *(vid.* nota al núm. 188), e hijo de Lope de Guzmán, señor de la Dehesa de Villaverde y primer Conde de este nombre y de doña Francisca de Guevara.

Al Duque de Osuna

Escucha, Osuna, a un amigo,
por nombre Canturaley,
que en la mahometana ley
fue tus cosas testigo.
Dije bien, no me desdigo;   5
porque bien claro se ve
que quien dudó de la fe
y a Solimán estimó
es que la fe le faltó,
o que a renegado, ¡a fe!   10

Traidor me dicen que has sido
y no lo puedo creer;
mas, ¿qué duda puede haber
si a Dios pusiste en olvido?
Todo el mundo está ofendido   15
de ver tan grato caballero
que con mapa de guerrero
en todo imita a Martín...
Pero supieron al fin
que ese Martín es Luetero.   20

Escribe a Zaida un papel
que bautice a los Girones,

---

* *Cotarelo,* págs. 244-245. Fue editado completo por Cotarelo, aunque ya antes J. E. Hartzenbusch, *op. cit.,* pág. 79, había editado la tercera décima. Para Osuna, *vid.* notas al núm. 349.

21 Según Hartzenbusch, *op. cit.,* págs. 79-80, siempre dentro del terreno de la hipótesis: «Desígnase aquí por el nombre de Zaida una mora con quien tuvo en Italia ilegítimos tratos el Duque de Osuna; si la Zaida a que se alude en la redondilla citada [se refiere a la penúltima del núm. 409] fuese la misma, la dama que amó tantos años el Conde de Villamediana sería D.ª Catalina Enríquez de Ribera, Duquesa de Osuna.»

pues sabes las ocasiones
que gozaste en su vergel.
Dichoso fue Peñafiel   25
en ser primero engendrado,
que a Zaida diera cuidado
porque no le bautizaras,
y tan turco le dejaras
como a muchos has dejado.   30

A Filipo aumente el cielo
la vida por largos años,
pues quiso excusar los daños
que causabas en el suelo.
Que no te quemen recelo,   35
aunque eres Pedro Girón,
porque en aquesta ocasión,
aunque dés al Rey disculpa,
no te librarás de culpa
en la Santa Inquisición.   40

---

25 PENAFIEL. *Vid.* nota al v. 5 del núm. 368.
31 Se refiere a Felipe II, en cuyo reinado fue Osuna virrey de Nápoles.

506*

A fray Plácido Tosantos

Obispo mal elegido
y predicador panarro,
estudió el texto de jarro
y trájole bien leído.
Ignorante, presumido   5
mayor en mi vida vi;
cantor no, catador sí
de un cuero, en el graduado;
predicador almorzado,
protegido de un rabí.   10

—«Padre, vuestros calvatruenos
júzgolos en tal manera
que ni Guadix los espera
ni Madrid los echa menos.
Mucho hinojo, vinos buenos,   15
Deo gratias quien os confía
monacales, que a fe mía
que el que ni miente ni adula
fraternidad con su mula
le da a vuestra señoría».   20

---

* *Cotarelo*, pág. 246. Está dirigido al obispo de Guadix y más tarde de Oviedo (*vid.* nota al núm. 507).

2 PANARRO. «Simple, mentecato, dejado y flojo. Pudo tomarse de que éstos ordinariamente comen mucho pan o el borracho que bebe mucho vino» (*Auts.*). Como se ve en los siguientes versos, Villamediana le acusa de bebedor.

7 Para esta construcción, *vid.* nota al v. 4 del *Faetón*.

10 Esto es, de Jorge de Tovar.

11 CALVATRUENO. «Cabeza atronada del vocinglero hablador y alocado» (*Auts.*).

Tanto en un rabí confía
que llega el padre sin tacha
de paternidad borracha
a monacal señoría.
Virtud y elección judía,   25
con lo que merece alguno
hoy premian al nunca ayuno
buena mesa y buena cama:
el todos santos se llama,
pero no imita a ninguno.   30

—«Presuma vueseñoría,
señor obispo, presuma,
de dar alas a mi pluma,
materia a la musa mía;   35
la doctrina y su sermón;
sobre que su devoción
se logre en el obispado,
ya que es preciso abogado
de la tribu Zabulón.»   40

21 *Vid.* v. 10.
40 ZABULÓN. *Vid.* nota al v. 3 del núm. 556.

507*

A un sermón que predicó fray Plácido Tosantos en una
fiesta de Jorge de Tovar

La reverenda ambición
de fray monacal chorlito
nos alabó el sambenito,
y no el de su religión.
Mas si fue con intención 5
de querer ser consultado
el tal en un obispado,
y el rabí quiso obligarle,
¿convertirle y no alabarle
no fuera más acertado? 10

---

* *Cotarelo*, págs. 246-247. Fray Plácido Tosantos (1562-1624), benedicti-
no, era obispo de Guadix, y más tarde lo fue de Oviedo, «puestos que debió a
la influencia del ministro Jorge de Tovar», según Cotarelo. Vicente Espinel
lo cita como gran orador en *Marcos de Obregón*, y Lope le dedicó la «Epístola
segunda» de *La Circe* (ed. cit., págs. 1200 y ss.). No olvidemos que la Aprobación del rey para las *Rimas sacras* de Lope estaba firmada —por mandato
del monarca— por Jorge de Tovar el 30 de julio de 1614 (ed. cit., páginas 303-305).

8 Esto es, Tovar.

508*

A Morales y Jusepa Vaca, comediantes

Morales no quiere ser
cornudo, y es cosa justa;
mental cabrón sí, pues gusta
que reciba su mujer.
Recibir es prometer;   5
llave es de amor un diamante
y adquiere dominio el Dante;
el cuerno en oro se salva,
porque está mal frente calva
a tan buen representante.   10

---

* *Cotarelo*, pág. 247. Villamediana zahirió a este matrimonio con varios poemas satíricos en los que siempre utiliza como motivo las relaciones extra-matrimoniales de Jusepa y los subsiguientes cuernos de su marido (*vid.* núms. 367, 368).

509*

Al padre Pedrosa

Con Pedrosa me encontré
(encuentro poco prolijo)
desterrado porque dijo
lo mismo que yo canté.
«Créame vuesamercé   5
que el tiempo no está cantor,
porque a algún sabio señor,
ocasión de mi destierro,
muy mejor le suena un hierro
que no la lira mejor.»   10

* *Cotarelo*, págs. 248-249. Se refiere, tal y como anota Cotarelo, a «fray Gregorio de Pedrosa (1571-1645), de la orden de San Jerónimo», y que «fue uno de los oradores sagrados más famosos de aquel tiempo. La libertad de sus discursos con los que parece que combatía a los favoritos, ocasionó su destierro». Llegó a ser obispo de León y, más tarde, de Valladolid.

510*

A Santiago de Medina cuando se casó con Julia

¿Qué tiene el señor Vergel
que da tan grandes bramidos?
¿Qué? ¿No hay en Madrid maridos
ni en el mundo como él?
Ese cornudo novel   5
que pueda igualarle dudo;
que aunque es ciego, sordo y mudo,
y aunque más quiera sufrir,
no ha de poder competir
contigo, protocornudo.   10

La futura sucesión
de oficio que es tan honroso
se le debe al nuevo esposo
de justicia y de razón.
De todo ilustre cabrón,   15
becerro, gamo y venado,
rey es Vergel, coronado
de fresnosa cornerina;
y Santiago de Medina
es el príncipe jurado.   20

---

* *Cotarelo,* págs. 249-250. A pesar de lo que se lee en el epígrafe, Villamediana —en realidad— no desaprovecha la ocasión para satirizar a Pedro Vergel (*vid.* nota al núm. 350). Para Santiago de Medina, *vid.* nota al v. 1 del núm. 356.

10 Recuerda aquí el Conde los procedimientos de creación léxica del conceptismo y, más en concreto, de Quevedo.

18 FRESNOSA. Derivación que no está en *Covarr.* ni en *Auts.* Sin embargo, en *Auts.:* FRESNO: «Por sinécdoque se toma por la misma lanza», puesto que del fresno se hacían las astas de las lanzas.

El vergel do se apacienta
todo cabrón es Vergel;
y su casa es arancel
que quiere que se consienta.
No tiene ni pide cuenta,   25
los estorbos adivina,
no da ni toma mohína;
que este trato le ha enseñado,
como toro madrigado,
al novillo de Medina.   30

---

27 MOHINA. Es un uso metafórico de la jerga del juego. El «tres al mohíno» se usa cuando todos juegan contra todos y uno, al perder, se amohína, según las explicaciones de *Covarr.*

29 MADRIGADO. «Es el toro padre, que por cubrir las vacas, que hace madres, se dijo madrigado» *(Covarra.).*

511*

Muy acabada excelencia,
mujer del nunca enojado,
aunque de tantos le han mandado
al rincón de la paciencia:
¿Quién os ha dado licencia   5
para dejar ofendidas
saludes, ya que no vidas;
si no es que lo pudo hacer
quien, dejándose caer,
supo tanto de caídas?   10

---

* *Cotarelo*, págs. 251-252. Las alusiones, en este caso, son tan veladas que resulta imposible identificar a quién pueda ir dirigida esta décima satírica.

512*

A la mujer de un juez venal

Mi señora doña Lonja,
mujer de la mejor vara,
por el quitar alquitara,
y por el chupar esponja;
aunque tenga por lisonja   5
aquesta definición,
puedo aseguraros que son
escogidos y llamados
cuantos vinieren tocados
de la hierba de un doblón.   10

* *Cotarelo,* pág. 253. Rozas, en *El Conde de Villamediana. Bibliografía...,*
pág. 58, anota el epígrafe como «A la muerte de un juez venal» y, sin embargo, da como primera edición la que ahora reproducimos, y en la que aparece
el epígrafe que aquí se lee.
³ ALQUITARA. «Lo mismo que alambique, aunque está hecha de plomo y tiene la cazuela de cobre» *(Auts.).* Evidentemente, aquí, el Conde juega,
además con la proximidad a «quitar».
⁴ ESPONJA. «Se suele llamar la piedra pómez, por el efecto de embeber
en sí los licores» *(Auts.).*

513*

La gota que ayer os dio
en el pie y en el oficio,
con receta de ejercicio
sé que la curara yo.
Si no supo o no acertó   5
con ella el médico, advierta
de la noticia más cierta,
y cura de escarmentada,
que es una puerta cerrada
peor que una llaga abierta.   10

---

* *Cotarelo*, pág. 253. Es una décima satírica que Cotarelo editó sin epígrafe alguno. Resulta imposible reconocer a la persona satirizada, aunque se publica tras la núm. 514.

514*

Del juzgado satisfechos
están los jueces, y es cierto
que pudieron votar tuerto
por quien oyeron derechos.
De la hermosura provechos   5
el torcer las leyes son,
mas uno y otro rapón
yo sé que, cuando votaron,
a sus derechos hallaron
cumplida satisfacción.   10

---

* *Cotarelo*, pág. 253. Este es uno de los temas-tópico de la poesía satírica: la justicia.

515*

A un impotente

Dícenme, y aun yo sospecho,
que vuestra pluma, señor,
no acierta textos de amor
y escribe mal en derecho.
Peca de muy casto un lecho   5
cuando es un enamorado
en sus armas no probado;
y no tengo por seguro
que llegue amor, de muy puro,
a no poder ser pecado.   10

---

* *Cotarelo*, pág. 254. El epígrafe, obvio ya de por sí, se ve ampliado en la décima mediante las alusiones sexuales que Villamediana dirige al satirizado.

516*

Al mismo asunto [A unas damas que
llamaban «Las Perlas»]

Las Perlas han desterrado,
y no con poca razón;
porque el hijo de un ladrón
no ha querido ser robado.
Muy mal la madre ha mirado   5
arruinar a un caballero;
que si le falta dinero,
habrá alguno que presuma
que de su frente mi pluma
tendrá materia y tintero.   10

---

* *Cotarelo*, pág. 254. Desconocemos quiénes puedan ser estas «Perlas»,
pero es fácil imaginar a qué se dedicaban. El Conde les dedicó también una
redondilla (la núm. 581).

Si al pasar un gigantón,
señora, os dejáis caer,
¿qué pudiérades hacer
en un mullido colchón?
Pesada demostración,   5
culpa no muy advertida;
yo cornudo y vos corrida:
gozad el arpón del ciego
y del más gentil Don Diego,
que goza tan justa vida.   10

---

* *Cotarelo*, págs. 264-265. Va dirigda a doña Justa Sánchez (*vid.* nota al núm. 358). El tono irónico de la décima es evidente, y además queda confirmado por el uso que del nombre de la dama hace en el último verso.

7 CORRERSE. *Vid.* nota al v. 8 del núm. 429.

8 esto es, de Cupido.

9 Diego de Tovar (*vid.* nota al núm. 358).

518*

A Don Diego de Tovar y su prima

Cuanto le debéis no dudo
a tal prima y a tal tío,
que el uno os hace judío
y la otra os hace cornudo.
Tengo propuesto ser mudo,   5
pero no siendo razón
olvidar de don cabrón
la solícita paciencia,
déle a mi pluma licencia
la que es justa y ocasión.   10

---

* *Cotarelo*, pág. 265. Está dirigida a don Diego Tovar (*vid*. núm. 358) y a su «prima», esto es, a doña Justa Sánchez (*vid*. notas al mismo y al número 583).

10 Nótese la finísima alusión que hace el Conde a la que, con toda probabilidad, fue durante algún tiempo su amante.

A la misma [a Dª Justa Sánchez]

En fin, vuestra seña fue
a gente circuncidada,
pues luz es desalumbrada
o de Ester o de Betsabé.
Menos aplauso y más fe,   5
a San Andrés le dé toga
el dueño de la sinagoga;
pues, émula de la cruz,
a los pecados da luz
y al que los redime soga.   10

---

* *Cotarelo,* pág. 265. Cotarelo lo edita como dirigido a Justa Sánchez (para ésta, *vid.* notas a los núms. 358, 583). En cambio, Mele y Bonilla lo editan con otro epígrafe («A una merienda de Jorge de Tovar») y con multitud de variantes que anotamos. La versión de mele y Bonilla corresponde al folio 45r. de *Brancacciana* y está copiada en pág. 250.

2 Recuérdese que uno de los motivos de sátira hacia Tovar era su ascendencia judía.

En *MyB:* «¡o gente circundada!»

3 En *MyB:* «por luces desalumbrada».

4 ESTER obtuvo de su esposo Jerjes I, rey de Persia, la derogación del decreto que ordenaba exterminar a los judíos *(Est.,* 8, 9). BETSABÉ es la madre de Salomón. David, para casarse con ella, hizo matar a su esposo Urías (2 *Sam.,* 11.1-27).

6 Recuerda aquí el Conde el pasaje de *Lucas,* 6, 38. En *MyB,* «o».

8 En *MyB,* «émulo».

520*

A Doña Justa [Sánchez]

Que vuesa merced se ciegue
de amor del primo Don Diego
cosa es justa, no lo niego,
pero guárdese él no niegue;
que habrá alguno que le entregue   5
al brazo y no secular,
donde, en pena de dudar
que el Mesías nuestro vino,
al presbítero rabino
den mitra sin obispar.   10

---

* *Cotarelo,* pág. 266. Es una décima dirigida a doña Justa Sánchez (*vid.* nota al núm. 358).

² Es Diego de Tovar (*vid.* nota al mismo soneto). Villamediana siempre acusó a los Tovar de judíos.

¹⁰ Mitra. Aquí, «corona que se pone a los hechiceros y otros delincuentes» (*Auts.*).

Cuando Felipe III desterró al duque de Lerma

Ya ha despertado el león
que durmió como cordero,
y al son del bramido fiero
se asustó todo ladrón.
El primero es Calderón,   5
que dicen que ha de volar
con Josafat de Tovar,
rabí, por las uñas Caco,
y otro no menor bellaco,
compañero en el hurtar.   10

También Perico de Tapia,
que de miedo huele mal,
y el señor doctor Bonal
con su mujer Doña Rapia.

---

* *Cotarelo*, págs. 267-268. En pág. 266, dice Cotarelo que imprime estas décimas «siguiendo el [orden] que nos parece más lógico y racional», puesto que, según el erudito, aparecen en varios códices todas juntas (éstas y otras) «como formando una sola composición». Sigo el orden propuesto por Cotarelo. Para una versión distinta de las dos primeras décimas, *vid*. M. Muñoz de San Pedro, «Un extremeño en la Corte de los Austrias», *Revista de Estudios extremeños*, tomo II (diciembre de 1946), págs. 379-396. El poema, en pág. 384.

1 Esto es, el Rey. En *1946*: «Bramó ya como león.»

2 En *1946*: «que durmió como cordero».

3 En *1946*: «y con su bramido fiero».

4 En *1946*: «espantó tanto ladrón».

5 CALDERÓN. *Vid*. nota al núm. 357.

7 Para Jorge de Tovar, *vid*. nota al núm. 361.

8 Caco. Se le tenía por hijo de Vulcano. Caco le robó unas cuantas reses a Hércules.

11 TAPIA. *Vid*. nota al v. 48 del núm. 485.

12 En *1946*: «con el m. h. m.».

13 BONAL. *Vid*. nota al v. 53 del núm. 485.

14 La mujer de Bonal era doña Ana, hija de Pedro de Tapia; de ahí el que la llame «D.ª Rapia». Lope le dedicó la comedia *El soldado amante*.

Toda garduña prosapia 15
recela esposas y grillos;
de medrosos, amarillos
andan ladrones a pares;
que en tan modernos solares 20
se menean los ladrillos.

Salazarillo sucede
en oficio a Calderón,
porque no falte ladrón
que estas privanzas herede;
pues el villano no puede 25
negarnos que fue primero,
como su padre, pechero,
y que por mudar de estado
un sambenito ha borrado
para hacerse caballero. 30

El burgalés y el buldero,
si lo que ven han creído,
pueden de lo sucedido
inferir lo venidero.
Ya no pasa doctor huero; 35

15 GARDUÑA. «Animal muy semejante en todo a la zorra» (*Auts.*). Por tanto, metafóricamente, por «ladrón».

En *1946:* «la arruña».

17 En *1946:* «d. turbados a.».

18 En *1946:* «a. caídos a. p.».

20 En *1946:* «se les mueven l. l.». Después de este verso, en *1946* aparece una décima que copio íntegra: «Pedro de Tapia, por viejo, / al que admite lo bellaco / podrá mejor que no Caco / dar su experiencia consejo, / pues clara luna en su espejo / le acude con tanto amor / que ha podido su valor / reducir maravedís / a tan lucidos cequíes / como en las minas del sol.»

21 «Salazarillo» es Juan de Salazar, secretario de Estado y antes el Duque de Uceda (*vid.* nota al núm. 578).

27 PECHERO. «El que está obligado a pagar o contribuir con el pecho o tributo. Úsase comúnmente contrapuesto a noble» (*Auts.*).

31 El «burgalés» es don Fernando de Acevedo (*vid.* notas a núms. 204, 229, 314). El «buldero» es don Diego de Guzmán (*vid.* nota al v. 110 del núm. 485).

31-40 Para esta décima, *vid.* nota al núm. 530.

basta que en tiempo pasado
tuvieron tan buen estado
desde el principio hasta el fin,
que al que nunca vio el latín
le daban por obispado.   40

522*

En la muerte del Rey

Murió Felipe tercero,
mas un consuelo nos queda;
que murió Pablos de Uceda,
el Confesor y el Buldero.
Uno y otro majadero   5
se consuelen, que han tenido
un rey y reino oprimido,
y mejor diré robados,
que el poder de estos privados
tan exorbitante ha sido.   10

Que Uceda sienta su muerte
no es mucho, porque perdió
lo que a su padre quitó:
¡Codicia arrogante y fuerte!
Pero nuestro Rey, que advierte   15
que va imitando a Luzbel,
Olivares, cual Miguel,
hoy derribado lo pone,
sin que si llanto le abone,
que es cocodrilo crüel.   20

---

* *Cotarelo*, págs. 268-271. Este, como los núms. 485, 525, pertenece a la
época del reestablecimiento de Villamediana, época en la que el Conde, tras
ser testigo de las destituciones que lleva a cabo Felipe IV, augura en sus poemas un futuro mejor para España.

3 *Vid.* v. 11 del núm. 524 y v. 1 del núm. 497. Cotarelo, *op. cit.*, pág. 268,
n. 2 dice: «Villamediana llama al Duque de Uceda unas veces Pablos y otras
Maripablos, "porque —según dice una nota manuscrita— alguna vez salía
con manto a pasearse por no ser conocido".» Para Uceda, *vid.* también notas
al núm. 200.

4 Se refiere a fray Luis de Aliaga (*vid.* núm. 357) y a don Diego de Guzmán (*vid.* v. 110 del núm. 485). Aliaga tuvo que renunciar a su cargo de Inquisidor General.

13 Esto es, el Duque de Lerma (*vid.* nota al núm. 200).

16-17 Miguel fue quien venció, con su milicia celeste, a Satanás (*Ap.* 12,
7-12).

Mas no fíe de la fortuna
quien a tal puesto llegó,
que privanzas pienso yo
que se mudan con la luna.
Si no, miren si hubo alguna   25
que llegase a la de Lemos;
y ahora está, cual todos vemos,
triste, ausente y olvidado,
por gusto de algún privado,
causa de tales extremos.   30

¿Qué sentirá Calderón
cuando sus delitos mire?
Justo es que llore y suspire
su mal pensada traición;
pero si fuera Sansón   35
y a las columnas se asiera,
acompañado muriera,
que en hurtar y otros delitos
le acompañan infinitos
aunque se han salido afuera.   40

¿En qué pensaba el de Osuna
cuando el reino destruyó
que el Gran Capitán ganó?

---

26 LEMOS. El Conde de Lemos, don Pedro Fernández de Castro, fue virrey de Nápoles desde 1610 hasta 1617. Villamediana lo frecuentó en su destierro, puesto que don Pedro era un gran mecenas para poetas y artistas; protector, por ejemplo, de la Academia de los Ociosos, fundada por Juan Bautista Manso. (*Vid.* Cotarelo, *op. cit.*, págs. 35 y ss. y Otis H. Green, «The literary
court of the Conde de Lemos at Naples, 1610-1616», *Hispanic Review,* vol. I
[1933], págs. 290-308), así como José Sánchez, *Academias literarias del Siglo de
Oro español,* Madrid, Gredos, 1961, págs. 304-312.
31 Para Calderón, *vid.* nota al núm. 357.
41 Para Osuna, *vid.* nota al núm. 349.
43 Para el Gran Capitán, *vid.* nota a vv. 19-20 del núm. 399. Gonzalo Fernández de Córdoba fue enviado por Fernando el Católico a Sicilia en 1495 y,
después, en 1500, lo cual dio lugar al reparto del reino de Nápoles entre
Francia y España. Más tarde, en 1503, dirigió la expulsión de los franceses
del reino napolitano.

¿Fiábase de la fortuna
que todas veces no es una?   45
Páguelo, pues que pecó,
y de tanto como hurtó
mande labrar sepultura,
porque no vale locura
a quien al Rey ofendió.   50

　　Anímese don Bonal
y a sí mismo se consuele,
porque a ninguno le duele
el verle en desdicha tal.
Lamente Tapia su mal,   55
pues tuvo bienes baratos;
conozca sus falsos tratados
mientras —cual dicen— descansa,
porque el diablo ya se cansa
de romper tantos zapatos.   60

　　Al fin se escapó Tovar,
el maná le vino al fin;
guárdese de un San Martín;
¡ojo alerta al marear!
Porque en esto de rapar   65
diestramente hizo su oficio;
más viéneles de «ab initio»
a los sátrapas el ser
codiciosos y tener
el hurtar por ejercicio.   70

　　Cayó la tapia, y con ella
tropezaron mil culpados,
que el peso de sus pecados
los trajo al suelo con ella.

---

51 Para Antonio de Bonal, *vid.* nota al v. 53 del núm. 485.
55 Para Pedro de Tapia, *vid.* nota al v. 48 del mismo.
61 Para Jorge Tovar, *vid.* nota al núm. 361.
65 RAPAR. «Hurtar».
71 *Vid.* v. 55.

La casa en extremo bella   75
de Angulo desierta está,
su dueño la ocupará
como Calderón la suya,
si Dios no le da su ayuda,
que harto milagro será.   80

De un rey la mucha bondad
pudo destruir su reino;
y en otro rey, aunque tierno,
pudo hallar su libertad;
que no importa tierna edad   85
para emprender una hazaña.
Y ahora que no le engaña
el mejor rojo lagarto,
llámese a Felipe cuarto
el restaurador de España.   90

---

⁷⁶ Para Tomás Angulo, *vid*. nota al v. 58 del núm. 485.

⁷⁸ *Vid*. v. 31.

⁸⁵ Puesto que Felipe IV subió al trono con apenas dieciséis años.

⁸⁸ Cotarelo anota que se trata de Lerma, aunque sin ninguna explicación (para Lerma, *vid*. v. 13). Debe aludir a que Lerma era caballero de las órdenes de Santiago y de Alcántara. La cruz roja, símbolo de la de Santiago, se asemeja a un lagarto.

523*

Contra los ministros de Felipe III cuando le sucedió su hijo

Yo me llamo, cosa es llana,
Correo, pues nuevas doy;
y si correo no soy,
el mejor Villamediana.
No pretendió ser villana   5
nunca mi musa, y así
más hidalga será aquí:
de nuevas va en general,
que de buen original
aquestas que digo oí.   10

Dícese del Patriarca,
de doblones patri-cofre,
en las barbas San Onofre,
y en latín Don Sancho Abarca,
que los oficios que abarca   15
muy presto restituirá.
No se enoje, mas no hará;
que le es mi musa confusa,

---

* *Cotarelo*, págs. 271-275. Es una más de las composiciones en décimas que Villamediana dedicó a la caída de los favoritos de Felipe III (1621). Quizá la singularidad de la que ahora anotamos resida en un tono mucho más contenido en cuanto a lo satírico y, además, la conciencia que demuestra el Conde en el poema, que le hace considerarlo también como casi un canto noticiero de la época (*Vid.* v. 8 y v. 82). Para la 8.ª estrofa, así como para la 9.ª y 10.ª, *vid.* nota a núm. 530.

11 El Patriarca es don Diego de Guzmán (*vid.* nota a v. 110 del núm. 485), que en otras ocasiones llama «buldero».

12 Obsérvese el juego de disociación, cercano al calambur, que utiliza aquí el Conde.

14 Sancho Abarca fue rey de Navarra entre los años 970 y 994. Fue vencido por Almanzor y acabó siendo suegro de éste.

18-19 Hace uso aquí el Conde de la similicadencia.

y él, que nunca entendió él musa,
mi musa no entenderá.   20

Que al burgalés inocente
le proveen también dijeron;
y si en él se proveyeron,
mal olerá el Presidente.
A Burgos dice la gente   25
que va medio desterrado,
y aunque no va mal pagado,
aguado se le ha dado el placer,
mas no le querrá beber,
que nunca lo bebe aguado.   30

Al Confesor, que en privanza
fue con todos descortés,
a Huete le envían, porque es
lugar do enseñan crianza.
Acabóse la bonanza,   35
sin la dignidad se ve;
fraile simple dicen que
le dejan para acertar;
fraile le podrán dejar,
que simple siempre lo fue.   40

---

19 ENTENDER LA MUSA. «Frase que significa conocer la intención o malicia de alguno» (*Auts.*).

21 Se refiere a Acevedo (*vid.* notas al núm. 229).

22-23 Juega aquí el Conde con los significados de «proveer» como «conferir alguna dignidad» y «proveerse», «desembarazar y exonerar el vientre» (*Auts.*).

28-30 Utiliza para estos versos Villamediana el apellido de Francisco Aguado (m. en 1654), jesuita que fue confesor del Conde-Duque.

31 Es Aliaga (*vid.* nota a núms. 357 y 488).

33-34 Según Cotarelo, *op. cit.*, pág. 272, n. 1, «pudo aludir el poeta con estas palabras a que, al mandarle al convento de su orden, quedase bajo la dependencia de su superior, o bien, jugando con el vocablo, a que Huete tenía fama en aquel tiempo por la cría y excelencia de sus cerdos». *Vid.* también notas a v. 26 del núm. 525 y v. 4 del núm. 522.

40 Utiliza aquí el Conde la paronomasia.

Uceda su vida ordena
y, conociendo su daño,
ya para ser ermitaño
deja crecer la melena.
Ahora se ve alma en pena   45
el que en gloria se vio ayer;
hale ayudado a caer
la casa que edificó;
si tal pena le causó,
no fue casa de placer.   50

Si hasta aquí se hizo de manga
Germánico el ambicioso,
no hablará ya más gangoso
porque le entiendan la ganga.
Pagará la canga manga   55
del Piamonte, y su fortuna,
siguiendo al Duque de Osuna,
a las cabezas que España
perdió por él, si es hazaña
que pague tantas con una.   60

A Osuna dicen que dan
cual el delito la pena;
que no es mucho esté en la trena,
siendo en todo escarramán.
Por amigo del Sultán   65
se publica, y su ley trueca

---

41 Para Uceda, *vid.* nota al núm. 200.
48 El actual Palacio de los Consejos.
50 Una nueva disemia.
52 Se refiere al Marqués de san Germán (*vid.* nota al v. 81 del número 485).
55 CANGA. Por «yugo».
57 Para Osuna, *vid.* notas al núm. 349.
63 TRENA. «En la germanía significa la cárcel» (*Auts.*).
64 Tal y como dice Cotarelo, *op. cit.*, pág. 273, n. 3: «Escarramán (que acaso fue un personaje real) llegó a ser en el siglo XVII el apelativo de los bribones y rufianes de la época y héroe de muy salados romances».

por la turca, y que no peca
jura; y a tanto ha llegado,
que tiene porque ha meado
puesta una lámpara en Meca.   70

Ser fraile Lerma intentó
Francisco, dicen parleros;
mas no reciben dineros,
y por eso lo dejó,
que quien tanto recibió   75
no busca toscos sayales;
pero si a ladrones tales
dan castigo universal,
aunque se vea cardenal,
tema muchos cardenales.   80

Defraudados pretendientes,
mirando estas novedades,
piensan que han pasado edades
como los siete durmientes;
preguntan a todas gentes   85
maravilla tan extraña,
por ver si el juicio se engaña,
y el menor niño les cuenta
que Filipo representa
la restauración de España.   90

El encanto dio en el suelo
de los de la antigua ley,
que esperaban niño rey
y han hallado rey abuelo.
Conviértanse, que recelo   95

---

71 Para Lerma, *vid*. nota al núm. 200.

79-80 Esta disemia es muy frecuente en este tipo de poesía.

100 Alude a la Junta general de Reformación de costumbres, revitalizada
por Olivares. La función de la Junta era la investigación económica de
todos los ministros de los veinte años anteriores a 1621. La Junta había comenzado a funcionar, en realidad, en 1618. (*Vid*. J. H. Elliot, *La España...*,
págs. 350-355.)

que viene el juicio final;
miren que es cierta señal
de tan grande maravilla
el hacerse ya en Castilla
reformación general.   100

Del saber de Dios las minas
vio en tan cándidas acciones,
pues que premian Cicerones
y castigan Catilinas.
En todas tan peregrinas,   105
y en varones tan prudentes,
señales son evidentes
de que en espadas y en plumas,
regirán a España Numas
y a Italia condes de Fuentes.   110

---

[104] CATILINA (109 -62 a.J.C.). Fue jefe de la conspiración descubierta
por Cicerón. Fue derrotado y muerto en Pistoya.

[109] NUMA. *Vid.* nota a v. 13 del núm. 298.

[110] Se refiere a don Pedro Enríquez, hijo del Conde de Alba de Liste, y
Conde de Fuentes. Se distinguió como general en Flandes y como gobernador de Milán.

524*

A la caída de privador y ministros, estando
en el gobierno Don Felipe IV

De las venturas presentes
entiendo que es la mayor
arrimar al Confesor
que hizo tantos penitentes.
A título de abstinentes,   5
no sé por cuantos caminos
a los padres tomasinos
va todo lo que es pescado,
porque Aliaga ya ha sacado
de la puja a los teatinos.   10

Pablo: feneció el encanto
con que tan soberbio y loco
por andar el Rey tan poco
te desmandaste tú tanto.
De su buen juicio me espanto   15
que pudiera consentillo;
mas por ser torpe el cuchillo,
tan poco le respetaste
que la corona gozaste
cual si fueras reyecillo.   20

Rodrigo, en poder estás
de la muerte, a quien mandaste

---

* *Cotarelo*, págs. 275-278. El Conde pasa aquí revista a algunos de los nobles que cayeron en desgracia al llegar Felipe IV al poder. Para este asunto,
vid. la carta que, con fecha de 6 de abril de 1621, envía Góngora a don Francisco del Corral (ed. cit., núm. 61, págs. 979-982).

9 Se refiere a Luis de Aliaga, confesor del rey (*vid.* nota al núm. 357).

10 TEATINOS. *Vid.* nota al v. 9 del núm. 363.

11 Esto es, el Duque de Uceda, don Cristóbal de Sandoval y Rojas (*vid.*
nota al núm. 200 y al v. 3 del núm. 522).

21 Se trata de Rodrigo Calderón (*vid.* nota al núm. 357).

todo el tiempo que privaste,
y a los médicos, que es más.
Si por dicha al cielo vas,   25
poco segura estaría;
aunque posible sería
que permita Dios que tenga
Dimas con quien se entretenga,
y que le hagas compañía.   30

   También Nápoles dirá
que Osuna la saqueó;
así lo creyera yo
a ser el Duque un bajá,   35
que no porque rico está
usurpó bienes ajenos;
antes, por respetos buenos,
fue tan humilde que el Rey
le dio oficio de virrey,
y aspiró a dos letras menos.   40

   Reducido a tal estrecho,
le cuesta más de un suspiro
al Arzobispo de Tiro
que se diga lo que ha hecho.
De su habilidad sospecho   45
que por traza peregrina,
no cabiendo en la latina
ni en la iglesia griega, ha dado
en ser el primer prelado
que haya en la iglesia divina.   50

---

24 Puesto que se creía que había envenenado a la reina doña Margarita en
1611 (*vid*. nota al núm. 321).
   29 DIMAS. Se refiere al «Buen Ladrón», que acompañó a Jesús en la crucifixión.
   32 OSUNA. *Vid*. nota al núm. 349.
   40 Al Duque de Osuna se le acusó de querer alzarse como rey de Nápoles.

No hay burlas con el que reina,
en Lerma se pudo ver,
que otro Midas quiso ser
sin ver las canas que peina.
Guárdenos Dios nuestra Reina   55
que favoreció a Saldaña,
aunque fue locura extraña
la que en casarse emprendió,
mas su yerro se borró
por ser amorosa hazaña.   60

Cesará el regalo y vicio
de Acevedo el eminente,
que le hicieron presidente
sin que fuese de servicio.
La pérdida del oficio   65
no le causará disgusto,
porque además que ello es justo,
tiene tan buenos aceros
que, aunque le dejen en cueros,
estará muy a su gusto.   70

Después que tantos excesos
vienen a publicidad,
se sabe la enfermedad
que tuvo España en los huesos.
Ella flaca y ellos gruesos,   75
indicio ha sido bastante,
que este linaje arrogante
ha causado sus flaquezas,
mas ya humillan sus cabezas
para que ella la levante.   80

---

52 LERMA. *Vid.* nota al núm. 200.

53 MIDAS. *Vid.* nota al v. 44 del núm. 397.

56 Se refiere al Conde de Saldaña (*vid.* nota al v. 10 del núm. 368), que se
casó en segundas nupcias con doña Mariana de Córdoba el miércoles 21 de
abril de 1621 (*vid.* Cotarelo, *op. cit.,* págs. 271, n. 1).

62 ACEVEDO. *Vid.* notas al núm. 229.

　　　　Antes de este desengaño,
contemplativos decían
que los pecados tenían
la culpa de tanto daño;
pero yo que aqueste engaño 　　　　　85
he visto, me arrepentí
del dislate que creí;
y digo que si no fuera
por su cuarto, no valiera
España un maravedí. 　　　　　　　90

---

⁸⁹⁻⁹⁰ Aquí juega el Conde con la disemia de «cuarto» (como «moneda» y
como ordinal del rey Felipe).

525

Contra los ministros de Felipe III

La piedra angular cayó
y llevó tras sí una tapia;
tomó el diablo a Doña Rapia
porque ya el tomar perdió:
la loba en dientes se vio   5
del vulgo y se la dejaron;
y al que Vivanco llamaron
una losa le pusieron;
señal, pues losa le dieron,
que su privanza enterraron.   10

Uceda, que fue casuista
sin sumas, y lo que es más,
que sin seguir a Tomás
fue grandísimo tomista,
desterrado a letra vista,   15
sin ver que hay gran distinción
de privanza a privación,
piensa volver a privar;
y por no dejar de hurtar,
hurtó el cuerpo a la ocasión.   20

---

* *Cotarelo*, págs. 278-280. Tras la muerte de Felipe III y el reestablecimiento del Conde (1621), Villamediana satirizó en varias composiciones a los ministros del rey difunto, que habían caído en desgracia *(vid.,* por ejemplo, el núm. 485).

1 PIEDRA ANGULAR. «Metafóricamente, y en términos de la Sagrada Escritura, se dice que Jesucristo es la piedra angular de la Iglesia» *(Auts.)*. *Vid.* también 1 *Pedro,* 2, 1.

2 Alude a Pedro Tapia *(vid.* nota al v. 48 del núm. 485).

7 Es Bernabé de Vivanco, ayuda de cámara de Felipe III.

8 Se refiere a Antonio de Losa, que sucedió en el cargo a Vivanco.

11 Para Uceda, *vid.* nota al núm. 200.

14 Disemia de «tomista». En este caso, «el que toma o roba».

Sancho Panza, el confesor
del ya difunto monarca,
que de la vena del arca
fue de Osuna sangrador,
el cuchillo de doctor   25
llevará a Huete atravesado;
y en tan miserable estado,
que será —según he oído—
de Inquisidor, inquirido,
de Confesor, confesado.   30

El Duque, ya cardenal
del golpe de la fortuna,
hoy Fariñas importuna,
que es muy bellaca señal;
todo gato racional   35
reprima su inclinación:
mire que el nuevo león

---

[21] Es fray Luis de Aliaga, confesor del Rey (*vid.* nota al núm. 357).

[24] Para Osuna, *vid.* nota al núm. 349.

[26] Góngora, en carta de 27 de abril de 1621 a don Francisco del Corral (ed. cit., núm. 63, págs. 985-987), dirá: «Jueves en la noche 22 desde, llegó a las nueve el doctor Villegas, gobernador de este obispado, a casa del señor Inquisidor General y le dio un decreto de S. M. firmado de su real nombre, en que le mandaba saliese de Madrid dentro de tres días, y, vía recta, se fuese a la ciudad de Huete, siete leguas de Cuenca.» *Vid.* también Cotarelo, *op. cit.*, pág. 269, n. 1 y v. 4 del núm. 522.

[33] Se refiere a don Fernando de Fariñas, letrado del Consejo de Castilla, asistente de Sevilla, y hombre de confianza del rey. Fariñas fue el instructor de la causa contra Rodrigo Calderón y, más tarde, del proceso por el «pecado nefando» que se inició con el documento de 20 de septiembre de 1623 que editan tanto N. Alonso Cortés, *op. cit.*, págs. 79 y ss., como Rosales en *Pasión...*, págs. 35 y ss. Según Cotarelo, *op. cit.*, pág. 280, n. 1, «entre los manuscritos de Villamediana hay una sátira contra él [Fariñas], escrita con posterioridad a la muerte del Conde, e indudablemente por un sevillano». Se refiere Cotarelo a las dos décimas que comienzan «El asistente Caifás», que se editaron por primera vez en N. Alonso Cortés, *op. cit.*, págs. 86-87, y que reprodujo con una variante en el v. 17 Rosales en *Pasión...*, pág. 246, n. 19. Rozas en *El Conde de Villamediana. Bibliografía...*, pág. 52, da estas décimas como del Conde.

[37] *Vid.* el primer verso del núm. 521.

promete justicia clara,
y si no fuere Guevara,
no ha de quedar un ladrón.   40

39-40 Juego de palabras a partir del apellido Ladrón de Guevara (*vid.* también vv. 29-30 del núm. 529).

526*

Conde, yo os prometo a Dios,
si el irse un hombre al infierno
fuera por sólo un invierno,
que me fuera con vos.
Pero si vamos los dos,   5
será por la eternidad;
y ¡por Dios! que es necedad
el ir jornada tan larga
con tanto peso y tal carga
por sola vuestra amistad.   10

* *Cotarelo*, pág. 296. Está editada en el apéndice VII de *op. cit.* Rozas, en *El Conde de Villamediana. Bibliografía...*, pág. 65 dice no tener «datos para ponerle reparos, salvo el común a toda su obra satírica: que sus cancioneros eran el cajón de sastre de los coleccionistas». Según Cotarelo, *op. cit.*, pág. 296: «Lejos está esta décima de ser muy ofensiva a Olivares (si es que a él va dirigida); más parece broma de amigo.»

527*

Responde el Conde [a otra décima]

Respondo por indiviso,
si os he de decir la verdad,
que estimo la voluntad,
y cágome en el aviso;
que por ser un circunciso   5
no me pienso detener.
Mejor hiciera en creer
que ya ha venido el Mesías,
y que de mis profecías
la suya presto ha de ver.   10

---

* La editó por primera vez Bartolomé José Gallardo en *Ensayo de una biblioteca española de libros raros y curiosos,* tomo IV, 1889, col.ª697. Está copiada como respuesta a otra décima, supuestamente escrita por Jorge de Tovar —a juzgar por la del Conde y por la núm. 528—, y que dice: «Señor Correo Mayor, / delito es tan conocido / gozar lo no merecido / como hurtar el favor. / General será el temor / del León, que os certifico, / que si a imitación de Enrico / se llama a engaño en el dar, / habéis, Conde, de quedar / más prudente y menos rico.» Gallardo las toma del Ms. «Poesías satíricas», fols. 23 y 22, respectivamente. Cotarelo, *op. cit.,* págs. 107-108 copia ésta y algunas más.

¹ Utiliza aquí el Conde el término forense «pro indiviso», «que se dice de las herencias, cuando no están hechas las particiones entre los herederos» (*Auts.*).

528*

Décima a Jorge de Tovar

Señor Jorge de Tovar,
si tomáis mi parecer,
más es tiempo de creer
que no de poetizar.
Pensaréis que es fabular   5
el cantaros la Pasión;
al contumaz faraón,
infiel eterno, precito,
hoy viste de San-benito
Santa, digo, Inquisición.   10

---

* La editó B. J. Gallardo en *op. cit.*, col^a697. Esta guarda relación con la núm. 527 y lo que allí se anota. La acusación hacia Jorge de Tovar siempre es la misma: lo tacha de judío.

8 PRECITO. *Vid.* nota al v. 14 del núm. 294.

En fin, que Tomás Ladrón
en mi descrédito habló.
¿Qué mucho, si le ayudó
la tribu de Zabulón?
Uno y otro cierto son   5
del tiempo indicios ingratos,
y no me salen baratos
metros que, mal entendidos,
no son ya sino ladridos
que espantan estos gatos.   10

Loco, necio, impertinente
me llaman en conclusión:
todo soy, pero ladrón
no lo he sido eternamente.
Ni subí, como insolente,   15
del arado a la corona,
como alguno que blasona

---

* La primera décima la editó Cotarelo, *op. cit.*, págs. 108-109 con algunas variantes. Ésta es la referencia que da Rozas en *El Conde de Villamediana. Bibliografía...*, pág. 53, sin anotar que se trata de un fragmento. Lo copio de N. Alonso Cortés, *op. cit.*, pág. 93, que, a su vez, lo toma de los Mss. 3939, 4144 y 9636 de la B.N. Éste cree que se trata de una contestación a otras décimas «Contra el Conde de Villamediana» que aparecen unidas a éstas y que, como insinúa el Conde, pudieran haber sido escritas por Tomás Angulo y Jorge de Tovar (para éstos, *vid.* notas a los núms. 485, 361, respectivamente). Gallardo, ed. cit., col.ª696 lo edita como respuesta a unas «Décimas contra el Conde de Villamediana» que comienzan «Mediana con ronca voz» (col.ª696).

4 En *Cotarelo*, se lee «Don Jorge de Zabulón» (*vid.* nota al v. 3 del núm. 556).

10 En *Cotarelo:* «aquestos».

11-30 Estas dos décimas fueron editadas por Cotarelo, *op. cit.*, págs. 53-54, y catalogadas por Rozas, *op. cit.*, pág. 58 como otro poema distinto. En realidad, tan sólo presentan las siguientes variantes: v. 11: «Necio, loco, impertinente»; v. 16: «del cayado a la corona»; vv. 25-27: «Ni por pesquisas me aflijo, / que el juez que mire mi estado / ha de hallar cuando arrojado»; y v. 30: «no como otros por Hurtado».

de nobleza por sentencia.
Tarsis soy, cuya ascendencia
lo mejor de España abona.   20

Ni yo para madre elijo
la mujer de Anfitrión,
en prueba de la afición
de ser de Júpiter hijo;
ni con pesquisa me aflijo,   25
que el jüez que ha pesquisado
hallará, cuando arrojado
a mi ascendencia desdoble,
que soy por Mendoza noble
como otros por Hurtado.   30

---

[22] Se refiere a Alcmena, esposa de Anfitrión y madre de Hércules.

[24] Según Cotarelo, *op. cit.,* págs. 53-54, n. 1: «El dardo va dirigido contra D. Rodrigo Calderón, quien quiso hacerse pasar por hijo natural del Duque de Alba, según dice Quevedo en sus *Anales.»*

[29-30] Aquí juega el Conde con el apellido Hurtado de Mendoza, puesto que Villamediana casó con doña Ana de Mendoza y de la Cerda, bisnieta del marqués de Santillana (Cotarelo, *op. cit.,* págs. 25-26). «D. Diego Gómez de Sandoval y Rojas, hijo segundo del Duque de Lerma, se casó con D.ª Luisa de Mendoza, hija de D.ª Ana de Mendoza, sexta Duquesa del Infantado (...) Cuando se casó debía tomar el nombre de D. Diego Hurtado de Mendoza» (Cotarelo, *op. cit.,* pág. 277, n. 1).

Celestial fue la armonía
que interrumpió tanto sueño,
perdió la fuerza el beleño,
despertó la monarquía;
¡qué alegre amaneció el día   5
tras noche tenebrosa!
Muerte ha sido milagrosa,
a la de Dios parecida,
la suya, pues dio la vida
Filipo al mundo gloriosa.   10

De alta consideración
en ella cosas se han visto,
que fue como la [de] Cristo
entre uno y otro ladrón.
La verdad dice que son,   15
y así yo no lo diré;
bien sé que en aquélla fue
bueno de los dos el uno,
mas en ésta no hay ninguno
que por malo no se dé.   20

---

* Lo editó por primera vez J. M. Blecua en *Cancionero de 1628* edición del
Cancionero 250-2 de la Biblioteca Universitaria de Zaragoza, Madrid, CSIC,
1945. El texto aparece en los fols. 501v.-502, y lo reproduce Blecua en *op. cit.,*
págs. 360-365. Cabría señalar la singularidad de esta composición político-
laudatoria hacia la labor del nuevo rey, Felipe IV: en primer lugar, el tono es
mucho más mesurado que el de las composiciones políticas del Conde; en segundo, no critica a Olivares, lo cual puede ser síntoma de que la composición es de los últimos meses de 1621; y, en tercero, la comparación de la
muerte de Felipe III con la de Cristo le lleva a establecer dos partes bien diferenciadas: a) la muerte (vv. 1-40) y b) la resurrección en la figura y obras de
su hijo (vv. 41-150). Cotarelo había editado, con variantes, cinco de estas décimas: la 10.ª (núm. 497), la 11.ª (vv. 81-90 del núm. 523), la 12.ª (vv. 91-
100 del núm. 523), la 13.ª (vv. 31.40 del núm. 521) y la 14.ª (vv. 101-110 del
núm. 523).

3 BELEÑO. «Mata que reproduce tallos gruesos y las hojas anchas, largas, hendidas, negras y cubiertas de vello» *(Auts.).*

Más benigno que severo
vivió, y aunque fue león,
ser de sí mismo tusón
pudiera por lo cordero.
Fue de su nombre tercero,   25
y a su calentura fuerte;
su bondad, más que la suerte,
que corta lo visitó,
sanguijuelas le aplicó
hasta el punto de la muerte.   30

Murió, y al punto se vieron
temblores y sobresaltos;
muchos pináculos altos
como las tapias cayeron.
Mil muertos se aparecieron   35
en olvido sepultados,
que andan ya resucitados
en oficios merecidos,
y dan mayores balidos
los que estaban más callados.   40

Ya muerto resucitó
con su hijo el mismo día,
pero con tal alegría
que a todo el mundo alegró.
Los dormidos despertó   45
con resplandores de cielo,
der[r]ibando por el suelo
la codicia y ambición,
el más armado escuadrón
de escudos, que de buen celo.   50

Grande ha sido, no en el arte,
este escuadrón conocido,
pues se asomó lo escondido

---

23 TUSÓN. «El vellón del carnero, o la piel del mismo con su lana»
(*Auts.*).

por la una y la otra parte;
Mercurio fue, no fue Marte   55
su contrario y su pavés;
mas ya Saturno lo es
con la vuelta de la Luna;
picó muy mal su fortuna,
salióseles de entre pies.   60

Al cielo, al fin, levantado
y puesto en su trono vemos
el nuevo rey que tenemos,
de todo el mundo adorado;
la vieja ley ha cesado,   65
los gentiles, los tiranos;
y con dones soberanos
y bien de toda esta grey
seguimos ya nueva ley,
vivimos como cristianos.   70

En efecto, su bondad
resplandece entre millares,
y pues allega a Olivares,
paz pretenda y caridad;
espere la cristiandad   75
en sus acciones tan vivas,
pues con manos tan esquivas,
aunque pobre, haciendo bien,
en nuestra Jerusalén
triunfan, entre palmas, olivas.   80

Del confesor se imagina
que fue a Huete, ¡ay qué dolor!,
con orden de que el prior
le diese una disciplina.
Providencia fue divina   85
comprenderle la expulsión;

81-82 Para el destierro de Aliaga, *vid.* nota al v. 26 del núm. 525.
86 En el original, «comprehenderle».

murmúrase que es ladrón:
no lo afirmo, pero sé
que en quien guardó poca fe
no está bien la Inquisición.   90

El maripablo, a mi ver,
fundóse bien, no sé cómo,
en humo lo mayordomo
y en viento lo sumiller.
Hoy polvo y nabuco ayer,   95
pero a ninguno traspasa:
ved lo que [en] el mundo pasa,
ver en tan mísero caso
el que de nadie hizo caso
y de todos hizo casa.   100

Desfrustrados pretendientes,
mirando estas novedades,
piensan que han pasado edades,
como los siete durmientes;
preguntan a todas gentes   105
maravilla tan extraña
sucedida en nuestra España,
y el menor niño les cuenta
que Filipo representa
la restauración de España.   110

El encanto dio en el suelo
de los de la antigua ley,
que, esperando nuevo rey,
han hallado rey abuelo.
Conviértanse, que recelo   115
que viene el juicio final.
Miren que es cierta señal
tan notable maravilla

91-130 Para estos versos, *vid.* nota a los poemas reseñados en la nota inicial.

como hacerse ya en Castilla
restauración general.   120

El burgalés y el buldero,
si lo que ven han creído,
pueden de lo sucedido
inferir lo venidero.
Ya no pasa doctor huero;   125
basta que el tiempo ha pasado
tuvieron tan buen estado
desde el principio hasta el fin;
que el que ignoraba latín
le daban un obispado.   130

Del saber de Dios las minas
brotan cándidas acciones,
pues que premian Cicerones
desterrando Catilinas.
Provisiones tan divinas,   135
en varones tan prudentes,
señales son evidentes
de que en espadas y plumas
regirán a España Numas,
y a Italia, condes de Fuentes.   140

Aunque el padre presentado,
Chaleç, se quedó a la Luna,
quejoso de la fortuna,
descontento de su estado,
ofrecióle un obispado;   145
no aceptó por chiquito;
pues advierta el borriquito
que acabó ya el confesor,
y pretender sin favor
y sin letras es delito.   150

121-140 *Vid.* nota anterior.
127 Falta en Belcua. Lo añado por el núm. 521.

531*

Engañado pretendiente:
si el desengaño buscares,
sabrás que para Olivares
éstos son non sancta gente.
No te engañe lo aparente   5
de salir y entrar aquí;
créeme, pretendiente, a mí;
que esta gente de pesebre
te vende gato por liebre,
y son gatos para ti.   10

---

* La editó, por vez primera, G. Marañón en *El Conde-Duque de Olivares. (La pasión de mandar)*, Espasa-Calpe, 1945, pág. 154, sin citar procedencia. Según este erudito, se trata de una advertencia que en 1622 hace el Conde al sevillano don Francisco Morovelli de Puebla (para éste, *vid.* S. Montoto, *Linaje de Morovelli y otros nombres ilustres de Sevilla*, Sevilla, 1918, y F. Rodríguez Marín, *Pedro de Espinosa. Estudio biográfico, bibliográfico y crítico*, Madrid, 1907), «personaje importante de la Casa de Olivares», desterrado posteriormente cuatro años de la Corte.

532*

Restituya Rodriguillo
lo que ha hurtado, ¡pese a tal!;
y el señor doctor Bonal
lo que tiene en el bolsillo.
Visiten a Periquillo   5
y al palestino Tovar,
y no se piense quedar
el otro guardadoblones;
a don Pedro de Quiñones,
señor, lo habéis de encargar.   10

---

* La editó por primera vez A. Pérez Gómez en *Romancero de D. Rodrigo Calderón*, «... la fonte que mana y corre...», Valencia, 1955, pág. 132.

1 Es Calderón.

2 Para este juego de palabras, *vid.* nota a vv. 29-30 del núm. 529.

3 Para Bonal, *vid.* nota al v. 53 del núm. 485.

5 «Periquillo» es Pedro de Tapia *(vid.* nota al v. 48 del mismo).

6 Para Tovar, *vid.* nota al núm. 361.

9 Desconocemos quién pueda ser este Pedro de Quiñones.

Glosas

Aunque tengáis buena vista,
habéis de tener antojos,
ojos.

GLOSA

Ojos, si la vista llega
donde se puede perder,
a tanto bien os entrega,
que a envidia de lo que os ciega
dejará malquisto el ver.   5
Y para que no dejéis
la gloria de la conquista,
si su misterio entendéis,
con más causa llegaréis,
aunque tengáis buena vista.   10

Pero qué os harán perder
los efectos peligrosos,
la razón de conocer;
cuánto más vale que ver
saber cegar de animosos.   15
Aunque os tengáis por validos,
no os han de faltar enojos,
pues con nombre de atrevidos,
para no los ver cumplidos,
habéis de tener antojos.   20

---

* *1629,* pág. 394. Está dedicada a la «causa» u origen del amor: los ojos. Plantea aquí el Conde una interesante disemia mediante el término «antojos», como «caprichos», o como «espejuelos, lunas o lunetas de vidrio o cristal que se colocan en las narices, delante de los ojos, y sirven para alargar o recoger la vista».

[15] En *1629:* «aber». Sigo la lectura de *1635.*

[26] Obsérvese la constante dialéctica vertical que establece el Conde en cuanto al tema amoroso.

Del sitio de la ocasión
tampoco os podéis quejar,
que antes es satisfacción,
si os queda la aprehensión
del bien que os hizo cegar.   25
Y cuando a tan alto intento
no puedan servir de antojos
memoria y entendimiento,
también tiene el pensamiento
                ojos.   30

Tal es la esperanza mía
que me dice quien la entiende:
—Quien tanta gloria pretende
muy justamente porfía.

Huyendo del desengaño,
amor me lleva a parar,
donde, apeteciendo el daño,
espero, y sé que me engaño,
y no sé desesperar.   5

Aquesto es lo que mantiene
la razón de mi porfía,
y el saber que aunque más pene,
cual la fe que la sostiene
tal es la esperanza mía.   10

Y como desta pasión
la causa todo lo puede,
por esta misma razón
hace la esperanza unión
con la fe de que procede.   15

Mas como los desengaños
es en amor lo que ofende,
apeteciendo más daños,
doy crédito a los engaños
que me dice quien lo entiende.   20

De tan prolijo morir
bien se pudiera quejar
quien tanto sabe sentir

---

* *1629*, pág. 395. Se glosa aquí la dualidad «esperanza»/«desengaño», tan tópica de la poesía amorosa.

que acredita con sufrir
la culpa del esperar.   25

Mas es noble conclusión
de quien ama lo que entiende
acreditar mi pasión,
pues ya muere con razón
quien tanta gloria pretende.   30

En este bien sin mudanza
puede tanto el pensamiento
que en lo mismo que no alcanza
es galardón la esperanza
y la fe merecimiento.   35

Donde más esto se ve
es en la esperanza mía,
de cuyos misterios sé
que quien se funda en su fe
muy justamente porfía.   40

---

²⁹ En *1629* se lee «mueva», y en *1635*, «mueve». Lo corrijo.

Volved, Leonisa, a mirar
los zagales de la aldea,
y veréis cuán bien se emplea
allí el herir y el matar.

Aunque amor a la razón
da en vuestros ojos derecho,
viene a ser obligación
que, como a satisfacción,
miren los daños que han hecho.   5

Y porque el mal descubierto
no haga desesperar,
cuando el agravio es cierto,
siquiera el que dejáis muerto
volved, Leonisa, a mirar.   10

De paciencias presumidas
está lleno aqueste llano,
donde las almas rendidas
muestra, que son heridas
de tan poderosa mano.   15

Darnos amor tanta guerra
no sé Leonisa qué sea,
pues con ser tal esta tierra,
envidiamos esa sierra
los zagales de la aldea.   20

Esta forzosa inquietud
es el menor mal que siento,

---

* *1629*, págs. 395-396. Vuelve aquí el Conde con el tema pastoril, en el sentido anotado para el núm. 546.
5 Tanto en *1629* como en *1635*, «miran». Lo corrijo.

en cuya solicitud
muestra vuestra ingratitud
olvido y mal tratamiento.   25

Y pues merece el cuidado
que por lo menos se crea,
vos tened en este estado
lástima de un desdichado,
y veréis cuán bien se emplea.   30

Bien veo que estoy rendido,
pero puedo presumir
de mi mal agradecido,
que dejó a lo que he sufrido
el no tener que sufrir.   35

En quien reducido a nada,
no hay que le quitar,
como a materia acabada,
será ya cosa excusada
allí el herir y el matar.   40

536*

Obedezco la sentencia,
y tomo lo que me das,
que en el alma, donde estás,
no causa desobediencia.

Como de tanto dolor
está la culpa en la suerte,
no me quitará el temor,
con la pena del rigor,
el gusto de obedecerte.   5

Tu voluntad me condena,
y yo con mucha paciencia,
aprobando lo que ordena,
al misterio de mi pena
obedezco la sentencia.   10

Y la misma sinrazón
del precepto que me pones,
muestra que en tu condición
no halla contradición
quien me hace sinrazones.   15

Fundé sin ley el enojo
contra una alma, donde estás,
que yo también por antojo
pruebo del daño que escojo,
y tomo lo que me das.   20

---

* *1629*, págs. 396-397. La poesía amorosa cancioneril, como poesía comprendida dentro de un código, basa —en multitud de ocasiones— la construcción del poema en torno a la antítesis o a la paradoja, recursos estos que
reflejan el estado de «contradicción» que siente el amante.

Y es tanto lo que confío
de sólo mi pensamiento,
que obedezco y no porfío,
como tiene el albedrío
aprobado el perdimiento.   25

Y con aquesta victoria,
más presente que jamás,
tendrás siempre en la memoria
no menos grados de gloria
que en el alma, donde estás.   30

De lejos te seguiré,
pues ya de cerca no puedo,
y en una duda estaré,
si me llevare la fe
cuando me detenga el miedo.   35

Y en esta contrariedad,
mostrará con evidencia
la fuerza de la humildad
que donde no hay voluntad
no cabe desobediencia.   40

537*

Por esperarle mejor
ningún galardón espero.

Quiere Amor que satisfaga
a la ofensa el beneficio,
porque del mayor servicio
el haber servido es paga;

cuyo galardón de amor   5
cualquiera puede alcanzalle,
sirviendo sin esperalle,
por esperalle mejor.

Voluntad que persevera,
sin alivio y sin mudanza,   10
más alto mérito alcanza
del galardón que no espera.

Por esto yo sufro y muero,
y con nombre de importuno,
porque se deba alguno,   15
ningún galardón espero.

─────────
* *1629,* pág. 397. La terminología amorosa, como se aprecia, pertenece al código cortés: «servicio», «galardón». Los procedimientos son los preceptivos de esta poesía: derivación, versos bimembres, poliptoton.

Murieron como vivieron;
y como cuando vivían
uno por otro moría,
uno por otro murieron.

Conformes y no perdidas
de dos amantes las suertes,
declararon con las muertes
que fueron una las vidas.

En la fe que profesaron,   5
Píramo y Tisbe murieron;
amaron como penaron,
murieron como vivieron.

Pena en gloria convertida,
a quien amor concedió   10
una muerte que juntó
dos almas en una vida.

De amor la vida tenían,
muertos vivamente amaban,
como cuando se trataban,   15
y como cuando vivían.

Recíprocos en amar,
conocieron padeciendo

---

* *1629,* 397-398. Esta glosa tiene por tema el mito de Píramo y Tisbe
(Ovidio, *Metamorfosis,* libro IV). A esta misma historia, amorosa y trágica, dedicó Góngora una fábula en romance (ed. cit., págs. 202-214). Recuérdese
que ésta termina con los cuatro versos siguientes: «Y en letras de oro: Aquí
yacen / individualmente juntos, / a pesar del Amor, dos; / a pesar del número, uno.»
11 En *1629* y *1635,* «muerta». Lo corrijo.

que no se acaba muriendo
dolor que llega a matar.   20

Obstinados presumían,
y en fe de la que tuvieron,
desde que se conocieron
uno por otro morían.

Martirio de conveniencia,   25
apetecido dolor,
fue hallar —muriendo de amor—
en amor correspondencia.

Y como no dividieron
la unión que en vida tenían,   30
por vivir como vivían,
uno por otro murieron.

Triste y áspera fortuna
un preso tiene afligido,
mas no por eso rendido
con la fuerza ninguna.

Desdicha de la ocasión,
desengaño de los medios
son queja de los remedios,
pero no satisfación.

Y cuando tuviera alguna,   5
difícilmente resiste
sujeto quejoso y triste,
triste y áspera fortuna.

Representado rigor,
y mal infundido brío,   10
topó con el desvarío
yendo a buscar el valor.

Este efecto inadvertido
—cuya causa no se esconde—
sin saber por qué ni dónde   15
un preso tiene afligido.

Mas otra fuerza mejor
ha puesto en estas zozobras
estimación, por ser obras
en que tiene parte Amor.   20

---

* *1629*, págs. 398-399. La imagen que aquí utiliza Villamediana es la del «reo de amor», tan usual en la poesía cancioneril y que ejemplifica el sometimiento del amante al destino o a la Fortuna.
7-8 Nótese en estos versos el uso de la anadiplosis.

Así que el más ofendido,
y de pasiones cercado,
puede estar desesperado,
mas no por eso rendido.

Ríndase, o supla con arte,   25
el que adula su pasión,
y defienda su razón
quien la tiene en mejor parte.

Sinrazones de fortuna
prevenga el ánimo osado,   30
por no verse derribado
con la fuerza de ninguna.

540*

Nadie juzgue mi pasión
ni la tenga por locura,
hasta ver una hermosura
y probar su condición.

    Quien ignora el accidente
no aplica piadosa mano,
ni tiene lástima el sano
a las ansias del doliente.

    Sólo por esta razón,   5
que tantos misterios sella,
si no estuviere con ella,
nadie juzgue mi pasión.

    Prolijo legislador
no tiene aquí qué juzgar,   10
porque quien no sabe amar
no siente efectos de Amor.

    De pena que se procura
si alguno lástima tiene,
ni mi voluntad condene   15
ni la tenga por locura.

    Parecerán imperfectos,
o violentos, o excusados,
si se vieren apartados
de su causa estos efectos.   20

---

* *1629,* pág. 399. La utilización de términos de índole jurídica —relacionados, pues, con «la ley de Amor»— es muy propia de este tipo de composiciones cancioneriles. El otro elemento, tópico también, que aparece aquí es el de la locura de amor.

[1] ACCIDENTE. *Vid.* nota al v. 2 del núm. 13.

Y aunque razón de locura
cuesta mucho y vale poco,
nadie me tenga por loco
hasta ver una hermosura.

De libertades tirana   25
atractivamente fuera,
y no perder por ligera
lo que como hermosa gana.

No los juzgue por pasión
quien oyere mis enojos   30
hasta ver sus negros ojos
y probar su condición.

---

[31] Los ojos de la dama son negros cuando, mediante su descripción, se
quiere metaforizar el desdén amoroso.

541

Si algún consuelo se alcanza
es con tan prolijo susto
que de la sombra del gusto
se me huye la esperanza.

Precepto es de Amor primero,
y ley de su voluntad,
mentir la seguridad,
ser el temor verdadero.

En esta desconfïanza,   5
con la pensión del recato,
no viene a salir barato,
si algún consuelo se alcanza.

Tan varios medios previene
la que es incierta ventura   10
que cuando el bien no asegura,
se alcanza, mas no se tiene.

Pensión cierta, incierto gusto,
prometiendo lo que niega,
tarda en llegar y, si llega,   15
es con tan prolijo susto.

Busca su arrepentimiento,
cultiva propio dolor

---

* *1629*, págs. 399-400. Todos los procedimientos y topicos, tanto temáticos como retóricos, de esta composición coinciden con las características que venimos anotando.

6 PENSIÓN. «Metafóricamente se toma por el trabajo, tarea, pena o cuidado» (*Auts.*).

RECATO. *Vid.* nota al v. 4 del núm. 67.

13 *Vid.* nota anterior.

quien previene de Amor
aviso con escarmiento.   20

En tan verdadero susto,
Amor mantiene su engaño,
más de la esencia del daño
que de la sombra del gusto.

Como asegurar me puedo   25
muriendo de lo que vivo,
si es un alivio ilusivo
calificación del miedo;

por efecto de venganza,
por culpa desventura,   30
cuando la fe la asegura,
se me huye la esperanza.

542*

Soñaba yo que tenía
alegre mi corazón,
mas a la fe, madre mía,
que los sueños sueños son.

No solamente ha querido
verme Amor en vida muerto,
sino engañar mi sentido,
para quitarme despierto
glorias que me dio dormido;   5

cuya dulce fantasía
(como en sus engaños crece)
con tanta fe desvaría
que lo que nadie merece
soñaba yo que tenía.   10

El pesar de este contento
Amor quiso que lograse,
porque en el prestado aliento
la memoria despertase
a desvelado tormento.   15

---

* *1629,* págs. 400-401. Esta composición presenta dos características que la diferencian del resto de las glosas del Conde: 1) el vocativo «madre mía», que acerca el poema a la tradición comunicativa o confesional de la lírica tradicional española, y 2) la afirmación «que los sueños sueños son», que Segismundo utilizará como conclusión para el monólogo que cierra la Segunda Jornada de *La vida es sueño* (para un rastreo de fuentes y tópicos en torno al tema, *vid.* A. Valbuena Prat, *El teatro español en su Siglo de Oro,* Barcelona, Planeta, 1969, cfr. bajo «El pensamiento filosófico y teológico de Calderón» y A. Valbuena Briones, *Calderón y la comedia nueva,* Espasa-Calpe, col. Austral, núm. 1626, 1977, págs. 183-190). El mote lo recogen D. Alonso y J. M. Blecua en *Antología de la poesía española. Lírica de tipo tradicional,* Gredos, 1982, página 81.

Tuvo la imaginación
sombra en sueño de placer,
porque sin esta ilusión
mal pudiera yo tener
alegre mi corazón.   20

Más temo y menos espero;
despierto, mas ofendido,
cuando en mi mal considero
que de un alivio fingido
nació un dolor verdadero.   25

Sueño de falsa alegría,
como es despierto pesar,
inútilmente porfía,
si me pretende engañar
mas a la fe, madre mía.   30

¡Oh costosos desengaños
en ilusivas quimeras!,
bien mentido y ciertos daños,
donde las burlas son veras,
y las veras son engaños.   35

Quejas desveladas son
mal fuerte y remedio tibio,
cuando induce mi opinión
alivio que no es alivio,
que los sueños son.   40

---

30 Aquí tendría que leerse «más».
34-35 *Vid.* vv. 107-108 del núm. 449, vv. 39-40 del núm. 408 y vv. 171-172 del núm. 435.

543*

Hazme sólo un bien, Amor,
de cuantos males me has hecho:
tenme una hora satisfecho
de cuantas me das dolor.

No es poco justa querella,
ciego dios, que un hombre pida,
si te da toda su vida,
que le des un punto della.

Prometiendo a mi dolor   5
tregua, si no dulce paces,
de cuantos males me haces
hazme sólo un bien, Amor.

No te pido en mi tormento
fin, sino consuelo tibio;   10
ya que no descanso, alivio;
ya que no remedio, aliento.

En cuyo eterno despecho,
un punto de intermisión
tendré por satisfación   15
de cuantos males me has hecho.

Mucho pido, poco espero,
más quejoso y menos vivo,
que nunca bien ilusivo
engaña mal verdadero.   20

---

* *1629*, pág. 401. Se trata de una composición de tema amoroso en la que se advierten, en general, tanto el léxico de la poesía cancioneril como los procedimientos cultos de la poesía del Conde.

6 Para esta estructura, *vid.* nota al v. 4 del *Faetón*.

18 Para esta bimembración, *vid.* v. 11 del núm. 205.

Por piedad, no por derecho,
Amor o, por tanto, amar,
en mil siglos de penar,
tenme una hora satisfecho.

Voluntad que no se muda   25
sospecha sufre y no deja,
antes no dudosa queja
hace estimación la duda.

Guarda tus leyes, Amor,
con quien tus fueros ignora,   30
y dame de gusto una hora
de cuantas me das dolor.

544*

Arder, corazón, arder,
pues ya no os puedo valer.

No es de fuego material
el incendio que os abrasa,
pues llegó en un punto y pasa
de lo muerto a lo inmortal.
Hecho gloria el mayor mal,   5
y descanso el padecer,
arder, corazón, arder,
pues ya no os puedo valer.

Fuego de amor inspirado
le soplo y no le consumo,   10
porque está lejos del humo,
y más lejos de apagado;
donde no tiene cuidado
de esperar otra merced,
arder, corazón, arder,   15
pues ya no os puedo valer;

que en el descanso ilusivo
cobra vuestro fuego aliento
con impulsos de contento
y violencias de atractivo.   20
En terribles llamas vivo,
muerto para merecer;
arder, corazón, arder,
pues ya no os puedo valer.

---

* *1629*, pág. 402. Se trata de la última glosa editada en *1629*, aunque en el epígrafe se lee «letrilla». El motivo es el tópico basado en la metáfora del «incendio» que sufre el enamorado tras la visión de la dama y la impresión que experimenta a causa de los rayos que los ojos de ésta le lanzan.
42 ACCIDENTE. *Vid.* nota al v. 2 del núm. 13.

En abrasados despojos,   25
corazón, sólo os advierto
que del mayor fuego muerto
son cenizas los despojos.
Mas ya que el vuestro mis ojos
no han sabido defender,   30
arder, corazón, arder,
pues ya no os puedo valer.

No permite exhalación
fuego que está tan adentro,
que tiene en el alma el centro   35
y en sí causa la razón.
Mas si eternas ansias son
adorar y conocer,
arder, corazón, arder,
pues ya no os puedo valer.   40

Ni la paciencia ejercita
mérito en un accidente,
que es paga del que lo siente
como materia infinita.
Mucho da con lo que quita   45
fe que tanto deja ver,
arder, corazón, arder,
pues ya no os puedo valer.

De cuyo fuego resulta
el misterioso respeto   50
que limita a su secreto
la más pura llama oculta.
Y pues amor dificulta
matar tan lícita sed,
arder, corazón, arder,   55
pues ya no os puedo valer.

---

42 ACCIDENTE: *Vid.* nota al v. 2 del núm. 13.

Tampoco de llorar tanto
os prometáis ya sosiego,
que el llanto no es más que un fuego
que se mitiga con llanto.   60
Sufrid más registro, cuanto
amor sabe merecer,
arder, corazón, arder,
pues ya no os puedo valer.

Si vamos donde queremos,
no nos iremos.

Tan nuevos respetos tiene
del respeto la violencia
que nos lleva la obediencia
aunque el gusto nos detiene.
Si la voluntad previene   5
la fuerza de sus extremos,
no nos iremos.

Sólo este remedio deja
conmemoración por arte,
que el que obedeciendo parte,   10
se parte, mas no se aleja.
Distancia sí, mas no queja,
partiendo padecemos:
si muriendo obedecemos,
no nos iremos.   15

---

* *1635,* pág. 408. Apareció editada, por primera vez, en *1635.* Es la composición que abre el conjunto de las añadidas a partir de esta edición. Como en la mayoría de estas glosas, el poliptoton es el recurso utilizado. Cabe reseñarse, para ésta, cómo el Conde utiliza un tema tradicional de toda la poesía amorosa: la distancia, que en ningún caso implica olvido para el amante.

Cuando Menga quiere a Blas,
ya no quiere Blas a Menga.
No vendrá, cuando convenga,
fortuna a amor jamás.

    Amó Blas aborrecido,
y ahora aborrece amado,
que sólo le dio cuidado
su cuidado defendido.

    Ya le quiere Menga mal,   5
mas no sé qué razón tenga
en quererse mudar Menga
y que no se mude Blas.

    Él amaba y no quería;
ella quería y no amaba,   10
que Menga nunca pagaba
lo mucho que Blas sufría.

    Ahora no pena Blas,
y lo pena sólo Menga:
no vendrá, cuando convenga,   *15*
fortuna o amor jamás.

---

   * *Brancacciana*, fol. 12r. (*MyB*, págs. 200-202). Esta composición, con cierto tono burlesco y trágico a la vez, glosa un continuo desencuentro. Los nombres de los protagonistas acercan el poema a las composiciones que tratan de amores de tipo pastoril, aunque más cercanos a la tradición de serranillas y otros temas populares que, por supuesto, a la bucólica clásica. Debe subrayarse el hecho de que en las estrofas impares los nombres de los amantes aparezcan en la rima.

  1-2 Nótese aquí el uso de la derivación que, junto al poliptoton, se da en otras estrofas.

  5 Así copian Mele y Bonilla este verso. Lo lógico, por cuestiones de rima, sería que se leyese «más». Obsérvese, además, la similicadencia.

Menga tiene mucha culpa
de cómo Blas hoy la trata,
que, con haber sido ingrata,
ahora Blas se disculpa.   20

También se mira más;
no sé yo cómo convenga
que la culpa se dé a Menga
y la pena se dé a Blas.

Blas amó tan firmemente   25
que amar más no pudo ser;
y Menga, que era mujer,
tenía amor diferente.

De [los] sus amores Blas
con desamores se venga,   30
porque, no querida Menga,
siempre Menga quiso más.

Sigue la que fue seguida,
ama ahora desamada;
quien desamó siendo amada   35
se queja sin ser oída.

Quien esto viere no más,
ya asegurare que tenga
o por porfïada a Menga
o por vengativo a Blas.   40

Cansóse Blas de seguir;
cánsase de ser seguido;
Menga sigue a Blas huido
de que antes solía huir.

No se conforman jamás;   45
sólo sé que quiere Menga

---

29 Añadido por Mele y Bonilla.

—ni yo sé quién razón tenga—
cuanto no quisiere Blas.

Mucho amaba Blas primero;
mas Menga, con su mudanza,   50
dio razón a la venganza
y disculpa al ser grosero.

Mas él no dirá jamás
las quejas que de ella tenga,
que, aunque yo no quiere a Menga   55
basta que la quiso Blas.

Cuando Menga a Blas quería
siempre a Blas Menga culpaba,
diciendo que Blas contaba
le que todo el mundo vía.

Aunque ella se queje mal,   60
yo no sé razón tenga;
de lo que no calló Menga,
¿qué culpa le tuvo Blas?

Menga no puede volver   65
a cobrar lo que perdió;
ni donde Blas tanto amó
ahora podrá querer.

Cuando Menga quiere a Blas,
ya no quiere Blas a Menga.   70
No vendrá, cuando convenga,
fortuna o amor jamás.

547

GLOSA

De un daño no merecido
es condena enloquecer,
y hay causas que en el perder
acredita al más perdido.

No hay razón que no concuerde   5
con dar culpa a quien la causa,
pues quien se pierde con causa
sin duda que no se pierde.

Mas tuvo amor tan a punto
sus pechos de ciertos daños,   10
que servicios de mil años
se perdieron en un punto.

Por esto, de buena gana
por una causa muriera
con quien nunca se perdiera   15
el merecer que se gana.

---

* *Brancacciana,* fol. 33v. *(MyB,* pág. 241). En ésta, que copiamos tal y como la editaron Mele y Bonilla, el estribillo inicial que se glosa después no aparece encabezando la composición. Utiliza aquí Villamediana procedimientos ya reseñados como la derivación y la epífora.

548*

Aprovechando tan poco

Siendo olvido sólo el medio
del dolor grave y mortal,
el amor me tiene tal
que me parece el remedio
más peligroso que el mal.   5

¿Qué fuera, pues, si este amor,
con que mi paño provoco,
aprovechara, si loco
estoy por verle mayor,
aprovechando tan poco?   10

* *Mendes Britto,* fol. 176v. *(1963,* pág. 61). Villamediana plantea la composición según esquema clásico para este tipo de reflexiones: un primer momento afirmativo, de aseveración, y un segundo mediante la interrogación
retórica.

549*

MOTE

Por pasos sin esperanza
me lleva siempre el deseo.

GLOSA

Levantóme el pensam[ien]to
el deseo a tanta altura
que no cabe en la ventura
aquella gloria que intento,
soñada, ni con locura.   5

Como descanso no alcanza
el continuo imaginar,
trae el deseo en balanza,
y es forzoso el caminar
por pasos sin esperanza.   10

Entre cuidado y cuidado
me pierdo en cualquier extremo;
por un igual, arriesgado,
desespero cuanto temo;
deseo, desesperado;   15

con temor y amor peleo;
dudas tanto mal me hacen,
y lo que sin ellas veo
es que, donde agravios nacen,
me lleva siempre el deseo.   20

---

* *Mendes Britto*, fol. 181r. *(1963*, págs. 64-65). Es una ilustración más de la
«dialéctica vertical» que el Conde asocia siempre al tema del amor.
¹ Lo añade Rozas en *1963.*

550*

Glosa al Ave María

Ya que con acuerdo santo
vas castigando ladrones
hasta apurar sus bolsones,
de su hechizo o de su encanto
Dios te salve.   5

Mil castigos intentar
puedes, Felipe divino,
que ya te enseña el camino
y siempre te ha de ayudar
María.   10

Tu gobierno no te engaña,
a ninguno no perdona
que ha usurpado tu corona;
verás de riqueza a España
llena.   15

Con brevedad los castiga,
no gocen más de lo hurtado;
pues que Dios su luz te ha dado,
que estás lleno el mundo diga
de gracia.   20

No dilates el consuelo,
deshágase el Calderón;

---

* La editó por primera vez Neira de Mosquera en *Semanario pintoresco*, 39 (1850), pág. 307. L. Astrana Marín, *op. cit.*, págs. 188-191, la transcribe del códice núm. 17545 de la B.N. Cotarelo, *op. cit.*, pág. 282, n. 3, tenía noticia de esta composición, aunque no la copia (*vid.* nota al núm. 552).

4 En *Astrana*, «y».
11 En *Astrana*, «Su».
22 Para Calderón, *vid.* nota al núm. 357.

mira que en esta ocasión
supremo poder del cielo
es contigo.   25

Acábese, santo Rey,
el Patricofre y Buldero;
no sea en caer postrero,
pues que se llama tu ley
bendita.   30

Por ignorante, te digo,
no se quede el burgalés,
y podrán decir después
que quien dio justo castigo
tú eres.   35

Los regidores, señor,
tan conocidos ladrones,
quítales las ocasiones
que ésta es la orden mejor
entre todas.   40

No hallen en ti clemencia
los que de nuestro sustento
fundaron torres de viento;
hallen en ti resistencia
las mujeres.   45

La justicia has ensalzado,
y, por ser recto y prudente,
eres de toda la gente
en la común voz llamado
bendito.   50

---

[26] En *Neira,* «tanto».
[27] Es don Diego de Guzmán *(vid.* v. 110 del núm. 485 y epitafios números 590, 591).
[28] En *Neira,* «no se ha de encarecer el postrero».
[32] Para Acevedo, *vid.* nota al núm. 229.

Tanto ignorante destierra
que ha destruido tu reino;
mira que su mal gobierno
ha quitado de la tierra
el fruto.   55

No tengas más sufrimiento,
échales en el profundo,
que se tragan todo el mundo
y te faltará el sustento
de tu vientre.   60

De todas intercesiones
procura, señor, librarte;
no sean contigo parte,
y di en todas ocasiones
Jesús.   65

Mira, señor, que es dolor
que roben a tus vasallos;
si empiezas a castigallos,
siempre será en tu favor
Santa María.   70

Si acabas de restaurar
tus reinos, que es gran hazaña,
harás con esto que España
nunca cese de invocar:
Madre de Dios.   75

Ya las voces de este reino
han penetrado los cielos;
de ellos vienen consuelos;
que tengan tan buen gobierno
ruega.   80

---

[79] Al igual que en el Padre Nuestro glosado (núm. 552), aquí también se
dan errores en la rima.

La malicia has de acabar,
quita malos consejeros,
que nos hurtan los dineros;
como Rey has de mirar
por nosotros.   85

Darásle crüeles sustos
quitando los embarazos;
quiebran para hurtar los brazos;
mira que destruyen justos
los pecadores.   90

No se dilate un momento
restauración tan notoria;
has de salir con victoria;
no se te acabe el aliento
ahora.   95

Ya suena divina fama
de un niño viejo en la tierra;
pues que los males destierra,
va imitando antigua rama
en la hora.   100

Si en el reino tantos males
duraran cual lo pasado,
presto se viera acabado,
pues se miraran señales
de nuestra muerte.   105

Restaurador conocido,
Felipe, vivas mil años,
donde, sin temor ni engaños,
seas del mundo temido.
Amén. Jesús.   110

---

102 En *Neira,* «cuasi».

551

El mayor ladrón del mundo,
por no morir ahorcado,
se vistió de colorado.

A aquél que todo robaba
con las armas del favor,
le han entendido la flor;
y aquél que atemorizaba
temblando está de temor,   5
que como se ve acusar,
y el caso es tan sin segundo,
teme que le han de ahorcar;
y en esto vendrá a parar
el mayor ladrón del mundo.   10

La lisonja que volaba
derribó el Rey al abismo,
y aquél que el mundo usurpaba,
idolatrando en sí mismo,
en aqueste extremo acaba.   15
Y viéndose acongojado
con tan enormes delitos,
se ha recogido a sagrado
pidiendo la Iglesia a gritos
por no morir ahorcado.   20

Mas no es bueno defender
quien la Iglesia profanó,
pues se la vimos vender;

---

* *Cotarelo,* pág 68. Esta glosa va dirigida al Duque de Lerma, retirado en Valladolid (1618), y que se acogió a la dignidad cardenalicia para eludir su ajusticiamiento *(vid.* nota a los vv. 98-99 del núm. 553).

³ Esto es, se ha notado su «excusa aparente y engañosa» *(Auts.).*

ni la Iglesia ha de valer
al que a la Iglesia ofendió;   25
ni ha de valerle sagrado
ni el roquete obispal,
que al fin morirá ahorcado,
aunque como cardenal
se vistió de colorado.   30

552*

El Padre Nuestro glosado
(A Felipe IV, cuando heredó a su padre)

Prudente Rey, a quien aman
tus vasallos de mil modos,
y en esta apretura todos,
aunque eres niño, te llaman
Padre nuestro.   5

Has acertado a elegir
tal prudencia en los privados
que teniendo tales lados
puedes con razón decir
que estás en los cielos.   10

Y tales señas das
en la cordura y saber
que en este buen proceder
parece, Señor, que estás
santificado.   15

Mostrándote tan severo,
y castigando culpados,

---

* *Cotarelo,* págs. 282-284. Cotarelo, en *op. cit.,* pág. 282, n. 3 dice lo siguiente: «Esta composición es malísima, y aun es peor otra glosando el Ave María (núm. 550).» Lo cierto es que, a pesar de la edición de Cotarelo y de que Rozas la da como del Conde *(vid. El Conde de Villamediana. Bibliografía...,* pág. 61), cuesta creer que este poema pertenezca a la producción de Villamediana. El tono y algunos fallos en cuanto a la glosa confirman que esta composición debería engrosar el conjunto de las «Atribuidas», por lo menos hasta encontrar textos más fiables. Quizá el único elemento que la acerca a la poesía del Conde sea el llamar «Buldero» a don Diego de Guzmán, aunque podría tratarse de un imitador de Villamediana. Todavía más: para abundar en nuestras dudas, tan sólo hay que comparar esta composición con la núm. 485 escrita al mismo asunto. Quevedo también glosó el Padre Nuestro *(vid.* ed. cit., vol. I, núm. 191).

ya por todos tus estados
de prudente y justiciero
sea tu nombre.   20

Publica atroces castigos;
toma la espada en la mano;
noo dejes ningún tirano,
y de tantos enemigos
vénganos.   25

Es muy justo castigar
a los que, siempre sedientos
de tus tesoros, intentos
han tenido de usurpar
el tu reino.   30

Y cuando se llegue a ver
de Calderón la malicia,
si de él se ha de hacer justicia,
puedes, Señor, responder:
hágase.   35

Que los castigados anden
cerca y hablarte viniere;
los que rogarte quisieren,
sus ruegos, Señor, no ablanden
tu voluntad.   40

Tantos nublados huir
hagan los rayos del sol
y nuestro orgullo español;
que no se podrá vivir
así en la tierra.   45

Nueva ley amaneció,
y con gobierno nuevo

---

32 Para Calderón, *vid.* notas al núm. 357. Puesto que éste aparece vivo, el
poema tuvo que ser escrito entre abril y octubre de 1620.

más claro se muestre Febo,
y nuestra España quedó
como en el cielo.   50

    Los pobres, Señor, estaban
consumidos y abrasados,
y tan sólo ellos sobrados,
porque a todos nos quitaban
el pan nuestro.   55

    Y si los dejares faltos
de las riquezas, medrar
podrá tu reino, y cesar,
Señor, tantos sobresaltos
de cada día.   60

    Es muy justo que prevengas
acertado presidente,
que así lo pide la gente;
y en esto no te detengas,
dánosle hoy.   65

    Porque estas voces que damos
en aquesta confusión,
nacidas son de aflicción;
y en esto te enfadamos,
perdónanos.   70

    Si vuelves a restaurar,
como pienso, tus estados,
todos andarán sobrados,
y así podremos pagar
nuestras deudas.   75

    Los dineros mal ganados
en tan varias ocasiones
quita de tantos ladrones,

---

62 Ya que Acevedo había sido destituido (*vid.* núm. 229).

y queden necesitados
así como nosotros.   80

No quede, Señor, persona
que mal la hacienda posea,
que aunque toda nuestra sea,
como vuelva a tu corona
perdonamos.   85

Que si aquéstos engordar
con nuestro ser pretendieron
y nuestra hacienda tuvieron,
muy bien los podré llamar
nuestros deudores.   90

Muestra santo y justo celo
en castigar al culpado;
prosigue lo comenzado;
y sin aqueste consuelo
no nos dejes.   95

Que el gozo no resisto
de suceso semejantes,
pues privados arrogantes
les hemos ahora visto
caer.   100

Y si por ruego de buenos,
el Buldero no ha caído
tema por lo sucesivo,
pues que anda por lo menos
en tentación.   105

Pon el testigo delante
porque teman los culpados,
y con ello amedrentados

---

[102] Para don Diego de Guzmán, *vid.* nota al v. 110 del núm. 485.

no hurtarán de aquí adelante
más.   110

Y porque en varias naciones
la fama extienda sus alas,
de sisas y alcabalas,
de tributos y millones
líbranos.   115

Felicidad y ventura
con esto España tendrá,
porque luego se verá
señora, libre y segura
de todo mal.   120

Largos y felices años
vivas y el reino poseas,
y puestos a tus pies veas
todos los reyes extraños.
Amén.   125

---

[113] ALCABALAS. «Tributo o derecho Real que se cobra de todo lo que se vende, pagando el vendedor un tanto por ciento de toda la cantidad que importó la cosa vendida» (*Auts.*).

553*

A Felipe IV

Anda, niño, anda,
que Dios te lo manda.

Anda, niño, pues es cierto
que Dios mismo os da la mano,
que el que os hizo rey cristiano
os hará también perfeto.
Anda, que importa, os prometo;   5
que el Niño Jesús lo manda.
Anda, niño, anda.

Tres niños en la ley vieja
hicieron guerra a un tirano,
porque Dios les dio la mano   10
y les hablaba a la oreja.
Vos y Dios en esta queja
cumplís lo que la ley manda.
Anda, niño, anda.

El Niño Dios defendió   15
la honra del mismo padre;
en esto le halló su madre;

---

* *Cotarelo,* págs. 284-285. Si el nacimiento de Felipe IV (1605) había supuesto el augurio de una nueva época (*vid.* núms. 195, 217, 218, 263), su llegada al poder (1621) debía suponer, según la particular visión del Conde, el destierro y juicio contra todos aquéllos a los que él, en repetidas ocasiones, había acusado mediante su poesía satírica. Esta composición fue editada por primera vez, aunque fragmentariamente, por Luis Fernández-Guerra en *Don Juan Ruiz de Alarcón y Mendoza,* Madrid, 1871.

1 Aquí se da una asonancia que rompe el esquema rítmico consonante de la estrofa.

8 Se refiere a Santiago, Pedro y Pablo, que se enfrentaron a la tiranía de Herodes.

y por eso se perdió.
Lo que quiero decir yo
el Padre Eterno la manda.   20
    Anda, niño, anda.

    Si en aquesta ley matáis
niño, nunca os perderéis;
derecho al cielo iréis,
pues como niño allá estáis.   25
Si el castigo ejecutáis,
cumplís con lo que él os manda.
    Anda, niño, anda.

    En el tribunal sagrado
clama la sangre inocente   30
que aquella inculpable gente
que Herodes mató enojado.
Pagando está su pecado,
que el Evangelio lo manda.
    Anda, niño, anda.   35

    Para azote de bellacos
Dios permite a un niño solo
gobierne este imperio y polo
y que les dé malos ratos,
pues quisieron ser ingratos   40
en hacer lo que les manda.
    Anda, niño, anda.

    Andad y poned aprisa
a cada uno en su lugar,
que hay mucho que despachar,   45
no sea tarde para misa;
porque es cosa de risa
lo que la Iglesia nos manda.
    Anda, niño, anda.

----

[32] Alude a las persecuciones que Herodes Agripa I llevó a cabo contra los cristianos.

Los que sirven, a sus plazas;   50
los demás, a descansar;
el obispo, a su lugar;
el Confesor, a su casa.
En todo se ponga tasa
porque Dios así lo manda.   55
   Anda, niño, anda.

A Uceda apartad de vos
y embargadle su palacio,
que es obra que va despacio,
y ha enfadado al mismo Dios   60
gastar un millón o dos
en traer piedras de Irlanda.
   Anda, niño, anda.

A Bonal, como a Caín,
le castigad su pecado;   65
la yegua le ha derribado;
la ropa atada a la crin;
pues agarrar fue su fin,
tú, Señor, se lo demanda.
   Anda, niño, anda.   70

Tapia muera emparedado
entre tapias de su casa,
porque hizo sin tasa
con ser hombre aprovechado.
El niño el ojo le ha echado;   75
la cabeza se le anda.
   Anda, niño, anda.

---

⁵² Se trata de Acevedo (*vid.* nota al núm. 229).
⁵³ El Confesor es Aliaga (*vid.* nota al núm. 357).
⁵⁷ Para el Duque de Uceda, *vid.* nota al núm. 361.
⁵⁸ *Vid.* v. 48 del núm. 523.
⁶⁴ Para Bonal, *vid.* nota al v. 53 del núm. 485.
⁷¹ Para Tapia, *vid.* nota al v. 48 del mismo. Nótese el juego de palabras que
Villamediana crea a partir del apellido.
⁷³ SIN TASA. *Vid.* nota al v. 69 del núm. 467.

Al burgalés nos destierra,
no a Inglaterra ni a Francia,
a la isla de la ignorancia,   80
para que viva en su tierra.
Allí haga al Turco la guerra,
y le ponga su demanda.
    Anda, niño, anda.

En la prisión está Osuna   85
por sospechoso en la ley,
y responde que un virrey
no ha de guardar ninguna.
Esto lo mamó en la cuna
que fue del diablo zaranda.   90
    Anda, niño, anda.

Hállase Lerma cargado
de la gota, y con razón;
decline jurisdicción
mudándose a nuevo estado;   95
vistiéndose de colorado
con su roquete de Holanda.
    Anda, niño, anda.

Pues Calderón ha cantado,
lloren todos, que es razón;   100
pues canta el mayor ladrón
por quitarse de culpado.
Trasquilad, niño, el ganado,
pues vuestro padre lo manda.
    Anda, niño, anda.   105

---

78 El «burgalés» es Acevedo (*vid.* nota al v. 31 del núm. 521).

85 Para el Duque de Osuna, *vid.* nota al núm. 349.

92 Para Lerma, *vid.* nota al núm. 200.

96-97 Puesto que Lerma, «a fin de resguardar al menos su persona, pidió se-
cretamente al Papa Paulo V el capelo de Cardenal, que le fue concedido»
(Cotarelo, *op. cit.,* pág. 62).

99 Para Rodrigo Calderón, *vid.* nota al núm. 357.

Mirad que de aquesta plaga
no procedió la langosta;
despachadlos por la posta,
y enhorabuena se haga.
Curad a todos la llaga,   110
como el memorial lo manda.
   Anda, niño, anda.

Si no basta decir esto,
basta la gracia de Dios;
y no es bien entre los dos   115
envidemos todo el resto;
y pues en todo sois presto,
mirad el reino cuál anda.
   Anda, niño, anda,
que Dios te lo manda.   120

---

108 POR LA POSTA. «La prisa, presteza y velocidad con que se ejecuta alguna cosa» (*Auts.*).
116 ENVIDIAR EL RESTO. «Metafóricamente, hacer todo el esfuerzo posible» (*Auts.*).

554*

Otra con el mismo estribillo

Anda, pues el cielo
te mueve los pasos;
verás nuevos casos
que andan por el suelo.
Anda con desvelo;   5
castiga ladrones;
pasa los millones
hacia esotra banda.
   Anda, niño, anda.

La casa de Lerma   10
dicen que ha aflojado,
porque su cuidado
muy deprisa merma.
¿Quién la tiene enferma?
Dios, que ha descubierto   15
el gran desconcierto
que entre todos anda.
   Anda, niño, anda.

Milagroso ha sido,
Felipe, tu estado,   20
pues al más cerrado
abres el oído.
De cielo ha venido
este bien tamaño;
y pues llega el año   25
de la oscura banda,
   anda, niño, anda.

---

* *Cotarelo*, págs. 285-286. Aunque, como dice el epígrafe, «con el mismo estribillo», en este caso Villamediana utiliza el verso hexasilábico para la composición. El tema es el mismo que el de la anterior.
10 Para Lerma, *vid.* nota al núm. 200.

Sigue tu fortuna,
llega a San Germán,
que allí te dirán   30
por do se va a Osuna;
mucho le importuna,
y dile al de Uceda:
«La moneda queda»,
porque se desmanda.   35
    Anda, niño, anda.

Castiga despacio,
Señor, a Saldaña,
pues con arte y maña
profanó a Palacio;   40
salga el cartapacio
de los Calderones
y otros mil ladrones
que andan en la banda.
    Anda, niño, anda.   45

Razón es que cuadre;
tema Peñafiel
—no te fíes de él—,
que es hijo del padre
que mató a tu madre   50

. . . .

[29] Para el Marqués de San Germán, *vid.* nota al v. 81 del núm. 485.
[31] Para Osuna, *vid.* nota al núm. 349.
[33] Para Uceda, *vid.* nota al núm. 200.
[38] Para el Conde de Saldaña, *vid.* nota al v. 10 del núm. 368.
[40] Para este hecho, *vid.* Cotarelo, *op. cit.*, pág. 277, n. 1, donde se lee: «Al Conde de Saldaña le quitó el Rey el cargo de caballerizo mayor y otros oficios, y es que estaba revuelto con una dama de Palacio.»
[42] Para Rodrigo Calderón, *vid.* nota al núm. 357.
[47] El Duque de Peñafiel era hijo de Osuna (*vid.* nota al v. 5 del número 368).
[49-50] De aquí se deduce que Villamediana imputa la muerte de doña Margarita de Austria a Osuna y no a Calderón, como algunos creyeron en la época (*vid.* nota al núm. 321).
[51] Falta en *Cotarelo.*

que de tal dolor
el alma se ablanda.
        Anda, niño, anda.

Llega a tus Consejos;   55
da tu parecer;
que es lástima ver
oidores viejos.
Los pleitos añejos
no hay quien los razone;   60
uno lo propone
y otro lo demanda.
        Anda, niño, anda,
        que Dios te lo manda.

555*

A una dama, de quien su servidor recibió
un poco de agua con su boca

En búcaro de tus labios,
hecha cristal, bebí el agua
despeñada por tus dientes,
peñascos hechos de plata.

Sed tuve, mi Francelisa,
tal vez que beber te vi,
y a tu incendio pretendí
un cristal hecho risa.
Agua te pedí con prisa,   5
para templar los agravios
de un Etna, cuyos resabios
fueron los rayos que viste,
y de tu beber me diste
en búcaro de tus labios.   10

Venía el terso raudal
a mi boca conducido
en perlas que hizo el sentido
una pella de cristal.
Porque era el incendio tal   15

---

* Fue editada por primera vez por Luis Astrana Marín en «La muerte del Conde de Villamediana. Una glosa inédita, dedicada a Francelisa». *El Imparcial,* 4/V/1925, y recogida posteriormente en su libro *El Cortejo de Minerva,* Madrid, Espasa-Calpe, 1930, págs. 183-185.

¹ Para Francelisa, *vid.* notas a núms. 384, 398.

² TAL VEZ. *Vid.* nota a vv. 5-7 del núm. 102.

⁷ ETNA. Se toma siempre como ejemplo metafórico del «fuego» amoroso.

¹⁴ PELLA. «La masa que se une y aprieta regularmente en forma redonda» *(Auts.).*

que el agua cristal la fragua,
y cómo ardía en la fragua
del volcán que me encendía,
aunque lívida venía,
hecha cristal bebí el agua.   20

Suele la fuente sonora,
despeñada por las guijas,
darles a beber por hijas
de aquello mismo que llora;
pero tú, divina aurora,   25
no pareces a las fuentes,
pues si en tus líquidas corrientes
me das agua, Francelisa,
viene ya muerta de risa
despeñada por tus dientes.   30

El que sediento ha bebido
al que agua le dio süave,
le dice: «Dios os lo pague»,
en señal de agradecido.
Y así yo, que he recibido   35
todo el cristal que desata
tu boca —que no es ingrata—,
decirles puedo a tus dientes:
—Dios os pague las corrientes,
peñascos hechos de plata.   40

---

25 Recuérdese que Góngora llamará a doña Francisca y a sus dos primas
«las tres Auroras del Tajo» en el romance núm. 88, ed. cit., páginas 238-239.

31-40 Prueba de las lecturas de la obra del Conde que, con tantos prejuicios
y de todo tipo, se han hecho, son estas palabras de Astrana Marín incluidas
tras la composición: «Compadezcamos al fino poeta, que, pudiendo rimar
tan suaves armonías, cedió las dulzuras y exquisiteces de Erato por las sangrientas punzadas de Caliope» *(op. cit.,* pág. 185).

Epigramas

Epigrama

556*

Otra [sátira] a Jorge de Tovar, recién privado
de su of[ici]o

De todas mis profecías
sólo me falta un ladrón,
que es Jorge de Zabulón,
espectador del Mesías.

557**

En jaula está el ruiseñor
con pihuelas que le hieren;
y sus amigos le quieren
antes mudo que cantor.

---

   * *Mendes Britto,* fol. 163v. *(1963,* pág. 95). Para Jorge de Tovar, *vid.* notas
al núm. 361 y al núm. 353.

   3 ZABULÓN. Era hijo de Jacob, jefe de una de las doce tribus de Israel.
Las sátiras del Conde hacia Tovar siempre incluyen críticas al origen judío de
aquél. Cotarelo, *op. cit.,* págs. 72-73, recoge otra sátira a Tovar que no figura
en Rozas, *El Conde de Villamediana. Bibliografía...,* en la que se lee: «Es aquél que
viene allí / de la tribu Zabulón. / ¡Qué mal trae el rejón; / la lanza y la esponja, sí!»

   ** Lo editó Neira de Mosquera en art. cit., pág. 307. Está dedicado a Calderón *(vid.* nota al núm. 357) «con motivo de haberle puesto, según dijo Quevedo, en una jaula fabricada en una sala de su casa» (Cotarelo, *op. cit.,*
pág. 87).

   2 PIHUELA. «Se llaman por semejanza a ["la correa con que se guarne-
cen y aseguran los pies de los halcones"] los grillos con que aprisionan los
reos» *(Auts.).*

558*

Al de Salazar ayer
mirarse al espejo vi,
perdiéndose el miedo a sí
para mirar su mujer.

559**

¡Jorge! ¿Qué, de sólo alzar
el brazo te le quebraste?
¿Qué cristiano amenazaste,
o a qué Cristo ibas a dar?

---

* Lo editó J. E. Hartzenbusch, *op. cit.,* pág. 44, bajo estas palabras: «dirigido al Conde de Salazar, persona de fealdad subida, y no superior a la de su
digna pareja» *(vid.* también nota al núm. 571).

** Lo editó J. E. Hartzenbusch, *op. cit.,* pág. 45. Según éste, «habiéndose
roto un brazo D. Jorge Tobar, Ministro de Felipe III, como Secretario del
Real Patronato, Villamediana le escribió esta redondilla cruel, motejándole
de judío». Para Tovar, *vid.* núm. 361.

560*

Niña del color quebrado,
la del clavel en el pico,
para venir en borrico,
vinieras en tu cuñado.

561**

Contra el Presidente de Castilla
y tres oidores

Para mi condenación,
votaron un pleito mío
un borracho y un judío,
un cornudo y un ladrón.

---

* Lo editó J. E. Hartzenbusch, *op. cit.,* pág. 45, tras estas palabras: «De caballo a pollino es muy natural, aunque no muy decoroso, el descenso. Abátase a él el Conde en este epigrama, que por fortuna no se sabe para quién lo compuso.»

** Lo editó J. E. Hartzenbusch, *op. cit.,* pág. 46, con estas palabras: «Contra los jueces que le dieron en un pleito sentencia contraria.» El epígrafe que editamos figura en Cotarelo, *op. cit.,* pág. 252. Debe de aludir a lo mismo que la décima núm. 514.

562*

¡Buena está la torrecilla!
¡Tres mil ducados costó!
Sin Juan Fernández lo hurtó,
¿qué culpa tiene la villa?

563**

A D. Rodrigo Calderón, que en unas fiestas en la plaza
Mayor de Madrid tuvo un altercado con don Francisco
Vergudo.

¿Pendencia con Verdugo, y en la plaza?
Mala seña, por cierto, te amenaza.

---

* Lo editó Luis Fernández-Guerra en *D. Juan Ruiz de Alarcón y Mendoza,*
Madrid, Rivadeneyra, 1871, pág. 269 y lo copió Cotarelo, *op. cit.,* pág. 103
tras las siguientes palábras: «Tratar de ladrones a los representantes del municipio madrileño, con o sin motivo, es bastante frecuente en el Conde. Habiendo hecho construir el regidor Juan Fernández en el paseo del Prado una
elegante torre para la música que distraía la ociosidad de los concurrentes,
prorrumpió aquél en estos versos.» Para este mismo tema, *vid.* núm. 573.
** Lo editó por primera vez A. de Castro en *El Conde-Duque de Olivares y el
rey Felipe IV,* Madrid, 1846, pág. 56, y él mismo lo reprodujo en B.A.E., tomo
XLII, pág. 161, añadiéndole el epígrafe.

564*

A un caballero descendiente de judíos,
entrando a rejonear un toro

¿Ves aquél que viene allí
del tribu del Zabulón?
¡Qué mal trae el rejón;
la lanza y la espada, sí!

565**

Al Marqués de Malpica

Cuando el marqués de Malpica,
caballero de la llave,
con su silencio replica,
dice todo cuanto sabe.

---

* Lo editó A. de Castro en B.A.E., tomo XLII, pág. 161. Cotarelo lo recoge con una variante (*vid.* nota al núm. 556). Parece dirigido a Jorge Tovar, pero en *Mendes Britto,* fol. 163v. aparece como primer verso «Este jinete que vi», y por epígrafe: «A don R[odrig]o de Vega, hijo de don Ant[oni]o de Vega, saliendo a un encierro de toros, huyendo dellos.» A este Antonio de Vega le había dedicado también el soneto núm. 352.

2 ZABULÓN. *Vid.* nota al v. 3 del núm. 556.

4 *Vid.* nota a los vv. 7-8 del núm. 494.

** Lo editó A. de Castro, en *Poetas líricos de los siglos XVI y XVII,* B.A.E., tomo XLII, pág. 162. Está dirigido a don Francisco de Ribera Barroso, caballero de Santiago y Marqués de Malpica.

566*

Sobre el destierro del padre Pedrosa, predicador de Su Majestad

Un ladrón y otro perverso
desterraron a Pedrosa,
porque les predica en prosa
lo que yo les digo en verso.

567**

Ucena, Lerma y el Rey,
que procede de los dos,
trinidad, mas no de Dios,
antes de diversa ley;

porque del hijo crüel   5
el padre, echado del cielo,
padece no por el suelo,
antes el suelo por él.

---

* Lo editó A. de Castro en B.A.E., tomo, XLII, pág. 162. *Vid.* número 509.

** *Cotarelo,* pág. 69. Cotarelo presenta esta composición del modo que sigue: «Cuando el Duque de Uceda consiguió al fin suplantar a su padre, les compuso esta copla.» Para Uceda y Lerma, *vid.* notas al núm. 200.

568*

Si es que la guardia le han dado,
no le hallo otra razón
sino que el Rey ha ordenado
que en oficio el más robado
prosiga el mayor ladrón.   5

569**

¡Bien las sortijas están
en las manos esmaltadas!
Ganáronse a cabalgadas
como si fueran en Orán!

* *Cotarelo*, pág. 72. Está dedicado a Jorge Tovar (*vid*. núm. 361). Cotarelo lo introduce así: «Habiéndose dicho que le conferían [a Tovar] el cargo de capitán de la Guardia tudesca, vacante por la separación del Marqués de Siete Iglesias, aprovechó el Conde esta nueva ocasión de zaherirle.»
** *Cotarelo*, pág. 90. Lo publicó por primera vez Neira de Mosquera en *Semanario Pintoresco*, 1850, pág. 307. Cotarelo lo considera dedicado, al igual que el núm. 570, a la esposa de Pedro Vergel (para éste, *vid*. notas a núms. 350 y 454).

570*

¡Qué galán que entró Vergel
con cintillo de diamantes!
Diamantes que fueron antes
de amantes de su mujer.

571**

Don Salazar de Legaña
dijo a doña Chirimía:
«Sed mora, señora mía,
para que os echen de España».

* *Cotarelo*, pág. 90. La editó por primera vez A. Neira de Mosquera en *El Reflejo*, 26 (1843), pág. 297. Cotarelo la introduce con las siguientes palabras: «El Conde no sólo esgrimió las armas de Marcial contra los hombres y sucesos públicos, sino contra personasx y cosas particulares. De esta clase tiene muchas composiciones, que en la época en que fueron escritas [1619-1621] eran verdaderos ultrajes» (*op. cit.*, págs. 89-90). Para Vergel, *vid.* notas a los núms. 350 y 454.

3-4 Obsérvese el uso, tan propio de esta poesía conceptuosa, del calambur («diamantes»/«de amantes»).

** *Cotarelo*, pág. 90. Este epigrama está dirigido a don Bernardino de Velasco, Conde de Salazar —que había sido el encargado de expulsar a los moriscos, y en 1618 fue Presidente de Hacienda— y a su esposa doña María Laso de Castilla, «feísimos ambos» según Cotarelo (*vid.* nota al núm. 558). De hecho, en *Mendes Britto,* fol. 125v. se edita bajo este largo epígrafe: «El Conde de Villa M[e]d[ea]na, fingiendo que habla el Conde Salazar con su mujer que era muy fea, y él mucho más.»

572*

Acevedo, montañés,
y Pedro Manso, riojano;
uno hidalgo, otro villano:
Presidentes al revés.

573**

Señores, yo me consumo:
¿Hay tan grande maravilla,
que haya gastado la Villa
tres mil ducados en humo?

---

* *Cotarelo*, pág. 102. Para Acevedo, *vid.* nota al núm. 229. Pedro Manso era presidente de Hacienda en tiempos del primero.

** *Cotarelo*, págs. 102-103. Está en relación con el núm. 562.

574*

Tanto poder tiene el trato
de la malas compañías
que pienso que en pocos días
este perro ha de ser gato.

575**

Habiéndole maltratado el Conde de Monterrey

Un conde, un monte y un rey
dieron palos a un buey.

---

* *Cotarelo*, pág. 103. Lo editó por primera vez Neira de Mosquera en el *Semanario Pintoresco*, 1850, pág. 309. Está dedicado a los representantes del municipio de Madrid. Tal y como comenta Cotarelo, «la vista del perro colocado en la fuente de Santa Cruz o de los Escribanos, [se] lo inspiró» (*op. cit.*, págs. 102-103). Para este tema, *vid.* los núms. 562 y 573.

** *Cotarelo*, pág. 243. Está dirigido a Vergel (*vid.* nota al núm. 350). Para el Conde de Monterrey, *vid.* nota al v. 10 del núm. 354.

576*

Acosado de los toros
un caballo de Vergel,
vio sus ancas coronadas
de lo que sus sienes él.

Esto no hizo novedad   5
a todos los del cuartel,
que desde lejos miraban
y dijeron: «Está bien».

Porque viendo atrás el cuerno,
del rocín en el envés,   10
juzgan que la faz del dueño
de la misma data es.

577**

Al mismo [a Pedro Vergel]

A los toros de Alcalá
por la posta va Vergel;
Un corneta va con él,
¡válgame Dios!, ¿qué será?

---

* *Cotarelo*, pág. 243. En esta composición, Villamediana insiste en las mismas críticas hacia Pedro Vergel (*vid.* el soneto núm. 350, y los núms. 454, 570, 577).

6 CUARTEL. «Cuarteto» (*Auts.*).

12 DATA. «Calidad» (*Auts.*).

** *Cotarelo*, pág. 243. Para Vergel y el episodio de los toros, *vid.* notas al soneto núm. 350 y a los núms. 454 y 570.

2 Por la POSTA. *Vid.* nota al v. 108 del núm. 553.

3 Aquí es evidente el uso satírico del término «corneta».

578*

A tres ministros

Tres dones jugando están
poco argent y tiempo harto,
y todos meten a cuarto:
don Blas, don Jorge y don Juan.

579**

El gobierno y Golgothá,
calvario en que murió Dios,
en ladrones dos y dos,
se juego empataron ya.

Mas diverso efecto indican   5
éstos de los castigados;
unos, por crucificados,
y otros porque crucifican.

---

* *Cotarelo*, pág. 252. Es una redondilla satírica dedicada a don Blas García, «secretario del alcalde Aguilar y hombre muy intrigante» (Cotarelo, *op. cit.*, pág. 249), don Jorge de Tovar (*vid.* notas al núm. 361) y don Juan de Salazar, secretario del Duque de Uceda. Góngora relata, en una carta de 27 de abril de 1621, dirigida a don Francisco del Corral, cómo el viernes 23 de abril el doctor Villegas, gobernador del obispado, llegó a las seis de la mañana a casa de Uceda para comunicarle que «S.M. le manda saliese dentro de veinticuatro horas a su villa de Uceda, de donde no saliese hasta que otra cosa se le mandase (...). A la misma hora prendió un alcalde a Juan de Salazar, su secretario, y le tomó los papeles» (ed. cit., págs. 985-986). Para Uceda, *vid.* notas al número 200.

** *Cotarelo*, pág. 252. Se trata de un epigrama en el que la identificación de sus posibles destinatarios se hace imposible, puesto que Villamediana trató de ladrones a muchos nobles, señores y cargos de la Corte.

1 GOLGOTHÁ. Nombre, en hebreo, del monte Calvario, colina cercana a Jerusalén donde fue crucificado Jesucristo.

580*

Isidro, si a nuestra tierra
bueyes venís a buscar,
estos tres podéis llevar:
Medina, Vergel y Sierra.

581**

A unas damas que llamaban «Las Perlas»

Las Perlas van desterradas,
y no por culpas secretas,
porque no eran perlas netas,
sino perlas horadadas.

---

* Cotarelo, pág. 252. En la sátira a Medina y Vergel (vid. núm. 356, 350, respectivamente) el Conde siempre los trata de «cornudos». Aquí se añade un tercer alguacil de la corte: Sierra.

1 Se refiere a San isidro, patrón de Madrid, al que el Conde dedicó el núm. 310.

** Cotarelo, pág. 254. Vid. la décima núm. 516, dedicada al mismo asunto.

582*

Contra el mismo Don Diego [de Tovar]

Ese galán casquilucio,
mi nuevo competidor,
bien podrá tener amor,
pero no tendrá prepucio.

583**

A la misma [a Justa Sánchez]

Ese vuestro enamorado
amador será valiente,
si tiene de penitente
lo que de penitenciado.

---

* *Cotarelo*, págs. 265-266. Para Diego de Tovar, *vid.* notas al núm. 358. Cotarelo edita el texto dentro del grupo que incluye bajo el epígrafe de «Poesías a D.ª Justa Sánchez».

1 CASQUILUCIO. «Alegre de cascos. Aplícase a la persona que tiene poco seso, o es presumida y vana» *(Auts.)*. Probablemente Tovar, además, debía de ser calvo.

4 Clara alusión a la ascendencia judaica de los Tovar.

** *Cotarelo*, pág. 266. Para Justa Sánchez, *vid.* notas al núm. 358. El «enamorado» es, probablemente, Diego de Tovar (*vid.* nota al núm. 582).

4 PENITENCIADO. «El así castigado por el Santo Oficio» *(Auts.)*.

584*

Lerma ya no lame,
Uceda baja y rueda,
Seriza tiene aviso,
el confesor no está liso,
la verdad es bien reclame: 5
más vale temprano que tarde.

* Lo editó por primera vez Domingo García Peres en *Catálogo razonado biográfico y bibliográfico de los autores portugueses que escribieron en castellano,* Madrid, 1890, pág. 574.

1-2 Para Lerma y Uceda, *vid.* notas al núm. 200.

3 Es Juan de Ciriza. *Vid.* nota al v. 62 del núm. 485.

4 Para Aliaga, *vid.* nota al núm. 522.

Improvisaciones

585*

(A Ángela, no es maravilla)

De ángel —¡oh, Ángela!— que fuiste
sólo te ha quedado el nombre,
pues por darte a lo de hombre
todo lo de ángel perdiste.

Y si por uno o por dos   5
pecados derribó Dios
a Lucifer de su silla,
que por tantos caigáis vos,
«Ángela, no es maravilla».

586**

En ocasión de llamar al Conde de Villamediana en el
Prado para parlar a una dama del Conde de Monterrey

No, no quiero competencia
con aquese gorrión,
grande para cagón,
y chico para excelencia.

---

* *Cotarelo,* págs. 254-255. Desconocemos a quién vaya dirigida. Según dice Cotarelo, *op. cit.,* pág. 206, n. 1, eran «famosas también sus improvisaciones, en general cortas, sobre cualquier motivo».
** *Cotarelo,* pág. 206, n. 1 b). Cotarelo dice tomarla del Ms. M-8 de la B.N. Para el Conde de Monterrey, *vid.* nota al v. 10 del núm. 354.

Epitafios

Caballo sin carroza, Juana Zúñiga

Aquí yace Castañuelo,
trainel del común servicio.
Cuernos le dieron oficio,
y sepulcro el matadero.
Al son de cualquier dinero,   5
su frío es........ y amasa
para que doña Vicasa,
hija del cuerno más sucio,
al cabrón le dio el prepucio,
y dineros a la gasa.   10

* *Brancacciana,* fol. 48v. *(MyB,* pág. 253). Está dirigido a la mujer de don Diego de Tovar y Valderrama, hijo de don Jorge de Tovar *(vid.* nota al núm. 358).

2 TRAINEL. «Voz de germanía que significa el criado del rufián, que lleva y trae recados o nuevas» *(Auts.).*

6 Incompleto en *MyB.*

588*

Aquí está quien no viniera
a la Merced sin morir,
que le costara el vivir
si alguna en su vida hiciera.
Tan vana como escudera,   5
jamás conoció sosiego;
fue más astuta que un griego
aquélla de quien presumo
que las mandas que hizo en humo
estará pagando en fuego.   10

---

* Lo editó J. E. Hartzenbusch, *op. cit.,* págs. 51-52 con una variante, y los reprodujo Cotarelo, *op. cit.,* pág. 239, y N. Alonso Cortés, *op. cit.,* pág. 51. Todos coinciden en que Villamediana se lo dedicó a la Marquesa del Valle *(vid.* núm. 188, que murió en octubre de 1621 y fue enterrada en el convento de la Merced.

1 En *Hartzenbusch,* «supiera».

9 Según Hartzenbusch, *op. cit.,* pág. 52. «Las MANDAS EN HUMO serían probablemente donativos a sus criados para que, según todavía se acostumbra en algunos pueblos, encendiesen luces en ciertos días sobre su sepultura.»

589*

A Don Baltasar de Ribera

Don Baltasar de Ribera
yace en aqueste lugar.
La muerte le hizo callar,
que otra cosa no pudiera.
Mandóle enterrar Cabrera,   5
como el más interesado,
pues fue el primero llamado
a la herencia de hablador;
dé al muerto el cielo el Señor,
y enmudezca al que ha heredado.   10

* Lo editó A. de Castro en B.A.E., tomo XLII, pág. 161, y lo reprodujo Cotarelo en *op. cit.,* pág. 248 con algunas variantes. Está dedicado a don Baltasar de Ribera Barroso, caballero de la Orden de Santiago, Conde de Navamoraz e hijo del segundo marqués de malpica (*vid.* núm. 565 y v. 184 del 597).

5 Debe referirse al hecho de que don Alonso de Cabrera, regente, sustituyó al Marqués de Malpica en la Junta que, con la finalidad de investigar a los nobles, se había creado (*vid.* Góngora, *op. cit.,* carta núm. 63, páginas 985-987).

6 En *Cotarelo:* «como más interesado».

7 En *Cotarelo:* «que f. e. p. ll.».

10 Utilizo aquí la lectura de *Cotarelo,* pues en B.A.E. se lee: «y enmudezca al heredero».

590*

Aquí yace el Patrïarca
comisario de las bulas,
que también para las mulas
tiene su oficio la Parca.
Encúbrele aquesta peña;   5
y se murió el desdichado
porque le dijo una dueña:
«El latín está en Sansueña;
vos en Madrid descuidado».   10

591**

Al mismo

Aquí yace un patri-cofre
que pudo ser patri-arca,
a quien derribó la Parca
también como a San Onofre.
Conquistó como Godofre   5
(aunque no la tierra santa);
enseñó a la Reina e Infanta,
y todo cuanto sabía
pudo enseñar en un dia.
¡Tanta fue su ciencia! ¡Tanta!   10

---

* *Cotarelo*, pág. 247. Está dirigido a don Diego de Guzmán (*vid*. nota al
v. 110 del núm. 485), hermano de la Marquesa del Valle, y que murió
en 1622.
** *Cotarelo*, pág. 248. *Vid*. nota al anterior.
1-2 *Vid*. nota al v. 12 del núm. 523.
5 GODOFRE. *Vid*. nota al v. 11 del núm. 317.

Diálogos

592*

Diálogo entre Plutón y Aqueronte

PLUTÓN

¡Hola, baquero! ¡Rígido Aqueronte!
¿Cómo no me respondes?

AQUERONTE

                              ¿Quién me llama?

PLUTÓN

Apareja tu barca, en orden ponte;

que previene tus dichas hoy la fama.
De Filipo Tercero la alma pura   5
el mártir cuerpo deja en su real cama,

y a los Elíseos campos se apresura.
Bien es que para rey tan soberano
determines limpiar barca y figura.

Y aunque excusar errores será en vano,   10
de las estigias aguas mando y quiero
que les muestres camino más que humano.

AQUERONTE

Obedecerte, gran Plutón, espero;
mas advierte que vives engañado,
por ser en todo rey y ser postrero: 15

---

* Este diálogo, en tercetos encadenados, fue publicado por A. de Castro en B.A.E., tomo XLII, págs. 162-163, reproducido con algunas variantes por Cotarelo en *op. cit.,* págs. 289-293.
7 CAMPOS ELÍSEOS. *Vid.* nota al v. 4 del núm. 343.

En saber de las cosas del Estado,
ése que tienes tú por gran monarca,
viviendo, no fue rey sino pintado.

Su confesor, su duque y patriarca
reinaron, y otros gatos de doblones;   20
y él, corrido, se entregó a la Parca.

Murió, cual Jesucristo, entre ladrones,
que le hicieron reinar por alimentos
y aprender el oficio en los millones.

Ésos le transtornaron sus intentos,   25
y también le negaban lo que vía,
construyéndole así los pensamientos.

El confesor, que de latín sabía
menos que de la ciencia de la cuba,
a diestro y siniestro le absolvía;   30

y asentó por cofrade de la uva
a costa de Filipo cada noche.
Jusepa baje y Amarilis suba.

Vengan los comediantes en un coche,
llévese a aquestas damas la litera,   35
y ande la procesión a troche y moche.

Venga Don Pablo con su cabellera,
tornaremos a Nápoles a Osuna,
que él hará la razón adonde quiera.

---

19 Son Aliaga, Lerma y Diego de Guzmán (*vid.* notas a núms. 357, 596 y v.
110 del núm. 485, respectivamente).

28 Es Aliaga.

33 Son Jusepa Vaca y María de Córdoba (*vid.* notas a los núms. 367 y 399,
respectivamente). Parece que Aliaga las frecuentaba.

36 Con el término «procesión» titula las décimas del núm. 485.

37 Es Uceda, que era calvo.

38 Para Osuna, *vid.* nota al núm. 349.

Hinojosa que calle me importuna;   40
callemos, pues, que trajo las riquezas
que halló en Italia sin dejar alguna.

Peligro corren hoy muchas cabezas,
porque está Calderón muy apretado;
no lo hagan noche con doradas piezas: 45

Ea, Pablos, el sábado ha llegado;
secretarios, oidores, contadores,
¿no os contribuyen con lo que han hurtado?

Tapia, Angulo y Bonal son los mejores;
Soria y Gamboa vengan luego a cuenta   50
y no se nos levanten a mayores.

Venga Ruiz de Contreras, el que intenta
aquello de las Indias. ¡Linda hazaña!
Ése ha de hacer famosa nuestra renta.

Ea, venga Tovar, démonos maña.   55
¿Hay quien quiera obispar? Vengan ducados,
que así obispan los asnos en España.

Jubilemos a todos los letrados;
no entiendan nuestras trampas e invenciones;
mas dejemos ahora esos cuidados.   60

---

40 Don Juan Mendoza, Marqués de San Germán y de la Hinojosa (*vid.* núms. 415, 523, 554).

42 En *Cotarelo*, pág. 290: «ninguna».

43-44 En *Cotarelo,* pág. 291: «que han puesto a Calderón muy apretado; / y hácese noche con doradas piezas». Para Calderón, *vid.* nota al núm. 357.

46 Pablos es Uceda. Este fragmento lo editó, incompleto, Julio Monreal en la *Ilustración española y americana,* 1878, págs. 389-437.

48 En *Cotarelo,* pág. 291: «nos contribuyan con lo que han hurtado».

49 Para Tapia, Angulo y Bonal, *vid.* notas al núm. 485.

50 Para Santiago Soria, *vid.* nota al núm. 485.

55-58 Alude al nombramiento, como obispo de Oviedo, de fray Plácido Tosantos (*vid.* nota a núms. 506 y 507), mediada la influencia de Jorge de Tovar (*vid.* nota al núm. 361).

¿Hay pleitos en la corte? Eso, a millones.
Uno de nariz, que dio en poeta,
nos quiere calumniar las intenciones.

Y eso es porque los de la otra seta
son muchos; no podrá evitar el daño: 65
anunciábalo el rabo en el cometa.

PLUTÓN

¡Válgame Proserpina! ¡Caso extraño!
¿Qué de esa suerte el santo Rey vivía
en tan profundos términos de engaño?

AQUERONTE

Sí, Plutón; que esta gente le traía   70
con astucia notable embelesado,
sin dejarle gozar lo que tenía;

pero el Cuarto Filipo, que ha heredado
el divino valor, el santo celo,
que no pudo ver su padre logrado,   75

las acciones imita del abuelo;
y con real corazón, libre y brioso,
muestra la luz que le concede el cielo.

Bien que le ayude un pecho generoso
de algún claro e ilustre entendimiento,   80
regido por su ingenio venturoso,

---

⁶² Según Cotarelo, *op. cit.*, pág. 291, n. 2: «Es el mismo Villamediana.»

⁶⁶ Se refiere a un cometa que el Conde vio en noviembre de 1618, y que creyó profético (*vid.* Cotarelo, *op. cit.*, págs. 83 y ss. y notas al núm. 495).

⁷⁹ Cotarelo, en pág. 292, n. 1 cree que se trata de Olivares, aunque en su edición se lee: «le ayuda»; y en el siguiente verso, «de un claro y divino entendimiento».

descartárase ya todo jumento,
que no es razón presida el Senado
un monacillo fondo en paramento.

Nuevo ser cobra España, nuevo estado;   85
y advierte que es el punto verdadero,
invencible Plutón, lo que he contado.

PLUTÓN

¿Quién te lo dijo?

AQUERONTE

Confesarlo quiero.
Cuando aquéstos de atrás que he referido,
y otro, padre de Pablos, viejo entero,   90

para quedar a todos preferido,
quebró la margarita luminosa
que ilustraba su reino y su marido,

cubriendo su maldad ignominiosa,
despacharon también a los doctores   95
que fueron farautes de la cosa.

Uno de éstos, llorando sus dolores
en mi barca, pasando a ser objeto
de su fieros tormentos y rigores,

todo me lo contó el doctor discreto.   100
Yo dije que su muerte bien le estaba,
pues no había de saber guardar secreto.

---

82 Se refiere a Fernando de Acevedo (*vid*. nota al núm. 229).

90 Es el Duque de Lerma (*vid*. nota al núm. 200).

92 Se atribuye aquí la muerte de doña Margarita, la reina, a Lerma (*vid*. nota al núm. 321 y nota a vv. 49-50 del núm. 554, donde se dan otras versiones del hecho).

96 FARAUTE. «En germanía, criado rufián» (*Auts.*).

Todo lo que después acá pasaba
me contaban almas, cada día,
de las que a tus cavernas trasladaba.

Pero, Plutón, a prevenir envía
que se abran las puertas de diamante,
por donde el paso a los Elíseos guía.

PLUTÓN

¿Llega Filipo?

AQUERONTE

Ya pasa adelante.

---

108 *Vid.* v. 7.

593*

Diálogo entre dos pastores: Filis y Blas

FILIS

Deja, Blas, el triste canto,
que quizás no fue verdad.

BLAS

Voluntad sin voluntad
que llore y padezca tanto.

FILIS

Mira, Blas, que amor figura   5
cosas para hacer penar.

BLAS

Si las vi para llorar,
que las llore mi ventura.

FILIS

Mira que te cansarás
de llorar bienes ajenos.   10

BLAS

¿Cómo puede llorar menos
quien no puede llorar más?

---

* *1629*, pág. 403. Esta es la composición que cierra la primera edición de las obras de Villamediana. Escrito en redondillas, la técnica del diálogo consiste en la alternancia de las voces de los dos pastores en cada una de las estrofas, creando así dos cantos simétricos: el cegado por el dolor de Blas, y el alumbrado por la razón de Filis. El Conde aplica una técnica de total elipsis sobre el elemento que sirve como marco de la bucólica: el paisaje.

FILIS

Busca en tu mal algún medio
para poder descansar.

BLAS

Sólo el remedio es llorar: 15
mira cuál es el remedio.

FILIS

¿Hasta cuándo durarán
tus lágrimas y querellas?

BLAS

Hasta que descansen ellas
con el llorar, llorarán.   20

FILIS

Al fin, que de tus enojos
el fin ya no le veremos.

BLAS

Extremos causan extremos;
siempre lloraron mis ojos.

FILIS

Esto es enloquecer,   25
y quizá desesperar.

BLAS

En mí, Filis, el llorar
no es sino conocer.

FILIS

Cese ya tu llanto, Blas,
aunque le cause desdén.   30

_____
30 En *1635:* «te».

1102

BLAS

¿Cómo, si mis ojos ven
llorando que llorar más?

FILIS

¿Cómo tu ganado dejas?
¿no ves que andará perdido?

BLAS

Si quieres ser respondido,   35
habla en lágrimas y quejas.

FILIS

Blas, ¿no me dirás cuál es
la causa de tu fatiga?

BLAS

¿Qué aprovecha que lo diga?
¿En mi llanto no lo ves?   40

FILIS

Es remedio el declaralle,
Blas, de cualquier accidente.

BLAS

A mi mal no se consiente
más remedio que el lloralle.

FILIS

Habrás de volverte loco,   45
si en llorar no haces pausa.

---

54 Sigo la lectura de *1635,* puesto que en *1629* se lee «se».
56 Utiliza aquí un retruécano sobre el v. 52.

BLAS

Si tú supieras la causa,
vieras que he llorado poco.

FILIS

A la razón contradice
callar lo que te entristece.   50

BLAS

Lo que en llorar se padece,
si se siente, no se dice.

FILIS

¿Cómo tal dolor consiente
callar lo que te entristece?

BLAS

Lo que en callar se padece,   55
si se dice, no se siente.

FILIS

No quedar solo procura,
que puedes desesperar.

BLAS

Déjame a solas llorar,
pues lo tengo por ventura.   60

594*

Diálogo entre Ribato y Pascual, pastores

RIBATO

Pascual: ¡qué casos tan duros
son éstos de tierra y mares!

PASCUAL

Aunque los juzgas por tales,
son blasón de los futuros.

RIBATO

¡Cómo! ¿Peores pueden ser   5
casos que son tan extraños?

PASCUAL

Sí, que de un daño mil daños,
si eres cuerdo, has de temer.

RIBATO

Eso no, que habrá remedio
para atajar lo intentado.   10

---

* *Cotarelo*, págs. 297-299. Cotarelo lo editó íntegro por primera vez. Antes, Hartzenbusch, *op. cit.*, págs. 85-86 y A. de Castro, *op. cit.*, pág. 161 habían editado fragmentos. Cotarelo añadió al final una nota en la que se lee: «El estilo, la forma, las frases, todo es completamente distinto de las demás obras de Villamediana, y nadie acostumbrado a leer las demás sátiras suyas puede atribuirle ésta, indigna no sólo de él sino de cualquier otro poeta de menos talento.» Sin embargo, Rozas, en *El Conde de Villamediana. Bibliografía...*, página 60, y a pesar de las dificultades extremas, en cuanto a su atribución, que se dan en los poemas satíricos, lo cataloga como del Conde. Según Hartzenbusch, *op. cit.*, pág. 85: «[Es] un coloquio de dos pastores, andaluces o valencianos, a juzgar por la pronunciación de la «s» igualándola a la «z» (*vid*. vv. 18-19, por ejemplo).

PASCUAL

¿Cómo, si el medio pasado
tiene respeto al remedio?

RIBATO

Poderoso Rey tenemos,
cuyo nombre al mundo asombra.

PASCUAL

Sólo el retrato y la sombra   15
por figura conocemos.

RIBATO

En los reyes vale el nombre
más que en los hombres el brazo.

PASCUAL

En los casos hace el caso
el nombre no, sino el hombre.   20

RIBATO

Aunque en tierna edad sabemos
que es justiciero y feroz.

PASCUAL

Si lo es, sábelo Dios;
y nosotros lo que vemos.

RIBATO

¿No ves con cuánto rigor   25
va desterrando traidores?

PASCUAL

Echáronle otros mayores
para usurparle el favor.

Ribato

Los que de presente privan
fueron por justa elección.   30

Pascual

Un ladrón y otro ladrón
de una cosa se derivan.

Ribato

Consejeros virtuosos
tiene con quien se aconseja.

Pascual

Si no es maestra la abeja,   35
no hace panales sabrosos.

Ribato

No puede un cuerpo sensible
con negocios tan extraños.

Pascual

Si son suyos nuestros daños,
no es bien se muestre insensible.   40

Ribato

Tres aquí y cinco allá
ministros tiene peritos.

Pascual

Sin experiencia ni [pitos],
ved cada cual lo que hará.

Ribato

Un gran letrado es el uno,   45
el otro en sangre excelente.

45-46 Se refiere a Baltasar de Zúñiga y a su sobrino Gaspar de Guzmán, futuro Conde-Duque de Olivares.

PASCUAL

Aquél mató mucha gente,
aqueste..... bueno ninguno.

RIBATO

A uno de agudo y fiel
y a otro santo nombre dan.   50

PASCUAL

Éste para sacristán,
y para intérprete aquél.

RIBATO

Del quinto es su sangre honrada
estable, pues que no juega.

PASCUAL

Pues con obras no lo niega,   55
no es bien que de él diga nada.

RIBATO

¡Oh, qué linda olla podrida,
Pascual, asiste al Consejo!

PASCUAL

Pruébala sin salmorejo,
dirásme si es desabrida.   60

RIBATO

De los tres sin intervalo,
dime, ¿qué, tu ley condeno?

---

48 Falta en *Cotarelo*.

57 OLLA PODRIDA. «La que se compone de muchos materiales» (*Auts.*). Villamediana lo utiliza aquí con doble sentido.

59 SALMOREJO. «Salsa con que suelen aderezarse los conejos» (*Auts.*). El sentido es aquí metafórico.

PASCUAL

Que les falta para bueno
lo que sobra para malo.

RIBATO

Es de virtud infinita   65
el primero de los tres.

PASCUAL

Él se salvará si es
recoleto en una ermita.

RIBATO

Entero, fuerte y derecho
es el otro, justo y grave.   70

PASCUAL

Ni aun para maestro de nave
salió pastor de provecho.

RIBATO

Gran prelado y religioso
es el tercero, Pascual.

PASCUAL

No se conoce caudal   75
por señas del virtüoso.

RIBATO

¡Pues cómo! ¿No ves que deja
por su Rey a su quietud?

73-74 Se refiere a fray Antonio de Sotomayor, confesor del rey tras la desti-
tución de Aliaga (*vid.* notas a núms. 486 y 357, respectivamente).

PASCUAL

No, pastor, que la virtud
con la codicia se aleja.   80

RIBATO

El pueblo contento estuvo
con su elección de improviso.

PASCUAL

En eso el oficïo hizo;
de niño y ligero anduvo.

RIBATO

Mejorando de esta vez,   85
se mostró el vulgo importuno.

PASCUAL

Si mal se hallaba con uno,
¿cómo se hallará con tres?

RIBATO

Del virrey grandes clamores
públicamente se oían.   90

PASCUAL

Y ahora al cielo se envían
de los tres muchos mayores.

RIBATO

Llamóle el pueblo insolente
por los males ya causados.

---

89 Se refiere a Osuna, virrey de Nápoles (*vid*. nota al núm. 349).

Pascual

Todos los males pasados   95
no llegaron al presente.

Ribato

La causa no está por ellos,
pon tú la causa en razón.

Pascual

No ejecutan la ocasión
asida por los cabellos.   100

Ribato

Hallaron el reino estrecho
y las cosas en mal punto.

Pascual

El oro del mundo junto
se encierra en un ancho pecho.

Ribato

Pues, ¿qué? ¿Faltó, en resolviendo,   105
ejecutar lo resuelto?

Pascual

Sí, que el tiempo es viento suelto
y vuela, su oficio haciendo.

Ribato

Pues tanto atinas, de dónde
nació la causa dirás.   110

Pascual

De un gran daño que jamás
al remedio corresponde.

Si no es castigo del cielo,
pastor, la causa del daño,
no fuera su mal tamaño.   115

Pascual

Pues yo mayor lo recelo;

si prevista la ocasión,
se desterrara el respeto
que tiene al mundo sujeto
a tan grande perdición;   120

si las estatuas de Atenas
como oráculos hablaran,
y si las manos cerraran
—pues que ya las tienen llenas—;

si no andara desvalido   125
el propio merecimiento,
y el honrado atrevimiento
no fuera por loco habido;

si en las casas de Belona
Mercurio no se hospedara,   130
y sólo se respetara
no sangre, sino persona;

si el tridente de Neptuno,
baldo en forma no volviera,
y su nave no tuviera   135
arbitrio tan oportuno;

---

[129] BELONA. *Vid.* nota al v. 7 del núm. 217.
[134] BALDO. «Lo mismo que fallo. Es voz que usan en el juego de naipes» (*Auts.*).

si las tïaras de Dios
Marte no las profanara,
y si yo no me olvidara
de mí mismo y vos de vos;   140

    si se agotaran los charcos
de hambrientas sabandijuelas,
cuyas trazas y cautelas
hace sencillos los barcos;

    y si al fin las santas leyes   145
nunca trocaran los dos,
no queriendo el rey ser Dios
ni los ministros ser reyes;

    no Catilinas odiosos
nuestras tierras ocuparan,   150
ni faltan hoy ni faltaran
Virïatos valerosos.

---

149 CATILINA. *Vid.* nota al v. 104 del núm. 523.

152 VIRIATO. Este soldado lusitano luchó victoriosamente contra los romanos entre 147 a 139 a.J.C., lo cual le lleva a decir a Hartzenbusch, *op. cit.,* pág. 86: «Viriato nació en Lusitania, Portugal después; y Tasis en Lisboa: ¿querría ser Tasis el Viriato moderno, cuyo valor político había de salvar a España?».

Inventario de Dios
Martirio las nombran,
y puesto melodiu[ra]
de mil modos porde rosa

el su juguetón lo ramos
de las heridas, señaladueñas
— una Eloysa; cautelosa
flora, amcilla, los pazca,

y si al trinos bitres desa... 130
dhasta a pasan la che
recuperando el fijos caídos
al los amaites ser teres

so Caritheo palomas
nuestras tierras comeran
su Eliten hov al tañido
y arancas abroso

AL GATHERINA, 1701 noel.31 Dibujos 1 ejempl. 272.
C. H. PLATA, 1 m. of Inhúmado la temocisciono aniste cuora. Dibujos y
manuscritos. 1715 pev 11. Li aguil. E llevo solo 12. Llamo Quseru. 7896,
pag. 1703. Textra mera y publica al. Botonal. Fernánd.eza y Luis en l'oboro
impresa ara Flex dl Glizeri s ask voy. puna ado dictar o naha ad a. 1824 y y
impresa.

1113

Letrilla

595*

No sé si es obra de Amor
o dulce milagro dél
que en la flor esté la miel,
y no la abeja en la flor.
Mas, si vencido el rigor,   5
si no es néctar verdadero,
perdonar al amor quiero.

Aunque luego tarde es ya,
si tanto abeja volare
que de la flor que picare   10
más picada quedara,
rosas alambicará
del difunto amor primero:
perdonar al amor quiero.

Amor, cuando abeja vueles,   15
y más en tus alas fíes,
chuparás en dos rubíes
las hojas a dos claveles
tan bellos como crüeles;
y dulce su rigor fiero,   20
perdonar al amor quiero.

Vuele con alas de Amor
la abeja que puede ser,
abra con sólo morder,
y pique sin dar dolor;   25
de cuya punta el rigor,

---

* *1635*, págs. 415-416. Emplea aquí Villamediana la metáfora de la abeja
que liba su miel en la flor, motivo que le sirve al poeta para tratar el tema
amoroso y acercar éste a uno de sus ejemplos favoritos: el mito de Ícaro.
12 ALAMBICAR. «Extraer y destilar» (*Auts.*).

si encarna como de acero,
perdonar al amor quiero.

El ser flor no es ser esquiva,
antes el amor consiente   30
que labre ingeniosamente
la que dulcemente liba;
abeja no fugitiva,
si no armado prisionero,
perdonar al amor quiero.   35

Con las plumas de Amor llega
a ser el vuelo tan alto
que en la distancia del salto
lo que más pica más ciega.
Mas si la piedad me entrega   40
las primicias que yo espero,
perdonar al amor quiero.

Ya la flor al susurrar
el miedo puede perder
de abeja que, sin morder,   45
chupa; y se deja chupar.
Y si llegare a picar
con aguijón verdadero,
perdonar al amor quiero.

Mas es Amor tan crüel   50
que deste panal quisiera
dar alas de frágil cera
y negar su dulce miel.
Mas si para gloria dél
viviera de lo que muero,   55
perdonar a amor quiero.

30-32 Obsérvese el uso de la similicadencia asociado al contenido de la
estrofa.

52 He aquí la alusión a Ícaro.

1118

Kirie Eleyson

596*

Kirie Eleyson

El que más ha hurtado al Rey,
cuando estaba en su tribuna,
ha sido el duque de Osuna.

Otro que hurtó con afán
muchos dineros al Rey,   5
ése fue el de San Germán.

Quien nos ha robado el reino
el pueblo dice a una voz:
«Ha sido Mari-Muñoz».

Quien ha hurtado su pedazo,   10
y ha sido muy buen ladrón,
es Rodrigo Calderón.

Quien hurtó medianamente
dinero con una escarpia
ha sido Pedro de Tapia.   15

Quien tiene mucho dinero
enterrado en su corral
es el oidor Binal.

---

* *Cotarelo*, págs. 288-289. Esta oración, «Kirie Eleyson» —o Señor, ten piedad», es un repaso más de todos aquéllos a los que Villamediana acusó en su poesía satírica.
3 OSUNA. *Vid.* nota al núm. 349.
6 SAN GERMÁN. *Vid.* nota al v. 81 del núm. 485.
9 MARI-MUÑOZ. A veces, Mari-Pablos, es el Duque de Uceda (*vid.* nota al v. 11 del núm. 485).
12 Para Calderón, *vid.* nota al núm. 357.
15 Para Pedro Tapia, *vid.* nota al núm. 485.
18 Para Antonio Bonal, *vid.* nota al v. 53 del mismo.

De los que más han hurtado,
en poco tiempo y aprisa,   20
ha sido Juan de Ciriza.

Quien ha hurtado mucho al Rey,
y aún dicen que más que ninguno,
ha sido Tomás de Angulo.

El que más poquito ha hurtado   25
—por haber tenido miedo—
dicen que ha sido el Buldero.

Quien hurtó con gran primor
en el viaje de Lisboa
dicen que ha sido Gamboa.   30

Con todos los que han hurtado
puede salir a porfía
el buen don Pedro Mejía.

Otro se subió de punto
y con muy poco temor: 35
éste es el Confesor.

Quien hurtó mucho dinero,
dando vueltas como noria,
ha sido el buen Juan de Soria.

21 Para Juan de Ciriza, *vid.* nota al v. 62 del mismo. Para la rima, *vid.* nota inicial al núm. 594. Se trata del mismo caso.

24 Para Angulo, *vid.* nota al v. 58, *ibíd.*

27 Para el Buldero, *vid.* nota al v. 110, *ibíd.*

29 Se refiere al viaje que el Rey Felipe III hizo a Lisboa el verano de 1619 para jurar a su hijo. Góngora, ed. cit., carta núm. 24, pág. 934, dice: «Su Majestad creo que entró en Lisboa, día de San Pedro».

30 Desconocemos quién pueda ser este Gamboa.

33 Para Mejía, *vid.* nota al v. 92, *ibíd.*

36 Para Aliaga, *vid.* nota al núm. 357.

39 Para Santiago de Soria, *vid.* nota al v. 92 del núm. 485.

En labrar casas lo ha hecho   40
y no le ha quedado nada:
me dicen que fue Tejada.

Quien tiene mucho dinero
y más no le quiere dar,
ése es Jorge de Tovar.   45

Quien hurtó mucho dinero
y no lo pudo llevar
fue el conde de Salazar.

¿Quién usurpó el dinero
que tenía nuestra villa,   50
Presidente de Castilla?

Y quien menos ha hurtado
de todos los del Consejo
es el cardenal de Trejo.

Quien ha hurtado más dinero,   55
y siempre ha sido peleón,
es Octavio de Aragón.

Y los que siguen hurtando
a la corona del Rey,
lo vengan manifestando,   60
que así lo manda la ley,
«te rogamus audi nos».

---

42 TEJADA. Es el consejero de Castilla Francisco de Tejada y Guzmán (*Vid*. Cotarelo, *op. cit.*, pág. 289, n. 1).

45 Para Jorge de Tovar, *vid*. nota al núm. 361.

48 Para Salazar, *vid*. nota al núm. 558.

51 Para Acevedo, *vid*. nota al núm. 229.

54 Para el cardenal de Trejo, *vid*. nota al v. 111 del núm. 485.

57 Para Octavio de Aragón, *vid*. nota al v. 96, *ibíd*.

Chacona

Chacona.

597*

¡Vita bona! ¡Vita bona!
¡La Chacona! ¡La Chacona!

Toda Chacona pasada
se destierre con la mía,
pues la murmuración pía
la da por encomendada.
Si de uno fuere culpada,   5
de mil será bien oída;
escúchenla, por mi vida,
que ya mi musa entona:
         ¡Vita bona!

¿Qué paciencia no provoca   10
que se case una venceja,
sin tener pelo ni ceja,
ni diente en toda la boca?
Pero ya que ella fue loca
(aunque tuviera dinero),   15
fue en quererla majadero
don Antonio de Cardona.
         ¡Vita bona!

¿A quién no le pone gana
de murmuración forzosa   20
la portada mentirosa

---

   * *Cotarelo,* págs. 255-264. Para Cotarelo, *op. cit.,* pág. 255, n. 1, esta chacona «es, como se ve, una revista de actualidad (...) La chacona era uno de los
muchos bailes de aquella época, rival de la zarabanda, y según los escritores,
tan deshonesto como ésta, la cual hizo que fuese prohibido diferentes veces».
Según *Auts.,* «Chacona» es un «son o tañido que se toca en varios instrumentos, al cual se baila una danza de cuenta con las castañetas, muy airosa y vistosa, que no sólo se baila en España en los festines, sino que de ella la han tomado otras naciones y le dan el mismo nombre».
   17 Era hermano del Duque de Sessa.

del buen marqués de Orellana?
Cuanto la fachada gana,
pierden las obras del tal,
que el corazón no es igual   25
a la robusta persona.
            ¡Vita bona!

Llevaréis vuestro responso,
servidor original,
aunque es lástima hacer mal   30
al conde de Villa Alonso.
Nunca de poeta intonso
le fue la ciencia feliz,
ni con tener gran nariz
olió que hediese Helicona.   35
            ¡Vita bona!

Vos, Alcañices, ¿andades
Marte en las sangrientas lides?
«Mentides, buen Rey, mentides;
ca non decides verdades».   40
Hombres con peros matades,
y hembras a puros concetos,
que sois sombra de discretos,
y de valientes sois mona.
            ¡Vita bona!   45

Pues el buen duque de Sessa
a la más fiel camarada
una lanza atravesada

22 Es don Pedro de Fonseca y Figueroa, primer Marqués de Orellana.
31 VILLA ALONSO. Es don Diego de Ulloa Sarmiento, segundo Conde de Villa Alonso.
32 INTONSO. «Ignorante, necio o rústico» (Auts.).
35 HELICONA. Vid. nota al v. 796 del Faetón.
37 ALCAÑICES. Vid. nota al v. 16 del núm. 368.
41-42 Nótese aquí la utilización de la paronomasia.
46 SESSA. Es don Luis Fernández de Córdoba, Cardona y Aragón, sexto Duque de Sessa, Baena y Soma, y mecenas de Lope de Vega.

que le tira nos confiesa
el de Feria; y su fineza   50
de los actos del primero
hallárase sin dinero
por ser blando de corona.
        ¡*Vita bona!*

    Teneos, conde de Chinchón,   55
no matéis al de Loriana,
que es mucho de vuestra hermana
y con mal de corazón.
Mirad, no deis empellón,
que os silbará el pueblo entero;   60
que vois no sois caballero
bueno para valentona.
        ¡*Vita bona!*

    El marqués de Santa Cruz
es éste, y me dicen dél   65
que un día come un pastel
y otro se acuesta sin luz.
¡Oh buen marqués andaluz
de Fuentes, id a Sevilla
a buscar una cuadrilla   70
que se junta en el Almona.
        ¡*Vita bona!*

    El conde de Santisteban
es buen hijo y concertado,

---

50 FERIA. *Vid.* nota al v. 6 del núm. 368.

55 CHINCHÓN. Es don Luis Jerónimo Fernández de Cabrera y Bobadilla, cuarto Conde de Chinchón y tesorero general de la Corona de Aragón.

64 SANTA CRUZ. Es don Álvaro de Bazán, segundo Marqués de Santa Cruz, e hijo del marino del mismo nombre (*vid.* nota al núm. 318).

69 FUENTES. Don Gómez de Fuentes y Guzmán, primer Marqués de Fuentes, gentilhombre de la cámara de Felipe III.

73 SANTISTEBAN. Es don Francisco de Benavides y de la Cueva, séptimo Conde de Santisteban.

y el señor Adelantado   75
a donde quieren lo llevan;
a Saldaña pocos niegan
que es honrado caballero,
mas negáronle el dinero
porque libra en Ratisbona.   80
        ¡Vita bona!

Por no deshacerse el cuello
dejo al duque de Pastrana,
y cojo a Villamediana
por la boca con anzuelo;   85
con más gomas que un ciruelo
está sin causarle pena,
como la boca esté buena
con la que a nadie perdona.
        ¡Vita bona!   90

Olivares se desvela
con profana ostentación
por ser en toda ocasión
jefe de la parentela.
Varelilla se las pela;   95
que en este señor andaluz
le dejó entre cara y cruz;
y el de Tabara blasona.
        ¡Vita bona!

---

75 El «Adelantado» era don Eugenio de Padilla, Conde de Santa Gadea.

77 SALDAÑA. *Vid.* nota al v. 10 del núm. 368.

83 PASTRANA. *Vid.* nota al v. 6 del núm. 368.

84-85 Dado el carácter anónimo de la poesía satírica y/o burlesca, el propio Conde se hace aparecer como personaje, aunque sin ponerse en mal lugar.

91 OLIVARES. *Vid.* nota al v. 16 del núm. 368.

95 No sabemos a quién se refiere, aunque Cotarelo lo cree andaluz.

98 TABARA. Don Antonio Pimentel, cuarto Marqués de Tabara. Virrey de Valencia a partir de 1622.

A Guadalcázar dejaste   100
y a la corte te viniste;
y hasta qué título fuiste
en sus olas navegaste.
Vuélvete a Córdoba, y baste
lo adquirido, que en el lodo   105
pienso que has de dar con todo
si se exprime tu persona.
        ¡Vita bona!

¡Ay, conde de Cantillana,
cómo lloro cuando veo   110
con tan honrado trofeo
tanto tu familia ufana!
Para ti me falta gana
de ser poeta lucido,
que a quien está tan rendido   115
no se le ha de dar chacona.
        ¡Vita bona!

Booyo, con gran razón
en viéndolos alabo a Dios
que vos os haya criado a vos   120
y también a Cicerón.
Esto no cause pasión,
que vuestro oratorio basta;
sois hijo de buena casta;
demasiado os dio Belona.   125
        ¡Vita bona!

¡Qué crespo y qué arrufaldado
viene don Diego de Ibarra!,
chico nos le dio Navarra,
pero a fe que es aseado;   130

---

100 GUADALCAZAR. *Vid.* nota al v. 22 del núm. 495.
109 CANTILLANA. *Vid.* nota al v. 7 del núm. 368.
118 BOOYO. Es don Antonio de Toledo, señor de Booyo.
125 BELONA. *Vid.* nota al v. 7 del núm. 217.

el cuartago es extremado
en que paseó este día:
—Pase vuesa señoría,
que el de Ayala lo perdona.
                    ¡*Vita bona!*   135

    Un necio en obras y en talle
quiero agraviar con verdad,
y para su vanidad
lo mejor es no nombralle.
—Salid, mozas, a la calle,   140
si es que queréis conocello
el gentil hombre de Tello,
varón digno de chacona.
                    ¡*Vita bona!*

    Todos te llaman cansado,   145
mi buen don Pedro de Porras;
¡por Dios que no te me corras,
que siempre te he disculpado!
Traer coche te ha licenciado
por señor de carboneros;   150
no me muera yo hasta veros
señoría sin denunciona.
                    ¡*Vita bona!*

    El marqués de San Germán,
después que compró a Larache,   155
no hay jornada que no tache,

---

    128 Era caballero de Santiago. Fue nombrado consejero de Estado y Gue-
rra tras la muerte de Felipe III.
    131 CUARTAGO. «Caballo pequeño o mal proporcionado en los cuartos»
(*Auts.*).
    135 AYALA. Es don Diego de Ayala, oidor y ejecutor de las Prag-
máticas.
    142 TELLO. *Vid.* nota al v. 4 del núm. 356.
    146 Don Pedro de Porras parece ser que era un excelente espadachín.
    147 CORRERSE. *Vid.* nota al v. 8 del núm. 429.
    154 SAN GERMÁN. *Vid.* nota al v. 81 del núm. 485. Compró el puerto
de Larache en 1610.

ni halla buen capitán.
Salió con ir a Milán
porque puso bien la mira;
peor es que ámbar lo que espira,   160
y su aliento lo pregona.
        ¡*Vita bona!*

En su pleito divertido
de Tabara está el señor;
él es muy grande hablador,   165
y con eso algo ha perdido.
Revienta por ser valido
y que la corte lo crea,
mas el alba que desea
no se reirá en su persona.   170
        ¡*Vita bona!*

En invierno y en verano,
el marqués de Mirabel
es palomita sin hiel,
y por eso vive sano.   175
Y don Enrique, su hermano,
de tomar estado trate,
que la canícula late
en sus sienes y corona.
        ¡*Vita bona!*   180

Dicen que el amor le pica,
estruja, brama y abasta,
al San Lázaro de pasta,
el buen marqués de Malpica.

---

164 No sabemos si se refiere de nuevo al Marqués de Tabara (*vid.* v. 98) o a persona distinta.

173 MIRABEL. Es don Antonio de Toledo Dávila y Zúñiga, hijo tercero del Marqués de las Navas.

176 Don Enrique Dávila y Guzmán, hermano mayor, marqués de Povar.

182 ABASTAR. «Proveer o abastecer» (*Auts.*).

184 MALPICA. *Vid.* nota a núms. 565 y 589.

Por su causa se publica   185
que quitaron a las damas
las hachas, que otras llamas
la marquesa le perdona.
        ¡Vita bona!

Muy tieso pasáis, don Diego   190
de Zárate, y tanto más
por delante y por detrás,
parecéis un mozo lego;
no os devanezcáis, os ruego,
no enviude vuestra mujer,   195
que hay pozos en que caer,
y Maqueda lo pregona.
        ¡Vita bona!

Mejor te fuera ser mudo,
conde de rara simpleza,   200
pues que toda tu agudeza
la dejaste en Monteagudo.
Mi señor, aunque sois rudo,
tanto no desconfiéis,
que trabajando podéis   205
saber donde Esgueva entona.
        ¡Vita bona!

Si a negocio y a presumido
el moro os desafiara,

---

[187] HACHAS. «Metafóricamente se toma por los astros» *(Auts.).* Esto es,
los ojos.

[196] Según Cotarelo, *op. cit.,* pág. 263, n. 2: «Con las palabras "hay pozos en
que caer", alude Villamediana a que efectivamente en uno cayó Zárate huyendo del Duque de Maqueda, por cierta disputa.»

[202] MONTEAGUDO. Es don Gaspar de Moscoso Osorio, Conde de
Monteagudo, y después de Altamira.

[206] Alusión escatológica, puesto que el Esgueva era río conocido en la
época por las inmundicias que llevaba con sus aguas *(vid.,* por ejemplo, los
sonetos núms. 276 y 277 de Góngora, ed. cit., págs. 471-472).

don Lorenzo, yo jurara   210
que fuera de vos vencido;
pero no os eche en olvido,
que aunque no os puse el primero,
no os he de dejar el trasero,
que la opinión os abona.   215
  ¡Vita bona!

Los que recibís placeres
con estas chaconerías,
dentro de muy pocos días
veréis la de las mujeres.   220
Las de buenos pareceres
serán santas, serán diosas;
mas las viejas enfadosas
molerán en la tahona.
  ¡Vita bona!   225

---

210 Resulta casi imposible saber a quién se refiere; aunque, como se lee, lo tacha de homosexual.

219-220 El Conde finaliza prometiendo una segunda chacona dedicada a las mujeres, de la cual no se tiene noticia que escribiese.

Ovillejos

Contra los validos de Felipe III
(coplas a manera de refranes)

El duque de Lerma
está frío y quema.
El duque de Uceda
esconde la mano y tira la piedra;
mas viendo su engaño,   5
el mal de los otros ha sido su daño.

El duque de Osuna
Nápoles llora su buena fortuna;
mas ya que está preso,
muy bien se alegra de su mal suceso.   10

San Germán
no tiene un pan
cuando fue a Milán;
si allá lo hurtó,
no lo sé yo.   15

Si de ésta escapa Calderón,
bástele una ración,

---

* Lo editó por primera vez A. de Castro en *El Conde-Duque de Olivares y el rey Felipe IV,* Madrid, 1846, pág. 13, y lo reprodujo en B.A.E., tomo XLII, pág. 161, de donde lo tomo. Neira de Mosquera en «Poesías políticas inéditas del Conde de Villamediana», ed. cit., lo edita bajo el epígrafe «Al privado y principales ministros de Felipe III, ovillejos en su caída».

1 Para Lerma, *vid.* nota al núm. 200.

3 Para Uceda, *vid.* nota al mismo.

7 Para Osuna, *vid.* nota al núm. 349.

11 Para el Marqués de San Germán, *vid.* nota al v. 81 del núm. 485.

16 Para Calderón, *vid.* nota al núm. 357. El hecho de que Calderón aparezca vivo limita la cronología del poema al periodo que va entre abril de 1621 (proclamación de Felipe IV) y octubre del mismo año (muerte de Calderón).

en galera, digo,
aunque ésta le sobra a tal enemigo.

El Confesor,   20
si mártir muriera, fuera mejor.

Tomas de Angulo
toda su hacienda trajo en un mulo.

Juan de Ciriza
de miedo se eriza.   25

El señor Bonal
a sí se hizo bien y a todos mal;
y su mujer
lo que ha rapado procura esconder.

Pedro Tapia   30
el premio es la escarpia.

Jorge de Tovar
valióle el hablar.

16-19 Esta estrofa fue editada por separado por A. Pérez Gómez en *Romancero de Rodrigo Calderón,* Valencia, 1955, pág. 135.

19 Juega aquí Villamediana con dos de los significados posibles de «galera»: «embarcación donde tiene el Rey a sus forzados» y «carro grande que tiran algunos pares de mulas» (*Auts.*).

20 Para Aliaga, *vid.* nota al núm. 357.

22 Para Tomás de Angulo, *vid.* nota al v. 58 del núm. 485.

24 Para Juan de Ciriza, *vid.* nota al v. 62 del mismo.

26 Para Antonio de Bonal, *vid.* nota al v. 53 del mismo.

29 RAPAR. Por «robar».

30 Para Tapia, *vid.* nota al v. 48, *ibid.*

32 Para Tovar, *vid.* nota al núm. 361.

Poema latino a Góngora

[A Góngora]

Flagrat aduc, veteres quod ignis Phaetoneius iras
excitat, ex toto jactans incendia coelo
fernidus exurit mortalia secla animantum
scilicet undivagum quod pecus voluscresque ferasque,
quisquis per Eliseum fugitant nona funera manes,   5
nec pater etheriae lucis moderator habena
corripit, aut solito jungit temone jugales
ipse suos soeptum quod sinet fuerere usque furorem.
Ni novus altithoro conscenso Iupiter axe
infumat, et tonitus inculans immane corusco   10
fulmen in Eridani Clymeneyam flumina prolem.
Deprimat, ambustamque rogis, telisque trisulcis.
Ausa etenim trepido est iterum miscere tumultu
cuncta palam: pelulit subitos sum gradine nimbos,
nubilaque et gelidi nuper vaga flamina cauri   15
tumificas agitent nebulas flamasque voraces
cogit et ardenti perfundit lumine mundum.
Vishiemis glacies que rigens, et turbidus imber
et rapido, piceoque furens auilone procella
candenti niminum dum concessere favillae   20
omnia in aestiferos abierunt irritaveros.
Labilis hinc orbis operosa laborat
atque eat heul praeceps prorsus nitu Ludovice cadenti
ultro adsit: en vasta procul tibi brachia tendunt
caerula Neptuni flagrantis marmora; Olympus   25
suplicet, et valida tandem compage soluta
nutat ut inpraeceps secum ferat omnia tellus,
ergo Iovis magni subeas nunc numus oportet,

---

* Esta «Epístola latina a Góngora» la editó por primera vez Miguel Artigas en *Luis de Góngora. Biografía y estudio crítico,* Madrid, 1925, pág. 148. Artigas
la toma del Ms. de la B.N. núm. 3906, fols. 21r-22v. También la ha reproducido Ana Martínez Arancón en *op. cit.,* págs. 279-280.

instar Aristharchi autobellis armens acutes
vulvifica ut nigidi transfigas cuspide teli   30
soligenam juvenem. Sedato protinus aestu
diffugient procul hine turbantes pectora curae
ridebitque polifacies tranquilla sereni.
Suspice nunc casum juvenis, Ludovice fluenti
Conde Pado, et placidis funus curato camaenis   35
tu modo Pieridum praeceps numenque sororum
sceptra geris, plectrum tibi Phoebus cessit eburneum
hesperiamque lyram, te Corduba fulget alumno
nec sibi Lucanos mavult Senescave priores
nos sumus adnixi culta captare Thalia   40
lectorum omne genus. Quod si iam carminis huius
non nulli aut placeat forsan pars una palato
ast filo varii contextum staminis orsum
spes animosa subest cunctis gratum indefuturum
nam ceu cum plures apetant convivi al eti   45
tres tibi convivae prope dissentire videntur
diversa indubia poscentes fercula coena
etsi epulas plerumque solent cane pejus etangue
exhorrere allas alil (dum singula mensis
opponunt famuli) nec dubier [a] haustibus iisdem,   50
non omnes opulum tamen id laudare videntur,
nec fastidivit stomachos quod noster, ademit
iucundum placitis rebus sibi jure saporem.
Nec vero accipier sic hoc ego nunc, volo tanquam
assequar, sed ceu totis conatibus ipsum   55
ambicrim, nulli, cedens, par cendo labori.
Quod si vix signum tetigit conatus inanis
dum studio meditur ¿deductum ducere carmen?
Nec nos spes tamen haec frustat credula, solus
tu praestare potes, tu solus, Gongora, musis   60
nempe litas tu lauriferos Heliconis honores
promeritus viridi velas modo tempora fronde
qua frontem inmensus redimivit Pindarus olim
ipse suam, ad numerum cujus stupuere catenae
granjugenum, athonito caneret seupective laudes   65
coelico Laus, Heroum seu strenua facta avenaque
dum vigili Hesperias meditaris carmine silvas

panaque cum silvis et te trahis, alter ut Orpheus
quem nostrum semperque seguis mirabit aevum
at nostrum frustraque sequens imitabitur vevum.   70

> Tui perquam studiossus
> Comes Villamediana.

La gloria de Niquea

LA GLORIA DE NIQUEA*

COMEDIA DE LA GLORIA DE NIQUEA Y DESCRIPCIÓN DE ARANJUEZ

Representada en su Real sitio por la Reina nuestra Señora, la señora Infanta María, y sus damas, a los felicísimos años

---

* *1629*, págs. 1-54. Con motivo de los diecisiete años recién cumplidos de Felipe IV, su esposa Isabel de Borbón decidió conmemorar dicho cumpleaños con una gran fiesta en Aranjuez. En un principio, tal y como nos dice Antonio Hurtado de Mendoza en su relación *Fiesta que se hizo en Aranjuez a los años del Rey nuestro señor D. Felipe IV*, 1623 [incluida en la ed. de R. Benítez Claros, *Obras poéticas de Don Antonio Hurtado de Mendoza,* tomo I, Madrid, R.A.E., 1947, págs. 1-41], «estaba señalada la fiesta para el día de San Felipe, y la ocupación de tanta fábrica la dilató hasta el primero de Pascua de Espíritu Santo [15 de mayo de 1622]». Por la tarde, se lidiaron toros; y por la noche se representaron dos comedias: la «invención» *La Gloria de Niquea,* del Conde, y, seguidamente aunque en otro escenario, *El Vellocino de Oro,* de Lope de Vega. En torno a esta fiesta, y al incendio que parece ser tuvo lugar durante la representación de la obra de Lope, se ha tejido una vez más toda una historia, mejor leyenda, que abunda sobre los amores del Conde y la reina.

Hurtado de Mendoza, ed. cit., pág. 7 comenta que «estas representaciones [se refiere a las del género de *La Gloria de Niquea*] no admiten el nombre vulgar de comedia, y se la da de invención»; y en págs. 21-22: «Esto que extrañará el pueblo por comedia, y se llama en Palacio invención, no se mide a los preceptos comunes de las farsas, que es una fábula unida; ésta se fabrica de variedad desatada, en que la vista lleva mejor parte el oído, y la ostentación consiste más en lo que se ve que en lo que se oye.»

La obra presenta una estructura en tres partes: 1) Prólogo alegórico; 2) Loa; 3) La «invención», en dos actos. Aparece, además, impresa, con una relación en prosa posterior a la fiesta. Fue representada, en todos sus papeles, por mujeres de la Corte (a excepción de la Noche, que la representó una negra portuguesa; y un enano, Miguel Soplillo): desde la misma Reina hasta la hija del Conde-Duque, pasando por las Tabara, María Cotiño y otras damas principales en un número de más de treinta (no todas aparecen en la Tabla inicial). Para más datos sobre la fiesta y la obra, *vid.* apartado 7 de mi Introducción. La bibliografía sobre la obra es más bien escasa, y preocupada bien de la descripción física del entorno, bien de la anécdota referida con anterioridad. Tan sólo Dámaso Alonso ha abordado, hasta ahora, con profundidad

que cumplio el Rey nuestro señor Don Filipo Cuarto a los
8 de abril de 1622.

Por Don Juan de Tassis, Conde Villamediana,
Correo Mayor de su Majestad.

La Diosa de la Her-mosura	La Reina nuestra señora
Niquea	La Señora Infanta
El Corriente del Tajo	La Señora D.ª Margarita de Tabara
El mes de Abril	La Señora D.ª Francisca de Tabara
La Edad	La Señora D.ª Antonia de Acuña
Amadís	La Señora D.ª Isabel de Aragón
Darinel, escudero	D.ª María de Salazar, de la Cámara de la Reina nuestra señora.
Danteo, pastor del Tajo	D.ª Bernarda de Bilbao, de la Cámara de la señora Infanta.
La Noche	Una negra grande cantora, criada de la Reina nuestra señora.
La Aurora	La Señora D.ª María de Aragón
Cuatro gigantes	D.ª Leonor de Quirós
	D.ª Lucía Ortiz
	D.ª Francisca de Zárate
	D.ª Inés de Zamora, de la Cámara de la Reina nuestra señora.
Alvida, ninfa	La señora D.ª Antonia de Mendoza
Lurcano	La Señora D.ª Francisca de Tabara
Aretusa, ninfa	La Señora D.ª María de Guzmán

---

uno de los muchos aspectos que pueden estudiarse: el de la atribución de las octavas del Prólogo a Góngora (*vid*. nota 120 de mi «Introducción»).

El asunto de la obra está tomado del *Amadís de Grecia,* atribuido a Feliciano de Silva, y no del *Florisel de Niquea,* como creían Cotarelo y Menéndez Pelayo.

[Descripción de Aranjuez][1]

Celebró la antigüedad artificiosos jardines, frondosas selvas y amenos bosques, con tan ingenioso encarecimiento que, aun excediendo los límites de la fábula, ocupó los términos de la verdad, tan dilatada en voces de la Fama, que desde aquellos dorados siglos ha llegado a los nuestros su venerable respeto; mas de la suerte que los pequeños arroyos pierden su limitado curso en las aguas de un profundo río, así van perdiendo su fabulosa pompa aquellas mentidas amenidades a la más humilde descripción de nuestro español Paraíso, gozando Aranjuez el nombre de Real sitio, por ser deleitoso recreo de los Reyes de España, donde el común hipérbole de la naturaleza compite con el arte. Tiene en brazos de la verdad tan nativo asiento que lo bruto de sus bosques desafía con bizarra ostentación a los mejores aciertos del arte, si bien en su florida competencia se engaza lo agreste y lo oculto con brazos de tan ingeniosa unión que dudan las primaveras a quién deban más lucidos efectos de su abundante copia[II]. ¡Qué ufano quedó Marón[III] en la pintura de sus bosques idalios[IV], donde huyó Eneas de los incendios de Troya, y no menos vanaglorioso en el primero de su incomparable *Eneida,* donde pinta al capitán troyano siguiendo con infatigable aliento en las selvas de África los fugitivos ciervos! ¡Y qué desvelos no le costaron a Ovidio sus campos de Tesalia, labrados en la agudeza de su ingenio[V], cuyos árboles y plantas eran bellísimas ninfas, habitadoras de sus campos, todo a fin de eternizar con sus alegorías aquellas regiones! Pero ya los

---

[I] La obra comienza, en sus ediciones del siglo XVII, con la descripción del sitio donde se representó (el Jardín de la Isla, en Aranjuez) y las circunstancias de su montaje y representación.

[II] COPIA. *Vid.* nota a v. 11 del núm. 225.

[III] Se refiere a Virgilio.

[IV] IDALIOS. Esto es, de Chipre.

[V] Sintagma muy familiar a partir de 1642, fecha de la primera edición de la obra de Gracián.

ojos, testigos fieles de lo que admiran en nuestro sitio, desmienten aquella pintura, y deslucen la mal viva color de sus pinceles con tanta oposición, que los antiguos poetas realzaron la materia con la pluma, y los que hoy florecen en España, que no son inferiores a los latinos, quedan vencidos de la materia, y con suspensa admiración descubren algunos rasgos, para que sobre ellos haga discurso el silencio, teniendo por empresa más fácil vencer el Dragón que tenía en custodia las manzanas de los huertos hesperios[VI] que atreverse, en esta parte, de la pintura de la más humilde ribera del Jarama y Tajo. Perdonen Anfriso y Peneo[VII], y conténtese con la veneración que han tenido, que no es pequeño lustre el de la antigüedad, y dejen a la corriente de nuestros ríos que descubran Campos Elíseos[VIII] y jardines hibleos, con tan amena capacidad que a no descansar la vista en los horizontes, pareciera imposible hallar en qué ocupar la de Vertuno y Flora[IX].

En este sitio, pues, determinó la Reina nuestra Señora hacer una fiesta, como suya, con las damas de su Palacio, en recuerdo del dichoso nacimiento del Rey nuestro Señor, que fue a ocho días de abril, que por gozar más que aquel regalado sitio se dilató hasta los quince de mayo deste año; y apenas el ingenio del mayor artífice de Europa[X] conoció su intento, cuando en hombros de la prisa trujo la ejecución, colmando de suerte el deseo, que los más desabridos gustos de la ignorancia e invidia acaudillaron alabanzas con festiva salva. Aquí la arquitectura animó su soberbia traza que, si bien no la vio ejecutada en pórfidos[XI] y

---

[VI] Se refiere a las manzanas de oro del Jardín de las Hespérides, donde Júpiter y Juno se unieron.

[VII] Dos ríos de Tesalia.

[VIII] Para CAMPOS ELÍSEOS; *vid.* nota al v. 4 del núm. 343.

[IX] Para VETURNO, *vid.* nota al v. 349 de *Apolo y Dafne.* Para FLORA, *vid.* nota al v. del núm. 339.

[X] Se refiere a Julio César Fontana, ingeniero mayor y superintendente de las fortificaciones del Reino de Nápoles, a quien se le encargó la construcción de toda la «máquina teatral». Villamediana debía de conocerlo de su estancia en Italia.

[XI] PÓRFIDO. Es una roca eruptiva de feldespato, cuarzo y mica muy

jaspes, ostentó vanaglorias, aunque en materias débiles, viéndose más hermosa y lucida entre bosquejos de madera y lienzo que en la grave opulencia de romanos coliseos; a imitación de los antiguos ocupó bastante espacio, para que en su vistoso teatro pareciera verdad lo aparente[XIII] de sus fábulas, cuya ordenada correspondencia sirvió de forma a tan hermoso cuerpo.

El argumento de la representación fue la gloria de Niquea, libre de los encantos de Anaxtarax, su hermano, por Amadís de Grecia.

Despeñóse el sol y, entre nubes de oro y púrpura, encaminó su carro a los campos américos, dando lugar a la noche más serena y apacible que regalaron auras suaves y templados céfiros, a quien miraba el calor con tanto miedo que, mientras duró la fiesta, no se atrevió a pasar de los palenques[XIII]que sirven de vistosa corona a la isla; no se le diera mucho al artífice que la noche, aunque fuera de envidia, turbara las estrellas de su manto, porque en vez de luces adornó con tantas el coronado espacio que la astrología, preciada de conocer mil y veinte y dos estrellas, hallara nuevas márgenes de faroles y antorchas en más crecido número, infundiendo aquel fingido cielo más admiraciones que el natural ha dado vueltas sobre ligeros ejes[XIV].

Nuestro gran monarca Filipo Cuarto, que guarde el cielo, ocupó lugar debido a su persona, a cuyos lados estaban los Infantes Carlos y Fernando, y a sus espaldas, en pie, al-

---

apreciada en la construcción, puesto que sus componentes aparecen cristalizados en tamaños distintos.

[XII] Se da aquí una declaración esplícita en pos de la «verosimilitud» o apariencia de verdad de la historia que se va a representar. Esta idea está en El Pinciano y en otros preceptistas como Cascales, y aparece recogida por Cervantes en *El Quijote*: «anden a un mismo paso la admiración y la alegría juntas, y todas estas cosas no podrá hacer el que huyere de la verosimilitud y de la imitación, en quien consiste la perfección de lo que se escribe» (I, 47).

[XIII] PALENQUE. «Valla o estacada que se hace para cerrar algún terreno» (*Auts.*).

[XIV] Puesto que la representación se hizo de noche. A. Hurtado de Mendoza nos dice: «sustentaban sesenta blandones con hachas blancas, y luces innumerables, con unos términos de relieve de diez pies de alto, en que se afirmaba un toldo, imitado de la serenidad de la noche, multitud de estrellas entre sombras claras» (ed. cit., pág. 8).

gunos señores de Castilla que sirven en su Cámara, sin los demás que en torno al coliseo ocupaban asientos iguales; y fue acertada la voz que corrió en la Corte del rigor de la entrada, pues de otra suerte fuera otra calle Mayor de Madrid la menor de los jardines de Aranjuez, y el ímpetu de la gente hiciera estorbos al aplauso que pretendieron los Reyes, si bien no se vio lugar vacío habiendo tantos[XV].

Sonaron instrumentos músicos en diferentes coros, y la señora Infanta y damas salieron a danzar una máscara[XVI], que, para la vista pudiera darles atención, fue importante cubrirse el rostro que, a dejarse ver, pienso que perdieran su lustre la pompa y grandeza de los trajes y su valor las piedras, que parece que los montes Orientales habían abortado en aquel sitio su mayor tesoro. Diose fin a la máscara y, con humildes reverencias a Su Majestad, dejaron el teatro, que a no ocuparle tan presto entre consonancias de nuevos instrumentos un opulento carro, bañaran las tinieblas el espacio que adornaban las luces.

Nunca se ha visto el Tajo con tan honrosa ocasión de disculpada vanagloria, ni cuando la pomposa Roma ilustró sus márgenes con las águilas de su Imperio, porque la corriente suya la representó una ninfa, oscureciendo las que pinta Garcilaso que, dejando los nativos cristales, bordaban en su frondosa orilla ricos mantos con el oro puro en que pagan el feudo al mar de Lusitania[XVII]. Salió en el carro con tantos atributos de majestad y belleza que bien pareció venir triunfando de los más celebrados ríos, sin envidiar al Ganges su templada corriente, donde la aurora esparce su primero aljófar y a quien el Sol baña de sus primeras luces, porque brillaban tantas en su hermoso cuello

---

XV «Tomaron sus puestos los que tuvieron permisión de verla, que fue limitada: porque a dar licencia general, fue a mucho el embarazo con la gente que acudía de Madrid» (Hurtado de Mendoza, ed. cit., pág. 9).

XVI Salieron a bailar doña Sofía y doña Luisa de Benavides; doña María Cotiño y doña Catalina de Velasco; doña Ana de Sande y doña Margarita Zapata; doña Leonor de Guzmán y doña Ana M.ª de Guevara; y doña María de Tabara y doña Constanza de Ribera (Hurtado de Mendoza, ed. cit., páginas 10-11.

XVII Alude a la Égloga III de Garcilaso.

y manos que pudiera el alba dejalle el oficio de despertar al Sol; y su manto y su vestido eran bordados de verdes ovas y escamas de plata tan costosas y lucidas que opuestas a la hermosura de su dueña se dejaban admirar. Venían, inferiores, otras ninfas, representando las náyades del hermoso río. Llegó, pues, el carro a vista de Su Majestad, y la Corriente, con demostración humilde, dijo estos versos:

[Prólogo]

CORRIENTE

Del Tajo, gran Filipo, la Corriente
soy que, en coturno de oro, las arenas
desde las perlas piso de mi fuente,
hasta ilustrar de Ulises las almenas;
inclino a tus reales pies la frente,   5
entre estas siempre verdes, siempre amenas,
jurisdiciones fértiles de Flora
que un río las argenta, otro las dora.

Inclino al nombre tuyo agradecida
una vez y otra las cerúleas sienes,   10
pues a pisar la estación florida
las esmeraldas de mis orlas vienes;
la ocasión muchos siglos repetida
sea tu deidad, y a los que tienes
años siempre felices les respondas,   15
vencidas de su número las ondas.

Conduce la que ves isla inconstante
cuantas contiene ninfas la ribera,
desde la fuente donde nace infante
(en breve el Tajo de cristal esfera)   20

---

2 COTURNO. *Vid*. nota al v. 8 del núm. 297.

4 ILUSTRAR. *Vid*. nota al v. 11 del núm. 32.

11 Recuerda la «estación florida» del v. 1 de la *Soledad Primera* de Góngora, esto es, la primavera.

hasta donde después logra gigante
los abrazos de Tetis, que la espera,
de velas coronado, cual ninguno
líquido tributario de Neptuno.

Pero ya en selva inquieta se avecina   25
el mes, pompa del año ahora tanta,
no porque florecer hace una espina
o matizar de estrellas una planta,
sino porque en los brazos de Lucina
besó primero tu primera planta   30
que, aun no bien en sus márgenes impresa,
un mundo la venera, otro la besa.

A los últimos acentos [a]pareció por la parte opuesta el
Abril, que representó otra ninfa; presumo que si al Sol se
le abrasara el carro, como finge el poeta, cuando el desdichado hijo sirvieron de funesta pira las encendidas ondas
del Erídano, que se aprovechara del que sacó el Abril para
lucir los cielos. Tiraba un toro[XVIII] su florida máquina,
como signo que visita el Sol en la estación de sus días; salió
tan hermoso y bañado de estrellas, y la encrespada frente
tan ceñida de pintadas flores, que viendo cerca a la ninfa
entre los puros candores de su belleza y el adorno galán de
que se visten las primaveras, la juzgaron los ojos por la
doncella Europa[XIX], amante robo del transformado Júpiter. En fin, siendo casa del Sol, turbó de suerte que pienso
que sin licencia suya no se atreviera a seguir las rosadas
huellas de la siguiente aurora. Quedaron absortos los sentidos, confesando las ideas del ingenio más culto, que no
pudieran llegar imaginadas hermosuras a la parte menor
de su belleza. Desataron con aromas de Asiria y Pancaya,
sin las hierbas y flores que alambicadas vistieron de oloro-
sa fragancia la pureza de los aires, y como el carro espiraba

---

22 TETIS. *Vid.* nota al v. 11 del núm. 306.
29 LUCINA. *Vid.* nota al v. 258 del *Fénix*.
XVIII Por Tauro, signo que corresponde a la primavera.
XIX EUROPA. *Vid.* Ovidio, *Metamorfosis*, libro II.

rayos de visivas luces, parecía monumento de la abrasada Fénix[XX]; llegando, pues, con vistosa igualdad a la mitad del teatro, saludó a la Corriente con estos versos:

ABRIL

Deidad undosa, honor desta ribera,
el manto mira que, espirando ahora
el mejor ámbar de la primavera,   35
bordó el mejor aljófar de la aurora;
con él vengo a esperar la edad ligera,
que del Evo prolija moradora,
del cuarto lustro el año trae segundo
al gran Monarca deste y de aquel mundo.   40

Tú, pues, tantos regando aquí claveles
cuantos el cielo hoy niegan arreboles,
con ondas no más puras que fieles
el culto restituye a tantos soles;
el pie argentado de sus capiteles,   45
simétricos prodigios españoles,
a cuyo siempre esclarecido dueño
dos orbes continente son pequeño.

Y en cuanto el Sol adoro yo de España,
atiendo de la Edad el diligente   50
vuelo, que lisonjero nos engaña
y nos huye veloz Febo luciente;
a quien los muros que Pisuerga baña

XX *Vid.* nota inicial a la *Fábula del Fénix.*

39 Puesto que Felipe IV comenzó a reinar en 1621, tras la muerte de su padre Felipe III.

42 ARREBOL. «Color rojo que toman las nubes heridas con los rayos del Sol» *(Auts.).*

47-48 Góngora, en el «Panegírico al Duque de Lerma», vv. 202-204 (ed. cit., pág. 695), dirá:

dueño
. . . .
dos mundos continente son pequeño;

51 En *1629* y *1635,* «no se». Lo corrijo.

celajes fueron claros de tu oriente,
rayos tuyos los reinos sean y leves   55
átomos las provincias menos breves.

El que ves Toro, no en selva nace,
a mis floridos yugos obediente,
en campos de zafiro estrellas pace,
signo tuyo feliz siempre luciente,   60
a cuyos vaticinios satisface,
y al nudo sacro que, gloriosamente,
con la feliz consorte que hoy te asiste,
de esperanza y de luz dos orbes viste.

Lilio francés, emulación de flores,   65
crisol de Reinas, Fénix de las mujeres,
la bella Infanta, a quien le debe albores
tantos la aurora como rosicleres;
Carlo el que ya esplendor de Emperadores
sexto le admito, y tú, Fernando, que eres   70
purpúrea luz del cielo vaticano,
¿qué mucho si de un Sol eres hermano?

Sus años numerando cuantas guijas,
émulas del diamante, guardan brutas,
apuren las del Tajo rubias hijas   75
en los tersos cristales de sus grutas;
desordenando luego las prolijas
trenzas, mal de los céfiros enjutas,
coros voten alternos y, a su voto,
verde sea teatro el verde soto.   80

---

59 Es el v. 6 de la *Soledad Primera* de Góngora, ed. cit., pág. 634: «en campos de zafiro pace estrellas».

63-66 Se refiere a Isabel de Borbón. El símbolo de esta Casa Real es la flor de lis.

69-71 Son los dos hermanos varones de Felipe IV (*vid.* nota inicial al núm. 284).

Mis Idus ya te dieron natal día,
propicios astros concurriendo en ello,
al padre de las flores se debía
tan hermoso clavel, jazmín tan bello;
las Gracias cuna, sueño la armonía   85
te fueron de las Musas, si del cuello
de Latona pendiente no te daba
ya el plectro de sus hijos, ya la aljaba.

A Palas cuantas veces inclinada
a tu voluble lecho y a ti, en vano   90
repelando le hallé de su celada
los despojos del pájaro africano;
que lámina de ti no fue tocada
con duro afecto, sí con tierna mano
trasladó de tu manto en vez alguna   95
al pavés corvo de la instable Luna.

CORRIENTE

Ya corre la diáfana cortina
el aire, ¿oyes, Abril?

ABRIL

                        La Edad desciende
con aquella su púrpura más fina
que el veneno del tirio mar enciende.   100

CORRIENTE

Su vuelo en real solio termina.

ABRIL

¡Oh cuán hermosa en plumas de oro pende!

81-82 Puesto que se creía que Felipe IV había nacido en un momento as-
trológico que favorecería su futuro y el de su reino.

85 GRACIAS. *Vid.* nota al v. 7 del núm. 197.

86 LATONA. *Vid.* nota al v. 66 del *Fénix*.

92 Esto es, el fénix.

100 Góngora, *Soledad Segunda,* v. 558: «ni del que enciende el mar tirio
veneno».

CORRIENTE

¿Y qué contiene al fin?

ABRIL

Años felices
que muchas piras vean de Fenices.

En un águila bañada en ascuas de oro que, batiendo las alas, parecía que le servía de alfombra la región del aire, bajó otra ninfa que representaba la Edad, pero tan bella que parecía imagen de aquellos dorados siglos que han aguardado tantos. Bajaba el águila tan ufana del peso, por saber a qué plantas venía a humillarse, que quisiera en su nativa corona cifrar las de entrambos polos, para sacrificallas en gloriosa ofrenda al español Monarca, cuyo interior deseo —si ave en lo irracional— explicó la ninfa en estos versos:

EDAD

Salve, oh monarca, de un orbe sólo,   105
que tuyos son los términos del día,
si déste, si de aquel polo
el dosel pende de tu monarquía;
si a tus gloriosas armas siempre Apolo
luminoso es farol, luciente guía,   110
manifestando incógnitas naciones
que alumbren, que penetren tus pendones.

Luz de estrellas a estambre reducida,
florida edad de Láquesis hilada,
que el año diez y siete es de tu vida,   115

105-192 Es un panegírico profético de la labor para la que se creía que estaba llamado Felipe IV (sobre este tema, *vid.* núms. 195, 217, 218 y 263).

106 Este sintagma, «los términos del día», aparece también en el v. 72 de la «Oda a la toma de Larache» de Góngora, ed. cit., pág. 586.

114 LÁQUESIS. *Vid.* nota al v. 12 del núm. 340.

115 Felipe IV había nacido el 8 de abril de 1605.

esta vara te ofrece coronada;
y cuanta gloria tienen prometida
a tus cetros los cielos, a tu espada,
que al quinto de los Carlos, al segundo
verá de los Filipos en ti el mundo.   120

Siempre feliz, y tan capaz de aumento,
soberano Señor, tu imperio sea,
pues dejó de pisar el firmamento
por asistir a tu gobierno Astrea;
Marte su escudo te dará sediento   125
de que al reflejo de su acero vea
la envidia, respetadas tus hazañas,
propagado el honor de las Españas.

Preciarte heroicamente, Señor, puedes,
que Religión conduce tu milicia,   130
justicia distribuyen tus mercedes,
y piedad ejecuta tu justicia.
¿Qué mucho ya, si en equidad excedes,
siendo al humano género delicia,
al monte Adonis, Marte a la campaña,   135
si divino dictamen no me engaña?

Ambos te cederá mares Neptuno,
y desde Calpe igualmente veremos
velas mil tuyas coronar el uno,
y encarecer el otro iguales remos.   140
Fulminarás piratas, que oportuno
al medio tanto cuanto a los extremos
dominarán, Señor, tus armas solas
del Indio mar a las hesperias olas.

Tus trompas oirá presto esclarecidas   145
libre por ti Jerusalén sagrada,
y en sus fuentes, aún hoy mal conocidas,

---

124 ASTREA. *Vid.* nota al v. 7 del núm. 294.
134 En *1629*, «delecia». Corrijo por *1635*.

el Nilo beberás en tu celada.
Las dos polares metas convencidas,
será tu monarquía dilatada,   150
hasta que falte a tus progresos orbe,
y tu imperio a tu mismo imperio estorbe.

Tú, protector de Césares, en tanto,
con religioso celo de monarca,
timón tu cetro, vela sea tu manto   155
a la de Pedro militante barca;
firme siendo coluna al Templo Santo,
tu nombre, en menosprecio de la Parca,
le miro eternizado, y en la esfera,
que vivo quede, aun cuando el tiempo muera. 160

En superior decreto han confirmado
purpúrea luz y plácido ruïdo
lo que de alto valor harás armado,
lo que de celo dispondrás vestido.
Crece a tantas naciones destinado,   165
cuantas respetará siempre el olvido,
y cuantas saldrán tímidos a verlas
en crisoles de Norte, el Sur en perlas.

De Borbón planta siempre generosa
propagará, Señor, tu regia cuna,   170
que rayos multiplique generosa
a la rueda feliz de tu fortuna.
Tïaras les dará con judiciosa
disposición: el sacro Tíber, una,
otra el Albis, su imperio dilatado,   175
donde el curso del sol aún no ha llegado.

¿Cuál vencedora planta no obedece
a las futuras glorias que previenes,

---

148 Se da aquí un recuerdo de los vv. 84-85 de la «Oda a la toma de Larache» de Góngora, ed. cit., pág. 586.
162 Este verso precisa, como se ve, de una sinéresis y una diéresis.
173 TIARA. *Vid.* nota al v. 3 del núm. 202.

con la que en claro polo luz te ofrece
el cielo a quien propicio siempre tienes?   180
Entre estas esperanzas Dafne crece
con ambición de coronar tus sienes,
consagrado a tu nombre el árbol solo
que los abrazos mereció de Apolo.

Aplaudan, pues, el vaticinio mío   185
coros festivos, tuyos a los menos,
o con las ninfas del luciente río,
o con las destos árboles amenos.

ABRIL

Las verdes almas del soto umbrío
desnudan a tu voz los rudos senos.   190

EDAD

Queda gozoso.

ABRIL

Muchos siglos vuelvas
por tan alta ocasión a nuestras selvas.

Apenas cobró el silencio el lugar, perdido, cuando res-
pondieron alternadas voces de cornetas y sacabuches[XXI], a
cuya numerosa armonía la Corriente y el Abril escondieron las luces de sus carros; y el águila, penetrando nubes,
se remontó a los cielos, señal conocida para que el verde
tronco de un árbol, abriendo su robusto seno, diese por fe-
lice parto, para decir la Loa, a una hermosa hamadríade[X-
XII], a quien las luces que servían de adorno encaminaron
sus reflejos como a norte suyo, que, si no con armas de ca-

---

[182] Esto es, el laurel, signo de los vencedores.
[183-184] Góngora, en el «panegírico al Duque de Lerma», vv. 191-192 (ed.
cit., pág. 694), dirá: «... aquel árbol solo / que los abrazos mereció de
Apolo».
[XXI] SACABUCHE. «Instrumento músico a modo de trompeta hecho de
metal» (Auts.).
[XXII] HAMADRÍADE. Vid. nota al v. 2 del núm. 233.

zadora como se pinta Diana en las riberas del cristalino
Eúfrates o por los collados del hermoso Cinero, al menos
con los rayos de sus ojos salió abrasando las almas de las
flores, que fueron transformaciones de enamorados man-
cebos. Al fin conocieron su lugar propio y su mejor dueño
estos dos versos, que a diverso intento hizo D. Luis de
Góngora:

> Muchos siglos de hermosura
> en pocos años de edad. XXIII

Viendo, la agradable atención del auditorio, con hermoso brío y natural despejo representó estos versos:

[Loa]

Cuantas la selva ya escondió hamadrías,
cuantas ninfas el Tajo en su ribera
vio discurrir entre sus aguas frías,   195
lisonja desta esfera,
canoro ostentan unas su concento;
otras, en acordado
coro, dan voz al métrico instrumento,
dulcemente pulsado   200
del cristal de sus manos animado.
Troncos que un tiempo fueron pies y manos,
objetos de amor bellos,
hechos rubios cabellos, verdes hojas,
hojas desnudan hoy, visten cabellos,   205
y a su primera forma reducidos,
gratos a tu deidad tienen oídos.
El Caballero de la Ardiente Espada,
Amadís, que del Indo al Tajo viene,
en tus plantas previene   210
debida aceptación a su jornada,

208-213 Este es, en síntesis, el núcleo de la acción que se va a representar.

cuando busca la gloria de Niquea
que el fiero Anaxtarax tiene encantada.
Damas, armas, amores, aventuras,
peligros, hermosuras,   215
atención te merezcan, no cuidado,
responde, ya invocado,
y con afecto blando,
el gusto con las musas alternando.
El ejercicio venatorio omite   220
treguas dando a las fieras
en aquestas riberas,
si el genio militar te lo permite,
que nunca se da sólo
al arco de Cintia, ni al venablo Apolo,   225
antes tal vez agrava
al hombre sacro la bruñida aljaba,
tal vez pendiente a Dafne se le fía,
hasta que en mejor día
vuelva a la selva con el mismo anhelo.   230
Este ejemplo te mueva
para premiar con atención el cielo
hoy de tu patrio suelo;
y el de tanta beldad candor venciste
humano, como Augusto,   235
ser puede bien que la que ahora suena
mal escuchada avena
para cantar Minerva
tus marciales progresos la reserva,
cuando en rebelde polo ya obediente,   240
undoso el Reno, emulación del Janto,
tributo lleve tanto,
como de agua, de sangre al mar algente.
Mas atiende, entre tanto,
de las deidades desta selva el canto.   245

---

²¹⁹ Góngora, *Polifemo*, v. 21 (ed. cit., pág. 620): «Alterna con las Musas
hoy el gusto.»
²²⁵ CINTIA. *Vid.* nota al v. 11 del núm. 392.
²³⁷ AVENA. *Vid.* nota al v. 63 del núm. 383.
²⁴³ ALGENTE. *Vid.* nota al v. 50 del mismo.

Convirtióse la loa en alabanza suya, entre cuyos aplausos y debidas reverencias a la majestad de Filipo, volvió a ser alma del florido tronco, mas por que no engendrase vanagloria de que él sólo en las riberas del Tajo gozaba privilegios de aquellas transformaciones, como Dafne en la verde margen de su padre Peneo, rompieron su robusta corteza cuatro preñados árboles, y con alegre asombro dieron al teatro cuatro ninfas, mostrando que a su estrecho albergue tributaban púrpuras Tiro y Sidón, perlas Ormuz, y la región de Arabia su luciente oro. Tocaron dentro acordadas vihuelas y tiorbas[XXIV], y en ellas cantaron estas décimas:

> Abril, la Edad, la Corriente
> desta sagrada ribera,
> de la gloria que te espera
> cantaron ya felizmente;
> hoy al más resplandeciente   250
> de tus virtudes crisol,
> cuarto planeta español,
> luz de uno y otro polo,
> del árbol sale de Apolo
> Dafne a ser Clicie en tu Sol.   255
>
> Las verdes hojas, que el viento
> mueve de una y otra parte,
> cualquiera para cantarte
> se vuelve en dulce instrumento,
> cuyo numeroso acento,   260
> en voces que multiplica
> memoria de afectos rica,
> estas te consagra prendas
> de las votivas ofrendas
> que esta selva te dedica.   265

XXIV TIORBA. *Vid.* nota al v. 10 del núm. 36.
255 CLICIE. *Vid.* nota a vv. 9-14 del núm. 339.

Apenas repitieron el último verso, cuando los árboles, como imán de su hermosura, con oculta fuerza las volvieron a su verde cárcel.

Diose luego principio a la fábula, saliendo Danteo, pastorcillo del Tajo, con pellico y zurrón de tela [y] armiños blancos. Pienso que es sobrada advertencia el decir que toda la fiesta la representaron sólo mujeres, y en traje suyo, con aquella honestidad y decoro que se debe a las señoras, y a los ojos de su Majestad y Príncipes, y a los de la Reina nuestra Señora, que acompañó a sus damas dos veces en el sarao XXV y en la muda representación de un teatro que parece, con su presencia, que excedió los límites de humano.

Salió, pues, nuestro zagalejo, tan hermoso y galán que no trocara la guarda de su ganado (por tener los de Aranjuez la marca de Filipo) por las vacas del Rey Admeto, que guardaba el disfrazado Apolo. Siguió sus pasos Darinel, escudero andante, cuya hermosa presencia la juzgó la vista merecedora de cien escuderos. Plantáronse con airoso ademán y, gozando de agradable atención, comenzaron su primera escena.

[Primera escena]

DARINEL

Gracias doy que de un profundo
sueño suelto haya sido
al mundo restituïdo
en lo más bello del mundo.

Tú, que en el Tajo no solo   270
mas en claro sujeto,
vacas de mejor Admeto
conduces, segundo Apolo,

XXV SARAO. *Vid.* nota inicial al núm. 275.

descifra a los ojos míos
objetos, donde no hallo   275
ni aun estampa de caballo
en la arena destos ríos.

DANTEO

Forastero, un rato engaña
de tu camino el trabajo,
en esta margen del Tajo,   280
caudaloso honor de España.

Pues aquél donde desata
pródigo una y otra vena,
pisarás oro en su arena,
verás en ondas su plata.   285

DARINEL

¿Éste es el Tajo, éste es
el Pactolo español?

DANTEO

Sí.

DARINEL

Y aquélla, ¿quién es, me di,
que besa el Tajo sus pies?

¿Suntuosa majestad   290
adonde lo que se mira
escrúpulos de mentira
pone a la misma verdad?

¿Milagro deste horizonte,
pompa de la arquitectura,   295
alcázar en la hermosura,
si ya en la eminencia monte?

---

287 PACTOLO. *Vid.* nota al v. 287 del *Faetón*.
288 Inversión por exigencia de la rima.

Este edificio, que tanta
admiración hoy te debe,
estrecho palacio es breve,   300
si de sí mismo no es planta.

Y el ya glorioso Filipo,
designando esto que ves,
pensó fatigar después
a Vitrubio y a Lisipo.   305

Mas sin poderlo acabar
murió, pero no su fama,
en cuanto Tajo y Jarama
llevaren tributo al mar.

De su imperio la ostensión   310
nos le pinta inmortal hombre,
y hoy es símbolo su nombre
de justicia y religión.

Constante, atento y severo,
freno de uno y otro mundo,   315
en el nombre fue segundo
y en las virtudes primero.

Aquí su gran nieto asiste
Filipo, humana deidad,
que, olvidando la ciudad,   320
esta selva de luz viste.

Y altenando algunos días
el ocio con el cuidado
suele a la Corte negado
gozar destas aguas frías.   325

---

305 VITRUBIO. Arquitecto romano del siglo I a.J.C., autor del tratado *De Architectura*.
 LISIPO. Escultor griego del siglo IV a.J.C., autor de retratos de Alejandro Magno.

Pues contra indómitas fieras
sale a ejercitar su saña,
Adonis en la campaña,
Hipólito en las riberas.

DARINEL

Cuanto aquí espira es amor   330
y dulces efetos dél,
¿no ves a Dafne en laurel?,
¿no ves a Narciso en flor?

En fragante laberinto
—que a Venus son más acetas—   335
afrentan negras violetas
los candores del jacinto.

De las amorosas vides,
tejidas con dulces lazos,
no desdeña los abrazos   340
la sacra planta de Alcides.

DANTEO

En las ondas cuantos días
sobre conchas eritreas
coros de blancas napeas
y de bellas hamadrías   345

alternan versos süaves
numerosamente, en cuanto
con su no aprendido canto
sueltan sus voces las aves.

---

329 HIPÓLITO. Hijo de Teseo y de una amazona. Entre sus pasiones estaba la de la caza.
341 Son los álamos.
343 ERITREA. Por «roja».
344-345 NAPEAS y HAMADRÍAS. *Vid.* nota al v. 127 del núm. 489.

Darinel

Varia producción de flores   350
aquí descubre esta escena,
donde Procne y Filomena
se quejan de sus amores.

Danteo

Este, pues, que el cielo baña
de favores verde llano   355
el paraíso es humano
del gran monarca de España.

mas decid, por vuestra vida,
quién sois y lo que buscáis;
¿en pago de qué halláis   360
en mi ánimo acogida?

Darinel

Escudero soy andante
de aquel vencedor invicto,
por una espada nombrado,
por otra espada temido.   365
Alto esplendor de las armas,
de otro griego Alcides hijo,
nieto del Marte de Gaula,
Amadís de Grecia digo.

Danteo

Hablas, amigo, soñando;   370
deliras, hombre sin juicio;
¿tú de Amadís escudero
con facultades de vivo?

Darinel

Yo escudero de Amadís.

---

352 PROCNE y FILOMENA. *Vid.* nota a vv. 158-160 del mismo.

Sueño quiere ser amigo 375
de Feliciano de Silva
y fábulas de su libro.

DARINEL

Vaquero, escúchame un rato,
que bien sé que no deliro,
si bien aún no he recordado 380
de lo mucho que he dormido.
En los reinos de la Aurora,
de velados infinitos,
Gigantes desmesurados
y formidables vestiglos; 385
por la espada de mi dueño,
aún más ardiente de filos
en su mano que en su pecho
resplandecientes prodigios;
un día que ardiente iba, 390
de un enano conducido,
a enmendar un tuerto fecho
a la dueña de un castillo;
Alquife, que a Zoroastro
y al rey que hoy es Monlivio 395
excede en la magia, y es
de Amadís tutela y tío;
no sé cómo ni sé dónde,
rapto haciendo de improviso
de nuestras personas solas, 400
durmiendo nos ha tenido;
hasta que hoy a mediodía,

---

376 El autor de *Amadís de Grecia* (*vid.* nota inicial).

385 VESTIGLO. «Monstruo horrendo y formidable» (*Auts.*).

394 ALQUIFE. Sabio cronista de Amadís de Grecia. Casó con Urganda la Desconocida.

ZOROASTRO. Fundador de la antigua religión persa. Vivió entre los siglos VII y VI a.J.C. Se le atribuye el *Avesta*.

entre chopos y entre alisos,
nos restituyó a la luz
y segunda vez nacimos.   405
Besándote yo los pies,
los brazos dio a su sobrino,
y con alegre semblante
a mí nuevo Amadís me dijo:
«Formado segunda vez   410
pisas este paraíso,
imperio de Flora bello,
imperio de flores rico,
sitial fragante es agora
del soberano Filipo,   415
a quien nuevo tercer mundo
guarda el tiempo en sus abismos.
Frecuenta las primaveras
este delicioso sitio
con su divina consorte,   420
que este mayo no ha venido;
por dar púrpura al clavel,
por que nieve aprenda el lilio,
por que rayos beba el sol
o cristal la usurpe el río,   425
sino por celebrar sólo,
con aparatos festivos,
el siempre natal dichoso
de su semidiós marido.
Yo, previniendo ocasión   430
de un prodigioso servicio
a la más bella deidad
que humanidad ha vestido,
te robé a la muerte cuantos
dormiste ya años prolijos,   435
para que de los andantes
héroe más esclarecido
a los monarcas supremos
sirvas con culto más digno,
festejando de su natal   440
con lo que ya he prevenido.

Hallarás atado a un fresno
un caballo andaluz, hijo
de un relámpago del Betis,
que te llamará a relinchos.   445
Y a su arzón verás pendiente
fatal escudo que en limpio
cristal desmayos esconde,
si no vitales deliquios.
Por puro cendal lo niega   450
al que no te es enemigo;
con él, pues, te ofrece osado
a los mayores peligros.
Una gloria y un infierno
te esperan a un tiempo mismo: 455
ella, de una casta hermana;
él, de un hermoso lascivo.
Redimirás a los dos,
lisonjero atrevido
el más augusto teatro   460
que las edades han visto.
Para más decoro suyo
os he rejuvenecido,
buscad el caballo ambos
en el bosque»; y, esto dicho,   465
se desvaneció la sombra
y mudos nos dividimos:
Amadís, por una parte,
yo por este soto umbrío,
que flores paciendo en vez   470
de celestiales zafiros,
oro, vestidos y nieve
me ofrece uno y otro siglo.
Argos, tú del uno, dime,
¿qué sientes de lo que afirmo?   475

---

445 ARZON. «El fuste trasero y delantero de la silla de la caballería»
(*Auts.*).

DANTEO

Que un tronco soy, mas con alma;
un mármol, mas con sentidos.

DARINEL

¿A quién, di, muriendo el día,
como si naciera el alba,
tus vaqueros hacen salva   480
con su rústica armonía?

DANTEO

Escucha los instrumentos
que son de su voz heridos,
suspensión de los oídos,
y lisonja de los vientos,   485

quejas y celos espantan
de las voces que escuchamos.

DARINEL

Pues, ¿por qué no nos llegamos
para entender lo que cantan?

Dieron con admiración algunos pasos, y la música de la
Capilla Real, con tanto extremo diestra, en acordadas voces cantó esta redondilla:

Sirenas, escuchá el Tajo   490
en su esfera de cristal,
que con desprecios
tiene ambiciones de mar.

Robó el último acento el de un clarín que con agrada-
bles quiebros sonaba respondiendo los ecos en las grutas
donde se peina el Tajo. Fue su agradable música precursora de los pasos de Amadís, porque apenas dejó de suspender los aires cuando el animoso griego ocupó el mágico
teatro. Ya se ha visto en estos versos y pinceles no la imagen de Marte —que no le pintamos tan robusto— supues-

to que nuestro vencedor Amadís era, sin ofensa de ajenas
hermosuras, la más bella dama que pisó la margen del dorado Tajo, Belona sí, diosa de las batallas, o en los campos
latinos la guerreadora Camila[XXVI], reina de los volscos,
que frisaba su esfuerzo con su belleza, siendo la más hermosa doncella de Italia. Traía vestido un lustroso arnés
grabado a listas de oro, y en el sombrero una selva de plumas y un monte de diamantes, y el encantado escudo, que
cubría una banda carmesí, lo sacó pendiente al cuello un
enano[XXVII] de la Reina tan breve y compendioso que el
más desvalido títere le hablara con impulsos de soberbia,
si bien con pasos alentados empuñaba de cuando en cuando la espadilla para hacer alguna baza; pero como no pasaba los términos de lancera, presumo que la sacó de algún
estuche. Amadís, acercándose a la encantada fábrica, comenzó su discurso en estos versos:

AMADÍS

Pues me trae animoso
la voz de ese clarín, alma de Marte,   495
donde en campo hermoso
está la naturaleza con arte
en competencia amena:
deidad y no metal es el que suena.

Éste es el sacro río,   500
cristal su vena y oro sus orillas,
de quien mi sabio tío
tantas me tiene dichas maravillas;
si no miente la seña,
el teatro es aquél, ésta es la peña.   505

XXVI CAMILA. Su leyenda aparece en la *Eneida,* lib. XI. Camila era hija
del rey de los volscos, Métabo de Priverno. Es una ninfa cazadora.

XXVII «Era don Miguel Soplillo, que sucedió en la admiración de lo pequeño a Bonami, vestido en traje antiguo, negro y plata» (Hurtado de Mendoza, ed. cit., pág. 15).

Trono y pórticos veo
de apócrifas colunas sustentados,
y, en mágico trofeo,
misterios del encanto reservados
al bien templado acero   510
del más leal y osado caballero.

Pasados dan contento
cuantos son en peligros mi camino;
opuesto al mar, al viento
en la esperanza de un alado pino,   515
que a pesar de sus olas
me condujo a las playas españolas.

Pisó del sol la cuna
en la frente del Ganges mi pie errante,
mas propicia fortuna   520
de un sueño suspendido vigilante
me tiene ahora, donde
Febo entre senos líquidos se esconde.

La gloria de Niquea,
si es que merece verla un caballero,   525
nunca Circe o Medea
pudo vestir de encantos horror fiero
tanto que disuada
al caballero de la Ardiente Espada.

DARINEL

¿Estás desengañado,   530
zagal?

DANTEO

De no creerte estoy corrido.

---

515 ALADO PINO. Por «embarcación». Es una metonimia corriente dentro de la descripción náutica.
526 CIRCE. Desempeña un papel de hechicera en la *Odisea*, canto X.
MEDEA. Es la nieta del Sol y de Circe.

¿Has, di, señor, hallado
al viento de las yeguas concebido?

AMADÍS

Junto a este arroyo breve
verás que ambrósia pace y néctar bebe.   535

En este ameno valle,
que en giros de cristal Tajo rodea,
no hay paraíso que halle
vislumbres de la gloria de Niquea,
pues con voces süaves   540
saludando la están diversas aves.

Apreste la memoria
en los claros archivos de la fama
la esclarecida gloria
que a felices fatigas hoy me llama,   545
donde veré primero
la fatal inscripción de deste letrero.

Alentando los pasos, se abrió una montaña que cerraba
en torno todo el teatro, y llegando a las colunas del
encantado palacio, leyó en un padrón[XXVIII] estos cuatro
versos que le infundieron sueño, como lo mostró por los
efectos.

(LEA)

Al valor más peregrino,
al más constante en amar,
gloria el sueño le ha de dar,   550
cuando esta peña camino.

Sueño de letargo tanto,
de mi sentido opresión,

XXVIII PADRÓN. «Columna de piedra con una lápida o inscripción de alguna cosa que conviene que sea perpetua y pública» (*Auts.*).

pienso que le da ocasión
la fuerza de algún encanto.   555

Porque en tan nuevo accidente
conozco que mis sentidos
más presos ya que dormidos
están misteriosamente.

Cedo al sueño, pues ya el blando   560
aliento del Austro bebo;
volveré a probar de nuevo
la ventura en despertando.

Recostóse Amadís sobre un peñasco que lo tuviera por
hermoso trono la blanca Citerea[XXIX], y apenas entregó los
sentidos a las lisonjas del sueño cuando salió la imagen de
la noche más negra que su original, porque quien representó este bulto de sombra y quintaesencia de tinieblas era
una negra de Palacio, pero tan airosa y bizarra que por lo
que la sentimos suavísima nos pareció noche de San
Juan[XXX]. Era el vestido color del rostro, pero con más ojos
de estrellas que el pavón de Juno[XXXI]; tocaron dentro una
vihuela, y la buena noche suspendió los aires con tan rega-
lada voz que honró las mayores consonancias de la música
y, de suerte, regaló los oídos, que fue milagro del encanto
no dormirnos todos. Buena disposición halló Amadís si
quisiera celebrar con música alguna doncella encantada,
pues a las tres de la tarde pudiera llevar de una vez noche y
música. Llegándose, pues, al caballero dormido, dijo estos
versos:

NOCHE

Yo soy en opaco bulto
y en oscura confusión   565
con manto de estrellas noche,

XXIX CITEREA. Por Venus.
XXX Esto es, el solsticio de verano.
XXXI Juno había trasladado los ojos de Argos al plumaje del pavo real.

negra imagen del temor.
Soy cómplice tenebrosa
de cuantos hurtos de amor
no fía de las auroras   570
y esconde a la luz del sol.
Amadís, duerme seguro,
duerme, que en el sueño no
puedes tener los peligros
desta encantada ilusión.   575

A la blanda repetición de la postrera sílaba, despertó los
aires tan agradable ruido de músicos pajarillos —si bien
fueron instrumentos que lo parecían, que los del bosque
pudieran anticiparse— gorjeando para saludar al alba,
aunque si algunos tuvieran discurso para romper las oscu-
ridades y llegar a nuestro anfiteatro, dieran sin duda pasada la noche, porque la fingida, con representados miedos y
cobardes retiros, dio lugar a una hermosa nube que, suspensa en los hombros del viento, fue desatando sus dorados senos, y abierta en cuadradas hojas con espacio agradable al limitado estruendo de los pájaros, por no perder su
natural costumbre, bajó esparciendo lluvias de oro como si
viniera en ella transformado Júpiter. Al fin del seno más
oculto se descubrió la más hermosa Aurora que saludaron
aves ni cantaron poetas —deme licencia la capacidad deste discurso para decir que los claveles y jazmines conocieron en ella los vivos originales de la púrpura y nieve. Salió
tan rozagante[XXXII], sirviendo de pabellón los celajes de la
nube, que el sol del siguiente día, temiendo no entrase en
la jurisdicción de sus rayos, tomó para desmentilla esplen-
dores nuevos. Con esta festiva pompa, hablando desde su
región diáfana con su mayor enemiga, cantó estos versos,
mas con efecto diferente del esposo de Eurídice[XXXIIII], si
bien acá fue mayor el prodigio, porque Orfeo, a la voz de
su templada lira, hizo movibles las peñas y árboles, les de-

[XXXII] ROZAGANTE. «Se aplica a la vestidura vistosa y muy larga»
(*Auts.*).
[XXXIII] Esto es, Orfeo.

jaban su nativo asiento, y cercándole en la falta del frondoso Ródope^{XXXIV} se embelesaban oyendo la blanda armonía
de sus voces; y la Aurora suspendió con la suya de suerte
que los hombres que pudieron oírla quedaron inmóviles y
absortos el espacio que duró la música, cuyos versos son
éstos:

AURORA

Huye, sombra escrupulosa,
tú que confundes el ser
de las cosas y los casos
que a más cierta luz se ven.
Yo soy la Aurora vestida   580
de apacible rosicler,
bello principio del día
y fin de tu horror también.
Despierta, Amadís dormido,
y despierta a merecer   585
aventuras a quien deba
mil coronas un laurel.
Huye tú, pues soy la luz
que a la rosa y al clavel
las colores restituyo.

NOCHE

Huyo.   590

AURORA

Despierta para vencer.

Huyó la noche; y la Aurora, atropellando cielos, se
partió a llamar al sol, en cuyo espacio recordó Amadís diciendo:

XXXIV RODOPE. Era hija del dios-río Estrimón. Casó con Hemo, uno de
los hijos de Bóreas. El matrimonio hizo rendirse culto bajo los nombres de
Júpiter y Juno, por lo que fueron transformados en montañas.
⁵⁷⁸ Un ejemplo de paronomasia.

Convalecido del cierto
o dudoso sueño, ya
mi antiguo valor está
para las armas despierto.   595

La noche en su negro manto
robar mi esfuerzo intentó;
su mágica se engañó,
con más valor me levanto.

Que el alba hermosa y florida   600
alentó mi corazón;
y aunque el sueño es un ladrón
de la mitad de la vida,

no robó mi valor, antes
mi corazón alentó   605
el que a los dioses robó
y el que usurpó los Gigantes.

Determinado Amadís con determinación valerosa de
acometer la respetada Aurora, le detuvieron el intento y
los pasos dos coros de música que, puestos diferentes, sin
verse, cantaron esto:

CORO 1

¿Adónde vas, caballero?
Vuelve atrás, teme la muerte,
cuando a prodigios divinos   610
humano aliento se atreve.

CORO 2

Prosigue, blasón del mundo,
pasa adelante, ¿qué temes

606-607 Esto es, Prometeo y Hércules.

empresas grandes, si ayuda
la fortuna sólo al fuerte?   615

AMADÍS

Una voz me desanima,
otra me inflama y enciende
en un divino furor
que toda mágica excede.

2

Esta acción concluye.

1

Huye.   620

2

Llega y resuélvete.

1

Vete.

2

Tu valor, ¿qué aguarda?

1

Guarda.

2

Tu aliento, ¿qué teme?
Teme.

AMADÍS

Dos más que humanos impulsos
me confunden y suspenden: 625
no es temor, sino respeto
el que mis pasos detiene.

1

Mortal fin se encuentra.

2

Entra.

1

Temor te convence.

2

Vence.

1

Él te desalienta.

2

Alienta. 630

1

Los pasos resuelve.

2

Vuelve.

1

¡Ay, osado caballero,
mira que la vida pierdes!
No ha de intentar imposibles
el que aspira a ser valiente. 635

AMADÍS

Deidad es la que me anima,
encanto el que me detiene;
seré otro Ulises haciendo
que Sirenas se despeñen.

Sacro escudo, ardiente espada, 640
efectos de mi valor,

638-639 Se refiere al episodio, ya citado en otras ocasiones, que relata la *Odisea* en el canto XII.

tan alta gloria de amor
para mí está reservada.

Con valor inmenso, puso mano a la espada y, embrazando el escudo, llegó a la puerta que sustentaban cuatro colunas, habiéndose con maravilloso artificio abierto la verde montaña que cubría la máquina del Palacio, con determinación de vencer a costa de su vida los imposibles del encanto; pero apenas pudo firmar[XXXV] el pie en los umbrales cuando [de] las colunas, derribadas de su mismo peso, brotaron cuatro gigantes armados que, si fueran como ellos los que acumularon montes sobre el Olimpo, pienso que se dejaran vencer los dioses de su vistosa presencia; mas como en ellos es natural la soberbia, pensaron turbar el ánimo del valiente griego con estas amenazas:

FURIÁN

¡Oh, tú, aquél que por trágico accidente
este campo fatal has penetrado   645
y, menos advertido que valiente,
tu ya violento fin solicitado!
Huye, plazo infeliz, muerte presente,
cede a estatutos de inmutable hado,
que te verás si mi valor esperas   650
cebo a las aves hoy, pasto a las fieras.

TISAFER

Tú que con más locura que esperanza
solicitando vienes tu ruïna,
si no enfrenas humana confianza
que admitir imposibles se termina,   655
será a tanto furor corta venganza
tu cabeza que el cielo nos destina,
en cuya muerte inadvertida veo
limitado el honor, breve el trofeo.

[XXXV] FIRMAR. Por «afirmar» (*Auts.*).

BRADAMANTE

Bradamante te ofrece fin violento   660
al infeliz osar de tu fortuna,
y sale a castigar tu atrevimiento
de la estrecha prisión desta coluna;
si con alas de aviso el escarmiento
no presta a vano osar fuga oportuna,   665
tanto esfuerzo —ministro de la ira
del cielo— a su venganza justa aspira.

ERITREO

Cuantos la selva límites contiene
milagros son del arte de Medea,
adonde Anaxtarax para sí tiene   670
reservada la gloria de Niquea;
quien ambicioso, pues, a pisar viene
solos que construyó la maga Alcea,
que aquí habrá de quedar tenga por cierto
para siempre cautivo, si no muerto.   675

AMADÍS

No hay miedo que disuada
el alto valor de un hombre;
dijísteisme vuestro nombre,
mi nombre os dirá mi espada.

Este fatal resplandor   680
del escudo y nuevo rayo
de Júpiter qué desmayo
no dará al mismo valor.

Quitó el velo Amadís al ardiente escudo, y apenas sin-
tieron la fuerza de sus rayos cuando desvanecidos cayeron
en tierra los gigantes.

---

660 En *1629,* «le». Sigo la lectura de *1635.*
669 MEDEA. *Vid.* nota al v. 526.

¿Quién tan fácilmente pudo
vencerlos? ¿O fue el temor 685
de mi fama y mi valor,
o la fuerza deste escudo?

El mismo cielo parece
que facilita mi intento,
y que el alto pensamiento 690
de mis fines favorece.

En pasando Amadís de las columnas, salieron dos encantadas ninfas danzando al son de violines, y con guirnaldas de rosas, venciendo con risueño semblante a la lisonja
misma, dieron a los labios las lisonjas del pecho:

1

Las que deidades hermosas
presentes, Amadís, tienes
dedicaron a tus sienes
esta guirnalda de rosas. 695

2

Juventud, vida conserva;
sal deste castillo fuerte;
los áspides de la muerte
pisas en flores y hierbas.

A Circe son parecidos 700
vuestros regalos y antojos;
taparéme yo los ojos
como Ulises los oídos.

---

690 *Vid.* v. 2 del núm. 63 y v. 1 del núm. 66.
698-699 Es un tópico virgiliano, que aparece en la Égloga III: la sierpe escondida entre la hierba.
700 CIRCE. *Vid.* nota al v. 526.
702-703 *Vid.* nota a los vv. 638-639.

Y si del Dios elocuente
me falta el celeste ramo,   705
Circes, Amadís me llamo:
venza el nombre solamente.

Al ponerle la corona de flores, trabajaron de sacarle fuera del pórtico; pero Amadís, inspirado de alguna deidad, descubriendo con sus rayos las aparentes sombras, diciendo:

AMADÍS

Huyeron, que sombras vanas
las fingidas plantas mueven,
si a representar se atreven   710
las hermosuras humanas.

Apenas huyeron las encantadas sombras cuando por la misma puerta salieron dos leones que en grandeza y ferocidad merecían obediencia entre los de Masilia[XXXVI]. No perdió Amadís el generoso ánimo aunque le acometieron juntos, procurando con temerosos bramidos impedirle el paso. Corrió los velos a los cristales del escudo, y ciegos a su resplandor cayeron en tierra adormecidos. Y Amadís, viéndose libre de tan diferentes monstruos y ya vencedor de sus prodigios, llegó a la gloria de la encantada Niquea, en cuya dorada puerta estaba un letrero que leyó después de haber dicho estos versos:

AMADÍS

Mas ya en fieras convertidas
causarme quieren terror;
fieras no me dan temor
verdaderas ni fingidas.   715

En bramidos que escucho
más me animo y me provoco;

XXXVI MASILIA. La actual Marsella.

si mucho no cuesta poco,
cueste mucho lo que es mucho.

(Lea Amadís)

«Esta misteriosa puerta   720
que el cielo tiene cerrada
sólo la merece abierta
del mundo la fe más cierta
y la más famosa espada».

Gloriosa ambición me llama   725
a generosos deseos,
tal que escriban mis trofeos
los anales de la fama.

Con más coros de música que pidió el deseo, se abrieron
las puertas de aquella encantada gloria. Corta es la imaginación —incapaz del discurso—, que a pintar belleza semejante abonos tenga deste sentimiento en los que alcanzaron a verla, que habiendo en ellos de los ingenios más
lucidos de España, confesaron ser imposible ajustarse el
rasgo menor de su pintura los pinceles de la mayor elocuencia; sólo con reverente admiración juzgaron por cordura no dar traslados a la lengua de lo que vieron los ojos,
porque temieron más la falta de palabras que el riesgo de
no ser creídos. Mas porque los empeños de mi atrevimiento no pierdan el favor que da la fortuna a los que se animan, aunque padezco injurias de parte de la verdad, por no
haber ingenio que la pinte; y recorriendo la pluma con el
temor y vergüenza que la materia pide, que fue tan alta
que, venciendo toda grandeza humana, tuvo cosas de divina.

Descubrióse un trono, cuyas gradas —que apenas dife-
renciaba la vista al hermoso matiz de sus colores— ocupaban bellísimas ninfas, que la más inferior en hermosura y
galas pudiera despertar [a] los pastores indios con mayores
confianzas de ser adornada que el alba, a quien respetan
por diosa. Mas como tantas deidades se abreviaron en tan
sucinto cielo, se confundían los rayos; y como todas brota-

ban abismos de recíprocas luces, saliendo al encuentro al puro cristal de los espejos de que estaban vestidos el techo y las paredes, parece que despreciaban su mismo resplandor. Como sucede siempre estimarse en poco la abundancia, sin duda entiendo que haberse anticipado esta congregación de humanos serafines a las historias y fábulas de los pasados siglos, sacarán de ella padrones[XXXVII] de hermosura, majestad y grandeza las diosas y la Reina, que pinta la Antigüedad; y claro está que se contentará con su imitación Cleopatra cuando en las riberas del Cidno[XXXVIII] salió de su dorado bajel, cuyos remos eran [de] ébano y plata, y la popa un depósito del mejor tributo del Osir[XXXIX]. Y entre las doncellas egipcias que con humos aromáticos daban noticia de la región sabea[XL], fue a recibir a Antonio[XLI].

Merced fue de los encantos de Niquea el mostrarse donde la vista pudiera divertirse en otras hermosuras, porque, la suya, si estuviera por objeto solo, fuera más poderosa para encantar las mismas que su hermano Anaxtarax para tenella en tan suaves prisioneros. Representó a Niquea la señora Infanta de España: no hay que pasar de aquí para acreditar la verdad de tan corto encarecimiento. Subió Amadís las gradas con más turbaciones que tuvo esfuerzos para vencer los Gigantes, y como llegase más cerca al cielo superior de aquella gloria, abrasado en rayos de luz, descubrió a la diosa de la Hermosura, que representaba la Reina nuestra señora; por donde el que esperare matices nuevos que la pluma con asombros debidos a tanta majestad no se atreve a explicar los mudos conceptos del alma, los versos[XLII] —como más licenciosos, si bien con la cordura y templanza que pide el real sujeto— podrán hacer algún breve diseño de las luces que descubrió Amadís que, pos-

---

XXXVII PADRON. Aquí, por «patrón» (*Auts.*).

XXXVIII CIDNO. Río de Asia Menor, al oeste de Alejandría.

XXXIX OSI. Por «Osiris».

XL SABEA. *Vid.* nota al v. 5 del núm. 262.

XLI Esto es, a Marco Antonio.

XLII Resulta inesperada esta pequeña declaración inserta acerca de las posibilidades descriptivas de la poesía.

trada la rodilla en tierra, hablando con la deidad de la Hermosura, dijo estos versos:

AMADÍS

Milagro de hermosura peregrina,
misteriosa deidad, luz que serena   730
se reconoce y no se determina
o como imperceptible o como ajena;
si amar hombre mortal deidad divina
por las leyes de amor no se condena,
galardón hoy de mis fatigas sea   735
sacar destos encantos a Niquea.

ANAXTARAX

¿Quién intenta la vitoria
de penetrar esta esfera,
donde el cielo reverbera
con relámpagos de gloria?   740

Recelo nuevo cuidado,
nuevo mal el alma siente,
que aun esta gloria aparente
pierde quien es desdichado.

Prodigios y asombros veo: 745
humano osar puede tanto.

AMADÍS

Desvanecióse el encanto,
del cielo inmenso trofeo.

Detuvieron las voces de Anaxtarax los reflejos del escudo, y cayendo en un infierno de incesables penas de amor —castigo justo a su desordenado deseo— perdió el encanto la fuerza por el valor de Amadís, que pidió victorioso a la diosa de la Hermosura que acompañando a Niquea bajase a honrar las flores de aquel sitio. Dejáronse vencer de su ruegos y bajaron del trono acompañadas de sus ninfas, no de otra suerte que si los planetas se desataran de sus orbes, donde hasta dar fin a la primera escena representaron estos versos:

AMADÍS

Pues el alto firmamento
sólo es digno de tus pies,   750
deja esta gloria que ves
de fabuloso concento.
Cual niebla deshecha al viento
todos estos tronos son,
y efectos de una pasión   755
que disculpar no se debe,
pues a tu cielo se atreve
con mentida adoración.

A todas las ninfas sea
igual tan alta ventura;   760
la diosa de la Hermosura
venga y con ella Niquea,
adonde Cintia desea
—al son de cultas avenas—
de ninfas y de sirenas   765
formar apacible coro,
y con vivas flores de oro
esmaltar estas arenas.

Bellísima Niquea,
misteriosa deidad a quien ofrece   770
su tributo Amaltea,
náyade que las aguas enriquece
de la feliz corriente
que oro su margen es, perlas su frente;

a tus plantas el prado   775
responde con jacintos, con jazmines

---

752 CONCENTO. *Vid.* nota al v. 112 del *Faetón.*
763 CINTIA. *Vid.* nota al v. 11 de *Apolo y Dafne.*
764 AVENA. *Vid.* nota al v. 69 del núm. 383.
771 AMALTEA. *Vid.* nota al v. 88 de *Apolo y Dafne.*

y dellos coronado
pompa es fragante el Tajo en sus confines,
que sólo a su ribera
vinculó su beldad la primavera.   780

Flechas de mejor pluma,
formas de sus alas, apareja
el nieto de la espuma;
y en tu divina mano el arco deja
para que no se pierda   785
el arpón más glorioso de su cuerda.

Su pájaro bizarro
ojos de envidia hoy le presta a Juno,
conduciendo tu carro
por los campos de Flora y de Vertuno,   790
por estos horizontes,
en las selvas deidad, diosa en los montes.

Yo, desde la corriente
que del sol baña el rayo primitivo
hasta donde occidente   795
altar prepara a tu deidad votivo,
busco tu esclarecida
por relaciones siempre ofendida;

y tu milagro claro
de cuantas ostentó gracias el cielo   800
—por simulacro raro
de la deidad que más venera el suelo—,
cuyo esplendor ahora
baña los campos de favonio y Flora.

Si el justo celo amparas   805
con que mi afecto y servitud describo,

---

783 Es decir, Cupido.
790 FLORA Y VERTUNO. *Vid*. nota IX.
804 FAVONIO. *Vid*. nota al v. 1 del núm. 38.
806 SERVITUD. «Servidumbre». *Auts*. pone como ejemplo este verso.

siempre arderá en tus aras
ópimo el holocausto que votivo
convenga a tu grandeza
con igual reverencia que pureza.   810

Pues estrellas amigas
conducir han podido mi pie errante
por gloriosas fatigas,
donde el sol me concede su brillante
rayo por fe vivido   815
(cuanto más visto, menos percibido);

vosotras hoy napeas,
con las sacras deidades deste río
de conchas eitreas,
vuestras grutas dejad por el umbrío   820
hoy campo floreciente
cuanto del Tajo alcanza la corriente.

NINFA I

Amadís, a las que ves
ninfas igualmente agrada
lo valiente de tu espada,   825
de tu trato lo cortés.

Armas y caballería,
amar y saber servir,
nunca podrán dividir
esfuerzo de cortesía.   830

DORIN[DA]

A tu valor le debemos
haber salido de encanto,
y lograr del cielo cuanto
en esta ribera vemos.

---

807 En *1629*, «sempre». Sigo la lectura de *1635*.
808 ÓPIMO. *Vid.* nota al v. 8 del núm. 41.
817 NAPEAS. *Vid.* nota a vv. 344-345.
819 ERITREAS. *Vid.* nota a v. 343.

Tú vienes a conseguir   835
más dicha, pues no hay alguna
con tan alta fortuna
de que poder presumir.

Y porque con más razón
reconozcas tu ventura,   840
la diosa de la Hermosura
acepta tu protección.

ABER[?]

Por el más digno y fiel
de los vasallos de amor
ciña en siempre verde honor   845
tu frente aqueste laurel.

Vence esta planta a quien sólo
por hermosa o por altiva
tiernamente la cultiva
con sus lágrimas Apolo.   850

Por esto a Marte, a Minerva,
símbolo queda triunfante,
y del rigor fulminante
de Júpiter se reserva.

AMADÍS

La gloria y premio que veo,   855
que vuestras manos me dan,
nunca le merecerán
las obras, sino el deseo;

pues gratitud advertida
con reconocido oficio   860
dedica a vuestro servicio
las acciones de mi vida.

---

846 *Vid*. nota al v. 182.

Mas no quiere amor que vea
tan alta satisfación,
faltando la aceptación   865
de mi servicio en Niquea.

NIQUEA

Amadís, mi esclarecida
deidad a Cintia votada
bien puede estar obligada,
mas no ser agradecida.   870

AMADÍS

Amor en tus manos deja
la fe pura que profeso.

NIQUEA

Obligación te confieso,
no me solicites queja.

AMADÍS

Siempre el mejor pensamiento   875
busca el peligro mejor.

NIQUEA

Y es siempre culpa el error
que toca en atrevimiento.

AMADÍS

Niquea, el osar morir
lo tienes por mucho osar.   880

NIQUEA

¿Y es poco desvariar
osármelo tú decir?

---

868 *Vid*. nota al v. 11 de *Apolo y Dafne*.
871-882 Nótese el juego de voces al que Villamediana obliga a cada una de
estas redondillas.

Calla, y no quieras perder
el premio de tu valor
disculpando con amor   885
la causa de enloquecer.

Limita, Amadís, el daño,
éntrate en ti y en camino,
que no es poco el desatino
que ha menester desengaño.   890

Ponga freno a la pasión
el accidente más justo;
echen cadenas al gusto
las leyes de la razón.

Venza la causa al efeto;   895
será tu fama ensalzada,
más que por ardiente espada,
por el debido respeto.

AMADÍS

No sé yo que contradiga
ni que pueda ser error   900
contra los fueros de Amor
una encubierta fatiga.

Mi ceguedad ya la veo
y que no tendrá disculpa,
si puede una fe ser culpa   905
que aún no llega a ser deseo.

NIQUEA

Serlo fuera ciego intento
con muerte, aun no castigado.

AMADÍS

Sin dicha aún no es desdichado
quien tiene mi pensamiento.   910

Y conoceré, aunque muera
entre el amor y el respeto
de tan poderoso efeto,
que no teme quien no espera;

cuya cobarde osadía   915
verifica que en intento
de forzoso atrevimiento
es enmienda la porfía.

Es poca, y parece mucha
diferencia, si se halla   920
entre queja que se calla
y queja que no se escucha.

Mas cualquier estado es suerte,
y es justo que satisfaga
servir —con servir es paga—,   925
premie tanto amor la muerte.

Pues yo mismo me sentencio
a tan muda sepultura
que será el hablar locura
y no mérito el silencio;   930

dándome el rigor contrario,
en partido peligroso,
fortuna de temeroso
y culpa de temerario.

NIQUEA

Basta, Amadís.

AMADÍS

               Basta, pues,   935
de tu desdén el rigor.

933-934 Se da aquí el uso del poliptoton.

NIQUEA

Agradecí tu valor.

AMADÍS

¿Agradecimiento es

el que está sin premio?

NIQUEA

Sí;
adonde el agradecer   940
está sólo en conocer.

AMADÍS

Conozco que me perdí;

bien que gano mi porfía.

NIQUEA

¿Qué ganas en tu locura?

AMADÍS

Conocer que la hermosura   945
es lícita tiranía.

Mas como penando muero
en manos de puro amor,
por merecerle mejor
ningún galardón espero.   950

NIQUEA

Amadís, en tu fortuna
ésta es sobrada ambición.

AMADÍS

Para mí es satisfacción
el no esperar a ninguna.

Intermite tú el desdén 955
si tú las quejas previenes,
porque quejas y desdenes
liras las desparten bien.

SEGUNDA [E]SCENA

Al compás de un acordado instrumento salió una ninfa
cantando este soneto:

Pórtico de colunas encantadas,
milagrosa montaña dividida, 960
gloria de luz apócrifa vestida,
artes de mejor arte superadas;

estrellas de su polo desatadas,
noche de soles mil esclarecida,
jurisdición de Amor establecida, 965
primavera de flores animadas;

alternas ondas de cristal más puro,
que esmeraldas argenta con su espuma
cuantas contiene glorias la floresta,

sacrificio te ofrecen hoy seguro; 970
acepta, pues, la reverencia suma,
ya que no la grandeza desta fiesta.

Bien se infiere que admiró la voz, estando presentes las
de la primera [e]scena tanto que pudiera suspender el amoroso delfín más bien que el músico Anfión[XLIII]. Salieron

---

955 INTERMITIR. «Cesar en alguna cosa o discontinuarla, dejarla, o hacer tregua en ella» *(Auts.)*.
959-972 Éste es el único soneto en toda la obra.
XLIII Confunde aquí el Conde a Anfión, hijo de Júpiter y que había re-

luego el pastorcillo Danteo y Darinel representando estos
versos:

DARINEL

¿Tienes más que desear?
¿Tienes más que conocer?

DANTEO

No tengo ya más que ver,   975
sóbrame por qué cegar.

DARINEL

Nunca en Chipre Citerea
entre sus delicias vio
lo que ahora he visto yo.

DANTEO

La suspensión lisonjea   980

y el aplauso mismo adula.

DARINEL

Adonde tanta deidad
viendo a la incredulidad
desengaños acumula.

DANTEO

Verás en otros jardines   985
vagas flores expirantes,
mas aquí flagran brillantes
estrellas y serafines.

---

cibido de Apolo una lira, con Arión (vid. nota al v. 94 de la *Fábula de la
Fénix*).
977 Esto es, Venus.
987 FLAGRAR. Por «brillar».

DARINEL

De lo que nos dijo el sabio
Alquife, ¿cuánto esto excede   990
lo que hemos visto?

DANTEO

                    No puede
referirse sin su agravio.

Nuestro Amadís, ¿qué hará?

DARINEL

Ni pensé en él ni le vi,
mas si no estuviere en sí,   995
muy en sí sé que estará.

Desatina la cordura
y la verdad lisonjea,
¿percibiste de Niquea
la soberana hermosura?   1000

La que suprema deidad
el trono ocupó mayor,
madre del no ciego amor,
rayo de divinidad,

con las demás ninfas bellas   1005
del paraíso español
hizo lo mismo que el sol
cuando sale a las estrellas.

A lo que el juicio admira
el aplauso satisfaga,   1010
cuando en suspensiones paga
lo que por milagro mira.

---

990 ALQUIFE. *Vid.* nota al v. 394.

En esta suspensión estaban cuando al funesto ruido de cadenas oyeron en el infierno de Amor a Anaxtarax, hermano de Niquea, estas lastimosas quejas:

ANAXTARAX

Desesperada pena
tiene, Amor, en tu infierno un desdichado,
miserable cadena,   1015
no sólo condenado
a mal presente, sino a bien pasado.

Ocioso es el intento
de otro dolor en apurar la vida;
mi propio pensamiento   1020
es mi eterno homicida
viendo que tanta pena es merecida.

Dije mal tanta pena,
que a tanto atrevimiento toda es poca.
¡Oh hermosa luz serena!,   1025
verdad diga la boca,
y acuse el corazón su culpa loca.

Quejas, celos, sospechas,
envidia, desengaño, sentimiento,
son las agudas flechas   1030
con que mi pensamiento
incesable de Amor sufre tormento.

DARINEL

Danteo, la voz que oíste
de sujeto que no ves
no se percibe lo que es,   1035
pero bien se ve que es triste.

La poderosa pasión,
que ahora a decir acierta
por esta tartárea puerta
su castigada pasión,   1040

con la voz triste amedrenta,
que escucho, mas no percibo

DANTEO

si es queja de hombre vivo,
o alma que el cielo atormenta.

DARINEL

¿Será sueño o será encanto   1045
lo que escuchamos y vemos?
Más bien será que apuremos
causa de tan triste llanto.

Duda y nunca determina
suspensión que tema ahora,   1050
ver entre campos de Flora
jardines de Falernina.

A las dudas de los dos, salieron Alvida —hermosa ninfa de aquellas riberas a quien por orden de los cielos estaba guardada la aventura de Anaxtarax— y Lurcano, amante suyo; pero con el decoro que se debe al amor casto y limpio, si bien como hombre puso los pensamientos por otra hermosura, viendo pues el agradable sitio, representó Lurcano estos versos:

LURCANO

Ésta la selva es de la aventura
que tanta guarda prodigiosa fiera;
si tradición común nos asegura,   1055

ésta es la felicísima ribera
que en cuanto fertiliza su corriente
goza de inalterable primavera.

En ondas de cristal aquella fuente
líquida plata en ondas precipita,   1060
y baña estos Elíseos mansamente;

blando aquí el Tajo en orla nos presenta
con labio alterno donde undoso toca;
riega estrellas y a margen se limita

entre mucha beldad linfa no poca   1065
esta agradable forma de apartamiento;
y en el pie verde desta excelsa roca
viste escamas en flor sierpe de argento.

ALVIDA

Cuanto del sitio dijiste
es, Lurcano, mucho menos;   1070
tan verdes y tan amenos
nunca el sol los campos viste.

Qué novedad, qué desvelo
del arte, en cuya belleza
se atrevió naturaleza   1075
a poner límite al cielo.

Qué peregrinos jardines
a quien lo menos parece;
qué flor llamar se merece
los claveles y jazmines.   1080

Qué atenta hermosa espesura
y confusa amenidad,
adonde es la variedad
lo menos de la hermosura.

Qué patria de ruiseñores,   1085
árboles que en toda fuente
el ya menos floreciente
es un Narciso de flores.

1062 Aquí se da un fallo en la rima.
1065 LINFA. *Vid.* nota al v. 5 del núm. 285.
1066 En *1629* y *1635,* «este». Lo corrijo.

Qué ni los bellos pensiles
donde diciembres airados   1090
y eneros de nieve armados
no dejan de ser abriles.

Qué admiración natural,
que en dos ríos se desata
una montaña de plata   1095
y una selva de cristal.

Qué en sus verdes campos rojos,
desdenes de los hibleos,
para mayores deseos
no dan licencia los ojos.   1100

LURCANO

Nunca el genitivo rayo
sus vivas flores altera;
todo el tiempo es primavera
y no hay otro mes que mayo.

Nada al sublime esplendor   1105
de aquesta selva se iguala;
fragancia animada exhala
de vivas flores amor.

Logran los sitios umbríos
deidades o semideas,   1110
de aquestos bosques napeas
y náyades destos ríos.

ANAXTARAX

Tan lejos de disculpa
contemplo tu hermosura en tal distancia;

1089 PENSIL. «El jardín que está como suspenso o colgado en el aire,
como se dice estaban los que Semíramis formó en Babilonia. Se extiende a
significar cualquier jardín delicioso» (*Auts.*).
1101 GENITIVO. *Vid.* nota al v. 10 del núm. 285.

para cortar la culpa   1115
de mi primera instancia
corona la frente
de Apolo luminosa
no se ve allí ya ninfa desdeñosa.

Venerarse debieran,   1120
no vencerse desdenes de hermosura,
si los amantes fueran
en fineza segura
filósofos no más de su luz pura.

Pues si con tanto ejemplo   1125
de milagros de Amor con las deidades
—que merecieron templo
en todas las edades—
no te convences ya o te persuades,

antes quieres que sea   1130
con eterno suplicio castigada
tu adoración, Niquea,
por quien apasionada
de Amor cualquier violencia es disculpada.

En tan duro tormento   1135
del ciego dios, efecto verdadero,
el ya perdido aliento
tarde cobrar espero,
si entre envidia y castigo vivo y muero;

hasta que ninfa (cuando   1140
el cielo condolido de mis males),
mi espíritu soltando
las cadenas fatales,
audaz pise el horror destos umbrales.

1123 FINEZA. *Vid.* nota al v. 7 del núm. 91.
1136 Cupido.

ALVIDA

En lastimosos ejemplos   1145
piedad al triste previene
de cuanto deidades tiene
el cielo dignas de templos.

Nunca por causa tan breve
dio tanto castigo amor;   1150
aflígeme su dolor,
¡cuánta lástima me debe!

LURCANO

Alvida, ya que perdió
quien se queja tantos bienes,
de que lástima le tienes   1155
envidia le tengo yo.

Y confesaré el tenella
con razón acreditada,
pues no hay queja que escuchada
no se alivie el rigor della.   1160

ALVIDA

Dime, Lurcano, ¿de qué
pasión tu pasión se queja?
¿Cómo puede tener queja
quien no sabe tener fe?

A cualquier suerte de daño   1165
se le debe advertimiento,
mas aquí al conocimiento
precede ya el desengaño.

Lurcano, de hierro blando
forjó el amor sus cadenas;   1170
presto verás que no penas
si dices que estás penando.

Siempre tu incredulidad,
Alvida, fue mi castigo.

ALVIDA

Y breve tiempo testigo   1175
que miente tu voluntad.

Por lo galán y entendido
confieso que es tu cuidado
muy bueno para escuchado
pero no para creído.   1180

En vano me persuades
con fábulas lisonjeras,
que en mi respeto aun debieras
tener miedo a las verdades.

Decir lo que no se siente   1185
es error desperdiciado,
y es injuria de un cuidado
el decirlo fácilmente.

Amor te dará, en efeto,
luz de tan sublime gloria   1190
que te lleve a la memoria
de cualquiera otro sujeto.

Aprende olvido, que no
tendrás mucho que hacer,
y acuérdate que has de ver   1195
sol que al Tajo amaneció;

de tan soberbio exceso
de aviso, ser y hermosura,
que te envidien tu cordura
cuando estés perdiendo el seso.   1200

Para animar a Alvida cantó un coro de música desta suerte:

(MÚSICA)

No temas, no te acobardes;
osa, intenta, emprende, acaba,
que a los generoso pechos
tocan empresas tan altas.
No te espantes, no te impidan   1205
muertes, furias, penas, llamas,
que los hados reservaron
a tal piedad tal hazaña.
No dudes, no desconfíes;
entra, vence, libra, alcanza;   1210
dando fin a un daño eterno,
principio de eterna fama.
Libra a un amante ganando
nombre, gloria, triunfo, palma,
que ni es mortal quien se atreve   1215
ni eterno quien se acobarda.
Entra, Alvida, no engañes la esperanza
que funda en tu piedad su confïanza.

ALVIDA

Letras en oro grabadas
veré el misterioso efeto,   1220
pues las tiene algún secreto
de las llamas reservadas.

Animóse la ninfa, y con alentados pasos llegó a un padrón XLIV, donde estaba este letrero:

(LEA)

El rigor no será eterno;
osa, que tendrás vitoria;
deberásete la gloria   1225
de haber pisado el infierno.

XLIV PASIÓN. *Vid.* nota XXVIII.

Apenas conoció que el afligido amante esperaba su favor, cuando con invencible osadía se arrojó al infierno, que para provecho ajeno es mucho en una mujer. Y antes que Lurcano la perdiese de vista, representaron desta suerte:

ALVIDA

Si a una ninfa el cielo guarda
piedad tan esclarecida,
y si solicita Alvida
glorioso nombre, ¿qué aguarda?　　　　1230

Estos senos espantosos
penetraré; pues lo que puede
mi valor el temor quede
sólo para los dichosos.

LURCANO

Tus pasos, Alvida, sigo　　　　1235
tras la triste voz que oí,
porque quedando sin ti
es como no estar conmigo.

¿Quién habrá que tu distancia,
Alvida, ya sufrir pueda?　　　　1240

ALVIDA

Contigo, Lurcano, queda
de los hombres la inconstancia.

LURCANO

¿Qué no puede y no asegura
un largo perseverar?

ALVIDA

¿Y quién no podrá olvidar　　　　1245
voluntad nunca segura?

1240 En *1629*, «y a». Sigo la lectura de *1635*.

Por boca desta llama
entro con seguridad,
pues en la temeridad,
consiste a veces la fama.   1250

Pisó las llamas como si fueran deshojados jazmines, y al
cerrarse el infierno, quedando Lurcano pesaroso de no poder seguirla (que mi voto hiciera muy mal), salió un dragón más luciente que el que se corona de estrellas[XLV], con
más hermoso peso que el que sustentaba en hombros el
mauritano Atlante; y bien lo mostró en la ufanía con que,
desdeñando competencias de mayor belleza, se presentó
con la ninfa que sustentaba a los ojos de Lurcano, que embelesado en la no imaginada hermosura se detuvo a aprehender imposibles, dudando el poder de la naturaleza en la
fábrica de tan perfeta imagen. Si bien gozoso, agradeció a
su Idea la representación de tan soberano objeto, aunque le
pareció ilusión fingida, confirmándolo la mucha asistencia de Florisbella; hasta que doblando admiraciones —como suele el cometa encubrir sus rayos—, dejando a Lurcano que entre espanto y amor representase estos versos:

LURCANO

¿Quién eres tú, la más bella
deidad del trono de Amor,
eres en el cielo flor
y entre las flores estrella?

Sé quien fueres, yo te creo   1255
y te adoro por milagro,
en cuyas aras consagro
la víctima de un deseo.

En tan alta perfeción
que la alabanza es ofensa,   1260

XLV Se refiere a la transformación de Júpiter en la constelación del
Dragón.

una noticia suspensa
se pague en admiración.

En mirar para morir,
como en morir por honrar,
en cuanto dice el callar   1265
o cuanto calla el decir;

entre el espanto y la duda,
desde luego me sentencio
a las voces de un silencio
que son elocuencia muda.   1270

Rayo de beldad inmensa,
alma de Amor, sol de Flora
quien te mira y no te adora
hace a su noticia ofensa.

Con incesable ejercicio   1275
de morir y de adorar,
te erige mi alma altar
y te vota sacrificio.

Por fe te adoro, y no dudo
que alumbras cuanto más ciegas,   1280
por más que tu voz me niegas
para ser milagro mudo.

Logre el cielo despojos
iguales a mis sentidos,
la envidia de los oídos,   1285
la ceguedad de los ojos.

A cuya luz corresponde
rayo de tan viva esfera,
mas quiero ver si me espera
un sol que no me responde.   1290

(Quiere llegar a Florisbella, y huye el dragón)

1213

¿Es sueño y letargo, Amor,
lo que he visto y lo que veo?
Lo que apenas fue deseo
ya es confirmado dolor.

La más mentida ilusión   1295
viene a ser queja más cierta,
donde el desengaño acierta
a la desesperación.

Amargo paguen tributo
mis ojos al desamor,   1300
pues de una esperanza en flor
es ya desengaño el fruto.

Quedando en tan ciego estado,
del mal cierto y bien dudoso,
cuando incrédulo, quejoso,   1305
cuando quejoso, turbado;

con alas de Amor voló
—o por su fuerza o por su maña—
la luz que me desengaña
del alivio que mintió;   1310

donde no sé qué pretende
mi desengañada fe,
si ya el remedio se fue
y queda el mal que me ofende.

Y tú, conductor alado   1315
de un sol que contiene dos,
¿eres alma de algún dios
entre escamas disfrazado?

Porque ya de amor las plumas
por causa no semejante   1320
a Júpiter toro amante
vieron cortar las espumas.

Si eres soberana fiera
en la región cristalina,
oh signo, ¿por quién camina   1325
sol de su primera esfera?

Abrase tu mayor dicha
lumbre de mejor Apolo,
quedando en fijo polo
mi ventura y mi desdicha.   1330

Con sus alas animaba
rayos de amor, donde son
cada cabello un arpón,
todos juntos una aljaba.

Dragón es para mis quejas   1335
cuando no el morir me debas,
por gloria que me llevas,
por la envidia que me dejas.

Logra del cielo en que estás
soles, que, pues son ajenos,   1340
ni yo puedo penar menos
ni tengo que envidiar más.

A la luz con que te vi
percibo el más alto vuelo;
no sólo dragón del cielo,   1345
mas que le llevas en ti;

que te conduce o espera
sobre el sublime elemento
a tu estrella firmamento
que tiene al sol en su esfera.   1350

En estas suspensiones estaba Lurcano, cuando un coro
de música le dio esperanza con esta letra:

1348 Esto es, el aire.

(MÚSICA)

Espera, no desconfíes,
que el cielo a quien favorece
jamás avariento niega
lo que próvido difiere;

que juzgo al padecer por arrogancia,   1355
bien que en fuertes dolores
es que las penas el dolor juïcio;
permite mis temores
este grosero oficio
que de afectos e indignos doy indicio.   1360

En sublime elemento
logre Amor la región tuya serena;
ya en áspero tormento
convertida esta escena,
la que fue mayor gloria es mayor pena.   1365

ALVIDA

Vos que en este bosque estáis
de prodigios defendido,
pues la voz que habéis oído
no dudo que conozcáis,

decidme, ¿quién se lamenta   1370
a tan miserable son,
que aflige con suspensión
y con su queja atormenta?

DARINEL

Harto quisiera tener
cómo poderte informar.   1375

DANTEO

Aquí un suspenso mirar
sabe sólo responder.

1354 PRÓVIDO. *Vid.* nota al v. 11 del núm. 24.

LURCANO

Si hay razón por que se crea
lo que del encanto oí,
no han de estar lejos de aquí   1380
los prodigios de Niquea.

ANAXTARAX

Bellísima Niquea,
ya que tu adoración no fue en mi mano,
¿por qué te lisonjea
el ciego dios tirano   1385
con el infierno de tu mismo hermano?

Si el quererte fue culpa,
de mis ojos la paga llanto tierno,
donde el yerro es disculpa
por más que en el eterno   1390
arda de amor inevitable infierno.

ALVIDA

Dudo lo mismo que creo;
cuando entre sueños inciertos
estoy con ojos abiertos
más ciega cuanto más veo.   1395

LURCANO

Parece encanto o enredo
desta selva fabulosa.

ALVIDA

Tengo la fe escrupulosa
y sin escrúpulo el miedo.

Bien que tanto me lastima   1400
así la amorosa pena,
que a romper esta cadena
y a propio dolor me anima.

1393 En *1629* y *1635*, «cuanto». Lo corrijo.

Pues quien por amor padece
tormento sin esperanza,   1405
del alivio que no alcanza
mayor lástima merece.

ANAXTARAX

Si, amor, tu bella gloria
presto se ha convertido en dura pena,
quedando la memoria   1410
que siempre me condena
a ver mi bien perdido en mano ajena;

¿quién fuiste tú, el osado,
que el solio penetraste esclarecido,
de prodigios mirado,   1415
de monstruos defendido,
que mi gloria en infierno has convertido?

DANTEO

Nunca vista confusión
de convencidos extremos,
pues con lo menos que vemos   1420
no cumple la admiración.

En ecos tan doloridos
confiésote, Darinel,
que la vista no es fiel
o no lo son los oídos.   1425

(*Vanse*)

ALVIDA

Convénzate la verdad
de los tormentos que vemos,
y al afligido ayudemos
a lo menos con piedad.

1414 SOLIO. *Vid.* nota al v. 11 del núm. 202.

ANAXTARAX

Planta ilustre y generosa,   1430
madero al fin viviente,
volverás a ver el sol
entre púrpura, entre nieve,
que sin desatar la una
dulcemente la otra enciende.   1435
Si ya sufriste su luz,
águila animosa eres;
beberás segundos rayos,
espera dichosamente.
Más claro nos restituye   1440
el sol nubecilla breve;
saldrá mucho más hermosa
—si más hermosa puede—
la que a sí misma se excede,
divina Florisbella,   1445
con quien apenas es el sol estrella.

LURCANO

Niño dios, tú me aconseja,
y me di cuál es peor,
la esperanza con temor
o el desengaño sin queja.   1450

De la voz que oí cantar
mayor escrúpulo infiero;
engañarme sí espero,
y no sé desesperar.

La luz que lloro perdida,   1455
que tan eclipsada está,
celeste oráculo ya
me la tiene prometida.

Dígasme, Amor, ¿qué haré
entre tan dudoso daño,   1460
o rendirme al desengaño,
o engañarme con la fe?

Aretusa, restituyendo el gusto que se perdió en su ausencia por ser la misma ninfa que dijo la loa, al festivo estruendo de acoradadas voces regaló con la suya la suspensión del viento, representando con mas donaire y brío que prometían sus años:

ARETUSA

Yo soy la ninfa Aretusa,
no la ninfa de Dïana
que en los mares de Sicilia   1465
en lágrimas se desata.
Mensajera soy de Venus,
que desplegando las alas
desta nube de oro y perlas
Iris segunda bajara.   1470
Arco soy de alegre paz,
porque ya a los dioses cansa
que padezcan por amor
en este infierno dos almas.
En este ramo de murta,   1475
pompa de abril y guirnalda,
que en los cabellos de Venus
hace ostentación bizarra.
Potestad oculta viene
para romper las gargantas   1480
del infierno, en quien amor
abismos de celos causa.
Rasguen los senos oscuros
esas puertas fabricadas
sobre montañas de horror,   1485
sobre piélagos de llamas.
Salga Anaxtarax a ver
los resplandores del alba,
y a la luz que gira el sol
por líneas de azul y plata,   1490
la deidad Florisbella

––––––––––
1464-1466 Alude a Galatea (Ovidio, *Metamorfosis*, libro XIII).
1475 MURTA. «Arrayán. Planta que siempre está verde» (*Auts.*).

1220

—de quien o copia o traslada
la primavera a la rosa
las hojas de nieve y grana—
manifiéstese a Lurcano,   1495
que ya los castigos bastan.

Tú, que a la región del llanto
estás ciego condenado,
del amor atormentado,
en rigor que cele tanto   1500
el cielo piadoso, en cuanto
hoy deroga su rigor,
pues de la culpa mayor
omite las justas penas
limando ya las cadenas   1505
del ciego yerro de Amor;

cesando ya sus rigores
verás entre amenidades
una gloria de deidades
y un paraíso de flores.   1510
Niquea con las mejores
ninfas de aquesta ribera
en su margen os espera,
adonde, con luces bellas,
sol vivo, humanas estrellas,   1515
forman dulce primavera.

A la última voz que formaron los labios, abrió el infierno su temerosa clausura y salió Anaxtarax acompañado de
más acentos músicos que en su casa escuchado quejas; y
con él salió la libertadora Alvida, a quien Aretusa prosiguiendo rindió gracias por el piadoso beneficio:

Deidad soberana que
el infierno penetraste
y por las llamas entraste
con igual valor que fe,   1520
deste milagro te dé

palma el alto pensamiento,
y este coro viva atento
a tu inmortal alabanza,
pues te debe lo que alcanza   1525
de luz en nuestro elemento.

ANAXTARAX

Alvida, en esta victoria
que gozamos y tú ves
la dicha de todos es
y tuya sola la gloria.   1530

Por esta inmensa piedad,
voto en fe del beneficio
el más puro sacrificio
que se debe a tu deidad;

en cuyo altar, porque iguale   1535
el holocausto al decoro,
ascienda la llama en oro,
en humo el ámbar se exhale;

cuando en la víctima veas
que al cielo en tu nombre sube   1540
densa la fragante nube
de las lágrimas sabeas.

Pues rompí ya la cadena
de tu infierno, alado ciego,
hecho sol el que era fuego   1545
y gloria la que fue pena.

Para acabar la [e]scena, que fue la más breve que se ha
visto en mesa de poeta, salieron la deidad de la Hermosura, Amadís y Florisbella, Lurcano y Niquea, a quien Anaxtarax, humilde, pidió perdón de sus yerros. Que cuando la

---

1522 *Vid.* nota al v. 690.
1542 SABEAS. *Vid.* nota al v. 5 del núm. 262.

fábula no tuviera otra cosa más que es la de ser breve, pienso que no merecía disculpa, porque apenas pareció que había ocupado tiempo, que si bien lo ilustre, lo hermoso y lo aparente gozaron de sazonadas ocasiones, vencieron con el deseo las horas; y como iban pasando los sucesos, se entregaba la admiración a la memoria y el tiempo al olvido. Pero seguro estoy que el que suele atreverse a soberanas grandezas mire la que gozó Aranjuez con mayor veneración que los huertos de Babilonia, si ya no responde el tiempo, que cuando ella merezca eternidades, la humildad con que yo la describo la oscurece de suerte que tendré a venturosa dicha el podella sustentar el curso de un día; pero como mi primer motivo fue obediencia, ser vanidad tengo disculpa; y como en oposición de las sombras goza la luz de mayores atributos, así sobre estos borrones lucirán los valientes pinceles de España, pues la materia les ofrece tan colmada guardando a los versos el decoro que merecen por ellos y por su ilustre dueño, acabando con estos la representación:

ANAXTARAX

Niquea, tu hermano soy,
de amor por ti atormentado,
y si no me has perdonado,
aún en el infierno estoy.   1550

Estimé tu gracia tanto
que nuestra hermandad violé,
cuando la solicité
por los medios del encanto.

Ésta, Niquea, es mi culpa,   1555
concede ahora perdón
a medios que de amor son
y te tienen por disculpa.

1553 En *1629* y *1635*, «cuanto». Lo corrijo.

Álzate, hermano, del suelo,
absuelto mejor oído,   1560
que ya tus culpas olvido,
pues te las perdona el cielo.

Gloria, infierno, tierno amar,
materia vienen a ser
pata ti de agradecer,   1565
para mí de perdonar.

Será de tu error pasado
manifiesta la pasión.

ANAXTARAX

Y por esta remisión
tu nombre siempre ensalzado.   1570
(*Salen Florisbella y Lurcano*)

LURCANO

También de mi profecía
es llegado el cumplimiento;
la noche de mi tormento
es la luz del mejor día.

Pues me conceden tus ojos,   1575
verán sus rayos ardientes
los alivios ya presentes
y pasados los enojos.

AMADÍS

Gloria es toda esta ribera.

LURCANO

Dígalo tanto esplendor.   1580

AMADÍS

Hecho del más puro amor
aqueste horizonte esfera,

       donde están en desafíos
con el cielo los jardines,
y con el sol los jazmines,   1585
donde batallan dos ríos

       con trabucos de cristal,
donde Jacinto y Narciso
ven humano paraíso
en un bosque celestial,   1590

       en cuya verde hermosura
mi espada no fuera ardiente,
a no coronar mi frente
el blasón desta aventura.

ARETUSA

       Espíritus fortunados,   1595
a la luz restituïdos,
lograd trabajos perdidos
y gozad gustos logrados.

       Aquí en la ribera, adonde
el amor tiene su esfera,   1600
gozad una primavera
del sol que nunca se esconde.

       La deidad de la Hermosura
libró feliz de la planta
de quien hoy la fama canta   1605
trofeos con voz más pura;

       bien que Parca intempestiva,
si al mundo se le quitó,
heroicamente dejó
su memoria siempre viva.   1610

       Dígalo en esclarecida
voz, con aplauso mirado,

su claro, arnés abollado,
su espada en sangre teñida,

Niquea, blanca Dïana,   1615
objeto de puro amor,
más por su propio esplendor
que por ser de Febo hermana.

Pues aquí logrando vemos
de Pomona el mejor parto,   1620
del primer Felipe Cuarto
hoy la fiesta celebremos.

NIQUEA

Vamos, y estas maravillas,
del tiempo ya respetadas,
quedarán eternizadas   1625
en estas verdes orillas.

ANAXTARAX

Yo, que con aplauso eterno
sufrí tormentos de amor
y fabuloso esplendor
—si convertido en infierno—,   1630

confieso —pues no se excusa
mi gratitud— que la vida
la debo al valor de Alvida
y a la piedad de Aretusa.

ALVIDA

Justo es tu agradecimiento,   1635
das lugar a la razón.

ANAXTARAX

De cualquier obligación
es paga el conocimiento.

[1620] POMONA. *Vid.* nota al v. 9 del núm. 54.

ALVIDA

El triunfo del tiempo sea,
si de Amadís la victoria,   1640
quedando eterna memoria
de la gloria de Niquea.

NIQUEA

Dale tú, Alvida, la mano.

ALVIDA

Debes ser obedecida.

NIQUEA

Comienza la danza, Alvida,   1645
y tú la sigue, Lurcano.

Cerróse la montaña y cubrióse el teatro, y en tanto que
los músicos cantaron el soneto de la segunda [e]scena, se
volvió a dividir el monte, y [a]pareció en lo superior del
trono un jardín, bella traslación de Hiblea, y las gradas
con blancos macetones de flores y hierbas diferentes; y a
los lados, fuentecillas, que por espías del Tajo estaban per-
cibiendo la fiesta, para que pudiese[n] llevar su relación al
rey de las aguas. Entre las hermosas flores [a]parecieron
sentadas todas las ninfas que introdujo la fábula, y con
ellas la Reina nuestra señora y la señora Infanta, de donde
con alegres pasos ocuparon el teatro; y al compás de dulces
instrumentos danzaron, con [lo] que tuvo fin la fiesta; y
aun si no tuviera fianzas de tanto abono, el último sarao[XL-VI]
se atreviera a deslucirla.

[XLVI] SARAO. *Vid.* nota inicial al núm. 275.

Índice onomástico

(el número que se indica corresponde al poema)

1230

Índice de primeros versos

(El número que se indica corresponde al poema)

A

B

C

E

F

G

H

I

J

L

LL

M

N

O

P

Q

R

1248

Índice general